Kojo Laing · Die Sonnensucher

Kojo Laing

DIE SONNENSUCHER

Aus dem
Englischen
übersetzt von
Thomas Brückner

Mit Illustrationen
von Sibyll Amthor

Originaltitel: *Search Sweet Country*
William Heinemann Ltd., London 1986

Deutsche Erstausgabe

Die Übersetzung aus dem Englischen wurde mit Mitteln des Auswärtigen Amtes unterstützt durch die Gesellschaft zur Förderung der Literatur aus Afrika, Asien und Lateinamerika e.V. in Zusammenarbeit mit dem Institut für Auslandsbeziehungen.

Die Deutsche Bibliothek–CIP-Einheitsaufnahme

Laing, Kojo:
Die Sonnensucher. Roman/ von Kojo Laing. Aus dem Engl. von Thomas Brückner. - Dt. Erstausg. - München: Marino Verlag München, 1995

ISBN 3-927527-65-3

© Marino Verlag München
 Theresienstraße 40
 80333 München

Umschlagsillustration &-gestaltung: Juliane Steinbach
Lektorat: Gudrun Honke
Satz: dm Druckmedien GmbH, München
Druck & Bindung: Gorenjski tisk, Kranj

Ghanaische Bezeichnungen, die im Text kursiv geschrieben sind, werden im Glossar im Anhang erklärt.

Für Judi Panyin

und

Judi Kakraba

Kapitel eins

Im Busch gleich hinter Accra, diesem Busch, den eine Handvoll wilder Perlhühner mit ihren Schreien aufwühlte, saß Beni Baidoo. Die eine Hand hielt von dornigen Zweigen gepflückte Brombeeren, die andere eine Kippe, deren Rauch sich durch den Beerengeschmack filterte. Wenn er den Zigarettenrauch überbekam, dann wollte er hinab zum Meer rennen und der frischen Brise etwas Kühlung stehlen. In den Muscheln rauschte der Gesang des Meeres, damit er verstehe: So wie die Wellen nutzlos über den Sand rollten, so rollten seine Jahre über ihn hinweg und sprachen von Vergeudung, berichteten von Ereignissen, die sich nur in seinen Runzeln zeigten. Und im Leben anderer. Er wachte über das Leben anderer so sehr, wie er sich um sein eigenes Leben nicht bekümmerte...

Beni Baidoo war Accra. War wie der sprichwörtliche Vogel, der noch lebendig neben dem Topf steht, der ihn erwartet, und darauf hofft, dem Braten jubelnd davonfliegen zu können, obwohl er schon gerupft ist. Wenn er aber allein war – was nicht sehr oft vorkam –, dann kroch seine Haut über ihn hin, glättete Runzeln und fältelte sie neu, schärfte seinen Blick und ließ sein Herz im ausgewaschenen Hemd noch kleiner werden. Sein Herz konnte sich so klein machen, daß er befürchtete, es würde heimlich durch die Rückseite seiner Brust entschlüpfen...

und überließe seinem Gelächter das Pumpen und Schlagen. Sein Lachen umgab ihn wie ein zweites Hemd. Er war ein lebhafter, zweimal in den Ruhestand getretener alter Mann: Erst war er der Bote zweiter Klasse mit der aufreizenden Leichtigkeit im Gang, und später wurde er Briefschreiber am Post Office Square. Dort brachte ihn die Angewohnheit in Schwierigkeiten, den Klagen seiner schreibunkundigen Auftraggeber eigene Bemerkungen hinzuzufügen: Häufig endete eine Geschichte über ein gestohlenes Stück Land mit einer gestohlenen Frau...

und so mußte er sich bald wieder zur Ruhe setzen. Nun ging er in Accra um, scharfsichtig und verschrumpelt, besessen von seiner fixen Idee: ein Dorf zu gründen. Und wenn ein paar seiner Freunde ernsthaft oder halbherzig ihr Dasein ergründeten, so empfand er es als seine Pflicht, dem seine stöbernde Gründlichkeit entgegenzusetzen. Das drängende Sinnschürfen des Narren berührt das Leben anderer...

Für gewöhnlich nahm Beni Baidoo seine Mahlzeiten mit soviel Lachen wie nur möglich ein. Und als er sich im Jahre 1975 wiederfand, unterteilte er das Jahr in verschiedene Lachgrade, gab seinen Freunden Kofi Loww, Kojo Okay Pol, 1/2-Allotey, Professor Sackey, Dr. Boadi und den anderen vom Blitzen seiner Zähne und seinem lärmenden Temperament etwas ab. Er brachte eine besondere Eigenschaft in die Freundschaft ein: den Wert der Aufdringlichkeit. Und dann strömte er mit seiner fixen Idee durch die Leben, auf die er traf...

Die zwei Bärte, die sich in eine Ecke Accras drängten, waren nicht einer Meinung...

dort in Mamprobi, unter dem Baum des Schuhputzers, dessen Lüftchen beider Seelen umglänzte. Der Mangobaum wuchs und legte seine Früchte faul auf die unvollendete Mauer. Die Früchte wurden reif, nur die Stadt reifte nicht. Der Bart des Vaters wandelte sich und zerrte in verschiedene Richtungen, nahm die Sonne in sich auf und fältelte ihre Strahlen unter dem Haar. Stramm grüßte das Barthaar von einem dafür zu kleinen Kinn her. Weich war der Bart des Sohnes und glänzte von Vaseline. Verwirrt teilte sich sein Barthaar in der Mitte und lehnte sich schließlich erschöpft gegen das große Kinn. Beide Bärte waren in der Bruderschaft ihrer Haare mit den Malen des Zweifels beladen und zeigten oberhalb der Nacken von Vater und Sohn nur spärliche Zeichen der Gewißheit. Beständigkeit gab es da kaum. Der Bart Erzuahs, des Vaters, war ausgeflockter, erdiger, wußte mehr Antworten. Wußte mehr um den süßlichen Puder samstäglicher Nächte, mehr von den Überlieferungen aus längst vergangener Zeit, und hatte mehr Rauch als der andere erlebt. Dieser zweite Bart gehörte Kofi Loww, dem Sohn. Er umzeichnete das Gesicht weniger genau, die Haare schwebten wie ein Hintergedanke in ihm...

und doch konnte eben dieser so wortkarge Bart die ganze Stadt um sich sammeln. Und während die Stadt sich versammelte, sprach das Barthaar zu der Spanne von fünf

Fuß zwischen Kinn und Füßen, füllte die Unterhaltung mit Kassava, ziellosem Wandern, langem Schauen. Welten, die nicht stillstehen wollten, mit Papayas und Nutten. Und dem immer wieder aufwallenden Fehlen von Adwoa Adde, denn Adwoa nahm einen Platz in seinem Herzen ein. Erzuahs Bart wurde von einem Gespinst aus Weisheit verziert, doch man vermißte die dazugehörige Spinne. Deshalb füllte sich sein Sinn für Leere, der ohnehin weit weniger ausgeprägt war als der seines Sohnes, augenblicklich mit Herzensgüte und mit Trinken...

egal, ob sich die Spinne nun einfand oder nicht. Er hatte gelernt, seine Haut zu entfalten, um der Wirklichkeit des Augenblicks zu entsprechen, und das hatte ihm am Hinterkopf graue Haare verschafft...

vor allem, weil er die überfließende Haut für Wutausbrüche oder Gelächter benötigte. Er war davon überzeugt, daß seine Pfeife gehaltvoller war als sein Mund, daß die Pfeife eines wahren Jägers lange vor seinem Mund leuchtete und Wert verkörperte: Die Höhlung des Mundes stand hinter dem bedeutungsschwangeren Kopf der Pfeife zurück. Das Gesicht des Sohnes war dunkler. Hoffnungen standen darin und erhellten die kleinen, schräg stehenden Augen, die eine tiefe Hartnäckigkeit weißte. Beim Essen führte ein Pfad aus *okro* von einem Mund zum anderen, so daß der *okro*-mundige Erzuah die Welt in Fetzen redete, während Kofi Lowws Leben mit merkwürdigem Ernst aus einer anderen Gegend seines Gesichts hervorkroch. Dennoch hegte man in einigen Stadtteilen Accras keinen Zweifel daran, daß Kofi meterweit rückwärts laufen konnte, ohne daß irgend jemand in der Lage wäre, zwischen Rücken und Brust zu unterscheiden: Das bewirkte die ausschweifende Neigung seines Bartes, sein vorspringender *bashi*...

er war der Mann mit dem rastlos schweifenden Gedankenhorizont im Nabelpunkt des Nackens.

Staub, Ingwer und Gerüchte türmten sich gegen die Mauern und erschütterten sie. Erzuahs Augen waren jetzt so flink, so gepfeilt, daß sie zornig den hervorstechenden Rücken seiner großen Nase umrundeten. Diese Nase, die die Welt mit Argwohn beschnupperte, drängte verächtlich abwärts, dem lächerlich kleinen Mund entgegen. Einem Mund, der in längst vergangenen Tagen hauptsächlich von *akpeteshie* und Beleidigungen überquoll. Der Sohn übernahm die zwei Kilo, die die geistige Bürde seines Vaters wog. Und als dieser Geist in seinen Bart einfiel – sich stets, wie er es sich vorstellte, durch immer drei von zehn Haaren filterte –, krümmte er sich unter der Last dieses Gewichts zusammen. Drüben, neben den kleinen Regalen auf der höher liegenden Straßenseite, konnte Kofi Loww den Vulkaniseur sehen, der sein *waakyi* aß und auf den Reifen saß, die sein Leben abrundeten.

Als er die Jahre an sich vorüberziehen ließ, traf Erzuah die beunruhigende Einsicht, daß er wichtige Ereignisse seines Lebens an der Hitze jedes trunkenen Schlückchens und der verbindenden Würze seiner Pfeife gemessen hatte...

so daß er eines Tages nicht mehr den Unterschied zwischen Gin und Pfeifenrauch ausmachen konnte. Doch noch immer war er in der Lage, dem Meer die Stirn zu bieten. Und noch immer konnte ghanaischer *schnapps* ihn in Extase versetzen.

Vor lang vergangenen Tagen war Maame, Erzuahs Frau, ein stolzer Turm aus Fett. Und wenn sich das Fett unter seinem Spott erhitzte, briet und beizte es seine Würde...

die sich damals noch zwischen den Beinen ausbreitete. Jahre aus Gefühlsmauern, auf die sich keine Mangos legten, hatten sie gelehrt, über ihn hinwegzusehen, wenn er sie um irgend etwas bat. Hatte sie Erzuah etwas mitzuteilen, so sprach sie einzig mit dem kleinen Kofi. Dieser einbahnstraßige Frauenmund teilte Erzuahs Gesicht fast in zwei Hälften mit dem Zorn, den er dort einpflanzte. Er warf ihr vor, daß sie versuchte, ihn zu entmannen. Er warf ihr vor, Steine unter seinen Reis und seine Bohnen zu mischen. In seiner Wut stürmte er auf sie zu – in ihrem gilbenden Gehöft –, seine Pfeife hing ihm im Mundwinkel, und er schrie sie an, während sie kochte: „Du, deine Küche ist haßerfüllt! Ich kann dein Essen nicht im Magen halten. Und was du jetzt auf dem Feuer hast, könnte mich ins Grab bringen! Du denkst wohl, ich hätte nicht gesehen, wie du all die Jahre deinen Hintern vor Yaw Brago geschwenkt hast...

er ist reich, obwohl er nichts zwischen den Beinen hat. S'ist das Geld, das er zwischen den Beinen hat, aber keine Männlichkeit! Glänzende Münzen, das ist alles. Ich aber hab wenigstens einen Sohn gezeugt! Du wirst ihm nur Pfunde und Pennies austragen...

und was dein Gesicht angeht, hmmm, ich hab's all die Jahre grad so ertragen. 'S taugt nicht für's Tageslicht. Und 's ist wie das deiner Mutter..."

Dann tanzte er seinen vertrockneten, grinsenden Körper um sie herum und blies seinen Rauch direkt über ihr *duku* hinweg. Kofi Loww war damals noch ein kleines Kind und saß in einer furchtgeschlagenen Ecke dieser Welt, deren Schwere er mit verzweifeltem Stirnrunzeln zu verjagen versuchte. Seine weit aufgerissenen Augen sahen in seinen Eltern zwei Bestien aus einer Geschichte von *Ananse*, der Spinne. Er haßte es, wenn seine Mutter nun ihrerseits seinen Vater beleidigte und ihn, klein wie er war, in die Beleidigungen einschloß. Was hatte er, Kofi, nur getan? Seine wenigen Worte der Verzweiflung, die er in den Mittelpunkt ihres Streits schickte, gossen nur Öl auf das Feuer. Der kleine Kofi hob einen Fuß vom Boden, als wollte er den Druck des Schreckens auf die Erde vermindern. Maame änderte ihre Körperhaltung, stand dann langsam auf und bot den frischen Schimpfkanonaden ein weiteres Ziel dar. In solchen Augenblicken fühlte sie sich hin und her gerissen zwischen der Schuld, die sie empfand, weil sie ihr Ohr den heimlichen Einflüsterungen Yaw Bragos geschenkt hatte, und der Notwendigkeit, sich zu wehren und klarzumachen, daß Erzuahs Schuld viel größer war als ihre. Langsam machte sie ein paar Schritte. Die Schnecken und Zwiebeln, die sie kochen wollte, fielen neben ihren Füßen zu Boden. Ihre Arme zitterten und bebten, als wollten sie aus dem Raum um sie herum den Teufel vertreiben. Die Hupe eines vorbeifahrenden Autos steigerte die Spannung noch, und die Mauern schlossen sich enger um die drei. Mit den Augen den Himmel über dem Gehöft absuchend – diesen zwiebeltränigen Himmel, zu dem sie so oft aufsah –, begann sie ein Lied von der Hingabe an Gott zu singen, zeigte ihre Wut jetzt nur noch im Beben ihrer mächtigen Arme. Ihr braunes Kleid erstrahlte vor erlittener Ungerechtigkeit, und Zwillingsschwester war ihr Lied. Dann, während sie weitersang, griff ihre Hand an die Hüfte und löste das Kleid. Als es auf den alten Betonboden sank, drehte sie sich blitzschnell um, zog die Schlüpfer herab und entblößte den

Hintern. Und sang weiter, die Augen himmelwärts gerichtet. Die Perlen, die sie um die Hüften trug, umschrieben die Ungeheuerlichkeit ihres Tuns, umkreisten die völlige Verwirrung in Erzuahs Augen. Weil er sich nicht bewegen konnte, wollte Kofi sich die Füße seines Vaters borgen. Doch auch der war unfähig, sich zu bewegen...

vier Füße standen da, reglos in die Tiefen der Welt gestampft. Dann kam Maame langsam auf Erzuah zu, den nackten Hintern voran, Verachtung im Gesicht. Sie kreischte mit erschreckender Schwere: „Ja, schau hin! Sieh ihn dir genau an! Du hast ihn seit Jahren nicht mehr gesehen! Ich werd hier so lange so stehenbleiben, bis Yaw Brago und alle möglichen Leute ins Haus kommen! Wenn du mich nicht willst, andere wollen mich! Ich kann mehr Schwänze haben, als du jemals zu zählen imstande bist. Und dein Herr Sohn schlägt sich ja sowieso immer auf deine Seite. Idioten seid ihr, alle beide! Ich werd jeden Penny zurückfordern, den ich je für euch ausgegeben habe. Yaw Brago will mir ein Kleid schenken, also was, also was, ich nehm es...

Ich nehm es mir nachts, wenn ich mich hinlege. So mir Gott helfe!"

Wieder begann sie zu singen. Dabei stand sie ganz still, warf nur noch ihren Kopf von einer Seite zur anderen.

Die Herzen von Vater und Sohn verschmolzen zu einem, drehten sich wieder und wieder um in ihrer einen verzweifelten Brust. In Erzuahs Kopf hatte Maame sich in ein Feuer verwandelt. In eine Hexe, deren Kräfte sich ins Böse kehrten, um ihn zu zerstören. Er fegte mit fliegendem *batakari* über das Gehöft und verhüllte das tränengebeizte Gesicht seines Sohnes.

„Kofi, sieh nicht hin, sieh nicht hin! Sie ist verrückt! Sie ist im Arsch verrückt!"

Maame verfolgte Erzuah noch immer mit all ihrem Abscheu. Mit dem Hintern voran. Das Gehöft war wie der Bedford, der gerade im Rückwärtsgang draußen vorbeigefahren war: abweisende Festung statt bergende Zuflucht. Dann war aller Lärm verstummt. Die Bestürzung kühlte Erzuah etwas ab, drang in die Tiefen seines Wesens, preßte eine Ruhe aus ihm hervor, die in seinem Kopf die letzten Barrieren zerbrach und umschichtete: Plötzlich hatte er das Gefühl, im Recht zu sein. Denn an ihm war eine Untat jenseits seiner eigenen Ausschweifungen verübt worden. Und das befreite ihn von jedem Schuldgefühl. Er billigte ihre Hemmungslosigkeit und wollte sie dennoch dafür umbringen. Seine Pfeife, diese Waffe des Krieges, hielt seine Kiefer an ihrem Platz. Mit beiden Händen zog er an ihr, doch kein Rauch kam, kein Trost. Als seine Hände sich mit einem nutzlosen Streichholz nach dem anderen abmühten, schob er seine innere Zerissenheit beiseite, griff nach der Hand seines Sohnes und wollte das Gehöft verlassen. Kofi zog seine Hand aus der seines Vaters und sah seine Mutter erschrocken an.

„Bedecke dich, Maame, bedecke dich," sagte er zu ihr. Seine Augen waren ein einziges Flehen. Sie stand da und machte sich steif unter der tränenden Gnade ihres Sohnes. Aber sie beachtete ihn nicht. Sie sah durch ihn hindurch. Und das Licht wandelte die Farbe ihrer Haut, und unterdrückte Scham legte ein tiefes Rot um sie herum. Erzuahs Scham war bereits mit der zurückgezogenen Hand seines Sohnes verschwunden. Er war in wirrer Fröhlichkeit auf die Straße hinausgegangen und hatte gerufen: „Kommt und seht euch diese Frau an! Kommt und seht! Sie hat eine neue Art erfunden, Kinder aufzuziehen...

Sie erzieht ihr Kind mit dem Arsch! Kommt und seht, kommt und kauft! Und biiiilllig ist's zudem! Billig! Kommt und seht, was ihr noch nie gesehen habt! Kommt!"

In Sekundenschnelle füllte sich das Gehöft mit neugierigen Gaffern aller Altersstufen, die höhnten, lachten und aufgeregt schwatzten, während der kleine Kofi verzweifelt versuchte, die Blöße seiner Mutter zu bedecken. Erzuah schloß sich ihren Schreien an: „Schande, Schande, Schande!"

Eine Stimme rief: „Ihre Arschbacken sind kupferfarben, *paa*!" Dann kamen zwei Frauen. Entschlossen drängten sie Maame in das nächstgelegene Zimmer, bedeckten ihre Nacktheit und herrschten sie an, fragten sie, wie tief sie noch sinken und ihre Weiblichkeit mit Schande bedecken wolle, nur wegen eines Mannes...

Zitternd erwiderte Maame: „Tief wie das Meer, der Mann ist ein Teufel!"

„Dann", sagte eine der Frauen traurig, „hast du heute alle Frauen Accras entblößt. Hast du die Gesichter der Männer etwa nicht gesehen?"

Maame versuchte nur, ihr Zittern in den Griff zu bekommen, und hielt es in unsicheren Armen. Sie senkte den Blick. Die Frauen verließen sie ebenso schnell, wie sie gekommen waren, und scheuchten die Menge im Hof auseinander.

Nicht ein Wort richteten sie an Erzuah, und seine Augen mieden sie wie eine böse Krankheit. Er hatte sich von seinem erschöpften Schemel erhoben, sein Taschentuch gefüllt vom Staub der vergehenden Anteilnahme anderer Menschen: „Was für eine Strafe von einer Frau," hatten sie gesagt.

Kofi konnte seine Mutter weder trösten noch ansehen. Die Mauern schoben sich weit auseinander, und das ersterbende Murmeln auf der Straße war mehr als bloße Verurteilung: Es war ein Schnitt in das zersplitterte Herz. Das prüfende Lüftchen, das in ihr Gehöft eindrang, brachte dem Vater nichts, brachte der Mutter nichts. Der Vogel, den es herübergeweht hatte, sang nahe bei Kofi im knorrigen Baum. Wieder erhob sich Erzuah. Sein Herz war vom Feuer eines neuen Entschlusses entfacht, das die Scham entzündet hatte...

als ob all die verschwendeten Jahre auf einmal neu geordnet worden wären. Er würde das Haus verlassen: seine Kleidung packen, sein Gewehr, seine Fotos, seine Wäsche, seine Führungszeugnisse von der Eisenbahn, seine Pfeife und seinen Sohn...

Der stand da, starr und steif, und war nicht fortzubringen. Als Kofi schließlich gebrochen zu seiner Mutter ging, sagte sie nur: „Geh, geh, geh zu deinem Vater! Ich kann mich nicht länger um einen Irrtum kümmern. Mein ganzes Leben mit ihm war ein Irrtum..."

Kofi wartete nicht. Er warf ihr sein zerbrochenes Herz vor die Füße und ging. Rannte zum Tor zu seinem Vater und rief: „Papa Erzuah, wenn ich bei dir bleiben muß, dann tue ich das. Ich helfe dir, alles zu regeln."

In ihre Zweifel gehüllt, gingen Vater und Sohn davon. Erzuahs Hut hätte ihnen beiden gepaßt, so sehr hatte der Schmerz ihn geweitet. Sie sahen nicht, wie Maame mit einer Härte hinter ihnen herstarrte, die nichts fühlte und auf lange Zeit nichts lebte. Sie baute sich eine Bank aus Stille, von der sie sich später zurückzog, teilte ihre Armseligkeit –

und Schuld – mit ihren Schwestern, bis nichts mehr übrig und alles vergessen war.

Die Sonne brach in sein Gesicht und teilte es in zwei Hälften. Kofi Loww, der mittlerweile dreißig war und an der ruhelos wandernden Flanke des Zweifels lebte, ging die High Street von Accra entlang. Sein Kopf war ein wenig tiefer gesenkt, als er sollte, so daß ein großer Teil der Welt, obwohl mit einem Lüftchen aus frischem *kyenam* beladen, haarscharf über ihn hinwegglitt. Alles schien in einiger Entfernung von ihm zu geschehen, konnte aber später mit heimlicher Wucht zurückkommen. Sein Vater, den er über die Jahre hin verändert hatte, versuchte nun mühsam, ihn zu ändern: Erzuah wünschte sehnlichst, daß Kofi Loww durch seine Wanderungen zu der Einsicht käme, daß er an der Universität bleiben müsse, hatte er, Loww, doch beharrlich seinen Diplomkurs vorangetrieben. Es ist eine Frage des Abschlusses, dachte Loww nicht ohne Ironie. Und als er unter einem unvermuteten Orangenbaum stehenblieb, glaubte er, seine Zweifel trügen Früchte. Also lief sein ganzes Wesen schneller, mit Ausnahme seiner *okra*, als ob die Vertagung dieser Entscheidung ein Damm war, der seinen Gesichtskreis ansteigen und überfließen ließ. Sein Hals neigte sich nach einer Seite, weg vom Druck Accras. Jede Ecke, jeder neue Ausblick, der sich hinter einem Gebäude eröffnete, eine Menschenmenge oder Autos, waren Eindringen und Befreiung zugleich: Störungen hörten auf, welche zu sein, und wurden allmählich zu eigenen Wesen. Die *neem*-Bäume hielten und bürsteten Accra, doch übertrugen die Lüftchen an den Ecken nur die Hitze vom einen auf den anderen. Und auf keinen anderen als den gedankenversunkenen Beni Baidoo, der auf seinem Esel saß.

Beni Baidoo wollte ein Dorf gründen, weit weg vom *Mfantse*-Gebiet, aus dem er kam...

in dem er, wie er wußte, wenig Ansehen genoß. Für gewöhnlich fuhr er seine Begierden in die Garagen anderer Leute. Und Kofi Loww war der freie Raum, den er jetzt gerade erblickte.

„Hey, junger Mann! Treibt dich dein Vater wieder zum Träumen! Alles und jeden kenne ich in Accra, nur die Würde nicht! Sieh meinen Esel, ich erwarb ihn mit der Abfindung, die ich bekam, als ich in Rente ging. Ich reite ihn nur mit einer Pobacke, auf daß er weniger fresse und länger lebe. Was mir im Augenblick not tut, ist nur ein wenig Hilfe von meinen guuuuuuuuten Freunden, damit ich mein Dorf gründen kann. Mir ist Land angeboten worden, ich habe meinen Esel, und alles, woran es mir noch mangelt, sind ein paar menschliche Wesen, ein paar Möbel, ein paar übersinnliche Mädchen, eine Familiengottheit, ein Dorfnarr und ein Dorfdieb...

der den Reichen nimmt, was er edlerweise dann mir verehrt. Du solltest mehr so sein wie Dr. Boadi: der beglückt mich mit Bier, damit ich still bin, doch muß ich erst einmal reden, um mir das Bier zu verdienen. Junger Mann, wieviel willst du zu meinem grandiosen neuen Dorf beisteuern?" sprudelte es aus Baidoo hervor. Kofi Loww schaute auf die Uhr. Er wollte herausfinden, ob Glück darin lag, Baidoo zu treffen. Er konnte keins entdecken. Er sah nur, daß es zehn Uhr war, und schwieg.

„In Ordnung! Schweigsam wie immer! Ich fürchte dein Schweigen, wie mich das Getöse deines Vaters schreckt...

Was mich betrifft, so kenne ich alles und jeden. Und das Gerücht, das ich dir offenbaren möchte, sagt, daß sie dich verhaften wollen. Darum entsage deinen Streifzügen und beginne damit, Geld für deinen kleinen Sohn zu verdienen. Nun hast du Kenntnis davon, und ich mag Süßes! Beehre mich mit einer Kleinigkeit, und ich erkläre dir, wie du es vermocht hast, aus deinem Vater, diesem Säufer, einen halbtrunkenen, dressierten Philosophen zu machen..."

Loww runzelte die Stirn, steckte dem Esel aber dennoch eine Cedi-Note hinters Ohr und ließ den schwafelnden Baidoo stehen. „Ich bin der Erklärer. Dieser heimateinflußlose Erklärer dankt dir, Kofi...

aus der tiefsten Furche meines Herzens und auch aus der Furche meiner Frau..."

Als er beim Sraha Market am Usher Fort vorbeiging, dort, wo die Pfingstlerkirche ihre Mauern hob, sah Loww, wie klar und einfach sich alles – von frischem Wasser über die Kirche bis hin zu Regierungen und Kastellen – in der Gosse spiegeln ließ. Diese Stadt konnte den Hunger der Gossen nicht stillen. Denn es gab nichts, was sich nicht schon in ihnen gespiegelt hätte. Das Gebäude der Bukom

gaffte durch seine kleinen Fenster auf die uralte Kokospalme...

die im unregelmäßigen Rhythmus ihres Herzens tanzte. Das Haar des Fischers, der sein Netz ausbesserte, glich
der Farbe der vorüberziehenden Wolken. Und diese Farbe
warf sich in mannigfaltigen Abtönungen über so viele Gebäude...

Gebäude, die miteinander die Armut und den Reichtum verschiedener Zeiten und vieler Jahrhunderte teilten.
Hundert Fuß von Kofi Loww in Richtung Ufer türmten die
Gezeiten Gut und Böse aufeinander, überreichlich wie *Keta-
school boys*: Dort fand er keine Antwort, nicht einmal in
dieser einen Muschel, die den gesamten Schmutz der James-
town-Bucht umschloß. Jedes Stückchen Zweifel war soviel
wert wie ein Sandkorn. *Bebreee*. Und nach dreißig Minuten Gewahrsam erhob sich die Sonne aus dem Hof des
Gefängnisses. Jedermann empfing den Sonnenschein, die
Erde und die Straßen kostenloooos! Die Sonne war die
strahlendste Schwester! Die Sonne war Bäckerin: Köpfe,
Gesetze, Fisch, Rücken, Schönheiten, Chiefs und die Geschichte bräunte sie. Und die dunkelste Einschätzung der
zweiseitigen Münze Leben, des *fufu*-Lebens, des *pito*-Le-
bens, alles verendete schließlich im selben Braun. Genau
dieses Braun sah Kofi Loww in den Gesichtern, die da lachten, die Stirn runzelten, sich neckten und liebten. Fatima
lief in ihn hinein, und mit ihren Erdnüssen fielen seine Gedanken zu Boden. Fatima lebte in einem Haus, das nach
Erdnußschalen duftete. Sie rief: „*Owula*, passen Sie nicht
auf, wo Sie hintreten? Sie haben Glück, daß die Nüsse noch
nicht geschält sind! Und sehen Sie sich den Traum auf Ihrem Gesicht an!"

Fatima hatte versucht herauszubekommen, wie viele
Erdnüsse sie essen konnte, ohne daß ihre Mutter es bemerkte. Deshalb schnitt sie Kofi Loww, während sie die Nüsse
auflasen, alle Augenblicke eine Grimasse. Loww stierte starr
über sie hinweg und las ebenso viele Steine und *alokoto*-Stück-
chen auf wie Nüsse. Als sie das bemerkte, rief sie: „Gehen
Sie bitte, bitte gehen Sie. Ich mach das allein. Waaaas! Sie
tragen ja die Hälfte meiner Nüsse im Bart. Meine Mutter
bringt mich um, wenn ich nicht schnell den Rest röste!"

Der Fahrradmechaniker pumpte die Geduld eines Kunden in den Schatten eines Reifens. Er fürchtete, sie könnte platzen. Als Fatima mit ihren Nüssen fertig war, trug sie eilig ein paar Bemerkungen zu ihrer Freundin hinüber, die Apfelsinen verkaufte. Und sobald sie ihre Worte abgelegt hatten, schüttelten sie sich vor Lachen aus über den davongehenden Loww. Der grobklotzige *aplankey* mit dem Rauch in den Augen dachte aber, sie lachten über ihn. Deswegen spuckte er aus, als sein alter *trotro* vorbeifuhr. Fatima und ihre Freundin verfluchten ihn schwatzend und lachend.

Als Kofi Loww in der Nähe des Postamts um eine Ecke bog, stand plötzlich mit verschränkten Armen sein Vater vor ihm. „Ah, ich wußte, daß ich hier deine Tritte hören würde! Gehen wir schnell weiter: Es ist gefährlich, mit zwei Bärten zur selben Zeit an einem Ort zu stehen!" sagte Erzuah lachend. „Und das, wofür ich dich brauche, erfordert den Rückhalt eines sitzenden Hinterns: Es ist ernst. Es ist schwerwiegend."

Der alte Erzuah besaß, wenn er sprach, die Gabe, jedem seiner Züge einen anderen Ausdruck, eine andere Bedeutung zu verleihen. Ungeduldig schossen seine Augen um das Gesicht seines Sohnes, und so sahen seine Worte übertrieben gehetzt aus. Seine Nase wartete gelassen auf eine Antwort, die er sofort zurückweisen könnte. Um seinen Mund spiegelte sich die Ironie, die er empfand, als er seinen Sohn in dieser seltsamen Gemütslage vorfand, gleichzeitig so ernst und doch so ziellos. Während sie nun schweigend weitergingen, zerteilten ihre Schritte Accra. Sie hüllten die Stadt in die unterschiedlichen Schattierungen ihres Haars. Dann konnte Kofi Loww Erzuah plötzlich nicht mehr sehen. Unentschlossen stand er bei den Glamour Stores und suchte seinen Vater, suchte nach Anzeichen seiner Abwesenheit. Er glaubte, noch schwach den alten Tabakrauch zu riechen, doch sehen konnte er nichts. Er wollte seinen langsamen Trott wieder aufnehmen, als plötzlich wie aus dem Boden geschossen Erzuah neben ihm stand und ihn fast umstieß.

„Aber was hast du...", begann Loww.

„Neinneinnein, sag nichts. In dieser Angelegenheit ist es mir lieber, wenn du schweigst. Weißt du, ich mußte mich schnell mal für einen heimlichen Gin davonstehlen. Alt wie ich bin, brauche ich nämlich ab und an eine kleine Stärkung", unterbrach ihn der alte Mann, „ich hab dir doch gesagt, daß das, was ich dir sagen muß, Rückhalt nötig hat! Und du weißt ja: Heut ich nur noch trink schwach-mann. Und wenn irgend etwas über meinen Mund gebietet, dann ist es meine Pfeife."

„Aber wer ist jetzt bei Ahomka?" Kofi Loww fragte nach seinem Sohn, um den sein Vater sich sonst so gut kümmerte.

„Ich werde es dir bald sagen, bald. Schade, daß du meinst, du müßtest so viele Berge besteigen, um bei so einem kleinen Termitenhügel voll Leben anzulangen. Und überhaupt, warum willst du dich besser kennenlernen? Was gibt es da zu verstehen? Ich glaube, du hast zu viele Bücher gelesen. Wie viele junge Afrikaner in deinem Alter hast du dem eigenen Schatten nachjagen sehen? Keinen! Sie alle sind damit beschäftigt, das zu bekommen, was ihnen zusteht!"

„Ich werde bekommen, was ich will, sobald ich weiß, was ich will", sagte Loww mit überraschender Schärfe. „Wir haben das alles schon besprochen, und jetzt reden wir sogar mitten auf der Straße darüber."

Dann fiel er in sein gewohntes Schweigen zurück.

„Wenn du dein Schweigen nur zum Brüllen bringen könntest", stieß Erzuah hervor. „Neben deinem Diplom ist das Kind das einzig vernünftige, das du zustande gebracht hast. Natürlich stimme ich dir zu, daß du Ahomkas Mutter nicht heiraten kannst. Was sie angeht, so ist der Krach, den sie macht, genauso gefährlich wie dein Schweigen! Hahaha. Mach dir nichts aus deinem alten Vater, ich rede jetzt mit Schnapshitze in meiner Kehle. Aber ich glaube, Adwoa wär die richtige für dich. Paß nur auf, daß du sie nicht verlierst!"

Loww lächelte mit der Stirnseite seines Mundes, schob da Haare hervor, ließ dort Überzeugungen erstehen. Die Kinder in den Straßen Mamprobis zeigten auf Kofi Loww als den Mann, der mit dem Himmel in den Augen umherging. Hochgewachsene Bäume bestäubten den Himmel und er auch.

„Warum sagst du mir nicht jetzt, was du mir sagen willst, Papaa?", fragte Loww seinen Vater mit einem kaum erkennbaren Anzeichen von Ungeduld. Kofi Lowws Beine waren lang und krumm, mit beinahe seitlichen Ausbuchtungen, die auf die Welt eintraten, als sei sie bereits vollständig abgewandert. Und mit seiner Seele war es das gleiche...

ruhelos wandernd setzte sie ihre Kraft gerade dort ein, wo andere vor langem ihre Schwächen zurückgelassen hatten. Und seine Augen: Man sagte, daß sie soviel an Unklarheit enthielten, daß es eigentlich mehr als nur einen Menschen brauchte, um sie zu schleppen...

wahr war aber auch, daß irgendein unbefriedigter Vorfahr eben diese Augen in dieser doppelten Welt des Sehens benutzte. Erzuah sah über die Frage seines Sohnes hinweg und fügte eine weitere Warnung an: „Wenn du so weiterlebst, könnte leicht jemand von deiner Seele Besitz ergreifen!"

Das Schweigen füllte sich mit den Worten anderer Menschen, mit den Autos anderer Menschen. Schnell ging Kofi Loww mit seinem Vater zum Community Centre hinüber. Dort setzten sie sich jeder auf eine andere Stufe.

„Sieht so aus, als müßten meine Worte erst ein wenig klettern, um dich zu erreichen...

doch laß mich erst den *tatale* aufessen," sagte Erzuah abwesend und gab Loww etwas von dem herrlich frischen *tatale* ab. Sie stopften unterschiedliche Gedanken in sich hinein.

„So, Bauch und Hintern haben ihre Stärkung! Hör zu, junger Mann, ich werde dir etwas Seltsames erzählen. Doch bist du ja auf Seltsames eingestellt, es wird dich also nicht überraschen. Ich saß da und spielte mit Ahomka, antwortete auf seine Fragen und trieb meine Possen mit seinen – er mag es nicht, wenn man ihn auf seinem Felde schlägt, hmmm! –, als ein weißer Mann an die Tür kam und nach dir fragte. Ich sagte mir: Gut, schließlich und endlich nähert sich mein Sohn doch den Reichtümern Europas: Seine Freunde erbleichen! Wenn du deinen Weg suchst, dann verlasse Accra und geh aufs Land. Und wenn das nicht hilft, dann verlasse die wundervollen Strände, verlasse die mächtigen Wälder, die endlosen Steppen. Zieh in das weiße Land, von dem man sagt, daß die Leute dort nur einmal im Jahr auf die Toilette gehen! Hmmm. Wie ich gesagt hab, bevor der *akpeteshie* aus mir zu sprechen begann, jener Weiße sagte, er kenne dich über einen Ebo, und daß er mit noch einem Besucher gekommen sei, einer Frau, einer alten Frau, die dich sehen wolle. Ich begriff dann, daß es um deinen Freund Ebo ging. Er ging zu seinem Auto zurück und holte, ja holte die Frau hervor: Und diese Frau war Maame, deine Mutter!"

Plötzlich stand große Verwirrung in Lowws Augen. Er stand auf und starrte in die Sonne. In seiner Brust wechselte das Herz den Takt. Dann meinte er mit einem Gleichmut, den er nicht fühlte: „Was will sie nach all den Jahren? Paßt sie auf Ahomka auf?"

Erzuah machte eine Pause, um seine Pfeife anzuzünden. Als er jedoch husten mußte, wollte die böse Vorahnung seine Kehle nicht verlassen.

„Ich hab sie noch nicht gefragt, warum sie gekommen ist, veranstalte also keine Panik. Ich glaube immer noch, dich gelüstet's weit mehr nach dem Unerwarteten als mir. Doch ehrlich, Kofi, wirklich, sie sieht aus wie eine alte Hexe! Ist auch so dünn geworden! Konnte Yaw Brago nicht besser für sie sorgen? Ihre Augen sehen nicht mehr so aus wie deine", sagte Erzuah in einem Atemzug. Es sah aus, als wollte er die Augen seines Sohnes meiden. Und Loww fühlte eine unerklärliche Wut in sich. Er blickte Erzuah so eindringlich an, als ob der alte Mann seine Wut übernehmen sollte: „Aber warum hast du Ahomka bei ihr gelassen? Du weißt doch, du weißt, daß du damit eigentlich mich bei ihr zurückläßt. Wie konntest du mich so allein lassen? Glaubst du, sie läßt mich diesmal wieder zurück? Papa, sie ist gekommen, um über Ahomka mich mitzunehmen. Sie weiß, daß ich Ahomka bin...

der einzige Unterschied sind doch ein paar Jahre und unterschiedliche Körper. Sie will die Jahre zurück. Ihr Schuldgefühl ist das gleiche geblieben! Sie will ihre Bitterkeit benutzen! Gehen wir, bevor es zu spät ist, Papa Erzuah, beeilen wir uns!"

Während er sprach, war Kofi Loww laut geworden. Der Schweiß auf seiner Haut glich verirrten Tränen. Erzuah schaute ihn befremdet an und sagte: „Ich versteh das alles nicht, was du sagst. Du bist mit Sicherheit nicht Ahomka...

was meinst du überhaupt?"

Schon im Losstürmen begriffen, erwiderte Loww: „Du hast also in all den Jahren nicht begriffen, daß sie manchmal durch mich denkt und spricht? Gehen wir nach Haus."

Atemlos sagte Erzuah: „Aber der Weiße war da, der Weiße war da!"

Die Aufregung, vor der er seinen Sohn gewarnt hatte, war nun auf seine Brust übergegangen, und im Taxi bewegte sich sein Körper viel schneller, als der Datsun vorankam. Die Entfernung hatte sich vergrößert, sein Körper sich gestreckt, seine Augen schauten starr in eine Richtung. Ohne die Stille im Taxi zu durchbrechen, meinte Loww schließlich: „Wenn Dr. Pinn erfährt, daß sie Ahomkas Großmutter ist, wird er sie nicht daran hindern, ihn mitzunehmen."

Erzuah schüttelte nur energisch den Kopf. Als wollte er sagen, daß man die ganze Welt loswerden könnte, wenn man nur den Kopf schüttelte. Und immerhin konnte sich die Wahrheit auch in den Stoßdämpfern verbergen, die noch stärker rüttelten.

Als sie endlich in Mamprobi ankamen, sah das Haus ungeheuer still aus. Erzuah war als erster draußen. Wie ein Blitz. Als sie die zwei Zimmer betraten, hörten sie draußen einen zornigen Ruf: Der Taxifahrer rief nach seinem Geld, das sie ihm zu zahlen vergessen hatten.

„'tschuldigung, *Owula*!" rief Loww hastig, als er das Geld in das Auto warf, ohne den Fahrer anzublicken.

Später klopfte es leise an der Tür. Vater und Sohn stürmten beide auf sie zu. Doch ihr Ansturm fand kein Ziel. Es war nur Dr. Pinn, der vor der Tür stand und sich das Kinn hielt. In seinen Augen war eine ganz gewöhnliche Ruhe – blau und leer. Blau und leer fühlte es auch Loww unbewußt in dem Maße in sich aufsteigen, in dem die Tatsache, daß sein Sohn nicht da war, sein Denken beherrschte – und das war eine Beleidigung der Aufregung gegenüber, die die beiden Männer erfüllte. Ohne zu grüßen, sprach Loww als erster: „Dr. Pinn, wohin hat die alte Frau meinen Sohn entführt? Wohin sind sie gegangen?"

„Guten Tag", begann Dr. Pinn. Er war entschlossen, höflich zu bleiben, obwohl es ihn überraschte, wie hitzig die Fragen gestellt wurden. Erzuahs Mund blieb stumm, doch in seinen Augen standen genauso viele Fragen.

„Die alte Dame sagte, sie ginge bloß mal um die Ecke, um ihrem Enkelsohn ein paar Süßigkeiten zu kaufen...

aber, Mr. Loww, ist sie denn nicht Ihre Mutter? Gibt es da etwas, wovon ich nichts weiß?" Und Dr. Pinn fuhr fort: „Wissen Sie, ich hab Sie noch nie so erlebt...

nicht einmal, als Sie mit Ebo ein paar Tage bei mir gewohnt haben. Wie dem auch sei, ich muß Ihnen auch etwas sagen: Es gibt ein Gerücht, daß die Sicherheit hinter Ihnen her ist. Doch dazu später..."

Dr. Pinns Gesicht hatte jenen Ernst angenommen, der sich mit aller Gewalt selbst davon abhielt, in ironische Falten abzugleiten. Es brach über ihn herein. Als Nachsatz fügte er hinzu: „Natürlich, wenn Ihr Vater mir irgendwelche Anweisungen hinterlassen hätte..."

„Ja, es ist meine Schuld! Wo immer sie auch sind, es ist meine Schuld. Ich hätte es wissen müssen! Diese alte Hexe! Als letzten Racheakt hat sie das Kind gestohlen. Und worum geht es bei der Sache mit der Sicherheit?"

Ohne zu überlegen, drückte Kofi Loww seinen Vater in einen Stuhl und sagte: „Ruh dich aus."

Das Zimmer roch nach zerquetschten, toten Ameisen, und die Augen des alten Erzuah sahen fast aus wie ein Termitenhügel, von dem die Sonne sich gerade abwendet.

„Nehmt's doch leicht, ihr beiden. Ein kleiner Junge mit seiner Großmutter, das ist doch nichts, worüber man sich aufregen müßte...

Ich gehe jetzt und hole Ebo, wenn Sie nicht erst einmal mit zu mir kommen wollen. Wenn sie dann noch nicht zurück sind, werden wir sie zusammen suchen. Sie wissen doch wohl, wo sie wohnt?"

„Wissen Sie, das ist ein Teil des ganzen Problems. Wir hatten seit Jahren keine Verbindung zu ihr", erwiderte Erzuah, dessen Augen sich noch immer röteten, „abgesehen von Drohbriefen, die sie manchmal geschickt hat, um Geld einzufordern, das sie niemals bekommen wird, nicht von mir."

Kofi Loww dankte Dr. Pinn und brachte ihn hinaus. Als er gerade wieder ins Zimmer getreten war, klopfte es erneut an die Tür.

„*Agooo!*" Es war Maames Stimme. Die beiden Männer sprangen auf.

„*Dada*, sieh mal, mein Kaugummi! Ich hab ihn aus der *alasa* gemacht, die Großmutter mir gekauft hat. Sie hat mich lieb, *paaa*. Schau, ist sie nicht lieb? Papa Erzuah hat gesagt, sie ist eine Hexe, aber das glaub ich nicht. Ha! Guck mal, ich kann eine Blase machen. Hast du schon mal eine Blase aus einem a*lasa*-Kaugummi gesehen?" sprudelte Ahomka an der Hand seiner Großmutter hervor.

„Ja", sagte Kofi Loww zu seinem Sohn, „ich meine nein, den Trick kenne ich nicht, aber du kannst ihn mir ja später zeigen."

Dann zog er Ahomka von seiner Großmutter weg. Maame lachte freudlos und sah ihrem Sohn direkt in die Augen, als ob sie zwanzig Jahre zurück in die Vergangenheit blickte. Plötzlich stieg etwas in ihren Augen auf, verschwand aber genauso schnell wieder. Sie sah sie voll Furcht und Sehnsucht an. Fast genauso schnell beruhigte sie sich wieder.

„Kein Stuhl für mich da?"

Sie wandte sich mit einer neuartigen Mischung aus Sarkasmus und Schüchternheit an Erzuah.

„Hier gibt es keinen Stuhl, der stark genug wäre, dich zu ertragen, Maame. Doch ich will dir diesen hier geben... darauf sitzen nur Engel oder Teufel."

Erzuahs Gesichtszüge waren so scharf geworden, so lebhaft gezeichnet, daß es den Anschein hatte, sie wollten mit seinem Gesicht durchgehen. Er hatte ein schreckliches Gefühl von Genugtuung und Wut. Einer Genugtuung, die sich über zwei Jahrzehnte in die Vergangenheit hinein erstreckte und nun, mit dem Besuch dieser Frau, im offenen Raum der Gegenwart endete. Sie dankte ihm für den Stuhl und setzte sich, den Kopf gesenkt. Kofi Loww stand auf, schaute seinen Vater an und schüttelte ein Gefühl der Betroffenheit ab.

„Geh nicht!" sagte Erzuah ein wenig zu laut, „hilf mir, sie zu fragen, was sie auf dem Herzen hat. Wasser wird sie keins wollen. Und vielleicht ist das Wasser hier im Haus ja auch vergiftet. Wenn sie andererseits hergekommen ist, ein paar tote Herzen einzusammeln...

Als er sich Maame gegenübersetzte, fiel Erzuahs Gelächter zusammen mit ihm auf den Stuhl. Mit plötzlich aufbegehrender Selbstbehauptung sah sie ihn an, sank dann aber wieder in sich zurück, ohne etwas zu sagen.

„Mutter, was führt dich her?" fragte Kofi Loww fast

unhörbar. Er war selbst überrascht über die wachsende Gleichgültigkeit in seinem Herzen. Und noch wußte er nicht, ob dies ein echtes Gefühl war oder nur Schutz vor Gefühlen. Maame zögerte. Ihre Augen waren randvoll vor kaum verborgenem Kummer.

„Ich komme ohne jede böse Absicht. Ich wollte nur meinen Enkelsohn sehen. Ich weiß, daß mein eigener Sohn mich haßt. Und was seinen Vater angeht, so tut es ihm leid, daß ich lebe..."

Loww schoß einen scharfen Blick auf sie ab und fragte: „Yaw Brago ist tot, stimmt's? Er ist tot!"

Kopfschüttelnd sank sie noch tiefer in sich zurück. Ihr verblichenes Kleid bat nicht um Mitleid. Und sie bekam auch keines zu spüren. Die Stille würde zerbersten, gäbe sich einer von den dreien nur genügend Mühe.

„Er lebt nicht", erwiderte Maame schließlich.

„Oh, lebt nicht, eh? Da hab ich ja heute was gelernt! Es ist nicht so, daß jemand tot ist. Er lebt nur nicht! *Ewurade*! Bist du hierhergekommen, um deinen Enkelsohn zu sehen oder um Tränen für deinen toten Geliebten zu vergießen? Und wer hat dir verraten, daß du einen Enkelsohn hast? Er ist seit acht Jahren auf der Welt. Und jetzt kommst du... warum? Ei! Wenn jetzt Ahomkas Mutter hier wäre – vergeb mir's Gott –, ich würde versuchen, ihr den Kleinen in den Schoß zurückzupressen, damit du dich darüber freuen könntest, daß dein Enkelsohn geboren wird! Vergeb mir's Gott! Was willst du wirklich, Maame? Geht es nicht um's Geld? Dein Yaw ist nicht mehr da, um dich mit Gold zu überschütten! Und versuch nicht, mich mit deinem verblichenen Kleid zu übertölpeln...

du hast es absichtlich angezogen. Mußt du jetzt reich sein! Wozu brauchst du noch Geld?"

Erzuah hörte endlich auf zu reden und holte seine Pfeife hervor. Er hatte sich entschlossen, die Standpauke für Maame darin zu verwahren.

„Ich weiß, weshalb du wirklich hierhergekommen bist, Maame. Du willst, daß wir mit dir in das Haus ziehen, das du nun von Yaw Brago geerbt hast. Du willst, daß wir mit dir zusammenleben", sagte Loww mit seltsam leiser Stimme.

„Siehst du, sie schämt sich nicht einmal!" keifte Erzuah und schnappte mit seinen Worten nach ihr.

Maame hob das Gesicht zur Decke. Und aus Winkeln der Vergangenheit, die ihnen allen klar waren und zugleich verborgen blieben, brachte sie stumme Tränen hervor. Sie redete durch den Tränenvorhang hindurch: „Was geschehen ist, war genauso meine wie deines Vaters Schuld", sagte sie eindringlich zu Kofi Loww.

Loww stand auf und ging aus dem Zimmer. Erbarmungslos sah Erzuah sie an und hielt ihr entgegen: „Unsere Leben sind jetzt verschieden. Komm also nicht her und störe uns! In all den Jahren, in denen du in Wohlstand gelebt hast, haben wir uns geplagt. Du hast uns entehrt. Ich kenne meine Fehler. Doch was du getan hast, hat Kofi und mich fast zerbrochen."

Dann verwahrte er seine Worte wieder in der Pfeife. Kofi Loww kam herein und traf auf Schweigen. Maames Augen waren trocken. Trockener als Sand. Sie änderte ihren Tonfall:

„Ei, Kofi, ist für eine alte Frau wie mich keine Liebe mehr da? Willst du mich nicht einmal besuchen, mit meinem kleinen Enkelsohn?" fragte sie, das Gesicht spröde vom Selbstschutz.

„Aber Maame, wo sind deine anderen Kinder? Ich meine, deine Kinder von Yaw Brago..."

„Wir hatten keine", antwortete sie barsch.

„Ah, hab ich's dir nicht gesagt? Hab ich's dir nicht gesagt!" fiel Erzuah ein. Und sein Gesicht erstrahlte in einem zweiten Anflug von Genugtuung. In seinem Strahlen aber lag Traurigkeit.

„Ich hab deine Mutter einmal geliebt", begann er und sah Kofi Loww an. „Unter all den Frauen, die die Worte aus meinem Munde und die Haare auf meiner Brust liebten, habe ich sie erwählt. Ich gebe zu, daß ich getrunken habe, doch hat ihr das das Recht gegeben, ihren Hintern vor jemand anderem zu schwenken? Sie hat nicht einmal an ihr einziges Kind gedacht. Du, Kofi, du..."

Loww schaute zur Seite. Er fühlte, wie sich plötzlich eine Last auf seine Brust legte. Er wandte sich an seine Mutter:

„Maame, geh in Frieden. Eines Tages werden Ahomka und ich nachsehen kommen, wo du bist und wie es dir geht...

Ich glaube nicht, daß Papa Erzuah uns aufhalten wird..."

Dann kam Ahomka mit seinem erwachsensten Blick hereingestürmt, sah die Traurigkeit, sah den Trotz, sah das wachsende Mitleid und sprudelte hervor:

„Ihr großen Leute! Ihr seid so ernst! Soll ich das Abendbrot zurechtmachen, wenn ihr alle so beschäftigt seid? Und habt ihr nun entschieden, ob Großmutter eine gute oder schlechte Frau ist? Sagt's mir! Papa Erzuah verbirgt niemals etwas vor mir. Ich bin sein Freund. Und jetzt, wo ich euch zugehört habe, möchte ich ihr die *alasa* zurückgeben. Doch sie wird weinen. Ich glaube deshalb, wir sollten ihr vergeben...

Ich meine, nicht gleich. Wir sollten sie jetzt verhöhnen und ihr dann, wenn wir sie besuchen, vergeben. Papa Erzuah, mein alter Freund, sag ja? Ihr großen, großen Leute. OK, ich fang mit dem Kochen an. Ich mag Schnecken, deshalb gibt's heut abend Schnecken."

Loww brachte seinen Sohn hinaus, bevor der noch mehr sagen konnte.

„Ich wünschte, ich könnte dem kleinen Rabauken meinen Bart vermachen. Und außerdem braucht er dringend ein paar auf die Finger", murmelte Erzuah vor sich hin, während er Maame hinausbrachte. Er sah sie nicht an. Er sprach sie nicht an. Sie verschwand in der Stille. Schritt in die Ferne hinein.

„Maame-eeee, Maaaame! Ich bin's, Baidoo. Wenn Erzuah dir nicht zusagt, warum probierst du nicht einmal mich aus? Wir könnten uns zueinanderlegen und unsere Haut miteinander flüstern lassen!" rief Beni Baidoo mit hoher Stimme Maame zu, die da stand und vor sich hin starrte. Als sie erkannte, wer er war, ging sie weiter, beschleunigte ihre Schritte und versuchte, Baidoo so schnell wie möglich aus ihrem Leben zu weisen.

„Maame, geh nicht, mein Lager ist empfangsbereit. Niemals konnte ich die Geschichte vergessen, wie du deinen Allerwertesten vor Erzuah entblößt hast. Man sagt, das Fleisch deiner Hinterbacken sei von der gleichen Farbe wie mein Gesicht und schön! Ei! Hab ich dich nicht vor langen Jahren vor dem alten Erzuah gewarnt? Sei vorsichtig und lebe nicht der Rache. Laß sie in Ruhe. Daß euer Leben eins war, ist nun Geschichte-ehhh. Du bist so mager, wie ich knochig bin. Wie alte Trommeln, die mit den Jahren besser klingen! Nun bist du alt und einsam. Ich kann dich trösten-ehhh. Zumindest ist eine meiner Hinterbacken noch frisch, weil ich sie nicht auf diesem Esel hier benutze...

ein halber Hintern sorgt bei Mensch und Tier für langes Leben...

Oh, geh nicht, ich wünschte, ich könnte nur die Hälfte deines Herzens erschauen...

die andere Hälfte wird zwischen Erzuah und Yaw Brago zerdrückt. Maaaameeeee-E, träum nicht von Vergeltung!"

Maame kletterte in ein überfülltes Taxi und schüttelte Baidoos Worte aus ihrem *duku*. Und als Baidoo hinter dem langsam fortschleichenden Taxi herstolperte, tat Maame etwas Gedankenloses: Sie warf einen halben Laib Brot aus dem Fenster nach Baidoo. Der traf ihn am Kopf und sprang dann in den Himmel. Als er ihn schließlich fing, gruben sich seine Zähne schärfer hinein als seine Hände. Seine Zähne hatten den schärferen Biß.

Kapitel zwei

Überall in Accra sah man in Baidoo, dem Beni, nichts weiter als einen ausgesprochenen Narren, der oft wie ein Schlag ins Wasser auf die Gastfreundschaft anderer Menschen niedersank. Als er erneut an dem am Gebäude der Bank of Ghana vorübergehenden Kofi Loww vorbeikam, vereinigten sich ihre Schatten zu einem, formten sich zum Abbild eines einzigen, riesigen Bettlers: Loww bettelte im Universum und Baidoo in Accra. Und letzterer schien ersteren zu verfolgen.

„Ich bin's, Kofi. Und nun laß nicht gleich all deine Zähne durcheinanderplappern...

Ich habe weitere zwanzig Cedis für die Gründung meines Dorfes zusammengetragen, fünfzehn von Dr. Boadi und fünf von Kojo Pol. Kaum lasse ich die Tage meines Briefschreiberdaseins hinter mir, schon ist kein Alphabet mehr in meinem Blut...

Ich habe mir ein Biologiebuch zu Gemüte geführt, und mir ist, als sammle ich *Cedi*-Plasma! Und es beschäftigt mich ein Problem: Mein Esel will mein Zimmer nicht mehr verlassen. Er verträgt sich nicht sonderlich mit dem alten Schurken von meinem Hund: Sie haben sich gezankt, und jetzt ist er mit allen vier Beinen eingeschnappt. *Ewurade*! Übrigens hat mir dein Vater untersagt, je wieder einen Fuß in sein Haus zu setzen. Er wagte zu behaupten, daß mein Esel sich in eurem Gehöft erleichtert habe. Und ich bin mit Sicherheit nicht in der Lage, die Eingeweide eines derart störrischen Tiers zu steuern! Und der Wut, mit der er seine Pfeife rauchte, konnte ich entnehmen, daß er versuchte, Maame aus seinem Leben zu brennen. Kofi, wenn du deinen alten Herrn glücklich machen willst, dann enthalte dich der Politik, der Grübeleien und der Wanderungen...

und heirate. Mein Zimmer ist bis zum Rand mit Elefantengras, altbackenem Brot und dem beständigen Odem des Versagens gefüllt. Das soll dich aber nicht beunruhigen. Ich werde mir erlauben, dich zur Eröffnung meines nigelnagelneuen Dorfes einzuladen. Im Ernst, Kofi, ich bin gekommen, dich um etwas zu bitten, nichts Großartiges, doch auch keine Kleinigkeit..."

Kofis Schweigen hätte sich einen Pfad durch seinen Bart gebahnt, wenn die Worte seinen Mund nicht bereits vorher verlassen hätten: „Ich kann deinem Dorf nichts mehr geben, Baidoo..."

„Neinneinnein. Ich will kein Geld...", unterbrach ihn Baidoo und senkte dann die Stimme: „Mir kam zu Ohren, daß dein Vater über eine mächtige Familiengottheit gebietet...

ob ich mir die wohl für ein paar Wochen ausleihen kann, um mein Dorf so zu weihen, wie es sich gehört..."

Loww brach in Lachen aus, und Baidoo stimmte ein, um das Lachen zu verlängern.

„Er besitzt nichts dergleichen. Papa Erzuahs einziger Gott sitzt in der Methodistenkirche...", sagte Loww und sah Beni Baidoo in die Augen. Dieser bemühte sich, dem Blick mit seinem Lachen standzuhalten.

„Vertrau mir ruhig, junger Mann, denn ich kann Geheimnisse bewahren. In meinem Kopf findet sich gerade noch Platz für ein weiteres Geheimnis. Oh, sag's mir, denn für einen Augenblick dachte ich, dein Bart brennt. Doch war es nur die Sonne, die sich in ihm verfangen hatte und ihn tönte. Du weißt, ich könnte dein Onkel sein. Und ich bin einer der wenigen Eselsmeister in Accra...

sobald du deine Augen von mir abwendest, wird dir klar, daß ich Respekt verdiene. Und man sagt, daß meine Stimme der eines ehrgeizigen Frosches gleicht, der trunken aus dem Star Hotel kommt und in den höchsten Tönen quakt..."

Baidoo bemühte sich, Loww das einfältige Grinsen auf seinem Gesicht mitzuteilen. Der aber nahm es nicht an.

„Frag meinen Vater, wenn du mir nicht glaubst", sagte Loww mit abwesendem Stirnrunzeln. Dann ging bestimmten Schrittes davon. Denn der Besuch seiner Mutter hatte der Ziellosigkeit seiner Wanderungen ein paar Fixpunkte entzogen. Baidoo schlotterten die Knie.

„Und was wird aus meinem Esel? Kannst du nicht seine Beine für mich erlösen? Als du klein warst, warst du mein kleiner Schatz. Nun schau dir an, was du mir antust! Okay, willst du keinen Gott mir geben, laß mich zumindest an 'ner Kippe kleben...", rief Baidoo dem verschwindenden Loww hinterher. „Freien Zugang zu Göttern und Kippen!"

„Du weißt doch, daß ich nicht rauche", erwiderte

Loww. Und verstaute seine Stimme außer Hörweite in einer Ecke.

Der Beni blieb zurück, die Hände auf die Beckenknochen gestützt – Hüften waren an ihm nicht zu entdecken –, und starrte in die Abwesenheit da direkt vor ihm. Die Stufen der Bank behüteten nichts. Sie waren es müde, tagsüber Füße auf und ab zu schleudern, und mußten des Abends ruhen, krochen mit langsam wohliger Bewegung übereinanderhin...

schnellebiger Tag, geruhvolle Nacht. Wie Gummi klebten Beni Baidoos Worte noch immer um Kofi Lowws Ohren. Er mußte noch ein paar Meter gehen, bevor sie seinem Kopf entsprangen...

und von seiner Entscheidung ersetzt wurden, Ebo The Food zu besuchen und dadurch zu ergründen, wie verrückt oder weise die Weisheit selbst geworden war. Die Zahl der Straßen, die sich einander über den Weg liefen, war so verblüffend hoch, daß der schnellste Weg nach Kanda entweder über völlige Verwirrung hinweg- oder durch *kelewele* und Autos hindurchführte. Und durch eine nach seinen Empfinden einfallslose Architektur.

Die Abenddämmerung war Sinnbild von Betrug und Wahrheit in einem. Sie umrahmte wahrheitsgetreu die Schönheit eines Volkes und stilisierte sie gleichwohl. Es war, als sollte diese Schönheit nur ländlicheren Orten als dieser Stadt zugehören. Jedesmal, wenn Kofi einen Schritt machte, hob er ein ganzes Land empor. Es hatte den Anschein, als ob der Raum, der jeder Person gegeben war, sich darin zu bewegen, zum Ursprung von Kunst wurde: Die Bewegung der Menschen war nichts weniger als eine Abfolge hemmungsloser Tänze, höchst wundersam auf die gewöhnlichste, auf die herrlichste Weise gelenkt und geregelt. Kofi Loww sah einen erwartungsschwangeren Raum, der der unmerklichsten Berührung durch die Körper harrte, sie erfuhr und erwiderte. Es tanzte so das Universum im gesamten Lebenswandel Ghanas. Ein plötzlicher Ruf brach in Kofi Lowws kleine Welt: „Ei, *wofa*!" rief ihn eine fremde weibliche Stimme. „Wollen Sie nicht ein bißchen von meinem *kaklo* kaufen? Denn Sie sehen aus, als ob nicht eine Frau von Ihnen üüüüberhaupt was wollte, es sei denn, sie wollte Sie heiraten! Wie wär's mit mir? Je mehr Sie von meinem *kaklo* kaufen, desto größer wird Ihre Chance, mich soweit zu bringen, daß ich Sie liebe!"

Dann rannte sie davon, hielt sich die Brüste und verstreute ihr Lachen wie Körner für die Küken. Noch einmal drehte sie sich um und rief: „Meine kleine Schwester wird Sie diesmal bedienen. Ich spar mich bis nächste Woche für Sie auf, OK?"

Kofi Loww kaufte, was er einzukaufen hatte, und ganz gegen seine Gewohnheit rief er ihr zu: „Was soll die Rennerei? Sie rennen, als hätte man das noch nicht erfunden. Sie rennen ja, als ob Ihre Beine Kassavawurzeln wären... was soll daran schön sein?"

Das Baritonlächeln eines Mannes traf auf das Lachen einer Frau, das erneut in hohen Tönen perlte. Der Horizont versank, und die Straßen stiegen an, Kanda kam...

langsam...

näher. Loww ging weiter. Halb kroch er dahin, halb marschierte er. Hielt sich wie ein Rechteck aus Dunkelheit inmitten all der Lichter aus Gerede: Sie erzählten aus Kerosin, sie sprachen mit elektrischem Strom. Und kleine Kinder riefen ihm durch *Adabraka* zu: „Nur dein Bart, nur dein Gang. Was wirst du behalten, was nach uns werfen, heeehh!" In den Straßen umgaben ihn die Frauen an ihren Ständen mit einer besonderen, eigenartigen Lebensweise. Fast schon beschützten sie sein Grübeln.

Und als er sich schließlich am Avenida Hotel niederließ und mit beherrschter Ungeduld die Terrassenfliegen von seinem Bier verjagte, sah er einen alten Mann in weißem, wallendem Gewand auf seinen Tisch zukommen.

„Kofiiiiii!" rief Mustapha, ohne die lauschend gespitzten Ohren der anderen zu beachten, „ich dir bring mein Pensionierung, mann! Chef sag, geh in Ruhstand, also ich geh. Sister Adwoa, sie grüß dich. Für Grüß, sie schick mich her. Sie sag, ich dich find hier. Sie geb mir Geld für kauf dir *kyinkyinga* zwei, frisch *paaa*. Is hier, dis Fleisch, mach zu dein Bier. Wie du wiss, ich nit trink, *koraa*. Sister Adwoa sag, du komm für ihr Haus, sie will mach klein Palaver. Aba Kofi, du *koraa* hab fein Frau wie die, und du sie heg *basabasa* ...

is nit gut!"

Loww schenkte Mustapha einen abwesenden Blick und

dankte ihm nur mit den Augen. Mustapha sprach so schnell, daß seine Worte schon heraus waren, bevor man sie noch hören konnte. Sein Gewand umfloß ihn mit schnellen, ironischen Zuckungen. Adwoa Adde schickte ihn öfter zu Loww. Und er kannte auch den alten Erzuah recht gut. Er konnte aber nicht ausstehen, daß sich die Traurigkeit so häufig in Kofi Lowws Hosen preßte wie eine noch immer weißende Stärke.

„Hey, Kofi, wach auf, wach auf! Hör mir zu! De Ministerium geh kaputt *paa* lang, *awu*: Für halb Jahr ich nun in Ruhstand und nit krieg mein Rente. Nun ich nit hab Cedi, nit mal für kauf Kola...", sagte Mustapha und wühlte vergebens in den tiefen Taschen seines Gewandes. Wortlos reichte im Loww zwei Cedis.

„Ah", fuhr Mustapha fort, „Allah segne dich! Ich nit wiss was mach mit *kube*. Ich nit wiss wie ausgeb Geld. Geld selbs, is imma weg schnell-mann, ein Tag ich müss geb weg all mein Kind! Massa..."

Mustapha senkte schließlich die Stimme.

„Massa, ich hab Ding wo mich bedrück *paaa*...

du seh, mein Ding, mein *popylonkwe*, is nit fit für steh, is nit fit für bums mein Frau. Wenn sie schwing ihr Arsch groß-mann, er nit steif k*oraa*! Bitte, du helf mir! Bring mich nach groß Doktor."

Loww schaute ihn an, um herauszufinden, ob Mustapha es ernst meinte. Und als er sah, daß es ihm ernst war, erhob er sich, klopfte dem alten Mann auf die Schulter und sagte: „Bring dich bald nach O*wula* Allotey. Er dir mach ihn wieder fein."

Da dankte ihm Mustapha und antwortete: „Ich sag Sister Adwoa, du komm bald."

Als er Loww verließ, ging er forsch von dannen und feuerte sich an: „Wir werd steh, ja-ja! De Ding werd steh, ja-ja! Allah is groß!"

Mustapha ließ den Geruch von gekautem Tabak zurück. Fast konnte Kofi Loww die Tiefkühler in Kanda klagen hören. So erhob er sich und machte sich auf den Weg dorthin.

Schließlich wurde der Mond zu der Wahrheit, die ihm immer noch fehlte, als er in Kanda ankam: Fett lag er in den Himmel gebettet wie Zucker, der im morgendlichen *koko* versinkt, hinter grauen Wolken verschlungen...

er mußte ihn nicht mehr länger hinter sich herziehen. Und da war Ebo The Food – der aß und trank die Güte anderer, stand am Tor der Pinns, *cool*, scheuchte die beiden Hunde der Pinns in verschiedene Richtungen und hinkte zwischen ihnen herum. Eins seiner Augen war verrückt: „Sei leise, Kofi, die Hunde beten! Dies ist ein feierlicher Augenblick für Bücherwürmer. Die Hunde und du, ihr seid die einzigen, die normal damit umgehen, daß ich hinke."

Feierlich stand Ebo neben den bewegungslosen Hunden. Kofi Loww blickte interessiert, aber unbeeindruckt. Seine Augen waren verschwommener als die kremige Farbe des Hauses. Aus schwindender Empörung heraus sagte er: „Ich habe noch keinen Ton verlauten lassen, und schon meinst du, ich soll leise sein..."

„Und es ist die beste Zeit zum Schweigen, wenn du leise bist!" zischte The Food mit seinem unmöglich lauten Wispern.

„Ich habe geglaubt, Gastfreundschaft wird in Ghana nie hinausgeschoben. Ist sie nicht eine endlos sprudelnde Quelle?" fragte Loww, während seine Gedanken sich wieder auf seine Mutter richteten, bevor sie sich dem Zwischenfall am Kotoka Airport zuwandten.

„Manchmal glaube ich, es sind Leute vom Geheimdienst, die uns die Gastfreundschaft bringen."

Dann schwieg Loww wieder und starrte an Ebo The Food vorbei.

„Ah, siehst du, ich bin gar nicht so blöd! Ich hab in den Bewegungen der Hunde ein paar *adinkra*-Muster entdeckt! Du denkst wohl, weil ich diese verrückte englische Sprache nicht ordentlich spreche, hab ich von nichts Ahnung?" rief Ebo. Zum ersten Mal sah er Loww freimütig an. Dann sandte er sein gebändigtes Hinken aus, ihn willkommen zu heißen, während er selbst stehenblieb, um sein strahlendes Lächeln zu bewachen.

Für Ebo befand sich eine Hälfte der Welt immer auf niedrigerem Niveau als die andere, so daß sein Hinken fast zur moralischen Kraft wurde: Benahm er sich daneben, dann legte er fest, daß die Welt zur unteren Hälfte gehörte. Und wenn er sich ordentlich aufführte, dann war es ihm kaum möglich, sich der höheren Hälfte seines Hinkens zu nähern, der Welt, die ihm wirklich wichtig war. Nun sagte

Ebo und zerteilte damit die Fasern der Stille: „Du brauchst gekochte Erdnüsse, du wirst dünn. Ich stopf mir gerade den Mund damit voll. Nimm dir auch ein paar."

Diverse Erdnüsse malmten in diversen Mündern. The Food kaute mehr oder weniger wild.

„Warum schlagen wir nicht ein bißchen Kapital aus den Leuten vom Geheimdienst, die uns jagen?" fragte Ebo. Und ein holzkohlenes Glimmen schimmerte in seinem gesunden Auge.

„Ich wollte erst über meine Mutter reden", sagte Loww verunsichert. Er fühlte sich nicht mehr in der Lage, auf die Späße seines Freundes einzugehen.

„Ist es nicht das Geld, das Mütter werden läßt? Ist deine Mutter nicht in Wahrheit wegen des Geldes gekommen, nach all den Jahren? Ich hab Geld im Kopf. Schau, komm und schüttle ihn, du hörst die Münzen klingen und die Scheine rascheln. Machen wir Schluß mit dem Geld!"

„Wollen wir nicht in dein Zimmer gehen? Ich habe eine Nachricht für Dr. Pinn..." meinte Loww und runzelte die Stirn.

„Warum nicht! Brauch ist Brauch! Ich biete dir ein Glas Wasser an, wenn wir ins Dienstbotenhaus kommen. Ist dir schon aufgefallen, wie neidisch und voller Zorn all die Dienstbotenhäuser auf die Herrenhäuser stieren? Bloß gut, daß ich die Pinns mag, sonst würde ihr Haus unter all dem Stieren langsam zerfallen", sagte The Food, als er mit den Hunden durch das Tor ging.

„Ganz nebenbei, Dr. Pinn ist nicht da. Und du hast Glück, daß die Hunde dich kennen. Eigentlich ist Madam hier der Herr im Haus. Aber sie ist auch nicht da."

Kofi Lowws Enttäuschung sprang von einem Auge zum anderen und wieder zurück. Das Wasser in Ebos Zimmer entpuppte sich als Bier. Und Brauch war ein fester Händedruck am Fenster, vor dem sich die Triebe eines jungen, trocken flammenden Baumes abzeichneten: Seine Blüte war hoch in der Mitte des Februar abgelöst worden. Und er hatte Monate unter den Worten von The Food zugebracht. Während sie sich unterhielten, kühlte der Harmattan ihr Gespräch. Loww versammelte seine Worte dicht um sich herum und verschloß sie sorgfältig. Ebo sprach durch sein Bier: „Und du, ich frage dich immer, aber du antwortest nie: Wo nimmst du bloß all die Ernsthaftigkeit her? Du lebst doch schließlich auch in Ghana, oder? Ihr jungen Leute mit dem gelehrten Aussehen seid am gefährlichsten! Ich studiere lieber die Frauen. Zum Beispiel habe ich eines entdeckt: Das Gähnen der *alombos* ist länger geworden. Und warum? Weil sie essen und trinken wollen, bevor sie sich langlegen. Also haben sie alles andere auch verlängert! Ei, das ist die Ghanafrau von 1975: Jedes Gähnen kostet Geld. Alles Geld trägt ein Gähnen ein, wenn es zu wenig ist! Wenn sie sich letzten Endes doch noch langlegt, dann hat sie bereits soviel Geld und Aufmerksamkeit geschenkt bekommen, daß sie genug hat, und sie will die Ladung aus dem *logologo* zwischen den Beinen des Mannes überhaupt nicht mehr. Deshalb sind die jungen Männer alle so ernst! Dr. Pinn ist der Meinung, daß sie mich im Sociology Department anstellen sollten. Und dann lacht er immer. Ich kann aber nicht lesen und nicht schreiben. Ich bin in Standard Seven aus der Schule gegangen, und selbst da war mein Standard nicht höher als sechs. Trotzdem habe ich seither den Leuten gelauscht und mich mit ihnen unterhalten...

er wollte mir sogar ermöglichen – ich meine Dr. Pinn –, mich mit einem gewissen Professor Sackey zu treffen...

aber Pinn selbst ist zu großzügig, und so betrachtet er manchmal den Menschenmann mit den Augen seiner Fantefrau. Was den Tiermann betrifft, den läßt er links liegen. Stell dir einen Mann vor, der vier Augen hat, die alle von seiner Frau beherrscht werden! Was Madam angeht, vor der hab ich Angst-eeehh. Versucht, meine Trinkerei niederzuplärren. Um was geht's nun bei deiner Mutter? Pfeif doch auf die alte Hexe! Ich trau keinen fetten Frauen, die dünn werden und dann die Vergangenheit wiederauferstehen lassen wollen. Niemals solltest du ihr dein Geld geben oder deinen Sohn! Schön, damit wären wir also fertig mit deiner Mutter, stimmt's? Nun zu den Leuten vom Geheimdienst. Sag ihnen, daß du alles darüber weißt, wie die Regierung versucht hat, heimlich Pferde ins Land zu schmuggeln. Sag ihnen, daß, wenn sie nicht..."

Loww starrte The Food so angespannt an, daß dieser verstummte.

„Was ist los?" fragte Ebo.

„Ich hab gesehen, wie dir Staub in den Mund geströmt ist, während du geredet hast. Laß mich jetzt in Ruhe", antwortete Loww seinem Freund.

Dann hörten sie beide die Hupe von Pinns kleinem Fiat. Die Rundung der Räder wurde zur Krümmung um den Mund von The Food, der sich beeilte, sich die Zähne zu putzen, und zu Loww sagte:

„Ich habe Madam versprochen, heute nicht zu trinken. Weißt du, je mehr ich verspreche, desto länger kann ich hierbleiben..."

Zwei Hunde und zwei Männer gingen hinaus, die Pinns zu begrüßen. EsiMay Pinn war ein weitgereistes Lächeln zu eigen. Und als sie aus dem Auto stieg, sah sie argwöhnisch auf Ebos Mund und sagte: „Ebo! Hast du dir also die Zähne geputzt...

um diese Zeit? Was willst du mir verheimlichen? Oh, dein Freund ist wieder hier. Mit deinen Tricks werd ich mich später befassen...

Guten Abend, Kofi Loww. Sie haben Ihren kleinen Sohn bestimmt wohlauf gefunden. Andy hat mir davon erzählt."

„Ja, danke. Ich bin hier, um es Ihnen zu sagen", erwiderte Loww. Mit komisch schmerzverzerrtem Blick auf Loww ging Andy Pinn ins Haus und sagte: „So ein Hunger! Stellen Sie sich einen verheirateten Mann wie mich vor, der solch einen Hunger hat! Man könnte denken, ich sei ein bißchen vernachlässigt worden, nicht wahr?"

EsiMay schenkte ihm einen Blick, der stärker war als Zärtlichkeit. Unterdessen rannten die beiden Kinder, Yooku und John, hinein. Das Haus bauschte sich bei ihrem Eintreten. Kofi Loww blieb draußen im Garten und beobachtete den eigentümlichen Glanz, mit dem der Harmattan so oft die Lichter überzieht.

Er dachte, daß die Familiengeschichte der Pinns ebenso gut auf dem Rasen ausgebreitet werden könnte: Von draußen sah sie genauso fein und säuberlich aus. Die Kinder brachten Bräune in ihr Leben. Nach ihnen, das konnte Loww sehen, veränderten sich alle Farben. Von drinnen klangen das Sprudeln und die Rhythmen der Gespräche und des Lachens herüber. Die Stimme von Ebo The Food stieg auf. Pinn, ein Wirtschaftsberater, war ein sorgsamer Mensch, in der Heide geboren. Seine Frau ebnete seine Wege und verschaffte dadurch Charakteren wie Ebo Zutritt zu seinem Leben. Ab und an erneuerte auch er selbst das Bedürfnis in sich, die Grenzen seiner Welt hinter sich zu lassen. Damit er Food und seinesgleichen besser ertragen konnte. Wann immer dieses Bedürfnis in ihm aufwallte, stachelte es seinen Sinn für paradoxe Situationen an: Er fand es widersinnig, daß Ebo, ganz im Gegensatz zu sonstigen Gepflogenheiten, so von dem Gedanken besessen war, Kofi Loww zu helfen. Innerlich lachte er über die Ordnung, die, wie er glaubte, in sein Leben kam. Und ironischerweise gefiel ihm diese Ironie: Er schaute streng auf das nahezu immer leuchtende Gesicht von The Food. Nahm die Gediegenheit in sich auf, die dort nistete. Und hatte dann – mit einem absonderlichen Gefühl presbyterianischer Verletztheit – seine Freude daran, wie sein Sinn für Vorsicht überwältigt wurde. Pinn fühlte sich bei dem Gedanken wohl, daß er seine kleinen moralischen Schulden bei denen hatte, denen er half...

Ebo lehnte es ab, sich dafür bezahlen zu lassen, daß er ein nicht allzu aufmerksames Auge auf das Haus hatte...

weil diese Schulden die Dinge ausglichen und zu entsprechender Zeit das Element der Vorsicht wiederherstellten, dessen er noch immer bedurfte. Was The Food betraf, so gefiel es ihm einfach, unter dem Dach des Verantwortungsbewußtseins eines anderen zu leben. Er beschränkte sich darauf, im Schatten, unter dem Dach von Pinn, Licht zu spenden. Und ihre Unterhaltung im Haus nährte die Geschichte, die Loww draußen spürte. Und von der er nur fühlte, daß er sehr wenig von ihr wußte. Pinns Entscheidung, EsiMay zu heiraten, war von ihrer Familie als ziemlich riskante Angelegenheit empfunden worden. Man wunderte sich darüber, was ihre energiegeladene Tochter sich wohl dabei gedacht hatte, als sie so einen blassen, losen Kiesel an diesem verlassenen Strand, dem Strand des Lebens, aufgelesen...

und dann geheiratet...

hatte. Wie sich solche Meinungen über die Jahre hin wandelten, so veränderte sich auch Andy Pinn. Er war der Meinung, daß das einzige Risiko, dem er sich ausgesetzt hatte, darin bestand, sich überhaupt zu verlieben: Sogar im

Smog und in der Kälte Glasgows hatte er sich wochenlang geweigert, der Stimme seines Herzens zu folgen. Er stählte sich an der Verwirrung und Verletztheit, die er angesichts ihrer Gleichgültigkeit ihm gegenüber empfand. In seiner Verzweiflung hatte er sich in Zärtlichkeiten versucht, zu denen er normalerweise nicht fähig war. Seine Bemühungen waren ziemlich plump. Sie lachte sie einfach weg. Und dann füllte, wie durch Zauberei, ein starker Ernst den Raum, der nun leer zurückgeblieben war: Er erschien ihr mit einem Mal als Planender, als Ernährer. Und als sie schließlich in die Heirat einwilligte, wurde er unmerklich genau so, wie sie sich ihn gewünscht hatte: voller Entschlossenheit. Und irgendwie ein bißchen älter als seine vierunddreißig Jahre. Da EsiMay gern lachte, stützten andere Eigenschaften, die er an den Tag legte oder zu besitzen vorgab, ihre Beziehung: Sie war es zufrieden, über seinen Dünkel zu lachen. Und gleichzeitig zwang ihn dieses Lachen, sich zu ändern. Zum Zeitpunkt, als es ihnen materiell etwas besser ging, war dadurch zwar ein bißchen Abenteuer und Aufregung aus ihrem Leben gewichen, doch ein Vorrat von Lachen und Liebe geblieben, der sie an ihre Kinder band. Und das bedeutete, daß Ebo EsiMay dabei half, Pinns Lächeln jedes Jahr ein paar Yards höher aufzuhäufen...

und das machte sie froh, war es doch manchmal etwas ermüdend, ganz allein das Lächeln ihres Mannes voranzutreiben.

Schließlich trat The Food aus dieser Geschichte des Lachens heraus und stieß dem erschockenen Loww in die Seite.

„Hey Kofi, gehen wir einen trinken. Madam EsiMay hat gesagt, ich soll dich auf einen kleinen Schluck einladen und dann morgen trocken bleiben. Sie macht sich viel zu viele Gedanken um meine Gesundheit. Und überhaupt, was quält mich, wenn nicht mein Hinken?"

Und manchmal ging das Hinken besser als er selbst. Stille war, als sie beide aus Ebos Fenster seitwärts auf die Straße schauten. The Food fühlte sich verletzt. Er fragte sich, welchen Lauf sein Leben wohl noch nehmen würde, war er doch nur wenig jünger als Kofi Loww. Das Fahrrad, das gerade um die Ecke bog, hätte eine ganze Gefühlswelt umkreisen können. Der braune Sattelschlepper mit den abendlichen Mineralen kam vorbei. Und mit ihm verging alle Größe.

„Hey, mein Freund, du bist nicht mein Freund, mein Freund. Du bringst mich zu sehr zum Grübeln. Ich will meine Zeit nicht mit Grübeleien verschwenden. Ich will meine Zeit damit verschwenden, Geld zu machen!"

Rastlos war The Food und wiegte sich in einem anzüglichen Tanz...

Von der Tür her kam ein sachtes Klopfen. Als Loww die Tür öffnete, schlüpfte ein kleines, finster blickendes Mädchen mit kalten Augen in das Zimmer, griff The Food am Hemd und rief: „Gib mir mein Geld! Denkst wohl, kannst mich zum Narren halten. Gib mir sofort mein Geld! Oder du kriegst Ärger!"

„*Ewuraba,* guten Abend, setz dich und sei mit uns", sagte The Food mit äußerster Ruhe, ohne auf ihre Hand an seinem Hemd zu achten, „oder willst du deine Schönheit mit diesem Wutausbruch zerstören? Wie hast du's nur geschafft, durch's Tor zu kommen, bei den zwei Wachhunden? Nicht einer dieser Kläffer ist dir gefolgt. Erst jetzt kann man hören, wie sie ihr Belfern aufsammeln! Oh, Kofi, sieh, wie schön sie ist!"

Kofi Loww nahm all seine Gleichgültigkeit zusammen, so daß seine Augen ohne jedes Wort auskamen. Er trank sein Bier und warf einen eigentümlichen Blick auf das Mädchen.

„Also was, Ebo, hast du mich nicht verstanden? Bin ich denn in deinen Augen kein menschliches Wesen? Dir werd ich's zeigen, *paa*! Schreien werd ich, bis die Weißen mich hören...", sagte Baby Yaa. Und ihre kleinen Augen, die wie eine *yoyi* aussahen, glänzten tiefschwarz in ihrem runden, kriecherischen Gesicht. Ein Gesicht, in dessen Nähe einst lärmend das Korn gewachsen war, als sie noch widerstrebend zu Hause in ihrem Dorf den Samen in die Erde gebracht und ihre Mutter alljährlich den Samen empfangen hatte. Die Stadt hatte ihr ohnehin schon knappes Lächeln noch weiter verkürzt. Und so sprach sie jetzt doppelt so schnell als noch im letzten Jahr. Nichts Dörfliches haftete mehr auf ihren Zähnen.

Ebo war noch immer ein erlesener, wenn auch ziemlich verzweifelter Mann von Welt. Seine Schultern weiteten sich unter notwendigem Selbstvertrauen. Dadurch aber bot er Baby Yaa nur eine größere Angriffsfläche. In seiner Ruhe kam er ihr lächerlich vor. Sie fing an, kräftig an seinem Hemd zu zerren, so daß der gespannte Stoff aussah wie ein Schwein, das sich quiekend in der Hand einer Hexe wand. The Food aber unterhielt sich weiter in seiner lässigen Art mit Loww, der noch immer kein einziges Wort gesagt hatte. Das blaue Zimmer wechselte seine Farbe. Stille breitete sich aus, die Ebo durchbrach: „Siehst du, was hab ich dir gesagt: Frauen lieben mein Hinken! Baby Yaa liebt mich. Sie liebt sogar mein Hemd. Meine liebe Yaa, halt mein Hemd fester! Halt es fester! Ich weiß, wenn wir allein wären, würdest du dich nicht an mein Hemd klammern, sondern an etwas anderes, eehh! Hahaha!"

Das Lachen erinnerte Loww an die Maskenträger aus seiner Kindheit: So farbenprächtig waren sie, so sprangen sie mit ihren Stelzen über die Dächer hinweg. Manchmal stürzten sie auch. Verendend. Fielen herab wie jetzt das Lachen von The Food, das nur noch Zentimeter über dem Erdboden schwebte.

„Gib ihr das Geld. Wie können wir hier rumstehen und ihrem Konzert lauschen, ohne etwas zu tun? Um wieviel geht es denn, Ebo?" fragte Kofi Loww. In Ebos Augen hatte sich etwas Wut nach vorn gestohlen. Sprungbereit verengten sich seine Schultern. Er sagte: „Ich hab an ihrem Stand *kelewele* gegessen. Einen Teil hab ich ihr bezahlt, den Rest noch nicht."

Dann, mit einem verrückten Lächeln, sprang er ihr an die Kehle, trat ihr gegen die Beine und schüttelte sie ungestüm. Ein lauter Schrei entwich Baby Yaa: „Er bringt mich um-mann, er bringt mich um! *Mewuooo!*"

Kofi Loww packte The Food an den Armen, trennte mit einer schnellen Drehbewegung des Handgelenks die beiden Körper und drängte Ebo zurück.

Jemand klopfte an die Tür. Sofort wußten alle drei, was zu tun war: Wie auf Kommando setzten sie sich erstaunlich ruhig hin. Zwei griffen nach ihren Gläsern, und einer nahm eine Flasche in die Hand. Dann begann Ebo lautstark, über die steigenden Preise zu schwadronieren. Mrs. EsiMay Pinn schaute herein. Als sie Ebo ansprach, stand ihr die Frage „Ging es hier etwas laut zu, Ebo?" ins Gesicht geschrieben. „Mir war, als hätte ich einen Schrei oder lautes Gelächter oder so etwas gehört..."

„Wir haben auch so was gehört, Madam. Ich hab gerade aus dem Fenster geschaut, um zu sehen, was los ist. War aber nichts zu sehen. In Kanda treiben sich von Tag zu Tag mehr Betrunkene herum. Hmmmm, Yaa, hab ich recht?" sagte The Food mit einem Lächeln. Baby Yaa aber nippte nur verdrossen an ihrem Bier, um nicht mit ihrer Wut herauszuplatzen.

„Aha, und was deinen Freund Kofi Loww angeht, der redet ja nicht viel. Eine Frau würde ihm das schnell abgewöhnen, ehh", sagte EsiMay. Schlug die Tür zu und ließ ihr Lachen bei ihnen im Zimmer zurück.

Sobald sie gegangen war, stand Baby Yaa auf und packte Ebo wieder am Hemd. Kofi Loww griff nach ihrer Hand, drehte sie sanft, löste sie von Ebos Hemd und sagte: „*Awura*, hören Sie auf mit dem Unsinn. Wieviel schuldet er Ihnen?"

„Dreißig Cedis", antwortete sie, besah sich ihre Hand und massierte sie. „Dreißig Cedis. Und für all die Schmerzen, die mir zugefügt werden, sollte ich noch was draufschlagen. Ich werd noch tot umfallen, bevor ich hier rauskomme."

„Diese Lügnerin!" fuhr Ebo auf. „Es sind nur zwanzig Cedis. Paß auf, daß ich dir nicht noch ein paar klebe! Du Yaa-Taugenichts!"

„Wag's nur!" giftete Baby Yaa zurück. „Dein Freund hier ist ein Gentleman. Er wird nicht zulassen, daß du mich umbringst!"

Damit stand sie auf und lehnte sich sanft gegen Kofi Loww. Der zog sich zurück und sah sie an. Mit dreißig Cedis in der Hand, die The Food zu packen versuchte.

„Sie lügt! Gib ihr bloß nicht noch zehn Cedis Trinkgeld."

Kofi Loww entzog das Geld der Reichweite seiner Hände, brachte es schnell in ihrer kleinen Tasche in Sicherheit und führte sie zur Tür. Dabei mahnte er sie: „Das nächste Mal geben Sie sich nicht solch gewagten Unternehmungen hin und packen jemanden am Hemd. Oder treiben Sie immer so Ihre Schulden ein?"

Ebo folgte ihnen. Wut erfüllte sein Hinken. Dann blieb er unvermittelt stehen, drehte sich um und ging in das Zimmer zurück. Sobald Baby Yaa das Tor hinter sich gelassen hatte, kehrte auch Loww ins Zimmer zurück...

um nun sein Geld von Ebo auszulösen. The Food war nicht da. Verwirrt sah er sich um. Als ihm klar wurde, was vor sich ging, eilte er aus dem Zimmer und durch das Tor auf die Straße.

Er rannte nach rechts zur *GNTC* an der Ecke. Dort sah er Ebo, Baby Yaa und einen Polizeikonstabler stehen.

„Officer!" sagte The Food gerade. „Das ist meine Frau. Ich habe sie nicht geschlagen. Ich habe ihr Geld gegeben, weil wir Kerosin brauchen. Ahh, hier kommt Kofi, mein Bruder. Er wird bezeugen, was ich sage..."

Loww pflichtete ihm bei: „Stimmt. Kümmern Sie sich nicht weiter um die beiden. Die lieben sich. Auch wenn sie sich immerzu streiten."

„Jedenfalls", erwiderte der Konstabler zweifelnd, „handelt es sich hier wohl um eine *nyamanyama*-Ehe! Sich derart auf der Straße zu zanken. Öffentliche Ruhestörung erster Ordnung!"

„Ja, lieber Gatte, gib dem Officer zehn Cedis für seine Mühe. Und überhaupt, du hast ja noch meine zehn Cedis in der Hand..."

Nach kurzem Zögern übergab The Food dem Konstabler das Geld und stürmte davon. Loww zog er mit sich.

„Sehen Sie, er ist ein sehr guter Mann. Nur, Officer...

irgendwas zwischen seinen Beinen braucht 'ne Generalüberholung!"

Dann lachte sie schallend auf, rannte davon und rief dem Konstabler zu, der noch immer an der Ecke stand und abwesend seine zehn Cedis prüfte: „So 'nen Blödmann nehm ich nie zum Mann. Jetzt, wo Sie die zehn Cedis haben – haben's *awoof* gemacht, das Geld –, jetzt kann ich's Ihnen ja sagen: Er ist nicht mein Mann! Und ein Blödmann ist er obendrein! Haha."

Kofi Loww und Ebo beschleunigten ihre Schritte und bekamen nur noch die Hälfte dessen mit, was Baby Yaa dem Polizisten erzählte.

„Du mußt ruhiger werden", war alles, was Loww sagte, als sie ins Zimmer zurückkamen.

„Soll ich etwa ruhig bleiben, wenn mir so 'ne diebische Elster an die Wäsche geht? Niemals! Kofi, hier hast du erst mal die Hälfte deines Geldes...

die zehn Cedis kriegst du nicht von mir. Ich hab dir

schließlich vorher gesagt, daß sie lügt und uns obendrein noch auslacht."

„Ebo, ihr seid doch alle Schauspieler, ihr seid doch alle kleine Journaillen wie die von der *GBC*. Macht aus 'ner Mücke 'nen Elefanten", entgegnete Loww mit abwesendem Blick.

„Mach mich nicht zum Journailfanten", rief The Food lachend. „Du hast's nötig. Bist doch selbst ein Chamäleon: Du bist der Mann mit den hundert stillen Stimmungen...

still sogar, wenn sie dich verfolgen! Aber du bist mein Freund, und ich mag dich. Wenn du wieder mal kommst, möchte ich mit dir *banku* essen. Willst du gehen?"

Als sie ans Tor kamen, rief Pinn von seiner Haustür herüber: „Sie wollen also gehen, ohne auf Wiedersehen zu sagen, Mr. Loww...?"

Diesmal gelangte das ironische Glitzern in seinen Augen nicht bis zum Mund. Kofi Loww ging mit an Kopflosigkeit grenzender Direktheit zu ihm hinüber, schüttelte ihm die Hand und kehrte um. Pinn fuhr fort: „Sind diese Leute immer noch hinter ihnen her?..."

„Oh, ich weiß nicht, ob man das so bestimmt sagen kann", antwortete Loww erschrocken. Er fragte sich, ob die Verbreitung dieser Nachricht sie letzten Endes zu einer ernster zu nehmenden Tatsache machte. „Ich möchte nur, daß Sie wissen, daß Sie, wenn Sie Hilfe brauchen, jederzeit auf meine Frau und mich ..."

Ebo unterbrach ihn: „Sie tun bereits genug für mich, vor allem Madam EsiMay. Und indem Sie mir helfen, helfen Sie meinem Freund. Ihre Hilfe reicht aus. Ich werde ein wenig davon auf Kofi hier übertragen, und, wie dem auch sei, ihm macht das alles nichts aus."

Pinn durchlächelte die Unterbrechung und fügte hinzu: „Ich meine natürlich vor allem moralische Unterstützung."

Dann zwinkerte er Loww zu, ohne daß The Food es bemerkte. Loww erwiderte das Augenzwinkern mit einem Lächeln, winkte und ging.

Draußen in den Straßen hatte Accra ein Auge geschlossen: Um neun Uhr abends fuhren die Taxis dem Schlaf entgegen. Und mit dem offenen Auge, dem einen strahlenden Scheinwerferauge, trieben die Straßen hin zu den Kinos, den M-Unterhaltungen, den göttlich aufgepeitschten Kirchen, den nimmermüde schwatzenden Gehöften, den Treffen von Vereinigungen, den Diskos, den Abendschulen, den Reisen ohne Endstation, den nächtlichen *kenkeys*, dem *kelewele* und abendlichen Gewinnen. Kofi Loww war kaum mehr als ein Punkt in diesem Kosmos: Es schien, als ob jedes menschliche Wesen, als ob alles um ihn herum zu irgend etwas fest entschlossen sei, so bestimmt einem Ziel folge, daß er automatisch und beständig vom rastlosen Raum all dieser Dinge, all dieser Personen aufgesogen wurde. Er richtete seine Hoffnungen auf Augenblicke. Er hoffte, daß jede Minute einmal soviel Raum um sich zusammenziehen würde, daß sie entweder in ewige Verdammnis stürzte oder explodierte...

und er wäre dann genau in dem Augenblick zur Stelle, wenn aus den Trümmern ein Ziel zu retten oder abzuleiten war. Er wäre zur Stelle, wenn ein – vielleicht schwindendes – Gefühl des Selbst auch ihm zu guter Letzt ein klein wenig Raum für sich und sein Leben vermitteln würde. In der guten alten Zeit, so stellte er sich vor – manchmal traurig, manchmal aber auch mit einem kleinen, wehmütigen Lächeln –, wäre er eine alte Respektsperson, zu der die anderen kämen, um ihm ihr Herz auszuschütten. Vor allem die Jungen. Und sie würden mit dem Gefühl wieder von ihm gehen, mit einem in sich ruhenden Pol geredet zu haben. Mit einem jungen Mann jenseits von Traditionalismus und emotionaler Gefährdung. Die Propeller seiner Seele sollten weder aus Rache etwas durchtrennen, noch wollte er sich irgendeiner importierten Philosophie vom Handeln oder vom Mangel ergeben. Weder dem palmweintrunkenen Marxismus noch dem Existentialismus in *pito*...

wenn es denn überhaupt Mangel gäbe, dann nur den einer Sache oder eines Gedanken im Verhältnis zu einem anderen, einer Lebensweise im Vergleich zu einer anderen, des widersprüchlichen Aufeinandertreffens von Entscheidungen und Haltungen, deren eine nicht verschwände, sondern in eine andere Beziehung überginge, in einen andersartigen Widerspruch und Gegensatz. Er dachte gerade darüber nach, ob das die Ursache für seine Abneigung war, nicht wieder zur Universität gehen und die Ideen anderer Leute in sich aufnehmen zu wollen, als ihm plötzlich der

Geruch üppigen *shitohs* in die Nase stieg. Er fragte sich, ob die stille Beharrlichkeit, mit der er herauszufinden suchte, was mit Altem und Neuem anzufangen wäre, Sünde war oder ein Tabu. Er aß *shitoh* und *kenkey*. Nahm Zweifel in sich auf: Was überhaupt war alt, was neu? Die Aberhunderte von Jahren der Erfahrung, bevor und nachdem Fremde in sein Land gekommen waren, hätten leuchtende Freiheit in ihm schaffen müssen. Offen lag die Welt. Und es spielte keine Rolle, wie viele Kulturen, einschließlich der eigenen, man in sie einschloß. Als er nach Kaneshi kam, verliehen ihm die Marktfrauen, die sich anschickten, zu Bett zu gehen, Kontur: Sie erkannten in ihm denjenigen, der nichts kaufen würde. Denjenigen, mit dem man auf dem Weg ins Bett keinesfalls noch einen schnellen Scherz treiben konnte. Dem konnte man kein Geld aus dem Bart ziehen. Als er den riesigen, neuen Markt überquerte...

dieses ungeheure, verdichtete Denkmal des Profits...

sah er in der Ferne einen Stern, der einen Stand erleuchtete, an dem Schallplatten mit aufsteigenden Klängen auf das herabstrahlende Licht antworteten. Austausch in Licht und Klang. Durch die Wangen eines Mannes schimmerte abgestandener *akpeteshie* in spätnächtlichem Mund. Plötzlich blieb Loww stehen, gebremst von einem unverhofften und überwältigenden Verlangen nach Adwoa Adde. Ebo hatte einmal zu ihm gesagt, daß ein Mann, der zaudert, ein verschwendeter Anblick sei. Er hatte auf Lowws Beziehung zu Adwoa angespielt und überlegt, was Lowws ganzes Grübeln nütze. Mit ihrer Sicherheit klopften sie alle an die verschlossene Tür seines Herzens. Nur Adwoa selbst setzte ihn niemals zu sehr unter Druck. Sie wartete, als ob sie überhaupt nicht wartete.

Und der Form gerecht, mit trüben Augen, die die ganze Ecke verdunkelten, stand da plötzlich der allgegenwärtige Umriß von Beni Baidoo. Mit beiden Händen stopfte er *kenkey* in sich hinein. Plagte sich mit dem Pfeffer auf seinem Teller. Und ein Lächeln stand in den Stoppeln an seinem Kinn.

Zu Loww sagte er nur: „Ich bin für Sister Adwoa. Denn wenn sie dich seßhaft macht, dann wirst du mir noch hundertmal mehr helfen können!"

Kapitel drei

In geringerem Umfang machte Baidoo sich auch mit Weissagungen unmöglich. Er war der Ausleger, dessen Possenreißerei die Stadt überlagerte...
in Accra machten sich die Narren schnell einen Namen. Er sagte voraus, daß Adwoa Adde bald spirituelle Kinder bekommen würde. Und in gewissem Sinne war er selbst eins davon. Deshalb gab er sich große Mühe, den Rauch seiner Zigarette so senkrecht wie möglich zum Himmel aufsteigen zu lassen. Versuchte er aber zu beten, dann weigerten seine Knie sich, den Boden zu berühren, obwohl sie sich doch der Erde entgegenbeugten. Überall sah er Adwoa Adde. Auch dann, wenn seiner Traumwelt durch Ziegen, Autos von Mercedes Benz, Halbnutten, den Harmattan oder Bananenküchlein der Weg versperrt wurde...
Die Stadt war Adwoa Addes Unterleib. Ihr Herz schlug höher als das von Loww, den sie plötzlich in der Nähe des alten Polofelds erblickte. Aber sie rief nicht nach ihm. Stumm wanderte ihr Mund zu ihm hin. Sie hoffte, daß ihre Art, für ihn zu empfinden, im Leiden und in der Heimlichkeit nur stärker würde. Manchmal, wenn sie ihm folgte, ohne daß er es bemerkte, war sie sein Sauerstoff. Neue Welten mit neuen Wahrheiten taten sich ihr auf, über die sie zunächst lachte. Sie lachte über das, was ihr Kopf ihr eingab: Sie empfand, daß die Dunkelheit sie auf neue Weise ansprach. Daß das Tageslicht weniger wog als die Finsternis, weil sein Ursprung weiblichen Geschlechts war: Irgend etwas versuchte, ihr die Kraft zu verleihen, den Tag innerhalb weniger Minuten hin zur Nacht zu drängen, wann immer sie spürte, daß Gefahr für ihr Herz entstand. Als ihr Kopf ihr sagte, daß sie bald dazu in der Lage wäre, das Licht des Tages auf dem Rücken zu tragen, verteilte der Widerhall ihres Lächelns sich im Zweifel, der in ihren Augen nistete. Sie stattete ihr Leben mit doppelter Besessenheit aus. Damit wollte sie dem mehr Bedeutung verleihen, was ihr geschah. Ihre Liebe und ihr Gott waren ihre Obsessionen.
Und dann trug sich zu, daß Gott ihr drängend die Leben anderer Menschen in den Kopf nistete. Sie sagte sich:

„Manche Götter machen mich zu ihrem *trotro*." Ihr Essen knisterte vor heiligem *Glauben*. Vor Fürsorge. Manchmal, wenn sie den traditionellen religiösen Liedern lauschte, sah sie sich nur als Knie...

den Himmeln entgegengewinkelt. Ihre Augen klarten auf wie strahlende Schmetterlinge. Und waren genauso rastlos. Als sie spürte, wie ihr Geist ihren Körper verließ, funkelte ihre Halskette und umkreiste Accra. Daß etwas sie in Magie und Hexerei gezogen hatte, begriff sie erst, als sie vermochte, das ganze Licht des Tages zu ertragen. Sie bewältigte das Licht der Sonne, doch nur die Hälfte ihrer Finsternis geriet ihr zur Kraft des Guten. Ihre Absichten blieben ein ohnmächtiges Tüpfelchen unter dem Fragezeichen dieser Stadt. Sie begann, Obst zu verkaufen. Obst, das, wenn es sich vermischte, die Farbe ihrer Zunge annahm. Und Farben sah sie und Formen in den Mustern, die sich mit der Leidenschaft dessen veränderten, was ihr am meisten am Herzen lag: Frische Tomaten und Mangos verbüschelten sich mit dem Horizont und schufen beinahe neue *adinkra*-Muster. Pyramiden und Achtelnoten reckten sich vor ihr auf. Muster, die sich von kaufenden Händen zum Obst und dann zu Körben und Taschen zogen, legten sich dazwischen und umzeichneten ihre Welt über Meilen und Abermeilen mit starken Linien. Ein Blatt, das sich entfaltete, mochte eine sich öffnende Seele sein. Wenn sie feilschte, wurde ihr Mund runder als je zuvor. Er war dann von einer Schönheit, die ihren feinen, schlanken Körper weiter straffte. Oh Adwoa! Es war, als führten die neue Einfachheit und die Spannung der Dinge zu diesen vernichtenden Nächten...

sie waren ihre Prüfung.

In der Nähe des Accra Community Centres, von dem der Sand aufstieg, um sich dem Meer zu vermählen und dennoch nicht naß zu werden, sah Adwoa Adde, wie ein Mann mit einem Hund Kofi Loww verfolgte. Und hinter dem Hund ging Beni Baidoo. Bei dem Mann handelte es sich um Kojo Pol. Dünn war er und scheu. Und seine Augen waren die seines Hundes: Der Mann und der Hund, sie hatten beide den Ausdruck ungeheurer Wut und riesiger Verlegenheit in den Augen. Und sie teilten eine Packung Erdnüsse miteinander, auf die der Hund fortwährend argwöhnisch schielte...

er hatte das Gefühl, daß Okay Pol mehr davon nahm, als er bekam. Die Schnauze des Hundes schnaubte und schnüffelte den afrikanischen Beton an. Und ein paar Straßen in Accra zogen sich genau in der Form seines Schwanzes dahin. Baidoo aber war hinter der Zigarette her, die dem Hund hinter dem Ohr steckte. Baidoo war scharf auf die hündische Kippe. Und der Hund kam ihm schön vor, mit der Aussicht auf einen Glimmstengel, der umsoooooonst zu bekommen war. Okay Pol hatte keine Ahnung, wer die Kippe dorthin gesteckt hatte. Doch der Hund ließ sie sich nicht wegnehmen: Er knurrte die zartesten Hände weg. Schließlich begann Beni Baidoo, bellend und bettelnd mit dem Hund zu sprechen.

„Beni Baidoo, ich bin in nationalem Auftrag unterwegs! Laß den dummen Hund in Ruhe!" rief Okay Pol. Und die Zornesfalten auf seiner Stirn sprangen auf sein Haar über.

„Junger Mann!" rief Baidoo zurück, „Sie sollten Ihren Polizeihunden beibringen, höflich zu sein! Ich beabsichtige doch nur, 'ne Kippe zu rauchen, die ein Hund unmöglich mit dem Ohr durchziehen kann! Ich verstehe die Kläffsprache, der Hund hier aber ist störrisch wegen all der Knochen der *Ga*, die er nicht verschlingen kann! Kojo The Pol, mit der Autorität meines schrumpeligen Alters verlange ich, daß Sie mir den Genuß eines afrikanischen Glimmstengels gestatten...

Sie wissen doch, Rauch und Frauen genießen sich in den Tropen langsamer...

Gestatten Sie's, sage ich!"

Aus dem Staub des Lärms, den Baidoo aufgewirbelt hatte, tauchten ein paar Jungen auf und überschütteten Pol mit Obszönitäten...

Obszönitäten von nationaler Pflicht, die den Schweiß unter seinem Fez anschwellen ließen. Ohne Warnung griff sich Pol den unberührbaren Hund mit seiner straßigen Rute, die die Stadt vermaß und verhörte, und schleuderte ihn nach den Jungen...

und genau in dem Augenblick, bevor der Hund herabfiel, befreite Beni Baidoo mit geübter Hand die Zigarette, lachte hoch auf und tief, bevor er sich die Kippe ansteckte, die Accra belebend erhellte.

Das Klatschen der Jungen schreckte Kofi Loww auf.

Doch er bekam nichts von dem mit, was da um ihn herum vor sich ging. Adwoa schlich sich außer Sichtweite. Machte sich aus dem Staub, der sich auf Pols Schuhe niedersenkte, und Sonne und Schatten hoben und senkten ihre Lider.

Der Rand des *fufu*-pfündigen Mörsers rundete den Himmel. Adwoa Adde war in den zwei gemieteten Zimmern in Odorkor angekommen und fühlte sich der Lächerlichkeit preisgegeben, weil die Liebe sie so sehr einem ziellosen Mann nachjagen ließ, dessen Interesse an ihr gerade mal ein Auge zu füllen schien. Und manchmal fühlte sie sich so klein, als könnte sie den Schmerz in seinem Zahn ausfüllen...

den Schmerz in seinem Leben. Sie aß *fufu* und *abenkwan*. Wischte sich Musik und Gebete vom Mund. Und entdeckte dann den vor Aufmerksamkeit steifen Beni Baidoo vor ihrem Fenster. Was hatte er dort zu suchen?

„Sister! Erfüllt von höchster Eleganz spreche ich neuerdings durch die gläsernen Fenster anderer Menschen. Darf ich zur Hälfte hereinkommen? Halbnarren sollten die Häuser der Weisen nicht völlig betreten! Und wahrlich, Sister, ich weihe den zarten Hochzeiten spiritueller Frauen und verquaster männlicher Grübler meine Stimme: Fügt Adwoa dem Loww bei! Und es wird regnen, sogar im Harmattan. Du wirst deinen schweigsamen Kofi bekommen! Sister, jetzt hängt eins meiner Beine zum Fenster heraus. Vergib mir und leihe dein Ohr meinen beiden Problemen: Ich versuche verzweifelt, ein Dorf zu gründen. Und zweitens streikt mein Esel! Niemand hilft mir wirklich bei meinem Dorf. Warum nur nicht? Sollte ich in meinem Alter nicht mehr in der Lage sein, anderen Respekt einzuflößen? Wenn ich rauche, unterstütze ich doch auch die Wolken! Aber Sister, was geht mit dir vor? Du wandelst dich...

deine Augen strahlen, und dein Zimmer sieht aus wie auf den Kopf gestellt...

Sister, ich gehe. Ich fürchte die Geister. Ich habe sogar vor der Angst Angst. Und bitte vergiß nicht, dich um meine Probleme zu kümmern, wenn die Geister dich wieder verlassen haben. Ich geeeeeheeee! Sister, ich habe dir gesagt, daß dir Kräfte zuwachsen werden..."

Baidoo floh.

Adwoa fühlte ein seltsames Gewicht auf den Brüsten.

Mit einem Mal verspürte sie einen Drang nach Höhe. Ihr Zimmer schien auf den Kopf gestellt und trotz des Lottostreits zwischen den beiden anderen Bewohnern des Eckhauses totenstill. Eine kaum wahrnehmbare Spur schwarzen Pulvers hatte ihre Seele zweigeteilt. Und sie fühlte die Allgegenwart eines schwarzen Topfes, der, unergründlich und hohl, ihr ein kerosinenes Funzeln zurückwarf. Dann entdeckte sie im Zucken eines Blitzes in einer Ecke des Zimmers eine junge Frau. Der waren die Gliedmaßen abgenommen und in einer Linie, alle auf gleicher Höhe, vor ihr aufgebaut und angeordnet. Ihr Becken war nach hinten gedreht und gegen ein Auge gepreßt. Das andere Auge, aus dem die Tränen überströmten, wurde schreckensgleich von zwei Fingern zusammengepreßt. Klagelaute entrangen sich nicht ihrem Mund, der auf dem Fußboden lag, sondern einem Ohr, das offensichtlich einem Vorfahren als unwiderrufliches Geschenk entliehen worden war. Die andere Hand durchzog den Raum mit glühenden Überschlägen. Die Decke senkte sich herab und trieb den Rumpf der Frau hinab auf einen plötzlich aufstrebenden winzig kleinen Seidenbaumwollstrauch. Nur fünfzehn Zentimeter ragte er auf. In ihm tobte ein nur ihm zugehöriger Sturm. Als Adwoa Adde schreien wollte, war da kein Laut. Ihr Nacken tanzte. Dann fügte sich die Frau schnell wieder zusammen. Kniete in höhnischer Ehrerbietung nieder. Vollführte mit blutenden Händen mehrere bettelnde Gesten. Und rief mit unnatürlich hoher Stimme:

„Die Gebete werden dich töten, oooooo, Adwoa, die Gebete....

komm zu uns, trinken werden wir und speisen. Merkst du nicht, daß du, wann immer du willst, dir einen Körper leihen kannst! Heeeeyyyyy! Flicht dein Haar in meins, wir gehören zusammen, du bist mein!"

Als die Frau mit gelächtererfüllten Augen auf sie zuflutete, ließ Adwoa ihren Ring fallen und flog durch das sperrangelweit geöffnete Fenster davon...

von einer unerklärlichen Kraft in den Brüsten erhoben und getragen. Als sie etwas an Höhe gewonnen hatte, schloß sich das Fenster ganz von selbst. Und während sie immer noch betend über Accra dahinflog, spürte sie einen seltsam braunen Unterleib aus Liebe. Zweimal umrundete sie die

Uhr des Central Post Office, ließ mit einem Fingerschnippen den Gong erklingen. Sie fühlte, wie sie fliegend eine Zeitweil der Besichtigung durchlebte. Sie erschaute die Stadt in ihrer zeitgebundenen Veränderung, brachte all die schlafenden Uhren in Unordnung. Sah Nacht und Tag zu gleicher Zeit. Accra war in einer Weise in Licht und Dunkel unterteilt, in Gut und Böse, daß sie das, was sie erblickte, nur beschreiben konnte...

jedoch nicht in der Lage war, Gut und Böse voneinander zu scheiden, weil sie mit allem in Beziehung stand. Und ihr Puls lag in den Bewegungen Tausender Schläfer. Plötzlich sah sie, wie ihre Freundin Sally Soon von London herübergeflogen kam. Über die Himmel hinweg winkten sie einander zu...

Und Adwoa faßte nach ihrer eigenen Brise. Sie trug den Wind. Und unter ihr fluteten ihre spirituellen Kinder dahin...

Kwaku Duah aber, der Mechaniker, plapperte unter den fliegenden Augen von Adwoa in eine Dichtungsmanschette hinein. Er hatte nichts zu den Treffen des Asona-Clans, dem er angehörte, beigetragen. Und auch für den Besitzer dieses Peugeot 404 konnte er keinerlei Gefühl entwickeln. Er kümmerte sich auch nicht um die Straßen. Er benutzte sie lediglich, um darauf zu laufen. Zu fahren. Und zu spucken...

Die Straßen aber lebten. Waren Schreine menschlichen Weinens, wenn all die Herzen der Stadt schliefen. Wurde ein Pfad zum Weg und schließlich zur Straße, dann vollzog sich eine spirituelle Wandlung der Erde: Die Straße ist das erwachsene Kind der Erde. Kwaku Duah aber benahm sich, als gehörte sie ihm. Er schüttete achtlos Öl über sie hin und bewarf sie mit zerbrochenem Metall. Als er vor fünfzehn Jahren als Lehrling aus Offinso hierherkam, mußte er dabei helfen, schwere Motoren anzuheben. Und wurde schikaniert und gehänselt. All das ertrug er geduldig. Es fiel ihm leicht, von seinem togolesischen Lehrherrn und seinen beiden Gesellen all das zu lernen, was er lernen mußte. Kwaku Duah war stark. Und doch sah er nicht, wie Adwoa Adde die High Street mit ihren Banken, den Kirchen, Geschäften und Häusern in die Luft hob und umfaßte. Hoch konnte die Liebe sich erheben, wenn die Straßenaugen geschlossen waren. Vor allem die Augen der Wachleute, deren Pfeile verloren in den Bogen hingen...

Verächtlich betrachtete Manager Agyemang das Schlachtfeld auf seinem Schreibtisch. Jahrelang hatte er Waren und Papiere hin- und hergeschoben. Jetzt sah er zu, wie die listige Eidechse an seinem Fenster einen Grashüpfer fing. Für einen Augenblick wurde die Zunge der Eidechse zur Zunge des Managers...

nur mit dem Unterschied, daß er sich andere Opfer fing: Er verschlang die verschiedenen Insekten des menschlichen Lebens. Und Nacht schattete in seinen Augen, als er jetzt seinen Bluthochdruck nach Hause trug. Neben dem *kenkey* auf seinem Teller schliefen drei Fische. Jeder war Gradmesser des wachsenden Schweigens, in das seine Frau versunken war. Ordentlich schwammen die Zwiebeln im Bratensaft. Pfeffrig riefen sie nach ihm. Während er aß, fühlten seine Kiefer sich einsam. Und er stürmte davon zu einer Versammlung der Loge, zog ihr Schweigen hinter sich her und wünschte ihren Tod. Er wußte, daß er eines Tages fast vergessen an seinem verdammten Schreibtisch sterben würde. Verdammt? Dieser Schreibtisch hatte ihm das Haus gebaut, wußte um die Hälfte seiner Geheimnisse, reiste in Gedanken mit ihm überallhin. Jedoch die schwerste Last, die er zu tragen hatte, war sein Name...

Akosua mit dem blauen Kleid und den welkenden, doppelt gepuderten Wangen hatte sich mit ihrer ewig neidischen Mutter unter dem riesigen *odum* gestritten, der ihrem Dorf Halt verlieh. Jetzt fühlte sie sich stark, weil sie ihre Mutter zum Weinen gebracht hatte. Ihr Gang glich dem eines erregten, vor Selbstbewußtsein strotzenden Streithammels. Ihre Weisheit, tief wie ihre winzige Tasche, hatte sie gegen den Willen ihrer Mutter aus Obogu nach Accra getrieben. Über die windenden Hänge von Obogu hatte sie die Frage gebreitet, warum sie, wo doch alle Eltern es aufgegeben hatten, ihre Kinder in *colo*-Manier zu erziehen, sich zufriedengeben und von ihrer Mutter zur Feldarbeit zwingen lassen sollte. Siegreich hatte sie unter den stummen, goldenen Augen der alten Kakaoplantagen getanzt, in deren Blättern sich die schweren Schatten fingen. Akosuas Fäuste waren genau so groß wie Adwoa Addes kleine Kiefer. Kiefer, die von ihren Gebeten gezwungen wurden, stumm die kämpfenden Fäuste anderer hinzunehmen. In der Stadt nun hatte sich auch Akosuas Gang verändert, war doch die ganze Familie nach Accra gezogen...

Aboagye Hi-Speed roch nach dem *akpeteshie* des Sonntags. Zugeben wollte er das allerdings nie. An diesem Tag bestritt er alles: Er weigerte sich zuzugeben, daß er einen Mund zum Trinken hatte. Er bestritt, daß er eine Frau hatte. Und fügte hinzu, daß er das nicht etwa täte, weil sie häßlich sei. Er bestand darauf, in seinen Kindern Küken zu sehen, die um den Busch seiner Schmach herum scharrten. Unter Tränen gab er dann schließlich doch zu, daß die Welt der Geister, aus der er kam, ihn mit den längsten Fingern der Welt zu sich zog. Und daß darin der Grund lag, weshalb er trank. Er wollte sich durch diese geheime Marke *akpeteshie* schützen, die bestimmte Geister – und so auch die seinen – nicht mochten. Und als schließlich seine Haut um ihn herum zusammenfiel und preisgab, wie seine ausgezehrten Knochen den Rhythmus verloren, da schrie er weit über Maamobi hinaus in die Ohren derer vom Volk der Nima, daß er sich einen eigenen Sarg kaufen würde. Daß er all jenen, die so ungeduldig auf seinen Tod warteten, keine Gelegenheit gäbe, seine Gebeine zu beleidigen. Daß er sich, in der ersten automatischen Ein-Mann-Beerdigung, die Accra je erleben würde, selbst unter die Erde brächte...

Abenas Augen lagen in beständigem Streit miteinander. Sie konnten sich nicht einigen, aus welchem Winkel sie die Welt betrachten sollten. Die Kreuzbahnen ihrer Blicke ließen Adwoa im Flug schlingern. Verursachten Verwirrung unter den Sternen. Abenas gummistirniges Runzeln entstammte ihrer Gummitasche, in der sich nicht ein Penny befand. Telefonistin war sie, doch Gott die einzige Person, die sie je anrufen wollte. Sie zeichnete ein Telefon in den Staub und versuchte, Gott darüber anzurufen. Aber bei Gott war immer besetzt.

„G-O-T-T ooooohhhh Gott!", rief sie. Und als sie keine Antwort bekam, flüchtete sie sich ins Backen: Abena war aufgefordert worden, etwas Mehl zu besorgen. Um das Mehl zu bekommen, mußte sie die Beine breitmachen. Und als der Unhold ohne jedes Lächeln *koraa* auf ihr lag, mischte sie ihre Tränen unter den Regen. Nachdem sie aber das

Mehl zusammengetragen hatte und ihr Brot buk, knetete sie ihr ganzes Schamgefühl in die ersten hundert Laibe hinein. Danach spielte alles keine Rolle mehr. Weil sie ihr Herz mit dem gleichen dicken Teig ummantelte und zur eleganten jungen *Mammy* wurde, die sich ihren Weg durch die ersten Adressen in Accra spreizte und blies. Bis sie schließlich Kusi traf...

Kofi Kobi-eehh, Kofi, mußtest mit heruntergelassenen *pioto* laufen, weil deine Frau mit dem unglaublich breiten Hintern dich wegen des Halunken mit den langen Beinen sitzengelassen hat. Wenn der nämlich ging, nahm er all ihre inneren Widersprüche mit, während sie bei dir immer nur größer wurden! Sie hat deinen Mund gehaßt. Sie hat deinen Kopf gehaßt. Sie hat deine Stimme gehaßt. Und schließlich hat sie auch deinen Schwanz gehaßt. Kofi-eehh, Kofi, erinnerst du dich an deinen Plan, das verruchte Liebespaar zu ertappen? Von Bar zu Bar bist du deiner Frau und ihrem Liebhaber heimlich gefolgt, bis du dich zu guter Letzt in den verschwiegenen Ecken selbst derart betrunken hattest, daß du, als du endlich zum Angriff entschlossen warst, auf das falsche Liebespaar losgingst. Und als es dir gelang, dich aus der Polizeistation loszukaufen, und du nach Hause kamst, warst du zu schwach, gegen die wirklichen Sünder vorzugehen, die ihr *logologo* in deinem eigenen Bett trieben. Und zudem haben sie dich noch beleidigt, indem sie nicht mit dem aufhörten, was sie da trieben...

Jahrelang hatte Jato mit dem falschen Kinn und den Cocacola-Augen, in denen das Böse braune Blasen trieb, seinen jüngeren Bruder drangsaliert, bis sie letzten Endes mit *yoo ke gari* erwachsen wurden, mit kleinen, Nuß für Nuß gegarten Unterschieden nur. Dann griff Kwao, der jüngere Bock, die Bildung bei den Hörnern, blökte so lange, bis er Geld gemacht hatte, und rächte sich danach damit, Jato, dem Armen, nur die winzigsten Sümmchen zukommen zu lassen. Täglich polierte Jato seine Eifersucht und präsentierte sie als Demütigung. Kwao aber gab ihm genausoviel, wie er ihm seit dem Tag, als er zu Geld gekommen war, immer gegeben hatte. Jato versuchte es deshalb mit Lügen: Er erfüllte das *Homowo* mit falschen Anschuldigen darüber, wie sein Bruder zu seinem Geld gekommen sei: Juju-Geld sei das Geld, die Belohnung für vernichtete Geister. Es stamme aus Diebstählen. Es komme aus der Politik. Die Leute lachten. Kwao lachte. Und gab Jato danach überhaupt kein Geld mehr, mit dem er den Frauen hätte nachstellen können...

Und was Amina betrifft: Sie lebte im Schatten des Kolabaums, der ihrem Vater gehörte. Deshalb leuchteten ihre hellbraunen Augen, Augen von einer Farbe ähnlich der Bauchseite eines Hirsches, deshalb war sie allein auf dem Markt unter Hunderten Fremden. Sie aber suchte nur eine Fremde: Adwoa Adde, von der sie schon geträumt hatte, als sie noch weit im Norden weilte. Meilen aus Leid, Abfall und Hoffnung konnte Amina schauen. Und die Hoffnung war ihr das Licht, das sie in ihrer verzweifelten Suche nach Adwoa Adde leitete, die sie nicht von Angesicht zu Angesicht kannte. Ihr Vater hatte endlich nachgegeben und sie in den Süden ziehen lassen. Davon überzeugt, daß ein böser Geist von ihr Besitz ergriffen hatte, hoffte er, daß ihr Onkel ihn austreiben könnte. In Accra gingen Aminas Augen weit auf. Und sie spürte, daß sie hier ihre spirituelle Mutter finden würde...

Beni Baidoo glitt in die spirituellen Kinder hinein und wieder aus ihnen hinaus. In einer Tasse sammelte er die Tränen und auch das Lachen. Der fliegenden Adwoa rief er zu: „Sister, achte ihrer nicht. Sie wollen dir nur ihr Leben aufbürden. Ich kann zumindest eine Entschuldigung vorweisen: Ich bin alt und bedarf der Unterstützung. Mein Leben liegt hinter mir und treibt mich den Vorfahren entgegen...

Vielleicht ereilt der Tod mich einmal unter einer Schachtel explodierender Kippen und genau in dem Augenblick, wenn ich im Lotto eine Million Cedis gewinne! Und mein Hund und mein Esel vor Freude tanzen! Stör dich nicht an Kwaku Dua, den Mechaniker. Ihm vergeht sein Leben mechanisch. Achte nicht des Managers Agyemang. Das einzige, was der managen kann, ist, sich sein Leben zu vermasseln. Aboagye Hi-Speed ist nur ein stinkender Zauberer. Akosua und Abena sind lediglich semi-*supertobolo alombos*! Und Kofi Kobi gründelt mit seinen Beinen in ganz Accra auf der Jagd nach Frauen. Und Jato ist ein dummer Boogieboy. Noch dazu ist eins seiner Eier taubverrückt! Sister, bitte verzeih miiiiir! Schon habe ich dir einen Teil meiner Geschichte erzählt. Doch glaube ich, sie alle wollen zuviel Sinn und Bedeutung für ihr Leben von dir. Mir aber steht der Sinn lediglich nach meinem Dorf, in dem mich sehr, sehr junge Frauen bedienen sollen, die alle der Falten nicht achten...

Sister, wo andere auf Sinnhaftigkeit aus sind, bin ich auf mein Dorf aus..."

Adwoa Adde betrachtete all die Menschen, die um sie herum durch die Dunkelheit der Stadt fluteten. Sie sah die Tausenden, die einander liebten. Sah die Tausenden, die weinten. Sah die Tausenden, die lachten. Kokosnüsse umschlossen verbergend die Härten des Lebens in Accra. Die verspätete Dämmerung glich einem Zug, der den Bahnhof nicht verläßt. Und unter den Wolken sah Adwoa Adde den zur Suche zu linkischen Kojo Okay Pol, wie er dennoch suchte, zu seiner taktlosen Antwort zu gelangen: Und diese Antwort befahl ihm, auf erfundener Unschuld zu reiten, auf eine berechnete Reise zu gehen, die ihm größere Ziele verschaffte, als er verdiente, und ihm dennoch die Mittel so taktlos hielt, daß sein Bedürfnis fortbestand, sich ständig seiner selbst zu versichern. Okay Pol war in Kaneshie eingeschlafen. Sein Bett aber war wach. Bei der Rückkehr von ihrem letzten hohen Flug nach Legon sah Adwoa Adde, wie Professor Sackey im Schlaf redete und es fertigbrachte, seiner Frau sogar im Schlaf zu widersprechen, als sie sich fragte, was er wohl sagte. In Kuse schwebte 1/2-Allotey in Gefahr, weil er den Ältesten beim Wandel der Traditionen zu schnell fortschritt...

nur seine Schultern und sein starrer Blick retteten ihn davor, von ihnen verwüstet zu werden. Von Dr. Boadi sah sie nur den Bauch, schwer und politisch, getragen vom Guiness und der Zärtlichkeit seiner Frau Yaaba. Links, im Osten, wo die Ladenmädchen schliefen, zersetzten Schaben die Bank of Ghana. Das Schicksal glich einer Kolanuß: Spuckt man das ausgekaute Stück aus, dann schiebt man dafür ein anderes Stück in den Mund. Weihrauch breitete sich aus mit strahlenden Fingern, berührte alles Moderne in den Köpfen der Menschen und zog sie dann rückwärts in die Zeit...

die Erde war Herrin aller Dinge. Zwerge, Kräuter, Perlen, Fleisch, Seife, Lavendel und Juju hatten die Fußballspiele im Griff, bürsteten die Köpfe der Lottospieler, lenkten die Hände der Dame- und *oware*-Spieler, bündelten die Geheimbünde und schläferten die Verliebten ein. Ausdruckslos zog der verstorbene oder verspätete Mann durch den Busbahnhof und trug ein ganzes Dorf mit sich im Kopf herum: Er fühlte sich wohl mit dieser traurigen Art eines *Sankofa*, denn nachdem er seines Herrn Auto repariert hatte, war er zweihundert Jahre in die Vergangenheit gereist, um mit ungemein bequemem Leib sein *kenkey* und *kyenam* zu essen. Adwoa kamen die Toten abenteuerlicher und jedem Experiment aufgeschlossener vor als...

Dann, im Krankenhaus mit den wehklagenden Gebäudetrakten, sah sie Kojo The Joke – den Sohn eines strengen Lehrers aus Standard Seven, der mit seinem Quadratschädel vor kurzem gestorben war. Sie sah, wie er, ohne die beiden Moskitos auf seiner Schulter zu stören, den Kranken die Taschen ausräumte und damit seine wirkliche Meisterschaft bewies. Nachdem seine Finger sich bereits in sechs Taschen gestohlen hatten, wollte er es noch ein weiteres Mal versuchen. Er erwählte Auntie Lala. Die sah eklig genug aus, um Geld zu haben. Ihr blaßrötliches Wasser verbreitete sich sogar über ihren nächtlichen Schatten. Und kontinentengleich unbeweglich lagen ihre Beine. Eine Auseinandersetzung mit ihrem kleingeratenen Ehemann hatte sie mit abgebissenem Finger ins Krankenhaus gebracht. Er hatte dieselben Zähne, mit denen er zu Gott sang und ihn lobpreiste, dazu benutzt, sie zu beißen. Mit einer Würde, die das wirkliche Geschehen verbarg, erklärte sie, wie entwürdigend es für einen Mann sei, sich mit seiner Frau zu schlagen. Und sie obendrein noch zu beißen, nur um einer ordentlichen Tracht Prügel zu entgehen. Ihre Worte legten sich um die verschlossenen Ohren des Arztes. Sie sah Kojo The Joke sofort, beobachtete ihn ein paar Minuten lang, wie er seine Einnahmen zählte. Als er dann auf sie zukam, schlug sie Alarm. Die Kranken sprangen auf, zogen The Joke nach draußen und schlugen gnadenlos auf ihn ein. Mit Holzscheiten, die plötzlich auftauchten. Mit eisernen Stangen. Mit gesunden Fäusten, mit Beinen, die zu Streitkolben wurden. Jokes Schreie klangen bedenklich.

„Mutter!" gellte es aus ihm hervor.

Sie lachten. Halbtot zerrten sie ihn zur Leichenhalle hinüber, die ihn mit offenen Armen empfing. In äußerstem

Schweigen griff ein Mann sich ein Stück Eisenrohr und schob es Kojo The Joke langsam und entschlossen in den After. Fast interesselos verfolgten sie seine Krämpfe. Und bespuckten sein Blut.

„Werft ihn zu den Toten", rief jemand. Tatenlos sahen die Angestellten der Leichenhalle zu, wie The Joke herankam, den sterbenden Kopf gebeugt, mit einem Zehncedischein, den ihm jemand aus Rache in den Mund geschoben hatte, und dem Eisenrohr im After, das ihm wie ein letzter Schwanz hinunterhing.

Sally Soon weinte, doch hatte sie zuviel London im Mund. Und durch ihre Tränen hindurch machte sie Aufzeichnungen. Die verzweifelten Laute hatten verstört den Kurs der fliegenden Adwoa Adde gekreuzt. Ihr Herz krampfte sich zusammen, doch noch immer mied sie das Meer. Denn die *Juju* des Meeres waren unvergänglich frisch. In einer urindurchseichten Ecke eines Ersatzteillagers in Osu sah sie den wißbegierigen Geist von Kofi Loww. Sofort ließ ihr Herz wieder mehr Blut hereinströmen. Das Gesicht zu einer Grimasse verzogen, wendete sie zögernd, richtete ihre Brüste zu Kreisen. Ihre plötzliche Schönheit bewölkte den Himmel, während sie traurig auf die Liebe herabsah, die ihnen beiden, ihm und ihr, soviel Rastlosigkeit verursachte. Sein Geist war so verwirrt wie er selbst auch, und dennoch wollte er nicht das geringste Opfer bringen. Sie landete und drückte den Geist an sich. Auf und nieder schwebte sie mit der ganzen Last ihres Mitgefühls. Und sein Geist verstand sie. Und sein Verständnis ließ sie weiter eine gute Meinung von ihm haben, auch wenn seine seltsame Art das Verständnis beinahe zunichte machte. Adwoa Adde war erschöpft. Als die Dämmerung sich seitwärts in die Stadt schlich, legte sie ihr Teil Tageslicht nieder. Nicht länger stand sie mehr Kopf. Und sie konnte nicht mehr fliegen.

Ihre Augen schlossen sich. Sie schielten und schlossen sich. Drüben am Strand wurde die weichende Wut der Wellen zum Gebrüll Tausender nasser Löwen des Südens. Erkenntnis wurde zum X. Wurde zum Augenzwinkern. Zum Leiden der anderen. Bäume wechselten und tauschten die Wurzeln, erfüllten mit Bewegung den Boden, die Ratten, die Termiten, die Fundamente und Gräber. Das State House war auf Aberglauben errichtet. War eine Hexe.

Und wurde für gewöhnlich vom Osu-Friedhof für ominöse Versammlungen ausgeliehen...
    und das armselige Stadion: Es wurde verwendet für spirituelles Gebrüll aus Tausenden gestohlenen Kehlen. Auf dem Rücken dieser Stadt lagen zu viele Jahrhunderte. Adwoa mochte ihren Augen nicht trauen, als sie sah, wie sich der Himmel bei der Landung von Hunderten Hexen aufhellte, von denen die meisten stumm von Blut und Knochen sprachen, als sie sah, wie Schlangen wieder in Körper hineinglitten und wie Töpfe, Ringe, Perlen, Vorhängeschlösser, Messer, körperlose Herzen und Schwarzpulver verzaubert lagen.

Adwoa Adde fand sich, fast schon erwacht, auf ihrem Bett wieder. Sally Soon mochte in den Wolken ihre Aufzeichnungen machen. Das Bett stand nicht an der gewohnten Wand. Von ihrem Puder war etwas zu winzigen Pfaden verstreut. Widerstrebend nur kroch das Licht durch ihr Fenster. Laut erscholl der Klang des Mangels, des Fehlens. Als sie die Stirn runzelte, fältelte sich der Himmel. Ihr Fenster begrenzte ihre Erkenntniswelt nicht länger. Sie fühlte sich frei und dachte frei. Ihre Gebete schmückten ihre Knie. Mit der Sonne stieg Gott herab und vertrieb das Gähnen. Gott hatte Appetit auf *koko*. Frisches Morgenwasser wusch die Liebe von den Liebenden. Friedlich überwand Adwoas Herz viele Meilen und kehrte zurück. Doch als das Morgengrauen verging, eilte sie zum Markt und verschwand in ihrem eigenen Gefeilsche. Verzweifelt verkaufte sie Kekse, sogar an Bischöfe...
    so daß Sally Soon nichts anderes übrigblieb, als vorbeizufliegen und mit sich zu nehmen: steinerne Mauern, kleine Mücken, Narzissen, ein paar Akzente und wilde Stürme von Schnee.

Kapitel vier

Kojo Okay Pol war der geborene Optimist. Er war der sprichwörtliche Esel, der tatsächlich daran glaubt, daß er sich im Notfall am eigenen Schwanz aus dem Schlamassel ziehen kann. Im Laufe seiner überstürzten Verfolgung von Kofi Loww hatte er sich verändert. Aus einem etwas zu stillen Mann war jemand geworden, der manchmal ein wenig zu viel redete. Seine schief sitzenden Augenbrauen waren zwei Stufen Zweifel hinauf zu einem bestürzten Stirnrunzeln geworden. Der Höhenzug seines Körpers verendete mit einem Schlag. Und drückte sich buckelnd auf die Schultern. Kopf und Hals wurden belanglos, bis er mit zusammengebissenen Zähnen zu lächeln begann und ein solches Strahlen von ihnen ausging, daß sein ganzer Oberkörper zu glühen schien. Das geschah sogar dann, wenn ihm eine Fliege auf der Schulter saß. Grübelnd stand er unter einem *brofo*. Dann bewegte er sich ruckartig, als schüttele ihn ein vorprogrammierter Schluckauf. Jetzt näherte er sich der Straßenecke und nahm den Wind mit. Der hatte, bevor er ihm nun ins Gesicht schlug, zu viele andere Gesichter beiseite geschlagen, so daß seine Kiefer jetzt die ganze Last des Windes tragen mußten. Ihre Umrisse machten das deutlich: Sie waren leicht eingefallen, verkrochen sich nahezu unter den hervorstehenden Jochbeinen, so daß die Worte seinen Mund wie über eine Brücke verließen. Bis über Navrongo hinaus erstreckte sich der Raum zwischen seinen Hoffnungen und der Wirklichkeit seines Lebens. Sein blaßgrüner Fez aber, den er in den kurzen Momenten plötzlicher Eingebung trug, verlieh ihm etwas Lächerliches, das ihn gleichzeitig befreite und beengte. Wenn er sich seiner selbst sehr sicher war, machte er sich die Tatsache zunutze, daß andere ihn unterschätzten. War er jedoch verunsichert, dann brachte ihn das gesamte Weltall aus der Fassung – ein Blick, eine Bemerkung, eine Situation. Tomaten, Autos, der Mond. Manchmal, wenn er gefangen war zwischen dem Zeitalter der Düsentriebwerke und dem dörflichen Leben, pfiff er. Er war felsenfest davon überzeugt, daß Kultur nichts anderes darstellte als das, was man tat.

Und daß es ihm freistand zu tun, was ihm gefiel. Zumal er mit einem Vater aus dem Norden und einer Mutter vom Volk der Akan gesegnet war. Und um die Dinge noch weiter zu verwickeln, fühlte er sich gewöhnlich jeder Situation überlegen, in die er geriet. Die Tatsache aber, daß er diese Situationen meistens nicht beherrschte, vermittelte ihm das brennende Gefühl von Ungerechtigkeit. Deshalb bemühte er sich, die Aura von Unschuld, die seinem Temperament entsprach, mit der Aura der Lächerlichkeit, die ihn umgab, zu verbinden. Und das endete dann immer damit, daß er anderen Leuten unnötige Schwierigkeiten bereitete.

Er war zum Beispiel der Ansicht, daß Kofi Loww ein System von Verrat und Ausbruch auszubrüten versuchte. Auch glaubte er, daß der ihn immer auslachte: Gelächter im Rex, Gelächter im Ghana House, Gelächter sogar in den Ebenen von Accra...

besonders gefährlich waren Straßenecken. Dort brach das Gelächter am häufigsten aus. Okay Pol fühlte sich dazu veranlaßt, nach Anhaltspunkten und Anzeichen zu suchen, die bewiesen, daß Loww ihn verfolgte. Der Hund: Zweimal hatte Pol die Bauchseite eines Hundes untersucht und dort, wie er schlußfolgerte, Lowws Fingerabdrücke gefunden. Abdrücke von langen, ungewaschenen Händen nach einem Mahl aus Krabben und Schnecken in *abenkwan,* angedickt mit *fufu.* Tatsächlich aber spielten ihm seine eigenen *shitoh*-Finger einen Streich, und er ließ den Hund schließlich frei. Der aber war ein störrisches Tier, eben dasselbe, das den Aufruhr verursacht und seinen Anteil an Mitgefühl und Erdnüssen eingefordert hatte. Der Baum: Pol war davon überzeugt, hatte so ein Gefühl, das von der Gegenwart der Vorfahren und einer mit Palmwein gemischten Flasche Guiness in ihm ausgelöst wurde, ja, er war davon überzeugt, daß Loww im Wipfel eben dieses *neems* saß. Und nach belastenden Anzeichen schändlichen Benehmens Ausschau hielt. Mehrere Male kletterte Pol den Baum hoch und runter, wobei er seinen Fez am Fuße des Baumes liegen ließ. Und machte ihn sich damit untertan. Er wußte, daß seine Torheit sich auf die Blätter legte und sie grünen ließ. Und welch Ausbruch von Klang und Scham, als die Krähen kamen und erneut von dem Baum Besitz ergriffen! Das Kino: Pol suchte nach Loww, während der Film lief.

Dabei wurde ihm jeder Sitz zum Feind. Und jeder Feind verwünschte ihn, wenn er auf seinen Zeh trat. Pol ließ sich hier nieder, um sich später in fremden Sitzen da drüben auf der anderen Seite wiederzufinden. Und schließlich erhob sich das ganze Kino just in dem Augenblick gegen ihn, als sich das, was Pol tat, mit dem deckte, was auf der Leinwand geschah. Sie glaubten, er sei ein Hexer, schlugen ihm den Fez vom Kopf und jagten ihn hinaus. Im Freien stand er nun, beim gebratenen Fisch unter dem Mond, und malmte seine Verzweiflung in einen Kaugummi hinein. Die Prinzipien in den Gläsern seiner Sonnenbrille ließ er vor Staub erblinden und sagte sich: „Genug! Dr. Boadi soll sich einen anderen afrikanischen Esel suchen, der seinem Schatten nachjagt. Mit Oberschulbildung kann man sich schließlich auch etwas Besseres vorstellen!"

Als er jedoch zu Dr. Boadi zurückkehrte, redete dieser ihm die Verlängerung ihres Sicherheitskontraktes um einen weiteren Monat ein.

Das Augustwetter vermochte einem Leben neue Richtung zu geben, konnte es aber auch auslöschen. Mit seiner linkischen Brise tat es Pol normalerweise weder das eine noch das andere an, auch wenn sich unter dieser Brise sogar Pols Hirn abkühlte und er nicht über das Wetter herzog. Wenn sich denn überhaupt Hitze breitmachte, dann ging sie von Herzen aus, die eine Leidenschaft miteinander teilten. Das Gras legte sich nieder und wurde nur in den Streifen unter den Bäumen der Stadt braun, die im vollen Glanz ihres schwer errungenen Grüns standen. Die Ernten waren gekommen und gegangen und kamen erneut, gezogen und vorangetrieben vom Motor der Jahreszeiten.

Selbst in seinem Heimatland, in dem es alles zu kaufen gab und das sich selbst verhökerte, konnte Pol den Himmel nicht kaufen. Kleine Freuden aber waren billig zu haben, wenn die schweren Regen, die gleißende Sonne und die dichten Staubwolken schliefen. Unter dem Regenbogen, dem *kente* Gottes, schnell übergeworfen und abgelegt, fächerten die Palmen die Geister voran. Plötzlich entschloß sich Pol, nun doch nicht der Polizei beizutreten...

Deshalb marschierte alles Uniformierte aus seinem Kopf. Aus unerfindlichem Grunde fühlte er sich, als müßte er dieses Land umarmen. Er kannte auch die Frau, der er dies antun wollte: Araba Fynn, deren Gleichgültigkeit und laszive Gelöstheit seinem neuen Mund, seinem neuen Bewußtsein eine Herausforderung waren. Gerade rechtzeitig ereilte Pol eine regelrecht körperhafte Geschwindigkeit allgemeiner Bewegtheit. Als seine hastigen Kiefer ein einfaches am*pesi* zu sich nahmen, entsandten zwei Sonnenstrahlen auf seiner linken Seite zweifelhaftes Licht und rechtschaffenes Licht auf seiner rechten. Sonnenlichtgeschmückt waren seine Zähne und kauten gedankenschwer, als er sich daran erinnerte, wie er Kofi Loww zum ersten Mal gleichgültig am Kotoka International Airport herumstehen gesehen hatte. Er hatte bei sich gedacht, daß Loww aussähe, als wünschte er sich nichts sehnlicher als weich gekochten *fufu*. Und alles andere, was weich war. Er hatte auch gedacht, Loww ginge, als müßte er die ganze Zeit Berge besteigen. Als hätte ein verschlagener Vorfahr seinen Körper gemietet und stolzierte damit einher, ohne die geliehene Natur des Körpers, den er benutzte, zu achten.

Und so gelangte Okay Pol zu dem verwelkenden Flughafen, dem Eingangstor zum Land, das eigentlich dessen Hintertür war. Das Dröhnen der Jets fraß sich in den Beton. Manchmal spiegelten sich die Schönen im Glas, manchmal der Verfall des ganzen Landes. Die Stufen, die hinauf in die Abflughalle führten, sprangen mit der gleichen Hast übereinander hinweg wie die Menschen, die sie benutzten. Die Lüster hingen unter barockem Staub wie wohlgekleidete Diebe bei einem Festival. Und das Personal, egal ob zu Symbolen für das Ghana des Jahres 1975 ausgebildet oder nicht, schien ebenso einem traditionellen Festival zu entstammen: Es war erstarrt zu alten Masken. Und hatte doch nicht deren Bedeutung, hatte doch nicht deren Farbe. Ganz unbewußt lehnte Pol diesen Ort sofort ab. Nur war er dienstlich hier: Er hatte sicherzustellen, daß die Pferde, die man zur Täuschung in sechs hohe Kisten verpackt hatte, sicher an Dr. Boadi und seinen Commissioner ausgeliefert wurden. Ohne Aufsehen. Ohne Palaver. Von dieser Operation hing Boadis politisches Fortkommen weitgehend ab. Pol erschien ihm für diesen Auftrag naiv und ausgeschlafen genug. Und er meinte, daß die Weichen für Pols künftige Vergünstigungen gestellt werden könnten, ohne große Schulden machen zu müssen oder Unannehmlichkeiten zu bereiten. Unter der Last seiner Verantwortung neigte sich somit Pols Fez in die seinem Kopf entgegengesetzte Richtung, der Erde, zu. In seinem weichen Haar verfingen sich Luftbündel und formten es von hinten. Boadi hatte angedeutet, daß er und seine Vorgesetzten zwei der Pferde beanspruchten. Sie entstammten einer anderen Zucht als die übrigen, und man wollte mit ihnen einen privaten Rennstall aufmachen, „mit Wettbetrieb und solchen Sachen. Und wer in Ghana kennt schon den Unterschied zwischen einem Rennpferd und einem Ackergaul wie dem Clydesdale?" hatte Boadi angemerkt.

Pol ignorierte das und tat so, als hätte er die letzte Bemerkung nicht gehört. Mit moralischer Neutralität machte er sich an seine Aufgabe. Doch wenn er zu oft an Dr. Boadi dachte, begannen Zweifel in seinem Kopf zu kreisen wie ein ruderloses Boot auf dem Volta. Dr. Boadi war ein Überredungskünstler, in der Lage, die grauen Haare zu färben, die einem aus moralischem Skrupel wuchsen. Er war gut gekleidet, trug selbst zu den gewöhnlichsten Anlässen ein *whaaaat*, ein silberbebortetes Sakko. Sein Bauch stülpte sich in kosmischer Wölbung nach vorn und schien ihn wie ein Führer zu leiten, die Welt zurückzustoßen und Platz zu schaffen für das kleine Gesäß, das bedeutsam nachfolgte. In seinem Gehirn brodelte Bier. Sein Chevrolet, eine hübsche, altersschwache amerikanische Protzkiste, brachte die Ghettos amerikanischer Städte nach Ghana und war gewöhnlich mit Freunden und Verwandten überfüllt, die alle schon die Speisen riechen konnten, die auf sie warteten. Seine Ziele und Absichten bildeten den Schirm, unter dem sie alle Schutz suchten. Und sein breites Lächeln, in das Pol so oft widerstrebend blicken mußte, bot höhlengroßen Beißwerkzeugen Platz. Pol starrte Dr. Boadi belustigt an, als dieser ihm auseinandersetzte, daß die Gegensätze zwischen ihnen beiden zur Initialzündung beträchtlicher Profite werden könnten...

Die Schwierigkeiten in Kotoka begannen zunächst in Pols Kopf, als nämlich die Krähen des Fuhrparks ihre schwarzweißen Schreie über die Tragflächen abgestellter Flugzeuge verteilten. Das verstärkte den Lärm nur noch und schärfte Pols Sinne, so daß er sehen konnte, wie sich sein schmaler Rücken zusammenzog. Dann klagten die Lastträger ganz in der Art promovierter *kayakaya* über das Gewicht der Kisten. Beklagten sich darüber, daß die belüfteten Kisten kräftiger als sie atmen könnten. Ihnen die Luft zum Atmen nähmen...

„Wie könn de *adaka* uns weh tun so?" wehklagte ihr Aufschrei. Ihre Overalls waren mit der Halsstarrigkeit gegenseitigen Leidens zusammengeknöpft. Ihre Bewegungen nahmen jene langsame Aufsässigkeit an, die ihre Arbeit kaum ein Inch voranbrachte...

und dann ließen sie eine Kiste von der Gangway auf das Rollfeld fallen. Es war eine stille Kiste. Ihr Lärm war gewichtslos und zerbrechlich im Vergleich zu dem vollherzigen „Du Schwein", das dem fetten Träger entfuhr, dessen linkes Schienbein schwer durch die Hast seiner eilig entfliehenden Mitarbeiter schrammte. Nachdem sie aus ihrer Teilnahmslosigkeit erwacht waren, tauschten sie untereinander ihre Gefühle der Empörung, des Schmerzes und der Verlegenheit aus. Atanga wetzte seinen Trompetenmund und posaunte: „Du denk, dis is okay? Bauch leer, nit eß, und dann wir soll schlepp dis schwer Ding. Ich mach nit mehr, mein Hand is kaputt."

Zuerst begann seine Oberlippe zu zittern. Dann brach sie in eine Reihe ironischer Lacher aus. Und die Worte schossen aus der hungrigen Seite seines Mundes hervor, gerade in dem Augenblick, als sich die Kola verteilte. Ihm war plötzlich seine Frau eingefallen, die er noch nicht einmal ordentlich geheiratet hatte. Sie hatte aufgehört, *waakyi* zu kochen und zu verkaufen, weil sie das Gefühl hatte, damit nur seine Faulheit zu unterstützen. Und wann immer er jetzt den Mund aufmachte, schien er alles um sich herum in eine Krise zu stürzen, als hätte er kaum noch etwas zu verlieren.

„De Kist", fuhr er fort, „is mehr schwer als ganz Flugzeug. Ich gar nit versteh dis ganz *nyamnyama* Sach hier. Der wo pack dis *adaka bambala* in UK hab Problem mit Kopf *koraa*. Du geb mir *kenkey* für Bauch, dann ich dir heb ganz Flugzeug. Blllödsinn! Blllödsinnnn! das alles, mein Freund, stimmts?"

Atanga schleuderte diese Frage wie Erdnußpapier nach Kofi Loww, der im Halbschlaf oben auf der Terrasse saß. Er warf das Papier zurück.

„Soll ich komm runter für Hilf?" murmelte Loww mit maisvollem Mund.

„Ah, Bruder, andermal, aber so is de Welt...", sagte Atanga über die Schulter, als er sich wieder zu seinen Arbeitskollegen gesellte, die eingehend Yaovis Schienbein untersuchten. Sie taten dies allerdings mehr, um eine Ausrede für die Arbeitsunterbrechung zu haben, als aus Mitgefühl. Langsam wurden die Arbeiter neugierig, welche Fracht sie da wohl transportierten. Und so entschlossen sie sich, absichtlich eine zweite Kiste fallen zu lassen. Vielleicht würde sie ja aufgehen und ihr Geheimnis offenbaren. Plötzlich hatte sich ihrer eine neuartige Konzentration bemächtigt. Das Blau ihrer Overalls nahm die Farbe des Himmels an. Und unvermittelt floß ihnen allen neue Kraft zu. Atangas Zunge war versiegelt, posauntc nicht mehr herum. Ihr Ächzen und Stöhnen übertönte die Flugzeuge.

Pol, der die Szenerie mit neugierigem Stirnrunzeln beobachtete, entschied sofort, mit den Arbeitern gleich auch noch die anderen Kisten auszuladen, so sehr war er von ihrer neuerwachten Tatkraft beeindruckt. Dennoch: Irgend etwas stimmte da nicht. Er zeigte seine Marke vor, ging dann schnell über das Rollfeld hinüber zum Flugzeug und fragte sich im Vorbeigehen, was Atanga wohl zu dem Fremden da auf der Terrasse gesagt hatte. In Gedanken machte er sich eine Notiz darüber. Das Verhalten der Träger machte Pol unumwunden klar, daß er überhaupt nicht willkommen war. Ihre Augen wurden zur Wand. Er sprang mit seinen langen Beinen darüber hinweg. Danach bewegten sie sich noch hastiger.

„*Tsooboi! Yei!*" stieg der Kriegsschrei auf, als sie mit widerhallendem Erfolg eine letzte Anstrengung unternahmen...

kpa!

Als sie auseinanderbrach, stieß die große Kiste mit langem Widerhall ihre Schmerzenslaute aus. Aus ihr brachen weitere Laute hervor, unter denen sich der Glanz der Sonne plötzlich mit dem Glanz in den beobachtenden Augen vereinte. Mit wütendem Wiehern kam ein braunes Pferd heraus, verdeckte mit seiner dichten Mähne die Sicht auf Accra. Erst hatte es die schreckliche Enge der Kiste erduldet, und nun ertrug es den Flughafen. Jetzt aber war es zu einem körperlichen Wesen geworden: Die engen Winkel seines Ausschlagens und seiner Galoppsprünge brachen die Verwirrung der Umstehenden auf und verstärkten sie noch. Geschwindigkeit und Überraschung lenkten den Blick weg von der Sonne. Sie verwandelten das Pferd in ein Ungeheuer ähnlich *Ananse*. In eine Heimsuchung oder einen riesigen Hund. Es war, als ob das letzte Streichholz inmitten all der Dörfer Ghanas nicht erloschen war. Als ob Offenbarung noch immer möglich war. Laute des Staunens und OOOooos erfüllten die Luft. Pols Fez krängte unter der Wucht unglaublicher Bestürzung. Im Rhythmus der Hufe machte er sich sorgenvolle Gedanken. Über seine roten Augen hinweg entglitt die Welt seiner Kontrolle. Das Radar zwang seine Angst in sinnlose Runden. Die Handvoll Leute erschien ihm plötzlich als riesige Menschenmenge. Als er umherhetzte, hetzte zunächst sein Schatten mit ihm umher, bis er einfach ohne ihn stehenblieb. Es ging das Gerücht, daß ein Flugzeug aus der Geisterwelt gelandet sei, *ampa*. Es ging das Gerücht, Invasionstruppen seien eingeflogen. Die Pferde habe man vorweggeschickt. Und ihre weißen Reiter hätten das falsche Flugzeug genommen, *ampa*. Es ging das Gerücht von der Wiederkehr der Götter.

Wütend bahnte sich Pol einen Weg durch diese Augenblicksgeschichten und fand sich im Büro des diensthabenden Sicherheitsbeamten wieder, der mit beiden Händen rauchte und gerade bei seinem Einsatz in die Bank war. Kwaku Tia senkte mit einer Hand die Zigarette. Es war, als hätte der dringliche Ausdruck auf Okay Pols Gesicht es ihm leichter gemacht, den Rauch seiner Zigarette zu ertragen. Vier Flughafenaugen wurden größer, rundeten sich im Haß...

und füllten sich dann mit Fragen: Kwaku Tia wußte, was sich in den Kisten befand. Er war jedoch wütend, weil die Aufgabe, sie abzuliefern, nicht vollständig ihm übertragen worden war, sondern solch einem absoluten Amateur wie Pol. Pol wußte, daß er das dachte, fühlte aber nur Verachtung für einen Sicherheitsbeamten, der so unfähig aussah wie der vor ihm. So fragte sich jeder im stillen, welche Aufgabe der andere wohl hatte, während sie sich gegenseitig auf den Busch klopften. Und die stumme Frage führte bei beiden zwangsläufig zum Zweifel an Dr. Boadis Weisheit, sie beide zusammen für diese Aufgabe auszuwählen. Kwaku Tia verfügte über eine unstete Stirn, mit der er im Notfall mit Blicken intensiver Konzentration die Welt beiseiteschob. Pol schob das Schweigen einfach weg.

„Los, Mann, haben Sie nichts zu tun? Die Pferde...

die Kisten brechen auseinander! Kümmern Sie sich um Ihre Leute...

Ich werde zu der kleinen Menge von der Terrasse herab ein paar Worte sagen. Ich werde sie über die von der Regierung verhängte Pflicht zur Geheimhaltung aufklären, denn wie sagt Dr. Boadi doch immer: „Wenn die Ghanaer die Regierung unterstützen, wird die Regierung die Ghanaer unterstützen....

Eh?"

Wie ein Blitz war Pol nach diesen letzten Worten verschwunden. Halb noch steckten sie ihm in der Kehle. Und die Zweifel an Dr. Boadi gingen ihm immer noch durch den Kopf. Sobald Pol verschwunden war, erlaubte Kwaku Tia, daß sein Mund sich mit Verachtung füllte: Wurden die Dinge jetzt auf diese Art und Weise geregelt? Er wandte sich wieder seinem Glücksspiel zu, als ihm einfiel, wie man ihn tadeln würde, wenn die Pferde nicht zu Sicherheit und Verschwiegenheit galoppierten. Gähnend machte sich Verwegenheit in ihm breit. Dann sprang er plötzlich auf – fast schwebten seine kurzen Beine in der Luft – und rannte in Richtung Ort des Geschehens...

genau so unvermittelt blieb er wieder stehen, beide Füße in einem Haufen Pferdeäpfel. Seine Augen hefteten sich auf die Schenkel eines im Augenblick unbeweglich verharrenden Pferdes.

„Im Namen des Gesetzes", rief er, „im Namen des Gesetzes, welche Sprache sprechen diese Tiere? Sind das Pferde, die Twi sprechen?"

Ein brüllendes Lachen erhob sich aus der Menge und setzte die Pferde wieder in wilde Bewegung. Voller Verzweiflung salutierte Kwaku Tia. Nur, um überhaupt etwas zu tun. Gewaltsam aber senkte das Gelächter seine Hand nieder. Beim Klang dieser Fröhlichkeit fiel sein Bauch in sich zusammen. Das Pferd sträubte sich, stand reglos und mit aufmerksam aufgestellten Ohren da. Und zwang Tia durch die bloße Kraft seines Schweigens dazu, es ihm gleich zu tun.

Ungläubig starrte Pol auf Mensch und Pferd, wie sie bewegungslos verharrten und ihre Schatten sich zu einem ganz neuartigen Wesen vereinten, das der Landkarte von Ghana ähnlich sah, mit riesigen Kiefern, die an ihr nagten. Zwei weitere Pferde rissen sich los. Eins schnaubte, brach zur Seite aus und rief bei der Menge weitere Beifallsstürme hervor. Die Geschichte belegt: Galoppierende Pferde und Inflation ziehen für gewöhnlich Gebrüll nach sich. Mit Schrecken sah Pol Dutzende Fußstapfen in frischen Haufen Pferdeäpfeln auf der Rollbahn. Weich und widerwärtig schien der Flughafen zu sein. Niedergetreten. Und die kleine Menschenmenge, die all die Schattierungen der Bevölkerung Accras verkörperte, lachte mehr, als ihre Münder aushalten konnten. Unter der Gewalt afrikanischen Gelächters hob sich die Rollbahn. In Okay Pols Kopf wurde jedes Lachen zum Schrei.

„Mein Freunnn'", rief jemand von oben herab, „dein Hut is Pferdeklo, ehrlich!" Pol erstarrte in der geliebten Hauptstadt, nahm seinen Fez ab und reinigte ihn. Dadurch wurde Accra ein wenig sauberer. Das Gefühl, verfolgt zu werden, hatte das Licht in seinen großen O-Augen ausgelöscht und die Lider weiter als vernünftig gesenkt. Kwaku Tia benutzte eine Kieferhälfte, um an seiner Verwirrung zu leiden. Mit der anderen aber freute er sich der Zwangslage, in der Pol sich befand, und sein Sinn für Entscheidungen wurde zwischen diesen beiden Hälften zermalmt.

Pol war jetzt einsames Wehklagen. Plötzlich aber stürmte er mit Entschlossenheit in die Blicke der wartenden Menge hinein. Er versuchte, den Ausdruck der Lächerlichkeit aus seinen Augen zu verbannen und trotz seiner dünnen Beinchen den Eindruck zu erwecken, als habe er die Situation unter Kontrolle.

Er rief: „Ich muß Sie alle davon in Kenntnis setzen, daß das, was Sie hier sehen, nicht der Wirklichkeit entspricht...

man weiß ja, daß der Augenschein trügerisch sein kann...

Man wird Sie vernehmen, um das zu bezeugen...

in dieser galoppierenden Stunde, will sagen: in dieser krisenhaften Stunde, benötigt die Regierung ihre Unterstützung...

Das sind Pferde für die Landwirtschaft, die die *Operation Feed Yourself* voranbringen sollen, und sie sollen den Pflug ziehen...

Im Namen des Gesetzes werden Sie gebeten, sich bis auf Widerruf nicht von der Stelle zu rühren...

Sie können weiter zuschauen, doch bitte schlagen Sie kein Wasser ab – eh, ich meine, fällen Sie kein Urteil."

Pol keuchte, glaubte sich aber seiner Sache sicher und setzte deshalb hinzu: „Schauen Sie auf die Hufe, verschwenden Sie Ihre Blicke nicht an das Fell darüber."

Sein Lächeln wurde nicht erwidert. Es machte sich nur auf seinem Gesicht breit. Kofi Lowws Augen hatten sich aufgeheizt. Sie waren wütend und rund wie *kpakpo shitoh*. Voller böser Vorahnungen hatte er die Szenerie betrachtet und Pols Worten gelauscht. Auch wenn er sich selbst als ruhigen, wenngleich auch etwas seltsamen Zeitgenossen sah, der mit hartnäckigem Temperament für seinen Magen kämpfte und für seine Seele, einen Mann von ausgeglichenem, wenngleich manchmal aufwallendem Temperament, so wollte er sich doch auf keinen Fall vorschreiben lassen, wann er in seinem eigenen Land einen Flughafen zu verlassen hätte und wann nicht. Die *neem*-Beere in seinem Mund, die er gestern geistesabwesend grübelnd gepflückt hatte, glich das in seinem Herzen aufkeimende Gefühl aus, kämpfen zu wollen, und schuf ausreichend Platz zwischen seinen Füßen. Bei den seltenen Gelegenheiten, in denen er kämpfen wollte, hatte er immer Sehnsucht nach Frieden und gleichzeitig Hoffnung. Dann wurden in seinem Kopf die Häuser, die Märkte, die Straßen lebendig, quollen fast schon über vor Lebenskraft.

Manch einer sah die Auseinandersetzung kommen und lachte dennoch, weil er Pol und die Männer von der Sicherheit nicht ernst nahm...

Loww aber sah die Aufregung in Pols Gesicht. Einem Gesicht, das schwer von einer Naivität gezeichnet war, die sich nicht zum Schweigen bringen ließ. Und er mußte auf diese Aufregung, auf diese Herausforderung eingehen, weil er nicht der *kayakaya* seines eigenen Schweigens – und letzten Endes seines eigenen Bewußtseins – sein wollte. Sein Hinterkopf drängte die Wut nach vorn, während er fast schon beiläufig sagte: „Niemand hat das Recht, mich oder irgend jemand anderen daran zu hindern zu gehen...

Sie, mein Freund, Sie sehen eigentlich nicht so aus, als stünden Sie auf der Seite der Politiker...

und was soll all die Träumerei auf der Rollbahn? Wann werden Sie und Ihresgleichen endlich aufhören, unsere Würde mit Füßen zu treten? Man sollte meinen, diese Stadt hätte schon verrückte Aktionen mehr als genug erlebt..."

Kofi Loww fiel sein Onkel Wofa Kobina ein, der immer derartig gewählt sprach, daß jedes Wort sich einzeln zur Ruhe legen konnte. Ein bißchen hatte er von ihm gelernt. Die Sonne schob zwei kleine Wölkchen beiseite und beleuchtete die Szenerie mit ihrem ersterbenden Licht. Nach der aufbrausenden Zustimmung zu Kofi Lowws Worten herrschte Stille. Ein Schweigen, das niemandes Mutter ausfüllen konnte. Wenn jener Mann, der da so geschwind seinen Mais kaute, lachte, dann ein bitteres Lachen, das ihm den Mais auf eine Seite des Mundes schob. Kojo Okay Pol winkte ein kurzes „ssss" zu Kwaku Tia. Letzterem stand die Angst im Gesicht, daß die Dinge jetzt außer Kontrolle geraten könnten. Dennoch war er dazu bereit, jedweder Entscheidung zu folgen, die sie beide erlösen und es ihm ersparen würde, für irgendwelche Auswirkungen verantwortlich gemacht zu werden. Kofi Lowws Körper spannte sich, als die beiden Männer auf ihn zukamen.

Plötzlich rief jemand: „Wir geh'n, wir geh'n, wir geh'n, wann wir woll'n. Und nur, wenn wir woll'n!"

Die Menge fiel ein: „Wir gehn-mann! Wann wir wolln!"

Stumm griff Lowws Bart den Aufschrei mit dem verächtlichen Winkel auf, in dem er ihm aus dem Gesicht ragte, und schleuderte ihn in Pols Richtung. Plötzlich blieben Pol und Tia stehen und steckten flüsternd ihre Köpfe zusammen.

„Hey! Die Regierung tuschelt nicht!" rief ein anderer. „Sagt's laut! Wir wolln alle was davon haben!"

Pol und Tia hatten etwas gesehen, das wie ein Geist aussah, ganz schnell um die Ecken kam und Schultern beiseitestieß.

„Irgendwas nähert sich. Entweder, um uns zu retten oder um uns zu vernichten", flüsterte Pol halb voll Hoffnung, halb ironisch.

Osofo Ocran kam heran mit seinen schnellen, platten Schritten: „Stop stop stop, Gentlemen, drei mal stop. Denkt an die Dreifaltigkeit. Im Namen des Herrn. Nicht des Gesetzes. Hey, denkt an eure Vorfahren. Heute morgen habe ich mit all meinen Gebeten für euch alle dem Herrn Jesus Christus die Knie poliert. Ich habe alles gesehen. Ich habe gesehen, wie sich diese beiden jungen Männer auf einen Kampf vorbereitet haben. Warum warum warum?...

denkt an die heilige Dreifaltigkeit, wieder und wieder und wieder. Ihr gehört alle in dieses Land – ein Land, das gesegnet ist mit..."

„... Verwünschungen!" rief jemand von hinten.

Osofo achtete nicht darauf und fuhr fort: „... gesegnet ist mit Frieden, im Himmel und auf Erden. Ich bin Osofo Ocran. Ich schaue auf zu meinem Herrn, der auf seine Herden niedersieht. Gesegnet seien diese Pferde, gesegnet diese zerbrochenen Kisten. Ist es nicht gut, auf diesen zerbrochenen Kisten *banku* zu essen? Sie könnten doch ein göttliches Zeichen sein, daß wir nicht auseinanderbrechen sollen, sondern zueinander uns fügen und zusammenbleiben. OOOOO, euer Lächeln ist schön und gottgegeben! Ich gehöre zur Church of the Smiling Saint, zur SS-Church. Alles habe ich gesammelt und Gott dem Herrn dargebracht, sogar euer Gelächter. Doch schaut euch all die Leute mit gebeugten Schultern an, und vielleicht geht ja auch das ganze Land an Krücken! Heute früh habe ich nur ein bißchen *kenkey* und einen halben Fisch gegessen. Doch das ist genug, ich ward gesegnet. Mein Bauch ist ein kleiner Speisetempel für afrikanische Speisen. Und die Pferde, mögen sie nur gute Mär bringen, auch wenn das manch einer von uns für eine dämliche Idee hält. Geht sorgsam miteinander um! Halleluja! Weckt ihr die Teufel, die in euch schlummern, dann werdet ihr aufeinander losgehen und mit Gewißheit die Hölle erleben. Hoch die Tugend, nieder mit der Sünde! Amen. Bitte, hört auf zu murren. Ihr sollt mir zuhören, weil es mir donnerstags nicht erlaubt ist zu lächeln, außer im Gebet. Die Kirche leidet mit den Menschen. Und deshalb wird einmal in der Woche das Lächeln eingeschlossen, und nur Gott bekommt es zu sehen. Wißt ihr, an dieser Stelle hat meine Großmutter einst geweint, bevor der Flughafen gebaut wurde. Sie sagte, daß das Fliegen ein böses Omen für das Land sei! Daß Sünder nicht in den Himmel aufsteigen sollten! Und ich bin sicher, daß der Herr ihre Tränen noch nicht getrocknet hat...

sie hat um ihr Volk geweint, ich weine um das ganze

Land! Und seid nicht überrascht, wenn ihr Geist noch immer auf diesem Flughafen umgeht und die Spinnweben wieder an ihren Platz setzt, wenn sie einmal im Jahr mit dem Staubwedel beseitigt werden. Ich komme in regelmäßigen Abständen hierher, um mich um sie zu kümmern..."

Als Osofo sah, daß er die Menge erst zur Hälfte auf seine Seite gezogen hatte, drehte er sich plötzlich um, schaute Pol und Tia an und rief in tiefstem Ernst, wobei er die Schultern näher zur durchschnittlichen Höhe seines Nackens hochzog: „Ich befehle Ihnen im Namen des Allmächtigen: Lassen Sie diese Leute frei! Dies ist ihr Land, dies ist ihre Luft, all dies Glas gehört ihnen im Glauben an Gott. Lassen Sie sie frei!"

Dann schob sich Osofo in die Menge hinein und zwang die Leute auf die Knie. Manche folgten seinem Befehl, andere nicht. Kofi Loww hatte sich verwirrt in eine Ecke verzogen. Er wußte nicht, wie er sich diesen von ihm ausgelösten Ereignissen gegenüber verhalten sollte.

„In Ordnung, betet, wenn ihr wollt, betet. Wenn die Presse hierherkommt, kann man mich nicht dafür verantwortlich machen", rief Kwaku Tia und schaute wissend auf Pol. Und Pol gab diesen Blick wortlos an den Himmel weiter. Fest verwurzelt standen die beiden da, verloren in eine Finsternis, die sie einander verband und doch voneinander trennte.

Wieder gab es einen scharfen Knall, und heraus kam das schönste Pferd, das man sich vorstellen kann. Schwarz war es und schön. Schüttelte elegant die Mähne und ließ sie in der Sonne erglänzen. Okay Pol war am Boden zerstört. Er biß sich auf die Lippen und knackte mit den Fingern...

er konnte jetzt nur noch die Hände hinter dem Kopf verschränken und Vater und Mutter sterben lassen.

„Ein Schiff wäre besser gewesen", sagte Tia plötzlich mit, wie es Pol vorkam, gelangweilter Endgültigkeit. „Ich weiß, daß Dr. Boadi heiße Luft über alles liebt...

diesmal hätte er sich jedoch besser für Wasser entschieden. Schließlich wird sein Bier mit Wasser gebraut. Und Schiffe können darauf schwimmen."

Pols Augen waren am Tiefpunkt angelangt und hatten den leeren, verlassenen Ausdruck aus Resignation und

Selbstschutz angenommen. Und was von der Aura neuen Selbstvertrauens übrig war, verging in den schnellen Bewegungen seiner Beine, die ohne ersichtlichen Grund scherengleich das Wahnsinnsgrau der Rollbahn zerschnitten. Kwaku Tia war so klein, daß er in dieser Atmosphäre der Verwirrung fast vom Rauch der billigen Zigaretten verborgen wurde, die er unablässig hintereinander rauchte. Als Pol mit ihm reden wollte, mußte er erst in den Qualm hineinspringen und ihn wegblasen. Aus Unmut über das, was er als Tias grundlegendes Desinteresse ansah, blies Pol ihm den Qualm in die Augen und färbte sie damit rot. Und als Kwaku Tia sich alle Mühe gab, philosophisch zu husten, gelang ihm das nicht: Aus seinem Mund strömten nur Beleidigungen zu Pol hinüber, der weggegangen war und mit einem Mal Kofi Loww gegenüberstand...

Loww war eingeschlafen. Auf seinem Gesicht stand der gleiche Ausdruck granniger und verwirrter Verachtung, den Pol jetzt von der übervölkerten Terrasse prügeln wollte.

Doch er konnte nicht: Osofo hielt ihn mit solcher Kraft an den Schultern fest, daß es ihm unmöglich war, sich zu bewegen. Von dieser Kraft und einem beständig heiligen Lächeln auf Osofos Gesicht wurde er herab auf die Rollbahn gezogen.

„Mach deine Knie bereit und knie zwischen den Flugzeugen nieder, an diesem heiligen Ort, und bete für den Erfolg deines Lebens", rief Osofo Pol zu und sah ihm gerade in die Augen. Pol spürte, daß sich etwas in ihm zu wehren begann. Daß Entrüstung in ihm aufstieg bis zu seinen hochgezogenen Augenbrauen. Osofos starke Arme aber hielten ihn eine Minute lang nieder und zwangen ein Hoffnungsgebet in seinen Kopf, ein Gebet des Optimismus und...

der Freundlichkeit.

Ein Ruf klang herüber: „Zum Glück sind keine Ausländer in der Nähe...

das ist ein internationaler Flughafen. Eine Schande, daß so etwas hier passiert."

Die Stille, die fortschreitende Verwirrung und dann der wieder aufkommende Lärm gefielen Kwaku Tia: Er hatte seinen wichtigen Auftrag völlig vergessen. Er sang und tanzte stumm zum Highlife aus einem fernen Transistorradio, als Pol, der sich schließlich aus Osofos Griff befreit hatte, ihm den Tanz austrieb und schnarrend zu ihm sagte: „Was soll das Gehopse? Im Namen deines Onkels, dieser *Cocoyam*, warum tust du nichts deinem Status entsprechendes, um der Sache hier ein Ende zu setzen? Dieser *cheche-kule kofisalanga* führt doch zu nichts! Boadi wird dich plattdrücken, mit oder ohne Hut!"

Langsam zog sich Kwaku Tia ein paar Schritte zurück, schob seinen braunen Hut zurecht, um seinen wütenden Blick zwischen Pols Augen senden zu können.

„Und dich auch, du junger Rüpel! Wenn du den Mund aufmachst, kann ich, entschuldige, wenn ich das so sage, all den Müll sehen, den du mit deinem *gari* heute morgen geschluckt hast...

nun sag mal, waren nicht etwa Steine in den Bohnen? Eheeeeeh! Hab ich dich erwischt! Ein mageres Frühstück ist doch sinnlos...

ahh."

Als Tia lachte, lösten sich seine Füße beinahe vom Erdboden. Als wollten sie noch mehr Gelächter einfangen. Und in der Tat, das gelang ihm auch, als er der kleiner werdenden Menge zurief: „Für den sofortigen Dienst am Vaterland gesucht: Jeder mit breitem Arsch zum Sitzen auf den beiden verbliebenen Kisten. Diese Pferde sind nicht wie meine Frau, deine Frau oder dein Chef...

sie haben Verstand, sie hören auf die Kola. Wenn ihr euch also auf die Kisten setzt, dann wird das Pferd, ob schwarz, braun oder weiß, auf das Gewicht des besagten Arsches hören, wird seinen Druck spüren. Und schließlich sind es seit drei Stunden afrikanische Pferde...

sie haben den Schnee in Großbritannien vergessen! Irgendwelche Freiwilligeeeeen?"

Kwaku Tia, der hinter einem dreistöckigen Misthaufen stand und ihm mit seinen modischen Schuhen einen seitlichen Stempel aufdrückte, fühlte sich mehr Herr der Lage, als seinen Augen anzusehen war. Und beinahe hatte er schon die überaus unverständliche Weigerung seiner Frau vergessen, ihm Geld zu geben für den Kauf von Seife, die dann weiterverkauft werden sollte. Sie wußte, daß er das Geld nur vertrinken würde. Und sie wußte auch, daß er sich darüber ärgerte, daß sie es wußte. Wortlos forderte er, daß sie weniger über seine Machenschaften wußte. Und deshalb erschien sie ihm jedesmal, wenn sie von ihm etwas wollte, geradezu unheimlich vor Unschuld. Stolz trug sie ihre Nichtachtung seiner Person vor sich her, auf die sie sich plötzlich unausgesprochen geeinigt hatten. Sie lachten ein Lachen, das in der Sehnsucht nach den einfacheren Auswegen an der seichten Stelle der Kehle vorüberkreuzte. An diesem Morgen hatte er, dunkel über die Ungerechtigkeit ihrer Weigerung grummelnd, das Haus verlassen. Man konnte die Düsternis von seinem Munde ablesen. Nach einem reichlichen *fufu*-Frühstück, zu dem er selbst nichts beigesteuert hatte, wurden seine Klagen gleichermaßen Angriff auf sein finanzielles Versagen wie dessen Rechtfertigung...

Und das in erster Linie hatte ihn in Dr. Boadis Fänge geführt. Nun stand er inmitten seiner Worte und wartete darauf, daß die Lächerlichkeit verging, damit ihre tiefere Bedeutung durchsickern konnte. Er hatte sich die Verständigkeit vom Gesicht seiner Frau geliehen. So sah er es in den höhnenden Augen eines der Umstehenden. Und er erschrak darüber, daß sein Kopf so stark einer Papaya ähnelte. Einer fast reifen Papaya, die gepflückt werden würde, deren Samen wüst in die Gegend stierten. Dann drang urplötzlich Vernunft in seinen Kopf ein:

„Und es gibt eine Belohnung für die besagten Ärsche!"

Selbst ihm kam es sonderbar vor, wie trotz der wenigen gesetzlichen Worte, die er sprach, ihm seine Jahre als Polizist zwischen den Zähnen steckenblieben. Ein ruhiger Sinn für theatralische Wahrhaftigkeit, der gleichfalls aus seiner Zeit bei der Polizei herrührte, bestimmte seine Bitte an die Menge: Einige glaubten wirklich, daß Tias traurige Augen, die niemanden gerade anschauen konnten, tatsächlich eine Belohnung austeilen würden.

„Jaaaaaa! Yeahhhhhh, yeah! Mobilisiert alle Clans und laßt uns abwechselnd auf den Kisten sitzen, damit wir alle etwas kriegen. Überhaupt ist es der beste Weg, zu etwas zu gelangen, wenn man es aussitzt. Das ist das Land der Aussitzer! Manche werden geboren, tragen Uniformen, kommen an die Macht, sitzen auf der Regierungsbank und sterben dann unsterblich und in Schande! Männer aller Völker, auf zur Belohnung..."

Die Stimme erstarb, und ein anderer aus der Menge nahm sie auf: „Wahrlich, wahr gesprochen! Wir wollen bei dieser Angelegenheit Demokratie: Revolution, Aktion! *Yoo ke*-Revolution, *gari*-Aktion! Das ist der Arsch-Miet-Service, die arschige Beihilfe! Helft bei, helft bei, ich sage die Wahrheit! Wer wagt es, mir zu widersprechen, und riskiert, einen Zahn einzubüßen? Wir werden die Miete anhand des Drucks von jedem Arsch festlegen. Schöne Frauen bekommen einen Bonus! Ich habe gesprochen!"

Aus dem Gebrüll erhob sich eine andere Stimme: „OK OK, seht auf mein *motoway*. Ich bin erwachsen, hab graue Haare und bin stolz auf meine edlen Teile. Ich will per Scheck bezahlt werden. Ich fresse nur Schecks! Ein paar von euch glauben wohl, daß ein paar Jahre Oberschule und 'ne Menge guter Absichten dazu berechtigen, hier mit Schimpfwörtern nur so um sich zu werfen! Nun, ich war vor zehn Jahren ein halbes Jahr auf der Universität. Deshalb habe ich das Recht, meine fünf Fuß und sechs Inch Dummheiten vorzubringen. Liebt mich eine der anwesenden Frauen? Bald bin ich wieder zu haaaabeeen..."

Ein anderes Maul drängte nach vorn, als jenes großmäulig verstummte: „Oh, all dies tun wir für Ghana, Ghana und nur Ghana, wir wünschen öffentlich kundzutun...

dieses Land ist gut-mann. Es schenkt uns Sonnenschein, *kente, ampesi* und Palmwein! Und alles frisch, ganz frisch! Und schließlich sind wir alle ja nur gute Krähen, die hinter dem *awoof* Geld her sind! Bloß euer *kalabule*!"

Die Menge peitschte die Seele ihres eigenen Gelächters weiter voran: „Ich halte die vereinbarte Sitzung nun schon dreißig Minuten aus...

und das ist das erste Mal, daß ich ein Pferd in einer Kiste bestiegen habe. Wir wollen jetzt unser Geld, jetzt, jetzt, jetzt! *Sika ye na*! Showboy is pleite und schläft an der Bushaltestelle, *tongg*. Seht all die fetten Leute und die fettlosen, wie sie sitzen! Accra is zu, Ghana geh schlafen! Geld her..."

„Ja, *ampa*. Kein Aufschub, keine Umstände...

Land soll zahlen, eine Zunge nit so reden lassen, gerät sonst aus der Fasson, *paaaa*!"

Dann begannen einige, nach dem Rhythmus des Geldes zu tanzen ... „Money be beauty, Jaaaaaa!"

Man hatte Kwaku Tia aus der Polizei entlassen, weil man ihm nachsagte, er sei zu weichlich und hätte zudem auf den Zehenspitzen gestanden, als man seine gesetzliche

Größe gemessen hatte. Jetzt erfüllt ihn die schreckliche Angst, auch diese Anstellung zu verlieren. Er stand da und befühlte seinen Bizeps, schätzte die Ströme seines Schweißes. Die Pferde waren inzwischen unter Kontrolle und standen ruhig. Ein erschöpfter Pol lehnte in einer Ecke an einem Pfeiler mit einem Gefühl des Triumphs im Bauch, hatte er doch trotz Tias fauler Verachtung zumindest etwas erreicht.

Aber nirgendwo konnte er Kofi Loww entdecken. Der Schrecken auf Tias Gesicht weitete den Raum zwischen seinen kurzen Beinen. Und die Beine bewegten sich in verwirrter Hoffnungslosigkeit umher, lasen den Mist auf. Die kleinen Haarquasten über seiner *motoway* blockierten den Schweiß in schrecklichen Winkeln und Intervallen: Umgeleiteter Schweiß musterte seine Stirn, so daß sie wie ein uraltes Wasserkraftwerk aussah. In schwierigen Augenblicken staute er immer die Erinnerung an seine Frau auf. Flutete seinen Kopf mit Abbildern ihrer freundlichen und liebevollen Handlungen, an die er jetzt nicht mehr herankam. Sein Gesicht war hager. Mit heftigem Aufflammen hatte seine Nase sich erhoben und schaute jetzt auf die feuchte Einöde seines Mundes herab. Mit traurigem, scharfen Biß hatten die Zähne sich auf seiner Unterlippe niedergelassen. Wenn ein Mann heiß war, *paaa*, dann türmten sie sich auf die Hitze, dachte er bei sich. Seht nur den Dampf, den sein Geist absondert, und hört das Zischen, das die in entgegengesetzte Richtungen dräuenden und stoßenden Gedanken auslösen. Und als er sprach, sagten seine Augen etwas anderes als sein Mund, und er bekam eine auf alles empfindlich reagierende Gänsehaut. Nur auf sein Kratzen reagierte sie nicht. Als ihm plötzlich klar wurde, daß er die Schuld dafür, daß der Befehl zur Geheimhaltung nicht eingehalten wurde, auf Kojo Okay Pol abwälzen konnte, hellten seine Augen sich auf. Seine Stirn runzelte sich triumphierend. Und er verschwand wieder zurück zu seinem Lottospiel. Okay Pol, der sich jetzt an seinem eigenen Schwanz abseilte, rettete die Situation schließlich dadurch, daß er rief, nachdem er die nötigen Absprachen getroffen hatte: „Wir haben Bier da. Ihr freundlichen Leute alle, die ihr nicht seht, was ihr seht, ihr bekommt Freibier...

Aber behaltet auch das für euch...

Und wer auf den Kisten sitzt und die Pferde unter Kontrolle hält, bekommt eins extra! Lang lebe Ghana!"

Ein Aufschrei, und die Leute stürmten die Bar, wo der predigende Osofo einen Erguß hatte, der mit dem Strom von Club-Bier nicht mithalten konnte. Und die Geschichten und Gerüchte, die sich jetzt verbreiteten, kamen nach Pols Meinung alle nur von Kofi Loww, dem Verschwundenen...

Loww aber grübelte über dauerhafteren Problemen...

Und dort, unter Pols überraschten Augen, lag der alte Beni Baidoo in betrunkenem Schlaf. Er war gerade rechtzeitig gekommen, um vom Bier noch etwas abzubekommen, und hatte noch, bevor ihm der Rausch das Bewußtsein auslöschte, gerufen: „Ich errichte mein Dorf auf dem Flughafen. Schließlich geht hier alles, was geschieht, schneller vor sich, weil alles fliegt...

mein Dorf ist doch nur die Suche eines winzigen alten Mannes nach Liebe, Lüüüübeeee! Und auf der Suche nach dieser Liebe werde ich mir Regierungen, Privatleute, Hügel, Kirchen und, wenn nötig, die edelsten Teile anschauen...

Lüüübeee..."

Kapitel fünf

Als Osofos Lehmziegelkirche ihren Schatten in die Morgenstunden warf, suchte er sich die kühlste Ecke für sein Gebet. Er betrat die Kirche mit seinem spirituellen Schatten. Am Flughafen hatte er fünf Bibeln verkauft und war nun zu seiner Basis zurückgekehrt, denn jeder Käufer war weniger gläubig als sein Vorgänger. Langsam öffnete der Morgen seiner Seele die Tür. Die Wesenheiten Gottes umringten ihn, tanzten über seinen Gedanken und Gebeten. Und ohne Vorankündigung erschienen nahe seiner Knie die Heilkräuter des Fetischpriesters und verliehen gemeinsam mit Jesus Christus dem Leben Sinn. Jahrelang hatte Osofo für sich behalten, daß er Christus den Heilkräutern vermählt hatte. Als er Bischof Budu, dem Kirchenführer, schließlich mitteilte, in welcher Richtung seine Seele unterwegs war, hatte der Bischof tagelang geschwiegen...

und die ihm sonst eigene Weisheit war verstummt, obwohl hinter den kleinen Fünkchen in seinen Augen ein Gefühl der Bedrohung und Traurigkeit spürbar wurde. Osofos Leben begann, sich von Labsal und Ritual seiner Kirche abzuwenden und all jene mit Staub zu bewerfen, die das wie Bischof Budu spürten und von bösen Vorahnungen erfüllt waren. Osofo hatte seinen Bischof soweit gebracht, seine seidenen Kleider, seine Parfums und Ringe rechtfertigen zu müssen. Dennoch bewirkten dessen grundsätzliche Freundlichkeit und Einfachheit, daß er sich Osofo nahe fühlte. Die Beherrschung und die Ruhe des Bischofs schlugen alle Pfade von und zur SS Church. Und auch wenn Osofo gelegentlich mit ironischem Lächeln scherzte, daß Bischof Budu eines Tages seinen Ruhestand in seinem Kleiderschrank verleben würde, wußte er doch ganz genau, in welchem Maße es seinem Bischof zu verdanken war, daß die wachsende Gemeinde zusammenhielt. Mit einem Lächeln auf den Lippen sagte Budu von Zeit zu Zeit: „Unter dieser schönen Soutane, mein Bruder, wohnt die Leidenschaft der Andacht."

In solchen Augenblicken konnte man geradezu das Wirrwarr des Marktplatzes im Gesicht des Bischofs beobachten, bevor sich aus seinem linken Auge heraus langsam wieder die ruhige Vernunft darauf senkte.

Budu versetzte andere in Trance, sparte aber nicht einen Trancezustand für sich auf: Es sei denn, Gott ließ ihn aus Seinem unergründlichen Ratschluß heraus weinen. Ansonsten hielt er sein Herz rein, im Geist einer Plastiktüte. So bewahrte er an jenem Morgen, als sein Schatten sich mit Osofos Schatten kreuzte und diesem dennoch keine neue Form gab, seine gewohnte Ruhe und segnete den betenden Osofo im Vorübergehen. Er war in Eile, sein tieftönendes Hallelujah unter den Bäumen und Menschen des jungen Morgens zu verbreiten. War Bischof Budu glücklich, dann umgab ihn die Aura eines Kindes. Sie zauberte ein Lächeln auf Gesichtern hervor, die seit Jahren im Staub der Seelen zu Grimassen erstarrt waren. Seine eiligen Füße peitschten die Freude überallhin. Und als ihn einige im emporfahrenden Wohlwollen dieses Morgens mit Blumen bewarfen, hielt er abrupt inne und sagte mit onkelhaftem Stirnrunzeln: „Werft GOTT eure Liebe zu Füßen und nicht einem so unwürdigen Sünder wie mir."

So scherzte er mit seiner Gemeinde und trug auf strahlend breitem Rücken ihre Sorgen an Gott heran. Und sie gingen dahin mit seinem Segen. Als Osofo mit seinem Grübeln diese morgendliche Szenerie betrat, setzte ein kurzes, scharfes Schweigen ein. Dann sagte Bischof Budu lachend: „Meine Brüder und Schwestern, wußtet ihr noch nicht, daß es manchmal gut ist, das Stigma des Rufers in der Wüste auf der Stirn zu tragen? Habt keine Angst, Osofo bringt uns die Liebe auf den Falten seiner Stirn dar. Schaut! Gott wohnt in seinem Gesicht!"

Befreiendes Gelächter brach los. Andere wieder lachten verbittert ob der Belästigung durch eine Seele, die im falschen Augenblick mit dem falschen Feuer in die Versammlung drang. Obwohl Osofo tieftraurig über die wachsende Ablehnung war, nutzte er sie, um seinen inneren Drang nach Fortschritt und Veränderung anzuheizen.

Diese Kirche gab es erst seit zehn Jahren, seit den Mittsechzigern. Seit sich die Behauptung breitmachte, die Ghanaer wollten eine neue Richtung auf der gleichen alten Straße einschlagen. Noch eine wilde Perlhuhnart knabberte an derselben unreifen Kassava. Das hohe Guineagras, das flache Teppichgras, die weichen Farne, das Schilfrohr, das PWD-Gras und das harte Krabbengras, alles lag niedergedrückt. Diesmal waren es säuberlich buschpolierte Stiefel, in denen sich die Zeitläufte spiegelten. Als die Gräser sich wieder aufrichteten, waren sie etwas weniger biegsam...

als ob das Gewicht der Fußbekleidungen, die durch Geschichte, Grasland, Wald und Kuscheln marschierten, immer gleich blieb. Unabhängig davon, ob es sich bei den Stiefeln nun um Schuhe oder bei den Schuhen um Stiefel handelte.

Sanfthändig bewahrte die Kirche ihre ersten sechs Mitglieder im Tal zwischen Madina und Ashalley Botchwey. Die leuchtenden Lilien, die mit einem Mal zu Ohrringen auf dem lauschenden Land wurden, ließen eine Warnung in ihre Farben schießen: Jeder zerstörte Grashalm beeinträchtigte die Schönheit der Lilien. Und Schönheit war in den hohen Bäumen. War auch in den niedrigeren Bäumen. War in den Beeren, Nüssen und Samen, die der riesige Schnabel des *akyinkyina* zermalmte. War in den Hügeln, die die horizontene Linie des Himmels durchbrachen. War im *yoyi*-Baum. Und sogar in den Schlangen und den Insekten.

Zu Anfang war die Kirche so arm, daß man, wie der Bischof es umschrieb, fast gezwungen war zu warten, bis zwei Eidechsen ihre Schwänze kreuzten, um überhaupt ein Kreuz zu haben. Und es schien, daß in dem Maße, in dem diese Eidechsen mit ihren weisen Nasen in den Schlamm wiesen, Brother Budus – so hieß er damals – Weisheit und Geduld zunahmen. Die Gebete schufen das Dach und formten Deckenbalken verschiedener Tragweite, Schindeln unterschiedlicher Stärke.

Ama Serwa war eine Schönheit. Immer war ihre Essenschale mit Gebeten und Trancezuständen gefüllt, ihr Mund im Ruf nach Gott fast genau so stark wie der Budus. Sie gehörte zu den sechs Gründungsmitgliedern der Kirche. Osofo hatte sich als sechster Gründer eingeschmuggelt. Hatte von seinen Traum gelassen, eine eigene Kirche zu gründen, weil er Bruder Budus spirituelles Übergewicht bewunderte. Ama betete und verkaufte: Sie brachte mehr Frauen und mehr Geld in die Kirche ein als sonst irgend jemand. Die anderen machten sich darüber lustig und meinten, sie habe die Kirche auf dem Fundament ihrer Erdnüsse erbaut. Doch konnten sie die Wahrheit damit nicht ungeschehen machen. Budu bewunderte und mied Ama Serwa. Er wußte, daß er in dem Augenblick, in dem sie zu lange allein miteinander wären, alle Entschuldigungen und Ausreden, die er zwischen sich und seine Leidenschaft für sie gestellt hatte, zusammenbrechen sehen würde. Old Man Mensah bemerkte als erster diese geheime Leidenschaft. Und da er Amas Liebe zu Bruder Budu bereits entdeckt hatte, versuchte er so heimlich und leise wie möglich, sie zusammenzubringen. Oftmals nach den Abendgebeten war Ama Bruder Budu herzzerreißend nah bei den lichtvollen Blumen im Freien. Da, wo sich noch immer die Spuren der ruhelosen Knie abzeichneten, die sich gerade aus dem Sand erhoben hatten. Ihre Schultern ließen seine Augen zu Schlitzen werden und weiteten seine Liebe. Die Schatten der Bäume streichelten sie sanft im Licht der stieren Laternen. Während er fast unbeweglich geradeaus starrte, ging sie umher, las vertrocknete Blätter auf und zog ihr Gewand enger um sich. Das Geschwätz der Gemeindemitglieder verlor sich in den aufstrebenden Hängen der umliegenden Hügel, bis sie schließlich ein plötzliches Schweigen umgab. Gedankenlos wanderte seine Hand auf ihre Schulter. Und dann endlich schaute er sie an. Vergangen die Spannung und die Gefahr: Er konnte mit ihr über andere Dinge reden. Über Dinge, die ihnen nicht die Seele ätzten. Sie fühlte sich noch immer so sehr zu ihm hingezogen, mit seiner Hand auf ihrer Schulter, daß nur ein Stoßgebet zu Gott um Beherrschung ihres Herzens sie davor bewahren konnte, es zu wagen, seine Hand zu ergreifen und sie so fest zu halten, wie ihre Hoffnungen ihr Leben umschlossen. Dann war auch für sie dieser Ausbruch ihrer Leidenschaft vorüber. Sie flüchteten sich in ein Gespräch über die wachsende Gemeinde. Sie versteckten sich hinter Nebensächlichkeiten und ließen den Kern ihrer Gedanken und Gefühle abkühlen und zur Bedeutungslosigkeit schwinden. Dann, gerade als sie sich eine gute Nacht wünschen wollten, sagte er: „Wir warten, bis wir die Kirche vollendet haben..."

Sie sah ihn an. Ihre Augen waren weit wie der Himmel. Beinahe zu schnell sagte sie „ja" und rannte davon, warf ihm noch über die Schulter ein „gute Nacht" zu. Noch immer war sie schnell wie ein junges Mädchen. Noch immer war ihr Rücken weich und biegsam.

Zehn Jahre später teilten sie noch immer diese so selten ausgesprochene Liebe. Doch Warten und Arbeit hatten sie erschöpft. Anmaßender wurde sie in ihrer Liebe und zurückhaltender in ihrer Religion, besuchte ihn des Nachts. Er fürchtete sich. Und betete öfter als sonst unter dem Weihrauch. Streute flehentliche Bitten unter den Mais.

Old Man Mensah hatte einmal Bischof Budu in eine Ecke gezogen, ihn durchdringend angesehen und gemeint: „Bischof, wir haben jetzt mehrere hundert Mitglieder. Du hast diese Kirche geschaffen, nun schaffe das Leben eines Vaters, erschaffe eine Mutter."

Auf Budus Gesicht zeigte sich Erschrecken, das er aber sogleich in sein gewohnt herzliches Lächeln verwandelte. Dann erwiderte er: „Ja, Bruder Mensah, *Nyamebekyere*, Gott wird uns schützen und den Weg weisen."

Dann klopfte er dem alten Mann auf den Rücken und eilte weiter. Mensah rief ihm nach: „Hier bei uns tanzen die Babies, Gott hat schon geantwortet. Trommeln schlagen in unseren feinen Wänden...

nur das Herz hinkt immer hinterher, Bischof, nur das Herz hinkt immer hinterher. Welch doppelt harten Maßstab setzt du dir? Selbst in den etablierten Kirchen..."

Doch Bischof Budu war schon außer Hörweite und fuchtelte wütend mit den Armen, als er auf eine heruntergefallene Orange trat und schreckbeherrscht zur Seite sprang.

Zu Unrecht behauptete man, daß Osofo sein Unglück immer absichtlich gegen das der anderen stellte. Nur weil er zeigen wollte, wie überlegen seine Leidenschaft brannte. Je öfter er sich den kleinen Falschdarstellungen seiner Seele ausgesetzt sah, desto sturer wurde er. In diesem Fall aber hatte er von der persönlichen Krise zwischen Bischof Budu und Ama Serwa überhaupt nichts bemerkt. Ob er sich anders verhalten hätte, wenn er davon gewußt hätte? Das ist eine andere Frage.

Osofo hetzte und stampfte das Bewußtsein seines Bischofs: Energisch forderte er, daß man bestimmte Praktiken der traditionellen Priester in der Kirche zulassen sollte. Er war der Ansicht, daß die Kirche heilende und heilige Bäume, Pulver und Kräuter annehmen sollte. Manchmal reagierte Budu auf diesen Druck des Neuen mit wilden Warnungen vor Gotteslästerung. Hatte er sich aber wieder beruhigt, dann bemerkte er, daß der Kessel seiner Gedanken abkühlte, wenn Osofo ihn mit Nahrung für sein Hirn füllte. Und nachdem er sich beruhigt hatte, tilgte er die eine Straße, die den Kreuzweg zur Krise werden ließ: Er erinnerte sich an seinen einbahnstraßigen Abfall von der anglikanischen Kirche. Und mit erhobenen, dem Schicksal ergebenen Augen erlaubte er Osofo, seine Doktrin zu entwickeln. Diesen Einschlag von Pfaden in den jungfräulichen Wald, den er selbst einst so voller Eifer begonnen hatte, wenn auch mit weit weniger Besessenheit als Osofo. Mit Gott glücklich zu werden, dachte der Bischof bei sich, ist das Anliegen der Kirche. Doch Osofo hetzte die göttlichen Füße voran und versuchte, Gottes Schultern in neue Kleider zu zwingen. In eine neue Amtstracht, genauer gesagt. Der Bischof erlaubte sich, seine fast schon lethargische Sanftmut mit Gottes glücklichem Frieden zu stärken. Dadurch geriet jene grundlegende Glückseligkeit, auf Gottes Pfaden zu wandeln, zu dem Stoff, der – mit einem einzigen Herzschlag – eine übermäßige Geduld mit der Welt und eine Zuversicht unermeßlichen Ausmaßes zu einer Einheit fügte, in der kleinere Entscheidungen keine Rolle spielten. Und die in ihrem Lauf alles andere mit sich zog, geringere Leben zerschmettern wie auch erheben konnte. In seinem Glanz erschien Osofo wie ein wildgewordener Mann. Gleichzeitig aber auch wie ein praktischer und forschender. Bischof Budu sagte zu ihm: „Osofo, du kannst keinen Zauber über die Köpfe werfen, du mußt zuerst einmal einen Weg in die Herzen der Menschen finden. Du willst immer gleich den Kopf!"

Dann lachte er sein dunkles, gemächliches Lachen, während Osofo in die entgegengesetzte Richtung schaute und versuchte, den wilden Blick aus Enttäuschung und Schmerz aus seinen Augen zu bannen. Doch seine Augen erreichten nicht den Frieden des verzierten Blaus am Himmel.

Immer wich die Welt vor seinem Stirnrunzeln zurück. Durch das Parfum in seinem Taschentuch wandte sich der Bischof erneut an ihn: „Du machst dir zu viele Gedanken, Osofo. Eines Tages werden himmlische Hände dich in eine Ecke führen und zu dir sprechen, *paa*. Ich zum Beispiel habe das Lesen fast vollständig aufgegeben. Früher habe ich gelesen, bis mir der Kopf übervoll war. Kein Platz mehr, nicht einmal für einen Fuß des Herzens. Was immer ich jetzt aber lese, formt sich zu großen Blöcken der Gewißheit. Es ist, als ob in dem Augenblick, in dem mein Kopf die Worte empfängt, er sie sofort in meine Seele schickt, die sie formt und in großen und einfachen Blöcken auswirft. Ich habe keinen Kopf. Und du, du versuchst, zuviel Kopf zu haben...

entschuldige bitte, es ist der Herr, der dir den Kopf füllt. Osofo, du bist der Motor dieser Kirche! Paß bloß auf, daß du für die Fahrgäste nicht zu schnell wirst...

hahahaha!"

Osofo zögerte und ewiderte dann ruhig: „Ich will Gottes Herrlichkeit jetzt jetzt jetzt. Ich will, daß Gott einen *batakari* trägt...

du kannst nicht einmal die Hälfte meiner Eile wirklich verstehen...

wenn du etwas Neues schaffen willst, dann treibst du deine Arbeit voran. Und wir wollen doch nicht, daß andere Kirchen afrikanischer sind als unsere..."

Sein angestrengter, ernster Blick enthielt zur Abwechslung einmal nicht eine Spur von Ironie oder Ungeduld. Osofo führte die Hände in stillem Gebet fest zusammen, als sei Budu überhaupt nicht vorhanden. Letzterer, der sieben Jahre älter war als dieser noch ziemlich junge Mann, der da stumm vor ihm litt und duldete, sah seinen Bruder in Christo prüfend und voll Mitgefühl an und meinte: „Junger Mann, ich glaube, daß du wirklich leidest...

doch laß dich von dem, was dich treibt, nicht in den Hochmut drängen. Schließlich hat der Gemeinderat ja einigen deiner Neuerungen zugestimmt...

Erlaube nicht, daß deine starken Arme sich in Sorge zusammenführen. Gott hat dich mit starken Armen gesegnet...

Bestelle den Acker, wenn du dich von Seiner Weisheit überwältigt fühlst...

Ich habe dich dieser Tage überhaupt nicht bei den Orangenbäumen gesehen. Ohne deine Fürsorge gedeihen sie nicht gut."

Steif stand Osofo da und leer. Er dankte dem Bischof, in dessen freundlich starrem Blick er die Anfänge seiner eigenen Trance erblickte, und ging in sein Haus im Westen des Gehöfts. Das wartete nur darauf, sobald er es betrat, seinen Frieden auf ihn auszudehnen. Als Osofo sich niederließ, hatte sich sein Kopf bereits in unzählige fragende Fünkchen gesprengt. Bruchstückchen eines ausgleichenden Schmerzes:

Wohin ging seine Kirche?

War es nicht in vielerlei Hinsicht einfacher, in einer der etablierten Kirchen Rebell zu sein? Frei von dem Gefühl der Verbundenheit mit solch einer kleinen Gemeinschaft?

Und wenn man eine Vorstellung oder einen Brauch in Frage stellte, standen dann nicht immer lebendige Menschen dahinter, die dazu bereit waren, ihre Menschlichkeit an deinem suchenden Drängen zu messen?

Und wo überhaupt kam diese neue Leidenschaft her?

Woher dieser Drang, etwas zu verändern?

Jede neue Frage, jeder neue Schmerzensgrad, verstärkte die vorhergehenden und höhlte sie gleichzeitig aus. Er schaute in seinen Wasserkühler. Engel sprachen durch den Hals des Wasserkühlers zu ihm. Die Welt glich einem Tanz zur falschen Musik. In dieser Welt hatten *green-green* verschlingende Dämonen heute morgen bei eins plus eins drei ausgerechnet. Und das Ergebnis für falsch erklärt. Jesus Christus war von seinem polierten Kreuz, an dem die Lebensmittel aufbewahrt wurden, herabgestiegen und schwang sich nun hungrig zu ihm hinüber. Dann noch war der Hügel eine sterbende Brust. In die Hymne, die er in Twi komponiert hatte, mischten sich die keuchenden Stimmen unerkannter Sprachen hinein.

Schaut euch die Soutane an!

Seht!

Wie eine Vogelscheuche lag sie über den Kirchturm gebreitet. Gottes Segen senkte sich in scharfen Worten der Anrufung herab. Osofo, der Lehrer aus Standard Seven, hatte all die unfruchtbaren Symbole der Philosophen zerstört.

Warum teilte der Bischof, ein Heiliger vor allem im Vergleich zu Osofos wilder, fast schon verrückter Beharrlichkeit, nicht seinen Frieden?

Konnte Osofo nicht auch etwas von seiner Güte abbekommen?

Teile, Osofo, teile deine Einsamkeit!

Trag den Klang des herabsteigenden Gottes nach Madina!

In das Ritual der Heilkräuter hinein tanzten die Engel. Osofo segnete seine Mauern. Segnete seine Bücher. Seinen Stuhl mit dem *kente*-Polster. Osofo segnete seinen Tisch: Der gab ihm Nahrung, die er nicht essen konnte. Und in seinen Träumen war das Händeklatschen zu einer eigenen Kunstgattung geworden, entwickelt und fortgeführt von den jungen Kirchen.

Und beinahe wachte er von diesem Klatschen auf. Doch dann ließ er sich noch tiefer hinabsinken: Die Trommeln und die Mauern prallten voneinander ab. Wurden in ihrem Echo zum Symbol des Neuen. Im Fieberwahn wanderte seine Seele durch die Religionen, wies einige aus den Festen ihrer Kultur. Und durch seinen Traum wies seine Seele ihn an, daß er das Trankopfer und die Pubertätsrituale in die Mauern dieser Kirche einführen sollte. Die Fliegen in seinem Traum fanden keine Frucht, auf der sie landen konnten...

Die Art und Weise, in der die Vorväter ihre Toten betrauerten, sollte die Grundlage des „Staub zu Staub" werden...

die Krähen hatten sich gestern in die Predigt des Bischofs eingemischt und sie mit ihrem Chorgesang schwarz und weiß erstrahlen lassen: Diese Welt ist verrückt! Diese Welt ist verrückt! hatten sie geschrien.

Wenn man eine Krähe war, dann konnte man das besser erkennen!

Ein Schnabel sprang in krähenhüpfendem Selbstbewußtsein umher und weckte Osofo mit scharfen Schreien, die durch die schützenden Laken auf seinen Kopf zielten. Mit schmerzendem Kopf ging er nach draußen und sah das gleißend wartende Tageslicht. Er schleppte seinen ausgedörrten Körper zu den Ziegen, kniete bei ihnen nieder und versuchte, sein inneres Gleichgewicht wiederzufinden. Er warf Bananenschalen nach ihnen und rief: „Eßt Gottes Gericht, eßt, eßt."

Mit der Kraft seines Gebetes trieb er sie auseinander. Rutschte auf Knien durch den hinteren Teil des Gehöfts. Das WORT ließ sich nicht in die Ziegenschädel hineinlegen. Die Zweige zeigten auf Osofo, wie er sich verzweifelt mühte, sich von den Nachwirkungen der Trance und des Traumes zu befreien. Er wußte, daß einige Gemeindemitglieder wieder sagen würden: „Osofo hat Zustände. Der Bischof soll kommen und ihn halten."

Doch gegen die Verachtung anderer konnte er nichts machen. Und es bereitete ihm auch kaum Kopfzerbrechen. Bewegte er sich durch die Ansichten anderer, legte er einen schnellen Schritt an den Tag. Und so ging er und kam zu spät zur Betstunde.

So ergänzten Osofo und Bischof Budu einander. Der eine war – zu verschiedenen Zeiten und in unterschiedlichen Gemütslagen – den schlagenden Flügeln des anderen die feste Erde. War seinem nach den Baumwipfeln strebendem Temperament die Wurzel. Als sie sich das nächste Mal zu einem Gang durch Madina trafen, um das Evangelium zu verkünden, unternahmen Budus leicht verschleierte Augen besondere Anstrengungen, ernsthaft mit Osofo umzugehen: Etwas in seiner besonders offenherzigen Art an diesem Morgen brachte das Bedürfnis zum Ausdruck, für irgend etwas um Verzeihung zu bitten. Und gleichzeitig seinem Bruder schützendes Mitgefühl entgegenzubringen...

auf keinen Fall wegen Osofos „Zustand" am Dienstag. Neben seiner zärtlichen platonischen Liebe hütete der Bischof noch ein weiteres Geheimnis. Wenn er es auch nicht als solches bezeichnete: In der Mitte seines kirchlichen Lebens hatte er entdeckt, daß sein Blick manchmal, wenn er mit besonderem Feuer angereichert war und in bestimmten Winkel aus beiden Augen schoß, über besondere Kräfte verfügte. Er besaß die Macht, nahezu unmittelbar einen Trancezustand auszulösen, wann immer er der Meinung war, daß jemand seiner Hilfe bedürfe, um ein paar sehr ernste und tief sitzende Probleme zu lösen. Dieser Zustand war dann kürzer und nicht so unbarmherzig wie die Trancezustände, die er gewöhnlich während der Gottesdienste auszulösen verstand. Manchmal schätzte er sich selbst als gefährlichen Menschen ein und kniete in vollendeter Demut vor dem Lächeln des namenlosen Heiligen und vor Gott nieder. Und bat um die Erlösung von seiner Gabe...

oder seinem Fluch.

Genauso hatte er Osofo angesehen. Und hatte ihn damit in Wahnvorstellungen getrieben. Und vor allen Dingen hatte er den Verdacht...

und es erfüllte ihn mit reuevoller Scham, daß er diese Macht möglicherweise bereits besaß, als er die SS Church gegründet hatte...

und daß diese Macht, fast unbewußt, auch auf Ama Serwa wirkte. Doch selbst in all den Jahren des Bemühens um Selbsterkenntnis hielt er sich nicht allzulange bei dem Gedanken daran auf. Dieser Gedanke war eine Tür, an der seine Selbstkenntnis immer unvermittelt stehenblieb. Mit einem Gefühl des Erschreckens, mit jenen schweren und dramatischen Gesten, die die Ghanaer den Augenblicken aus Stress und Schock vorbehalten, fragte er sich, ob das Bedürfnis, seine Schuld zu tilgen, nicht die Quelle seiner Demut vor Gott und den Menschen war. Er flüsterte die Fragen und Antworten dazu nur sich selbst ins Ohr und hoffte – mit einem Lachen –, daß Gott zu sehr mit anderen Herzen beschäftigt sein würde, um in seins zu schauen. Unter der Spannung dieses Gefühls war er davon überzeugt, daß jeder ihn durchschauen mußte. Und vor allen Dingen Osofo. Doch all die langsamen und quälenden Gedanken brachen frisch wie die Ernsthaftigkeit aus ihm hervor und aufrichtig zudem. Er mochte es, diesem sanften Drängen nachzugeben und der handelnden Einfachheit die vielen Schichten seiner inneren Qualen zu unterwerfen. Old Man Mensah begriff nicht, daß es nicht die „Maßstäbe" waren, die ihn von Ama fernhielten. Sondern das Schuldgefühl, sie mit Augen-Blicken verzaubert zu haben.

Und das bedeutete, daß selbst auf dem Höhepunkt oder am äußersten Punkt traditionellen symbolischen Denkens das, von dem er hoffte, daß es sich um lautere und reine Motive handelte, nichts weiter war als ein schädlicher, kompromißbeladener Weg, sich mit der Welt ins Benehmen zu setzen. Deshalb mochte die Offenherzigkeit des Geistes, die er erlangt zu haben glaubte, trügerisch sein. Die Gedanken kribbelten wie die Ameisen zu seinen Füßen. Und er hoffte, daß niemand in Madina sah, wie er in rasender Verzweiflung tanzte, wegtanzte von ihren beißenden Kiefern. Und er hoffte, niemand würde merken, daß er nicht wußte, wie lange die einfachen Handlungen seine Qualen noch bändigen konnten. In schwachen Momenten schlug er sich mit solchen Gedanken nicht lange herum, scheuchte sie weg und sagte sich: „Was fängt ein fröhlicher, ungebildeter Ghanaer mit solch gebrochenen Gedanken in seinem sonnigen Gemüt an?"

Dann lächelte er, legte seine Hand auf Osofos Schulter, und sie stiegen das Tal hinan.

Während sie dahingingen, dehnten sich Osofos schnelle Schritte, ohne jedoch die Geschwindigkeit der bedächtigen und väterlichen Schritte des Bischofs zu erhöhen...

deren Langsamkeit ihm in den Stiernacken geschrieben stand. Budu war voll innerem Feuer und völlig gleichgültig der kleinen, hauptsächlich aus Kindern bestehenden Menge gegenüber, die ihnen folgte: „... und weißt du, mein Bruder, einige dieser jungen Kirchen haben es so eilig, sind so sehr mit Geschäft und Reisen befaßt, sind so politisch, daß ihre spirituelle Nahrung sich schon auf der kurzen Reise zwischen Hand und Mund erledigt hat, eh?

Haha!

Worin besteht der Unterschied zwischen denen und den etablierten Kirchen?

Es gibt keinen! Sie sind sogar noch weltlicher!

Auch wir haben unsere nichtigen Vorstellungen, unsere unbedeutenden Hoffnungen. Sogar unser bißchen Bildung...

doch so lange du bei uns bist, werden wir mit den schnellen Autos, den feschen Anzügen und den athletisch predigenden Amerikanern nie glücklich werden!

Osofo, ich glaube, wir sollten den Geist für die Straßen von Madina frisch und einfältig halten. Für all jene einfachen Männer und Frauen, die diese Welt mit den geringsten Ansprüchen berühren...

und mit dem bedeutungsschwangersten Ritual. Vielleicht ist deine Seele um dieses Stückchen nackter als meine...

ich sehe, wie du so oft wütend auf mich bist. Unter meinen billigen Seidengewändern – du hast immer geglaubt, sie wären teuer! Nun, eins war wirklich teuer, aber das war ein Geschenk! – weinen meine Augen um dieses Land. Manchmal frage ich mich...

und es gibt weit wichtigere Dinge als die jeweils offizielle kulturelle oder politische Ausrichtung: Die einfachen

Leute Ghanas essen, leben und sterben weiter einfach ghanaisch. Ob sie überhaupt fühlen, daß man ihre Seele importiert hat?

Nein, wahrlich nicht!

Ihr jungen Leute mögt glauben, daß ich zu langsam sei! Was wir brauchen, ist nicht eine bestimmte politische oder ideologische Ausrichtung. Wir brauchen weder die Losungen von Revolution noch die Self-reliance, von der Acheampong immer behauptet, daß wir sie nötig hätten. Harte Arbeit haben wir nötig. Das richtige Maß Demut tut uns not. Und Beständigkeit. Eh, mein Bruder!"

Der Bischof lachte und schien ein wenig außer Atem. Schließlich bemerkte er doch noch die Kinder und die alten Frauen und überschüttete sie mit seinem Segen.

Seltsam erregt hatte Osofo zugehört und dabei mehrmals seine Soutane aufgeknöpft. Und wieder zu. Dann erwiderte er mit seiner eigentümlich hohen Stimme: „Bruder, ich war immer der Meinung, daß es besser sei, über ein bißchen Eitelkeit den Weg zu Gott zu finden, als überhaupt nicht zu ihm voranzuschreiten...

als ich zum Beispiel die Frauen beobachtet habe, die in den alten Kirchen zur Kommunion tanzen. Alle sind sie gepudert, parfumumweht und frisch gebügelt. Es lag ein Hauch von Festival, eine Andeutung von der Eleganz des Körpers über der Kommunion. Weißt du, es ist die Schönheit vor dem Herrn, die die Ghanaer umbringen wird. Davon bin ich inzwischen überzeugt! Weißt du, Bruder, an dieser Stelle bin ich mittlerweile anderer Meinung als du: Uns Ghanaern geht es in unseren Körpern viel zu gut...

schau dir an, wie wir uns bewegen, sieh, wie die Frauen schreiten!

Als ob jede einzelne von ihnen eine Königin ist. Gut und schön, nur sollten Königinnen hart und schöpferisch arbeiten im Angesicht ihrer Untertanen. Und im Augenblick sehe ich hier keine *Yaa Asantewaas*! Hast du jemals ein Land gesehen, in dem jeder einzelne tief im Innern seines Herzens ein Chief ist, und dadurch das Streben und das Denken zum Mittel verkümmern, mit dem man an Geld oder Macht oder, entschuldige bitte, wenn ich das sage, Sex kommt? Bruder, wir müssen es vorantreiben, müssen es *mit aller Kraft* vorantreiben, gerade in der Kirche!

Wende!
Umkehr!"

Osofo war stehengeblieben und wischte sich den Schweiß vom Gesicht. Auf dem Gesicht des Bischofs hatte er einen Ausdruck von Bestürzung kommen und vergehen sehen. Er fragte: „Stimmt was nicht, Bruder?"

Budu machte sich aus seiner spirituellen Krise einen Spaß und antwortete: „Osofo, wenn ich euch jungen Männern zuhöre, wird mir manchmal ganz schwindlig von der Geschwindigkeit, mit der ihr vorwärts wollt. Zumindest stimmen wir beide in bezug auf die harte Arbeit überein. Zwei verschiedene Münder können also immerhin **eine** verworrene Sprache sprechen! Aber vergiß nicht, wir brauchen ein Ritual und Beständigkeit, wenn wir neue Mitglieder gewinnen wollen...

und ich sehe wenig Widersprüchliches in deiner Leidenschaft – ihr Bücherwürmer mögt das Paradoxon nennen!

Als jemand, der so unbedingt Veränderungen, eine Wende will, warum willst du dann soviel mehr Traditionen einführen?

Warum nicht eine neue ghanaische Kultur erfinden, frisch aus dem Lehmofen?

Du willst das Neue aus den uralten Dingen und Bräuchen erschaffen!"

Der Bischof erschrak darüber, daß die Kinder mit ihm lachten, obwohl sie nicht verstanden, was da gesprochen wurde, selbst wenn manches in Twi gesagt wurde. Die Kinder schienen ein wenig Angst vor Osofos jähen und wilden Gebärden zu haben und hatten sich darauf geeinigt, daß all das, was er nicht tat, zwangsläufig gut sein und unterstützt werden mußte...

und der Bischof sah so freundlich und gütig aus, daß er ihnen vielleicht sogar ein paar Pesewas zuwerfen würde. Budu hatte Kinder wirklich gern. Er mochte den Staub, den sie aufwirbelten. Mochte ihre nackten Füße. Den Unfug, den sie anstellten. Und ihr offenes Lächeln...

Osofo aber wollte seine radikalen Veränderungen bei den Babies auf den Rücken der Mütter beginnen...

Kinder waren für ihn da, damit sie besser ernährt wurden, als das üblich und im Rahmen des Möglichen war, damit sie geheilt wurden und, vor allem, geformt und ausgebildet!

Dann plötzlich zeigte Osofo mit dem Finger auf seinen Bischof und rief: „Was meinst du mit Paradoxon, Bruder Bischof? Wenn ich dich nicht so lieben und achten würde, wäre ich geneigt zu sagen, daß du einer der bequemsten Ghanaer bist! Du du du! Und was die Tradition angeht, so will ich doch nur etwas Authentizität! Du kannst dieses Paradoxon zu all den anderen Tricks von *Ananse*, der Spinne, stecken...

ist gut, älterer Bruder, tut mir leid, tut mir leid, tut mir leid, ich..."

„Natürlich!" antwortete der Bischof lächelnd. „Damit sind wir nun zu unseren neuen Mitgliedern gekommen! Gott ist Feuer wie auch Wasser! Und du bist wunderbar!"

Sie lachten beide und gingen weiter. Zogen mit ihrem Gelächter und ihrem gemächlichen Wandeln noch mehr Kinder an.

Als sie das Nordkap der New Road erreichten und die Kinder verschwunden waren, sprang jeder der beiden Köpfe in sein eigenes Meer aus Schweigen. Die Heftigkeit der vorangegangenen Unterhaltung berührte sie nicht mehr. Die Münzen, die Budu den Kindern gegeben haben, waren das letzte Geräusch. Als Osofo die ungeteerte Straße zurückblickte, sah er, daß der Abdruck von Budus rechtem Fuß tiefer war als der des linken...

wenn er müde war, hinkte er ein wenig...

als ob stumm sein Herz in dem Maße schwerer wurde, in dem der Tag voranschritt. Osofo sah ihn betroffen an. Ein seltsam blaues Licht lag über der Dämmerung. Tierhaft fast in seiner Heimlichkeit. Klopfte an die Türen der einfachen, quadratischen Häuser, von denen, ausgenommen die Anlage der Gehöfte, keins mehr an die alte Kunst der Architektur erinnerte. Nur die Menschen ließen sie lebendig werden. Und jede Tür, die ihre Zähne auseinandersperrte, hatte medizinische Behandlung dringend nötig...

entweder in bezug auf ihre Struktur oder in bezug auf ihre Schönheit. Im Gesicht des Bischofs stand ein Plan geschrieben. Es nahm das dunkelnde Licht mit beunruhigtem Glühen auf. Über seinem einfachen schwarzen Hut lag ein verwelktes Blatt, das sich im Rhythmus seines langsamen

Schritts hob und senkte. Und seine Farbe wechselte, als ob es versuchte, dem Kopf darunter etwas Wichtiges zu erklären. Die beiden Männer blieben stehen. Fast schien es, als erwarteten sie gegenseitig etwas voneinander. Und bevor noch der Mund sich öffnete, sprachen die Augen des Bischofs: „Ich muß bald an meinen Rücktritt denken..."

Osofo verharrte regungslos. Seine Augen wiegten sich mit den Blättern der salutierenden Kokospalme. Er hörte nichts, obwohl er sich bei dem Nachhall der Schwerkraft in Budus Stimme unwohl fühlte...

die sich schließlich selbst wiederholte. Der Strategie der frühabendlichen Moskitos folgte, die wieder und wieder zurückkehren, um erneut zu stechen: „Ich werde bald zurücktreten, ich sehe doch selbst, daß die Kirche nicht mehr in der gleichen Richtung fortschreitet wie früher. Ich warte nur noch darauf, daß du lernst zu vergeben, dich auszubreiten...", er lachte sein Lachen, „bevor wir dich allein auf die Herde loslassen!"

Osofo hatte jetzt begriffen und drehte sich einmal um sich selbst. Auf seinem Gesicht stand eine unnatürliche Ruhe. Er kratzte sich das Kinn, breitete dort den Schock aus. Seine Augen glühten unter einem unterdrückten Feuer, als er schließlich erwiderte: „Ich habe schon eine ganze Weile den Verdacht, daß du uns verlassen oder – vergib mir – davonlaufen willst mit dem ganzen Gewicht deiner eigenen Menschlichkeit...

oder vielleicht auch durch die Liebe einer Frau wieder in die Welt treten willst. Aber das kannst du nicht machen, das kannst du doch nicht machen!"

Während sich die beiden anschauten, wobei das Gesicht des Bischof voller Erwartung war, saugte jedes der beiden Augenpaare gespannt an jedem möglichen Geheimnis, das der andere zu verbergen suchte. Schließlich schüttelte Osofo den Kopf und rief: „Gott hat dir noch nicht wirklich befohlen, daß du uns verlassen sollst. Wenn du gehst, wird die ganze Herde gehen...

sie sind verloren. Ich bin dann der Verrückte, der sie nicht halten kann, nicht einmal einen Tag. Und wie du siehst, Bruder, so breite ich mich nicht aus. Vielmehr werde ich immer enger unter einer Macht und einem Druck, den ich mir nicht erklären kann. Mein Fluß Gottes wird all die Boote, die jetzt ruhig dahinrudern, zum Kentern bringen...

all die Boote, die du vor einem Sturm bewahrst. Du bist unser Vater, du bist unser *odum*. Sogar ich weile unter dem Obdach deiner Blätter. Weder der Kirchenrat noch irgend jemand anderes stimmt dem zu, was du gerade gesagt hast."

Osofo lachte, faßte die Hand seines Bischofs, hob seine mächtigen Schultern und fuhr fort: „Wie kannst du davon reden, uns zu verlassen, wenn Gottes Werk getan sein will!"

Bischof Budu, der in weite Ferne starrte, sagte mehr zu sich als zu Osofo: „Nein, nicht wegen einer Frau, ich glaube nicht...

zumindest noch nicht, Osofo, noch nicht."

Kapitel sechs

Als Professor Sackey sich in der morgensonnigen Ecke seines Hauses niedersetzte, stand Wut in seinen Augen. Und er konnte sich dabei zusehen, wie er auf der abendverschatteten Seite alterte. Seine kräftigen Kiefer und die beständig ausgewinkelten Ellbogen, die immer auf der Suche nach Händel und Ruhm waren, schoben die Welt beiseite. Teilten sie in große Bereiche, von denen jeder sein Maß an Leid und Enttäuschung vorweisen konnte. Der erste große Bereich des Leidens umfaßte den vollendeten Stumpfsinn der meisten Leute vor und über ihm. Der zweite große Bereich, die Enttäuschung, bestand in der Ungeheuerlichkeit der Erkenntnis, in letzter Instanz doch unter der Kontrolle des Schicksals zu stehen.

Seine Frau war sanft und verletzlich und gleichzeitig zwischen beiden Bereichen gefangen. Und wenn sie sprach, dann brüllten in seinem Kopf die Theorien schon aus diesem Grunde vor Ablehnung auf. Die Zuneigung zu seinen wenigen Freunden, die ungeduldig im Rücken seiner Liebe zur Familie dräute, hatte es in sich. Und der Haß auf seine Feinde, der seiner beständigen Suche nach Frieden in die Quere kam, ließ seine Augen rastlos umherschweifen und verlieh ihnen Gestalt. Hinter seinem Fenster packte eine Handvoll Wolken, die sich durch den leeren Himmel schlug, sein Herz mit der ganzen Kraft der Verbitterung: Nach all den Jahren, in denen er immer versucht hatte, anderen ein guter Kamerad zu sein, konnte ihm keiner seiner Kameraden den wahren Frieden schenken, nach dem ihn verlangte. Sackey, der Professor für Soziologie, war außerstande, das Sozialwesen seines eigenen Haushalts zu lenken. Kwame und Katie, seine beiden Kinder, hatten von ihm die Fertigkeit übernommen, in ihren Augen vernichtend arrogante und ironische Blicke zu horten, die doppelte Stärke gewannen, sobald sie sich auf ihren Vater richteten. Daher hatte Sackey schon vor langer Zeit die Vorstellung von Unschuld vom Begriff der Kindheit getrennt. Und manchmal, wenn ihm, wie es oft geschah, die Kraft dieser vier jungen Augen sein Spiegelbild zurückwarf, konnte er kaum das Gewicht seines Herzens er-tragen. Und sie schützten ihre Mutter mit der gleichen inneren Glut vor ihm, mit der er sich selbst schützte: Auf dem Weg vom Vater zu den Kindern und zurück zum Vater schlich sich ein heimliches Feuer in alle Freiräume ihrer Gefühle.

„Aber Papa", sagte zum Beispiel Kwame, sein Sohn, „Mama ist heute morgen einfach nicht nach reden zumute. Nach so einem erbärmlichen Frühstück ist ihr Mund zu schwach zum Sprechen...

Wir bitten dich, Papa, laß sie in Ruhe."

Wut zitterte sich durch Sackeys Körper. Aber er mochte seine Kinder nicht schlagen. Unabhängigkeit stand ihm höher als Respekt...

und ein Gefühl von Schuld im Hinterkopf überwachte seine Reaktion auf ihre Worte. Sie waren lediglich ein Vorgeschmack auf die große Schlacht mit den Schweigsamkeiten seiner Frau.

Als er sich vom Fenster seines Hauses in South Legon erhob, erhaschte er für einen kurzen Augenblick sein Spiegelbild: gebildeter *motoway*, unnatürlich strahlende, große Augen und eine Haut in der Farbe von Kaffee. Sein beherrscht wildes Aussehen brauste in seinen *gidigidi* Ruf hinein und ließ seinen Traum zur Farce werden: Er wollte nichts als ein stiller Bauer sein, der irgendwo seinen Acker pflügte...

auf stummem Land.

Land ohne Mund, dachte er, Sackey sucht dich!

Das Land führte Professor Sackey mit *Owula* 1/2-Allotey zusammen, dem seltsamsten Bauer in der Ebene um Accra. Es war der halbheimliche Wunsch ihres Mannes...

den Acker zu bestellen...

der Sofi Sackey ihr besonderes Maß an Geduld verlieh: Sie hoffte darauf, daß er und alles sich zum Guten wenden würde, waren sie erst einmal aus Legon weg. Sie wurde ihm zur Erde: Sie legte sich nieder und empfing die Fluten seiner aufgestauten Wut, so oft sie nur konnte...

nicht immer war das der Fall...

und auf die gleiche Art, in der ein bereits bewässertes Feld weiteren Regen aufnimmt. Und sie hoffte darauf, daß die Ernte nicht abstarb. Denn es gab eine Grenze. Eine Grenze ihres Fassungsvermögens...

„Es ist meine Klugheit", meinte Sackey zu ihr in einem jener seltenen Augenblicke, in denen er ihr etwas beichtete. „In meinem ganzen Leben habe ich wie mein Vater nichts anderes getan als lesen, schreiben und reden. Uns fehlt der ländliche Frieden meines Großvaters. Mein Kopf läßt mich nicht zur Ruhe kommen. Und ich fürchte, ich bin für dieses künstliche Leben nicht geschaffen."

Sofi Sackey versuchte ihm klarzumachen, daß es gerade wegen seiner Klugheit völlig unnötig sei, mit Büchern nach Studenten zu werfen. Leute am Schlafittchen zu pakken. Und überhaupt ständig auf Hochtouren durch die Welt zu toben. Zu seinem Ärger erinnerte sie ihn auch noch an ein paar Schwierigkeiten, die sie während seiner Freisemester bei ihren Reisen ins Ausland gehabt hatten: Einer völlig verunsicherten Kellnerin gegenüber bestand er darauf, daß er zum Frühstück nicht *Bacon and Eggs* bestellt hätte. Und daß sie sich, bitte schön, ein bißchen klüger anstellen solle. Schließlich nahmen die meisten Leute ihres Volkes für sich in Anspruch, der Welt ein Geschenk Gottes zu sein...

und er lachte ironisch darüber. Als die arme Kellnerin forteilte, um eine neue Bestellung aufzugeben, rief er sie zurück und verschlang die 'falsche' Bestellung, ohne sie eines weiteren Wortes zu würdigen. Oder das tumultartige Wesen seiner Vorlesungen hier im Lande...

„Was erwartest du von mir? Wie soll ich die Esel behandeln, die wie ihre Erzeuger gemeinschaftlich und mit ständig wachsender Begeisterung den ganzen Reichtum dieses Landes vernichten werden?"

Von der Seite her sah sein Gesicht jetzt aus wie eine Faust.

„Woher aber willst du wissen, daß sie alle gleich sind?" antwortete Mrs. Sackey mit einer Frage und wußte instinktiv, daß er innerlich sofort die Qualität ihrer Bemerkungen und Argumente kritisieren würde.

„OOOO, Sofi, segle nicht in stürmische Gewässer....

Angefangen von den Institutionen bis hin zu den Personen, erscheinen mir all ihre Handlungen so miteinander verbunden und so tödlich, daß ich es nicht ertragen kann. Weißt du, man kann sich wohl die Institutionen einzeln vornehmen und kritisieren, bis nichts mehr von ihnen übrig ist...

es sind aber die überriesengroßen Egos dahinter, die die Dinge unerträglich machen: Im ganzen Land geht es schon schlecht genug. Wenn du aber siehst, wie ein Narr sich erhebt und sich mit prunkvollen Worten verteidigt, die noch närrischer sind als er selbst, dann kannst du nur alle Hoffnung fahren lassen! Wie würde es dir gefallen, jeden Tag mit der Enttäuschung zurechtkommen zu müssen, daß du es mit Leuten zu tun hast, die keinerlei Achtung verdienen?"

Bei der Erwähnung des Wortes 'Enttäuschung' schloß Mrs. Sackey die Augen. Es fiel im nicht auf. Sie wollte die Auseinandersetzung nicht mit ihrem Herzblut tränken. Die Kraft aber, die es kostete, ihre eigenen inneren Widersprüche in ihm entdecken zu müssen und einige davon vielleicht dadurch lösen zu können, daß sie die Gelegenheit beim Schopfe packte und mit ihm darüber sprach, war beinahe zuviel für sie. Sie nickte lediglich und sprach in *Mfantse* mit sich selbst: „Das ist ein Problem, aber es wird schon gutgehen."

Er beachtete sie nicht und fuhr fort: „Ganz nebenbei bemerkt, sie zwingen mich, mich Problemen zuzuwenden, an denen ich grundsätzlich nicht interessiert bin: Ich stehe morgens auf, esse mein *kyenam* und *kenkey*, aber mich interessiert es nicht besonders, wie ein Land im Alltag politisch funktioniert. Und dann bekomme ich Magenbeschwerden, wenn ich beim Essen über Fragen grüble wie: Welchen Geist vermitteln wir der Technologie? Oder: Wieviel von uns selbst sind wir bereit aufzugeben – wenn wir das überhaupt tun sollten –, bevor wir uns allen Aspekten dieses Jahrhunderts hingeben? Und alle Zweige unserer Wissenschaft sind damit befaßt, in hohlköpfig-positivistischer Art und Weise Material zu sammeln und Daten zusammenzustellen...

und dann, wenn alle Daten gesammelt sind, kommt irgend so ein Freibeuter nach Ghana, ordnet sie zu einem Plan und überläßt die Theorien und Gedankengebilde dann unseren strahlenden und einfallslosen Professoren, die sich damit rumschlagen. Sofi, das ist doch verrückt! Mir bleibt weder für die großen Traditionalisten noch für die modernen Gedankenschmiede Zeit, die ihre Kopfgeburten nach vorgegebenem Muster formen!"

Sackey zitterte am ganzen Körper und preßte seine Hände zusammen, als wollte er etwas aus dem Boden herausreißen. Sofi Sackey sah ihn eindringlich an. Sie war entschlossen, nicht zu ihm hinüberzugehen, um ihn zu beruhigen. Mit Anstrengung nur konnte sie ihr Mitleid zurückhalten. Und tat es dennoch, weil sie wußte, daß er womöglich ihre Liebe mit einer sarkastischen Bemerkung zunichte machen würde. Sie stand einfach nur da und schaute ihn unverwandt an. Ihre Augen blickten verschwommen ins Unendliche, flehten ihn plötzlich um eine Geste der Freundschaft an. Er aber betrachtete sie mit höhnisch gerunzelter Stirn und rief plötzlich: „Brennt da nicht etwas an auf dem Herd?"

Als sie das Wort 'anbrennen' hörte, sah sie, ohne lange zu überlegen, auf ihr Herz, bevor sie in die Küche eilte, um den Auberginenauflauf zu retten. Sackey lief ihr hinterher und rief: „Laß ihn verkohlen! Immer, wenn ich von ein paar grundsätzlichen Dingen dieser Welt spreche, läßt du das Essen anbrennen! Und dann beschwerst du dich, daß ich dir nichts von den wichtigen Angelegenheiten erzähle..."

Bevor er noch ausreden konnte, hatte Sofi den Topf mit dem verschmorten Essen vom Herd genommen, war ins Wohnzimmer geeilt und hatte das Essen, braun und herausfordernd, vor dem Platz abgestellt, auf dem Sackey für gewöhnlich saß. Sie weinte und schrie ihn an: „Kwesi, sei vernünftig. Ich bin die Tochter meiner Eltern, genau wie du der Sohn deiner Eltern bist. Ich komme aus einem anständigen Haus. Wenn du nach all den Jahren denkst, daß du die falsche Frau geheiratet hast, dann hält niemand dich zurück, das meiner Familie zu sagen..."

Doch Sackey hörte das meiste davon nicht. Er bemerkte nicht einmal, daß sie ihn beschimpft hatte. Er war bereits aus dem Wohnzimmer gestürmt. Jetzt ging er aufgebracht in seinem Arbeitszimmer hin und her, flüsterte mit seinen Büchern und stopfte gleichzeitig geröstete Erdnüsse in sich hinein. Unter all dem Gefauche hatte sein hübscher Mund an Form verloren. Die Falten in seinem Gesicht schlugen Sorgenschneisen in seine glatte Haut, auf der diebisch noch immer ein jugendlicher Schimmer lauerte. Alles, was er sagte, schien Ecken und Kanten zu haben. Und jenseits der Ecken wartete ein Abgrund, der sich über die Jahre hinweg aus freien Stücken vergrößerte. Seine Energie war die Grundlage all seiner Freundschaften. Die Geschwindigkeit seines Mundwerks zog die Leute an. Doch schließlich fing er an, mit den Gesten seiner Hände Mauern um sich zu errichten: Wer es mit ihm aushalten wollte, mußte geduldig über die hohen Mauern klettern. Er ertrug sich aus sich selbst heraus, wie er zu sagen beliebte. Manch einer kannte ihn als *Professor Carry Yourself*.

Ihm schien die Welt leicht. Und doch waren seine Stimmungen so stürmisch. Als er endlich zum Tisch zurückkam, fand er alles vorbereitet. Er sah komisch aus, als er sich daran erinnerte, daß das Essen angebrannt war. Sofi Sakkey hatte sich für den Friedenspfad entschieden. Hatte sich beruhigt, während sie ein neues Gericht kochte. Als er sich mit einem Ächzer niedersetzte, wich sie seinen Augen aus. Er sah ihre abgewandten roten Augen und fragte sich, warum sie wohl geweint hätte.

„Sofi", hob er geistesabwesend an, „gib nicht so an mit deinen Schwächen. Bedauern wir, was immer auch geschehen ist...

was ist überhaupt passiert? Seelische Beherrschung ist gut...

das Wasser in deinen Augen kommt zu spät für die Regenzeit, eh!"

Er lachte und merkte, wie sie sich innerlich steif machte, als er ihr flüchtig die Hand auf die Schulter legte.

Als er sich auf den Weg „zu einer Verabredung" machte, hatte sie ihren Mund bereits versiegelt. Sie hatte sich mit Schweigen gewappnet. Und trat so letztlich genau in dem Augenblick den Rückzug an, in dem sie diesem stolpernden Mann innerer Halt hätte sein können. So nahmen sie denn Abschied vom Schweigen des anderen. Und beider Herzen...

Sackeys aus Verärgerung heraus...

wünschten sich verzweifelte Befreiung aus der Verantwortung, dem anderen Wachhund sein zu müssen. Unter dem Mangobaum trugen rote Ameisen Mrs. Sackeys Gedanken hochrunterkreuzundquer. Im Wipfel des Baumes rieben sich zwei kleine, grüne Mangos höhnisch aneinander. Als ein Auto langsam die Ecke des Hauses umrundete, gellte ihr seine runde Hupe eine dringliche Melodie ins Ohr:

„Verlassen Sie ihn, Madam, bevor er sie verläßt...
verlassen Sie ihn, verlassen Sie ihn..."

Die Melodie umkreiste ihren ungeschützten Nacken, bis sie das traurigste Diadem von ganz Accra trug. Und lediglich der Trost ihrer Kinder, die gerade hereinkamen, richtete sie wieder auf.

Der Nachmittag mit seiner Hitze folgte Professor Sackey aus dem Haus wie ein Hund: Nicht eine Pfote konnte er dorthin zurückschicken...

von wo ihm keine Abkühlung zuteil werden konnte, auch wenn er sich in den Schweiß schmiegte. Als er in sein Büro kam, fand er dort Dr. Pinn vor. Der war vor ihm eingetroffen und hatte den Raum zu Sackeys Ekel mit Zigarettenrauch gefüllt.

„Der Rauch ist widerlich. Darf ich Sie bitten, die Zigarette, die Sie sich gerade anstecken wollen, nicht anzuzünden...", sagte Sackey und überließ Pinn sein Büro. Er stellte sich draußen an die Treppe, um frische Luft zu atmen, und machte sich ein paar Notizen, während er darauf wartete, daß sich Pinns Rauch verzog. Sackey erschien Pinn bis zur Peinlichkeit merkwürdig und beunruhigend. Doch er verließ das Büro nicht, um sich zu seinem Professor zu gesellen. Er war der Meinung, letzterer hätte sich wenigstens entschuldigen können, bevor er den Rauch hinter sich ließ. Leichter Ärger wallte plötzlich in Pinn auf. Und gewöhnlich verband sich solcher Ärger bei ihm mit nachfolgenden Bildern von Eichen, die bei strahlendem Wetter in idyllischer Landschaft stehen, in der man das Glück, sobald man es gefunden hat, auch schon wieder verliert. Er drückte die Zornesröte in seine Handflächen und wartete. Er stellte sich Sackeys Mund als Maschine oder Schmelzofen vor. Fühlte sich aber nicht genügend mit ihm verbunden, um diesen Gedanken zu einem Urteil über Sackeys gesamten Charakter weiterzuentwickeln.

Als letzterer schließlich wieder den Raum betrat, tat er so, als sei Pinn überhaupt nicht vorhanden. Er überflog ein paar Papiere und wollte das Büro gerade wieder verlassen, als Pinn zum Zeichen seiner Anwesenheit hüstelte.

„Oh", lachte Sackey, „ich habe Sie in all dem Rauch gar nicht bemerkt! Entschuldigung...

wenn das Wort unter diesen Umständen überhaupt

angemessen ist."

Pinn nickte mit der leisesten Andeutung eines Lächelns, warf einen Blick auf die wunderschönen *joromi*-Muster von Sackeys Hemd und fragte: „Stimmt es, daß Sie etwas Wichtiges mit mir besprechen wollen? Das hat man mir zumindest mitgeteilt, als ich vor zwei Tagen zu meinen Honorarvorlesungen nach Legon kam..."

„Oh, es ist erstaunlich, daß wir uns so selten begegnet sind. Ich habe zwar gehört, daß Sie da unten in der Wildnis von Accra als Berater für das UNDP tätig sind...", unterbrach ihn Sackey und bot Pinn endlich einen Platz an. Als Pinn im Büro keinen Stuhl entdecken konnte, sprang er wild lachend auf. Pinn meinte mit seinem trockenen Humor: „War das nicht der schönste Freud'sche Fehltritt in ganz Legon!"

Als Sackey mit einem Stuhl wieder hereinkam, hatte er sein Lachen abgelegt. Und trug statt dessen ein verwirrtes Gesicht zur Schau. Es sah aus, als hätte er eine breite Krawatte um, die seinem Hals zu eng war. Seine Augen leuchteten wie die abgezogene Haut frisch gekochter Tomaten, wenn man sie aus dem Topf nimmt.

„Ja, ja", murmelte Sackey als Erwiderung auf unausgesprochene Worte und starrte Pinn geradeheraus an, als wäre in dessen blondem Haar etwas Bedenkliches zu entdecken. Und unter dem länglichen Haar saßen Augen, die die Geduld kannten, jedoch zu selten die gespannte Erwartung nutzten, die jetzt in ihren bleichen Winkeln spielte. Das jungenhafte Gesicht, das immer so unentschlossen aussah, verlieh zwei rotgespitzten Ohren Halt, die wie zwei Fächer für Holzkohlenfeuer aussahen. Die Augen stellten Sackey eine Frage: „Wollen Sie nicht mit Ihren Spielchen aufhören und zur Sache kommen..."

Es entstand eine Pause.

„Nun, ich sollte mit meinen Spielchen aufhören und zur Sache kommen...

das denken Sie doch, oder?...", rief Sackey, dem ein verirrter Sonnenstrahl die Schläfe streichelte und den Abstand zwischen seinen Augen hervorhob. Dadurch erhielt sein Gesicht einen röntgenhaften Ausdruck, auf dem sich die bleichen Knochen der Verwirrung zeigten. Dann verkürzte eine plötzliche Wolke hinter dem Fenster das Wortgefecht zwischen den beiden Stühlen. Vertiefte die Bewegungen von vier übereinander geschlagenen Beinen, während draußen die sorgsam gepflegten Bäume des botanischen Gartens den Raum hielten, der bald Regen empfangen sollte. Und die Stille draußen sickerte hinein in das Büro, verschlang den kleinsten Laut und senkte Sackeys Stimme um ein Grad: „Nun, ich persönlich bin der Ansicht, daß Sie das, was ich Ihnen jetzt sagen will, nicht zu ernst nehmen sollten – und nicht auf sich beziehen –, doch es könnte in Ihrem Interesse als Ausländer sein..."

„Ich lebe schon zehn Jahre hier, und meine Frau ist Ghanaerin", warf Pinn ein. Seine Stimme hob sich um ein weiteres Grad, das den Unterschied zu Sackey verstärkte.

„Oh, dann gehören Sie zu den Ausländern, die das Innere des Topfs kennen!" meinte Sackey.

Sie lachten beide und schauten sich ein paar Sekunden an, wobei Sackey sich fragte, wie stark bei diesem Mann der Sinn für Gelassenheit ausgeprägt war. Dann fuhr er fort: „Schön, schön! Ich wollte sagen, daß Sie einem gewissen Kofi Loww Zuflucht gewähren...

oder wie der lächerliche Wicht auch immer heißen mag...

Der wird gesucht, weil man ihm ein paar Fragen zu Aussagen – von zugegebenermaßen aufrührerischer Natur – stellen will, die er am Flughafen gemacht haben soll. Verzeihen Sie die amtsgesetzliche Possenreißerei, doch ich habe das Gefühl, daß in unserem großartigen Land, in dem sogar die Wolken sonnigen Gemüts sind!, die ernsten Probleme immer auf die gleiche schwerfällige, halborganisierte Weise ihren Anfang nehmen, dann eine wahnsinnige Eigendynamik entwickeln und im Nachgang ihrer Freiheit, ihres Zusammengehörigkeitsgefühls und ihres Gelächters kleine Tragödien auslösen und..."

Es entstand eine zweite Pause, hinter der Pinn seinen Unmut verbarg. Sackey sprach weiter und fixierte ihn: „Nun, ernsthaft, solche Angelegenheiten besitzen die Eigenschaft, andere, wohlgemeinte Absichten mit in den Abgrund zu ziehen, die Unschuldigen mit sich zu reißen und sie unter den riesigen Wellen einer grausamen See zu begraben. Wenn stimmt, was man mir zugetragen hat, dann wäre es besser, Ihr Gast suchte sich ein anderes Obdach."

In Sackeys Stimme schwang Ungeduld mit. Er fragte sich, was er auslöste, wenn er all diese Informationen preisgab. Seine Seele blähte sich wie ein Sack Holzkohle, in dem sich der Grus noch nicht gesetzt hat.

Pinn hatte Schwierigkeiten, etwas in seinem Innern zu unterdrücken. Auf seinem Gesicht lösten sich Zorn und Belustigung ab. Eine ironische Falte preßte seinen Mund kleiner und kleiner zusammen. Und schlug Funken, wie Sackey sie noch nie gesehen hatte.

„Kofi Loww, der Freund eines Freundes von mir, ist ein harmloser, wenn auch leicht depressiver Mann. Man könnte sagen, daß er im Traum zwischen seiner Vergangenheit und seiner Gegenwart gefangensitzt...

die Zukunft ist ihm noch nicht aufgegangen!

Wie auch immer, er ist in seine zwei Zimmer irgendwo in...

irgendwo am Meer zurückgekehrt. Sein Freund Ebo, der bei mir wohnt, könnte Ihnen Genaueres sagen. Ich bezweifle aber, daß er das tun wird. Wie ich gehört habe, hat sich Kofi Loww lediglich nicht einschüchtern lassen. Wenn das stimmt, dann bewundere ich den jungen Mann dafür und wünschte, er wäre länger in meinem Haus geblieben."

Dr. Pinn fühlte sich sonderbar erregt. Als säße er auf der Anklagebank und hielte trotzdem – fast gegen seinen Willen – das zurück, was er zu seiner Verteidigung vorbringen könnte. Dann konnte er sich nicht länger bremsen: „Darf ich eine Bemerkung machen? Das wenige, das ich über Sie weiß, Professor, läßt mich davon überrascht sein, daß Sie sich solch einer geringfügigen Sache annehmen, deren eigentliche Bedeutung so sehr ans Schäbige, Belanglose grenzt. Ich bin mir sicher, daß da noch ganz andere Herren von höchstem Kaliber in die Sache verwickelt sind!"

Professor Sackey erhob sich schnell und brüllte, während seine verwegenen Augen das Licht in sich sammelten: „He, halten Sie ihre Zunge im Zaum! Überschütten Sie mich nicht mit Ihrer Undankbarkeit! Ich habe Ihnen die ganze Sache ohne Not und nur zu Ihrem Vorteil offenbart! In erster Linie bin ich Mensch, in zweiter Soziologe und schließlich Schwarzer. Und wenn ich mit der Sache überhaupt etwas zu tun habe, dann nur beruflich. Doch als Mensch fühlte ich mich verpflichtet, Sie davon in Kenntnis zu setzen! Boadi, Dr. Boadi, hat mir das alles erzählt und mich gebeten, mit Ihnen zu reden. Behutsam, wenn möglich. Doch Behutsamkeit ist selten heutzutage, und mir ist sie nicht eigen. Natürlich ist Boadi ein Trottel! Ein bemerkenswerter Irrer! Und eine Verschwendung in der Akademia. Ich toleriere ihn, weil wir ab und an ein Bier zusammen trinken...

er trägt sich, vermute ich, mit politischen Ambitionen...

Seien Sie vorsichtig! Seien Sie vorsichtig, wachsam und zurückhaltend...

Ich denke, Sie verstehen mich, und ich möchte nicht, daß Sie und Ihre ghanaische Familie in Schwierigkeiten geraten. Sehen Sie, es ist nicht nur meine Behutsamkeit, die fehlt! Ganz nebenbei umgibt Sie eine besondere Aura der Unschuld."

„Danke", erwiderte Pinn mit übertriebener Ehrerbietung. „Dann lasse ich mir wohl besser einen Bart wachsen...

oder irgend etwas, das die Unschuld ein wenig verbirgt. Dem *savoir faire* zuliebe, eh!"

In einer plötzlichen Eingebung, die er sofort bedauerte, als ihm wieder einfiel, unter welchen Umständen er sein Haus verlassen hatte, lud Sackey Pinn auf einen Schluck Palmwein zu sich nach Hause ein. 1/2-Allotey hatte versprochen, welchen zu liefern. Und wenn er keinen gebracht hatte, dann konnten sie Afrika und Europa immer noch bei einem Tee zusammenführen.

Kapitel sieben

Dr. Pinn erinnerte Professor Sackey an die Sahnetoffees eines alten Mannes. Die scharfe Kruste dieser von Pinn erweckten Vorstellung hat die Einladung nach Hause ausgelöst, dachte Sackey unerklärlicherweise. Sackey bestand darauf, daß sie zu Fuß durch South Legon gingen. Für andere Passanten gaben sie ein sonderbares Bild ab: Sackeys weitgreifende Schritte ließen ihn vorauseilen. Pinn, der gemächlich wie eine weise Ente hinterherschlenkerte, lauschte mit einem Ohr dem Wortsturm, den der Wind von Sackey her zu ihm hintrug. Einmal, als Sackey bereits um eine von Bäumen umstandene Ecke verschwunden war, kamen seine Worte zurückgehetzt, ausgehöhlt durch die überwundene Entfernung und geradezu lächerlich in ihrer Körperlosigkeit: „Schauen Sie, ich dachte immer, ihr Schotten wärt gut zu Fuß. Wenn Sie nicht mithalten können, dann holen Sie Ihren kleinen Fiat! Ganz nebenbei, neulich fiel mir ein..."

Blätterwellen rauschten, und die Worte segelten über sie dahin: „...daß Ihr Fiat so winzig ist, daß, wenn Sie und Ihre Familie alle darin sitzen, sich der größte Teil von Ihnen mehr außerhalb des Autos als innen befinden muß!"

Zwischen den beiden Ebenen ihrer Köpfe, tief und hoch, schnellte ihr Lachen auf und nieder, ließ Pinns Schritte länger werden und verkürzte Sackeys...

so daß sie beinahe schon wieder eins waren, als sie bei Sackeys Haus anlangten. Sackey stand da und starrte das Haus an. Als käme er erst jetzt wieder zur Besinnung. Der Bungalow sah aufgedunsen aus wie ein Stück *brodo*, in dem die Gleichgültigkeit seiner Frau langsam wie Hefe aufging. Pinn blickte seinen Gastgeber neugierig an und fragte sich, was wohl nicht in Ordnung war. Der Hibiskus stand rot im Zweifel. Die alltägliche Geschichte aller Enttäuschungen Sackeys lag über den Augustrasen hingestreut. Langsam verging das Grün zum Braun. Mit einem Mal fühlte er, daß sein ganzes Leben einzig und allein sein Fehler war...

Dann stand Sofi mit breitem Willkommenslächeln in der Tür. Lange, bevor sie überhaupt anklopfen konnten.

„Oh, Professor Sackey, da haben Sie also eine so freundliche, hübsche Frau all die Monate vor uns verborgen gehalten!" erlaubte sich Pinn zu sagen, nachdem sie einander vorgestellt waren. Er ahnte nicht, daß in seinen unbefangenen und leicht dahin geworfenen Worten mehr Bedeutung lag, als er beabsichtigt hatte.

„Und Sie haben keine Ahnung davon, daß unten im Poloclub die besten Pferde wohlgenährt in den schönsten Ställen gehalten werden?" erwiderte Sackey mit einem Achselzucken.

„Und ich bin froh, daß ich ein Pferd bin!" lachte Mrs. Sackey. Und schenkte den beiden Männern einen völlig identischen Blick. Dabei hoffte sie insgeheim, ihr Mann würde den Sarkasmus bemerken, mit dem sie ihn bedachte. Sie fuhr fort: „Ich habe geahnt, daß du heute einen Gast mit nach Hause bringst. Deshalb ist der Palmwein gut gekühlt und süß, und ich habe ein paar hübsche Kekse gebacken."

Sie glühte vor ehrlicher Zufriedenheit. Sackey aber konnte am Ende des Glühens Rachegelüste ausmachen.

„Allotey war also hier?" fragte er.

„Ja, er ist erst vor ein paar Minuten gegangen. Du weißt ja, er hält es nicht lange an einem Ort aus", antwortete Sofi Sackey. Und hielt krampfhaft ihr Lächeln aufrecht. Als die Männer sich setzten, setzte sie sich auch. Die Kinder bat sie, den Tisch zu decken. Sackey hatte ihr ein paar argwöhnisch schwere Blicke zugeworfen, die sie aber nicht beachtete, weil sie wußte, daß Pinn zu ihr hielte. Zumal die beiden Männer nichts sonderlich Vertrauliches miteinander zu besprechen hatten. Pinn ließ sich den Palmwein und die Plätzchen schmecken, fühlte sich entspannt und wie zu Hause. Er bat um mehr und nahm den Gesprächsfaden wieder auf: „Ich hoffe nur, Dr. Boadi fängt nicht an, sein persona-non-grata-Theater zu spielen, sonst bekommt er's mit mir zu tun oder besser: mit meiner Frau!"

„Oh, nein nein nein, keine Angst. So weit wird es nicht kommen", lächelte Sackey überschwenglich. Er fühlte sich plötzlich eins mit Sofi. „Sie hat's versucht, sie hat's wenigstens versucht", sagte er zu sich.

Der frische, neue Palmwein schuf eine frische, neue Welt. Und sein Gesicht nahm einen volleren, weniger zugespitzt gespannten Ausdruck an. Seine Haut kehrte zurück und ließ sich auf seinen Knochen nieder.

„Nun, es ist nur, daß man oft unnötigerweise einfach das Leben eines anderen in seine Hände nimmt...", meinte Pinn todernst. Er wechselte seine Haltung auf dem Stuhl und bekam einen abwesenden Blick in die Augen, der zunächst übervoll grau war und dann übervoll blau wurde.

Er fuhr fort: „Letzte Woche habe ich etwas Seltsames erlebt. Ich wollte zwei kleine Schlangen von Bolgatanga herüberbringen. Ein Priester und alter Freund hatte sie meinen Kindern geschenkt. An der Sperre in Anyinam verlangte ein wütender, engstirniger, kupferfarbener Bulle, wenn ich so sagen darf, den „Verwendungszweck der Schlangen" zu wissen. Er sagte, er hätte von „teuflischen Untaten" gehört, „die von Ausländern begangen würden". Das schließe das heimliche Einführen von Gold und „Edelsteinen" in Reptilien und Papageien (und vor allem in deren edelsten Teilen) ein, das von ihren ghanaischen Lakaien unterstützt und begünstigt würde, und daß er, Corporal Addo, mit seinen zwanzig gestandenen Dienstjahren..."

Sackey fiel ein: „Ja, wirklich ein aufrechter Mann, gestanden und mit Sicherheit nicht sitzend, mit Sicherheit nicht sitzend!"

Und Pinn fuhr mit einem Lächeln in Richtung Mrs. Sackey fort: „...einem solchen Betrug nicht tatenlos zusähe, noch die Augen davor verschlösse, daß sein geliebtes Land *awoofed* werde, wie er es nannte...

und das wäre, als machte man sich vor einem falschen Liebespärchen lächerlich. Während Corporal Addo sprach, zappelte Private Akakpo im Hintergrund herum und warf seinem Vorgesetzten abwechselnd erschrockene und verächtliche Blicke zu. Plötzlich eilte der Corporal in den Häuserblock hinter der Polizeiwache und rief mir zu, ich solle warten. Verwundert und neugierig fragte ich den Private, was sein rechthaberischer Chef vorhabe.

„Er geh für hol Wortbuch, er woll prüf sein Englisch...", lautete die Antwort. Als Corporal Addo zurückkam, hatte er einen triumphierenden Ausdruck in den Augen. Er strahlte wie eine Lampe in einem wunderschönen Palast und kam mit langsamen, wohlabgewogenen Schritten auf uns zu. Plötzlich verlegen, drehte er sich schnell um und stierte in ein kleines Buch, das er gleichzeitig vor uns zu verbergen suchte. Dann wandte er sich mit gestärktem Selbstbewußtsein wieder an uns und rief: „Ich beschuldige Sie außerdem...

incognito zu reisen. Und wenn das Ihre Frau ist, die da neben Ihnen sitzt, dann reist sie *incognita*...

kennen Sie als Weißer den Unterschied zwischen *incognito* und *incognita*?"

„Nun", begann ich nach einer Pause, weil ich meine Verärgerung kaum noch im Zaum halten konnte.

„Seht seht, dieser mutmaßliche imperialistische Schmuggler kennt nicht mal seine eigene Sprache!" donnerte Corporal Addo.

Sein Gesicht vermochte den Triumph nicht länger zu halten, so daß er sich seinem ganzen Körper mitteilte und ihn durchschüttelte.

„Ich glaube, und ich bin ein gewöhnlicher Corporal, ich glaube, daß sie letzten Endes vielleicht nicht einmal Weißer sind! Ich verlange, daß man Sie badet! Dies ist ein Militär-cum-Polizei-Staat, und ich habe das Recht, zu befehlen, daß man Sie gründlich mit *sapo* – Sie kennen *sapo*? – und *alata samina*, der stärksten Seife, wäscht!"

Ohne Vorwarnung klopfte dann Private Akakpo seinem Chef auf die Schulter – zu kräftig für dessen Geschmack – und rief: „Sie was vergess, Saar!"

Corporal Addo schrak vor ihm zurück, stand stramm mit seinem Kugelbauch, schleuderte Akakpo rotäugig geädert seine aufgestaute Verachtung entgegen und herrschte ihn an: „Du auch! Und zwar was?"

„Eheeeh", erwiderte Akakpo. Glucksend quoll seine Rechtschaffenheit hervor: „Sie vergess sag: Und alles Sie trag werd sein schwer Aufzug gegen Sie!"

Private Akakpo sprach den Satz sehr langsam und mit stolzgeschwellter Brust. Sorgfältig wie ein Bildhauer formte sein Mund die Worte. Addo richtete sich zu voller Größe auf und starrte Akakpo mit einem Schweigen an, das ihm bedeutete,
daß,
für den Fall,
daß er,
Akakpo,
bei ihm,

Addo,
den Antrag stellen würde, als menschliches Wesen anerkannt zu werden, dieser Antrag aus ganzem Herzen abgelehnt werden würde.

„Ahhhh, und du auch was, und wieder was? Du hast überhaupt nichts begriffen. Ich dich lehr-aaaaa, doch du nit taug für lern...

du nit taug für lern Polizeiarbeit *koraaaa*! Du woll mach kaputt mein Name als klug Mann. OK, hier, nimm mein Buch und lies, los...

siehst du, du ganz und gar nit taug für les. Nun, ich befehle dir, laß den Wald von allem Lärm säubern, allem *basabasa*. Private Akakpo, fang die Schlangen und schlitz sie auf! Danach dann wird der weiße G-E-N-T-L-E-M-A-N uns den Unterschied zwischen rauschhafter Trunkenheit und Alkoholismus erklären, denn immerhin hat er den ersten Test nicht bestanden."

Akakpo machte heimlich eine beruhigende Geste zu mir, als wollte er sagen, daß bald alles vorüber wäre.

Damit war ich in einer Art perverser, aber aufreizender Loyalität gefangen. In einem kleinen Pakt, den er, vermute ich, eines Tages gegen Corporal Addo ins Feld führen wird. Private Akakpo näherte sich der Kiste mit den Schlangen, schaute ängstlich hinein, bekreuzigte sich und schrie dann: „Ich schwör, Saar, die Schlang könn red! Ich hör sag wir werd sterb wenn anfaß-ehh, und sie sag, Sie – ja, sie sag Ihr Name – soll nehm eine und dann mach Trankopfer gleich gleich gleich. Dann Schlang werd kräh wie Hahn, ich schwör!"

Da sah ich meine letzte Chance: „Officer, es gibt eine seltene Spezies sprechender Schlangen, von der man sagt, daß sie besonders auf Corporals stehen...

nun, zumindest hat sie zuletzt einen Corporal gebissen. Nein, ich versuche keinesfalls, Ihnen Angst einzujagen."

Ein Gelächter brach auf, und danach entstand eine Pause, in der ich die Kiste öffnete, mit der Hand eine der harmlosen Ringelnattern herausnahm und auf ihn zuging.

„Hey, hey! Halt im Namen des Gesetzes *Anyinam*! Noch habe ich Sie nicht gewaschen. Warten Sie! Warten Sie Ihre Wäsche ab, den endgültigen Beweis Ihrer Weißheit! Dieser Weißkerl, er ist verrückt! Akakpo, nimm ihn fest! Wegen versuchter Einschüchterung eines starken, wehrlosen Polizisten wie ich."

Akakpo schnarrte erwidernd: „Chef, laß lauf den Mann. Ich nit taug für verhaft Mann und Schlang."

Danach langte Akakpo impulsiv in die Kiste und holte die andere Schlange heraus. Addo beobachtete das alles voller Schrecken und rannte dann in die Wache hinein.

„Zurück, Akakpo, zurück, de Feind is da, *pasaaa*!"

Akakpos Lächeln erfüllte die Straße, als er die Schlange schnell wieder in die Kiste zurücklegte. Es war ihm endlich einmal gelungen, seinem streitsüchtigen Corporal eins auszuwischen, und als ich davonfuhr, winkte er mir dankbar hinterher."

„Welch große Erleichterung!" rief Mrs. Sackey fast unfreiwillig aus. Und ihr Mund weitete sich unter dieser zeitweiligen Befreiung von ihrem Mann. „Aber was geschah mit Ihrer Frau im Auto?"

„Oh, sie hat geschlafen!" erwiderte Pinn lachend. Dann erhob er sich plötzlich mit verdutztem Gesicht und sagte: „Ich spüre die Gegenwart meiner Frau...

Ja, ist das nicht ihre Stimme unten an der Auffahrt?"

Pinn ging ans Fenster. Die Sackeys sahen ihn überrascht an. Und fragten sich, ob der Palmwein, unvergoren, wie er war, sich nicht vielleicht seiner Sinne bemächtigt hätte.

„Ich stelle fest, daß es meine Frau ist. Sehen Sie auf Ihre Auffahrt!"

Sofi Sackey war als erste am Fenster, sah nichts und meinte, während Sackey sich widerstrebend aus seinem schläfrigen Stuhl hochschraubte: „Entschuldigen Sie, Dr. Pinn, daß ich das sage, aber der Ausdruck in Ihren Augen verrät mir, daß Sie Ihre Frau immer noch lieben..."

Pinn sah Sofi Sackey mit geteilter Aufmerksamkeit an: Störrisch kam die Aufmerksamkeit für die Gegenwart seiner Frau der Notwendigkeit in die Quere, Sofi Sackeys direkte und riskante Bemerkung der Wahrheit gemäß zu beantworten. Dann riß er sich unter Schwierigkeiten von ihrem Gesicht los, sah den Ausdruck wachsenden Zorns auf Professor Sackeys Gesicht und fügte schnell hinzu, während seine Augen sich schon wieder auf die Ausfahrt hefteten: „Mrs. Sackey, seine Frau zu lieben ist Berufsrisiko...

Ich muß aber zugeben, daß diejenigen von uns, die, wie

der Professor und ich, wenn ich so sagen darf, attraktive Frauen ihr eigen nennen, besser dran sind als andere. Sehen Sie! Das muß EsiMay sein!"

Die neuerliche Betonung der Gegenwart seiner Frau schickte Sofi Sackeys Füße in Richtung Auffahrt. Sie ließ aber ihre Augen zurück, die noch immer starr in das zunehmend wildere Gesicht ihres Mannes blickten. Kwesi Sackey blieb überraschend ruhig. Er fühlte sich, als hätte man ihn mit all dem Gerede über Empfindsamkeit und Liebe in eine Ecke gedrängt, in der ihm nicht wohl zumute war. Er fühlte sich hin und her gerissen zwischen der Versuchung, seine übliche Geringschätzung zu zeigen...

vor allem in seinem eigenen Haus...

und dem Gewicht seiner Verantwortung als Gastgeber. Auch hatte ihn der offensichtliche Gefallen, den Pinn an seiner, Sackeys, Frau gefunden hatte, in die Defensive gedrängt. Sackey kam sich vor wie bei einer Szene auf dem Markt: Die Waren, über die er so oft mit solcher Gleichgültigkeit hinweggesehen hatte, wurden, wenn auch unschuldig, von jemand anderem bewundert. Und der Ausdruck von Anspruch, ja fast schon von Triumph, der sich auf Sofis Gesicht spiegelte, zerrte und zog an seiner ohnehin schon geringen Selbstbeherrschung. Dies eine Mal ließ sein Sicherheitsventil, das normalerweise gefährlich offen stand, ein schwieriges Schweigen heraus. Nur der Ausdruck in seinen Augen verriet den Druck, unter dem er stand. Sofi Sackey war von dem so seltenen Ausdruck in seinen Augen gefesselt. Vor allen Dingen aber hatte Kwesi Sackey nicht die Absicht, Pinn das, wenn auch heimliche, Vergnügen zu bereiten, Zeuge einer häuslichen Auseinandersetzung zu werden. Noch dazu, wo sie doch alle unter der fließenden Wirkung des Palmweins standen. Die Stille der Auffahrt trieb die beiden Männer, die allein im Wohnzimmer zurückgeblieben waren, zur Tür, an der sie ein seltsamer Anblick begrüßte. Ja, da stand tatsächlich Mrs. EsiMay Pinn, die schnell auf Mrs. Sackey einsprach. Und neben ihnen standen zwei Polizisten, die ihre Rücken gegen das Fenster lehnten. Ohne die Richtung ihrer Augen zu verändern, gab Sofi Sackey den beiden Ehemännern ein Zeichen, außer Sichtweite zu bleiben. Widerstrebend zog sich Andy Pinn zurück und flüsterte Kwesi Sackey zu, daß die beiden

Polizisten bestimmt wegen der beiden Schlangen von Anyinam gekommen waren. Sackey konnte nicht länger an sich halten. Und nachdem er etwas über das Risiko gemurmelt hatte, den Frauen die Kontrolle über solch hochempfindliche Angelegenheiten zu überlassen, stürmte er hinaus und rief: „Also, was..."

Sofi Sackey überlegte blitzschnell, eilte ihrem Mann entgegen, ergriff seine Hand und sagte freundlich: „Oh, vielen Dank für den Besuch, Professor. Es tut mir leid, daß mein Mann nicht zu Hause ist. Leider habe ich jetzt etwas mit diesen ausgesprochen verständnisvollen Herren von der Polizei zu regeln. Könnten Sie vielleicht in einer Stunde wiederkommen? Ich meine aber nicht eine ghanaische Stunde..."

Sie führte einen ebenso ärgerlichen wie verwirrten Sackey die Auffahrt hinunter und flüsterte ihm zu, er möge um Himmels willen friedlich bleiben. Sackey verfluchte, daß der Palmwein seine Entschlußkraft gelähmt hatte, und verschwand zwischen den Bäumen der Straßenbiegung. Er fragte sich, was da wohl vor sich ging. Pinn war von den Kindern der Sackeys, die gleich begriffen hatten, was los war, bereits ins Arbeitszimmer gezogen worden. Kwame dachte, es handele sich um eine große Verschwörung.

Als die Frauen die beiden Polizisten in die Diele führten, hatten letztere aus der sanften Art von Mrs. Sackey wieder etwas Selbstvertrauen zurückgewonnen. Mrs. Pinns Verschmelzung von Sarkasmus und Charme war etwas zuviel für sie gewesen. Der Sergeant schickte seinen Schnurrbart mit einem kleinen Vertrauensvorsprung voraus zum Stuhl, bevor er sich mit strengem Seufzer niederließ. Der Corporal legte sacht sein Lächeln auf dem Stuhl vor ihm ab, blieb aber stehen und wartete, daß ihm ein Platz angeboten würde. Was auch prompt geschah. Eine kleine Pause der Erwartung ging durch den Raum. Und als sie sich auf Mrs. Sackeys Lippen niederließ, sprach die: „Darf ich Ihnen etwas Wasser anbieten?"

Ihr Lächeln pflanzte sich zwischen den beiden Männern fort und sprang dann auf Mrs. Pinns Gesicht über. Die Arena des Lächelns dehnte sich mit der Ankunft des Palmweins noch weiter aus. Die beiden Frauen, die einander noch vor wenigen Augenblicken völlig fremd gewesen waren, sahen aus wie Schwestern. Jede erriet sofort, was die andere vorhatte. Und beide waren darauf bedacht, allem zuvorzukommen, was die Polizisten vorhaben könnten.

„Sie sehen, Officers, wie ich Ihnen gesagt habe, ist mein Mann nicht hier, und Sie können schließlich keinen Geist verhaften, oder?"

„Ah, Madam, ich wäre bereit, im Interesse der Macht auch einen Geist zu verhaften", erwiderte der Sergeant lachend. Langsam lief das Lachen im Zimmer um, vibrierte von Mund zu Mund.

„Madam", begann der wortführende Sergeant erneut, und seine Wangen leuchteten wie überreife Bananen auf brennendem Öl, „ihr Mann könnte wegen seines Verhaltens abgeschoben werden..."

EsiMay Pinn wollte auffahren, doch Sofi Sackey mischte sich mit vollendeter Leichtigkeit ein: „Oh, Officer, ich denke, wir palavern das gleiche Englisch...

Sie kommen mir bekannt vor. Sie haben nicht zufällig hier in Legon mal einen Kurs belegt? Ich könnte fast schwören, daß ich Sie schon mal gesehen habe."

„Nein, Madam," erwiderte der Corporal, „Sie haben uns noch nicht gesehen. Sie haben uns überhaupt noch nie gesehen...

nicht mal in nichtöffentlicher Sitzung!"

Er lachte über seinen Witz unter den Augen des Sergeants, dessen balkende Dienstgradabzeichen augenblicklich wie ein Tiger zu brüllen beginnen wollten: Er wußte, eine ernsthafte Diskussion führte zu einer ernsthaften Verhaftung oder zu einem ernsthaften...

Kompromiß. Bevor er jedoch etwas sagen konnte, entschloß sich der Corporal, die entsprechende Stimmung zu nutzen, und sagte: „Ja, der Hausherr jenes anderen Hauses, derjenige, der einer Verhaftung nahe ist, lebt auch in der ernsten Gefahr der Abschiebung wegen einer Angelegenheit, bei der er Ghana etwas Bedenkliches in den *Anus* getrieben hat."

Die Augen des Sergeants röteten sich. Und nahmen dann einen bestürzten Ausdruck an. Er sagte: „Corporal, Sie sind ein *foko* Idiot, *paa*. Das Wort heißt *Annalen*, nicht *Anus*...

entschuldigen Sie, wenn ich das sage. Aber fahren Sie

fort, wir wollen doch den niederen Dienstgraden gegenüber demokratisch bleiben."

Die beiden Frauen blieben nur deshalb ernst, weil sich ihre Anstrengungen, nicht laut loszulachen, gegenseitig die Waage hielten.

„Sir", begann Sofi, „Sie haben keine Ahnung von unseren Schwierigkeiten. Ich merke, daß Sie gebildet sind... nahezu Sie beide...

Sehen Sie meine Schwester hier? Sie leidet, *paa*, unter diesem Weißen. Ich will Ihnen ein Geheimnis verraten: Sie ist diejenige, die das Geld nach Hause bringt. Sie ernährt ihn. Und die Kinder. Stellen Sie sich das vor! Und das größte an diesem Geheimnis ist, daß verfügt wurde, sie hat ihn zu unterstützen, bis er stirbt. Wenn Sie..."

und sie machte eine effektvolle Pause,

„...wenn Sie ihn also wirklich verhaften und abschieben, dann wird sie Pfunde auftreiben müssen, jawohl Pfunde, um sie ihm zu schicken. Tut sie das nicht, stirbt die ganze Familie. Darin liegt das Problem, Officer."

Mit dem Ausdruck grenzenlosen Mitleids schaute sie den Sergeanten an. Und hier war das Mitleid ein dreistöckiges Gebäude. Und in jedem Stockwerk wohnte eine kurze, sich anschließende Geschichte: Im ersten wohnte Sofi Sackeys mitleidsvolles Aussehen. Im zweiten EsiMay Pinns hilflos-gerechtfertigter, entrüsteter Anblick. Und schließlich im letzten die übereinstimmende Handlungsweise der beiden Frauen, die den Polizisten als zwar leichthin getragene, aber echte Sorge vorkam. Tröstend streichelten sie Hände, schnippten mit ihren Fingern ghanaischen Kummer und waren fast schon dabei, aus Kummer in ihren langsamen, gebeugten Rhythmen mitzuswingen. Dann forderte die plötzliche Stille Mitleid von den Männern in Uniform. Ein Corporal sah einen Sergeanten an und erwartete von einem Sergeant, daß der entweder in Mitleid oder in einem harten berufsmäßigen Gespräch über die Notwendigkeit des Dienstes die Führung übernahm. Ein Corporal hatte nichts in seinen zerrissenen blauen Taschen und hoffte, daß ein Sergeant die erste der beiden Möglichkeiten wählte...

denn vor allen Dingen verdiente Freundlichkeit eine Belohnung. Ein Sergeant versank in tiefe Gedanken. Sein Käppi wälzte sich unentschlossen auf dem Kopf.

EsiMay unterbrach den Kreislauf des sich wälzenden Käppis: „Bitte sagen Sie uns, Officers, sind Sie verheiratet?"

Diese Frage brachte plötzlich eine Saite im Herzen des Sergeanten zum Klingen. Er antwortete: „Madam, Sie sollten mal die Arschhärte...

die Herzenskälte meiner Frau erleben. Wenn ich, armer Mann, der ich bin, ihr nicht soviel Taschengeld geben kann, wie sie haben will, dann folgt sie mir bis zur Wache, geht überall hin, wo ich hingehe. Sogar – verzeihen Sie, wenn ich das sage – bis auf die Latrine wollte sie mir schon mit aller Gewalt folgen..."

„Waaaas!" fiel der Corporal ohne jegliches Mitgefühl in der Stimme ein.

„Oh, wie schrecklich", hauchte EsiMay in echtem Schrecken.

„Ja", fuhr der Sergeant fort, „und am ärgerlichsten war, daß sie sich eines Tages wirklich bis zum Häuschen durchschlug. Und das schrecklichste an der ganzen Sache war, daß mein Inspektor draufsaß und nicht ich...

Ich war hinausgeschlüpft und der Verfolgerin entkommen. Und Sie hätten mal das Gebrüll und die Flüche hören sollen, die der Chef losgelassen hat. Und ich glaube, er hat sie stehend losgelassen...

Ich aber hatte Glück: Er erkannte nicht, wer sie war. Und sie war so verängstigt, daß sie niemals mehr auch nur einen Fuß dorthin gesetzt hat. Jetzt sind wir mittendrin, uns voneinander zu scheiden. Wann immer wir aber die Mitte erreichen, verlieben wir uns wieder ineinander..."

Das Gesicht des Sergeants war rund und traurig, trug die Konturen seiner eigenen Geschichte.

„Oh, vergeben Sie ihr", bat Sofi. Und fragte sich gleichzeitig, welches Ende ihr eigener Fall wohl nehmen würde.

„Ei, was den Sergeanten angeht, der vergibt nie", meinte der Corporal vielsagend.

Die beiden Frauen erstarrten. Der Corporal fuhr fort: „Bei mir steht's zwei zu zwei. Hab geheiratet, wurde geschieden, da stand's eins zu eins. Dann hab ich wieder geheiratet und mich wieder scheiden lassen, das macht zwei zu zwei. Jetzt seh ich die Frauen nur noch in zwei Stellungen: entweder stehend oder liegend! Hahahaha!"

Der Corporal bemerkte, daß sich das Lachen diesmal den anderen nicht mitteilte. EsiMay Pinn hüstelte verlegen. Und als ihr Mann im Arbeitszimmer niesen mußte, hüstelte sie noch einmal, um sein Niesen zu übertönen. Plötzlich erhob sich der Sergeant und rief zu aller Überraschung: „Ich werde meiner Frau niemals vergeben! Was aber diesen Fall hier angeht, Corporal, so ist es uns nicht gelungen, den Aufenthalt des Verdächtigen ausfindig zu machen, oder? Und ich bin überzeugt, die Frau des Verdächtigen wird gern und freiwillig dem Kleinfonds zur Rettung der Polizei etwas Bier und ein paar ihrer toten Vögel aus dem Eisschrank zur Verfügung stellen. Quittungen nicht erforderlich, oder? Hahahaha!"

Und alles war geregelt, bevor die beiden Ehemänner die Möglichkeit hatten, sich einzumischen und alles zu verderben.

Kapitel acht

Als *Owula* 1/2–Alloteys Hut herunterfiel, setzte die Erde ihn sich auf. Die Welt trug einen Hut, darunter ihre Grausamkeit zu verbergen. Und all seine Einsichten zogen sich auf seine Stirn zurück, auf der die Kante seines alten, braunen Filzes kreisrunde Grenzen gezogen hatte. Das führte zu einem Streit mit der Erde. Zu einem Krieg zwischen dem Bauern und der großen, beackerten Erde. Es war nicht zu unterscheiden, hinter welchen Morgensonnenseiten oder welchen Abendschattenseiten der schlanken Bäume sich die Beschimpfungen verbargen, die entweder 1/2–Allotey oder die unermeßlichen Meilen des erdigen Geheimnisses aus sich herausgestoßen hatten. Aus diesem Grunde hatte Allotey mit den Jahren einen tiefen Groll dem Sein gegenüber entwickelt. Vor allem hinsichtlich des Seins der Erde. Erstens. Und dann in bezug auf sein eigenes Sein. Zweitens. Diese Halbverneinung seiner selbst brachte die Erde in Vorteil: Sie konnte, wenn sie wollte, ihr Spiel mit ihm treiben. Sie konnte, wenn sie wollte, seinen Schatten in die entgegengesetzte Richtung gehen lassen. Sie konnte, wenn sie wollte, seinen Optimismus beerdigen. Oder ihn in kleinen, leidenden Tomatensprößlingen heranreifen lassen, deren rote Farbe nicht das Rot der Ernte, sondern das Rot der Sorgen beherbergte. Schließlich fühlte er, daß die Schrecknis der tropischen Erde sein Menschsein noch in anderer Weise verminderte: Er kam zu der Überzeugung, daß der beste Weg, der Erde ihre Tricks heimzuzahlen, vor Mißernten und verfehlten Jahreszeiten zu flüchten, darin bestand, eigene Pfade des Lebens in den Busch zu schlagen und zu formen, seine Bindung an Festivals, Rituale, ja selbst zu den Rhythmen des Lebens in der Gemeinschaft einzuschränken...

und sollte er auch nur zum kleinsten Blättchen über der fetten Wurzel des Schößlings von jemand anderem werden, dann wäre das eine Möglichkeit, seinen Kampf mit der Erde, der Mutter allen Schlamms, fortzusetzen. Für seinen Geschmack gab es in seinem Dorf zuviel Masse. Zuviel Beständigkeit. Zuviel Trägheit und Beharrungsvermögen. Das Dorf war nur ein weiteres Abbild eben dieser

Erde. Und verurwurzelte ihn in eben diesem Sein, das er ausdehnen, überschreiten wollte. Und nach erfolgter Ausdehnung hoffte er darauf, daß sich ein Gleichgewicht herstellen würde: eine neue Art Hingabe im Zusammenspiel mit den Wurzeln unter dem Grün, bei dem die Wurzeln tief unten die Stämme trugen.

Manchmal beobachtete 1/2–Allotey, wie rote Ameisen von seinen Mangobäumen Besitz ergriffen. Und das kam ihm wie ein neuerlicher Angriff vor, der ihn veranlaßte, sich auf Schlimmeres vorzubereiten. Wenn Allotey zum Stock griff, um nach den Ameisen zu schlagen, rollten sie in Blätterbällchen herunter. Zunächst hatte er im jungfräulichen Wald seine Felder angelegt und sich ungezwungen inmitten der argwöhnischen Majestät der Baumriesen bewegt. Der *odum* war ein strenger Lehrmeister, und seine Ernsthaftigkeit konnte es nicht mit ihm aufnehmen. Und obwohl er niemals dem Raum zwischen Wurzel und Stamm traute – alles konnte geschehen, ging man da hindurch –, so war es doch das einzige, dem er in Krisenzeiten anhängen konnte...

Alles konnte geschehen: Neulich nachmittags vor einem riesengroßen *wawa* verschlang sein Schatten die Früchte des Baumes, während er selbst hungrig vor sich hin starrte...

und in seinem Gesicht arbeitete es, so daß es aussah wie ein Uhrwerk, während er sich beobachtete. Und er wußte, daß Wälder auf Laute neidisch reagierten und in der Lage waren, Echos hervorzurufen und zu vernichten...

einerlei, ob es sich um Echos von Gedanken, Entscheidungen oder Lauten handelte. Oftmals bestand die größte Freundlichkeit der Bäume darin, daß sie über seinen gebeugten Rücken hinweg miteinander sprachen. Mit gründlicher Ungezwungenheit in seine umtriebig zweifelnde Seele hineinschnatterten, in der viele Fragen die wenigen Antworten immer im Kreis herumjagten.

Wo versteckt sich im Wald der Horizont? In den unheimlichen, unvorhersehbaren Augenblicken, in denen kleine Lichtungen den Himmel herabzogen, war es gefährlich, das Blau zu berühren...

der Himmel war die große Frage, seine Hand die Antwort...

und all das vergebliche Greifen und Haschen rief nur

immer den endlos langen Himmel hervor – im Wald wird die Höhe zur Länge – und den zu kurz geratenen Arm mit seiner Hand. Der Wald schmückte sich mit tausenden Kleidern und Perlen: Efeu und Unkraut umschlangen einander unaufhörlich. Und aus ihnen erwuchsen unheimlich schnell jene Formen, die das zeichensuchende Auge erschuf, die von winzig seltenen Lüftchen zum Tanz getrieben wurden. Oder von der Machete, die Lichtungen für Kassava, Mais oder Bananen in den Wald schlug. Als er nach vorangegangener, kurzer Kettensägearbeit die geschlagene Lichtung räumte, sang 1/2-Allotey – er zumindest konnte mit der Stille umgehen – von untreuen Frauen und den Ehrungen, die ihnen zuteil wurden. Fast körperlich war der Klang seiner Stimme. Und konnte genauso wie andere Dinge dort in den Bäumen hängen.

Die braungefiederten Habichte, die Silberreiher und der *akyinkyina* schwebten bereits über den Mäusen und den Insekten, als im gerodeten Geviert das Feuer zu lodern begann...

die Habichte in den Wipfeln glichen schaurigen Wächtern. Als jedoch ein für die Jahreszeit ungewöhnlicher Regenschauer niederging und der Wind düster um den Stapel uralter Rinden strich, erwies sich Alloteys Zuflucht als nutzlos: Schon hatten die Bäume sich seiner bemächtigt. Und mit der spielerischen Leichtigkeit, hinter der so oft Schrecken und Zerstörung lauern, teilten die Vorfahren ihn unter sich auf. Seine Nase wurde ihm genommen. Fortan diente sie urahnigem Luftholen. Seine Augen wechselten die Augenhöhlen. Und eins war in der Lage, Not auf Meilen hinweg im voraus auszumachen. Sogar durch die Bäume hindurch, die nur immer der Freude den Weg versperrten. In den Wipfeln wurden Mahlzeiten mit seinem gestohlenen Munde verzehrt, während in seinem Körper der Magen qualvollem Hunger überlassen war. In einem Augenblick beherrschten Entsetzens, als er verzweifelt versuchte, ein Grab zu schaufeln und eine Hälfte von sich – die, welche ihn mit ihrer entliehenen Abwesenheit langsam erwürgte – zu beerdigen, hatte er sich einmal als 'halb' bezeichnet – und das dann in Zahlen umgesetzt. Als er es aus einem Gefühl der Gerechtigkeit wie der Rache heraus an diesem dunklen Nachmittag ablehnte, seine Hälfte zurückzunehmen, wurde sie ihm plötzlich wie in einem Ausbruch von Fleisch übergeworfen...

und das Entsetzen fuhr ihm in die Glieder und breitete sich langsam in ihm aus. Seine andere, vorfahrige Hälfte hatte solch ein Gewicht angenommen, daß er tagelang schwere Schlagseite hatte und die Haut weiter vom Fleisch, weiter von den Knochen entfernt zu sein schien. Und in jenem Augenblick begriff er die Geschichte aller Skelette. Er spürte, er fühlte ihre Musik. Und niemand glaubte ihm, was er auf dem Heimweg stoßweise aus sich herausschrie: „Diese Hälfte wiegt schwer, sie haben sie mit ihren Sünden beladen!"

Den Dorfbewohnern kam er immer seltsamer vor, bis er schließlich aus dem Horizont ihrer Sinne entschwand und krähengleich in den Halbhimmel der Weisen, Possenreißer und Narren eintauchte. Ihm selbst kam dies aber nur wie der Kampf mit seiner neugewonnenen Ernsthaftigkeit vor. Eins vermochte er nicht: den Widerspruch zwischen der Suche nach eigener Stetigkeit – selbst in einer Reihe verschiedenartiger und immer wieder abgebrochener Experimente – und dem Versuch zu sehen, dies im Dorf zu vermeiden. Wenn er sprach, ließen die Verzerrungen seines Mundes seinen Schnurrbart zur weise nickenden Eidechse werden...

sein flinkes Mundwerk war etwas, das er nicht unterbinden konnte. Er schockierte die Ältesten in Kuse damit, daß er tatsächlich Veränderungen vorschlug. Sogar im Ritual des Trankopfers vor dem Schwarzen Stuhl. Kwame Mensah, der Älteste mit dem zerknitterten Gesicht und der engen, roten Zunge, bedachte 1/2–Allotey mit etwas, das wie ein wiedergeborenes Starren aussah. Seine rote Zunge bewegte sich flink. Doch der Zorn, der tiefe, ließ sie verstummen. Die Wangen zogen sich unter Grollen zurück und kamen nicht wieder hervor. Abwehrbereit hob Allotey seinen Schnurrbart und fühlte, wie das Gewicht von Jahrhunderten ihn anstarrte. Und eigenartig, es war einfacher, den Blick zu erwidern, als sich mit den Bäumen herumzuschlagen. In nutzlosem Mahlen bewegten seine Kiefer die Energie vor und zurück, bis Kwame Mensah angeekelt wegsah. Und meinte: „Warum willst du, wo Accra so nah ist, von all den Dingen, die du ändern kannst, ausgerechnet diejenigen verändern, die die Vorfahren in verrückte, wandernde, wehklagende Geister verwandeln würden? Ändere ein paar deiner Gewohnheiten, oder mach dich auf nach Accra und verändere die Herzen der Stadtameisen, deren Seelen in Zigarettenschachteln, Bars, beim Lotto, in Fußballstadien oder in den Frauen verrecken. Geh und ändere sie! Wir brauchen deine verrückten Veränderungen nicht! Wir gehen unseren eigenen Weg, verstehst du!"

Die Menge, die sich inzwischen versammelt hatte, stand kurz davor, Allotey zu überwältigen und zu verprügeln. Dann aber fielen ihnen seine gewaltigen Kräfte wieder ein. Und keiner wollte die ersten Schläge einstecken müssen, bevor man seiner Herr werden könnte. Er drehte sich bloß um, spielte fast mit ihrer Wut und ging zu seinem Haus. Auf dem Weg rief er, daß so etwas ihn niemals vertreiben könne, daß er selbst kurz davor wäre zu gehen...

nur um noch stärker zurückzukommen und mit noch entschiedeneren Forderungen nach Veränderung. Ihr ganzer Haß floß über das Dach seines Hauses hinweg und traf in den leeren Himmel. Und die boshaften Anspielungen in ihren Gesprächen verstärkten die Wände seines Hauses. Und das Strohdach über den Mauern stieg auf, um den Wind zu grüßen.

Schon seit einiger Zeit hatte sich 1/2–Allotey mit dem Gedanken getragen wegzuziehen. Und nun hatte er ein kleines Stück Ackerland inmitten der rundbuschigen Hügel zwischen Kwabenya und Pokuase erhalten...

Er wollte in das Land der Fieberwurzeln ziehen. In das Land der Halbsavanne. Wo die über der Hacke gesungenen Lieder nicht urplötzlich aufhörten und vom Krieg der Baumstämme aufgehalten wurden...

Außerdem wollte er in Accra etwas Geld machen. Also überließ er seinen Wald und seine Lichtung seinem älteren Bruder. Und obwohl er nicht mehr als dreißig Meilen zu reisen hatte, zog es ihn dennoch zu einer letzten Überprüfung seiner Augen in den kleinen Wald. Als er das Wäldchen betrat, kletterte gerade eine Python an zwei Bäumen gleichzeitig hinauf. Der Farn neben seinem rechten Fuß beugte sich, als eine riesige Spinne über seinen stieren Blick hinwegsprang. Und der Zweig, der den vom Regenbogen ausgesandten Papagei stützte, gab seinem Leid Halt...

und ließ es niederfallen. Er fühlte, wie sein Rücken sich

losgelöst von ihm in einem Tanze wiegte, der von den Füßen keinen Gebrauch machte. Und die Hörner der Chiefs röhrten ihre Warnung: „Sei vorsichtig, die Erde hat bereits von dir Besitz ergriffen. Wohin immer du ziehst, sie wird dich als ihr Eigentum einfordern."

Und als Allotey zu sprechen versuchte, fand er eine Seite seines Mundes verschlossen, wobei ein strahlender Schlüssel gleichzeitig die andere Seite blockierte, so daß die Worte sich gegen die Rückseite seiner Schneidezähne drängten und sie erhitzten. Und die Insekten schrien frühzeitig auf und schoben die Bäume enger aneinander...

langsam senkte sich die Erde in die Tiefe, so daß sich sein Kopf weiter denn je vom dunkelnden Himmel entfernte. Die Pfade verschwanden. Und als er sich an den vertrautesten heftete, auf dem noch immer die Hitze seiner Fußstapfen glühte, warf der ihn zurück. Wies ihn ab. Die Schlange erhob sich mit einem Gähnen, das aus dem Mund von jemand anderem entwich, und Allotey vernahm: „Ich habe dir ein Gähnen anstelle eines Aufschreis geschenkt, bist du nicht glücklich darüber? Überhaupt, darum geht es im Wald: Glücklichsein!"

Während von links sich die Ameisen in Kolonnen näherten, fühlte er, daß seine Gedanken stärker als vorher Gestalt annahmen. Und er empfand mehr ein Gefühl der Vertrautheit als der Furcht. Doch konnte er, während er rückwärts ging, nicht ergründen, ob es das Gelächter des Zwergs war, das die Bäume teilte und die gepflegten Wege, von denen jeder der Schlange zum Verwechseln ähnlich sah, zurückkehren ließ...

Und schließlich geleitete ihn der Mond mit seinem schwachen, warmen, dochtigen Licht wieder aus dem Wald hinaus. Am Waldrand stand sein Bruder Kwaku. Mit gerunzelter Stirn. Er fragte Allotey: „Also auch du, was machst du um diese Zeit hier? Ich hab gedacht, du hast dich verlaufen. Du mußt mir mehr Geld schicken, damit ich die ganze Gegend roden kann...

Mir gefällt sie so überhaupt nicht. Ich werde sie mit Mais und Kassava bändigen."

1/2–Allotey starrte seinen Bruder mit seltsamem Blick an. Und fragte sich, ob der ihm die wirkliche Bedeutung all dessen, was er zwischen den Bäumen gesehen hatte, erklä-

ren könnte. Sein Bruder war sogar noch starrköpfiger als er, doch nur hinsichtlich seiner Wünsche und Bedürfnisse: Kwaku haßte Ideen und Vorstellungen. Und war immer dann am glücklichsten, wenn er die Übertreibungen anderer kritisieren konnte. Vor allen Dingen die seines Bruders. Kwaku sagte Allotey: „Du solltest entweder Fetischpriester werden oder dich in den Straßen von Accra um deine Verrücktheit kümmern."
Dann
kekekekeke
brach Kwakus Lachen hervor.

Und doch stand noch immer wie durch ein Wunder das Stirnrunzeln auf seiner Stirn. 1/2–Allotey vermochte selbst mit folgenden Worten nicht, das Lachen seines Bruders zu durchbrechen: „Kwaku, ich werde einmal im Monat herkommen...

mach mir ja nicht mein Feld mit deinen Dürren kaputt, deinem *chacha* und deinen Kippen. Tust du es dennoch, werde ich Bruder gegen Bruder gegen dich kämpfen!"
kekekeekekeke...

Vier Bäume aber folgten Allotey in die Halbsavanne. In die winzigen Dorfflecken hinter Kwabenya. Die niedrigen Wäldchen, die durch die buckligen Hügel brachen, trafen die riesigen Blätter schwer. Ein Baum stand ungeschützt und Abstand haltend in den Tälern und verbreitete in der Art, wie er damit fortfuhr, die Eichhörnchen hart auf die Erde hinabzuwerfen, die Erinnerung an den Wald von Kuse. Und in den Händen eines seiner Zweige nistete ein Lehrsatz, den zu entdecken 1/2-Allotey einige Wochen brauchte: Wenn man das Eichhörnchen kräftig genug hinunterwarf und uralte Schultern hatte, konnte man es im gleichen Augenblick auch schon beerdigen. Und die Dunstschleier verhingen weiterhin frühmorgens die Täler, so daß er häufig nicht einmal das Ende seines Urinstrahls sehen konnte. Dies aber war die Zeit, in der er die Erde schlafend überraschte...

nicht des Nachts: Er studierte ihr Schweigen mit solcher Leidenschaft, daß er fühlen konnte, wie die Erde sich unter dem Unterholz wand: Und als er langsam seine Gebete in das Tal hinabschickte, konnte er einen grundfesten und bedenklichen Abstand zwischen sich und den Bäumen auf Besuch spüren. Sie benutzten ihn als Pausenunterhaltung im beständigen Fluß kosmischen Einsseins...

auch der Träger der Zeit bedarf des Spiels. Nur der große, einsame Baum erlaubte ein gewisses Maß landwirtschaftlichen Erfolgs: Er schirmte ein paar Tricks der niederen Bäume ab. Doch war nicht ersichtlich, ob er Allotey nicht nur für ein um so größeres Opfer zu späterer Zeit fettfütterte. Also gediehen seine Bohnen. Und auch die Fische in seinem Teich machten sich gut...

unter harter Arbeit und durch Gnade.

Die Notwendigkeit, für seine Fische und die Bohnen einen Markt zu finden, hatte Allotey nach Accra geführt. Als er erkannte, daß einige Dozenten sein Beispiel studieren wollten, blieb er der Stadt fern. Schließlich trieb ihn der Zwang, daß er Geld brauchte, wieder auf den Campus der Universität...

dort gab es einen stabilen, geschlossenen Markt. Er nahm ein paar Muster seiner Waren und entschloß sich zu dem Versuch, sie an jenen Mann zu verkaufen, der Allotey ein bißchen verrückt vorkam. Der ihn aber andererseits nicht als komischen Kauz behandelte...

für die anderen war ein komischer Kauz jemand, der rastlos das Land beackerte, obwohl er gar nicht in der Notwendigkeit stand, sich eine feste Arbeit zu suchen, und der sein bißchen Denken nicht auf, sondern gegen das Land richtete.

„Ich sehe, Sie haben die Preise erhöht. Und ich glaubte tatsächlich, Sie wären ein ehrenwerter Mann...", sagte Professor Sackey barsch zu dem Mann in Shorts und *batakari*, der da vor ihm so dicklich und ungezwungen 1/2–stand. Zunächst erwiderte 1/2–Allotey überhaupt nichts, sondern starrte Sackey in einer Weise an, die der als Unverschämtheit wertete.

„Sehen Sie, Mr. Professor...

letztes Mal habe ich Rabatt gewährt, doch seither sind die Kosten für das Laufen gestiegen! Wissen Sie, jede Meile in diesem Land hat sich gedehnt. Wenn Sie mir nicht glauben, fragen Sie ihre Apparate...

Sie sind doch ein echter Professor, oder? Die alten Sandalen, die ich anhabe, haben die Kosten meines Laufens weiter erhöht. Selbst meine Beine sind heute teurer, als sie das letzte Mal waren..." sagte Allotey. Und nur ganz wenig spielte die Ironie dabei in seinen kleinen Augen.

„Halt halt halt", rief Sackey, „wovon reden Sie eigentlich?"

„Oh", begann 1/2–Allotey, „Sie sind der Professor, und Sie sollten wissen, wovon ich rede!"

Sackey erhob sich mit Wut in den Augen. Doch bevor er etwas sagen konnte, schnitt ihm 1/2-Allotey das Wort ab und erklärte: „Erlauben Sie mir, Sie an den Schultern festzuhalten, Professor. Ich fühle Rauch und Wut in diesem Büro. Ich rieche Statistik in Ihren Augen...

entschuldigen Sie, sprechen Sie es so aus? Ich bin ein Mann mit nur geringer Bildung und voller Schlamm. Ich sagte, setzen Sie sich, Professor: Nach der Tradition ist es unhöflich, aufzustehen und sich mit Wut in den Augen zu unterhalten. Ich biete Ihnen die besten Kaufbedingungen auf dem ganzen Campus. Ich mag Sie, und vielleicht können Sie mich bilden...

'n bißchen–mann."

„Hören Sie!" röhrte Sackey, „niemand kommt in mein Büro und sagt mir, was ich zu tun habe! Ich bin Unsinn gegenüber immer nachsichtig gewesen. Habe zehn Jahre unter ihm gelitten. Was ich aber jetzt vom Leben erwarte, ist das, was ich als lebenswichtig bezeichne – schauen Sie mich an, ich erkläre mich selbst noch in der Wut...

wann habe ich das das letzte Mal getan? –, fast als einen Zustand spiritueller Gnade...

in dem der Raum zwischen deinen Zielen und den Mitteln, sie zu erreichen, fast völlig geschwunden ist. Ich dulde kein Ritual oder irgendwelche Nebensächlichkeiten...

egal ob traditionelle, doktrinäre oder irgendwelche anderen. Die Leute mißverstehen das als Ungeduld – sogar meine Frau, die es eigentlich besser wissen müßte. Jetzt kommen Sie einfach so in mein Büro und...

Versuchen Sie etwa, spirituelle Kräfte anzurufen, oder was?"

Sackey spürte, wie ihn etwas dazu trieb, etwas zu sagen, etwas zu Abstraktes und Verfrühtes. Viel zu Verfrühtes. Die Augen seines Gegenübers zogen die Zwiebelhäute der Wahrheit aus ihm heraus.

„Ich wünschte, ich hätte sie, die Macht, um die Bäume

zu bekämpfen", sagte Allotey äußerst ernst. Professor Sakkey schaute ihn mit einer Mischung aus Verwirrung und Verachtung an.

„Die Ungeduld von jemand anderem aufzubrechen ist eine Kleinigkeit, Professor, vor allem, wenn, wie in Ihrem Falle, sich wahrhafter Intellekt hinter der Ungeduld verbirgt. *Ayekoooo*, Professor, ich habe mich immer gefragt, wann ich mal einen wirklichen Forscher in den Straßen von Legon treffen würde. Bin aber nur über Fische und Bohnen gestolpert..." sagte Allotey etwas lauter als gewöhnlich. In seiner Stimme lag eine Sicherheit, die Sackey dazu zu zwingen schien, mehr auf das zu achten, was er sagte, als darauf, wie er es sagte...

Eine Falle, dachte Sackey, in die er wie so viele andere Lehrenden gegangen war: Das Wie kam für ihn sonst immer vor dem Was der Dinge. Es entstand eine Pause. Dann fragte Professor Sackey: „Was hoffen Sie auf Ihren Hügeln zu finden?"

„Geld!" rief Allotey sofort lachend. Und fügte dann ernster hinzu: „Eine Art zu leben, eine Art zu denken und eine Art, mich zu wappnen, damit ich in mein Dorf zurückkehren und ihm mit Veränderungen drohen kann, mit einer Art Rache."

Sackey nickte, sah 1/2–Allotey mit gerunzelter Stirn an und erwiderte: „Sie wissen aber doch, daß jene auf so bewußter Suche...

befaßt mit etwas, das mit Geld nichts zu tun hat...

gewöhnlich nur Gelächter oder Haß ernten. Darin besteht eines der ungeschriebenen Gesetze dieser Gesellschaft! Hängen nicht Geld oder Status davon ab, dann ist es nutzlos...

Was ich aber nicht verstehe: Sie haben mit Sicherheit mehr als nur die Grundbildung erfahren, und dennoch bemühen Sie sich, das zu verbergen. Überhaupt, in Ihrem Alter – sind Sie Mitte dreißig? – scheinen Fragen nach der Bedeutung des Lebens Sie niederzudrücken, noch dazu nach dem Sinn des Lebens *hier*. Sie müssen für viele eine Bedrohung darstellen. Die Soldaten könnten Sie für das *self-reliance*-Programm filmen, die Akademiker könnten ihr Leben zur Fallstudie machen, die Kirchen könnten Sie dafür verdammen, Gott in die Savannen gezogen zu haben, die Geheimbünde könnten Sie beschuldigen, nicht in genügendem Maße am Zusammengehörigkeitsgefühl interessiert zu sein, und die Ältesten Ihnen vorwerfen, zu versuchen, ihre Lebensweise zu zerstören."

Sackeys magerer Körper schwieg. So, als würde er ins Innere seines Kopfes gesaugt. Ernstlich, sein *motoway* strahlte stärker als gewöhnlich.

„Professor, während ich über Bohnen und Fisch reden möchte, wollen Sie auf dem kleinen traurigen Pfad rumreiten, den ich zu schlagen versuche. Und mehr als ein Versuch ist es nicht. Können Sie mir Geld dafür geben, bitte?" sagte Allotey ziemlich wütend. Und als er sah, wie Sackeys Augen sich angewidert schlossen, fügte er lächelnd hinzu: „Ihr höheren Wesen vermögt euch von Worten und Ideen zu ernähren. Wir aber, die einfachen Leute, leben nur von der Bezahlung solch gewöhnlicher Dinge wie Fisch und Bohnen! Doch stimme ich allem zu, was Sie sagen! Ich mag Sie, obwohl ich, wenn ich ernst sein sollte, sagen muß, daß ich versuche, vor der Schönheit – ja, selbst als Armer! – und der Leichtigkeit Ihres Lebens zu fliehen..."

„Andere sind aber der Meinung, daß es bereits zu viele Veränderungen gegeben hat...", hob Sackey an.

„Seien Sie doch ehrlich, Professor! Wir haben uns hingesetzt und uns mit Veränderungen, mit Geschichte und Geschichten überschütten lassen! Und trotz der fünfhundertjährigen Verbindung zu Ausländern sind wir stur geblieben: Wir haben unsere Grundrhythmen behalten, kennen unsere Sprachen und haben uns den anderen doch auch ziemlich angepaßt. Wir lachen so, wie wir immer gelacht haben, sieht man einmal von ein wenig Bitterkeit hier und da ab. Wir kleiden uns noch immer so wie früher und essen, was uns schmeckt. Und auch das ist noch immer ziemlich das gleiche. Professor, ich bin mir sicher, daß Sie herausfinden werden, wenn Sie den Teil Eigenständigkeit, den wir uns über die Jahrhunderte hinweg erhalten haben, mit der Geschichte anderer Völker vergleichen, daß wir wirklich ziemlich dickköpfig sind. Professor, ein Teil meines Geheimnisses, wenn es denn überhaupt ein Geheimnis ist, besteht darin, daß ich nicht hinnehme, daß wir noch immer Sklaven unserer eigenen Geschichte sein sollen! Glauben Sie wirklich, daß unsere traditionelle Lebensweise so schwach war, daß sie so einfach ausgelöscht werden konnte? Im Gegenteil, sie war zu stark! Und wir wollen noch immer an einer vergangenen Integrität festhalten, die so viele andere von sich gewiesen haben! Ich, Allotey, möchte meine Veränderungen *jetzt* vollziehen und auf der Grundlage dessen, was *noch immer* in den Dörfern und Städten gelebt wird. Das ist es, was mich vorantreibt..."

„... und verrückt macht", unterbrach Sackey und sperrte den reißenden Strom in 1/2-Alloteys Gesicht. Die Münder der beiden lächelten, und Sackey fügte hinzu: „Sieht aus, als hätten Sie Bohnen und Fische vergessen!"

Die Schultern hängend, stand Allotey schweigend da. Seine kleinen Augen strahlten vor Leidenschaft fast wie Sterne. Dann setzte er langsam hinzu: „Professor, nehmen Sie mich nicht zu ernst. All die Worte, die ich benutze, habe ich irgendwo gelesen. Meine Schulbildung geht kaum über Standard Seven hinaus, mit vielleicht ein paar zusätzlichen Jahren in einer armseligen Sekundarschule und dann dem Versuch, sich um ein nutzloses Diplom zu bemühen...

Jetzt will ich nur noch meine Bezahlung. Ich habe Hunger. Warum haben Sie mich gezwungen, so viel zu reden?"

Alloteys riesige Hände waren merkwürdig zart, fast verwundbar schon in ihrer Kraft, als er sie jetzt ausstreckte und sein Geld nahm. Er wurde überraschend ruhig, sah aus wie eine ungeöffnete Kokosnuß. Und doch war eine unterdrückte Rastlosigkeit zu spüren, die seine Selbstbeherrschung halbierte. Sackey betrachtete den vierschrötigen, dicklichen Mann mit den bohrenden Augen und der dörflichen Aura. Fast war es, als verströmte er Frieden. Und fast war es, daß Sackey den Frieden in sich aufnahm, umgab doch Allotey eine Verwirrung der Werte, die für Sackey eine Herausforderung darstellte und ihn von dem wegzog, was er bereits als halbtoten Campus betrachtete. Während sie stumm ein Bier zusammen tranken, hellte 1/2-Alloteys Stimmung sich auf. Und plötzlich erhob er sich mit einem Glitzern im Auge.

„Professor", rief er, „Ich habe ein Problem, mit dem selbst die glänzendsten Silberköpfe dieses Ortes nicht so leicht fertig werden. Wissen Sie, es geht um meine *okro*-Farm..."

Sackey zog eine Grimasse.

„Nein, Professor", fuhr Allotey dessen ungeachtet fort, „nicht, was Sie denken! Das erste Problem, von dem Sie wissen, das Sie aber nicht lösen sollen, ist, daß ich zuviel esse. Ich esse soviel, wie ich verkaufe. Sie kennen bestimmt die Geschichte von den *Makola*-Frauen, die die Hälfte ihrer Waren verzehren und dann die Preise erhöhen müssen, um den Verlust wieder auszugleichen...

Ich verstehe sie nur zu gut!"

„Oh, ja, ich muß nur Ihren Leibesumfang ansehen, um zu wissen, warum Sie verstehen...", fiel Sackey dazwischen. Fast so abrupt, wie 1/2-Allotey nun seine Worte auf die falsche Seite ihres Gesprächs dirigierte, indem er sagte: „Schön, Professor, schön, nur sieht es so aus, als ob Sie höheren Orts Nahrung brauchen...

und braucht es da oben nicht auch größere Mengen als bei mir? Haha. Was ich aber sagen wollte, ist, daß ich noch ein weiteres Problem habe. Im vergangenen Jahr hat sich mein *okro*-Feld im Dorf meines Körpers bemächtigt. Ich würde Ihnen das jetzt gar nicht erzählen, wenn es nicht auf meinen Hügeln ein *okro*-Feld gäbe, das genau so aussieht wie das, das ich hatte – wir Bauern kennen unsere Umrisse –, und es scheint sich von ganz allein angelegt zu haben! Ich meine es ernst. Und an bestimmten Tagen verschwindet es und erscheint an anderen Tagen wieder, und die Erde ist blau. Ja, blaue Erde. Sehen Sie mich nicht so an, als wäre ich verrückt, Professor! Auf den Hügeln gibt es einen automatischen blauen Acker. Ich weiß nicht, was er in diesem Jahr vorhat. Im letzten Jahr aber hat er, wie ich sagte, drüben in Kuse versucht, sich meiner zu bemächtigen. Ich habe beobachtet, wie die *okros* wuchsen, und dann war die erste, die reif wurde – ein hübsches Ding, leicht gekrümmt –, das genaue Ebenbild meiner...

meiner Rute! Jetzt geschieht über meiner blauen Erde genau das gleiche. Und darin sah meine Frau, meine jetzige Ex-Frau, die Chance für ihre Rache: Sie konnte in den vier Jahren, die wir verheiratet waren, keine Kinder bekommen, und überall im Dorf hat sie das Gerücht ausgestreut, daß ich meinen Pflichten nicht nachkommen könne...

genauer gesagt, meinen Pflichten auf der Matte. Nach meinem Streit mit den Ältesten über die Veränderungen hörte ich ein paar von den Gerüchten, dachte mir aber, daß wie gewöhnlich die Verrücktheit auf ihrer Seite sei. Nun, nachdem ich Mayo in aller Unschuld – damals gab es noch etwas Unschuld – von der *okro* erzählt hatte, schwieg sie. Doch ich entdeckte einen triumphierenden Ausdruck auf ihrem Gesicht, und zwischen ihren Augen schoß irgendein Geheimnis hin und her. Dann verschwand sie stundenlang aus dem Haus. Ich machte mir Sorgen und ging sie suchen. Ich ging dem Lärm eines Tumults nach, den ich aus der Ferne hörte...

der mich zu meiner Überraschung zu meinem Feld führte. Und dort stand zu meinem Erstaunen Mayo vor einer Menge, die hauptsächlich aus Frauen bestand. Sie sprach schnell, wie sie es immer tut, und hatte eine *okro* gebrochen – oh, mein Gott, dachte ich, es ist die *okro* –, und eine jede untersuchte sie eingehend. Noch hatten sie mich nicht entdeckt.

„Du hast recht, Mayo, er ist ein Großnichtsnutz! Wenn du dir diese *okro* ansiehst, dann weißt du sofort, daß das Ebenbild am Besitzer ein nutzloses Gebammel ist... es mag dich als Frau erregen, aber es steckt nichts darunter!"

„Ja ja ja", lachte eine andere, „ seine ganze Kühnheit, die manche von uns heimlich bewundert, ist also nichts weiter als eine Ohn-Macht, die nicht ihren Mann stehen kann, oooooooo! Arme Mayo, die ganzen Jahre außer Gefecht."

„Hmmmm", seufzte Mayo und versuchte, aus der Mischung von schnellem Gerede und Gelächter, dem *shitoh* für den Fisch der anderen, wieder Atem zu schöpfen...

Doch da brach es aus mir hervor: „M-A-Y-O! Welche Schmach und Schande bringst du über uns? Mayo, was habe ich dir getan, daß du mir so mit Lügen in den Rücken fällst!"

Die plötzliche Stille war ihrer Schande Schale. Ich begann, auf sie zuzugehen. Langsam und den Tod in meinen Augen. Und sie begannen, davonzulaufen. Eine rief, während sie davonlief: „Es ist das, was du ihr **nicht** getan hast, was ihr Sorgen bereitet!"

Irgend jemand lachte mitten im Laufen. Mayo stand völlig bewegungslos. Nahezu kraftlos. Ich hob sie hoch und warf sie zu Boden. Dann ließ ich sie plötzlich in Ruhe, denn damals wußte ich, wann ich meiner Wut Luft machen konnte und wann nicht. Ich rief allen hinterher: „Vor Ablauf von drei Monaten werde ich mit einer anderen ein Kind haben, mit einer, die hübscher ist als diese harte Frau hier vor mir auf dem Erdboden. Mayo lügt! Doch ich schlage sie nicht..."

Professor, ich schwöre Ihnen, daß ich genau das getan habe, was ich ankündigte. Und sie haben Angst vor mir, *paa*. Ehrlich!"

„Nun, es gibt Probleme, die kann man nicht lösen, und wo sind Ihr Kind und seine neue Mutter?" erklärte Professor Sackey kategorisch nach langer, geistesabwesender Pause und setzte ohne Antwort hinzu: „Aber passen Sie auf die Papaya auf. Ich will sie studieren, vor allem ihre Beziehung zum menschlichen Kiefer, kurz vor dem Moment, in dem sie gepflückt werden, und kurz, bevor sie gegessen werden..."

1/2-Allotey schaute Sackey an, als ob der versuche, sich selbst wieder einzukriegen.

„Der Professor spottet meiner wahren Erfahrung", 1/2-lachte 1/2-Allotey.

„Oh nein!" rief Sackey. „Ich versuche, Ihnen auch etwas Wahres zu sagen. Die Samen der Papaya sind die Augen des Landes. Haben Sie je beobachtet, daß Ghana sich selbst in die Augen gesehen hätte? Die Samen sind rund, strahlend, scharf und leer wie Gold-Cost-Augen, und Ghana-Augen haben mehr Samen als Fruchtfleisch, das die Samen trägt...

wissen Sie, schwache Augenhöhlen!

Ich meine es ernst, Mr. Allotey!

Sie interessieren mich, zum Teil auch deshalb, weil meine Forschungen eine neue Richtung nehmen, vielleicht ähnlich wie ihr Leben. Wenn ich nun in eine aufgeschnittene Papaya hineinsehe, dann werde ich vor Angst fast blind. Ich schaue mir in die Augen und kann nichts sehen! Wie kann dieses Land mit seinen Augen sehen, wenn es sie mitten im strahlendsten Sonnenschein herausgenommen hat! Ghana-Augen sind runder als Samen, runder als Münzen und genauso blind. Wissen Sie, warum wir hier so langsam vorankommen? Noch immer versuchen wir tagtäglich, mit dem Übernatürlichen klarzukommen...

wir sind in die Vergangenheit verliebt, wie sie so recht

mitten unter unseren *fufu* gestampft ist! Und man sagt, meine sinnlose Forschung wird mich eben dahin bringen...

Aspekte der Vergangenheit und der Intellektuelle...

Nun zu ihrem Problem: Es gibt nur eine Möglichkeit, die Erde zu schlagen...

sie zu kontrollieren, zu kontrollieren und nochmals zu kontrollieren!"

Die beiden Männer gingen hinaus und ließen ihr Lachen verunsichert in einer Ecke zurück.

„Sie verordnen mir die gleiche alte 'moderne' Medizin!" klagte Allotey. „Und was meine neue Familie angeht, so sind sie bei Verwandten in Sicherheit. Bald, eines Tages, werde ich zu ihnen zurückkehren..."

„Ja, das sollten Sie tun. Aber Sie brauchen das Moderne, denn nichts verscheucht die Geister und Zwerge besser als der tote, abgestorbene Zustand von Apparaten und Prozessen...

entweder leben Sie zerrissen und sind nur die Hälfte Ihrer selbst, halben Herzens sozusagen, oder Sie schreiten bedächtig voran, bleiben ganz Sie selbst und sterben!" sagte Sackey.

„Gut, Professor", erwiderte Allotey, überraschend bekümmert, „das ist eine Wahl, die ich nicht annehmen kann. Irgendwo muß es da einen Mittelweg geben...

gleichgültig wer oder was in mir steckt, ich möchte den Ausgleich finden!"

Als sich die beiden Männer trennten, riefen sie gleichzeitig alle beide: „Nächste Woche Bohnen!" Und Sackey legte die Stirn in Falten und überlegte, ob es nicht 1/2-Alloteys innerste, starrköpfige Naivität war, die die zehn Jahre Altersunterschied zwischen ihnen beiden überspannte. Und diese Spannung ärgerte ihn, obwohl sie in ein Fragezeichen mündete.

Als 1/2-Allotey sich seinen Weg vom Legon-Turm hinab durch das buschbewachsene Tal bahnte, erspähte er ein Gesicht zwischen den Blättern.

„Ahhhh!" rief Baidoo the Ben, „ich sehe einen 1/2-G-e-n-t-l-e-m-a-n, der ist ein Buschexperte und möchte, daß die Täler sich vor ihm verneigen und sein Lob singen!..."

1/2-Allotey machte sich zunächst steif, lächelte dann widerstrebend über das ganze Gesicht und sagte: „Mein

Alterchen, wo ist denn dein Dorf? Immer noch in deinem Kopf? Und paß auf, daß du das arme Dorf nicht ertränkst mit all dem Alkohol in deinem Schädel!"

Während er sprach, polierte die Sonne Alloteys Zähne, und in periodischen Abständen mußte er die Fliegen von seinem staubigen Hut vertreiben.

„Lach mich nicht aus, Allotey, wir suchen beide nach der gleichen Sache...

nur bin ich bei meiner Suche etwas fauler als du...

also lach nicht. Ich sehe Schwierigkeiten für dich voraus. Verlaß die Hügel, gehe hin und opfere ganz normal dem Schwarzen Stuhl, ganz normal. Wenn ich mein Dorf geschaffen habe, dann kannst du kommen und in ihm schöpferisch tätig werden!...

Nun möchte ich dich auf die allerwürdigste Weise bitten, mich heute abend zu dir zum Essen einzuladen", sagte Baidoo mit gesenkter Stimme. Und kratzte sich am Bein. Das Bein schlenkerte, als es gekratzt wurde.

„So weit kannst du nicht laufen, mein Alterchen", sagte Allotey sanft. „Ich geb dir 'nen Schein oder zwei von dem, was ich heute mit meinen Bohnen verdient habe. Geh auf den Markt und füll dir den Mund."

„Ist also doch noch etwas Höflichkeit zwischen deinen breiten Schultern übriggeblieben...", begann Baidoo, „aber sag deinem Professor, er soll mich nicht so oft anschnauzen...

in seinen Worten wohnt ein Wind, der einen alten Mann wie mich davonblasen kann. Und sag ihm auch, er soll sich besser um seine Frau kümmern, sonst will sie ihm vielleicht eines Tages noch davonlaufen..."

Dann, wie unter einer plötzlichen Eingebung, humpelte Baidoo davon und zählte unterwegs sein Geld nach.

„Mein Bauch dankt dir, mein Bauch dankt dir, und bete für mein Dorf", rief er 1/2-Allotey noch hinterher. Doch der hatte seine Schultern bereits hinter den Horizont getragen. Mit großen, weitausgreifenden Schritten, die den Busch verzehrten.

Kapitel neun

Als Dr. Boadi vor fünfundvierzig Jahren, einem vaselineschlüpfrigen Wesen gleich, dem Schoß seiner Mutter entwich, bemerkte sie zum einen kaum, daß er geboren war, noch konnte sie wissen, daß er sich sein ganzes Leben lang die fischige Glätte und schildkrötige Form bewahren sollte, vor allen Dingen in und um seinen Schmerbauch herum. Seine Mutter, und das war einer ihrer vielen Vorzüge, wurde zur Erinnerung an frisches Geschmortes. Auch heute leitete ihn der Bauch noch immer – wie ein verschlagener, runder Wegbereiter – durch den überquellenden Dschungel aus Geld, Status und Macht...

gewässert von einem Strom aus Bier. In den wenigen Augenblicken, in denen er über sich selbst nachdachte, stellte er sich die Frage, warum die anderen das Leben nur so schwer nahmen. Selbst in seinen Fehlern – die er als logische Pausen seinen gewohnten Erfolgen verband – blieb er fischig glatt. Für gewöhnlich lachte er laut heraus, daß das Nachdenken über sich selbst so sei, als trüge man sein Innerstes nach außen gewendet. So daß er sich also von Tatsachen und immer weiteren Tatsachen ernährte, die vorzugsweise von anderen ans Licht geholt wurden.

Dennoch ging er zumindest so weit, sich die Einsicht zu erlauben, daß er ein wenig über die Geheimnisse des Lebens Bescheid wüßte: Sein Geheimnis bestand darin, die Sonne im Rücken zu haben. Sich strahlend und leichtfüßig über Schwierigkeiten hinwegzusetzen und dazu noch – und das war am wichtigsten – den Mond im Magen zu tragen. Den Mond aus zweierlei Gründen: zum einen, um sich seine Form und sein geheimes Glimmen anzueignen, und ihn zweitens bereits zu einem Zeitpunkt zu verdauen, da andere noch nach ihm suchten. Und danach war dann nichts als Erfolg, denn er konnte sein geheimes Licht erstrahlen lassen, wo und wann immer er wollte...

und andere mußten zu ihm aufblicken. Mit einer Bewunderung, die sich ihren Sonnenbrillen einbrannte. Seine Bescheidenheit hatte ein solches Ausmaß, daß er ungemein stolz auf sie war. Und um sich diesen beiden Eigenschaften gegenüber anständig zu verhalten, ließ er manchmal seine Bescheidenheit ruhen und belud sich mit Stolz. Weil der leichter zu tragen war. Und auch einen größeren Schlund hatte, durch den alle Nahrung und aller Genuß dieser Welt ihren Weg nehmen konnten. Manchmal, in Augenblicken der Neutralität seinen beiden Eigenschaften gegenüber, meinte er zu einem Freund: „Schau dir die tausend Leute an, die wie nichts von mir träumen, und ich bin doch nur Dr. Boadi!"

Und sein Lachen war ein gefährlich Ding: Wenn es dich traf, in dich eindrang, dich durchschüttelte und du das Lachen nicht erwidertest, dann liefst du Gefahr, irgendwann einmal zu platzen. Betrachtete man einmal die Vielzahl schöner Nasen, die sich in den pikfeinen Ecken drängten, dann war es einer der schönsten Anblicke in Accra, wenn Dr. Boadi in seinem *whaaaaat* silbernen Sakko mit ausholenden Gesten vor den Studenten der Regionalplanung las.

Und die Worte standen ihm lethargisch auf den Lippen, bevor sie in die Leere davonflogen...

in der nahezu jeder Student zum Bleistift oder Kugelschreiber wurde, der niemals sein Papier verließ. Und häufig ließen seine Worte die Studenten hinter sich, warfen überfrachtete Verben durch den Campus, schickten Adjektive auf die Reise, die am Tetteh Quarshie Circle vorbeirollten, wo alle Kreise weinten und aufgesogen wurden...

bewegten Substantive in gefährlich schnellem Kraulen durch die tiefsten Gossen, versammelten einen ganzen Satz im klar umgrenzenden Schmerz des Krankenhauses von Korle Bu und traten dann mit unterwürfiger politischer Verbeugung in das kühle Büro des Commissioners für Landwirtschaft...

der sie in Empfang nahm und schließlich nach Dr. Boadis Mund schicken ließ und mit ihm über die Möglichkeit einer Zusammenarbeit beriet. Ein Mund heiß, der andere kühl in gegenseitiger Übereinkunft. Das bedeutete, daß Boadi, wenn er vor seinen Studenten las, über ihre Köpfe hinweg weit nach Accra hineinsehen konnte. Hinein in seine eigenen Ziele und Absichten. Und zu seinen Lieblingsstudenten sagte er mit der knappen Hälfte eines Lächelns: „Sammelt Fakten, aber vergewissert euch, daß jemand anders sie vor euch und für euch sammelt. Kommt euch eine

Theorie in die Quere, vermeidet sie soweit wie möglich und behandelt sie dann als weiteren Fakt...

Haltet das Faktenauto am Laufen, frönt niemals dem Luxus tieferer Einsicht, bevor ihr nicht alle Fakten zusammenhabt. Und dann wird euer Hirn zu voll sein, um sich noch zu bewegen, zu denken. Auch sollt ihr nur einen vorder- und hintergründigen Gedanken haben: Euer erster Gedanke sollte dem Geld gelten und der zweite dem Abschluß, der das Geld einbringt. Ich soll zynisch sein? Oh nein! Glaubt mir, 1975 ist kein Jahr für jugendlichen Idealismus. Hahaha!"

Und wie in einem Staffellauf ging das Lachen um. Und wenn auch manch einer den Stab fallenließ...

es war zu spät, denn Boadi hatte das Rennen bereits gemacht.

Dr. Sam Yaw Boadi, oder Sam the Ram, wie seine Feinde ihn nannten...

Welche Feinde?

... ließ sich bei seinem Handeln von dem leiten, was er „qualifizierte Höflichkeit" nannte: Er plante seine Angelegenheiten so, daß seine Intrigen die Tatsache verbargen, daß einige seiner Freunde eigentlich seine Feinde waren. Die aber bemerkten diesen Umstand so lange nicht, bis er ihnen offensichtlich um einiges voraus war. Er tat dies nicht nur, um ein bestimmtes Ziel zu erreichen, sondern um seinem Leben so etwas wie ein Gefühl des Ausgleichs, der Balance, zu geben: Von Zeit zu Zeit fühlte er, daß seine Höflichkeit ihn erstickte. Und das mußte er kannenweise mit Unbarmherzigkeit ausgleichen, immer im Wechsel mit einem Schluck Bier. Er glaubte nicht nur an die Unvermeidlichkeit des Schicksals, sondern war um so mehr von ihr überzeugt, wenn das Unvermeidbare einen weniger Glücklichen traf...

und das Schicksal ging mit dem Geld Hand in Hand. Wobei das Geld das Schicksal auf vorgebahnten Pfaden vorantrieb. Sein ungezügelter Drang zu überleben verlieh seinem stülpenden Vorderen die Form.

So hieß also Montag für ihn Geld. Dienstag war Geld. Und auch die anderen Wochentage nahmen die Farben der einzelnen Cedi-Scheine an.

„Schließlich ist der Ghanaer", so sagte er im Gefühl

höchster Rechtschaffenheit, „das materialistischste Wesen der Welt. Nach all den Tausenden von Jahren bewahrt er sich noch immer eine materielle Verbindung zu seinen Vorfahren...

Wahrscheinlich wird man, wenn Raketen aus der Mode gekommen sind und die Ghanaer es sich leisten können, eine gebrauchte zu kaufen, vor dem Start ein Trankopfer darbringen. Ich schwöre, daß jeder Ghanaer in sich den ehrlichen Drang verspürt, Körper und Geist auf immer und ewig um den Hals zu tragen, und zwar durch das ganze Universum!"

Sobald Dr. Boadi promoviert hatte, beendete er seine Forschungen und hörte auf zu lesen. Gerade wie der Topf, den man wegwirft, nachdem man schnell einen Stew in ihm zubereitet hat. Bald danach begann sein Körper in alle Richtungen zu wachsen. Und Haut und Augen nahmen jenes sorgsam polierte, ölige Aussehen an, daß sich bestimmte Chiefs und Geschäftsleute zulegen, um sich durchs Leben zu bluffen mit...

blühendem Ebenholz, das die Haut aufmöbelt und selbst die noch strahlenderen Farben der Kleider, die sie tragen, in den Schatten stellt. Boadi hatte eine Frau, die ihn nicht gerade oft daran erinnerte, sich die Zähne zu putzen. So hatte sein strahlendes Lächeln etwas von einem widerlichen Sonnenuntergang an sich. Da aber seine Haut eine wunderbare Verteidigungslinie gegen seine Zähne darstellte, so stärkte er die und ging mit seinen kleinen Axiomen zum erneuten Angriff auf das Gelb seiner Zähne über. Heute lag folgendes Axiom über dem Teppich auf dem Fußboden: Geld bringt Macht bringt Geld bringt Macht bringt Geld bringt...

Und wie das ghanaische Essen hinter dem Alphabet dampft, so lauerte hinter den Worten eine Vision des Commissioners. Für Boadi waren aus praktischen Gründen Politik und Wirtschaft ein und derselbe *ampesi*. Seine Frau aber war irgendwo zwischen Politik und Wirtschaft verlorengegangen. Die Jahre, in denen sie sich seinem Willen gebeugt hatte, hatten schließlich dazu geführt, daß ihre Ansichten sich um 180 Grad von denen seines Lebens abwandten. Jetzt schien sie nur noch die Hälfte seiner Sachen, die Hälfte seines Kopfes und die Hälfte seines Herzens zu kennen...

denn seine andere Hälfte lieh er, zur geringsten aller Mieten, anderen Frauen.

Je mehr sie einander aber verloren, um so freundlicher verhielten sie sich gegeneinander. Zuerst hatte Yaaba geglaubt, dies sei die Häutung des Nichtigen in ihrer Beziehung. Und so hatte sie sich ihre Unschuld bewahrt, die noch immer den Schutzengel ihrer Liebe zu ihm darstellte. Und der Schutzengel hatte mehr zu tun als der Wachmann im Herzen eines Bankgebäudes.

Doch genau an dem Tag, als Boadi ihr ein schönes Kleid kaufte, trug sich zu, daß sie traurig feststellte, daß ihre Unschuld und mit ihr ihre Liebe schon lange verschwunden wären, gäbe es da nicht das Geld, das fast schon zum Ersatz für sein Verantwortungsbewußtsein ihrer Ehe gegenüber geworden war. Sie wunderte sich darüber, wie sehr sich alles erst verengte und dann ausdünnte: vom Bett zum Lächeln zur Berührung der Augen. Die neue Freundlichkeit, die den entleerten Raum erfüllte, war Boadi sehr willkommen. Denn sie gab ihm nicht nur linear wie emotional mehr Zeit, sondern ermöglichte ihm auch, voller Selbstbewußtsein zu sagen: „Weißt du, Yaaba, je mehr Zeit vergeht, desto mehr teilen wir unsere Liebe."

Eine Sekunde lang verzog sie ihr rundes, zartes Gesicht und fragte dann: „Nur, Yaw, wie viele teilen sie?"

Sein Lachen hielt lange genug an, um einer Antwort auszuweichen. Und ihre Ernsthaftigkeit war stumm genug, die Unterhaltung auf ein anderes Thema zu lenken, wenn auch der unausgesprochene Verweis in ihrem Stirnrunzeln für sie beide nahezu schmerzlos blieb...

wie Kinder, die im Schlamm eines plötzlich niedergehenden Gewitters waten und nur selten auf ihre schmutzigen Füße hinabschauen.

Plötzlich fragte Yaaba: „Wohin bringt uns der Commissioner?"

Das war eine neue Frage für Boadi. Sie kam dem, was ihm wichtig war, schon näher als andere Fragen, die ihm seine Frau in letzter Zeit gestellt hatte.

„Oh, er führt uns zu mehr Verantwortung, zu..." hob Dr. Boadi an.

„Nein, ich meine, wo führt er uns tatsächlich hin? Bist du sicher, daß deine neuen Angelegenheiten uns nicht auseinanderreißen?" fragte Yaaba erneut. Und Zweifel zogen ihre Augen zusammen und richteten ihre Nase auf, als wollte sie die Antwort erschnuppern.

„Ei, unsere neue Liebe? Bestimmt nicht! Unsere Liebe ist eine 'Gönn-deiner-Frau-auch-was-Liebe'...

frei, gereift, dauerhaft. Ja, sie hat durchgehalten", erwiderte Boadi mit seinem schönsten Lächeln.

„Frei, ja", gab Yaaba zurück, „und sie hat durchgehalten, aber nun ist sie das letzte..."

Als Boadi jetzt loslachte, stellte Yaaba zu ihrem Schrekken fest, daß sie sich damit beruhigte, sich zumindest gewehrt und einen gelben Film auf seinen Zähnen hinterlassen zu haben...

Eine Frau, deren Mann ein wenig vernachlässigt wird, ist eine kräftige, heimliche Kämpferin. Jemand, der die Adern der *nkontommire*-Blätter aussaugt, wenn niemand zuschaut.

Dr. Boadi setzte sich und schaute mit halbem Auge auf Osofo Dadzie im Fernsehen. Er war entsetzt über die Schwierigkeiten, mit denen sich Kojo Okay Pol am Flughafen auseinanderzusetzen hatte. Sein Zweifel an Pols Fähigkeiten ließ beinahe sein Bier schal werden. Er schaute seine Frau an und war froh, daß sie schwieg. Froh darüber, daß die Fragen jetzt vielleicht in ihrem Mund eingeschlossen blieben, ohne daß sie es wollte. Er stand auf, tätschelte ihr den Kopf und setzte sich lachend wieder hin. Sie sah ihn fragend an. Ihr schmächtiger, rundhüftiger, kleinbrüstiger Körper krümmte sich zu einem Fragezeichen, das auf seinen Punkt hinabsah und nicht mehr aufblickte. Man hatte Boadi aufgetragen, diejenigen sorgsam zu beobachten, die Zeugen der Ankunft der Pferde geworden waren. Vor allem jenen jungen Mann Kofi Loww, an dem man Anzeichen von Starrköpfigkeit erkannt zu haben glaubte.

In Boadis Haus steckte der Commissioner hinter allen Vorhängen, verbarg sich der Commissioner im Wasser, obwohl er Boadi nur einmal besucht hatte. Seine Gegenwart war Boadi Hoffnung, wurde zum Handstreich, der das visionäre Cedi-Zeichen vervollständigte: Cedi im Auge! Cedi im Himmel!

Der Commissioner, der sich gerade anschickte, auf den Grenzstein der fünfundvierzig Jahre zuzumarschieren, sah sich im allgemeinen als freundlichen Mann. Und es gefiel ihm, sich in der entspannten Art von Dr. Boadi zu erholen: Schwierige Entscheidungen und schlimme Entschlüsse wurden mit der größten Leichtigkeit gefaßt.

„Sie treffen mit der unbeschwerten, stilvollen Weisheit der Chiefs ihre Entscheidungen, und Sie werden Erfolg haben", sagte Boadi zum Commissioner. Yaaba blickte zu Boden. Commissioner Otoo war ein hochgewachsener Soldat, dessen einnehmende Nase wie eine Ehrenbezeigung nach vorn schnellte. Und dessen Kopf – vor allen Dingen, wenn er hinter seinem riesigen Schreibtisch saß – aussah, als hätte man ihn abgeschnitten und ihm dann höflich wieder übergeben, damit er ihn verwirrt in der Hand halte. Es machte ihm Spaß, sich vernünftige Menschen anzuschauen. Und er war der Meinung, daß die meisten Ghanaer eigentlich ziemlich vernünftige Menschen wären. Vor allen Dingen dann, wenn sie seine Politik hinnahmen. Zu Beginn seiner Zeit als Commissioner ging er über die Farmen, berauschte sich an neuen politischen Strategien, kämpfte um sein Budget, rückte sich im Fernsehen seine Mütze zurecht, verlor sich in Statistiken, die säuberlich seine Blätter füllten, und rief um Hilfe. Unter den Versammlungen, über den Komitees, quer durch die verdorbenen Düngemittel, über die Reden hinaus, in die Gefälligkeiten hinein, rund um die sich neigenden Jahreszeiten und schräg durch die Politik spürte er, daß überhaupt keine Ergebnisse erzielt wurden: Deshalb begann er in einem Augenblick sich deutlich abzeichnender Verzweiflung, die beständige Herausforderung durch den Mißerfolg zu lieben. Er fing an, seine Erfolge in zweierlei Dingen zu suchen: in einer kaum spürbaren Verringerung der Mißerfolgsquote und in dem Enthusiasmus, mit dem man ihn vor allem in den Dörfern empfing.

Und es geschah in solch einem Dorf, daß er sich nie wieder so recht von seiner Inspektionsreise zu einer kommunalen Geflügelfarm unter der Leitung des District Agricultural Officer erholte...

eines Beamten, von so demütigem und sanftem Benehmen, daß es ihm gelang, mit den abscheulichen Dingen, die er sagte und anstellte, ungeschoren davonzukommen. Fred Frempong geleitete einen ganzen Autokonvoi zu der Geflügelfarm, als er plötzlich anhielt und mit schnellen, bäuerlichen Schritten auf das Auto des Commissioners zuging.

„Sir", begann er, „ich muß Ihnen gestehen, daß ich manchmal Probleme mit den Entfernungen habe. Alles, was ich betrachte, entfernt sich Yards und Meilen von mir. Und auch im Augenblick weiß ich nicht, wie wir die Farm erreichen sollen, wenn sie sich immer weiter entfernt, je näher wir ihr kommen...

Ich habe *Nana* und dem District Chief Executive mitgeteilt, daß es nicht ratsam wäre, der Farm ausgerechnet zum jetzigen Zeitpunkt einen Besuch abzustatten, aber sie haben darauf bestanden..."

Commissioner Otoo starrte ihn ungläubig an, sah dann fragend auf den DC, der nun seinerseits rief: „Weiter, Frempong! Ich übernehme die Führung bis zur Farm, und Sie führen uns herum, wenn wir angekommen sind!"

Ein Gefühl allgemeiner Verstimmung machte sich breit, das sich ganz schnell verflüchtigte, als Dr. Boadi loslegte: „Machen Sie sich keine Sorgen, mein Freund, wir haben von Zeit zu Zeit alle unsere Probleme mit unseren Frauen!"

Frempong sah so unterwürfig aus, so respektvoll und sorgte für einen solchen Stimmungswandel, daß Lieutenant Colonel Otoo ihm einen Klaps auf die Schulter verabreichte, wenn auch einen ziemlich verrückten. *Nana* Bankahene strich seine Kleidung glatt, auf daß auch die Welt sich glätte. Und sein grauer Ring quetschte seinen Finger wie immer, wenn er fühlte, daß es Schwierigkeiten gäbe. Der niedrig bewachsene Wald erbebte. Abgas kletterte an einem *Odum*-Baum hinauf wie eine eilends fliehende Schlange. Und die Zubringerstraße war in der Lage, den ganzen Konvoi zu schlucken, wenn sie sich nur schnell und plötzlich genug senkte.

Zu guter Letzt blieb die Farm stehen, und sie kamen an. In der Luft lag eine wundervolle Stille und Süße. Man sah förmlich, wie die Großstadt von den Rücken der Besucher abfiel. Es war wie ein Niederlegen der Seelen...

in tiefen Ackerboden. In Stillen, die allen Lärm in sich aufnahmen. In Palmwein. In die Halbwelt der Kalebassen. Und in ein ziemlich weitläufiges Anwesen.

„Wie viele Schluckaufs muß ich denn heut morgen noch

erdulden, meine Brust macht das langsam nicht mehr mit!" sprach *Nana* Krontihene zu sich selbst und bemerkte nicht, daß jemand anderes mitgehört hatte und darüber lachte.

„Ihre Farm ist sehr still, Mr. Agriculture", sagte der Commissioner unter seiner Mütze hervor.

Erwartungsvolle Ohren richteten sich auf...

und wirklich, nur der Wald redete.

„Nun, Sir! Der *Nana* wird bestätigen, daß dies noch eine sehr junge Anlage ist...

und beim Freilauf für unser Geflügel sind wir sehr großzügig...", sagte Frempong. Und wechselte von einem Fuß auf den anderen.

„Augenblick mal", unterbrach ihn Dr. Boadi, „drücken Sie sich deutlicher aus, erlauben Sie dem Commissioner, Sie zu verstehen..."

Während Kojo Pol seinen Fez zurechtrückte, klarte der Himmel weiter auf. Kojos Hals wurde immer länger, je mehr er sich umsah.

„Nun, wie ich gesagt habe", fuhr Fred Frempong fort, und sein rundes Gesicht umschrieb seine unschuldigen Umrisse, „wie ich es gesagt habe, habe ich es gesagt."

Es entstand eine Pause.

Diesmal jedoch erreichte die Stille den Wald nicht ganz: Sie schwirrte den Männern mit einem Anflug von Ungeduld im Kopf herum. Seine Unterwürfigkeit ließ Frempong ein paar Inches wachsen. Sein Hemd wurde weißer unter seiner Selbstgerechtigkeit: Schließlich hatte er sie gewarnt. Sie aber hatten seinen Rat in den Wind geschlagen.

„In Ordnung, ist gut, wie viele Hühner halten Sie auf der Farm? Vielleicht kann der *Nana* uns hier helfen...?" fragte eine ungeduldige Stimme.

„Oh, ungefähr zweitausend", erwiderte der Chief stolz mit jener ausgesprochenen Freundlichkeit, die er in seinem Dienstzimmer verwahrte und nur für hohe Würdenträger hervorholte.

„Zweitausend", wiederholten die Besucher beeindruckt.

„Dann wollen wir uns auf den Weg machen und uns die leisesten zweitausend Hühner der Welt anschauen!" rief Boadi lachend.

„Bitte stehenbleiben!" befahl Frempong urplötzlich.

„Wir müssen den Göttern und Vorfahren, die diesen Tag und diese Farm werden ließen, ein Trankopfer bringen!"

„Das Programm legen doch nicht Sie fest!" rief der DC und schleuderte Frempong seine Worte entgegen. Letzterer aber war schon zu seinem Auto gesprungen und kam mit einer halbleeren Flasche *schnapps* zurück. Widerstrebend vollzog der *Nana* zum zweiten Mal ein Trankopfer und bat um weitere Segnungen. Dann traten sie alle durch das hölzerne Tor. In verwirrtem Schweigen drehten und wendeten sich die Köpfe...

wie viele Köpfe standen in diesem Augenblick in Ghana waagerecht...

„Aber wo sind denn die Hühner?" fragte eine Stimme.

„Ich habe Ihnen doch gesagt, daß wir mit dem Federfreilauf sehr großzügig umgehen...

freier Auslauf, freier Auslauf. Hunderte Hühner ziehen in diesem Augenblick frei durch den Wald...

Wir haben durch lange Untersuchungen vor Ort herausgefunden, daß es gesünder ist, die Tiere frei durch den Wald laufen zu lassen. Unglücklicherweise nur waren wir nicht in der Lage, sie alle für den Besuch des Commissioners wieder einzufangen..."

Dr. Boadi sah den Commissioner an. Der Commissioner schaute Dr. Boadi an. Ihre Blicke formten sich zu einem Muster. Wutschäumend mischte sich der DC ein und fragte Frempong: „Möglicherweise haben Sie wieder Ihre Schwierigkeiten mit Entfernungen?"

Der Fotograf vom Informationsministerium mußte etwas zu tun bekommen. Also ließen sie ihn die leeren Hühnerställe fotografieren. Pol lächelte sein scharflippiges Lächeln. Der Wald schien zum Angriff auf ihre Vernunft zu blasen.

„Doch sollte der Commissioner bitte die beiden Hennen in der Ecke da drüben betrachten. Sie haben gerade zwei frische Eier gelegt...", wagte Frempong zu sagen. Donner stand in den Augen des Lieutenant Colonel Otoo, als er näher an die zwei Vögel heranging.

„Das sind doch Hähne und keine Hennen!" rief jemand...

„Was nur heißt, daß auf dieser Farm die Hähne Eier legen!"

Noch unruhiger trampelte Fred Frempong von einem

Fuß auf den anderen und hoffte, daß es im entscheidenden Augenblick nicht mit seinen Füßen vorbei wäre. Der *Nana* und sein *krontihene* berieten über die eierlegenden Hähne. Dann trat der *Nana* kühn nach vorn, schaute dem Commissioner – der gerade abfahren wollte – in die Augen und erklärte: „Mr. Commissioner, man hat die Hennen verlegt! Achten Sie nicht auf Frempong, der ist ist nicht ganz beieinander. Diese beiden Eier sind auch noch gekocht! Die Hühner sind überhaupt nicht im Wald. Die eine Hälfte haben wir gegessen und die andere auf eine größere Farm verlegt..."

Der Wald fing an zu lachen.

Zurück in Accra, genau in dem Augenblick, als der Commissioner wegen diesem ganzen *bankoshie* in einen Zustand zynischer Entmutigung verfallen wollte, genau in dem Augenblick begann Dr. Boadi das Lied der Vernunft und der Leichtigkeit zu singen, das ihm den Tatbestand in Erinnerung rief, daß nur ein paar wenige erprobte Alternativen übrigblieben und daß, proportional, die Ghanaer mehr aßen.

Mehr aßen?

Der Statistik der Agricultural Officers zufolge war in den letzten sechs Monaten die Wachstumsrate der Bevölkerung niedriger als die von *cocoyam* und Mais. Und da das angestrebte Wachstum für andere Getreidesorten für die nächsten sechs Monate sogar noch darüberliegen sollte, schien das schon ein Grund zum Feiern. Schon war Boadi dabei, ein paar verschwiegene Parties zu organisieren. Aus dem Volk hörte Lieutenant Colonel Otoo aber beständig: „Ihr habt uns aus der Statistik herausgelassen, ihr habt uns hinter die Arithmetik zurückgesetzt!"

Als er Dr. Boadi davon erzählte, sah der ihn entgeistert an und meinte: „Colonel! In der Politik ist kein Platz für eine Nabelschau! Sie sind Ihren Pflichten mit Anstand nachgekommen. Schließlich wissen die Leute mit Bestimmtheit, daß Sie der Commissioner für Landwirtschaft sind, wenn sie Sie kommen sehen! Sie erkennen Sie selbst dann, wenn Sie körperlich gar nicht anwesend sind. Und denken Sie nur an den Empfang, den man uns in den Dörfern bereitet, mit all den Trommeln und Blaskapellen, mit den Tänzen und Traditionen! Entspannen Sie sich, Sir! Wir sind schließlich mitten in einer Revolution! Überlassen Sie es ruhig mir, sich Sorgen zu machen!"

Colonel Otoo überließ Dr. Boadi aber nur die Hälfte seiner Sorgen. Die andere Hälfte verwendete er darauf, sich seine ersten sechs grauen Haare wachsen zu lassen. Seine Unbeschwertheit kehrte erst zurück, als Boadi ihm vorrechnete, daß das Kontingent seines Ministeriums für Fehlschläge immer noch niedriger war als die Mützen voll Versagen der ganzen anderen Ministerien...

Und überhaupt setzte schließlich nur der Himmel der Landwirtschaft Grenzen. Und die Wolken bildeten die Maßeinheit. Im Nebel seines Erfolgs hob sich hinfort des Commissioners Mütze. Mit neuer Würde schritt er fast wie ein Chief daher. Und er begann, ein Haus zu bauen. Ein großes Haus. Jetzt konnte Dr. Boadi in relativem Frieden seine Berechnungen anstellen: Versagen plus Anstrengung plus Geld plus Ghana plus mehr Geld = G E L D!

Eine Zeitlang hielt er seine Gleichungen und Axiome bei hohen Zinsraten in der Bank seines Mundes unter Verschluß.

Wenn Dr. Boadi lächelt, so dachte Okay Pol, dann könnte es sein, daß ihm des öfteren etwas mehr Geld aus dem Mund fällt. Pol hatte sich darauf eingelassen, Kofi Loww 'bis auf weiteres' zu beobachten. Um herauszufinden, ob der irgendwelche bösen Absichten hatte, mit denen er die Politik der Pferde sabotieren wollte.

Kojo Pol war jetzt in Dr. Boadis Haus, aß *banku* und *green-green* und trank Guiness. Soweit es ihn betraf, enthielt die Guinessflasche genau das, woraus Dr. Boadi bestand: Flüssiges. Und genau diese Mischung aus Flüssigem und Autorität hatte Pol zu Boadi hingezogen. Natürlich glaubte Pol, daß es verdienstvoll war, Pferde in der Landwirtschaft einzusetzen – vor allem in Anbetracht des wachsenden Mißbrauchs von Maschinen im Land –, und wenn ein paar Rennpferde dabei waren, dann sollte das wohl zu schnelleren Ernten führen...

Dennoch ließ ihn das ihm eigene Mißtrauen Boadi gegenüber im Laufe der Zeit immer weniger leichtgläubig werden. Und als ihm Dr. Boadi von Revolution sprach, bemerkte Pol die luftquirlende Revolution des Ventilators: Der Ventilator wie die Idee der Revolution drehten sich hoffnungslos im Kreis. Dazu kam noch, daß Pol von Lowws selbstbeherrschter Gleichgültigkeit beeindruckt war. Einer Gleichgültigkeit, die an Überheblichkeit grenzte. So daß er, während er Loww 'beobachtete', Gelegenheit hatte, seine nagenden Zweifel an Autoritäten gewissermaßen stellvertretend zu empfinden. Ein verborgenes Schwelen, das er in unterschiedlicher Form bei vielen jungen Leuten in allen Teilen des Landes gesehen hatte...

vor allen Dingen dann, wenn er in der Entourage des Commissioners reiste.

Plötzlich stürmte Professor Sackey die grünen Wände von Boadis Wohnzimmer. Er wunderte sich, warum er an einem so kühlen Septemberabend so lange vor der Tür stehen mußte. Auf solch lächerlich kleinen Stufen. Pol, der Sackey schließlich die Tür geöffnet hatte, stand noch immer mit offenem Mund an der offenen Tür. Dann schloß er Tür und Mund gleichzeitig.

„Ah, Uncle Professor, *akwaba, akwaaaaaaba*. Dort drüben ist ein Stuhl für Sie. Ich gehe Ihnen schnell etwas Kühles holen. Entschuldigen Sie, daß Sie so lange warten mußten, aber der Fernseher war so laut. Wie Sie sehen, habe ich mich um meinen anderen Gast, Kojo Pol, gekümmert...", sagte Dr. Boadi und zauberte ein angestrengtes Lächeln auf seine Lippen.

„Ich war der Meinung, Sie verhielten sich so höflich wie immer und erlaubten mir zunächst, den Staub von den Schuhen abzuschütteln, bevor Sie mich die Großzügigkeit Ihres Hauses erfahren lassen", warf Sackey sarkastisch ein. „Wie ich höre, wollen Sie zu all Ihren Pflichten auch noch die Bürde eines Chiefs auf sich nehmen, eh!"

Dr. Boadi versteifte sich kaum merklich. Als wollte zu viel von ihm außer Kontrolle geraten. Als hätte er sich einen besseren Zeitpunkt für eine solche Diskussion gewünscht. Bald aber unterdrückte er seine frostiges Wesen, griff statt dessen wieder zu seinem betörenden Lächeln und meinte: „Professor, Sie sind immer etwas zu schnell für mich...

Haha. Ich bin für Sie doch nur ein Kartenspiel, mit dem Sie machen, was Sie wollen! Das Kartenspiel, das ich bin, bietet Ihnen aber trotzdem ein Bier an, Uncle!"

„Hey, sagen Sie nicht Uncle zu mir", fuhr Sackey auf, der mit seinem grünen Hemd vor der grünen Wand des Zimmers saß. „Es trennen uns doch nur zwei Jahre! Ihr Bier ist so schön kalt...

politisches Bier, nehme ich an, gekühlt mit Eis vom Obersten Militärrat!"

„Ei, Uncle, oder besser: Halb-Uncle, bis jetzt bin ich noch kaum auf dem Redemption-Level, noch nicht mal national, hahaha!" rief Boadi.

Dann teilte das Meckern einer Ziege ihre Unterredung in zwei Teile. Es war, als zerstreuten sich die Worte. Boadi erhielt die Erklärungen und Sackey die Kraftausdrücke. Kojo Pol mit seinem Schweigen war Schiedsrichter. Jedoch schien ein Ausdruck des Erschreckens auf seinem Gesicht zu stehen. Ein Ausdruck, der das Licht von den beiden anderen Männern ablenkte. Pol schien eine vorteilhafte Beziehung mit dem großen Foto Boadis einzugehen, das das überladene Wohnzimmer beherrschte: Das Bild erwiderte Pols Lächeln, wann immer der lächelte. Und es teilte ein sonderbares Schweigen mit ihm. Der Boadi auf dem Foto war hübscher als der Boadi in Fleisch und Blut, auch wenn die Haut das reichlich ölige Aussehen von marktfrischem *tatale* hatte. Plötzlich sah Sackey drohend zu Pol und brüllte ihn ohne Vorwarnung an: „Ihr jungen Männer glaubt, daß niemand vor euch auf dieser Welt irgendwelche Erfahrungen gemacht hat. Sie werden es nicht für möglich halten, aber als ich in Ihrem Alter war, war ich genauso unschuldig wie Sie! Boadi ist ein *Ananse*...

Schauen Sie sich den Reichtum um uns herum an! Warum verschwenden Sie Ihre jugendlichen Energien auf diese ghanaischen Schieber?"

Eine schräge Stille setzte ein, die Dr. Boadi mit einem lauten, genau berechneten Rülpser ausfüllte. Er hob an: „Mach mich nicht fertig, Uncle, ehh! Ich bemühe mich doch nur, erstens dem jungen Mann hier einen Lebensunterhalt zu geben und, zweitens, ihm deutlich zu machen, wie das wirkliche Ghana aussieht."

„Boadi Boadi Boadi! Dreimal rufe ich voller Ekel Ihren Namen! Seit wann seid ihr Politiker zu der Schlußfolgerung gelangt, daß eure Welt auch die Welt der anderen ist? Das ist schon seit Jahren euer tragischer Irrtum...

und Sie, Boadi, Sie Garnichts, Sie Mr. Nichtsnutz, Sie hätten weiter bei Ihren Vorlesungen bleiben sollen anstatt darum zu bitten, nächstes Jahr entlassen zu werden. Die meisten hier auf dem Campus glauben, Politik sei das Höchste! Das Traurige ist nur, daß ihr sogenannten Intellektuellen im Regieren wahrscheinlich genauso erbärmlich seid wie jeder x-beliebige. Vielleicht sind euer Auftreten, eure Reden, eure Analysen, wenn ihr denn überhaupt welche anstellt, sogar etwas besser. Ihr seid womöglich sogar dazu in der Lage, euch auf internationalem Parkett zu bewegen, auch wenn ihr dabei manchmal über eure eigenen Füße stolpert. In Sachen Tagespolitik aber seid ihr hoffnungslos verloren! Und einen Sinn für das Nötige entwickelt ihr nur im Zusammenhang mit einzelnen Aufgaben...

nicht im Zusammenhang mit politischen Strategien! Wir, die wir in ganz anderen Welten zu Hause sind, haben nur Verachtung für die Art Politik übrig, mit der ihr uns über Jahrzehnte hinweg gefüttert habt..."

„Daran ist doch aber der Lavendel schuld, Sir", unterbrach Pol Sackey, fast entschuldigend.

Die beiden Männer drehten sich um und sahen ihn an, als sei er überhaupt nicht vorhanden. Oder sollte es zumindest nicht sein. Ungeachtet dessen drängte Pol weiter und sah die beiden mit einer völlig defensiven Leidenschaft an: Die beiden Münder einer Universität kümmerten sich einfach nicht um den einfachen Mund eines kleinen Mannes. Pol verfiel daraufhin in eine schützende, komische Ernsthaftigkeit: „An Ihnen beiden rieche ich Lavendel. Der zerstört unser Land. Der Lavendel ist so mächtig, daß jede Handlung einen guten Geruch annimmt und neutralisiert wird. Egal, ob es sich um eine gute oder eine böse Tat handelt..."

„Hey, warte mal! Wo hast du das mit der guten Neutralität her?" fragte Boadi Pol mit einer Arroganz, die völlig unschuldig anmutete. Plötzlich legte Pol seine Leidenschaft ab, so wie er ein Paar Hosen ablegte, die mit ihren scharfen Bügelfalten die Luft zerschneiden konnten. Boadi entdeckte eine Starrköpfigkeit, von der er befürchtet hatte, daß sie dem jungen Mann fehlen könnte.

„Mr. Kojo Pol", begann Sackey, „es kommt mir sehr respektlos vor, daß Sie den Lavendel in so einer Art und Weise gegen uns ins Feld führen. Glauben Sie mir, ich habe nicht die leiseste Ahnung, daß es Lavendel überhaupt gibt. Wissen Sie, von Zeit zu Zeit rieche ich ihn in meinem Taschentuch. Meine Frau schmuggelt alles Mögliche zwischen meine Taschentücher!..."

Pol sprach weiter und folgte genau den Spuren seiner Vorstellung: „Was ich eigentlich sagen wollte, ist, daß Sie, nimmt man Sie als Gruppe unserer Gesellschaft, beide nicht dazu taugen, uns mit der Art, wie Sie leben, Hoffnung zu geben. Auch wenn ich hier nur still sitze, so sehe ich doch mehr, als Sie denken! Ob Sie's glauben oder nicht, aber es war ein Stück Hoffnung, daß mich zu Dr. Boadi hinzog...
Zu Anfang, jetzt aber..."

„Jetzt aber was?" fragte Boadi mit ironischem Stirnrunzeln.

„Lassen Sie, Boadi", sagte Professor Sackey, „drängen Sie ihn nicht. Unser junger Mann könnte noch interessant werden. Im Augenblick ist er ein wenig anmaßend, wie das bei ernsthaften jungen Männern manchmal der Fall ist. Da fällt mir mein Anliegen wieder ein, nachdem Sie mich nicht gefragt haben...

Aus rein moralischem Interesse würde ich Ihnen empfehlen, die Pinns und den jungen Mann, der mal für ein paar Tage bei ihnen gewohnt hat, in Ruhe zu lassen. Jener junge Mann hat einen hochtrabenden Namen..."

„Kofi Loww", fiel Pol ein.

„Ja, ich glaube, der niedere Teil war hochtrabend", fuhr Sackey fort. „Boadi, die sind harmlos! Sie haben gar kein Interesse an Ihrer lächerlichen Pferdegeschichte! Je mehr Sie ihnen zusetzen, desto leichter bringen Sie sie dazu, Stellung zu beziehen, und dann haben Sie Feinde. Und jetzt muß ich wirklich offen zu Ihnen sein...

Wie? Oh, ich weiß, ich bin immer offen, das müssen Sie mir nicht erst sagen!...

Ich glaube, daß der Weg, den Sie zur Politik hin eingeschlagen haben, und die Richtung, in die Sie sie treiben wollen, verdachterregend und gewissenlos sind. Sie haben sich so weit erniedrigt, daß die Leute jemandem folgen. Ich bin natürlich nicht überrascht, denn normalerweise, wenn die Legon Connection...

kann ich das so bezeichnen, Euer Exzellenz!...

die geräumigen Korridore der Macht betritt – in denen ein beständiger, aber süßer Harmattan weht –, dann werden sie augenblicklich vom Hintern gesteuert, von der Rückseite her, wenn Ihnen das lieber ist! Und warum? Das ist natürlich im Grunde eine Frage Ihrer Charakterschwäche...

starke Trinker mit schwachen Mägen!...

Ständig müssen Sie Ihre Bildung verteidigen: Entweder haben Sie Angst davor, daß Ihre Ratschläge als unrealistisch und bloße Aufschneiderei bezeichnet werden. Oder Sie fürchten, beschuldigt zu werden, keinen Kontakt mehr mit dem Volk zu haben. Also bestehen Ihre Möglichkeiten darin, sich entweder entsprechend grob zu verhalten oder vor den Exzessen um Sie herum die Augen zu verschließen. Welch eine Auswahl! Gut, ich sehe ein, daß dies ein paar der Fallstricke einer pluralistischen Gesellschaft sind.

Doch meinen Sie nicht, daß die meisten von uns auch einmal mit bloßen Füßen rumgelaufen sind wie alle anderen?

Haben einige von uns nicht nach der Schule Sachen verkauft wie alle anderen auch?

Haben wir nicht *yoo ke gari* gegessen wie das Volk?

Sind wir früher nicht *gewöhnlich und normal* gewesen?

Das Unglaublichste aber ist, daß Sie und Ihresgleichen, wenn Sie sich die Schweinerei rund um den Thron oder den *stool* ansehen, nur in Ausnahmefällen daran denken abzudanken. Abdanken ist etwas, worüber Sie in Ihren Studententagen gelesen und was Sie damals bewundert haben! Und jetzt können Sie einfach nicht von den Vorbeimärschen, den Whiskeys, den Trecks, den öffentlichen Audienzen, den Sirenen, den Frauen, den Ehrenbezeigungen lassen. Mein Gott!"

Das Feuer, das jetzt in Professor Sackey brannte, verschlang seine Lippen, die sich unter dem wütenden Biß seiner Zähne rosa gefärbt hatten. Sein Hals schien länger zu werden, aus seinem Hemd herauszuwachsen und in die Wände hinein. Es schien nach etwas Wahrheit zu suchen. Nach etwas zu suchen, das weit dünner und angespannter war als sein Heimatland.

Während Sackeys Ausbruch war Dr. Boadi ein- oder zweimal aufgefahren. Doch unter großen Anstrengungen hielt er die Tore seines Lächelns geöffnet. Pol sah jeden einzelnen seiner Zähne. Jeden schärfte eine gewaltsam unterdrückte Wut...

Boadis riesiger Bauch aber wuchs heimlich und schluckte die Anspannung, die über ihm lag. Danach legte sich der Bauch in die Kurve, dann fraß er sich fest, rundete sich mit Erfolg, während sich der Mund über ihm dazu entschloß, Sackey zu antworten: „Uncle Kwesi! Da haben wir es wieder! Sie machen mich ganz verrückt mit Ihrer Geschwindigkeit! Mit Ihrem Zynismus werden Sie den jungen Mann noch verderben! Nun, sehen Sie, wir sprechen über die Realitäten in der ghanaischen Politik...

Wer hat Ihnen denn gesagt, daß Moral und Feinfühligkeit die bewegenden Leidenschaften sind! Sicher, einem Professor muß man nicht erst den Unterschied zwischen dem, was ist, und dem, was sein sollte, erklären. Ich bin für das Leben, und Sie sind für den Elfenbeinturm. Dadurch werden Sie zum Mitglied der Brigade hochaufgeschossener Elefanten, hahaha! Und ich bin der Rasenmäher tief unten am Boden, zusammen mit den Höhlentieren und den Würmern! Ich bin der Regelfall und Sie die Norm!"

Gewöhnlich bewegten sich Dr. Boadis Hände beim Sprechen nicht. Jetzt aber fuchtelten sie aufgeregt durch die Gegend, als wäre er mitten in einer Vorlesung.

So hatte Kojo Pol ihn noch nie erlebt. Und er fühlte sich stärker, als ihm auffiel, daß Boadis unerschütterliches Selbstvertrauen ein wenig ins Wanken geriet. Professor Sackey erhob sich finsteren Blicks, knöpfte sein Hemd auf, unter dem grau und schwarz seine Brusthaare standen. Pol erschien das wie das Sinnbild einer moralischen Brust.

„Junger Mann", rief Sackey mit Verachtung in der Stimme, „Sie sind mein Zeuge: Ich klage Dr. Boadi an, seinen Lavendel – ihre Schöpfung, Mr. Pol – zur Schau zu stellen, sein Parfum über den ekelhaftesten Gestank zu versprühen! Sie sind mein Zeuge!"

Boadi tat so, als hätte er gar nicht gehört, was Sackey gesagt hatte. Er nahm einen großen Schluck von seinem Bier, stellte sein Glas mit einem Seufzer der Befriedigung wieder hin und sagte mit einer Unschuld in der Stimme, die Pol ganz erstaunlich vorkam: „Wie ich bereits gesagt habe, Uncle Professor, da gibt es Gestalten in der ghanaischen Politik, mit denen man erst seine Kompromisse schließen muß, bevor man überhaupt richtig arbeiten kann. Das ist ein demütigender Prozeß, und ich bin der Meinung, Sie würden nicht einmal zwei Tage in der Regierung überstehen! Und vergessen Sie nicht, ich bin noch nicht einmal richtig in die Politik eingetreten, ich lerne noch, im Hintergrund. Sie gehören zu den reinen Menschen, die mit ihren Theorien und ihrer Reinheit spielen. Und vielleicht ehren

Sie uns eines Tages damit, daß Sie durch die unverzierten Türen der Politik treten..."

„Ehren?" fragte Sackey schnarrend, „mein lieber Freund, beleidigen Sie mich nicht! Haben Sie den Mut, Ihren Freund, den Commissioner, zu bewegen, unschuldige Menschen nicht weiter zu belästigen! Mut scheint in der Politik nur dann vorhanden zu sein, wenn ein Politiker den anderen bekämpft. Verstehen Sie denn nicht, daß Mut etwas sein muß, an dem alle Ghanaer teilhaben? Es ist tragisch, daß wir uns nach achtzehn Jahren Unabhängigkeit noch immer rückwärts bewegen!"

Es entstand eine Pause, die die Grillen mit Vergeltung ausfüllten. Professor Sackeys angespannte Rastlosigkeit verzauberte den Raum, setzte die Möbel zurück. Und er kam Pol einsam vor, während Dr. Boadi triumphierend seine Leichtigkeit ausstreckte...

als wollte er sagen, daß er völlig entspannt war, daß er keinerlei unlautere Absichten auf seinem Buckel herumschleppe. Dann, aufgrund einer plötzlichen Eingebung, fragte Boadi Sackey: „Professor, wer ist mehr Ghanaer, Sie oder ich?"

Und als Sackey daraufhin aus dem Haus stürmte und eine halbvolle Flasche zurückließ, brach Boadi in unbändiges Gelächter aus, das seinen wohlgerundeten Bauch nach Norden und Süden wogen ließ. Okay Pol rannte Professor Sackey hinterher, als erwarte er von ihm eine Antwort. Doch sein Mund blieb ebenso stumm wie Sackeys Rücken. Und während er mit gebeugtem Rücken in das Zimmer zurückkehrte, dachte er an den grünen professoralen Rücken, wie er die Dunkelheit mit seiner höhnenden Beugung zurückdrängte.

Boadi schien mit gespielter Überraschung das Loch zu betrachten, das Sackey mit seinem plötzlichen Verschwinden zurückgelassen hatte, und ihm entging, daß in Pol etwas zerbrochen war. Danach wurde alles, was Dr. Boadi tat, zu Mißklang in Kojo Pols Ohren.

„Ahh, nun gut", sagte Boadi schulterzuckend, „der Professor will die Probleme Ghanas von der Seitenlinie her lösen. Ich hätte ihm sagen sollen, daß er sich zunächst mal seiner eigenen Frau erklären soll! Siehst du nicht, daß er Ghana genauso behandelt, wie man sich erzählt, daß er mit seiner Frau umgeht? Hahahaha!...

Aber im Ernst, Professor Sackey strapaziert unnötig

seine Stimme, wirft sein Talent zum Fenster hinaus. In Ghana macht man alles von *Innen* heraus, und kein Druck kann dem Innern widerstehen. Ein Mann wie er hätte sich schon vor langer Zeit seine Beziehungen aufbauen müssen... weiß er das nicht? Wirklich, er ist ein *Professor Carry Yourself*! Niemals wird er sich einem Geheimbund anschließen, niemals irgendwo hingehen, sich nie mit denen an der Macht verbrüdern oder die Chiefs umschmeicheln! Er redet und schreibt und denkt nur. Kojo, beantworte mir die Frage: Wer ist mehr Ghanaer? Ich frage deshalb, weil wir uns alle keinen Illusionen über unsere Umwelt hingeben dürfen..."

„Dr.", sagte Pol, „Sie haben also überhaupt kein Interesse daran, in unserem Lande irgendwelche Veränderungen herbeizuführen? Professor Sackey will Veränderungen bewirken...

selbst so ein kleines Licht wie ich möchte etwas verändern."

„Ei", lachte Dr. Boadi, „du gehörst wohl auch zu denen, die die Revolution ernstnehmen? Ich versuche doch nur zu erreichen, daß du die Dinge siehst, wie sie sind: Weißt du, in unserer Revolution eilt das Reden deinem Handeln weit voraus. Und hinter den Prinzipien läßt man Raum für Schachzüge! Das ist der einzige Weg, die Gesellschaft zusammenzuhalten...

Und ganz nebenbei, ich war der Meinung, daß du des Geldes wegen auf meiner Seite stehst!"

Pol sah Boadi schmerzerfüllt und mit Abscheu auf dem Gesicht an und erwiderte ruhig: „Zum Teil ist es schon das Geld. Nur um leben zu können und ein bißchen Spaß am Leben zu haben. Aber wie ich Ihnen sagte, ist es zum Teil auch eine Suche nach mir selbst!"

„Mir gesagt?" fragte Boadi abwesend, „da bin ich wohl betrunken gewesen, ehh?"

„Ja," warf Pol ein wenig zu hastig ein, „Sie sagen doch aber, daß Sie sich immer an alles erinnern können, ganz besonders, wenn Sie betrunken sind."

„Junger Mann, junger Mann", meinte Dr. Boadi lachend, „wenn ich mich mit *Star* betrinke, dann kann ich mich an alles erinnern. Du müßtest aber wissen, daß ich in letzter Zeit immer *Club* trinke..."

In Pols Stimme lag eine Hartnäckigkeit, die Boadi, der es wenigstens geschafft hatte, sich den Gedanken an Sakkey aus dem Kopf zu schlagen, irritierte. Pol stand auf, trank in einem plötzlichen Aufwall von Tatkraft sein Bier aus und meinte: „Dr., es spielt keine Rolle, aber ich fürchte, Sie haben vergessen, daß ich daran glaube, etwas anderes sei wertvoller..."

„Du bist zu jung, um alles mit Philosophie zu verpichen", unterbrach ihn Boadi.

„Verpichen?" fragte Pol verwirrt.

„Schlag's im Wörterbuch nach, wenn du nach Hause kommst", erwiderte Boadi kategorisch. „Ich erweitere jetzt deine Ausbildung auf den sprachliche Sektor!"

Dr. Boadis Lachen ließ sich auf Pols Füßen nieder, die davongingen, und schrieb ihnen den Rhythmus seines Abstiegs die Auffahrt hinunter vor.

„Kojo Pol", rief Boadi, als Pol unter den Bäumen verschwand, „dein Job am Flughafen hätte viel geschickter gemacht werden können! Wenn du wieder mal einen Auftrag ausführst, dann achte auf die schicksalhaften Kleinigkeiten, ehh!"

„Wenn überhaupt!" rief Pol herausfordernd zu Boadi zurück, fand seinen eigenen Rhythmus wieder und marschierte davon, in den Rachen der Nacht hinein.

Beni Baidoo aber trug die Nacht direkt zurück in Dr. Boadis Haus. Er war so still, daß Boadi die Überraschung auf der Zungenspitze lag.

„Ei, alter *Boogie*! Was ist heute abend mit dir los? Hast du deine Zunge schon schlafen geschickt? Oder hat irgendeine Frau dir einen Klaps gegeben..." hob Boadi an.

„Dr., haben Sie Mitleid mit mir. Mein Problem besteht darin, daß ich einen guten Grund habe, für den ich bitte: Man hat mir drei Acre Land versprochen, auf dem ich mein Dorf gründen könnte, und ich benötige jetzt dringend Geld für die anderen Sachen..."

Boadi unterbrach ihn: „Drei Acres für die Gründung eines Dorfes! Des kleinsten Dorfes in ganz Ghana! Warum gründest du es nicht einfach auf einem Geldstück...

das sollte klein genug für dich sein. Haha..."

Boadis Bauch übersetzte mit seinem Auf und Ab die Worte.

„Ooooch, der Vorteil des kleinen Stückchen Landes liegt darin, daß ich dann den Mädchen näher bin...
Ich liebe die Unsterblichkeit! Im Land des Sonnenscheins gibt es nichts, was einen glücklicher macht als der Hauch der Ewigkeit. Dr., sollte mein kleines Dorf scheitern, dann trete ich in die Kirche ein. Ich werde der priesterlichste Priester, den Sie je gesehen haben! Der vor jedem Herumhuren betet. Bei Ihnen, Dr., kann ich gleich zur Sache kommen: Geben Sie mir Geld, und ich sage Ihnen, wie es Ihnen in der Politik ergehen wird..."

Flehend sah Beni Boadi an. Der verschob sein Gelächter auf später. Dadurch konnte er erst einmal lächeln und einwerfen: „*Boogie* Beni, erzähl mir über meine Politik... werde ich mal Präsident sein?"

„Neinneinneinnein, politisch werden Sie immer schwanken, Sie werden einen nach dem anderen betrügen", erwiderte Baidoo mit einer Grimasse. Schließlich senkte sich Dr. Boadis Gelächter herab...

„Was erzählst du da, Alter? Ich habe mir vorgenommen, mir bald einen Benz zuzulegen, also mach meine Pläne nicht zunichte, eeeh!"

Boadi brach das Schweigen und füllte es mit seinen Lachergüssen.

„Behandeln Sie Professor Sackey besser, und Sie werden Fortschritte machen. Ich mag zwar seine heißen Worte nicht, doch er hat eine Vorstellung von der Richtung und folgt ihr beharrlich! Aber zurück zu meinem Dorf..." sagte Baido und erhob bei den letzten Wörtern seine Stimme.

„Ich war der Meinung, du hättest gesagt, daß Sackey nicht mit dir redet, weil du ihn mal vor seiner Frau beschimpft hast...

Wir werden sehen, was wir mit deinem Dorf machen können. Was aber meine Politik angeht, so bin ich zu ausgeschlafen, um mich zu weit nach oben oder unten strecken zu wollen. Ich werde schwanken, ohne dabei auf und nieder zu gehen, *koraa*!" sagte Boadi lachend und setzte hinzu: „Bier für den Alten, noch ein Bier!"

Beni Baido lächelte und trank. Lächelte und trank. Und lehnte sich dann in Erwartung des Geldes zurück.

Kapitel zehn

Unwiderstehlich und augenblicklich zogen ihre swingenden Hüften die besten Blicke Accras auf sich...
und ließen sie gleichgültig von sich abfallen. Brannten die Augen, aus denen sie kamen. Für den Hochmut, den sie ihr vorwarfen, hatte sie Verwendung. Sie schneiderte ihr Hemd daran fest und steuerte damit ihr schwankendes Leben. Araba Fynn war Reichtum in der dritten Generation. Und hatte eine Haut von der Farbe sonnenerleuchteter *bokobokos* oder über dem Feuer röstender Erdnüsse. Ihr Blick aus wilder und berechnender Unschuld füllte die Augen nicht ganz aus, denn in den Winkeln lagerte so etwas wie Mitleid mit der Welt. Und wo immer sie hinging, mußte sie gegen ihre eigene Schönheit ankämpfen. Wenn sie in den Flugzeugen Englisch sprach, dann berührte ihr *Mfantse* das Englische und ihr *Ga* das *Mfantse*, so daß sich ihr Mund in dieser Welt einander berührender Sprachen aufwarf und doch schön blieb. Selbst dann, wenn ihre Lippen sich vor Wut zusammenpreßten und verschlossen: vor Wut auf die, die behaupteten, sie habe ihr Geld – und das war gar nicht soviel, wie immer angenommen wurde – geerbt. Sie machte frisches Geld. Ihre Mutter machte frisches Geld. Und ihre Großmutter machte ihr Geld mit Frischfisch. Die drei lebten noch immer zusammen im Haus der Familie in Asylum Down. Lebten dort wie drei Blumen aus verschiedenen Jahreszeiten. Sie planten ihr Tuch und die wenigen Kleider zusammen, manchmal sogar ihr Lächeln und die Meinungsverschiedenheiten. Und wenn die Sonne schien, dann sogen sie sie gewöhnlich miteinander mit den Augen auf. Die einzige, die Gefahr lief, sich an die Schönheit auszuliefern, war Großmutter *Nana* Esi. Doch selbst sie versuchte lediglich, eine natürliche Halsstarrigkeit ihres Charakters auszugleichen. Und überhaupt, ein paar hübsche Sachen taugten dazu, ein fischiges Imperium zu zähmen. So war sie: fein, fischig und fair. Und doch reichte etwas noch tiefer als ihre tiefe Stimme: Sie war besessen von eben der Kontinuität und dem Anstand, die sie vor allem in ihrer Jugend mit der gleichen Unbarmherzigkeit gebrochen

hatte, die ihr Geld brauchte, um sich zu mehren und zu mehren. Und sie maß ihr täglich Geld am Klang ihrer Schritte: Langsame, schwere Schritte kündeten von einer großen Menge verkaufter Fische, leichte Schritte vom rastlosen Streben nach mehr Geld, einer Rastlosigkeit, die von dem Stil, in dem sie kämpfte und lebte, gemildert wurde.

Als mehr Geld hereinkam, bewältigte *Nana* Esi damit ihre Besessenheit. Sie weigerte sich, einen Schatten aus Cedis und Pfunden zu werfen. Geld mußte umgewälzt werden...

in Tomaten, Kerzen und Hüte. Und jede der sorgfältig gewählten Umwälzungen wurde zum Zeichen bedeutender Ereignisse: der Geburt ihres Kindes. Der Geburt ihres Enkelkindes. Der Genesung von einer Krankheit. Oder einer Zeit großer Anstrengung und großen Verständnisses. Nun hatte eine neue Besessenheit von ihr Besitz ergriffen. Eine Besessenheit, die sie noch nicht beherrschte: Die Notwendigkeit, sich von anderen alten Leuten fernzuhalten, die sie – auf ihre widersprüchliche Weise – wie Kinder behandelte. Doch wenn sie danach wieder allein war, prüfte sie verzweifelt ihr Gesicht, um herauszufinden, ob ihm irgendwelche Fältchen übertragen worden waren. Derlei Anwandlungen gingen aber wieder vorüber. Sie machte sich weitaus mehr Gedanken darüber, ob Araba und ihre Mutter, Sister Ewurofua, die Größe besäßen, sich ein kleines Stückchen weiterzuentwickeln, oder sich an ihrem Geld festhalten würden. Sie selbst war selbstversessen genug, ein Ei zu füllen und es zu zerbrechen. Vor allem von Ewurofua erwartete sie etwas mehr Härte. Die Tatsache, daß letztere überhaupt zu etwas Geld gekommen war, war schon eine Überraschung. Eine tolle Überraschung, wie sie sagte. *Nana* Esi beklagte sich: „Araba, warum trägst du deine Perlen nicht mehr? Ihr werdet alle anders, sogar deine Mutter, die auf einmal mit alten und neuen Freunden, die ihr nichts zu bieten haben, so oft zu Beerdigungen rennt, wie sie nur kann. Und ich mache mir Sorgen um dein Mfantse, Araba. Das *Ga* verdrängt es langsam..."

Es entstand eine Pause, in der *Nana* Esi ihr Kleid zurechtrückte, das sie selbst mit größter Genauigkeit genäht hatte. Und einen Blick Arabas auffing, der ihre Mutter um Hilfe anflehte. Das erweckte ihre Starrköpfigkeit wieder zum Leben. Und mit einem Glitzern in den Augen fuhr sie fort: „Ja, und die Perlen, werden dir den Richtigen zuführen... und hör auf damit, deiner Mutter heimlich Zeichen zu machen! Sie kann dir nicht helfen, denn sie braucht selbst Hilfe! Es ist, als ob deine Mutter nicht erwachsen werden will... wirklich, sie erfreut sich einer zweiten Jugend!"

Die Blumen auf der Veranda warfen einen Schatten auf das, was *Nana* Esi sagte. Sie nahmen dem Gesagten die Schwerkraft. Als wollten sie nachdrücklich die unausgesprochene Übereinkunft zwischen den drei Frauen betonen. Dieser Übereinkunft zufolge war Wut etwas für die, die nicht wußten, woher sie ihren nächsten Bissen nehmen sollten. Gewöhnlich erfüllte eine gelassene Ruhe das Haus, die zum Teil auch der Ursprung ihrer Stärke draußen im Leben war. Ewurofua unterbrach die Gelassenheit mit einem Anflug von Heiterkeit auf dem Gesicht und meinte: „*Mamaa panyin*, Araba fürchtet sich doch nicht vor den Perlen. Sondern vor deiner Größe, die auf sie übergegangen ist, mit der stolzen Wendung des Kopfes! Und was mich angeht," fuhr sie im langsam belustigten Fluß ihrer Worte fort, schob ein Kissen auf den Teppich und setzte sich vornehm darauf, „bist du es nicht gewesen, Mamaa, die mir geraten hat, ab und zu auszugehen und nicht wie ein Klecks *banku*, der auf ewig mit dem Stew um sich herum zufrieden ist, zu Hause herumzusitzen! Ich folge doch nur der Richtung, die du mir gewiesen hast..."

„Ah, ja. Du hast recht. Mir verursacht nur die Art und Weise Stirnrunzeln, der Stil, in dem du in diese Richtung fortschreitest, ."

Araba erkannte ihre Chance und warf schnell ein: „Und *Mamaa panyin*, du legst wirklich deine Stirn in Falten! All deine Warnungen vor Falten hast du vergessen! Alle rennen wir vor ihnen davon, und jetzt ertappe ich dich dabei, wie du dich an sie ranschmeißt! Ei! Erwischt!"

Und als sie lachten, verschmolz jede Lachsalve mit dem alterslosen Glühen auf *Nana* Esis Gesicht, die, das Spielerische und Belustigte noch immer in den Augen, erwiderte: „Ich meine doch nur, daß, auch wenn ich Veränderung mag, diese auch profitabel sein muß. Und nicht nur im Hinblick auf das Geld, sondern auch für euch selbst...

eure Stärke, eure Haut...

weil dann das Geld länger vorhält. Und du, Ewurofua, du glaubst, daß du immer noch zu den jungen Leuten gehörst...

das kannst du dir einbilden. Meinetwegen. Die wirklich jungen aber gehen fort, immer gehen sie irgendwo hin. Für wie viele Jahre hast du mich verlassen, bevor du mich in meinem hohen Alter wiederfandest? Du mußt deine Schritte schneller in die richtige Richtung lenken! Schließlich bist du fast fünfzig!"

Araba legte ihrer Mutter die Haare. Und so war es nur praktisch, ihr die Stille zu formen, sie mit glattem Haar auszulegen. Ewurofua aber spürte den Ernst der Überlegungen *Nana* Esis nicht. Sie lachte über ihre alte Mutter und sagte: „*Mamaa*, steck mich nicht zu zeitig zwischen die Grauhaarigen und die Jungen! Du hättest die beiden Anträge hören sollen, die man mir in der vergangenen Woche gemacht hat!"

„Aber, Sister", mischte sich Araba ein – sie nannte ihre Mutter immer Schwester –, „wir wissen doch alle, daß du die Herzen der Männer weit öfter brichst als *Mamaa panyin* oder ich..."

„Ich weiß schon, was ihr denkt. Ihr denkt, daß mir viel zu viele Geld schulden und daß es normalerweise die Männer sind, die sich mit dem Bezahlen am meisten Zeit lassen...", entgegnete Sister Ewurofua mit einiger Hitze.

„Ja", setzte Araba nach, „und wenn sie ihre Schulden nur mit ihrem Herzen begleichen, dann ist das sinnlos. Du kannst Herzen schließlich nicht auf der Bank einzahlen!"

„Und das Ärgerlichste ist, daß sie jeden Antrag ablehnt!" frotzelte *Nana* Esi.

Arabas Lächeln war ein Markt: Es nahm alles in sich auf und gab alles heraus. Wärme stand in den Ecken und Winkeln und schenkte sich nur wenigen. Und eine plötzliche Zeile aus drei Lächeln durchsegelte den rosaroten Raum. In ihrem Schweigen waren sie sich wieder ganz nah.

„An die Arbeit!" rief *Nana* Esi, erhob sich mit ihrem geraden Rücken, das graue Haar zu Straßen geflochten, die zum Berührungspunkt der feinen, scharfsichtigen Augen führten.

„Blutsaugerin!" riefen die beiden jüngeren Frauen gleichzeitig. *Nana* Esi aber ging stur hinaus, ohne sich umzublicken. Und Ewurofua und Araba sahen einander an, als wollten sie sich plötzlich gegenseitig die Ungeduld der alten Frau bestätigen. Dabei wußten sie beide sehr genau, daß sie sich nur zu oft ihre Vitalität und Erfahrung ausliehen... wenn auch in unterschiedlichem Maße.

Sister Ewurofua machte ihr Geld mit Kleidung. Überraschend setzte sie sich in der rauhen Welt der *mammies* und Manager durch. Das Geld flog ihr zu, ohne daß sie die Engel dazu zwingen mußte. Ohne daß sie ihr *easyoeasy* Temperament deswegen zügeln mußte. Wie eine Eidechse, wie selbst die schönste Eidechse, nickte sie, wann immer sie wollte, erklomm die Höhen, wenn ihr danach war, und brachte es dennoch fertig, all die Insekten einzufangen, die sie brauchte. Vor zwanzig Jahren hatte sie sich bemüht, Verteilerin bei der *UAC* zu werden, und verwendete dabei eine gerissene Unschuld, die ihre Mutter in Erstaunen versetzte. Wann immer sie mit einer der schwerwiegend gewichtigeren *mammies* in Streit geriet, war sie die erste, die zu weinen anfing und versuchte, ihnen mit Tränen klarzumachen, daß sie nicht alles nehmen und die Neuen mit nichts zurücklassen sollten. Eine *mammy* amüsierte sich dermaßen über Ewurofuas Unschuld, daß sie grausam zu ihr gesagt hatte: „Verschwinde, heirate und setz Kinder in die Welt. Du bist zu weich für dieses Geschäft...

wir kennen deine Mutter, und du hast nicht im mindesten ihre Kraft."

Sie war aber bereits verheiratet und hatte ihre Tochter zur Welt gebracht. Litt unter einem schwächlichen und ständig betrunkenen Ehemann, der auf ihre Unschuld hereinfiel, sich in sie verliebte und sich nie wieder zur Arbeit aufraffen konnte. Sie aber hielt stand und verdiente sich ihren Anteil Gerissenheit und Achtung. Eine Achtung, die ihr später sogar die alten, eisernen Königinnen des Markts entgegenbrachten. Dennoch tat sie noch immer allerhand, was sie nicht hätte tun sollen: Leichtfertig vergab sie Kredite. Und gewöhnlich ging sie aus Mitleid mit den Preisen herunter. Ihre Waffe war die berückend hilflose Art, in der sie um ihr Geld nachsuchte, so daß der Kunde sich zwischen Schuld und Bewunderung gefangen sah und sich veranlaßt fühlte zu zahlen...

So behandelte sie auch Dr. Boadi, einen regelmäßigen Kunden, der sich nicht entscheiden konnte, ob er nun um sie buhlen sollte oder um ihre Tochter.

Die älteren Händlerinnen auf dem Makola-Markt erzählten ihr ebensoviel über ihre Mutter wie *Nana* Esi selbst. Die alte Dame war eine außerordentlich gerissene Fischverkäuferin. Doch zu Anfang bestand ihre eigentliche Gabe darin, erst einmal Fisch zu kaufen: Sie ging nach Anomabu oder Winneba zum Strand hinunter und feilschte aus dem Stegreif und ziemlich aggressiv um den billigsten Fisch in größten Mengen. Ihre Feilscherei brachte den Sand in Aufruhr. Die Fischer meinten, sie sei zäh genug, um selbst zum Fischen zu fahren. Und daß allein ihr Wille die Fische in großer Menge zum Boot treiben würde. Und die salzige Luft glättete *Nana* Esis Haut, so daß sie aussah wie die schöne, steinerne Frau, die sich stämmig und ohne Lächeln dem Meer entgegenstellt. Sie nannten sie The Million Pebble Woman – Die Frau der Millionen Kiesel!

Araba Fynn ähnelte mehr ihrer Großmutter als ihrer Mutter. Aber sie verfügte über ihren eigenen unerschöpflichen Vorrat aufgesetzter Gleichgültigkeit. Eine Gleichgültigkeit, die andere glauben ließ, sie sei voller Berechnung und frühreifer Weisheit. Dahinter verbargen sich aber ihre wirklichen Eigenschaften: Beherztheit. Gerissenheit. Und ein seltsamer Anflug von Barmherzigkeit...

Diese Barmherzigkeit kam ihr selbst ziemlich geringfügig vor. Wann immer sie zum Gottesdienst ging, stieg das Gold in ihrer Börse an. Und wenn sie keine Geschäfte machte, sah sie die Menschen an, als bedürften sie entweder der Anteilnahme oder der Gleichgültigkeit. Die Gleichgültigkeit verlieh ihr Sicherheit und hielt ihre Schönheit in Schach. In der Regel vor anderen, doch manchmal auch vor sich selbst. Vierundzwanzig Jahre alt, hatte sie gerade ein Haus im Bungalowstil bauen lassen, das sie vermietete. Sie nahm immer ihren VW Golf, um die Miete einzutreiben – sie nahm nichts im voraus. Um Asylum Down herum kannte man sie deshalb als Araba Quick. Eine Bezeichnung, die sie verabscheute. Und der sie, wann immer ein menschliches Wesen dahintersteckte, mit dem vernichtendsten Blick ihrer hemmungslosen Gleichgültigkeit begegnete. Sie hatte es abgelehnt, die sechste Klasse zu absolvieren. Ihre Großmutter bedauerte das und sagte immer: „Wenn wir auch nicht zur Universität gehen konnten – du zumindest hattest die Möglichkeit dazu."

Araba erwiderte niemals etwas darauf. Sie wußte, daß diese Klage ihre gegenwärtigen Erfolge nicht in Frage stellte. *Nana* Esi fühlte das irgendwie und drang nicht weiter auf ein Wort ihrer Enkeltochter. Araba verdiente ihr Geld hauptsächlich mit Kleidung, Tuch und afrikanischem Kunsthandwerk. Abgesehen von gelegentlichem Yam-Export. Als sie zum ersten Mal ihren Erfolg auf sich zukommen sah, hatte sie Angst davor, das zu essen, was sie wollte. Sie glaubte, sie würde vor Genußsucht oder Glück sterben. Ihr sanfter Sinn für Zurückhaltung stärkte ihr den Rücken. Und mit der Hilfe ihrer beiden beratenden Vorfahrinnen entwickelte sie eine Stabilität, die ihr gleichermaßen Atmosphäre und Charakter verlieh.

Der erste Besucher in dieser nagelneuen Atmosphäre war John Quartey. Der wünschte sich im Leben zwei Dinge: Araba zu umwerben und dann noch Hadji zu werden. Er verschob den zweiten Wunsch zugunsten des ersten auf später. Weil er nicht wußte, wie das hochmütige Mädchen, das er begehrte, auf seinen angestrebten Glaubenstitel reagieren würde. Er war Rinderhändler. Und wohlhabend. Sein Leben umgab eine Aura der Solidität, die vor allem Ewurofua beeindruckte. *Nana* Esis Ehemann war ebenfalls nicht unvermögend gewesen. Doch das hielt ihn keineswegs davon ab, ein ausschweifendes Leben zu führen. Und früh zu sterben. Deshalb war *Nana* Esi dem Besucher gegenüber noch ein wenig mißtrauischer als die beiden anderen Frauen. Ganz abgesehen davon bestand sie manchmal starrköpfig darauf, daß Quarteys Erscheinung einem Schatten aus Kühen gliche: Immerzu sprach er nur von Kühen. Und er brachte Araba und Ewurofua immer Fleisch mit. Als er, in der Hoffnung, Eindruck zu schinden, begann, lange, fließende Gewänder zu tragen, kam er allen bald wie ein Rindvieh vor. Nur Ewurofua nicht. Seine Roben trieben ihn weg von Araba. Je öfter er aber ihre Gleichgültigkeit zu spüren bekam, desto häufiger besuchte er sie. Und um so freundlicher wurde Ewurofua. Sie bemühte sich, die Interesselosigkeit ihrer Tochter auszugleichen. Und hoffte, daß deren Gefühle sich zugunsten des armen Quartey ändern würden.

Quartey hatte die Situation völlig mißverstanden. Er glaubte allen Ernstes, daß sich seine gebieterischen Beziehun-

gen zu Rindern ganz natürlich auf die Menschen ausdehnen müßten. Und war zu der Schlußfolgerung gelangt, daß Araba Fynn bloß zu schüchtern war. Und daß sie ihm möglicherweise sogar durch ihre Mutter ihre Liebe gestand...
daher die Freundlichkeit ihrer Mutter.

So beschloß er, auszuhalten und in den rauhen, aber – wie er in einem Augenblick des Selbstmitleids dachte – weiblichen Haushalt einzudringen mit Geschichten über große, rindsdumme Geschäfte. Seine Worte hatten Hörner, versteckt in der Offenherzigkeit, mit der er Einzelheiten beschrieb. Und prahlerisch verwies er im Beisein von *Nana* Esi – in deren Augen sich der Ekel spiegelte – sogar darauf, daß er einen mächtigen Huf zwischen den Beinen habe. *Nana* Esi erhob sich angewidert und stürmte ohne alle üblichen, netten, althergebrachten Höflichkeitsfloskeln hinaus. Doch sogar das nahm Quartey nicht wahr. Und schon gar nicht in sich auf. Araba stand ebenfalls auf, um ihrer Großmutter zu folgen, blieb dann aber stehen, sah ihre Mutter mit triumphierender Heiterkeit an und meinte mit einer leichten Drehung der Hüften: „Wir wünschten, der Huf galoppierte davon zu anderen Weiden, und zwar schnell!"

Weil sie langsam gesprochen hatte, hatten die Worte Gelegenheit zu atmen und fuhren deshalb frisch und unverbraucht in Quarteys Hirn. Kühe und Selbstvertrauen wurden beiseite gedrängt, bis er sich schließlich beleidigt fühlte. Er sammelte seine Roben um sich herum und rutschte schnell und unbehaglich auf seinem Stuhl hin und her. Wieder flüsterte ihm sein verletzter Stolz ein, daß dies schließlich ein Frauenhaushalt war. Und er deshalb unbedingt seinen Stolz ungebrochen erhalten mußte. Darum erzählte er Ewurofua, bei der er instinktiv Tröstung suchte, weiterhin Belanglosigkeiten. Sein dickes, hübsches Gesicht sah aus wie das sich leerende Zimmer. Doch ihre Augen verweigerten die Berührung mit seinen, weil auch sie eine große Enttäuschung verspürte: Sie hatte gehofft, daß die sanfte Stimme ihres Herzens dem Kopf des erfolgreichen Mannes etwas Feinfühligkeit eingeben würde. Und jetzt fühlte sie sich der Lächerlichkeit preisgegeben, weil sie begriff, daß sie ihn vorschnell zu ihrer Tochter gedrängt hatte...

und ihr Drängen hatte ihn direkt in das Dickicht von Arabas Gleichgültigkeit geführt. Quartey war heiß, *paa*. Als er schließlich aufstand, wobei er sich in einem unglaublich schnellen Monolog über seine monetären Großtaten erging, fühlte er, wie der letzte Tropfen seiner Würde auf den leuchtenden Teppich fiel. Sein inneres Muhen war dahin. Unvermittelt beschloß er, ohne weitere Verschwendung von Zeit und Frauen Hadji zu werden, und verkündete Ewurofua mit Verzweiflung in den Augen: „Sie sehen einen Hadji vor sich!"

Niemals wieder vergaß Quartey den traurig überraschten Blick, den Ewurofua ihm schenkte. Und auch nicht ihre Worte: „Oh, wahrhaftig?"

Genau in dem Augenblick, in dem er in seinen Benz stieg, kehrte seine Vornehmheit zurück. Mit ihr sagte er ein letztes Mal „auf Wiedersehen". Und winkte mit dem Schweif seiner Hand. Als Ewurofua ihre langsamen, fast schon beschämten Schritte zum Haus zurücklenkte, wartete dort eine Umarmung Arabas auf sie. Und dann steuerte sie ihren Teil zu dem schallenden Gelächter bei, das aus ihnen dreien hervorbrach. Um und um lief das Gelächter, und erst *Nana* Esi hielt es auf, indem sie ziemlich traurig meinte: „Weißt du, Ewurofua, Hunderte von Ratschlägen habe ich dir in Heiratsangelegenheiten gegeben. Und nicht einen einzigen hast du ernsthaft angenommen."

Nach einem Moment der Stille fügte sie noch trauriger hinzu: „Stimmt ja, ich habe mich meiner Mutter gegenüber genauso verhalten...

und die war so streng und ernst mit mir, daß du ihr nicht ein bißchen Mitleid zwischen die Augen schieben konntest. Na ja..."

Araba wußte, daß ein Teil davon als Hinweis für sie gesagt war. Und sie fühlte, wie sich das Gewicht der Verantwortung auf sie senkte, und ärgerte sich darüber. Deshalb kamen ihr die Worte sehr leicht über die Lippen: „Sieht aus, als wäre jede Frau dazu verdammt, sich einen Mann auszusuchen oder von einem Mann ausgesucht zu werden, egal wie falsch die Wahl auch immer sein mag."

„Ist das eine Warnung, Araba?" fragte Sister Ewurofua lachend. Araba erwiderte das Lachen. Nur war der Schweif ihres Lachens ein klein wenig länger als der von Ewurofuas Lachen. Jedoch sah keine von beiden den zutiefst bedauernden Blick, der *Nana* Esis Augen erfüllte und ihren Kopf in Richtung Schlafzimmer drehte, in das sie dankbar verschwand. Und dessen Leere sie nun mit der Traurigkeit eines Menschen füllte, der sieht, wie Wahlen getroffen und widerrufen, Dinge getan und rückgängig gemacht werden. Auf immer die gleiche, alte, ungeschickte, menschliche Weise.

Nun war schon die dritte Generation mausiger Männer über Araba gekommen. Wie ein Fluch, sollte *Nana* Esi später sagen. Und wenn sie kamen, straffte sich die Freundlichkeit des Hauses und wandte sich ab. Mehrmals war Kojo Okay Pol von Dr. Boadi sowohl zu Ewurofua als auch zu Araba geschickt worden. Dr. Boadi machte mit beiden Geschäfte.

Als Okay Pol das Haus zum ersten Mal betrat, sah er so dünn und wehrlos aus, so ernst, daß sie ihn fast wieder hinauslachten. Er spürte das und wollte schon gehen, als Araba ausgelassen nach seiner Hand griff und sagte: „Kleine Boten gehen nicht wieder, bevor sie ihre Botschaft abgeliefert haben. Kommen Sie herein...

Sir!"

Das letzte Wort platzte fast vor Sarkasmus. Pols förmliche und zurückhaltende Art zwang sich zu einer Direktheit, die er nicht zurückhalten konnte: Kurz darauf schon gab er Araba Fynn lächerlich aufrichtige Ratschläge zu allem, was man sich zwischen Profit (Profit!) und Religion vorstellen konnte. Für einen Mann, der auf derart unbeholfene Weise lebhaft war, sah er außergewöhnlich nett aus. Eigentlich aber hatte sie Mitleid mit ihm und fragte sich, woher der winzige Anflug von Abenteuerlichkeit kam...

der so anders war als sein dünner, wehrloser Nacken, auf dem die ganze Größe seines Körpers lastete. Sie fragte sich auch, wie seine kleinen Satzzeichen von Stolz die Demütigung ertrugen, so oft mit geschäftlichen und anderen Botschaften losgeschickt zu werden. Da war etwas an ihm, das sie nicht ganz ergründen konnte: ein Mann, der versuchte, verantwortlich zu handeln, aber immer wieder über seine Versuche strauchelte und schließlich nur noch lächerlich erschien, sich aber mit einem immer wieder beteuerten Sinn für das Hübsche im Körper und mit Wunder in den Augen beständig von dieser Lächerlichkeit freimachte. Dies veranlaßte sie schließlich dazu, ihn mit einer Art nachträglich verwundertem Grübeln zu betrachten. Es lag an der Art und Weise, in der er ihre Blicke aus höchster Langeweile, Gereiztheit und Gleichgültigkeit mit dem Wunder in seinen Augen aufsog. Es schien, als warte er darauf, daß sie mit ihrem Blick zu Ende käme...

von ihm wäre dann schon noch genug übrig. Dessen schien er sich sicher. Zuerst glaubte sie, der starre Blick seiner Augen wäre nur so irgendwie etwas. Wie zwei Kinder, die *fufu* und *abenkwan* essen und beides so langsam wie möglich kauen. Nur um ja nicht als erster fertig zu sein. Doch so sehr sie ihn sich auch immer wieder aus dem Kopf schlug, er kehrte jedesmal mit neuer Kraft zurück. Mit seinem bekannt mückigen Gang. Und bot – mit einem seltsamen Gefühl des Bedauerns – seine bekannten Ratschläge feil, als teile er am Post Office Square mit beiden Händen Almosen aus...

So sprach er almosengleich mit ihr: Sie solle doch versuchen, ein Gleichgewicht in ihrem Leben zu finden. Ernsthaft ihre Ausbildung verfolgen. Nach etwas Neuem und Nichtstofflichem streben.

Das Bedauern: Es kam immer dann über ihn, wenn er sie verließ. Und mit den Worten des Abschieds schlug er es sich aus dem Kopf. Die Abschiedsworte schienen die wachsende Frivolität ihrer Klein-Klein-Beziehung zu markieren: „Ich komme wieder, wenn meine wirkliche Zukunft beginnt, wenn sie nur noch zwei Inches von meinen Fingerspitzen entfernt ist. Dr. Boadi mag Sie mit der gewöhnlichen Art des Mögens, und er fiele vor Lachen um, wenn er wüßte, daß ich Sie beraten habe. Ich aber möchte das Feuer spüren, bevor ich das rechte Alter erreiche!"

Sie fragte dann: „Das rechte Alter?"

„Ja", antwortete er darauf, „ich werde mit genau der gleichen Geschwindigkeit erwachsen wie dieses Land: laaangsaammm! Und wenn Ghana ins rechte Alter kommt, habe auch ich das rechte Alter."

Dann lachte sie...

und danach gähnte sie. Und vergaß ihn, sobald er gegangen war.

Wie dem auch sei, Pol wurde zu einem winzigen Anhaltspunkt des Lachens in ihrem Haus und ähnelte manchmal einem teuren Möbelstück, unsichtbar fast, doch fest verankert in der fetten Ecke und gleichzeitig von einer Präsenz, die den gesamten Raum veränderte.

Nana Esi mußte über das, was Pol von sich gab, immer mehr – oder weniger – lachen.

„Wegen des törichten Ausdrucks von Ernsthaftigkeit in seinen Augen!"

Manchmal ließ sie sogar ihren Mund auf dem Boden zurück, damit ihn jemand aufhob. Pol aber behielt ihr gegenüber seine steife Ehrerbietung bei. Nicht nur aus Achtung, sondern gleichwohl aus einer unbestimmten Furcht heraus. Ihm erschienen die Augen der alten Dame wie Schleudern, die ihm das Lebenslicht ausblasen konnten. Und er redete sich immer wieder ein, daß sie irgendwann irgendwo irgendwem gegenüber grausam gewesen sein mußte...

Sister Ewurofua dagegen blieb bei ihrer Distanz, die ihr so gar nicht ähnlich sah. Einfach aus ihrer Erfahrung mit Quartey heraus. Manchmal aber schüttelte ihr sanftes Naturell sie durch und durch und rollte sie einen Abhang hinab, auf dessen Talsohle sie sich nicht allein wieder aus dem niedrig wuchernden Unterholz des Gelächters erheben konnte. Ihr verschobenes Lachen explodierte dann vor einem überraschten Pol.

„Müssen Sie denn wirklich immer ihr Ohr mit zwei Fingern festhalten, wenn Sie sprechen, *abrentsi*?" fragte Ewurofua zögernd. „Können Sie nicht ihren Schritten die gleiche Länge zumessen, *Owura* Pol? Warum immer abwechselnd lange und kurze Schritte?"

Irgendwie spürte Ewurofua bei ihrer Tochter eine unbestimmte Hingabe an Pol – keine Liebe –, eher die Gewohnheit, auf sein Erscheinen zu warten...

wenn sie etwas Zeit hatte. Und trotzdem war sie, wie Ewurofua beobachten konnte, in seiner Gegenwart noch immer halbwegs gelangweilt. Teilweise rührte Arabas Trägheit – eine ganz natürliche, körperliche, die wie bei ihrer Mutter ihre Schönheit erstrahlen ließ – von einem Schock her, den sie vor zwei Jahren durchlitten hatte, als sie bemerkte, daß um sie herum in Asylum Down ein Gerücht gewachsen war: daß der Grund, warum sie so viele Männer abgewiesen hatte, darin läge, daß sie frigide und unfruchtbar wäre. Sie legte die Last des Geldverdienens ab und weinte. Tagelang. Sie bettelte ihre Mutter an, „wenn nötig, doch bitte ein Dementi übers Radio zu verbreiten", um den Gerüchten ein Ende zu machen. Letzen Endes aber war es die beherrschte Mißachtung, die ihre Großmutter den Gerüchten entgegenbrachte, die ihr den Rücken stärkte und sie wieder aufrichtete. Nach einiger Zeit sah sie all die gerüchtwetzenden Zungen abgeschnitten auf den Straßen liegen, wie sie noch immer verzweifelt Gerüchte in Umlauf setzten. Wie Würmer, die noch immer kringeln, wenn man sie zerteilt hat. Ihre Stärke mehrte ihre Trägheit und Gleichgültigkeit. Und eine neu gewonnene Rücksichtslosigkeit trieb sie dazu, noch mehr Geld zu verdienen. Sie wußte jetzt ganz genau, welchen Weg sie einschlagen wollte, rauschte an den Schwätzern vorbei und ließ *Nana* Esi vor Stolz erglühen. *Nana* Esi war glücklich darüber, daß es noch jemanden gab, in dem ihr Geist brannte.

Okay Pol hielt es für ausgeschlossen, daß seine 'kleine geschäftsfrauliche Gefahr', wie er Araba Fynn nannte, noch völlig unbelastet von einem Mann sein sollte. Jung, wie sie war. Doch die Zeit verstrich, und er konnte keinerlei Anzeichen von einem potentiellen *alombo* entdecken. Plötzlich ertappte er sich bei der Frage, ob er wohl dünn genug sei, sich durch irgendeine kleine Öffnung in ihr Herz zu schleichen...

oder wenn schon nicht in ihr Herz, dann wenigstens bis unter ihre Kleider. Er lachte über sich. Glaubte sie sowohl körperlich als auch gesellschaftlich jenseits seines Standes und für ihn unerreichbar. Dabei wußte er, daß in seinem Kopf ein paar mehr Fragen schmorten – und weniger Antworten – als in ihrem. So verbarg er seine weitgehend heimlichen Absichten auf Araba auch vor sich selbst, indem er sich strikt weigerte, sie zur Kenntnis zu nehmen. Und widersinnigerweise führte diese Art, Teile seiner selbst – sogar wichtige und wesentliche Teile wie die grundsätzliche Unsicherheit bezüglich seiner Ziele – einfach zu vergessen oder im Stich zu lassen, schließlich dazu, daß er seinem Herzen gegenüber nahezu genau so kühn handelte wie bei der Angelegenheit mit den Pferden.

Wenn man nicht an die Grenzen seiner Möglichkeiten denkt, kann einen niemand daran hindern, daß man einen Elefanten in die Luft heben will...

So schien er bei jedem weiteren Besuch in Asylum

Down mehr von sich im Stich zu lassen. Bis er sich schließlich fast selbst entleert hatte. Doch sein Herz war außergewöhnlich *kühn* geworden. Das Paradoxon wurde vor allen Dingen in seinem Gang sichtbar. Wie bei einem Tänzer verschob sich sein Becken zum Kreuzgang und trieb seine Füße weiter auseinander. So daß er mit einer schrecklichen und ausdauernden Sicherheit dahinschritt...

zumindest, wenn er mit ihr zusammen war.

Sie spürte etwas von dem, was in ihm vorging. Empfand einen Wandel, von dem sie hoffte, daß er bald vorübergehen möge. Es fiel ihr mittlerweile schwerer, ihn mit Mitleid zu bedenken. Sie warf das Mitleid zur Seite. Es wuchs an anderer Stelle wieder. Kroch jetzt vielschichtiger mit einem neuen Gefühl des Hingezogenseins hervor. Er wurde zu einem lichten Punkt zwischen ihren verschiedenen Geschäften. Und da sie von ihm keinerlei Bedrohung für sich ausgehen fühlte, erlaubte sie in ihrer Unschuld den vielschichtigen und gefährlichen Gefühlen, die sie in sich beobachtete, zu wachsen...

Fällt man den Baum des Waldes nicht, dann überschattet er eines Tages das ganze Dorf. Und sogar das üble Gefühl der Verachtung und die herablassende Belustigung steigerten ihr Interesse an ihm. So sehr, daß sie bald jenen gefährlichen Punkt erreichte, an dem eine Handlung, eine Geste oder ein Blick – dieses geradezu unkörperlichen Mannes – ihn ihr unvergänglich ins Gedächtnis brannte. Genau an jenen Punkt, an dem andere Erinnerungen zusammenliefen und bedeutsame Spiegelungen der Farben des *kente* auf der Schulter der Seele freisetzten. So verströmten sie sich beide wie im Staub des Harmattan und versuchten, ihren Gefühlen, die sich festsetzen wollten – wenn auch nur wie Schmetterlinge –, eine bewahrende Flüchtigkeit zu geben. Für eine junge Frau ihrer Gerissenheit kam es ihr unter ihrer *kotoko*-Frisur sogar lächerlich vor, daß sie das Bedürfnis hatte, die kleinen zufälligen Berührungen von Pol-Haut und Fynn-Haut zu verlängern. Er wußte nichts davon. Glaubte vielmehr, daß sie sich immer weiter von ihm entfernte.

Natürlich gefiel Araba weder der zunehmend ironische Ausdruck auf *Nana* Esis Gesicht, noch mochte sie den besorgt vorahnenden Blick bei Ewurofua.

„Ich werde sie gesundlachen", dachte sie, „sie nehmen die Dinge viel zu ernst."

Nachdem sie sich vorgenommen hatte, sich nicht auf etwas einzulassen, was ihre 'Sisters' als Verwirrung der Gefühle ansehen könnten, als Dickicht im Wald, verminderte sie zumindest ihre verborgene Heftigkeit. Erschrocken tat er das gleiche. Sofort wurden *Nana* Esi und Ewurofua wieder freundlich. Waren bereit zu einem Waffenstillstand im stummen Krieg der Beobachtung von Arabas Herz. Doch genau darin lag die Fehleinschätzung: Die gegenseitige Drosselung führte zu dem tiefen Wunsch, sich zu berühren, sich festzuhalten.

Das Feuer des Herzens zu drosseln heißt, die ganze Brust in Brand zu setzen...

Bäume, die man zwar beschneidet, doch nahe beieinander stehen läßt, berühren sich, und ihre Zweige wachsen zusammen zu einem Wipfel.

Als er sie schließlich sehr spät und hastig – wie ein wildes Perlhuhn bebend und flatternd – mitten im Wohnzimmer umfing, fühlte er sich, als umarme er die ganze Welt. Alle Ecken und Winkel von Asylum Down. Er hatte nicht bemerkt, daß ihre kühle, glatte Haut...

den körperlichen Abstand festlegen konnte. Und ihre Hüfte wölbte sich zweimal, dreimal, als seine Hand sich ihr näherte.

„Sie werden reinkommen", flüsterte sie laut und erschrocken. Stieß ihn weg und hielt ihn doch gleichzeitig fest.

„Ich sterbe, wenn meine Schwestern mich so sehen..."

„Barmherzige Schwester", stammelte Pol, „vergebt mir, aber ich kann mich nicht mehr von Euch fernhalten."

Ein wildes, verwundertes Aussehen, das fast an Entsetzen grenzte, stand ihm ins Gesicht geschrieben. Es dauerte lange, bis sie die Zärtlichkeit aus ihrem Taschentuch holte. Doch sie tat es und wischte ihm damit über sein verwirrtes, aufgeregtes Gesicht. Sie lachte, als er sie, ohne nachzudenken, 'Unschuldige Schwester' nannte. Und als er sagte, daß sein Herz bräche.

Plötzlich sah sie ihn an, als ob sie in großer Höhe weit über ihm schwebte. Irgendwo in den Aburi-Bergen, die auf die Natur der Liebe herabschauen. Es war, als könnte sie sehen, wie klein er und seine Liebe aussahen. So klein, daß sie sie beide in sich aufnehmen und sich sicher fühlen und alles unter Kontrolle halten konnte. Instinktiv zog sie sich von ihm zurück. Gerade rechtzeitig, um der plötzlichen Ankunft von *Nana* Esi zuvorzukommen, die, ohne ein Wort zu sagen und ganz abwesend, hereinkam, ein Buch holte und mit lärmendem Schweigen wieder hinausstürmte.

„Zeit zu gehen", sagte Araba.

Sie sah etwas abgespannt aus. Das Braun ihrer Stirn schimmerte grau. Dann sagte er langsam zu ihr: „Ich wünschte, du wärst nicht reich...

ich meine, im Herzen."

Als sie ihn anschaute, gelang es ihr nur unter Mühen, das Feuer in ihren Augen zu unterdrücken. Dem Kampf auszuweichen.

„Dann müßte dein Herz – ist es schon gebrochen? – stärker sein als meins hier!" erwiderte sie, viel zu heftig.

Von den Schlafzimmern tönte ein Husten herüber. Als sie ihn eilig zur Tür brachte, war es ihm körperlich unmöglich, von ihrer Hand zu lassen. Darum stieß sie ihn mit vor gespieltem Zorn gerunzelter Stirn zum Tor hinaus. Er sagte: „Ich glaube, du versuchst mich aus deinem Leben zu stoßen."

Sie lachte nur, rückte ihren *duku* zurecht und rannte nach innen...

mitten in den Blick ihrer Großmutter.

„Ich glaube, mein kleines Kind, du schuldest mir was. Du schuldest meiner Seele ein bißchen Frieden. Es dauert vielleicht nicht mehr lange, bis ich sterbe. Schenk mir das bißchen Frieden...

Diese Maus kann dir doch überhaupt nichts bieten..." sagte *Nana* Esi. Ihre Augen lagen tief und füllten sich mit Tränen.

„Du hast meinen Geist geerbt. Also steh nicht rum, und sieh nicht zu, wie ich leide."

Schenke mir nicht den falschen Sonnenaufgang, schien sie zu sagen. Es war Jahre her, daß *Nana* Esi geweint hatte. Und sie gab sich große Mühe, auch jetzt nicht zu weinen. Araba rannte auf sie zu, umarmte sie und sagte zärtlich: „*Mamaa panyin*, ich wollte dich bitten, daß du mir erlauben sollst, meine Fehler selbst zu machen. Es gibt aber keinen Grund, dir das zu sagen: Ich meine es alles andere als ernst mit dem Mann. Wenn da etwas sein sollte, will ich es dir sagen, und wenn es dich tröstet, werde ich... „

Auf Arabas Gesicht lag ein aufrichtiger Ausdruck von Ruhe, als sie *Nana* Esi zum Bett geleitete, sie umarmte und ihr sagte: „Vertrau mir, *Mamaa panyin*, vertrau unserer gemeinsamen Seele...

Vielleicht ist es Vertrauen, das ich mir von dir erhoffe..."

Plötzlich rief *Nana* Esi aus: „Nicht den! Du kannst doch nicht so eine Witzfigur heiraten."

„Nein, nicht heiraten, weil..."

„Weil du", fuhr auf einmal Ewurofua aus der Küche dazwischen, „nicht den gleichen Fehler machen sollst, den wir begangen haben."

Die drei Frauen sahen einander mit einer stummen Traurigkeit an, die keine von ihnen aussprechen konnte. Dann sagte Araba, wobei sie erneut versuchte, sanft zu sein: „Paßt auf mich auf – nur sitzt mir nicht auf der Pelle! Ich will mein Leben nicht verhunzen, in mir steckt kein *nkonkonte*."

„Hmmm", war alles, was ihre Großmutter darauf erwiderte. Und Stille kam und senkte sich auf das Haus.

Weil *Nana* Esi darauf bestand, ging Ewurofua zu guter Letzt direkt zu Dr. Boadi. Und teilte ihm unverblümt, wie es ihr so gar nicht entsprach, mit, daß sein junger Mann nun oft genug bei ihnen zu Hause vorbeigekommen wäre. Und daß er, Boadi, seine Geschäfte selbst betreiben solle. Zunächst hatte Dr. Boadi sie in der barsch lächelnden Art angesehen, die er für Frauen ganz besonders zur Perfektion getrieben hatte. Heimlich und doch ganz direkt sagten seine Zähne: „Mir ist klar, daß du wegen einer Angelegenheit kommst, die dir wichtig ist. Doch vorher muß ich dich bezaubern, muß ich dich festhalten."

Voller Verachtung sah Ewurofua ihn an. Zog mit ihrem starren Blick sein Lächeln aus der Form. Das Lächeln verschwand wieder in Dr. Boadis Tasche. Und dort verwahrte er es bis zu späterer Verwendung. Dann fragte sie ihn ohne Vorwarnung: „Täusche ich mich, oder hatten Sie Interesse an Araba?"

„Madam, Madam, Madam! Sie erinnern mich jetzt gerade an einen ganz bestimmten Professor, den ich kenne...

der für meinen Verstand immer viel zu schnell läuft.
Nun, beruhigen Sie sich...
nehmen Sie Platz...
darf ich Ihnen etwas anbieten. Bier oder was Heißes?"
sagte Boadi in einem Atemzug.

Er fühlte sich stark zu seiner Besucherin hingezogen.
Und versuchte, seinen Kopf aus der Schlinge zu ziehen.

„Wissen Sie Madam, eigentlich ziehe ich gewöhnlich reifere Frauen vor...
wie – äähh, wie Sie...
wissen Sie...", zögerte Boadi.

Ewurofua blieb auf der anderen Seite des einsetzenden Schweigens und stellte mit einer Geste, die etwas Endgültiges an sich hatte, ihr Bier ab.

Dann beschloß sie, zu ihrer Sanftheit zurückzukehren. Weil ihr plötzlich ihre Haut ganz hart und rauh vorkam.

„Sir", begann sie, „ganz ghanaisch danke ich Ihnen für Ihre Gastfreundschaft. Nun, meine Absicht besteht..."

Dr. Boadi mißdeutete die Gelegenheit und rückte seinen Stuhl gefährlich nahe an Ewurofua heran...
die sich, ohne mit den Wimpern zu zucken und mit gleichermaßen betörendem Lächeln stilvollendet auf einen anderen Stuhl setzte.

„... jetzt sitze ich im Osten. Im Osten ist es kühler und angenehmer, Dr., finden Sie nicht? Nun, wie ich schon sagte, besteht meine Botschaft in folgendem: Ihr *abrantsi*, den Sie öfter zu uns schicken, macht sich allzu häufig bei uns breit...", sagte Ewurofua kühl.

„Oh, Pol! Kümmern Sie sich nicht um ihn...
manchmal läßt er all seine Unschuld fahren und benimmt sich, als hätte er wirklich etwas Bedeutsames zu geben! Aber er ist ungefährlich...", erwiderte Boadi.

Jetzt war es an Ewurofua, ihn zu unterbrechen: „Ungefährlich! Darauf komme ich noch zurück, doch zunächst beantworten Sie meine erste Frage!"

Und ihr Gesicht sah aus wie süßer Stew. Boadi war verwirrt. Er war aber zu sehr in seine Gedanken versunken, um über seine Verwirrung nachzudenken: Er suchte nach einem Weg, seine Besucherin in die Arme zu nehmen. Gleichzeitig wollte er aber nicht den Eindruck erwecken, daß er kein Interesse an ihrer Tochter hätte. Nur für den

Fall, daß sie wie durch ein Wunder gekommen war, um sie ihm anzutragen. Deshalb zog er es vor, mitten in seiner Verwirrung den Clown zu spielen. Er schlug eine andere Taktik an: „Madam, entschuldigen Sie meine Unbestimmtheit. Der Commissioner hat mich heute morgen wegen verschiedener Informationen zurechtgewiesen...

Und er wollte Kojo Pol persönlich sprechen, um ihn zu warnen, bei künftigen Aufträgen vorsichtiger vorzugehen..."

Boadi hatte die Worte hinzugefügt, um die Reichweite seiner Verbindungen aufzuzeigen und darauf hinzuweisen, daß er Pol völlig unter Kontrolle hatte. Für den Fall, daß man sich wirklich über ihn beklagen sollte.

Dann aber wurde ihm plötzlich bewußt, daß er Pol nicht hätte erwähnen sollen: Diese Frau schien Widersprüche in ihm zum Ausbruch zu bringen. Darum begehrte er sie. Auch wenn er in seiner Verzweiflung spürte, daß ihr seine Absichten nur allzu klar sein mußten, als daß er irgendwelche Heimlichkeiten aufrechterhalten und sein Ziel erreichen konnte.

„Sicher erwarten Sie nicht von mir, daß ich mein Interesse an Ihrer Tochter zum Ausdruck bringe, während ich mit Ihnen beiden Geschäfte mache?...

Schauen Sie, lassen Sie mich die Wahrheit bekennen...", sagte Boadi und barg alle möglichen Lügen in seinen Armen, „*Sie* sind es, an der ich interessiert bin, Sie, Madam!"

Als er erneut mit seinem Stuhl näherrückte, erhob sich Ewurofua, als wollte sie auf der Wanduhr nachsehen, wie spät es sei. Und setzte sich dann wieder auf einen anderen Stuhl. Sie tat so, als hätte sie Boadis Geständnis nicht gehört, und meinte: „Sehen Sie, Dr., Ihr Junge will Araba zur Liebsten. Und wir sind der Meinung, daß er ihr nichts zu bieten hat. Er bringt sie nur zum Lachen, und ihr gefällt das Gefühl, Macht über ihn zu haben. Und vielleicht wirkt ja auch die Länge und Dünne seines Körpers anziehend auf sie. Aber Sie müssen ihn zurückpfeifen. Sofort!"

Ihre Stimme schwoll an. Nicht nur vor Wut, sondern auch, um ihn von seinen Annäherungsversuchen abzulenken. Nachdenklich sah er sie an, als hätte er ebenfalls nicht vernommen, was sie gesagt hatte. Als er durch den Nebel seiner Begierde schließlich begriff, was sie meinte, brach er in Lachen aus. Er lehnte sich gegen seine Besucherin, als wäre er sich ihrer Haut überhaupt nicht bewußt, und sagte: „Pol! Madam, Sie müssen sich irren. Ihre Tochter ist von zu tiefem Gemüt, um sich von solch einem Zweiglein der Trockenzeit einfangen zu lassen...

Haahahaha. Klar kann der Bursche ganz lustig sein, auch wenn er es nicht so meint!"

Dann schaute er nachdenklich drein. Ihm fiel Pols seltsames Verhalten bei Professor Sackeys Besuch wieder ein. Er erinnerte sich an die kleinen Bemerkungen, die von Unabhängigkeit kündeten. Boadis plötzliches Lächeln schnitt ihm diese Gedanken aus dem Gesicht. Er ertappte sich dabei, daß er daran dachte, seine Besucherin weiter bei sich zu behalten. Er sagte: „Ich werde mit dem jungen Mann sprechen...

Eigentlich könnte auch der Commissioner, wenn er Pol empfängt, ihm etwas dazu sagen."

Dann trat er auf Ewurofua zu. Plötzlich rief sie: „Halten Sie sich zurück, Sir! Ich bin fünf Jahre älter als Sie. Bitte respektieren Sie das!"

Boadi aber manövrierte bereits seinen Schmerbauch um die Stühle herum. Ewurofua wich ihm ganz beweglich aus. Dann sagte sie mit Nachdruck: „Sie müssen ihren Bauch abschnallen, wenn Sie eine alte Frau wie mich einfangen wollen. Und Ihr Benehmen hat alles Vertrauen in Sie zerstört."

Aus einem der Schlafzimmer klang plötzlich eine Stimme herüber. Es war Yaaba, die fragte: „Yaw, was hat das Stuhlscharren im Wohnzimmer zu bedeuten? Ist der Besuch fort? Ich bin fast fertig mit Anziehen...

Ich komme jetzt runter..."

Ewurofua blickte erschreckt in die Richtung, aus der die Stimme kam. Ungläubig fragte sie: „Ihre Frau ist also zu Hause, und trotzdem versuchen Sie Ihre schmutzigen Tricks? Schämen Sie sich!"

Boadi blieb völlig ruhig. Das war in solchen Notfällen seine Stärke. Ewurofua ging.

„Oh, Yaaba, meine Liebe, ich bin bloß über einen Stuhl gestolpert...

muß wohl das Bier sein...

ja, der Besuch ist weg", rief er ungezwungen zu ihr hinüber. Yaaba kam aber gerade noch rechtzeitig herunter, um den Satz „Schämen Sie sich!" zu hören. Und fragte sich und dann ihn, was da vor sich ging.

„Ooch, das ist nur das Echo, meine Liebe. Du weißt ja, beim Echo hört man oft das Gegenteil von dem, was man zu hören meint. Weißt du, wir haben über Geschäfte geredet...

Nein, Sie hat nicht gesagt 'Schämen Sie sich', sie sagte was von März...

da läuft einer der Verträge aus. Sie ist so plötzlich gegangen, weil sie sich über ihre Tochter aufgeregt hat..." sagte Boadi langsam mit eisernem Selbstvertrauen. Schließlich wußte er, daß er zumindest zu einem kleinen Teil die Wahrheit sprach. Die Pausen füllte er mit langen Zügen aus dem Bierglas. In den Pausen blickte Yaaba traurig auf die Wahrheit. Und sie empfand eine plötzlich aufwallende übermäßige Abneigung gegen ihren Mann. Mit überraschender Gehässigkeit meinte sie: „Wenn ich noch unschuldig wäre, hättest du mich schon vor langer Zeit um die Ecke gebracht..."

Boadis Kiefer sahen aus wie zwei nachlässig geschriebene L's. Bereit zur Verteidigung. Bereit, jede Entbehrung aus Beschimpfungen hinzunehmen.

„Aber Yaaba, du weißt doch, daß wir uns nicht mehr streiten wollen. Schließlich leben wir in einem Geist des Gebens und Nehmens...", wagte Boadi mit kriecherischem Lächeln einzuwerfen. Und wartete auf den Haß, der ihm entgegengeschleudert werden würde.

Yaaba schrie: „Ja, ich gebe, und du nimmst. Und was den Geist angeht, der ist schon lange tot!"

Sie wußte genau, daß sie, wenn sie wütend war, die Hälfte ihrer letzten Waffen im Kampf gegen ihn einbüßte: ihre spröde Schönheit und ihren stillen Hang zur Vernunft. In einem Ausbruch wiedergutmachender Selbstbeherrschung bereitete sie auf eleganteste Weise neue Tränen vor...

ließ sie zu den allerhöflichsten Tränen werden, in denen plötzlich jede Beschimpfung versiegte. Tränen, die keine Schuld zuwiesen: Sie badete einfach in ihnen. Als stünde er nicht direkt vor ihr. Als wäre er überhaupt nicht vorhanden. Und trocknete sich dann mit dem unmittelbarsten Selbstmitleid dieser Welt ab. Er tröstete sie, weil er wußte, daß er ihr kein tieferes Mitgefühl geben konnte. Und sie nahm seinen Trost an, weil sie wußte, daß es besser war, dieses winzige Etwas jetzt anzunehmen, als mit der wirkungslosen Waffe ihrer Tränen gegen ihn anzukämpfen. Mit stillem Vorwurf fuhr Ewurofuas Wagen davon. Boadi sprang nach draußen, um zu winken.

Und draußen in der Auffahrt stand Okay Pol. Er blokkierte das verspätete, flehentliche Winken.

„Du, auch du, du stehst meinem Wink im Wege... ich will, daß die Frau sieht, wie ich ihr einen Wink gebe! Das ist gut für's Geschäft!" brüllte Boadi.

Pol schaute ihn mit seinem neuen, verwirrten Blick an und erwiderte nichts. In seinen Augen spiegelte sich ein Anflug von Reife, der Boadi belustigte...

bis ihm die Klagen über Pol wieder einfielen.

„Nun, mein Junge, ich fürchte, du jagst in dunklen Wäldern, in königlichen Gefilden!" sagte er. Und seine Stimme schien sich unter dem Gellen des neuerlichen Ärgernisses zu verdoppeln. Pol blickte ihn erschrocken an, den Hals zurückgebogen wie ein verschrumpelter Kropf und im Sonnenlicht plötzlich von pinkbrauner Farbe wie bei einem Truthahn vor dem Schlachten.

„Was quält Sie denn heute morgen, Uncle?" fragte Pol. Mit mehr als nur einem Anflug von Sarkasmus in der Stimme. „Was stellen Sie mir für Fragen? Ich habe gerade gesehen, wie Sister Ewurofua weggefahren ist, wütend, wie ich sie noch nie erlebt habe..."

„Ah, deinetwegen, mein Junge!" sagte Boadi triumphierend. „Du, du, du hast es auf ihre wunderhübsche Tochter abgesehen, du – schnell, hol Stift und Papier – knutscht mit ihr, du hast die Absicht, mit ihr zu schlafen! Aber, mein Brüderchen, ganz im Ernst, hüte dich! Verärgere mir die alten Damen nicht, versau mir nicht das Geschäft. Die verspeisen dich bei lebendigem Leibe! Und überhaupt, wo es doch in Accra so viele hübsche Mädchen gibt, warum muß es dann unbedingt eine reiche, unerreichbare Frau sein, bei der sogar ich mir zweimal überlegt habe, bevor ich es überhaupt wagte, an sie zu denken! Shieee, Pol! Unter deinem frommen Äußeren schlummert also ein Löwe!"

Dr. Boadis Lachen ergriff den Raum und ließ ihn erbeben. Aber es berührte Pol nicht. Mit distanziertem Gefühl sah er zu, wie Boadi lachte. Und entschied sich wie gewöhnlich dafür, sich dahinter zu verschanzen, daß Boadi seine Person unterschätzte: „Aber Dr., wie könnte ich hinter einer solchen Frau her sein? Sie wissen doch, daß mein Leben bereits schwierig genug ist. Wie kann ich mir dann noch das Gewicht einer Frau aufladen, einer Frau, die durch Haus und Auto nur noch schwerer wird! Wahr ist...",

und Pol machte eine Pause,

„... wahr ist, daß sie mich benutzt! Natürlich ist überhaupt nichts passiert, und sie findet es lustig, daß ich so hilflos erscheine und doch so voller guter Ratschläge stecke!"

Zweimal umrundete Okay Pol das Zimmer. Wobei er ziemliche Aufregung vortäuschte und seine Größe um einige Inches über seinen Hals hinaus aufsteigen ließ. Das war ein Anzeichen von Gefahr, das er sich für besondere Anlässe aufsparte. Boadi sah ungeduldig aus und fragte: „Wie steht es mit deinen Absichten? Du hast von Araba Fynns Motiven erzählt, wie aber steht es um deine?"

Kojo Pol sah zur Seite und Dr. Boadi gespannt an. Und meinte, ohne die Augen zu bewegen: „Das, Dr., geht Sie nichts an."

Ungläubig starrte Boadi Pol an und zuckte dann mit den Schultern. Schließlich sagte Dr. Boadi: „Geschäft ist Geschäft, setz nie wieder deinen Fuß über ihre Schwelle. Und nimm auf mich zumindest soweit Rücksicht, daß du dich meiner Interessen ebensogut erinnerst wie deiner eigenen..."

Okay Pol spürte sofort, daß sich Dr. Boadi – eigenartigerweise – weitaus besonnener verhielt, als er sich fühlte. Boadi schien noch immer etwas mit seinem im Augenblick stillhaltenden Schmerbauch vorzuhaben. Pol war noch nicht zu Ende. Er sah Boadi an, als wäre der ein Kind, und meinte: „Uncle Boadi, Sie wissen genau, daß Sie mich nicht davon abhalten können, jedem x-beliebigen Haus in diesem guten Lande einen Besuch abzustatten, nicht einmal nach traditionellem Recht...

Es ist genau so wie bei mir, als ich Kofi Loww befehlen wollte, den Flughafen nicht zu verlassen. Wir sind alle schuldig. Wir wollen alle mehr Macht, als wir bereits haben."

Ein Gefühl der Selbsterkenntnis machte ihm bewußt: Er hatte keine Angst mehr vor Dr. Boadi. Fand ihn sogar irgendwie ein wenig lächerlich. Aus einer inneren Eingebung heraus sagte er plötzlich: „Ende des Monats höre ich auf! Ich mag nicht mehr einen jungen Mann herumjagen, der noch dazu unschuldig ist! Sie sind nicht brutal, Dr., doch wenn kleine Leute wie ich Ihnen nicht sagen, wie weit Sie gehen können, wenn wir ihnen nicht unsere eigenen kleinen Mutbeweise liefern, dann zerstören Sie uns, ohne es überhaupt zu merken!"

Pols Körper krümmte sich zum Siegeszeichen. Zum Zeichen, das ein Chief macht, wenn ihm die Darbietung eines Tänzers gefallen hat. Er redete, als spreche er über Kriegsbarrikaden hinweg. Und seine Stimme war so tief, daß nichts, nicht einmal der Zweifel, unter ihr hindurchkriechen konnte. Und er fügte hinzu: „Schade, daß sie keine heldenmütigere Person gewinnen konnten, jetzt mit Ihnen zu reden...

dann könnten Sie den Pfeffer des Gesprächs wenigstens ernst nehmen..."

In seiner Kehle würgte sacht die im Palmöl schwimmende Aubergine, die er vor kurzem gegessen hatte. Und seine Augen rundeten sich triumphierend vor innerer Ruhe.

Dr. Boadi erhob sich nicht aus seinem wutschäumenden Stuhl. Er saß da und beobachtete, wie Okay Pols Körper und Größe vor lärmendem Selbstvertrauen kochten. Als er den Mund öffnete, um etwas zu sagen, um eine Beleidigung auszusprechen, wurde der von einer unergründlichen Ruhe, einer stumm wütenden Hitze wieder verschlossen. Sein Schmerbauch füllte sich mit Verachtung, genau an der Stelle, an der sich das beständig fließende Bier und die nachmittäglichen Schnecken verdauend trafen. Er vergaß seine überlegene Gewandtheit. Krallte sich mit plötzlicher Grobheit in die Armlehnen seines Stuhls. Als er schließlich aufstand, fügten sich seine scharfen L-Kiefer in den Worten wütend zueinander. Er brüllte: „Du, du elender, du elender Betrüger, du wirst das, was du mir gerade erzählt hast, vor dem Commissioner wiederholen!

Ich war der Meinung, daß ich dich gut ausbilde, daß du anfängst, mich zu verstehen, nachdem ich dich mehr oder weniger aus dem Busch geholt habe!

Aus deiner unreifen und lächerlichen Offenheit, die dich immer wieder in Schwierigkeiten gebracht hat!

Ich kann dir einfach nicht erlauben aufzuhören! Wie kannst du aufhören wollen bei all den Geheimnissen, von denen du weißt?

Sieh doch nur!

Du kennst meine Pläne, meine Mädchen, meine Bank, meinen Commissioner.

Was noch? *Abua* heute, morgen und in Ewigkeit!

Und denk an das Geld, das du in all den Monaten erhalten hast...

für diese Aktion hier, jene Operation dort.

Und was mich betrifft, so hast du mich regelrecht ausgelutscht! Wenn du aussteigst, wirst du mir jeden Pesewa zurückzahlen.

Steckt etwa die Frau dahinter?

Oder ist es der Verrückte, dieser Sackey?

Willst du Geld? Sag's mir!

Wir werden sehen!"

Mit langsamen, drohenden Schritten kam Dr. Boadi auf Pol zu...

„Hey! Papa Boadi", rief Yaaba, die gerade hereingestürmt kam, „was machst du denn? Laß ihn in Ruhe! Willst du einen Skandal..."

Sie stellte sich zwischen die beiden Männer und stieß ihren Mann mit überraschender Kraft gewaltsam vor seinen Schmerbauch. Mit einem Wutschrei fiel Boadi auf die Couch.

„Du verdammtes Weibsstück!" brüllte er, „auf wessen Seite stehst du? Hat er dich verhext?"

Boadis Versuch aufzustehen glich dem einer auf dem Rücken liegenden Schabe. Yaaba sah ihn mitleidig an. Sie ging zu ihm hinüber. Und nahm mit Kraft und Anteilnahme seine Hand.

„Sieh mich an", sagte sie, „sieh mich an, und alles ist in Ordnung. Ich habe dich all die Jahre beruhigt und werde es auch jetzt wieder tun. Trauere dem verschütteten Bier nicht nach, wir haben noch mehr Flaschen...

Hunderte, wie du weißt."

Voller Ironie schenkte sie ihm eine Abart seines eigenen verwirrenden Lächelns und bedeutete Pol heimlich zu gehen. Pol warf ihren Wink zurück und ging, nachdem er noch einen letzten Blick auf den unaussprechlichen Zorn in Dr. Boadis Gesicht geworfen hatte, das von seiner Frau gestreichelt wurde, obwohl sie wahrscheinlich nichts Sanftes darin entdecken würde.

Die Luft draußen ergriff ihn mit Erleichterung und trieb ihn mit seinem merkwürdigen Schritt voran. Okay Pol fühlte außergewöhnliche Erleichterung. Mit einem Hüpfer stülpte er sich seinen Fez über. Seine Glieder schwangen zum Dröhnen unsichtbarer Trommeln. Und obwohl er nie ein guter Tänzer gewesen war, tanzte er jetzt seinen Weg. Während er Legon weit hinter sich ließ, borgte er sich all das Lächeln in den Straßen. Und als er am Liberation Circle herauskam, aß er gebratenen Yam mit Pfeffer. Und seine kleinen Kiefer mahlten in triumphierendem Rhythmus. Okay Pol hatte sich innerlich verändert. Langsam zwar, doch schneller, als es der Gang der äußeren Dinge eigentlich erlaubte: Während er die Bemerkungen solch menschlicher Buschfeuer wie Professor Sackey in sich aufnahm und verdaute, sah er die große Distanz, die aufbrach zwischen seinen reifenden Gefühlen und den lächerlichen Gelegenheitsdiensten, die er ausführte, und den seltsamen Situationen, in die er geriet. Diese kleine Offenbarung seines Ichs – die die Ältesten mit den Ritualen und Zeremonien der Vergangenheit hegten und pflegten – dauerte in ihm fort, öffnete neue Erfahrungshorizonte und machte ihm Mut...

so daß er in ganz intensiver Weise sowohl mehr als auch weniger er selbst war. Und all das endete in einer leuchtenden Ecke mit Namen Araba Fynn.

„Tatsächlich!" rief er plötzlich, ohne damit irgend etwas zu meinen, „Immer wird in *Adabraka* der Geruch von *kelewele* herrschen! Wahrlich!"

„Aber Kojo, wem rufst du da was zu?" hörte er plötzlich eine Stimme fragen, als neben ihm ein Auto anhielt.

„Araba!" rief er, zu laut, sprang in Araba Fynns Auto und faßte ihre Hand so fest, daß sie nicht in der Lage war, sofort zu schalten. Er sah sie enthüllend und sehnsüchtig an. Sein Blick ließ sie langsamer werden. Sie sah gedankenverloren aus. Wenn sie lächelte, war es, als lächelte sie über meilenweit sich dehnendes, fremdes Gelände in ihrer Seele hinweg. Er sah sie an, zeigte ihr seine Fragen. Mit einem

Seitenblick machte sie seine Zweifel zunichte und sagte: „Ich habe dich gesucht, wußte aber nicht, wo du wohnst..."

Pol machte sich steif. Als ob seine Schultern sprechen konnten.

„Was ist los?" fragte Araba ein wenig abwesend. Wieder ließ er seine Schultern sprechen. Sie wurden im Auto schmaler. Und stumm drückte sein Hals die Schultern hinab.

„Araba", begann er und schaute ihr voll ins Gesicht, als sie für einen kurzen Augenblick die Augen von der Straße nahm, „mein Haus oder besser, mein Zimmer, müßte erst aufgeräumt werden, bevor du es betrittst."

Für sie war da kein richtiges Schweigen. Nur der Nachhall seiner Worte. Sie fuhr schneller. Versuchte ihren schnell aufsteigenden Ärger zu überholen.

„Paß auf, die Ziege!" rief Pol plötzlich.

Und als Araba lächelte, ließ sie diesmal eine ganze Welt hinter sich: Sie hielt es jetzt fast für unmöglich, es jemals ernst mit ihm zu meinen...

ob sie es nun wollte oder nicht. Sie erinnerte sich an seinen Wunsch, daß ihr Herz nicht so übervoll sein möge. Es erschien ihr unvorhergesehenerweise unbegreiflich, daß ausgerechnet die Person, von der sie geglaubt hatte, daß sie soviel von ihr tragen könnte – sogar für sie tragen könnte –, nicht in der Lage sein sollte, ihr Gewicht zu er-tragen.

Er sah sie an. Und plötzlich schien seine alte Unschuld wieder hervor. Kämpfte mit den Gedanken, die er in ihrem Kopf zu sehen versuchte.

„Ich fürchte mich nicht vor deinem Geld", wagte er zu äußern und hoffte, die richtige Richtung eingeschlagen zu haben, „ich versuche nur, alle Seiten von dir in Erfahrung zu bringen...

deshalb habe ich mein Zimmer erwähnt."

Sie fuhr weiter. An den Widersprüchen vorbei. Und hoffte, er würde es seinem winzigen, klopfenden Herzen nicht noch schwerer machen: Einfachheit suchte sie bei ihm. War er da, dann war sie eine eins-plus-eins-Frau. Er wartete darauf, daß sie ihm etwas erwiderte, um den *shitoh* zum *kyenam* zu bringen. Doch ihr Gesicht hatte wieder jene undurchdringliche Gleichgültigkeit angenommen...

die ihm, und dafür war er ihr dankbar, viel bekannter vorkam. Viel beruhigender. Sie waren wieder bei den Unsicherheiten des Anfangs angekommen. Doch die Berührung ihrer Haut, erinnert als das Innere gekochter *okros*, schob seine stille Verwunderung zur Seite. Erweckte wieder das Bedürfnis, ihre Beziehung neu zu bestimmen. Dann sagte er plötzlich zu sich: Wenn er in der Lage war, Dr. Boadi zu trotzen, dann konnte er auch seinem eigenen Herzen trotzen. Denn wahrscheinlich brauchte ersteres viel mehr Mut als letzteres. Er sagte zu ihr: „Meine Kleinegeschäftsfraugefahr entfernt sich so schnell von mir!"

In seiner Stimme lag ein Anflug von Ironie und Traurigkeit. Sein Lächeln aber erhellte das Auto. Bäume, Erinnerungen, Orangen und Straßenhändler spiegelten sich in der rechten Seite des blankgeputzten Autos und füllten sie aus. Der Himmel setzte seine fliegenden Vögel auf das voranschießende Autodach. Die Stadt mit all ihrem Treiben ging durch sie hindurch. Sitzen konnten sie auf den schnellsten Thronen, ohne überhaupt Chiefs zu sein: Das vorüberfliegende Accra schien die Geschwindigkeit eines Herzens zu ehren, das so durch und durch gleichgültig war wie das von Araba Fynn. Langsame Herzen wie das von Pol spuckte der Auspuff wieder aus. Sie mußten sich erst allmählich wieder aus den Gossen lesen, die auf sie warteten.

Als das Auto endlich anhielt, wie es schien aus eigenem Antrieb, staunten sie darüber, sich weitab in Osu, am Black Star Square wiederzufinden. Jenes Gebäude aus Geschichte saß über sie zu Gericht. Grau und unfruchtbar. Keine Botschaft klang aus der brüllenden See zu ihnen herüber, die ihre Brise auf die der Wärme abgewandte Seite zwischen ihnen entsandte. Nirgends war Kühle. Nirgends Weite. Noch immer wartete er auf eine Reaktion von ihr, darum sagte sie: „O!"

Und dann sagte sie überhaupt nichts mehr. Die Os ihrer Augen waren leer. Schließlich meinte er: „Glaub nicht, daß ich möchte, daß du dich mir ernsthaft hingibst, auf Kosten deiner Mütter...

Ich weiß, daß ich dich oder jemanden wie dich nicht heiraten kann. Vielleicht aber kann ich dir dabei helfen zu wachsen. Ich sehe, daß du gern wachsen möchtest, und ich möchte dir dabei helfen, mit meinem eigenen Heißhunger auf Wachstum."

Sie sah ihn an, als wollte sie sagen, daß sie seine Überraschungen nicht mehr ertragen wolle. Sie fragte ihn: „Lebt dein Kopf wirklich in Ghana? Wieweit, glaubst du, wirst du es mit deinen guten Absichten bringen? Meinst du, ich habe mein Haus auf guten Absichten erbaut?"

Sie hatte das noch nie ausgesprochen. Deshalb hielt sie inne. Und dachte, fast schon schulderfüllt: Es schien lange her, daß sie ihre eigene Gnadenfähigkeit bemerkt hatte. Es war, als ob Barmherzigkeit und Liebe zunächst nicht zueinanderfinden konnten, daß aber später die eine die andere rettete. Zumindest zum Ende einer Beziehung.

Jetzt saß die Barmherzigkeit auf den Schultern, die er hielt. Er schaute nur verwirrt auf das Meer. Er hielt nur ihre Schultern. Und während sich der Himmel gänzlich verfinsterte, versteckte sich das Meer in ihm. Und schimmerte dann durch die glitzernden Wellen hervor. Die Wut der dröhnenden Wellen sprang in Pols Augen. Über seine plötzliche Berührung kletterte er in ihre Seele, wo endlich ihr Körper sich im rechten Winkel zu seinem fügte. Drüben, wo das Unkraut still neben den rufenden und klimmenden BlackStarStufen stand, hielten auch Arabas Augen still. Sie war lediglich das Zentrum seiner Bewegung, während er still und ohne jede Entschuldigung ihre Kurven umreiste. Und selbst das Meer war nicht runder.

„Ich bin zu groß für dich, ich bin eine Frau von meilenhaftem Ausmaß, die Männer nicht umfangen können", sagte sie lachend. Ihre Leidenschaft erreichte den Punkt, an dem das Meer sich dem Himmel anschmiegte…

Doch dann stand sie plötzlich auf, schob seine Dünnheit von sich und hielt ihn doch bei der Hand. Als sei die Hand nur ein Kugelschreiber, den sie so einfach leerschrieb. Seine Leidenschaft wuchs mit seinem Bedauern. Doch seine Hände schrieben nur heftige Muster um ihren nachdenklichen Rücken. Dünn sah er aus. Und verrückt. Er betrachtete ihren einsamen und entrückten Hinterkopf. Kühle nirgendwo. Und er dachte plötzlich: Er mußte aufhören, sie zu verstehen suchen. Und sie fuhren davon. Schnell. Endgültig schnell zu Okay Pols winzigem Zimmer in Kaneshie.

Das Zimmer war so eng, daß die Stühle mit gekreuzten Beinen dasaßen. Und die Wände, rosa und ungeduldig in ihrem Streben nach Platz, wollten das Zimmer noch kleiner erscheinen lassen. Der Spitzenvorhang vor der Tür war wie ein dichter Nebel und fegte die Lieder aus dem Radio in die ungemütliche Ecke hinter dem Bett. Und das Bett vibrierte mit den Liedern.

„Was für ein altmodisches Bett!" rief Araba unfreiwillig aus. „Und das ist das Zimmer, das du mir nicht zeigen wolltest? Es ist doch hübsch, einfach und sauber...

wie die städtische Version eines netten kleinen Zimmers auf dem Lande."

Pol suchte nach einer verborgenen Bedeutung in ihren Worten. Und als er keine fand, dachte er: Sie ist so süß, das muß von mehr als einem Acre Zuckerrohr herrühren. Seit kurzem hielt er eine neue Angewohnheit in sich gefangen: Er versuchte, in jedem plötzlich auftauchenden Glasfenster hübsch auszusehen. Oder neben jedem Bambusstrauch besonders gerade zu stehen, während die Ziegen einander lustvoll bestiegen. Als sie ihn bei dieser kleinen Eitelkeit ertappte, hoben sich ihre Wangen wie die Hügel ihrer Brust. Brachten ihr Lächeln fast bis zur Kreuzung der Liebe. Schufen seinem Leben einen Eckpunkt. Und rundeten es ab. Pol sah angespannt aus, als er merkte, daß sein Zimmer einer peinlichen Prüfung unterzogen wurde. Er versuchte, seinen Körper in so etwas wie Ruhe zu manövrieren. Heraus aus dem teils Hingezogensein, teils Zurückgezogensein. Und sein Körper wurde durchscheinend: Besorgt bündelte er sich, zog sich zusammen, damit sie in jedem Augenblick mehr von ihm berühren konnte. Auf seinem Gesicht tauchte das dringende Bedürfnis auf zu gefallen...

und so falzte er dieses Bedürfnis, steckte es in sein beinahe leeres Album und überreichte es ihr gemeinsam mit dem traditionsgemäßen Angebot, sich zu setzen.

Wann immer sie ein Lächeln hervorzauberte, putzte er es mit dem Licht seines Lächelns blank. Und doch fühlten sie beide in dem stummen Bedauern, das sie nun umfangen hielt, daß vielleicht alles zwischen ihnen vorbei sein könnte: Sie zeigte es im abwehrbereiten Anflug von Gleichgültigkeit in den Mundwinkeln, er im rhythmischen Rollen seines kurzen Halses. Plötzlich sagte er unter Lachen: „Du überfüllst mein Zimmer, du bist einfach zu feudal!"

Sie lachten beide in den Schaum von zwei Gläser Club Bier. Die Flaschen standen stramm. Fast wie sein Herz.

„Möchtest du gern ins Business?" fragte Araba Fynn

Okay Pol plötzlich. Überrascht hob er sein Gesicht vom Fußboden auf. Auf ihre Frage antwortete er nicht. Und sagte damit mehr, als er mit Worten hätte ausdrücken können. Sein Gesicht sah aus wie eine geschlossene Kinotür: Hinter ihr geht mehr vor, als von draußen zu sehen ist.

„Ja", sagte er schließlich, ohne zu überlegen, „solange es nicht der Liebe in die Quere kommt, die ich für dich empfinde..."

Sie sah ihn mit einer Härte an, die all seine Erfahrungen überstieg.

„Du bist zu unschuldig, du bist zu unschuldig!" rief sie aus. Als hätte er tief in ihr ein paar Trommeln angeschlagen, deren Klang sie beunruhigte. Als ob sie ihr Geld fast zu schnell verdient hatte. Oder aber als ob seine Langsamkeit ihre Geschwindigkeit, ihr flüchtiges Leben in doppeltem Sinne bestimmte. Dann fügte sie ruhiger, um den Ausbruch wiedergutzumachen, doch mit gleicher Kraft, hinzu: „Sprich noch nicht von Liebe. Unschuldige Menschen wie du sollten nicht von Liebe sprechen. Vorher mußt du erst etwas tun, du mußt etwas von dem neuen Ghana finden, von dem du immer sprichst! Und denk dran, du bist älter als ich!"

Als Pol verwirrt aus dem Fenster blickte, sahen die Lichtergruppen rund um die Häuser aus wie teure Halsketten um die Halspartien sehr einfacher Frauen. In seinem Mund verharrte das Bier, gegen eine Wange gedrückt. Sein Herz schlug schneller als seine Uhr. Als sie aufstand, sagte sie: „Immerhin könnte ich dich umarmen, anstatt dich zu beurteilen..."

Pol flammte auf wie das Zündholz der Liebe, das er gerade im Begriff war zu entzünden. In seinem Mund hatte er den Geschmack einer Sternfrucht...

und wollte ihn in ihren Mund übertragen.

„Was soll die ganze Küsserei? Das sieht man doch nur im Film..."

Er verschloß ihr die Worte mit seinem Mund. Und fand ihr Kleid wunderbar locker und offen. Und so war es also doch nicht unmöglich, eine ganze Welt in den Händen zu halten. Wenn seine Dünnheit ein Segen war, ein Trankopfer, dann war sie bereit, ihn zu empfangen.

„Was für ein Kanu ich gefunden habe!" rief Pol plötzlich aus, während er sie zum Bett hinüber zog.

„Dann rudere mich, *Owura!*" erwiderte Araba im besten Geiste ihrer Coast-Erziehung. Die Sieben-Uhr-Nachrichten nagelte er an ihre Hüften, während das Radio seine Worte nutzlos über ihre Bewegungen hinweg verströmte.

Sie war unendlich weich. Ihre Wangen hatten die Form ihrer Brüste. Und als er über sie kam, wollte er unter ihr sein. Und wenn er unter ihr war, wollte er über sie kommen. Diese Verwirrung ließ ihre Liebe explodieren. Ließ sie schließlich zerstäuben wie Orangenkerne unter einem einstürzenden Himmel. Dann lag sie da mit schreckenklaren Augen. Sie war etwas Unerreichbares, das er schließlich doch bekommen hatte, aber noch immer nicht ganz besaß. Ihr Stirnrunzeln war ein Geschenk. Als er so langgestreckt dalag, fühlte Pol sich ungeheuer reif und erwachsen. Träge sagte er: „Deine Großmutter ist hier und beobachtet uns!"

Sie schnellte zur Seite hoch und ließ sich dann mit weichem Lachen zurückfallen. Er fuhr fort: „Deine Mütter mögen mich nicht mehr. Mir ist klar, welches Risiko du eingehst..."

Sie sah ihn nur an. Hielt ihn fest an der Mitte seines Schafts. Und seine Worte versickerten in ihrem Schweigen. Als sie erzitterte, entstand das aus dem Unbehagen heraus, sich im Zimmer eines Mannes zu befinden und sich zu ihm gelegt zu haben. Und als sie aufstand, erhob sich ihre ganze Vergangenheit mit ihr. Sie vibrierte in ihren Brüsten. Pol wurde mit einem Mal zu einem nachträglichen Einfall. Und in Gedanken ging sie ein paar Jahre zurück zu der Zeit, da sie erkannt hatte, daß Männer nur dazu da seien, beim Geschäftemachen erobert zu werden...

ganz im Stile von Makola. Ihre Vergangenheit verließ sie so schnell wieder, wie sie gekommen war. Sie schaute auf Pol, der auf dem Bett lag und noch immer ihre Berührungen in den Augen trug. Warum nur war er so sicher und bestimmt, was sie betraf, fragte sie sich. Dann hellte sich ihr Inneres auf: Wie dankbar es doch war, solch eine Erfahrung zu machen, wie sie sie gerade gemacht hatte. Mit einem Mann, den andere für lächerlich hielten. Und der deshalb nicht unbedingt ein großartiges Gefühl von Verantwortung in ihr aufrührte. Der aber dennoch, wie sie fühlte, beschützt werden mußte. Als sie schließlich ging, wollte sie ihn ganz bestimmt wiedersehen. Und vielleicht wieder.

Kapitel elf

Am Rande der Skyline, von dem aus die *trotros* die Leute zur Armut hin und von ihr wegbeförderten, sie zu unterschiedlich gefüllten Tellern mit *gari* hinfuhren und von ihnen wegbrachten, krähte ein Hahn die Stadt an. Und die Stadt hatte sein Krähen am Wickel. Dick haftete der Anfangnovembernebel auf Gras und Gosse, Dach und Tal, wie endloser einheimischer Kaugummi...

auch der Nebel mußte nicht importiert werden. Drüben, wo auf müdem Fuß die Frühaufsteher unterwegs waren, verzweigte sich die Straße in die langen Schenkel einer schlafenden Frau. Accra war eine Kolanuß im Munde eines *Mallam*, der sich bemühte, sie möglichst schnell auszuspucken. Und die Sonne war kraftlos: Aber am wenigsten fanden ihre Schultern die Kraft, den Nebel beiseite zu schieben...

der Nebel schlief schwerfällig...

und ihre Strahlen streichelten Tausende Beine. Braune und nichtbraune. Wohlgeformte und unförmige. Das Mekkern der Ziegen verlieh dem Beton eines Bankgebäudes neuen Halt. Und drängte Kofi Loww ins Unbestimmte, wohl aber dem Verständnis seines Seins entgegen. Verzweifelt bemühte sich das Glas des neuen Bürogebäudes, die Schrecken der Gosse abzuschütteln, die sich in ihm widerspiegelten...

und die Zwillingstürme neben dem Opernkino warfen zwei völlig unterschiedliche Bilder von Loww zurück. Trotzdem bestimmten beide Zerrbilder, die für einen kurzen Augenblick billig im Glas zusammenliefen, ganz genau sein Wesen.

Er war eine schlafende Schnecke. Ein Mann in stummer Verzückung. Und seine Beine befanden sich genau im Schwerpunkt seiner Schritte...

er war der erste Zweibeiner in Accra mit einem Bein in der Mitte.

Loww, *ayekoooo*!

Behutsam trug er seinen Kopf durch den Morgen. Denn er steckte voller Ziele. Voller Rastlosigkeit.

Wenn er lief, dann schien er Teile der Stadt mit seinen schwerfälligen, breiten Füßen aneinanderzubinden: die alten Wellblechdächer von Nima riefen ihren Rost zurück hinüber zum Ringway, wo die Autos das Gähnen der alten, zweispurigen Straßen zwischen den beiden ausgelaugten Kreiseln, Liberation Circle und Redemption Circle, zusammenzogen und ausdehnten...

der Rost war Geschenk des Regens. Geschenk einer Vernachlässigung durch die Politik. Als er den Danquah Circle umrundete, konnte er das Brüllen des Meeres bereits vom Mund von Osu ablesen, dessen Häuser – so nahe beim Castle – aussahen, als hätte man sie in Jamestown gestohlen, unten am allerletzten Gulliloch. Das Band, das Lowws Füße unsichtbar miteinander verschlang, stolperte jetzt nach Ridge hinein, wo sich die Straßen wie riesige Felder eines Schachbretts gegeneinanderstellten. Klar umgrenzt und farbig voneinander abgesetzt. Und weiter drüben, an der gescheiten Architektur von Asylum, schwatzten die schlanken *neems* wirr vor sich hin. Als Kofi jetzt die Augen zusammenkniff, fügten sich aus der Entfernung ganze Welten in eine Apfelsine. All die Großartigkeit der Kathedralen und Wohnhäuser, der Bäume und der Märkte gar, paßte in eine einzige Frucht.

Zwei Jahre als Diplomand an der Universität hatten in ihm das Bedürfnis geweckt, auf den stilleren Savannen des Geistes zu grasen. Dort konnte er sich in die Weiden verbeißen, ohne daß die Professoren gleich zurückbissen. Er zerschnitt sein Leben in kleine Häppchen und wußte nicht recht, über welches Häppchen er sich zuerst hermachen sollte: Wenn er nicht an die Universität zurückging, dann würde die Sonne nur durch Milchglas und die Tränen und Befürchtungen seines Vaters scheinen. Trieb er weiterhin durch die Straßen mit ihren ziellosen Stunden, die ihm so labend, so voll heilsamer Kräuter vorkamen, dann würden sie nicht begreifen, daß es auch in dieser Stadt stille Menschen gab – manchmal sogar ziemlich geräuschvolle –, die sich nicht ums Geld kümmerten oder einer Leidenschaft nachjagten. Dachte er daran, Adwoa nicht zu heiraten, dann drohte ihm die anklagende und verwünschende Unschuld ungeborener Generationen. Diese Kinder, noch waren sie nicht geboren und verteidigten doch schon durch ihre herzensgute Mutter ihr Recht auf Leben. Sie riefen seinem *popylonkwe* zu, sein Dasein zu rechtfertigen und sich an die Arbeit zu machen...

sich durch Adwoa hindurchzuarbeiten. Noch Monate, nachdem er Adwoa Adde kennengelernt hatte, hatte er versucht, ihr seinen kleinen Sohn Ahomka zu verheimlichen: Er wollte nicht, daß sie ihm vorwarf, sich mit einem Kind zufriedenzugeben – noch dazu mit dem Kind einer anderen. Und da ihm seine Mutter über all die Jahre hinweg Argwohn gegenüber Frauen eingeflößt hatte, war er fest entschlossen, Adwoa, wenn es nötig würde, mit Hilfe seines kleinen Lieblings, indem er plötzlich sein Vorhandensein offenbarte, einen solchen Schock zu versetzen, daß sie von ihm ließ. Doch Adwoa erfuhr ganz nebenbei davon und machte ihm weder Vorwürfe, noch liebte sie ihn weniger. Er wurde in ihren Augen lediglich vielschichtiger. Und wie ein langsamer, strahlender Rochen setzte sich ihre Liebe in Bewegung und schloß seinen Sohn mit ein.

Zunächst konnte er das Ausmaß ihrer Liebe nicht begreifen. Und er versuchte – aus seltsamem Mißtrauen heraus –, ihr gleichzeitig aus dem Wege zu gehen und sie auf die Probe zu stellen. Der kleine Ahomka aber hatte mit seinen sieben Jahren alles mitbekommen, faßte seinen Vater mit beiden Händen und sagte: „Papa, laß Auntie Adwoa nicht gehen. Ich mag sie mehr als meine eigene Mama."

„Ich auch", erwiderte Loww darauf.

„Dann bemüh dich um sie, kümmere dich um sie...

ich wünsche mir einen Bruder!" rief Ahomka mit übersprudelndem Ernst. Akosua Badu, Ahomkas Mutter, war eine große, fette Frau in den hohen, fetten Dreißigern, die Loww beim Bier getroffen hatte. Und mit der er später, bei nüchternem Licht, das Bedauern über eine ungewollte Schwangerschaft teilte. Sie war immer langsam: beim Kochen. Beim Essen. War langsam im Handeln. Nur das Geld gab sie unheimlich schnell aus. Als sie schließlich ankam und Ahomka bei Kofi Loww und Erzuah ablud, hatte sie gerufen: „Du denkst also, du kannst dich durch Bücher ackern? Aber was für Geld kann man schon aus Büchern pressen? Ich jedenfalls brauche Geld...

also nimm deinen Sohn! Soll ich ihn etwa mit Büchern füttern?"

Und das seltsamste war, daß Erzuah sich sofort entschloß, sich um den kleinen Jungen zu kümmern. Weder Verwandten noch Kindermädchen wollte er das erlauben. Und für Akosua fand er nicht ein beleidigendes Wort. Kräftig und lebhaft war Ahomka unter der bewundernden Fürsorge seines Großvaters geworden. Und er brachte ein Leuchten ins Haus.

Jetzt ging Kofi Loww weiter. Vorbei an all dem Essen, das offen in den Auslagen stand. Vorbei am *jolly kaklo*, am *gari*, am Fisch. Vorbei an den Tomaten, dem gekochten Reis mit Stew. Vorbei an den vielen Fliegen, vor denen nur wenige Händler ihre Waren schützend abdeckten. Er blieb stehen, und ihm ging durch den Kopf: die Fliegen, die Rinnsteine und Latrinen waren ein weitaus treffenderes Symbol als all die Entschuldigungen, die man aus ihnen ableitete, einschließlich der Armut. Mit unverschämter Leichtigkeit fing er eine Fliege von dem Räucherfisch, den er gerade kaufen wollte.

„*Owula*", lachte die Marktfrau, „ich hoffe, Sie verlangen nicht noch Rabatt fürs Fliegenfangen...

immerhin ist das eine zusätzliche Portion Fleisch!"

Loww runzelte mißbilligend die Stirn. Fing eine zweite Fliege. Und warf sie der Frau zusammen mit dem Geld in den Schoß.

„Hey, *Owula*! Wollen Sie mich mit Ihren Fliegen verhexen oder was? Bin ich die einzige, bei der's Fliegen gibt? Nehmen Sie Ihren angewiderten Ausdruck vom Gesicht, und schauen Sie sich um: Hier gibt's Millionen Fliegen! Und überhaupt, Sie brauchen ja nichts zu kaufen, tun Sie's oder lassen Sie's, ob mit Fliege oder ohne", rief die Marktfrau in wachsendem Zorn. Dann brüllte sie mit jener zusätzlichen Kraft, die sie für bestimmte Hintergedanken aufsparte: „Und da sitzt Ihnen eine Fliege im Bart, Sie Oberfliegenfänger! Sie können sie ja nicht mal von Ihrem Bart fernhalten! Hauabdu!"

Den letzten Ausruf nahm sie in Englisch auf und ließ dafür ihr *Ga* fallen. Sie brannte darauf, ihr ganzes Arsenal an Beleidigungen über Loww auszuschütten. Doch schließlich meinte sie, daß das Gelächter ihrer Kolleginnen ausreichte. Überhaupt kam er ihr ziemlich verrückt vor. Und man verschwendete seine Wut nicht an Verrückte.

Völlig ungerührt ging Loww weiter. Ihr Gelächter fiel ihm von den Schultern ab wie ein altes Hemd, das man nachlässig über den Rücken wirft. Und das dann unbemerkt herunterfällt. Mit langsamen Füßen schleppte er den Klang ihres Gelächters hinter sich her: Niemals würde er dieses Volk begreifen, das so oft badete und gleichzeitig so völlig achtlos mit dem Staub und den Fliegen auf den Lebensmitteln seiner Märkte umging. So sorglos blieb im Angesicht von Speichel und Latrinen. Zugegeben, die europäischen Seuchen gab es hier nicht! Zu vergleichbaren Zeiten in der Geschichte waren die Ghanaer anspruchsvoller als die meisten Völker. Flinke Besen fegten beständig die Dörfer ihrer langsamen Geschichte. Plötzlich rief er, ohne zu überlegen: „Warum badet ihr eure Straßen und Häuser nicht so oft wie euch selbst!"

Manch einer glaubte, er sei nur ein gewöhnlicher Straßenprediger. Andere dachten, er sei betrunken. Die meisten aber gingen mit jener oberflächlichen Nachsicht vorbei, die sie denen vorbehalten, die sie unglücklicher dünken als sie selbst. Kofi Loww bekam sein Schweigen wieder zu fassen. Nach einem letzten Stoßseufzer über die offenen Stews und Kloaken. In dieser Ecke hier erstrahlten die *bofrots* im Sonnenlicht und erhellten leuchtend ihr Land. Hunderte Segel hätte man in den Rinnsteinen setzen können – denn in sie ergoß sich ein ekelerregendes Trankopfer. Endlose Reihen aus geräuchertem Thunfisch berührten sich an Kopf und Schwanz. Berührten sich an Kopf und Schwanz über den Mündern zweier *Mammies*, die ungeheuer schnell schnatterten. Ihre Worte waren so fettig, daß sie sie geradewegs aus ihrer Harmonie trieben, direkt aus Lowws Kopf heraus...

der leer war, sich aber unwiderstehlich mit Makola-Ingwer füllte. Fünfhundert *kenkeys* rollten die Einbahnstraße auf. Viel schneller als Loww und durch ihre bloße Anzahl – ohne sich überhaupt zu bewegen. Und die großen, runden Scheiben, die hölzernen Tabletts für die endlose Vielzahl von Waren, konnten alle lehren, wie man Norden, Osten, Süden und Westen Ghanas zu tragen hatte, waren in ihnen doch ganze Welten enthalten. Da drüben, wo die Schibutter seinen Verstand salbte, versperrte Loww mit seinem Rücken einer zwiebligen Welt den Weg.

Grenzte das purpurne Wehklagen ihrer Häute aus. Die Tränen aus ihrem beißenden Fleisch. Und während er die tausendunderste Welt anderer Dinge aussperrte und freigab, taten andere dies ebenso wie er. Nur viel schneller. Er sah Funken schlagen aus dem ewigen Zusammenstoß unterschiedlicher Ziele, unterschiedlichen Fleisches, verschiedener Geschwindigkeiten, verschiedener Richtungen. Und die Farben bewegten und mischten sich in solchem Maße, in so vielen Mustern, daß sie aus der Entfernung alle gleich aussahen. Sie ließen Entfernung gerinnen. Das Fett des einen wogte über dem ausgebreiteten *koobi*. Die Liebe eines anderen blieb für immer im *banku* versiegelt, nach einhundert vergeblichen Verabredungen zu diesen weißen Klößen. An den vier Ecken von Makola Number One konnten vier Sicherheitsnadeln die Profite nicht niederhalten. Vermochten nicht, den Dampf von *kenkey*, gekochtem Reis, Hausa-*koko* und *waakyi* am Aufsteigen zu hindern...

und auch nicht den Rauch still verglimmender Leben. Der erhob sich am trägsten in die Lüfte.

Als Loww den mauerumschlossenen Markt betrat, erblickte er flüchtig ein vertrautes Gesicht. Es schien voller Vorahnungen zu sein. Nachdem er vergeblich versucht hatte, das Gesicht einzuordnen, vergaß er es wieder. Und schritt weiter hinein in den Hort grellen Feilschens, wo die Mauern wankten und dennoch Geschwätz und Neckereien der Frauen zusammenhielten, immer noch in traurigen rechten Winkeln umherschlingerten und Zeugen der Geheimnisse des Lebens und des Handelns wurden. Loww vereinzelte all die Hände, die Geld hielten und Geld übergaben – machte ihm Adwoa Adde nicht immer den Vorwurf, sein Herz zu vereinzeln? –, und in den Händen entdeckte er eine größere Traurigkeit als in den Herzen: Es war, als ob die Hände Antworten auf die Fragen bereithielten, die die Augen nie zu stellen wagten. Und er verlor sich in all der Bewegung, die nur unterbrochen wurde, wenn jemand stehenblieb, um etwas zu kaufen. Sein Verstand war von der ungeheuren Konzentration von Energie wie gelähmt. Es war, als ob er an jedem Stand, an dem er vorbeikam, Teile von sich selbst zurückließ, so daß er nun eine sonderbare Leichtigkeit fühlte, so daß die Dinge jetzt auf ihn übergriffen. Der Tisch voll *yoyi* war der Beginn einer

Reise. Das Angebot an Pulvern das Ende einer anderen. Saubere Kopftücher umwickelten die verborgenen Köpfe Tausender Frauen. Tausender unsichtbarer Vorfahrinnen.

Die fette Frau neben der dünnen wollte nur eine begrenzte Menge ihres Fetts verkaufen... das restliche Fett gehörte zum Fundament des Marktes. War Teil des Mittelpunkts des Landes. Und Gelächter gab es mehr als Lächeln, während Loww sich seinen Weg durch die zynischen Laute bahnte, die an seinem Herzen nagten mit der Unschuld von Dingen, die man als jahrelang vergangen erinnert. Die weit über jede Nostalgie hinausreichen. Makola war ein unermeßlich großer und kaleidoskopartiger *kente*. Verschmutzt. Zertrampelt. In Fetzen gerissen. Und doch gleichzeitig ein Ganzes. Und aus den Farben des Schmutzes hätte man die Nationalflagge schneidern sollen. Kofi Loww aber sehnte sich plötzlich die Farbe Grau herbei. Er fühlte sich wie ein alter *bola*, der kurz davorsteht, sich an sich selbst zu entzünden. Wenn nur die Fliegen Tauschmittel wären, würde er eines Tages seine Seele eintauschen. Würde das *mogya* rausschmeißen, das ihn bewohnte. Daß die Augen einer Holzkohlehändlerin den seinen glichen, steigerte nur sein Gefühl der Einsamkeit. Der Boden dröhnte unter der Geschäftemacherei. Atmete er das feste Fleisch des Markts?

Wenn sie starb – so scherzte die Marktfrau plötzlich mit ihm –, dann solle man sie in einer Sardinenbüchse beerdigen. Damit sie selbst im Tode noch Profit abwerfen könne. Loww betrachtete den ausladenden Strohhut, unter dem hervor sie ihre Späße trieb. Und fragte sich, wie listig die Sonne wohl suchen mußte, um ihr für immer verschattetes, hart lächelndes Gesicht ausfindig zu machen.

Er stand regungslos da. Gefangen in vollendeter afrikanischer Zeit. Zeit, die in jeder Dimension existierte. Und versperrte mit eben dieser Zeit die Wege anderer Marktfrauen. Zeit, die die Vorfahrinnen zum Markt rief. Die nunmehr die Augen von Marktfrauen und Kunden berührte. Und über jene hinausreichte, die erst noch geboren werden mußten.

„Agooooo!" bedrängten ihn ungeduldige Stimmen. Und schließlich drängten ihn ihre Hände einfach beiseite. Er trat zur Seite, klammerte sich aber starrköpfig an die vollendete Zeit. Zog sie mit sich, um mattlangsam Mandarinen zu kaufen...

Schweigen lag über dem Kaufen: Er erblickte alle erdenklichen Arten toter Gesichter unter den Lebenden: die Schibutterhändlerin, die schließlich vor Gram starb, weil sie keine Kinder bekommen konnte. Die Ingwerhändlerin, deren Mund alle anderen übertönte. Und die schließlich starb, weil sie zuviel aß und heimlich trank. Sieh nur Ama, die zurückgekehrt ist und sich mit der geliehenen Nase ihrer noch lebenden Schwester mit dem langen Gesicht schmückt, als könnte man sich selbst die Ewigkeit ausborgen für umsooonst!

„Die Erdnüsse hier sind fünfzehn Jahre alt!" rief jemand aus dem Ekel der Vergangenheit herüber. Und als Loww sich nach der Stimme umsah, erblickte er lediglich den Schrecken dreier fadgrauer Schwestern, die sich bemühten, erwachsen zu werden und die Unbarmherzigkeit des Geldmachens zu erlernen. Die arme Abena starb im Salz. Rollte ihren Tod in das Salz ein. Und hatte doch – wie traurig, ach wie traurig – immer nur Zucker verkaufen wollen. Die anderen hatten sie damit aufgezogen, daß ihr Mann, den sie sich immer gewünscht, aber nie bekommen hatte, ihrem Salz immer Zucker vorziehen würde...

und wenn sie dann lachte, dann nur, um nicht zu weinen.

„Naa Dee-eeehhh!" rief eine Marktfrau mit längst vergangenem Mund, als die Bananenkönigin vorüberfuhr. „Naa Dee, die Zeiten sind schwer-eehh, und sehr bald schon wird uns der Hunger anhupen! Kannst du nicht mal deine *boogie* Afro-Queenie-Queenie-Zauberkraft unter unseren Problemen zünden und sie an die Oberfläche befördern? Oh! Bloß deinen 504-eehh! Aber heutzutage verpönt ihr Leute ja die Toten. Ihr vergeßt die Gebeine, die ihr früher so geehrt habt. Und wie kann ich heimgehen in ein unkrautüberwuchertes Grab, das bedeckt ist von den Beleidigungen der Kassava...

wenn sich die Wurzeln der Kassava in meine Knochen treiben! Naa Dee-eeehhh, Naa Dee."

Loww hätte am liebsten die Traurigkeit in seinem Kopf mit zundertrockenen Maisblättern umwickelt. Und die Menschen hätten seinen Kummer gehört, wenn die Blätter auf dem Marktplatz seines Kopfes raschelten. Dann schnitt sich

ein Schrei in seine grüblerische Stimmung: „*Owula*! Sie bringen Traurigkeit zu jeder Marktfrau, an deren Stand Sie auftauchen. Das wollen wir hier nicht! Warum kaufen Sie nicht einfach, was Sie brauchen, und lassen uns in Ruhe! Ich könnte schwören: Sie sehen aus wie ein Vorbote der Geisterwelt...
schließlich waren die fünf Jahre, die ich als Lehrerin der Köpfe zugebracht habe, nur eine Ausbildung für Makola!"

Die Rednerin war quicklebendig. Und sie schickte ihr Lachen auf die Reise zu den anderen Marktfrauen. Und die schickten ihr das Lachen zurück. Kofi Loww drehte sich um. Und genau in dem Augenblick, als er sich umdrehte, spürte er einen Klaps auf der Schulter. Dort, wo gerade noch sein Gesicht gewesen war. Er drehte sich erneut um, als ob die Welt nicht aufhören wollte, sich um und um zu drehen.

Ein Polizist stand ihm gegenüber. Sein kontinental großer Mund war vorauseilend geöffnet und bereitete sich darauf vor, Wörter zu formen und sie in seine Richtung zu speien: „Private Mahamadu, Sar, mit Befehl, Sie mitkomm zu Offizier drauß bei Auto, Sar. Sie heiß Kofi Loww, nit wahr? Nit Palaver, Sar, Offizier woll still Gespräch. Ihr Aug seh aus heiß, Sar."

Loww fing den triumphierenden Blick einer Marktfrau auf, die sich in ihrem Mißtrauen bestätigt sah. Ihr Doppelkinn hätte das geeiste Wasser eines ganzen Weinkühlers aufnehmen können. So tiefbefriedigt hing es herunter.

„Geh, geh, geh, geh! Verschwinde dorthin, wo du hingehörst!" brüllte sie, „geh mit dem Polizisten mit!"

Plötzlich machte der Polizist eine Ehrenbezeigung, die den Zweifel in Loww zerteilte: entweder schnell zu verschwinden und das uniformierte Maul loszuwerden oder „Ja!" zu sagen und bei der Pferdeprozession mitzumachen mit all den spionierenden Augen, die ihm dann folgen würden. Private Mahamadu hatte eine Haut wie geräucherter Schlammfisch. Seine Augen über dem Braun seiner Kolazähne aber strahlten so hell, daß sie unter dem üppigen, grauen Wucher seines Haars ganz körperlos und einsam aussahen...

Haar, das sich in einer Weise rebellisch unter der Mütze hervorwagte, daß er es nur durch beständiges Salutieren beständig verbergen konnte...

und mehr oder weniger in der Luft zu schweben schienen.

Wortlos folgte Kofi Loww ihm durch den Hagel der Ehrenbezeigungen. Mahamadu wiederholte selbstbewußt: „Ihr Aug seh aus heiß, Sar!"

„Nicht halb so heiß wie dein Mund!" entgegnete Loww, als hätte er den Mund überhaupt nicht aufgemacht.

„Was Sie sag, Sar?" fragte Mahamadu, erstaunt darüber, daß er schließlich doch noch eine Antwort von Loww bekommen hatte.

„Wo ist dein Offizier?" fragte Loww.

Mahamadu versperrte die Sonne mit einer federnden Ehrenbezeigung. Und zeigte auf einen schicken, weißen Peugeot Kombi außerhalb der Absperrung, der gerade eingeparkt wurde. Einer der Insassen war, mehr oder weniger, etwas fetter als das Auto: Dr. Boadi. Ein anderer war fast so lang wie das Auto: Kojo Okay Pol, der die Stirn runzelte. Und aussah, als sei ihm das alles ziemlich unangenehm. Der dritte im Auto war Sergeant Kwami. Ein kurzer Mann mit ausgreifendem Schritt. Und Augen wie stehende Teiche voll gänzlich verschlagener Fische. Okay Pols Gesicht hellte sich sofort auf, als er Loww sah. Der aber erwiderte sein Lächeln nicht. Dr. Boadi stieg aus dem Auto, nachdem er zunächst des äußeren Eindrucks wegen sein verwirrendes Lächeln aus dem Fenster gehängt hatte. Doch das glitt fast unbemerkt zu Lowws Füßen nieder.

„Das ist also der berühmte Mr. Loww!" rief Boadi betont leutselig. Kratzte sich mit Nachdruck den Schmerbauch. Rückte sein Lächeln zurecht. Und polierte es um der Wirkung willen. Kofi Loww sah ihn völlig gleichgültig an. Okay Pol durchlief sein zweites Lächeln, doch diesmal richtete er es auf das Gefühl der Befriedigung in seinem Inneren. Er freute sich über Kofi Lowws unerschrockenes Auftreten Dr. Boadi gegenüber. Jemand hustete. Und am Ende des Hustens vermischte sich ein Highlife von C. K. Mann mit dem Plärren einer Autohupe.

„Ei, so ein hübscher Song paßt nicht zu Sprichwörtern", meinte Sergeant Kwami zu niemand besonderem. Und stellte sich auf die Zehenspitzen, um etwas größer zu erscheinen.

„Wenn Sie mit mir sprechen wollen", sagte Loww

schließlich, „werden wir zur anglikanischen Kathedrale in der High Street hinübergehen müssen. Ich steige nicht in Ihr Auto ein."

„Sie können also doch sehr fest und bestimmt auftreten!" rief Boadi mit gespielter Überraschung. Private Mahamadu war über die Straße gegangen, um sich ein Päckchen *Embassy* zu kaufen. Sie konnten sehen, daß sein Gang ein schneller Marsch war. Und selbst Mahamadus Hinterkopf war anzusehen, wie sich sein Mund auf das Rauchen vorbereitete. Mit einer Mischung aus Einschüchterung und Zweifel in den Augen schaute Sergeant Kwami Kofi Loww an. Als könnte er sich nicht entscheiden, ob man mit diesem seltsamen Mann nun Mitleid haben oder ihn schikanieren sollte.

„Einsteigen!" befahl Kwami Loww plötzlich roh.

Kojo Pol stellte sich instinktiv Loww zur Seite. Er fühlte sich innerlich ruhig. Aber er rang darum, seinem Herzschlag Halt zu verleihen. Loww hatte die Veränderung in Pol sofort bemerkt: Er sah wesentlich selbstbewußter aus und verhielt sich deutlich freundlicher, ja sogar beschützend.

Pol hob an: „Dr. Boadi, Sie haben versprochen, keine Gewalt anzuwenden, und Sie wissen, nur deshalb bin ich mitgekommen... "

„Hat dich also die reiche, junge Dame wirklich und wahrhaftig herrisch werden lassen, eh, Kojo?" erwiderte Dr. Boadi mit einem Lachen und einer Selbstsicherheit, die deutlich machte, daß er sich völlig in der Gewalt hatte, „und du weißt natürlich, daß ich halte, was ich verspreche. Sergeant! Wir gehen zu Fuß, wie der junge Mann es wünscht! Vielleicht wird dabei auch mein Bauch ein bißchen flacher, eh! Ich bin Dr. Boadi – haben Sie mich nie auf dem Campus gesehen? –, und ich habe ein Bein in der Politik und eins in den Hörsälen von Legon."

Doch Kofi Loww ging schon vornweg. Rhythmisch schob sein Bart Accra zur Seite, als er so dahinging, mit Okay Pol hinter sich.

„Halt, langsamer! *Ewurade*, ich werde alt! Ich laufe nur noch schnell, wenn ich hinter einer Schönen her bin – oder hinter Geld!" rief Boadi von hinten unter kurzen, atemlosen Schritten hervor.

Sergeant Kwami gab ein leises, nasales Lachen von sich.

So leise, daß man denken konnte, es käme von seinem Schatten. Und obwohl er Dr. Boadi mit seinen kurz-langen Schritten leicht hätte hinter sich lassen können, hielt er sich dienstbeflissen hinter ihm...

so daß die beiden Männer in den besten Jahren, die hinten gingen, die schlanke Größe der beiden jungen Männer vorn umschrieben. Und so neigte sich Accra vor den Köpfen der vier Männer zurück. Strahlend schön und seltsam. Private Mahamadu war mit dem Auto vorausgefahren und hatte es bis zum Rand mit dem Zigarettenrauch gefüllt, den er gerade gekauft hatte.

Sieht aus wie Nebel aus den Aburi-Bergen, dachte Kofi Loww, als das Auto vorbeischoß.

Schließlich fanden sich die vier Fußgänger gerade hinter den Glamour Stores zu einer sonderbaren Gruppe zusammen.

„Schauen Sie sich die Leute an", sagte Sergeant Kwami, „schauen Sie sie sich an. Sie verkaufen alles außer Gott! Und wenn ER auch nur einen Augenblick die Augen schließt, dann findet ER sich in einer Auslage auf dem Makola-Markt wieder und wird weit über dem staatlich festgesetzten Preis gehandelt!"

Vier lachende Männer – das war kein Spaß mehr, denn für das Lachen war es schwierig, sich auf den unterschiedlichen Höhenlinien der Münder zu bewegen. Jäh schloß Kofi Loww den Mund. Verschloß sein Lachen und trug sein Schweigen rund um den Post Office Square. Manchmal war seine Stimme so tief, daß man den Kofi darunter nicht hören konnte.

„Was haben Sie gesagt?" fragte Pol und schaute Loww an.

„Ich habe gesagt, daß das Meer eines Tages die Kathedrale für sich beanspruchen wird...", wiederholte Loww, ohne aufzuschauen.

In Pols Ohren verlieh die Zwölf-Uhr-Sirene des Postamtes dem Nachdruck, was Loww gerade gesagt hatte. Als wäre aus dem 'eines Tages' ein 'jetzt' geworden. Und das Meer mit seinem Brüllen, das die Orgel übertönte, drängte sich ins Kirchengestühl. „Also habe ich dich auf dem Markt gesehen?" wandte sich Loww an Pol und schaute diesmal auf.

„Ich habe denen gegenüber darauf bestanden, zuerst

Ihren Gesichtsausdruck zu sehen, bevor wir mit Ihnen reden", erwiderte Pol. Er unterbrach sich, weil er erwartete, daß Loww fragte, warum. Als keine Frage kam, fügte er hinzu: „Man hört, Sie seien ein Mann der Ausdrücke, deshalb...

deshalb habe ich Ihr Gesicht untersucht, um zu sehen, ob ein Gespräch überhaupt möglich ist..."

Als die vier Männer schließlich an der Kathedrale anlangten, hatten die alten *neem*-Bäume bereits die Brise eingefangen, die vom Meer herüberwehte, und teilten sie geizhälsig unter den Fremdlingen auf ihrem Gelände auf. Und als sie sich auf die Bänke setzten, sprachen die Blätter in Windböen. Die Entschlossenheit, die plötzlich auf Lowws Gesicht lag, gehörte eigentlich nicht dorthin. Die weitgeöffneten Augen schienen sich trotz der schweren Augenbrauen an eine gewisse Unschuld zu klammern. Sie alle schauten ihn an, wie er da saß und auf das Meer hinausstarrte. Seine Nase, sanft geschwungen am Nasenrücken, wurde an der Kreuzung der Nasenlöcher flügelig und trug diese Unschuld weiter, bis sie am breiten, festen Mund zum Stehen kam. Sein Mund bildete die Grenze seiner Welt. Vor allem dann, wenn er geschlossen war. Jetzt erwiderte er ihren starren Blick, bis Dr. Boadi zu lächeln anfing. Es war offensichtlich, daß Dr. Boadi es sich leisten konnte, seinen Zähnen den Zuschuß zu bewilligen, nach dem sein schönes, häufiges Lächeln verlangte. Seine Wangen waren sein Guthaben.

Und Mahamadu schnarchte im schlafenden Auto. Er lächelte im Schlaf.

„Sehen Sie, wir sind doch alle Ghanaer", fing Boadi an, „wir wissen alle, daß die linke Hand die rechte wäscht, daß die Finger ohne den Daumen zu nichts nutze sind. Wir sollten einander helfen. Der junge Mann hier in unserer Mitte, Kofi Loww mit Namen, sieht ziemlich freundlich aus. Aber ich kann ihm von den Augen ablesen, daß der Hunger nach Sinnerfüllung und Prinzipien an ihm nagt...

was es für seine Frau schwierig macht, wenn er denn eine hat! Und das kann die Sache auch für uns hier schwierig werden lassen..."

„Oh, nein!" rief Sergeant Kwami plötzlich, „eine Kathedrale ist ein Ort der Kompromisse...

und er hat uns gebeten, ihm hierherzufolgen!"

Boadis Augen schlossen Kwamis Mund. Schnell und mit einem strengen Blick. Unruhe reiste Sergeant Kwamis eckiges Kinn hinauf und hinunter: Die eine Seite seines Gesichts wollte den ganzen Vorgang an sich reißen, die andere wollte Dr. Boadi um keinen Preis verärgern. Und weil seine Unentschiedenheit ihn davor bewahrte, sein ganzes Gesicht auf einmal einzusetzen, war er dazu gezwungen, hauptsächlich letztere, die sichere, Hälfte ins Spiel zu bringen. Die füllte sich manchmal mit einer unterdrückten Energie, die sie aufquellen ließ, daß sie beinahe stärker geschwollen war als die gefährliche Hälfte seines Gesichts.

Bevor Dr. Boadi weitersprechen konnte, fragte ihn Kofi Loww abrupt: „Was wollen Sie eigentlich von mir?"

„Gut, gut, jetzt geht es also vorwärts. Zumindest wird erkennbar, daß wir es mit einem echten Ghanaer zu tun haben, der wissen will, was wir wollen", erwiderte Dr. Boadi mit übertriebener Überzeugtheit. Er wich Lowws Blick aus und schaute dafür Pol an. Wenn auch nur mit den Augen und nicht mit seinen Gedanken. Er fuhr fort:

„Sind Sie einer von den Sozialisten? Nein? Gut, auch ich bin für die einfachen Ghanaer. Stimmen Sie Krobo Eduseis Definition des Sozialismus zu? Mr. Loww, ich habe Sie etwas gefragt! Er sagt, Sozialismus beinhaltet folgendes: Eins für dich, eins für mich! Ich weiß, was er im philosophischen Sinne damit meint. Gut, auch ich möchte immer so sein wie der gewöhnliche Ghanaer, möchte an seinen schlampigen Problemchen teilhaben, seinen kleinen Menschlichkeiten, seiner Geldgier. Ich will nicht irgendein abstraktes Wesen sein. Ich möchte alle Ghanaer kennenlernen, die einen am Tage, die anderen im Dunkeln, eh! Hahaha! Ich möchte ihnen bei ihren Heiratsproblemen behilflich sein. Die Ghanaer sollten mehr essen...

denn je mehr sie essen, desto mehr kann auch ich essen! Nein, nein, ich bin nicht zynisch. Ich erzähle Ihnen lediglich ein Faktum aus dem ghanaischen Leben: Die Prinzipien kommen nach dem Essen! Hahaha! Und Sie, junger Mann – ich verstehe nicht, warum die jungen Leute heutzutage so bitter ernst sind –, stehen Sie auf seiten der gewöhnlichen Ghanaer oder nicht? Sie haben mich gefragt, was ich von Ihnen will...

Nun, nur ein bißchen Verständnis. Mit Ihrer ganzen

Bildung könnten Sie völlig falsch verstehen, was Sie am Flughafen gesehen haben. Sie könnten den Bauch unserer Feinde mit gefährlichen Dingen füttern..."

Dr. Boadis Bauch kam pünktlich auf den Punkt: Wann immer er mit ihm einen Gedanken hervorhob, stieß er mit seinen dozierenden Ellbogen in genau dem gleichen Winkel und zu genau der gleichen Zeit zusammen, als wenn er zu irgendeinem Zeitpunkt irgendeine andere Bewegungsfolge vollzog, sei es nun gestern oder vergangenes Jahr. Seine gespitzten Ohren lauschten seinen Worten an Loww. Und die Sonne ließ sein Haar wild und dunkelbraun erscheinen. Und stoßweise drückte der Klang der Autos auf der High Street seine Worte mit Motor und Reifen unter sich...

Loww wünschte sich, der runde Gummi würde die Worte gänzlich ausradieren. Das unterschiedliche Schweigen in ihren Köpfen stand stramm wie Soldaten zur Parade: Ein 'Rührt euch!' kam nur, wenn jemand sprach. Als sich Kofi Loww erhob, trieb er auch das Schweigen hoch. Um es dann mit seinem Kopf zu zerbrechen: „Dr. Boadi, ich weiß nicht einmal, wer Ihre Feinde sind. Ich habe andere Dinge im Kopf...

und wie ich gesagt habe, kann mich in meinem Heimatland niemand dazu zwingen, etwas zu tun – wie etwa den Flughafen zu verlassen –, was ich nicht tun will. Ich betone: in meinem Heimatland! Das ist alles, was ich Kojo Pol mitgeteilt habe...

und ich glaube, er versteht das jetzt."

Bei der Erwähnung des Flughafens blickte Pol zur Seite: Jener Zwischenfall schien so weit von dem entfernt, in das er sich jetzt hineinzuwachsen bemühte. Auch Sergeant Kwami stand auf und rief: „Sie lügen! Wie können Sie behaupten, daß Sie den Feind nicht kennen? Nach meinen Informationen haben Sie versucht, Verbindung zu Konterrevolutionären zu knüpfen! Sagen Sie die Wahrheit. Wollen Sie Geld? Solche wie Sie kenne ich zur Genüge! Sie wollen, daß wir Ihr Schweigen mit Geld auffüllen! Sie sehen, Doktor, ich habe ihn ertappt! Gleich wird er davonlaufen und seine geheimnisvollen Sandalen zurücklassen. Und schauen Sie sich bloß mal an, wie alt die sind!..."

Triumphierend Zustimmung heischend, wandte er sich an Dr. Boadi. Diesmal war Boadis Lächeln gefährlich: Finsternis erblickte Kwami darin. Es lag mehr als nur eine Warnung darin: Als hätte sich die Zukunft in Boadis Mund verkrochen. Und würde nun in verhängnisvollem Lächeln in einer rückwärtsgerichteten Zeitreise auf ihn, Kwami, losgelassen. Seine Angst vor Boadi ließ ihn aber nur noch mehr reden: „So oft habe ich Leute wie ihn verhört! Jetzt hat er noch Selbstvertrauen, weil er glaubt, daß seine Augen die Ruhe des Meeres spiegeln...

und sehen Sie sich den anderen jungen Mann an, der ihn beschützt. Überhaupt scheinen sie Komplizen zu sein! Einig Gebein im Verbrechen, ja! Gestatten Sie, Doktor, daß ich die beiden unter dem Verdacht der Sabotage verhafte! Lang lebe der Oberste Militärrat!"

Sergeant Kwamis große Erregtheit ließ seine Augen hervorquellen, so daß sie beinahe aus seinem Gesicht hervorstanden. Seine Hände umfaßten die beunruhigte Welt. Und Schweißkristalle verdeckten die Schmach auf seiner Stirn. Plötzlich stand er mit gesenktem Kopf stramm. Doch Dr. Boadi, der ihm gar keine Beachtung schenkte, hatte einen widerstrebenden Loww zur Seite gezogen und fragte ihn: „Wieviel Geld verlangen Sie, damit Sie schweigen? Was die anderen vom Flughafen betrifft, so haben wir sie bereits alle aufgespürt und ihnen einen 'Drink' spendiert! Sie aber haben eine viel höhere Bildung, und deshalb haben wir ein bißchen Angst vor Ihnen, wissen Sie!"

Mitleidig sah Kofi Loww Dr. Boadi an. Der stand da wie ein vierschrötiger *fufu*-Mann. Und von der Gegend unter-hinter-halb seines Schmerbauchs wehte der Wind der Konspiration herüber. Plötzlich sagte Loww mit einem Lächeln: „Ich verlange zehntausend..."

„Eijeijei!" rief Dr. Boadi aus. Und stemmte seine Hände in die Gegend, in der sich früher einmal die Hüften befunden haben mußten, „also will der Junge doch nur Geld! Kwami, Sie hatten recht! Aber was Sie verlangen, ist zuviel... zehntausend Cedis!"

Kojo Pol blickte verwirrt und enttäuscht drein und versuchte, Lowws Augen zu meiden.

„Dr. Boadi, ich kann die Summe auf keinen Fall reduzieren...

alles oder nichts!" entgegnete Loww mit ungewöhnlicher Heftigkeit. Es entstand eine Pause, in der Dr. Boadi die schöne Erleichterung verspürte, daß Kofi Loww immerhin doch ein guter Ghanaer war: voller Habgier und bereit, alles zu tun, die Habgier zu befriedigen! Dann setzte Loww langsam hinzu: „Dr. Boadi, Sie wissen natürlich, daß ich zehntausend Blätter haben will! Blätter!"

Boadi konnte sich nicht bewegen. Mit Donneraugen sah er Loww an. Sein Körper glich haargenau dem wohlgerundeten und stummen *banku*, den man dampfend aus dem Topf nimmt.

„Böser, böser Böser!" heulte Sergeant Kwami auf, dem jetzt der Mut wiederkehrte, „hab ich's Ihnen nicht gleich gesagt!"

Dr. Boadi ließ sich nur selten aus der Fassung bringen. Heute aber verschlug es ihm völlig die Sprache. Er war erschüttert bis in die Wurzelspitzen der Verwirrung. Die *neem*-Bäume wüteten und schlossen alle Münder da unten. Und rissen alle Augen weit auf. Bis auf die von Kofi Loww: Seine Augen waren halb geschlossen vor Müdigkeit nach all dem Laufen. Er hob den Kopf und rief Boadi zu: „Und vergessen Sie nicht, die Blätter zu zählen! Man weiß ja, daß man den Banken nicht trauen kann, wenn sie Blätter nachzählen..."

Als Loww davonging, fand Dr. Boadi wenigstens die Sprache wieder: „Gehen Sie, gehen Sie nur! Ich bin höchstselbst hierhergekommen, und Sie wagen es, mir das anzubieten. Yoooo, na schön! Wenn ich Ihnen das nächste Mal streitsüchtig gegenübertrete und Sie anklagen lasse, schieben Sie dann nicht die Schuld auf mich..."

Sergeant Kwami platzte vor Ungeduld und lief neben Loww her, als der davonging.

„Sie, Sie sind nicht zu stark für mich! Ich fordere Sie zu allem heraus. Wenn die Behörden auf mich gehört hätten, dann hätte man Sie schon längst in die Geheimnisse der Gefängnisse eingeweiht! Wer immer Angst vor Geld hat, hat auch Angst vor mir! Warum sehen Sie mir nicht direkt in die Augen?"

Als er Loww am Handgelenk packte, versetzte der dem Sergeant einen Schlag auf den Arm und stieß ihn gleichzeitig von sich. Fluchend krachte Kwami zu Boden, während Pol sich Loww zur Seite stellte. Private Mahamadu stieg verschlafen aus dem Auto.

„Steigen Sie wieder ein, wir fahren!" befahl ihm Dr. Boadi. Und zog Kwami roh und mit erstaunlicher Kraft ins Auto.

Barclays Bank stand da wie ein nicht angeschnittener Laib Brot, ruhig und frisch bemehlt. Doch ihre Schatten, die an den Wänden entlangtanzten, während sie zur Straße hinübergingen, waren wie Termiten, die das Brot aushöhlen...

die mehlweiße Ruhe erstreckte sich nicht bis in den Kern. Der Haß auf Sergeant Kwamis Gesicht veränderte die Form seiner Augen, während er auf den Rücken von Kofi Loww stierte, der langsam verschwand. Einen Rücken, der von Kojo Pol, der mit ihm Schritt zu halten versuchte, verborgen und wieder zum Vorschein gebracht wurde.

„Fahr nur mit ihnen. Bring deine Geschäfte mit ihnen zum Abschluß...

Vielleicht schulden Sie dir ja noch ungezahltes Geld..." rief Loww nach hinten zu Pol. Er meinte es nicht sarkastisch. Pol blieb stehen. Halb verärgert, halb aus Schuldbewußtsein. Und glich seine Dünne mit einem starren Blick auf Loww aus. Loww aber war schon um die Ecke. Ein Auto fuhr zwischen der Ecke und Pols Unsicherheiten hindurch. Dann preschte er vorwärts und rief Loww lächelnd zu: „Mein Freund, ich finde dein Haus. Wir werden miteinander reden. Boadi ist ein Nichts..."

Kofi Loww winkte ihm zu, ohne sich noch einmal umzudrehen. Kojo Okay Pol stand da mit seinem Fez in der Hand. Sein Kopf war plötzlich von der Gegenwart Araba Fynns erfüllt. Und ihre Gegenwart wühlte die Stille in seinem Innern auf. Dann ging er an Boadis Auto vorbei, das bis zu ihm vorgefahren war, um ihn aufzunehmen. Er sah Boadis seltsames Lächeln. Und wußte nicht, was er davon halten sollte. Doch das machte ihm nicht unbedingt etwas aus...

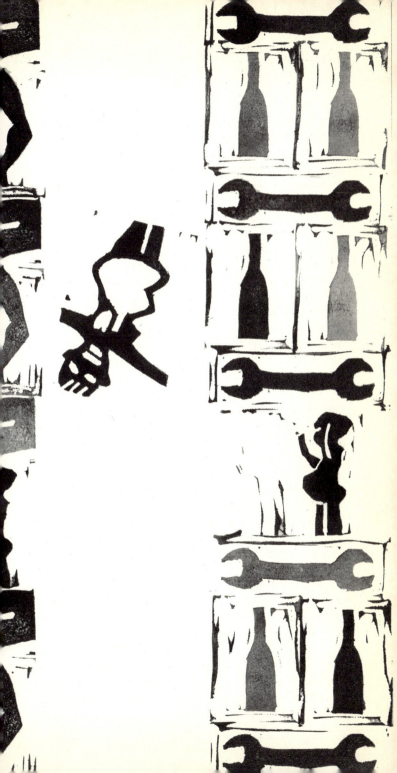

Kapitel zwölf

Zur Enttäuschung ihrer Flugmannschaft aus schwarzen und weißen Schwestern machte Adwoa Adde nicht allzuviel aus der Gabe ihrer Großmutter, die so liebevoll auf sie gekommen war: Aus ihr wurde eine gütige Hexe, die wie eine Barmherzige Schwester der Lüfte über Accra dahinflog. Nicht weit von ihr war ihre Freundin Sally Soon. Die war eine englische Hexe, die auf der Grundlage eines Geheimabkommens gegen Ghana herübergeschickt worden war, sich aber in die Ghanaer verliebt und damit ihre Kräfte neutralisiert hatte: Je schwächer sie wurde, desto mehr wurde sie Sally Sooner. Und war sie am schwächsten, dann war sie Sally Soonest. Normalerweise reiste sie durch die unterschiedlichen Steigerungsformen ihres Familiennamens. Jetzt aber kauerte sie sich hinter den Mond. Und weinte über ihre inneren Widersprüche. Adwoa Adde hatte ein Taschentuch für sie ins All geworfen und versprochen, später zurückzukommen und sie zu trösten.

    Tief unter Adwoa lag Accra. Hoch ließ sie ihre Gebete aufscheinen. Stieg hinauf zu einem Abschnitt des nächtlichen Himmels und schloß sie dort wie in einem Schrein ein. Gebete waren Lichter, ob mit oder ohne Antwort. Sie bedeuteten ihr – auch wenn sie dabei immer in Bewegung blieb – Rast in einem grenzenlos schwindelerregenden Himmel. Ihre Gabe aber verlor das Blut, in dem sie ursprünglich pulsiert hatte. Vor dem besten Blut, das da zum Sonnenuntergang blutrot versiegte, mußte sie sich vorsehen. Deshalb hatte sie bereits Rituale erfunden, die den eigenen Machtverlust feierten. Die Rituale wurden von dem rotpulvrigen Pfeffer auf ihrem vergehenden Körper ausgelöst. Sie lehnte es ab, im Wipfel des Wollbaums zu verhandeln. Ihre *sunsum* lehnte die glühende Gabe ab. Und bei ihrem letzten Rückenflug über Accra schrammte sie nur knapp an den Wipfeln der Bäume und den Dächern der Häuser vorbei. Jetzt war sie den Leben näher, über die sie sich eben noch hoch erhoben hatte. Und die Menschen begannen sich mit Adwoas menschlichem Teil sogar dann zu unterhalten, wenn sie wieder in ihrer eigenen Zeitrechnung auf dem Rücken vorüberflog...

Sie sah, daß das Geschäft von Kwaku Dua, dem Mechaniker, in den letzten Wochen beinahe eingegangen war: Seine Lehrlinge stahlen ihm fast alles, was ihnen unter die Finger kam. Einschließlich seiner täglichen Einnahmen. Er aber war zu sehr mit seiner Trinkerei beschäftigt, um etwas zu merken, bevor es beinahe zu spät war. Als Adwoa Adde an ihm vorüberkam, fragte er sie: „Sister, Sister, wie werde ich meine Jungs los? Nun, da ich ihnen alle Tricks gezeigt habe, nehmen sie mir, wenn ich sie davonjage, die Kunden mit. Ich habe ihnen alles unter der Sonne beigebracht, von der Generalüberholung bis zum Entlüften der Bremsen. Und neulich – du wirst es nicht für möglich halten – ging mein Geselle zum Haus des Mädchens, das ich heiraten will, und bat sie, mir zu raten, weniger zu trinken und zu rauchen. Ihr gegenüber nannte er mich Mr. Jot and Molasses. Sister, kannst du dir so etwas vorstellen! Als ich das erfahren habe, habe ich ihn *pasaa* verprügelt! Zunächst hat er sich gar nicht gewehrt. Er hat tatsächlich so getan, als sei nichts passiert. Ein paar Tage später, genau in dem Augenblick, als ich einen guten Vertrag mit einer Regierungsbehörde abgeschlossen hatte, um ein paar Autos einer Generalüberholung zu unterziehen, meldete er sich 'krank'. Als er dann wiederkam, ließ er mir 'unabsichtlich' eine Kurbelwelle auf den Finger fallen. Der ist immer noch ganz dick. Mein geschwollener Finger ist das größte Glied in ganz Odorna. Wenn du aber einen geschwollenen Finger hast, dann ist das der beste Augenblick, dir ein bißchen Geld für das Ersatzteillager zu borgen: Es hat geklappt, weil ich doppeltes Mitleid nötig hatte und Wofa Kwame mich verstand...

Der hatte auch noch nicht mitbekommen, daß ich trinke! *Ewiase*...

Schließlich, als er die ersten Anzeichen neuen Erfolges entdeckte, ließ er mich im Stich. Protzig bezahlte er sein Lehrlingsgeld und ging, zusammen mit einem der anderen Jungen...

und machte mir genau gegenüber eine eigene Werkstatt auf. Zu früh gefreut, Jungs! Ich hatte mich bereits gebessert. Das Trinken hatte ich der Leber zuliebe aufgegeben, und auch wegen meines neuen Mädchens. Die ist stark, *paaa*. Ich kann ihr *koraa* nicht widerstehen. Ihre

Vorgängerin hatte mich angewidert sitzenlassen, und jetzt schwillt ihr der Bauch mit dem Balg eines anderen. Aber, Schwester, und das wirst du kaum glauben, sie wollte zu mir zurückkehren, sogar mit ihrem dicken Bauch! Ich glaube, sie hat den Ersatzteilladen gesehen. Also habe ich ihr gesagt, sie soll verschwinden und sich augenblicklich den Bauch vom Leib schaffen...

ich nähme sie wieder auf, wenn sie das Unmögliche fertigbrächte. Sie ging und hinterließ einen Strom Tränen. Ich bin die Gerechtigkeit! Die meisten Reparaturen machte ich nun selbst, weil ich keine Kunden mehr an meine Jungs verlieren wollte. Bald hatte ich meinen Ex-Gesellen aus dem Feld geschlagen. Ich war nett zu den Emporkömmlingen, weil sie Mitleid brauchen. Und ich ihr Geld. Die meisten heulen innerlich jämmerlich, wenn sie mit ihren Autoproblemen zu mir kommen.

's sind schwierige Zeiten! Ohh!

Manchmal kommt Mansa, meine neue Freundin, in die Werkstatt, um meine Fortschritte zu begutachten. Die Frau ist abgebrüht, *paa*. Manche Leute glauben, daß sie mich kontrolliert – sie nennen sie Chefin oder Mansa the Controller – aber sie hilft mir u-n-g-e-h-e-u-e-r! Ich habe Wofa sein Geld zurückgezahlt und mogele mich jetzt still durchs Leben. Unter Mansas Aufsicht baue ich ein Haus. Sie beklagt sich nur darüber, daß ich, wann immer sie mir gute Ratschläge gibt, ins Bett will...

mit ihr. Vergib mir, Sister, aber ich kann der Freundlichkeit nicht widerstehen, wenn sie sich mit Fleisch paart! Eines Morgens aber, Sister, war ich ziemlich beunruhigt. Hadji, mein alter Freund, brachte sehr zeitig ein Auto in die Werkstatt, das ich für ihn auseinandernehmen sollte. Ich konnte nicht nein sagen, weil Mansa nicht da war, um mir den Rücken zu stärken. Ich habe es Hadji zuliebe getan. Aber nachher, als ich Mansa davon erzählte, hat sie mir geraten, das nie wieder zu tun. Als Hadji jedoch das nächste Mal kam, konnte ich dem vielen Geld nicht widerstehen, das er mir anbot. Als ich nach Hause kam, zwang Mansa mich, zur Polizei zu gehen, für den Fall, daß die Autos gestohlen waren. Auf der Polizei dachten sie, ich sei verrückt! Sie sagten, der Hadji sei ein Riese, sei unberührbar und unantastbar. Und überhaupt, wie wollte ich das beweisen? Ich, ich nit mach de Klugscheißer. Also schlich ich mich davon wie ein Kakerlak, auf den du aus Versehen trittst, den du aber nicht richtig erwischst. Mansa war zugegen, als das nächste Auto kam. Sie schaute Hadji freimütig an und wollte die Autopapiere sehen.

„Ei, Chefin!" lachte Hadji. Dann zog er mit boshaftem Gesichtsausdruck die Papiere hervor, und alles war in Ordnung, wie es nicht besser sein konnte. Wir konnten also nicht anders. Ich nahm das Auto auseinander, aber Mansa war immer noch nicht glücklich über die ganze Angelegenheit: „Eines Tages wird er dir noch dein eigenes Auto bringen, damit du es auseinandernimmst!" sagte sie. Da waren also wieder ihre Ratschläge!

Mansa, du weißt doch, was mit mir geschieht, wenn du mich berätst!...

Und ich fragte mich, ob mein Lachen länger war als mein Steifer!

Sister!

Plötzlich brach Hadji in meine Gedanken mit dem Ruf: „Ich achte mir! Ich achte mir!"

Sein Bart war der Nachtwächter seines Gesichts, das schwöre ich. Und schau ihn dir an, seine Kiefer sind immer die Dienstmädchen seiner Kola! Doch ich schwieg, und Mansa schwieg auch. Hadji und ich, wir vertrauen einander mechanischer als Worte.

Sister, sag doch was!

Oder ist dein Mund am Himmel angenäht, oder was?"

Die Stadt schien sich unter Adwoa Addes Tiefflug zu drehen. Adabraka zog sich bis nach Odokor hinüber. Akokofoto dehnte sich bis nach Labadi hinein aus. Und manch einer liebte die falsche Frau. Ohne es überhaupt zu bemerken. Adwoa schwebte über dem Haus von Manager Agyemang...

„Ei, Madam Adwoa, es ist mein hoher Blutdruck, mein hoher Manager-BP. Agyemangs BP!

Ich kann dich kaum begrüßen!

Immer wenn es mir so geht wie jetzt, dann sehe ich lauter Ameisen. Ameisen unter, auf und über mir. Neulich, als ich mit meinem Dienstboten über BP sprach, sagte er: „Tut mir leid, Sar, es gab kein Benzin, als ich heute morgen bei BP vorbeigekommen bin!"

Zuerst dachte ich, er macht sich über das Unglück lustig, das über mir schwebt. BP-Benzin an meinem Herzen! Ich bin sicher, bei den Schmerzen, die ich habe, werde ich zweifach sterben. Alles fing an, als ich mein Haus baute: Die Arbeiter bestahlen mich links und rechts, und es war nicht recht, daß sie mich danach so bestohlen links liegenließen. Ich meine, ich hatte schon genug zu leiden, um meinen Abschluß und mein Diplom in Marketing zu machen. Und es ist nicht fair, wenn jemand doppelt leiden muß. Ich kriege Angstzustände, wenn ich mich in den Gesichtern einiger Kollegen wiedererkenne: Manchen ist es leicht gefallen, aber die meisten von uns hatten's sehr schwer!

Die Bitterkeit hat mir den BP angehängt, allerhöchster Spielart!

Meine Kinder sind alle in eine Internatsschule gegangen, so daß ich nicht mal die Freude hatte, sie aufwachsen zu sehen. Und das Haus wurde beherrscht von zitronengesichtigen Hausmädchen und einer zitronengesichterpressenden Frau. Meine Frau bringt mich mit ihrer Fürsorge um, ja mit Fürsorge! Ich weiß, daß sie mich ein bißchen haßt. Ihr Traum von Wohlstand ist nicht mehr. Jetzt, da sie in die Jahre kommt. Den hatte sie, als sie mich vor Jahren eher widerstrebend geheiratet hat. Ich weiß, daß sie heimlich dasitzt und ihre begrabenen Träume beweint, die arme Frau. Und ihr Haß ist so höflich! Im Haus ergreift sie keinerlei Initiative. Sie fragt nur: „Bitte schön, was essen wir morgen?"

Ich stelle mir vor, daß sie mich eines Tages fragt: „Bitte schön, hier ist ein Messer, soll ich es dir in dein kränkelndes Herz stoßen?"

Deshalb lachen uns die Dienstmädchen hinter unserem Rücken aus. Es ist gut möglich, daß sie uns in die Suppe spucken, bevor wir essen, und dann hinterher darüber lachen. Haben Sie Mitleid mit mir, Madam!

Wissen Sie, ich habe zufällig gehört, wie das ältere Dienstmädchen dem jüngeren erzählte, daß ich eines Abends ausgegangen sei, vielleicht zu einer Freundin – kein Kommentar, Madam, kein Kommentar – und es nach einer Herzattacke gerade noch so nach Hause geschafft habe. Und daß meine Frau, als ich die Unterwäsche wechselte, sah, daß ich, verzeihen Sie mir, wenn ich das sage, einen Damenschlüpfer anhatte. Und daß meine Frau ihn nur stumm angesehen und gesagt hat: „Bitte schön, du hast die falsche Unterhose mit nach Hause gebracht."

Dienstmädchen sind Luder! Ich gebe zu, ich war mal betrunken. Aber ich bin davon überzeugt, daß diese bösartige Geschichte nicht wahr sein kann. Ich bin Gefangener solcher Geschichten – in meinem eigenen Haus!

Und was ist das für ein trauriges Haus!

Und Ama, meine Frau, hat nie etwas zum Haushaltsgeld beigetragen: „Bitte schön, ich kümmere mich um die Bedürfnisse der Dienstmädchen. Also habe ich für gewöhnlich meinen Kummer mit auf die Arbeit getragen, wo sie mich wegen meiner *colo* Kleidung flüsternd hänseln. Doch das macht mir weniger aus!

Wenn ich Beug-Dich-dem-Wind-Hosen trage, was geht sie das an?

Und was meinen Scheitel betrifft: Wie viele Gerüchte sind schon seinen Weg entlanggezogen! Und über all dem steht das Problem, daß mein Chef mich nicht leiden kann. Er weigert sich, mich zu befördern. Nun, was mich angeht, so bin ich im Vergleich zu ihm der glücklichere: Seine Frau überragt ihn bei weitem. Sie tilgt seinen Schatten und läßt seine Stirn feucht werden. Und sein Hinterkopf läuft genau so lächerlich spitz zu wie seine kleinen Hinterbacken! Man sagt, die Frau hat ihn wegen seines kleinen Arsches geheiratet, weil der so gut stoßen kann, *paaaaa!*

'tschuldigung, Madam, ich sollte Sie nicht in so eine peinliche Lage bringen. Aber ich muß Ihnen doch die Wahrheit berichten: Man sagt auch, daß die Arbeiter immer zu seiner Frau gehen, wenn sie etwas vom Chef wollen. Wenn sie sich vor ihr niederlegen – und ich meine niederlegen im Sinne des Wortes, haha –, dann befiehlt die Frau ihrem Mann, ihre Forderungen zu erfüllen. Ei, die Leute sind schlecht, eeeehh!

Die Ghanaer haben die geschwätzgeschäftigsten Zungen der Welt!

Und, Madam, vor einer Sache habe ich fürchterliche Angst: Ich habe das Gefühl, vor allem, wenn ich *okros* gegessen habe, daß mein Arzt überhaupt nicht an mir interessiert ist. Und daß er mir Lügen über meine Gesundheit erzählt, nur um mich zu beruhigen. Wissen Sie, wenn ich zu ihm gehe, dann sagt er mir mit einem Lächeln, das wie das Leben nach dem Tode aussieht: „Sie kommen besser noch einmal wieder."

„Wann denn, Doktor", frage ich ihn.

Und er erwidert triumphierend: „Auf alle Fälle, bevor es Ihnen besser geht, und mit Sicherheit nicht, wenn Sie *okros* gegessen haben."

Verwirrt, aber unerschrocken frage ich weiter: „Was habe ich denn wirklich, Doktor? Soll ich's mit der traditionellen Medizin versuchen? Muß ich sterben?"

Er sieht mich tiefernst an, und seine Ausbildung in Aberdeen strahlt aus seinen nördlichen Augen. Dann sagt er: „Regen Sie sich nicht auf, Agyemang. Seit Sie in meine Sprechstunde kommen, sieht Ihre Haut wieder jünger aus. Vertrauen Sie mir. Wenn Gott will, halte ich Sie am Leben..."

„Und wenn ER nicht will?"

Auf diese Frage antwortet der Arzt nicht. Er schreibt einfach ein Rezept aus, richtet mir Grüße an meine Frau aus und sagt dann noch lächelnd: „Kommen Sie bald wieder, es geht Ihnen doch schon besser."

Madam, können Sie mich nicht von da oben her heilen? Heilen Sie mich zuerst von meiner Frau, dann können Sie mit meinem BP-Benzin weitermachen! Madam..."

Schaudernd flog Adwoa weiter. Geradewegs hinüber zu Akosua Mainoo, die sich ohne Wissen ihrer Mutter zu ihrem Freund davonstahl. Gefährlich lose hatte sie ihr Schlafgewand über der Brust befestigt. Als sie Adwoa Adde erblickte, erstarrte ihr schönes, frisches Gesicht zu *alata samina*: Sie hatte Angst vor dem Lichtschein, der von Adwoa ausging, und überlegte, ob es sich nicht vielleicht um ihre kürzlich verstorbene jüngere Mutter handelte, die jetzt wiederauferstanden war, um sie zu erschrecken. Akosua stürzte in ihr Zimmer zurück. Sie wollte gerade zurück auf ihre Matte kriechen, als sie ein anderer Schrecken heimsuchte: Sie schaute langsam hoch und sah die Sockel der Beine ihrer Mutter stehen wie zwei *odum*-Bäume im sturmdurchtosten Wald. Akosua stieß einen Schrei aus und wollte wieder aus dem Haus rennen, doch Adwoa Adde versperrte ihr mit ihrem Lichtschein den Weg. In Akosuas Bewußtsein fand eine plötzliche Veränderung statt: Mit einem Mal erkannte sie, daß die Welt aus einer endlosen Reihung vorwärtspreschender und zurückweichender Teufel bestand, Lichtteufel und Baumteufel. Erschreckt gab sie auf und kniete nieder. Doch das Geräusch eines vorbeifahrenden Autos und des Fahrers, der jemanden verfluchte, brachten ihr die gewöhnliche Welt zurück. Sie fand wieder zu ihrem normalen Mut und rief Adwoa an...

„Auntie Adwoa des sich senkenden Himmels! Meine Mutter haßt mich. Ich durfte die Schule nicht zu Ende besuchen. Und nie hat sie ein Lob für mich übrig. Nicht einmal dann, wenn ich alle *bofrots* für sie verkaufe. Ich kenne das Geheimnis, das dahintersteckt! Sie wollte, daß ich ein Junge werde. Und trotzdem ist sie auf meine weiche Haut neidisch. Ich mache ihr die Haare, ich albere mit ihr herum, und trotzdem haßt sie mich! Sie sagt, daß ich über ihre Kochkünste lästere und schuld daran sei, daß mein Vater sich von ihrem Kochtopf abgewandt hat. Gut, irgendwie stimmt das schon, weil mein Vater das vorzieht, was ich koche. Aber wessen Fehler ist das? Mir ist das Meer lieber als der Fluß, aber wenn ich über den Fluß herziehe, erreiche ich doch nichts. Ich bin erst sechzehn, aber ich habe meinen eigenen Kopf und mein eigenes Herz. In der Schule habe ich eine Menge gelesen, auch wenn ich nicht alles verstanden habe. Aber meine Mutter verstehe ich! Und wenn sie mir weiter Schwierigkeiten macht, dann rücke ich eines Tages mit der vollen Wahrheit raus! Dann laß ich den Schleier fallen!

Und wenn ich es will, dann treffe ich mich im Mondschein mit einem Jungen. Ich mag Kwesi, diesen hübschen Jungen mit dem lustigen Lachen. Ja, ich geb's zu!

Sieh nur, wie meine Mutter sich verdrückt! Schau sie dir an!

Verzeih mir meine Ausdrucksweise, Auntie Adwoa, aber meine Mutter will, daß ich sterbe, damit sie die ganze Aufmerksamkeit erhält, die ich bekomme. Ist das nicht traurig? Meine eigene Mutter!

Erlaube mir, meine Kleider abzulegen, und du wirst sehen, wie schön ich bin. Siehst du, meine Haut kann richtig samten sein! Und mit meinen Formen bezaubere ich nicht nur Kwesi allein. Auntie, ist es nicht in Ordnung, wenn man in meinem Alter geradeheraus ist?

Wir sind niemals zusammen glücklich gewesen hier.

Oh, ich will mich wieder anziehen!

Nur mein Vater macht mich glücklich. Nur seinetwegen bleibe ich noch zu Hause. Bald höre ich damit auf, für meine Mutter das Dienstmädchen zu spielen. Auntie, versuch nicht, sie zurückzuholen. Laß sie fallen, soll sie zusammenbrechen!

Was geht's mich an.

Ja, ich habe Tränen in den Augen, und ich versuche, nach ihrer Hand zu greifen, während sie sich das Gesicht verhüllt.

Aber ich liebe sie nicht, und sie liebt mich nicht. Das ist schade, und es ist reine Gewohnheit, daß ich ihr helfen will. Gerade so, wie man sich an die Form eines knorrigen Baumes im Gehöft gewöhnt. Und sieh nur, wie sie meine Hand wegstößt.

Okay!

Wenn sie sie nach Osten wegschlägt, diese meine Hand, dann finde ich leicht im Westen Tröstung. Und meine Tränen sind getrocknet, jetzt jetzt jetzt! Schließlich kennt jeder See auch eine Trockenzeit.

Auntie, weil du es bist. Vor dir kann ich nichts verbergen: Meine Mutter sitzt hier und vergeht beinahe, weil in meinem Kopf ein schreckliches Geheimnis wohnt. Und wenn ich jetzt meinen Kopf aufbreche und es dir zeige, wird sie mich nur noch mehr hassen. Aber das macht mir nichts aus!

Weißt du, ich habe sie einmal mit einem anderen Mann erwischt. Ja, mit einem anderen Mann! Soll sie kommen und mich verprügeln. Mein Kreuz ist stärker als jeder Stock. Hier hast du meine Haut, Mutter.

Schlag zu, schlag zu!

Ich werde auch unter Prügeln reden. Ich werde dich beschämen. Auch dann noch, wenn du mich schlägst!

Ich habe sie erwischt, wie sie sich zu Kwame Oppong gelegt hat, einem kleinen Jungen, der bloß drei Jahre älter ist als ich! Ja, mag sie jeden Eid schwören! Ich würde gern sehen, wie ihre Lügen so schnell und schändlich aus dem Mund segeln. Als wir an jenem Tag aufs Feld gingen, wies sie mich wie gewöhnlich an, das Hacken und Jäten allein zu besorgen. Während dessen schlief sie aber so lange unter den nahen Bäumen, daß ich schließlich nachsehen ging.

Ich konnte sie nicht finden und hoffte, daß eine Schlange sie verschlungen hätte! Und wenn ich sie retten sollte, dann wollte ich zuvor einen Preis aushandeln!

Weißt du, Auntie, ich hörte ein paar Blätter zu Boden fallen. Dann hörte ich die Grashüpfer mit den Kiefern mahlen. Ich hörte einen *akyinkyina* bei den Palmnüssen, und der Wald drehte sich mir im Kopf. Ich wußte nicht, daß alte Bäume junge Mädchen mögen!

Bäume sind Schlingel!

Ich dachte noch, daß der Himmel niedriger hing als sonst. Als ob er sich ein wenig gesenkt hätte, um mir etwas mitzuteilen. Dann hörte ich unter einem anderen Baum seltsame Geräusche. Ich glaubte, die Wurzeln riefen mit doppeltem Mund nach Wasser. Ich wollte selbst fast um Hilfe rufen...

memaameeeeee! mewuooooo!

Und ich war nicht darauf erpicht, mich von irgendwelchen Zwergen wegfangen zu lassen. Ich nahm meinen Mut zusammen, griff mir einen Stock und ging dem Geräusch nach. Dann sah ich etwas, das mich vor Schreck zittern ließ! Was für ein Tabu! Was sie da taten, war im Freien verboten. Da lag meine Mutter unter dem jungen Mann. Und der junge Mann war eigentlich noch ein Junge! Ich starrte zu ihnen hinüber und rieb mir wieder und wieder die Augen. Dann verprügelte ich sie mit meinem Stock. Aber sie kamen nicht auseinander. Enger und enger umschlangen sie sich. Dann spuckte ich sie an und ging. Ich weiß überhaupt nicht, warum sie mir immer verbieten will, mich im Mondschein mit jemandem zu treffen. Sie hat überhaupt kein Recht dazu. Ich habe geschworen, meinem Vater nichts davon zu erzählen. Er würde daran kaputtgehen. Ich bin die Leibwächterin meines Vaters. Nun habe ich's dir gesagt, Auntie. Und ich werde dir's noch hundertmal sagen, damit du die Schande erblickst, die meine Mutter auf sich geladen hat. Und doch werde ich's niemandem sonst sagen. Es sei denn, sie versucht eines Tages wirklich, mich umzubringen.

Hilf mir, Auntie, ich brauche doch noch eine Mutter. Will wieder lieb und unschuldig sein. Siehst du nicht die Tränen hinter meinen Jahren, wie sie mir aus den Augen strömen..."

Der schlanke Baum mit dem Ölfilm der Stadt auf der Rinde verhüllte mit seinen rauchigen Blättern den Mond. Die Abgase des riesigen Autos mit der traurigen Stimme drangen Beni Baidoos Hund in die Schnauze. Sein Esel lief Kreise. Adwoa Adde brachte eine weinende Sally Soon zum Flugzeug. Ihr Taschentuch war voller Hagelkörner. Man konnte sie am Himmel nicht sehen, weil sie blond war. Sally aß das übliche Langstreckenflugsteak und Nierchenpudding. Dort, wo sie saß, legte sich die Kolonialgeschichte in die Sterne. Adwoa aber bürstete die Bäume mit ihrem Körper. Unruhig war sie, wollte ihrer Arbeit nachkommen. Der Mund von Old Beni Baidoo öffnete sich im selben Augenblick wie die Schnauze seines Hundes...

„*Awura* Adwoa, siehst du, wie mein eigener Hund mich anbellt? Er hat erlebt, wie die ganze Welt mich angeblafft hat. Also macht er das gleiche. Ich bin ein drolliger Alter, meine Knie schlagen aneinander. Ich vermochte mich nicht um meine Kinder zu kümmern, als sie noch zur Schule gingen. Darum meiden sie mich heute, so sehr es nur irgend möglich ist. Sie geben mir genug zu essen, ja. Aber sie wünschen mich nicht zu sehen. Wie einem Hund stellen sie mir das Essen hin. Und mein Esel ist noch verrückter als ich...

Die Furchen und Falten meiner Haut zeichnet das gleiche Muster wie mein Lieblingskleidungsstück, das ich mir nicht leisten kann. Was ich nicht kaufen kann, das liebe ich. Weil es mir die Macht verleiht, meine eigene Machtlosigkeit zu erkennen. In meinem Alter lebt man den Gegensätzen. Als ich mich das erste Mal zur Ruhe gesetzt hatte, bin ich Briefschreiber geworden. Mittlerweile aber befindet sich meine Sprache in dem alten Abfalleimer. *Awura*, nicht, daß ich mich noch irgend jemand anderen bedauere. Nein. Dafür ist mein Gang viel zu gebeugt. Dafür lächele ich zu schnell und zu viel. Und ich habe das gemacht, was ich machen wollte: Ich wollte Bürodiener werden, und ich bin Bürodiener geworden. In der Beziehung war ich ein Erfolg.

Überhaupt, wünscht der Narr ein Narr zu sein, dann laß ihn!

Doch was gäbe ich dafür, hätte ich von Anfang an gewußt, von dem Augenblick an, da ich in den Dienst der weißen Beamten trat, daß das Leben eines einfachen Bürodieners so nutzlos ist. So leer. Ich weiß, daß sich bei meiner Beerdigung meine Kinder meiner und meines Lebens schämen werden. Sie hatten sich einen erfolgreichen Vater gewünscht und haben ihn nicht bekommen. Manchmal, wenn sie mit ihren Freunden zusammen sind und mich sehen, tun sie so, als kennten sie mich nicht. Ihre Mutter war eine gute Lehrerin, aber nun ist sie tot. Ich weiß, sie haßt mich sogar jetzt noch dafür, daß ich sie überlebt habe!

Noch auf ihrem Sterbebett hat sie mich dafür verflucht!

Manchmal teilen mein Hund und ich uns die Eiterschwären. Ist das nicht lustig?

Siehst du, so sind wir Fante: Manchmal kümmern wir uns nicht um unsere Alten.

Sie sind so sehr mit ihrem *kyenam*, ihren Konzerten, ihrem Tee, ihren Professoren beschäftigt! *Awura*, ich suche verzweifelt nach Anerkennung, auch wenn mir klar ist, daß es nichts anzuerkennen gibt. Meine schäbigen Kleider verhüllen ein schäbig Herz. Du erweist mir einen großen Gefallen, indem du mir dein Ohr leihst. Klingen meine Worte wie Worte aus der Gruft?

Awura, ich weiß etwas über die Toten: Die Toten kennen jede Menge Tricks: Ein paar Stunden vor dem Morgengrauen schicken sie ihre Augen hoch, ein paar Zentimeter über die Erdoberfläche, und im Schein toter Augen erstrahlen die Friedhöfe für jene, die Augen haben, um zu sehen. Braune Augen über brauner Erde, auch das ist mein Leben!

Das größte aber ist, das mein Leben für viele andere Leben steht: Hätte ich Geld gehabt und damit ein bißchen mehr Bildung, ein bißchen mehr Raum über der Atemwelt des Bürodieners, dann hätte ich mehr Lebensart, könnte vielleicht sogar mit Computern und solchen Sachen handeln oder in fernen Dörfern nach Wasserstellen graben...

Traurig, *Awura*, ist das nicht traurig! Was mir aber wirklich manchmal Sorgen bereitet, ist, daß meine Schäbigkeit ein paar kulturelle Tabus verletzt: Als alter Mann mit so großer Erfahrung, so vielen Wegen, die ich auf Ghanas Erde gegangen bin, vermag ich nicht jene schlichte Eleganz aufrechtzuerhalten, die auch dem Geist Glanz verleiht. Ich kann es mir nicht leisten, meinen Geist schlicht, elegant und sittsam zu halten. Und deswegen kann ich nicht schlafen:

Die Tränensäcke unter meinen Augen sind so groß, daß all die Sorgen in meinem Kopf darin Platz haben. Und wenn ich einmal sterbe, will ich nach dem traditionellen Ritus beerdigt werden, nicht in irgendeiner seltsam leeren Rumpelbüchse, gefüllt mit der ideellen Milch meiner Einsamkeit.

Hey, *Awura*, warum nehmen wir nicht jeder ein Schlückchen?

Deine Taille erinnert mich an meine Jugend, selbst wenn sie für mich auf dem Kopf steht. All die Sanftheit aus dem Ghana meiner Jugend hat sich verhärtet. Ich will dir ein Geheimnis verraten: Sollte ich zu Geld kommen, schleiche ich mich nach Libo und zahle für die Berührung einer Frau, die wie Samt ist. Ich werde für die Weichheit zahlen, an ihr meine Härte zu erproben. Ich werde für die Wiederauferstehung der Vergangenheit zahlen, für ein wenig körperliche Übung, für meinen *popylonkwe*. Ich bin ein alter Schwerenöter. Und überhaupt: Worin besteht der Unterschied zwischen Erektion und Wiederauferstehung? Die Leute halten sich von mir fern, wegen meiner falsch gelagerten Energien. Aber das ist manchmal Teil meiner Stärke. Ich liebe ihre Ablehnung, denn ich weiß um die Tatsache, daß wir eines Tages alle alt sind! Und das gefällt mir. Denn ab und zu fühle ich mich so einsam, daß ich mich nicht mal mehr daran erinnern kann, wie die Zunge meines Hundes riecht. Das Afro-Go-Go-Girl mit den geistervertreibenden Clanzeichen wird eines Tages schlafen und sich selbst an den Handgelenken festhalten!

Awura, geh nicht weg, halt mich feeeeeest!...

Selbst wenn es mit meinem Dorf nicht funktionieren sollte, werde ich weiter meine Freunde verfolgen. Ich werde meiner Adwoa helfen."

Beni Baidoo verschwand und ließ die Spucke aus seinen Mundwinkeln gefährlich nah zurück. Sein Lachen war frisch. Sein Esel fieberte. Adwoa Adde begann, das Gift anderer Hexen in ihren Gelenken zu spüren. Am Himmel dirigierte Sally Soon einen vollständig technisierten Chor. Sie verlor sich in den molligen Tonleitern eines Fischs ohne Noten-Schlüssel zum Meer. Sie war die einsame Sängerin über Wellen, deren Lauf sie nicht verändern konnte. Die Hexen schlangen ihre Knoten und verstäubten ihr Schwarzpulver. Sie versetzten Adwoas Blut in Wallung. Sie wollten ihr Blut hoch hinaus in den unerforschlich blauen Himmel pumpen. Und aus ihren hübschen Gebeinen ein Festmahl bereiten. Abena sah die bedrängte Adwoa Adde und rief sie an...

„Mutter mein, meine fliegende Mutter ist gekommen! Mutter, komm und rette mich vor Kwabena Kusi. Seine Eifersucht macht mir das Geschäft kaputt. Du kennst mich. Ich bin Abena Donkor. Wir sind jetzt seit acht Jahren verheiratet und haben zwei Kinder. Einmal aber mußte ich ihm im Interesse meiner Bäckerei untreu werden. Das ist unverzeihlich, ich weiß. Aber ich mußte es tun, um an das Mehl zu kommen. Und als ich das Mehl schließlich erhalten hatte, war die Blume meiner Unschuld verdorrt. Ich weiß nicht, ob Kusi meine Schuld gespürt hat, denn mir schien, das an allem, was danach passierte, ich schuld war. Und er erlaubt mir nicht, mit anderen Männern zu reden. Ich war schon beim Fetischpriester und habe ein Schaf geschlachtet, auch noch andere Rituale durchlaufen, um für meine Sünde zu büßen. Aber manchmal fällt es mir schwer, aus Wiedergutmachung heraus besonders nett sein zu müssen. Meine schuldhafte Freundlichkeit ist, Ist, IST mir eine große Last auf dem Kopf. Aber das ist mir lieber, als daß Kusi mein Geheimnis erfährt. Als ich einmal mit ihm unterwegs war, um für die Kinder Sandalen zu kaufen, kam ein Mehlgroßhändler über die Straße auf mich zugeflogen und umarmte mich. Er begrüßte mich wie eine wiederauferstandene Ahnin und bat mich, am nächsten Tag wegen meiner Hefe vorbeizukommen. Kusi hat mich fast blamiert, so wie er auf den Mann losgegangen ist, Streitlust in den Augen. Irgend etwas ließ ihn aber stehenbleiben, und statt sich zu prügeln starrte er mich ganz seltsam an. Als ob er mich zum ersten Mal erblickte. Schön! Also habe ich ihn auch so angesehen, als sähe ich ihn zum ersten Mal. Vier Augen mit völlig neuem Blick!

Später, zu Hause, kamen sich die Kinder in unserem seltsamen Schweigen gefangen vor. Und Kusi bestand darauf, mich zu begleiten, wenn ich die Hefe abholte. Als ich mich dagegen verwahrte, verwahrte er sich seinerseits gegen mein Essen. Ich fragte mich, wo er aß, denn er nahm zu. Traurig kümmerten wir beide uns ganz besonders um die Kinder. Doch das half ihnen überhaupt nicht. Ich sah, wie sich Bestürzung in ihre Gesichter schlich. Und sie wurden schwieriger. Sie hörten nicht auf Mama. Sie hörten nicht auf Papa. Trotz des Geldes, das ich verdiente, fühlte ich, wie meine kleine Welt sich gefährlich nach links neigte. Bisher konnte mein Geld mein Herz nicht schützen. Also verdiente ich voller Verzweiflung noch mehr Geld und überschüttete die Kinder damit. Als wollte ich sie zwingen, sich auf meine Seite zu schlagen. Kusi wurde immer unmöglicher: Wenn es regnete, versiegten seine Worte. War es trocken, regneten die Worte aus seinem Mund. Und gewöhnlich waren es Beleidigungen. Über viele Wochen lang baute ich heimlich ein Haus. Ich baute ein Haus um sein Schweigen herum. Ich hoffte, daß ein Schock oder eine Überraschung ihn verändern würden. Eines Tages, nachdem ich den Kindern von meinem Vorhaben erzählt hatte, warteten wir und warteten und warteten.

Drei Tage und Nächte kam er nicht nach Hause. Und, ganz ehrlich, besonders die Nächte machten mir Sorgen. Dann wurde uns mitgeteilt, daß er im Krankenhaus lag: Er hatte einen Unfall in einem Mietwagen, zusammen mit einer jungen Frau.

Ewurade! Weil er sich nur den Arm gebrochen hatte – die Frau brach sich die Nase, hmmm! –, packte ich meine Chance beim Schopfe: Sein ghanaischer Amüsiertrieb, seine Auswärtsspielchen befreiten mich schließlich von meiner Schuld. Und ich kümmerte mich fürsorglich um ihn. Wie sehr ihm das neue Haus gefällt! Mutter, es ist ein Wunder geschehen: Kusi und ich sind wieder vereint!..."

Verärgert warf Kofi Kobi seinen Mondscheinschatten um die Straßenecke. Er hatte wieder einmal eine Frau verloren: Sie hatte ihn wegen des Mannes mit den langen längeren längsten Beinen verlassen. Ihre schenkligen Begründungen wurden ihm zuviel. Keine der beiden Familien war von der Heirat begeistert gewesen. Deshalb waren sie für jede Erklärung dankbar, die ihnen einen Grund für die Scheidung angab. Kobi hatte nur einen einzigen Vorteil – abgesehen von der Bezahlung des Trink-Geldes –: er sah an diesem Tage unergründlich hübsch aus. So daß seine Frau, obwohl sie schon auf den Scheidungszug aufgesprungen war, beinahe wieder heruntergesprungen wäre. Von Zweifeln zerrissen. Und sei es nur, um seinen lächerlich glatten Hals zu umfangen. Zum Schutz ihrer Gefühle gelang es ihr schließlich, ein Stückchen eingebildeter Häßlichkeit in der Form seiner übertriebenen Länge auf sein vorspringendes Kinn zu schlagen. Und damit hatte sich's dann erledigt. Zugleich sprangen sie jeder aus dem Leben des anderen. Und Kofi Kobi landete beinahe geradewegs im wartenden Schoß von Akua Nyamekye. Sofort schaute sie auf seine bedenklich langen Beine. Gekonnt versteckte sie ihre Lust hinter ihren Lidern. Kofi Kobi schlug mit endlos leidendem Blick die Augen auf zu Adwoa Adde, deren Platz plötzlich Sally Soon einnahm, die ihre Brüste gegen zwei Planeten preßte und Stift und Zettel bereithielt.

„Ei, *Maame* Broni, die Liebe in unserem Universum ist eine Angelegenheit der Inspektion von Beinen. Stimmt's?" fragte Kobi.

„Können Sie bitte etwas lauter sprechen! Im All ist es heute abend sehr laut", meinte Sally Sooner matt.

Kofi Kobi griff auf seine ganze Erziehung zurück. Schlang sie sich um die Hüften und sagte träumerisch: „*Maame*, ich glaube, wir haben's hier mit einer *brik* Notizbuchhexe zu tun. Stimmt's?"

„Oh, das ist sehr aufschlußreich. Sie haben zweimal 'stimmt's' gesagt. Wenn Sie das tun, verdoppeln sich all die Einbahnstraßen am Himmel. Und Ihre Haut – das Palmöl hat aus ihr eine Brücke zu anderen Häuten werden lassen", antwortete Sally Soonest mit ihrem breitesten Lächeln, das sich zwischen zwei Monden erstreckte.

Akua Nyamekye sah nichts und glaubte, ihre frisch gewonnene Liebe werde verrückt.

„Willst du mir weismachen, daß deine Beine sprechen können?" fragte Akua. „Und überhaupt", fügte sie schnell hinzu, „wie verdient ein Mann mit solch langen Beinen sein Geld?"

Es entstand eine Pause, in der Adwoa Adde Sally Soon beiseite rollte. Und sie mit Dunkel umhüllte. Der machte das nichts aus, war ihr Name doch ein dreimal wiederkehrender Vogel, der bei jeder Wiederkehr ein anderes Lied sang. Ein anderes Maß anlegte.

„Oh, *Ohemaa*, du kommst genau in dem Augenblick, in dem ich anfing, Gefallen an deiner Freundin zu finden. Aber du kennst ja all meine Geheimnisse", sagte Kobi lächelnd.

Es fiel Adwoa Adde schwer, das Lächeln zu erwidern, weil sie noch immer an Höhe verlor.

Akua Nyamekye meinte hartnäckig: „Schau dir deine Beine an, eins ist brauner als das andere. Welches ist wohl für mich gedacht? Kannst du mir die richtige Antwort geben, dann weiß ich, daß wir es lange bei-n-einander aushalten werden."

Wieder machte sich Wut in seinem Gesicht breit. Und Kofi Kobe schaute Adwoa Adde an: „*Oheema*, die eine ist der Meinung, meine Beine wären zu kurz. Die andere sagt, sie seien zu lang. Und jetzt meint die hier, das eine Braun stelle das andere in den Schatten. Was soll ich bloß tun? Soll ich etwa auf den Händen laufen, um sie alle ein bißchen zu verwirren? Ich hatte mir geschworen, daß ich bei der nächsten Frau sofort damit anfange, über ihre Beine zu reden, damit sie gar nicht erst in die Verlegenheit käme, über meine zu reden. Als die dann erschien, waren ihre Augen aber so schön, daß ich mich nicht von ihnen lösen konnte. Meine Augen konnten sich einfach nicht auf ihre Beine senken. Deshalb konnte sie die Inspektion der Beine beginnen. Bei der hier aber, bei Akua, will ich einen Versuch wagen."

„Sieh mir auf die Beine, Kleiner", sagte Akua unvermittelt, „eins ist ganz anders als das andere. Das Bein, das dir lieber ist, wird dich lieben, und das andere wird über unsere Liebe wachen."

„Unsere Liebe?" fragte Kofi Kobi mißtrauisch, „ich habe mich doch noch gar nicht festgelegt."

„Das macht nichts", sagte sie mit einem Lachen, „ich mag das Braun an dir. Das ist richtig afrikanisch."

Kobi war verwirrt, entledigte sich aber sofort seiner Verwirrung: „Ist dein längeres Bein lang, dann ist mir das recht, ist dein kürzeres Bein kurz, so soll mir das auch recht sein."

Akua Nyamekye stürmte auf Kofi Kobi zu, umarmte ihn und rief: „Du hast deine Mittelschulabschlußbeinprüfung bestanden! Du hast die Liebe bestanden! Du hast den ghanaischen Liebes-*logologo* bestanden! Du bist besser als ein Standard-Seven-Gelehrter!"

Stolz stand Kofi Kobo, während er umarmt wurde, als ob er seine Haut an Akua vermietet hätte. Dank sei Gott, so habe ich also doch noch jemanden gefunden, der es wert ist, mich anzubeten, dachte er bei sich.

„Komm schon, steh hier nicht so rum, als würdest du angebetet oder was! Komm zurück zu meiner Liebe, du lang-langer Mann!" unterbrach Akua seine Gedanken und schob ihn in Richtung Zimmer. „Und laß deine Mücken draußen, wir können doch nicht zulassen, daß ein so schöner Mann wie du und eine so schöne Frau wie ich unter ihren Stichen leiden! Kofi Kobi, geh'n wiiiiiiir!"

Akua Nyamekye schlang sich um Kofi Kobi wie ein beherrschendes Maßband, das ständig die Inches seiner Liebe messen mußte.

„Mach weiter und vermiß mich. Ich bin die Freude jedes Schneiders! Und kann sein, daß ich dich augenblicklich heiraten muß."

Das war alles, was Kofi noch sagen konnte. Adwoa Adde hatte er völlig vergessen. Als sie ihm wieder einfiel, rannte er halbnackt nach draußen und winkte zweimal gen Himmel: einmal für Adwoa, einmal für Sally. Er hörte nicht, wie Sally Soon zu Adwoa Adde sagte: „Adwoa, kannst du mir die Urheberrechte deiner luftigen Geschichte Ghanas übertragen? Ich hätte es liebend gern, wirklich liebend gern, machten mich die Menschen Ghanas berühmt."

Sie beide lachten das Lachen der Kipper: Es transportierte alle Sorgen von ihnen weg und lud sie auf einer weit entfernten *bola* ab. Die Planeten waren die tanzenden Herzen verwundbarer Hexen. Accra war in der Lage, die Herzen von Wesen zu verletzen, die sich Hunderte Fuß hoch am Himmel befanden.

Accra bleibe lieb-eeeehhhh, nur vermeide die Geschichte, weiche den Gossen aus. Als Adwoa Adde schließlich wieder bei sich zu Hause anlangte, sah sie, daß Amina vor ihrer Tür stand und darauf wartete, zusammen mit dem Jahr 1976 bei ihr eingelassen zu werden. Ihr Vater hatte sie rausgeworfen. Adwoa nahm sie mit hinein, mit ihrem eigenen verwirrten Aussehen. Adwoa war völlig erschöpft und hatte Sally Soon, schlafend am Himmel aufgehängt, verlassen.

Kapitel dreizehn

Der Schwanz der Kirchenratte, die mittschiffs quer das Kirchengestühl durchschnitt, formte ein riesengroßes Kreuz, und er zog Schatten auf sich. Plötzliche Lichtstrahlen und viele andere lineare Dinge. Schleppte sie in nagender Heiligkeit hin zum kreisrunden Altar. Gottes Wort kroch unterwürfig dahin. Jetzt erreichte die Ratte die Mitte der leeren SS Church und verlagerte ihren Schwerpunkt, als ob es sich um eine transportable Kirche handelte. Als könnten jeden Augenblick ganz andere Mauern, andere Tragbalken, andere Fenster hervortreten und die Ratte im Mittelpunkt halten, wohin immer sie sich auch bewegte. Das Schweigen brütete über einer neuen architektonischen Struktur. Der Kirche schwindelte von dieser Bewegung.

Als Osofo an jenem kühlen Januarmorgen aufstand, erhob sich Gott gemeinsam mit ihm und legte ihm Feuer in die Hände. Als er an der äußeren Umfassungsmauer betete, verteilten sich seine Worte in der Kirche und vertrieben mit ihrer heiligen Macht die Ratte. Worte umschlichen die flüchtige Ratte. Osofo ergriff die Sorgen und Nöte der abwesenden Herde und preßte sie gegen die morgendlichen Mauern. Und die Mauern berührten sie, während sie dem Ohr des Himmels, dem Ohr Gottes, entgegenrasten. Als Osofo mit Besen und Ehrfurcht eintrat, lagen die Trommeln, die Tänze und Lieder der vergangenen Nacht noch immer ruhig in der Kirche. Dann, je älter der Morgen wurde, kamen die Beladenen. Sie litten unter gescheiterten Ehen, Armut, Krankheiten, Hexerei, Schmach und Hoffnungslosigkeit. Er legte ihnen mit solcher Inbrunst die Hände auf, daß manch einer Angst vor ihm bekam. Manchmal, wenn er halb in Trance an den Blättern der verschiedenen Sträucher zog, nahmen die Büsche seine Gebete auf und gaben andere an ihn ab. Wenn Bischof Budu die Kranken beruhigte und ihnen gut zuredete, so wurden sie von Osofo geradezu überwältigt. Die Kleider des Bischofs, der ihn umgebende Lavendelduft und seine völlige Zufriedenheit mit seinem Verhältnis zur Gemeinde brachten eine ganz andersartige, heilkräftige Welt hervor.

Doch die Herde wunderte sich: Wie oft hatte sich Osofo den Kopf verbrannt? Mit seinen wechselnden Stimmungen. Den unvorhersehbaren Wendungen in seinen Predigten. Seinen Trancezuständen. Und seiner Leidenschaft, Bibeln zu verkaufen. Gott an der Soutane, durchstreifte er die Flughäfen, Märkte und Fußballstadien. Von dem brennenden Wunsch beseelt, die Gläubigen in Unwohlsein zu halten. Den bequemen Glauben zugunsten eines neuen Anfangs zu erschüttern. Mancher dachte bei sich: Osofos Leidenschaft ist fast wie eine geröstete Banane, die zu lange in der heißen Herdasche gelegen hat.

Osofo führte eine heilende Handlung mit der Ankündigung zu Ende, daß die Erweiterung der Kirche schneller vorangehen müsse, als das zur Zeit der Fall war. Jetzt sei die Zeit für den 'Wöchentlichen Austausch' zwischen Priester und Gemeinde als Teil des kirchlichen Rituals.

„Der Ausbau sollte aber nicht zu schnell vonstatten gehen", rief jemand verärgert.

Osofo konterte mit ungeduldig verzerrtem Gesicht: „Wenn Gott dich erlöst, sagst du dann auch, er soll dich nicht zu schnell erlösen?"

Ein Kirchenmitglied entgegnete mit eilender, hoher Stimme: „Bevor wir uns aber vollständig auf das Wasser in Gottes rudernde Hände begeben, sollten wir uns ein kleines bißchen Überleben für uns selbst gestatten, bevor Gottes Hände weiterrudern. Nebenbei bemerkt, die Wasser könnten sich zunächst als zu tief für uns erweisen. Und überhaupt sollten wir Gott die Sache etwas leichter machen. Wenn wir zu schnell voraneilen, überholen wir ihn womöglich noch, während er sein Mittagsschläfchen hält, auch wenn er immer mit einem offenen Auge schläft. Und schließlich hat er's schon schwer genug."

Osofo erhob sich, legte seine riesigen Hände wütend aneinander und sagte: „Mein Bruder, weißt du, was du da sagst? Weißt du nicht, daß die Geschwindigkeit Gottes grenzenlos und unermeßlich ist!"

„Sieh", unterbrach ihn grausam der Alte, „einige von uns haben Familien zu ernähren. Wir können einfach nicht den ganzen Tag in Parks und bei Konzerten predigen..."

Bischof Budu spürte, daß die Stimmung außer Kontrolle zu geraten drohte, erhob lächelnd die Hände und sprach: „Gott ist jemand, der mit vielen Autos unterwegs ist. Manche sind groß und schnell und andere, wie ich zum Beispiel, langsam und bedächtig. Gebt entsprechend der Größe eurer Taschen oder nach dem Ende eurer Hüfttücher. Wenn Osofo dann eure Gaben mit der Geschwindigkeit eines schnellen *trotros* zur Vollendung unseres Erweiterungsbaus einsetzt, dann werden Gott und wir alle sehr zufrieden sein."

Erst gab es darauf nur Gelächter. Doch dann wurde zustimmendes Gemurmel laut. Osofo versuchte sich zu beruhigen und trug seinen Frieden hinüber unter die Papayabäume. Andere, viel bohrendere Fragen wurden ihm nicht beantwortet. Also erstieg er einen hohen *neem* auf dem Gelände der Kirche – vier Acker voll Obst, Kreuze, Bäume, Ziegen und Gemüse – und begann laut zu predigen. Ohne sich um die Ohren zu kümmern, die ihm vielleicht zuhörten: „Und wenn ihr also glaubet, daß die Kirche sich gen Abend wendet, dann behaupte ich: Im Gegenteil, sie schaut gen Morgen.

Habt ihr je darüber nachgedacht, welche Bedeutung *okros* für Jesus haben?

Gelingt es euch, jung ein Kräutlein zu finden und seine Verwendung zu entdecken, dann ward euch vergönnt, hier und jetzt euer Herz unserer Erde so nahezubringen, wie es Gott gefällt.

Hinweg mit euren täglichen Sorgen ums Essen! Alle seid ihr ans Essen verloren!

Wie viele fette Fetischpriester habt ihr gesehen?

Ist Gott vielleicht fett? Ihr seid hier, um eure Seele zu läutern.

Schaut auf den zitternden Trieb hier: Er zittert im Angesicht Gottes!

Und ihr? Vor wem erzittert ihr?

Ihr ergötzt euch an Gerüchten. Ihr seid auf Beerdigungen versessen. Ihr liebt das Würfelspiel, seid vernarrt ins Damespiel!

Was soll das alles?

Wenn ihr wirklich wollt, daß ich für euch bete, dann gebt mir die spirituelle Geschwindigkeit, die ich brauche!

Wo ist unsere afrikanische Bibel?

Hier herrscht zuviel Lavendel, zuviel Schönheit!

Geht zu den Konzerten, macht euch auf in die Parks. Dort seht ihr das Leben, dessen Zeuge wir werden!

Wir sehen nach innen, während Tausende Augenpaare nach außen schauen!

Wir werden noch unsere eigenen Augen verfehlen!

Wo ist euer strebendes Suchen, das einst zur Gründung dieser Kirche führte?

Macht nur weiter so, dann rufe ich aus: Hier bin ich am falschen Ort!

Ich bin die Wüste in eurem hübschen Gärtlein. Ich aber weiß um jene, die mit mir leiden. Und ich liebe euch alle, liebe den *fufu*, den ihr verschlingt!

Wenn ihr meint, ihr könnt mich nicht mehr ertragen, dann brandmarkt mich. Schließlich füllt euer Gesetz das großes Anwesen hier.

Brandmarkt mich!"

Als Osofo schließlich nach unten blickte, trafen seine Augen das ruhige Gesicht Bischof Budus. Der Raum weitete sich mit Budus Lächeln. Niemand war bei ihm.

„Bruder", sagte Budu, „erlaube mir, die Delegation zu holen, die unsere Gemeindemitglieder hier zurückgelassen hat, damit sie dir ein paar Fragen stellt."

Bevor Osofo noch etwas erwidern konnte, war der Bischof schon gegangen. Und kam unmittelbar darauf mit fünf Gemeindemitgliedern zurück.

„Was will der im Baum?" fragte einer der Brüder unvermittelt, weil er sich unter dem Lächeln stark fühlte, das er auf Bischof Budus Gesicht entdeckt zu haben glaubte.

„Es gibt Menschen, deren Augen Bäume nicht durchschauen können."

Steif und stumm hielt Osofo auf halbem Wege nach unten inne.

„Ich bin eine alte Frau", begann eine Schwester, „nimmst du mich auf den Rücken, damit ich auf den Baum komme und dir zuhören kann? Du hast mich etwas sehen lassen, was ich nie zuvor erblickt habe, Osofo! Hörst du, wie meine Stimme zittert. Bei einer alten Frau wie mir. Ich brauche meinen Frieden!"

Und ein junger Bruder stellte seine Frage, fast ohne zu warten, bis die alte Schwester ausgeredet hatte: „Ist Gott nicht überall? Immer redest du von Trankopfern. Kann man denn von einem Baum herab ein Trankopfer feiern? Schnappt da der Wind den Vorfahren nicht den Trank vom Munde weg? Osofo, wir wollen nicht, daß die Jugend erlebt, wie du dich selbst in Schande stürzt. Verzeih, daß ich das Wort 'Schande' gebrauche, aber ich glaube, das ist die Wahrheit. Wach auf, Bruder!"

„Osofo, du brauchst eine Frau!"
Erklärte ein weiterer entschieden.

Als er das hörte, schrak Bischof Budu zusammen und faltete die Hände zum Gebet.

„Osofo", tönte wieder eine andere Stimme herüber, „manchmal erinnerst du mich an Palmnußsuppe, an richtige *abenkwan*. Doch an deinem *fufu* nagen meine Zweifel: Er quillt mir zu sehr und zu verwegen, und zu fest ist er auch, glaube ich. Wenn du mich fragst, ich mag lieber weicheren *fufu*!"

Langsam war Osofo durch das Dickicht der Worte und Blätter herabgeklettert. Er bebte vor Zorn. Doch ihre Hände blieben im Gebet gefaltet. In schützend-abwehrendem Gebet. Sie knieten nieder und redeten Osofo weiter in der Art an, in der sie begonnen hatten: „Die Menschen sind auf Bäume geklettert, um Jesus zu schauen, aber Jesus ist nicht auf Bäume gestiegen, um der Menschen ansichtig zu werden. Ah! Osofo *paa*! Er braucht beide Hände Gottes, auf daß sie ihn leiten. Manchmal glaube ich, dein Wasser kocht für uns alle zu schnell. Dein Herd kann einen ganzen Fluß zum Überkochen zu bringen!"

„Soll das ein Anschlag sein? Ist das ein Angriff auf mich?" fragte Osofo mit der Ruhe der allergrößten Wut.

Bevor er weitersprechen konnte, erhob sich Budu und forderte mit einem Augenaufschlag Ruhe. Seine Seidengewänder wurden steif vor Konzentration. Er begann zu sprechen: „Der Baum ist etwas Gutes. Vielleicht will uns Osofo verkünden, daß wir, um Gott näher zu sein, auch höher hinaus müssen. Und mir erscheint diese Höhe als Höhe des Herzens, als Größe der Seele. Wir haben hier weder genügend Bäume noch ausreichend Kreuze, als daß wir alle hoch hinaus könnten. Ein paar können sich hinlegen, andere mögen sich setzen. Eines Tages werden wir einigen der hohen Forderungen Osofos bestimmt gerecht, denn ich weiß, daß hier ausreichend Herzen nach der höchsten Reinheit streben! Von heute an werden wir in einer Ecke unserer Kirche einen Zweig aufbewahren, als Symbol der Läuterung, derer wir bedürfen. Und mit den Blättern des Zweiges werden wir Gott unsere Liebe zuwinken. Mit dem Zweig haben wir einen neuen Gegenstand unserer Anbetung. Ich glaube, das ist es, was Osofo anstrebt: ein unmittelbares Instant-Ritual."

Nicht die Spur von Ironie lag beim letzten Satz auf dem Gesicht des Bischofs. Tatsächlich sah er in jenem Augenblick eher ein wenig geistesabwesend aus. Dann setzte er nachdrücklich hinzu: „Und Herr, wache über Osofo, denn er ist noch immer der Motor unserer Kirche."

Osofo hatte seine Verärgerung mit den Sohlen seiner Sandalen niedergehalten. Er betete um die Geduld, die den *gari* unter der Versuchung des Wassers quellen läßt. Und ihn doch genau zum richtigen Zeitpunkt aufhält. Der Bischof stimmte ein Lied an. Und sofort war das ganze Anwesen in das Lied getaucht. Einige überschütteten Osofo mit Blumen, während er betete. Noch immer von einer trotzigen Aura umhüllt. Die Trommeln erklangen. Der Tanz begann. Die Taschentücher wedelten durch die Luft - all dies unter den rauschenden Blättern. Plötzlich erhob sich Osofo und umarmte Budu. Der fragte ihn mit einem Lächeln, das mehr sagte als die Lippen, von denen es kam: „Wie viele Prüfungen willst du noch auf dich nehmen? Hab Geduld mit ihnen. Wenn ich gehe, dann seien sie dein im Angesicht Gottes."

Mit scharfem Schritt ging Osofo zu seinem Haus hinüber. Er rang die Hände.

Was dann in späteren Zeiten wirklich die Beschwerden der Herde minderte, war Osofos wachsende Gabe des Handauflegens und Heilens. Old Man Quartey, einer der schärfsten Gegner von Osofos Überspanntheiten, befand sich in einer zutiefst zwiespältigen Lage, als er eines Tages seinen kranken Neffen in die Kirche mitbrachte. Er hatte versucht, den Jungen zu einem Zeitpunkt hereinzuschmuggeln, wenn Osofo nicht anwesend war. Doch Osofo war da: Unerwartet war er aus Labadi zurückgekommen. Osofo sah den schwachen, ausgezehrten Jungen. Und er sah auch den besorgten Gesichtsausdruck des alten Mannes. Er ging hinüber zum ersten Kreuz und sagte zu ihnen: „Alter, warum hast du mir nicht eher davon erzählt? Gestern war ich bei dir, und du hast nichts gesagt? Hat der Junge Anfälle? Ja, das sehe ich. Er braucht die Zuwendung Gottes."

Old Man Quartey wartete ein paar Sekunden. Als sei er in Gedanken versunken. Als hasse er Osofo aus ganzem Herzen. Und war dennoch nicht in der Lage, das öffentlich zu zeigen.

„Gut, gut", meinte Osofo beinahe ausgelassen, „du hast doch nicht etwa versucht, mir aus dem Weg zu gehen? Vergiß, daß du mich haßt, und befiehl den Jungen in Gottes Hand."

Quartey öffnete den Mund und wollte sprechen. Er schüttelte dann aber nur den Kopf. Und schaute weg. Osofo kniete bei dem kranken Jungen nieder und meinte barsch zu Quartey: „Laß uns jetzt allein, aber sorge inzwischen für heißes Wasser, damit wir den Jungen dann baden können."

Die Mutter des Jungen, die dicht neben Quartey stand, brach in Tränen aus: „Umsonst habe ich den Jungen auf die Welt gebracht! Er wird sterben."

Osofo blickte sie voller Mitleid und Anspannung an und erwiderte: „Greife niemals Gottes Ratschluß vor. Und nun geh weg mit deinem Geheule!"

Osofo verschwand hinter drei Kreuzen und rief Gott an. Osofo verschwand hinter vier Kreuzen und rief Jesus an. Dann eilte er vom fünften Kreuz her, hob den Jungen sacht auf und fragte ihn: „Welche Seite von Jesus ist heiß, welche Seite von Jesus ist kalt? Wenn ich mir deine Hände anschaue, dann wird mir klar, daß du ziemlich gut *alokoto* spielst. Du wirst nicht sterben, denn ich sehe Gottes Licht in deinen Augen leuchten."

Der kleine Quaye hatte sich immer gewünscht, daß sein Körper einem anderen Jungen gehöre, mit dem er zumindest die Kopfschmerzen teilen könnte. Bei diesem flinken, vierschrötigen und freundlichen Mann fühlte er sich geborgen. Er sagte schwach: „Ich bin krank, kann nicht *alokoto* spielen. Und Mutter sagt, daß ich sterben muß."

„Du stirbst nicht, du stirbst nicht." Fast schrie Osofo die Worte heraus. Er stützte sein Kinn in das heruntergeleierte Gebet. Er faßte Quayes Hände und führte sie sacht zusammen.

„Siehst du", sagte Osofo, „zwischen deinen Händen ist nicht viel Platz, da paßt keine Krankheit hinein."

Plötzlich weiteten sich Osofos Augen. Und seine Lippen bewegten sich mit großer Geschwindigkeit in einem aus Twi und Englisch gemischten Gebet: „Gott erscheint, Gott entsendet dir seine Engel, kleiner Quaye. Herr, Herrscher über die Erde, dieses ist mein Kind. Ich schaute dich mit dem Innersten meiner Seele, denn Anfang und Ende sind beschlossen mit Sorge. Nimm mein Leben hin für seines, nimm meine Rufe in der Wüste, nimm hin meine nutzlosen Knochen. Herr, du hast geschaut dieses dein Kind, wie es rannte und spielte, weinte und werkte. Gib ihm wieder seine Beweglichkeit. Die Kräuter hier bitte ich dich zu segnen, damit sie wissen, welche Wunde sie zu heilen, welches Blut sie zu reinigen haben, wenn ich sie verwende. Auch den frischen, mit Heilkräutern versetzten Weihrauch segne mir. Gott, Gott, dreieiniger Gott!"

Während Osofo betete, öffnete Quaye die Augen. Er fühlte sich unendlich schwach. Und seine Hände zitterten unter Osofos Händen. Er sah, daß sich ein paar Feuerameisen auf Osofos Sandalen scharten. Er versuchte, es ihm zu sagen, konnte aber nicht die Lippen bewegen. Als Osofo schließlich begriff, was er ihm mitteilen wollte, lächelte er die Ameisen auf seinen Sandalen nur an. Obwohl er ihre Bisse schmerzhaft spürte.

Zum Schluß erhob Osofo sich schweißüberströmt. Und Quaye sah die kleinen Bluttröpfchen an den Stellen, an denen die Ameisen ihn gebissen hatten. Und noch immer hatte sich so mancher Ameisenkiefer in ihn verbissen. Osofo sah Quaye an und lächelte erneut. Quaye aber konnte das Lächeln nicht erwidern. Kein noch so großes Bemühen vermochte seine Mundwinkel zu bewegen. Obwohl er volles Vertrauen zu der weißen Soutane hatte, die da vor ihm stand. Mit Osofo darin.

„Du bleibst ein paar Tage bei uns, mein Sohn. Ich weiß, daß wir beide keine Angst haben. Bald werden wir zusammen spielen. Und immerhin haben wir die Ameisen in die Flucht geschlagen. Was könnte uns da noch etwas anhaben!" sagte Osofo. Dann wandte er sich mit dem Ausdruck größter Ungeduld an Quartey und die Mutter des Jungen. Osofo sagte kein Wort. Er starrte Quartey lediglich direkt in die Augen. Als Quartey dann seine Augen abkehrte, sprach Osofo ernst: „Laßt ihn zwei Tage bei mir. Geht es ihm dann nicht besser, dann mögt ihr es woanders versuchen."

Er sagte das so leise, daß Quaye es nicht hören konnte. Zumal der Junge bereits eingeschlafen war. Quartey verbeugte sich plötzlich und ging. Quayes Mutter, die kein Mitglied der Kirche war, fiel Osofo weinend zu Füßen. Und beschwor ihn, ihren Sohn zu heilen.

„Steh auf, Frau! Nicht ich bin es, der heilt, der Himmel ist's! Geh und iß, geh und trockne deine Tränen!" rief Osofo, ohne seine Augen von Quayes Gesicht abzuwenden. Finster kehrte Old Man Quartey zurück und wollte Osofo etwas sagen, doch der kam ihm zuvor: „Die Trancezustände des Bischofs wären in dieser Angelegenheit nicht sehr hilfreich. Hat Bischof Budu dir das nicht gesagt? Bestimmt hat er das!"

Jetzt zog Quayes Mutter den alten Mann davon und fragte ihn: „Willst du nicht, daß mein Junge lebt? Gib dem Mann den Frieden, ihn zu heilen. Ah!"

Osofo wartete nicht. Schon hatte er den Jungen sanft hochgehoben und trug ihn hinüber zu seinem kleinen Haus.

Osofo betete die ganze Nacht und behandelte den Jungen mit seinen Heilkräutern. Er schwitzte. Und murmelte. Eilte manchmal in das angrenzende Zimmer hinüber und füllte es mit Verzweiflung und demütigem Flehen. Er dachte: Wenn das Gewicht meines Gebetes und meine Heilkräuter nicht in der Lage sind, Gottes Gnade für den Jungen am Leben zu halten, dann haben wir etwas Minderes als den Herrn selbst zu versuchen...

den Doktor. Wieder einmal.

Quaye schlief den ganzen nächsten Tag. Er wachte nur einmal kurz auf und bat um ein paar Orangen und etwas Milch. Osofo vermischte sie mit Kräutern. Wie sein Vater es ihn gelehrt hatte. In der folgenden Nacht hatte Quaye nur noch einen Anfall. Schrecklich durchfuhr ihn unter Osofos kleinen, strahlenden Augen ein Zittern. Am dritten Tag konnte Quaye schon wieder ein wenig sprechen. Er lächelte breit. Und in seinem Gesicht, das noch immer von Schwäche gezeichnet war, breitete sich Ruhe aus. Er bat um Guaven. Den ganzen Vormittag dankte Osofo seinem

Gott. Läutete ihm zu Ehren alle Stunden seine Glocke. Und strich das nächstgelegene Kreuz noch weißer, als es schon war. Der Lächelnde Heilige hatte Quaye und der Kirche seine Liebe geschenkt. Unter den frisch geschnittenen Palmzweigen erhoben sich Lobgesänge. Für eine Weile vergaß Old Man Quartey seine Abneigung gegen Osofo. Er beherrschte seine kalten Lippen und segnete Osofo, wann immer er ihn sah. Bischof Budu, dem es ebenfalls ein paar Tage lang nicht gutgegangen war, kam zu Osofo und umarmte ihn wortlos. Im Schweigen erkannte Osofo, daß die einzige Möglichkeit, seine kleinen Neuerungen umzusetzen, darin bestand, diesen nachsichtigen, nahezu völlig weltlichen Mann an seiner Seite verankert zu wissen. Ja, zu wissen, daß er ihm immer ein Stückchen voraus war. Und ihm, Osofo, ein Gewicht entgegenstellte, gegen das er aufbegehren, ein Licht, an dem er seine dunklen und unerklärbaren Stimmungen messen konnte. An jenem Ort und in jenem Augenblick knüpften die beiden Männer ein Band, um Gottes Werk voranzutreiben. Weiter und weiter und weiter. Zusammen. Aber auch allein. Wenn nötig. Noch waren sie im Geiste des Herrn aneinandergeschmiegt, als Quaye mit einer kleinen Tasche zu ihnen trat und verkündete, daß sie ihm sagen sollten, worüber sie redeten, weil er so werden wolle wie Osofo und von jetzt an auf dem Gelände der Kirche bleiben. Dann sprach Quaye mit ernstem Gesicht den Nachsatz: „Ich glaube, das Heilen zu lernen wird für mich eine ziemlich leichte Sache."

Kapitel vierzehn

Die Schnecke der kleinen Regenzeit kroch auf dem Pfad des September an sich selbst vorüber und in andere Monate hinein. Vorüber an 1/2-Allotey, der in seinem eigenen Tempo versuchte, seinen Lebensunterhalt zu verdienen. Und sein Leben zu leben. Die Feuchtigkeit brachte Verständnis in sein Leben: Seinem Mangel an Antworten auf die Fragen nach dem Wandel, den er suchte, nahm sie die trocken humorlose Langweiligkeit. Die Grashüpfer sprangen über die Welt hinweg. Schnellten über den Busch und verbissen sich mit ihren kleinen, kräftigen und schnellen Kiefern in seine Äcker. Und die unverhofften, böigen Ausbrüche des Harmattan erzählten wieder eine andere Geschichte. Trieben seine Füße härter gegen die achselzuckenden Schultern der Hügel. Während er sich mühte, plagten sich ein Teil seines Kopfes und ein Teil seines Herzens wütend mit Fragen über Fragen: Fetisch, Farm, *Fatim* und Mensch. An diesem Morgen fühlte er sich irgendwie schlecht und lächerlich. Wie an so vielen anderen Morgen zuvor. Warum hatte er sich nur aus seinem unruhigen, gehetzten, heimgesuchten Land entwurzelt? Voller Geister war es, das stimmte. Aber auch so vertraut. Warum endete es damit, daß er seinen Rücken beständig gegen den Himmel neigte, während er das Land rodete? Und die Neigung des Hügels gegen den Himmel gleichzeitig die Neigung seines Rückens bestimmte? Und war er verwirrt und beunruhigt, schwang er seine Hacke gen Himmel, grub hackend im Himmel nach Antworten – die Himmelslinie wurde sein erdiger Horizont.

Hinter seinem Haus hielt eine Heckenlinie aus begrenzendem Strauchwerk vor einem flachen Erdwall inne, auf dem sich das Guineagras lichtete. Eilte dann hinüber zu den gedämpften Fröschen, die in schnellem Moos ein Liedchen sangen. Der Schrei des *akyinkyina* vereinigte die traurigen, von schwermütig aufragenden Bäumen durchzogenen Horizonte, wurde eins mit den Bäumen, die ihn an seinem eigenen Verderben vorbeiwinkten. Und doch ließen die Schwingen des *akyinkyina*, die ebenso verzweifelt waren wie seine *sunsum*, den Flug des Vogels zu einer Serie kurzer Umarmungen eines geneigten Himmels werden. Alles war braun und grau vor Staub. Doch die riesigen grünen Flächen konnten dies beim kleinsten Sonnenstrahl abschütteln. Beim kleinsten Ausbruch einer anderen Stimmung. Alles bestand aus kurzen Flügeln, kurzen Aufschwüngen. Als 1/2-Allotey aufschrie und sich beim Schicksal beklagte, teilten die Hügel den sinnlosen Laut unter ihren Erhebungen auf. Und ersetzten den Aufschrei einfach wieder durch Schweigen. Ein Schweigen, das er jetzt auf dem Rücken trug, während er fast über den gigantischen Zugriff der Baumwurzeln stolperte. Hinter Alloteys linker Seite versteckten sich die Kassavastiele einer nach dem anderen. Wurden manchmal zu erstaunlich langen, ununterbrochenen Linien am Horizont. Die Ansammlung wilder Bananenstauden blieb unüberschaubar. Verteilte das Leid in ihren ungenießbaren Fingern und schwang ihr fernes, zurückhaltendes, stilles, purpurnes Horn.

Alloteys Fische und Bohnen aber gediehen. Manchmal bedauerte er das, weil die kleinen Erfolge dazu führten, daß sich seine Wurzeln langsam, aber sicher tiefer in die Erde des unwirtlichen Ortes senkten. Je mehr Fisch und Bohnen er in kleinen Mengen nach Legon lieferte, desto mehr glaubte er daran, daß Professor Sackey unter einer verrückten Rastlosigkeit litt, die ins Unglück führen könnte. Er ertappte sich dabei, wie er ganz bewußt sein Schicksal von dem Sackeys trennte, indem er manchmal den Zeitpunkt ihrer Treffen veränderte. Sie manchmal sogar völlig vermied, indem er seine Waren nach Legon brachte, wenn er wußte, daß Sackey nicht da war. Der Gedanke, daß man in Legon glaubte, er führe ein interessantes Leben, ein Leben, das der Suche nach der 'Tradition' geweiht war, ließ das Lächeln auf 1/2-Alloteys Gesicht zurückkehren. Den Bäumen war er ein Vergnügen. Sie machten sich über ihn lustig und beschützten ihn. Aber zu behaupten, daß er ein interessantes Leben führte, darauf gab es seiner Meinung nach eine weitaus leichtere und weit einfachere Antwort. Einfach war sein Leben nicht. Allotey nieste sich in die harte Erde. Schnaufend streifte er seinen alten *batakari* über. Seine gewaltigen Schultern arbeiteten zuverlässig wie Felsen, die die gesamte Ebene trugen und schützten. Er glich einem Sohn der Bäume, der sich unter den riesigen Stämmen beugte und jätete.

Als er über den schmalen Kamm des ranghöchsten Hügels nach Osten schaute, sah er die Bestimmtheit losgerissener Steine, wie sie punktgleich herabkollerten. Sein Leben zugleich unterbrachen und es auf den Punkt brachten. Und die Vögel flügelschlagend aufschreckten. Vor dem Hintergrund der Steine sahen die Vögel zart und zerbrechlich aus. Dem abwärts gerichteten Poltern setzten sie ihren himmelwärts strebenden Flügelschlag entgegen. Sie ließen seine Zweifel wieder lebendig werden. Seine Zweifel waren nichts im Vergleich zum Zweifeln der Sterne – waren weniger kosmisch –, sondern mehr ein Zweifeln in der Magengrube: Er lebte mit ihnen, wenn es eine Mißernte gab. Und er lebte mit ihnen, wenn er sich dazu durchrang, das Gefühl des Stillstands abzuschütteln.

Der ganze Stillstand um ihn herum bewirkte, daß er sich selber im Sande verlief, ah.

Und je mehr Zweifel er, 1/2-Allotey, aufhäufte, desto zwingender wurde sein Bedürfnis, tief unter der Oberfläche eine Entscheidung zu treffen. Mit der er möglicherweise sogar mehr Folgen heraufbeschwor, als für ihn gut waren. Eine Entscheidung, die aus ihrer tiefgreifenden Natur heraus den Zweifel an sich selbst in sich barg. Und zwar bereits an dem Punkt, an dem sie getroffen wurde. Er pflanzte seine Bohnen. Seinen Mais. Seine Kassava. Ließ zwischen den Pflanzen die üblichen Zwischenräume wie wohlabgewogene Abstände aus Unsicherheit. Und eilte manches Mal die Baumreihen entlang, um zu prüfen, welche Bäume wirklich die weiten Räume in seinem Herzen in sich aufsaugen könnten.

„Die Insekten, die Insekten", rief er den Hügeln zu, „sie wollen mir meine Männlichkeit nehmen! Meine Ex-Frau ist ein Insekt! Sie wollen nicht zulassen, daß ich im Busch ein sorgenfreies Leben führe, da, wo meine Seele zu Hause ist!"

Ruhig betrachtete 1/2-Allotey seinen Freund, das Haus, dessen strohgedeckter Hut es nicht vermochte, den Regen abzuhalten, wenn er mit voller Wucht niederrauschte. Manchmal hielt er die Schultern des Hauses fest, das er selbst gebaut hatte. Und hoffte darauf, daß das kleine Stück Geschichte, das er durchlebte – ungeachtet dessen, wie lächerlich es einem anderen Teil seines Gehirns erschien –, von den Augen der kleinen Fenster bezeugt wurde. Die verschiedenen Braun- und Grünschattierungen fielen mit ihrem unterschiedlichen Flüstern über ihn her, jede einzelne eine Mannigfaltigkeit für sich, die sich mit den anderen nicht zum Ganzen fügte. Und als er recht müde wurde, schloß er beinahe die Augen. Verschloß sie vor der ganzen Trostlosigkeit in Gottes eigenem Land. Er wartete auf die nahende Dämmerung, die der schreienden Unendlichkeit um ihn herum die Demokratie farbiger Vielfalt verleihen sollte. Als die wilden Hühner schrien, nahm er sich ihrer Schreie an und formte sie, damit sie in die Stille seiner Seele eindringen konnten. So verändert, wurden die Schnäbel zum Symbol der völligen Stille und der Gerissenheit jener Vögel.

„Laßt euren wilden Schrei hören!" rief Allotey aus. Und wischte sich dämmerfarbenen Staub von seiner breiten Stirn, auf der ein Runzeln zum nächsten und übernächsten überleitete. Als er dann mit einem Mal lächelte, wurde das Runzeln von der Streckung der Haut schnell vertrieben. Sein ruhiger Körper schien mehr vom abnehmenden Tageslicht in sich aufzunehmen, als er abstrahlte. Die Grillen fiedelten singend auf ihren Beinen, und während er unter der Allmacht der Bäume einschlief, dort in seinem wachenden Haus in der steinigen Wunde an der Seite des geduckten Hügels, stellte er sich im Traum die Frage: War er mutig genug, an diesem fremden und einsamen Ort Haus und Farm zu halten? Schwer lastete die Dunkelheit. Fast zu schwer für Träume.

Es sei denn, Träume bestanden nur aus Fragen.

Und das einzige Licht, das die Dunkelheit herausforderte, während der Mond schlief, war die einäugig trübe Kerosinlampe mit ihrem schwachen, in nur eine Richtung gehenden Strahl...

Am Morgen fehlte von den Fragen jegliche Spur. Früh erwachte Vögel befreiten die Ohren. Die Sonnenbeine krochen über die Erde. Und die Baumrinden erglühten. Mit vollen Händen warf 1/2-Allotey Steinchen nach den kleinen Vögeln, die sich durch seine Bohnen fraßen. Der ganze Morgen lag in seinem Wurf. Und nun schien alles kleiner: Des Nachts waren die Hügel in die Täler hinabgesprungen, um das niedrige Gras, seinen niedrigen Wuchs, wieder und wieder niederzudrücken. Und als sie sich fast zu spät wieder erhoben und hinanstolperten, schienen sie kleiner zu sein. Hatten etwas von ihrem Dickicht verloren. Ließen ein Tal freien Dickichts zurück.

Nachdem er gefegt hatte, holte er unten am Fluß Wasser. Und erschrak darüber, wie groß und forschend er seine Augen im klaren Wasser sah. Sogar die Spuren der Mückenstiche darunter konnte er erkennen. In seiner Überraschung beschloß er, seine Augen im Fluß zu lassen. Dort waren sie sicherer. Und erst, als er wieder oben auf dem Hügel ankam, erst als der glänzend stiere Blick des Flusses hinter den Bäumen verschwand, sah er, daß seine Augen wieder in sein Gesicht zurückgekehrt waren. Dabei erkannte er, daß die Augen an Vielfältigkeit gewonnen hatten: Hinter jedem Blatt entdeckte er eine Geschichte. Jeder Stengel, jeder Halm wies ein hervorstechendes Wesensmerkmal auf. Und alle redeten mit ihm. Und nur mit ihm. Ohne zu überlegen, rief er mit einem Mal aus: „Wer hat sich meine Augen geliehen?"

Die Wipfel der riesigen Bäume logen: Das Rauschen ihrer Blätter war für die frühe Morgenstunde zu still. Der wahre Grund für das Entleihen seiner Augen lag höher als nötig.

Denn niemals behält ein Baum die Augen eines Menschen für längere Zeit. Schon gar nicht, wenn er sie ihm heimlich weggenommen hat.

1/2-Allotey stand neben seinem Haus. Starrte schielend auf die schmale Straße, die sich ganz langsam, sich um sich selbst windend, den Hügel hinaufschlängelte. Oben erblickte er ein kleines Auto. Das Auto sah wütender aus als die Abhänge, die es hinaufzogen: Es hielt inne. Fast hatte es die Straße überholt, auf der es daherkam. Der Auspuff knurrte wütend: eine Erwiderung auf die Stille.

Wer kommt da wohl um diese Zeit? überlegte Allotey.

Oh, war das nicht Sackey in seinem blauen Datsun?

Was hatte der hier zu suchen?

Nahm er die Abkürzung hinüber nach Nsawam?

Inzwischen hatte das Auto angehalten. Es unterwarf sich der steilen Straße. Sein Fahrer stieg aus. Er sah aus wie der Mittelpunkt der Erregung und schaute sich um und über die Hügel, als hätte er sich verirrt. Dann ließ er sein Auto stehen und kam langsam näher.

Es ist Sackey, dachte Allotey. Und winkte ziemlich unwillig hinunter. Instinktiv winkte Sackey zurück. Selbst aus großer Entfernung schimmerte sein Gesicht zwischen Stirn und Kinn wie ein *pesewa*. Sackeys ungeduldiger Aufstieg schien inmitten der weichen Rundungen der Hügelkämme und Blätter außergewöhnlich schmächtig, ja unangebracht. Er paßte nicht zu all dem Wachstum um ihn herum! Die Blätter verbargen ihn und gaben ihn dem Blick wieder frei. Und er sah sogar weniger natürlich aus als sein gütiges kleines Auto...

das seinen Herrn jahrelang ertragen hatte. Jahre einer Vergaserfreundlichkeit.

Professor Sackey bedauerte bereits, daß er sich zu 'dem wilden Unsinn von Bäumen' auf den Weg gemacht hatte. All seine Kraft legte er in das Grübeln der Worte hinter seinen Wangen. Worte, die sich wie aufgeschreckte Tauben in alle Winde zerstreuten. Tauben, die von anderen Tauben mit gleichem Federkleid überrascht worden waren.

„Ich bin hier wohl am falschen Ort! Diese Täler verschlingen mich!" rief Sackey von unten herauf. Und seine Stirn glich einer kolonialen Grundsatzkanone mit mildernd schleifendem Grat. „Und außerdem, wollen Sie mich nicht willkommen heißen?"

„Sie haben mich doch aber noch gar nicht erreicht!" rief 1/2-Allotey irritiert zurück. Und wartete dann, bis Sackey ihm fast von Angesicht zu Angesicht gegenüberstand, bevor er mit spöttischer Feierlichkeit sprach: „*Akwaaba, yewura* Professor, wir sind erfreut, Sie im Busch begrüßen zu dürfen!"

„Wir?" fragte Sackey.

„Ja, mein Haus und ich!" erwiderte Allotey entschieden. Und seine Augen umfingen ganz leicht die Ironie, die sich in ihnen breitmachte.

Sackeys Gesicht blieb vollkommen ernst. Dann aber stolperte er fluchend über einen alten, staubigen Hocker und mußte sich an Alloteys *batakari* festhalten, um das Gleichgewicht wiederzuerlangen.

„Ich habe die Welt gepackt!" rief Sackey sarkastisch aus. Er fuhr fort: „Was hat das alles zu bedeuten? Ich fühle mich völlig ausgesperrt zwischen den ganzen Blättern und Zweigen, die hier so auf und ab marschieren. Und von den Rundungen und dem Blattwerk der Hügel geht etwas Dummköpfiges und Eigennütziges aus..."

„Eigennütziges?" fragte Allotey. Und er machte sich bereit, die Ebenen da unten und die Hügel darüber zu verteidigen.

„Ja, eigennützig und selbstsüchtig!" brüllte Sackey. „Sehen Sie sich den Raum an, den sie einnehmen, und wie sie sich in den Horizont spießen. Ich hasse ihre Bewegungslosigkeit! Ich dulde diese Naturverehrung auf dem Boden Ghanas nicht. Mich wundert, daß Sie es hier solange ausgehalten haben! Verändern Sie den Ort doch, verändern Sie ihn! Machen Sie etwas anderes aus dem Blätterwerk!"

1/2-Allotey nahm seine Hacke und begann zu roden. Auch um sich zu ersparen, dem bronzefarbenem Mann da vor ihm etwas Ärgerliches an den Kopf zu werfen. Er lachte, setzte die Hacke wieder ab und meinte: „Da sind Sie nun erst ein paar Minuten hier, und schon wollen Sie mir vorschreiben, wie ich mein Leben zu behandeln habe...

uns verbindet das Geschäft, nicht aber das Leben! Alles, was Sie hier um sich herum sehen, ist mein Leben. Und ich verändere es nach meinem Gutdünken, klein-klein. Und ich möchte *mehr* Blätter, mehr und immer mehr, nicht weniger!"

Ein paar graue Wolken umhüllten die Sonne, konnten sie aber nicht mitnehmen und zogen auf der Suche nach anderem Schein von dannen. In Professor Sackeys Rücken, dessen Schweigen schließlich sein überdrehtes Mundwerk zur Ruhe gebracht hatte, erschien die Sonne wieder. Nackt. In der Art, wie 1/2-Allotey Sackey den Rücken zuwandte und sich wieder ans Roden begab, schien ein Vorwurf zu liegen. Allotey fragte sich, wie lange Sackey wohl die Stille um sie beide herum in sich aufnehmen könnte.

„Ich mache mir Sorgen", brach Sackey schließlich das Schweigen. „Die Sorgen haben mich so früh am Morgen hier heraufgetrieben."

Allotey sah außerordentlich überrascht aus. Dennoch fühlte er sich der Angelegenheit irgendwie gewachsen. Er fragte sich nur, was ihm der Professor aufladen wollte. Oder welchen Preis er später für die Beichte, die er gleich zu hören bekommen würde, bezahlen müßte. In Sackeys Gegenwart schien sich 1/2-Alloteys Rastlosigkeit beträchtlich zu verringern – oder anders, ein Wind vertrieb den anderen.

Wieder herrschte Schweigen. Und die Hügelhänge hielten still. Und der Professor schien jetzt ein ums andere Mal seine Finger zu zählen. Unter dem Licht überzog ein grauer Schimmer Sackeys Mittvierzigergesicht. Seine Augen blickten seitwärts, wo eine einzelne Krähe ihre Schwingen öffnete und wieder schloß. Den Himmel öffnete und verschloß. Seine Gesichtsfarbe wechselte zu einem strahlenden Schwarz, ging ein paar Fuß über die Krähe hinaus. Ging dort hinüber, wo die Krähe ihren letzten Schrei aus ihrem verschlagenen Schnabel hatte entweichen lassen. Und indem er seinen Augen gestattete, sich zu verdüstern, bildete er dahinter Erinnerungen des Bedauerns, die traurig gegen die Blätter schlugen, die sie ihrerseits wieder und wieder zurückschlugen. Die Art und Weise, in der sein orangefarbenes Hemd ihn aufrecht hielt, ohne sein Fleisch zu verschonen, wie er gleichermaßen seine flinken Finger festhielt, verlieh Sackey eine Verwundbarkeit, die Allotey zuvor noch nie an ihm aufgefallen war. So wird also sogar Sackey eines Tages sterben, dachte er. Und die zu attackieren er jetzt seine Zeit aufwendet, werden um ihn trauern und Tränen vergießen. Pfefferverschmiert die einen, holzkohlenverrußt die anderen. Und wütig würden wieder andere sich in den Beerdigungsräumen den Bauch vollschlagen.

„Sehen Sie", fuhr Sackey fort, „wir sind letztlich alle Menschen, oder? Wir können nicht immer nur hart sein...

nicht, wenn die Folgen unseres Handelns andere in Mitleidenschaft ziehen. So haben Sie mich noch nie reden gehört? Um so besser, denn Ghana verändert sich...

zum Schlimmsten! Ich bin das Stimmungsbarometer Ghanas! Wenn man anfängt, mir Schwierigkeiten zu machen, dann stehen die Dinge wahrhaftig ernst! Hören Sie, was geschehen ist: Ich bin mit meinem kleinen Sprengsatz aus Wut vor die Ministerien gezogen und habe ihn dort vor ihren Augen gezündet. Ich habe ihre privilegierten Zähne zerfetzt! Der Auslöser war, daß man mich politisch unter Druck gesetzt hat. Ich sollte zwei Studenten zum Studium zulassen, obwohl sie zum einen nicht die nötigen Voraussetzungen mitbrachten und zum anderen sowieso kein Platz für sie vorhanden war. Also lehnte ich ab...

Sie hätten sehen sollen, wie spitz mein Mund sich in die Schlacht geworfen hat! Die Büroschaben versuchten mit allen Mitteln, mich zu beruhigen. Doch ich war in der kleinen Sänfte meines Hirns zu beschäftigt. In meinem Kopf sprengte ich ihre Mahnungen weg. Wissen Sie, ich hatte das Auto dabei und dröhnte durch die Straßen von Accra. Schließlich landete ich im Büro eines Commissioners, der überhaupt nicht zuständig war. Hab ihm trotzdem die Meinung gegeigt! Und als ich letzten Endes dann doch noch im Bildungsministerium landete, habe ich dem schuldigen Commissioner erst recht eine verpaßt!

Ich schäumte vor Wut. Niemals sollten sie Sackey dazu bringen, sich ihnen zu unterwerfen!

Was bedeutet schließlich schon eine Uniform?

Ich drohte damit, ihre geheimen Ränkespiele zu enthüllen, und stürmte davon. Die Entschuldigungen, die sie alle vorbringen wollten, wies ich zurück.

Ich war ein afrikanischer Stier!

Jetzt beunruhigt mich, daß sie hinterlistig die Zuschüsse für mein Institut reduziert haben. Nehmen Sie zum Beispiel bloß die Valutazuwendungen. Auch die Entwicklungsgelder für die Schule meiner Frau haben sie soweit gesenkt, daß sie eigentlich gar nicht mehr davon reden kann, daß es sie noch gibt.

All das zu einem Zeitpunkt, an dem wir zu Hause auch unseren Streit haben!

Und als ich zu einer Konferenz ins Ausland wollte, war es unmöglich, ein Visum zu bekommen..." Professor Sakkey machte eine Pause. Starrte 1/2-Allotey voller Entrüstung an, als wäre er derjenige, der all die Unbill verursacht hätte.

Allotey, der völlig von dem in Anspruch genommen war, was Sackey ihm erzählte, erwiderte Sackeys Blick ziemlich ungeduldig. Er wartete darauf, daß Sackey seine Geschichte fortsetzte.

„Ich bin immer bereit, gegen sie anzutreten. Sie aber bestrafen meinetwegen eine ganze Reihe unschuldiger Menschen. Denken Sie nur an den doppelten Unfrieden, den sie bei mir zu Hause gestiftet haben. Genau in dem Augenblick, in dem ich anfange, mich im Gleichgewicht der Kräfte, im Gleichgewicht der Klagen zu Hause wohl zu fühlen, kommen sie mir damit! Sofi fühlt sich als Märtyrerin. Sie hat jetzt Oberwasser. Sie glaubt, sie kann mich jetzt zu Hause schlagen.

Ha!

Das werden wir erst noch sehen!

Und wissen Sie, mit den Kindern redet sie in einem überbesorgten Ton, mit dem sie deutlich macht, daß sie ihnen alle erdenkliche Fürsorge zuteil werden läßt und mich gleichzeitig mit Nichtachtung straft! Es ist doch traurig, daß ich Kinder habe, die meine Ansichten nie und nimmer begreifen wollen.

Ich bin nicht herzlos, ich habe ein Herz!

Aber die weibliche Selbstgerechtigkeit im Angesicht der ganzen politischen und anderen Zwänge, die hasse ich! Und dann höre ich, daß draußen in den Gemeinschaftsräumen des Mittelbaus der Universität kaum einer ein gutes Haar an mir läßt. Für sie ist das alles nur die Rache der Gerüchte.

Rache!

Stellen Sie sich das vor!

Wissen Sie, es ist doch so: Sackey nimmt alle Gefahren auf sich und muß dann auch die Konsequenzen tragen. Wenn ich sie doch nur allein austragen könnte!

Und wenn sie dir von Angesicht zu Angesicht gegenüberstehen, dann heucheln sie dir Mitleid ins Gesicht. Aber wehe, wenn du ihnen den Rücken kehrst. Wenn ich einen Bart hätte, dann würde ich ihn vor Wut an einem deiner Bäume schaben oder ihn der unverschämten Krähe da drüben überlassen, damit sie daran rumzerrt!...

Sehen Sie sich Ihre Fische an! Wie klug von Ihnen, am Fuße dieses steilen Hügels einen Teich für sie anzulegen!

Und Ihre Bohnen! Sie beherrschen den Hügel...

Ein paar haben mir geraten, mich bei den Militärs zu entschuldigen.

Nie!

Machen wir uns in diesem Land nicht völlig lächerlich?

Ich bin im Recht und soll mich trotzdem entschuldigen!

Merken Sie, wie wir in Ghana die Dinge auf den Kopf stellen! Jetzt machen sie sogar schon einer meiner kleinen Nichten Schwierigkeiten: Bei *bofrots* hat Efua Atta den Bogen raus. Seit sie zwölf ist, verdient sie damit ihr Geld. Und das ist fünf Jahre her. Und Sie werden's nicht glauben, Allotey, daß sie wirklich aus der Oberschule abgegangen ist, um mehr *bofrots* zu verkaufen, und das gegen jedermanns Rat...

außer meinem: ich weiß, daß sie meine Seele geerbt hat

und wirklich Erfolg haben wird. Ich bin sicher, daß auch aus mir ein *bofrot*-Verkäufer geworden wäre, wenn ich nicht meine Zeit damit verschwendet hätte, ein guter Gelehrter zu werden!

Lachen Sie nicht, ich meine es ernst!

Ihre *bofrots* haben sie schon berühmt gemacht, und die Leute kommen sogar von Winneba herüber und kaufen sie massenweise. Sie weiß ganz genau, wie die Sonne auf ihre *bofrots* scheinen muß. Sie weiß auch, wie schwer sie im Vergleich zur Größe sein müssen, um die Leute anzuziehen. Manchmal backt sie um des Geldes willen, manchmal nur, um Eindruck zu schinden: irgendwas für die Zukunft, wie sie sagt. Sie weiß, wie man *bofrots* zur wichtigsten Sache in der Welt der Rundbäuche macht. Sie ist so gewitzt, daß sie manchmal regelrechte Ideen backt, nicht nur irgendwelche Dinger.

Symbolische *bofrots* gewissermaßen! Hahaha!

Ich meine, manchmal sind ihre Formen runder als ihre *bofrots*: Entweder beziehen sie sich auf ihre eigene Stimmung oder aber auf etwas Traditionelles.

Und wissen Sie, sie ist sehr unverblümt!

Einmal kam sie zu mir zu Besuch und teilte Sofi frei heraus mit, daß sie fände, ich, ja ich!, sähe nicht sonderlich glücklich aus, und wenn sie sich nicht ordentlich um mich kümmere, würde ich dahinsiechen.

Natürlich hat mir das gefallen!

Sofi wurde aschfahl und war völlig *basabasa*. Und um alles auf die Spitze zu treiben, holte Efua Atta ein ganzes Blech *bofrots* hervor und behauptete, daß jeder eine Bedeutung hätte und daß die wichtigste Bedeutung, die sie uns übermitteln wolle, darin bestehe, daß ich ziemlich verwirrt aussähe und der Zuwendung bedürfe!

Ich badete mich in ihrer Aufmerksamkeit, saugte ihre Wahrheit richtig in mich auf! Und komischerweise betrachtete ich die meiste Zeit Sofis Gesicht, um zu sehen, welche Wirkung Efua Attas Auftritt – und was das für ein Auftritt war! – auf sie hatte. Ich wollte hinter die Mauer ihrer Wut sehen. Was ich schließlich zu sehen bekam, war eine tiefe Traurigkeit in ihren Augen. Sie schien sich wirklich und wahrhaftig irgendwo anders ein besseres Leben ohne mich zu wünschen. Dann tat Sofi etwas, das meine Konzentration zerbrach: Sie erhob sich, und ohne ein Wort zu sagen, warf sie Efua Atta aus dem Haus. Und Efua leistete sowenig Widerstand, daß mir das richtig verdächtig vorkam: Zehn Minuten, nachdem sie gegangen war, steckte sie ihren Kopf durch das offene Fenster, warf den letzten *bofrot* zu mir herein und meinte mit breitem Lächeln: „Onkel, sie mag eine gute Frau sein, aber sie trocknet dir die Seele aus! Du kannst ja noch eine Weile bei ihr bleiben, wenn sie dich aber nicht mehr in Frieden läßt, dann komm zu mir und hol dir einen guten Rat, kostenlos!"

Damit rannte sie davon und lachte und lachte. Seitdem hat sie unser Haus nie wieder betreten. Aber ich treffe mich mit ihr, so oft ich kann. All das geschah vor ungefähr sechs Monaten. Und nun, da Sofi es fast geschafft hat, mich aus ihren Gedanken zu spülen, muß ich gestehen, daß ich manchmal völlig von meiner Nichte abhängig bin, was emotionalen Beistand betrifft. Kürzlich nun hat sie sich in ihrer offenmütigen Art darüber ausgelassen, wie die Soldaten ihr Onkelchen heimsuchen. Sie ging sogar soweit zu sagen, daß sie, wenn sie nur Mut hätten, mich in Ruhe lassen und es mit ihr aufnehmen sollten! Sie hat so sehr geprahlt, daß ihre Feinde – und wegen ihres Erfolges hat sie nicht wenige – das gegen sie verwendeten: Langsam bekam sie Schwierigkeiten, sich Mehl oder gar Öl zu besorgen. Aber davon läßt sie sich nicht unterkriegen...

ihre Kunden helfen ihr: Wenn sie ihnen nur freimütig erzählt, was los ist, dann helfen ihr die, die es können. Und jetzt hat sie soviel auf Lager, daß es wochenlang reicht!

Ich aber mache mir Sorgen darüber, wie sich die Leute in unserem so überaus friedlichen Land so krümmen können. *Bofrot*-Politik, hmmmmm!

Und wegen all dieser Angelegenheiten bin ich hierhergekommen. Ich will Sie warnen, damit Sie nicht überrascht sind, wenn man sich Sie als nächsten vorknöpft...

wobei ich nicht möchte, daß das passiert. Warum sollen Sie denn noch unter der Politik leiden, wenn Ihnen Ihre Farm und Ihre Suche schon solche Umstände machen? Es steht Ihnen frei, den kleinen Vertrag mit mir zu kündigen..."

Lange stand 1/2-Allotey reglos da und schaute ins Tal.

„Und ich hatte geglaubt, Sie wollten mich bei etwas dabeihaben...", sprach Allotey leise zu sich selbst.

„Ich habe nicht verstanden, was Sie sagten", erwiderte Sackey.

1/2-Allotey blieb stumm. Er sah so in sich versunken aus, daß es Sackey, der in diese seltsame Welt einbrechen wollte, beunruhigte.

„Wissen Sie, ich habe in Kuse gegen meine eigenen Leute gekämpft...

wie kann ich einen Freund verlassen, wenn ihn jemand angreift? Wir machen so weiter wie bisher!" sagte Allotey bedächtig. Sein Gesicht hellte sich beträchtlich auf. Er kannte solche Auseinandersetzungen und liebte sie.

„Einverstanden, also einverstanden!" rief Sackey freudig aus. Sie konnten in dem wechselseitigen Strahlen jeder seinen Acker bestellen.

„Spüren Sie, wie die Bohnen wachsen, Professor?" fragte Allotey Sackey plötzlich. Die vertraute Ironie war in seine Augenwinkel zurückgekehrt.

„Schauen Sie, junger Mann...," erwiderte Sackey streng und ernst. Doch mitten im Satz verstaute er die Strenge und den Ernst wieder in seiner Rocktasche. „Ich weiß, daß ich mit den Blättern nicht übereinstimme, aber haben Sie bitte Mitleid mit mir. In mir brennt der heimliche Wunsch, Bauer zu werden. Ich möchte, daß die Erde für mich trägt, bevor ich mich ihr zu guter Letzt ergebe. Das ist alles!"

Ihr Lachen trieb die Hänge hinunter. Doch etwas davon blieb in ihren Gesichtern haften. Und erhellte mehr als nur Augen und Wangen. Sackey fühlte, wie 1/2-Alloteys Gedanken einander schlugen wie der Mörser und der Stößel beim nachmittäglichen Stampfen der Kassava. Er brach in seine Gedanken ein: „Allotey, Ihre Nachdenklichkeit wird mir weder Bohnen noch Fisch verschaffen! Und auch Ihr Haus wird Ihnen nicht weiterhelfen. Hören Sie auf zu grübeln, jetzt-mann, jetzt! Und wissen Sie was? Ihr *batakari* ist aus politischer Baumwolle: Er hat was gegen all die feinen Kleider, Röcke und Anzüge. Er stellt einen Fluch dar gegen fast alle, die so was tragen. Haben Sie je darüber nachgedacht?"

„Was weiß ich schon von Politik?" fragte Allotey mit gespielter Überraschung. Und setzte hinzu: „Ist man in diesem Land schon Rebell, wenn man sich nur daran macht, seinen eigenen Weg zu gehen?"

Sackey sah etwas abwesend aus. Als ob er seine Aufmerksamkeit auf etwas anderes gerichtet hätte. Dann entgegnete er: „Sie haben sich für Ihre Wurzeln auf neues Terrain vorgewagt, und ich habe gewagt, wütend zu sein!"

Er sprach langsam und mit tiefer Stimme. Sein Körper verneigte sich vor dem Ansturm der morgenlichten Schatten. Er las ein paar Grashalme auf. Und zwischen den Fleischstücken seiner Worte kaute er auf den Stengeln. Er fügte hinzu: „Und meine Wut erstreckt sich auf meine ganzen sechs Fuß Größe. Eigentlich ist sie sogar noch größer!"

„Und worüber sind Sie wütend, Sir?" fragte 1/2-Allotey plötzlich hitzig. Und drückte den Horizont mit der Ironie seines Blickes zurück. „Sind Sie wütend über den Auberginenauflauf?

Sind Sie wütend über den scharfen Geschmack der *atua*?

Glauben Sie, daß die Ghanaer ihre Geschichte zu langsam schreiben?

Sagen Sie's mir! Haben Sie Angst vor den Geistern im Busch?

Hassen Sie den Mangel an Folgerichtigkeit im Lebenswandel der Leute? Sagen Sie's mir!

Sind Sie wütend, weil die meisten von uns politisch, moralisch, philosophisch und wirtschaftlich Feiglinge sind?

Uncle Professor, glauben Sie, daß unsere Führer eher den kleinsten gemeinsamen Nenner bilden – in der fünften Klasse habe ich mal davon im Mathematikunterricht gehört, Sir – als eine wirkliche politische Führung?

Die Fersen von wie vielen Hexen berühren einander in Ghana, vor allem bei Sonnenschein? Ich meine es ernst!

Meinen Sie, daß meine Frau das Recht hatte, ihren Freundinnen zu zeigen, wie meine *okros* wachsen?

Und *okros* aus Fleisch sind das Allergefährlichste! Sind Sie wegen der Akan-Philosophie wütend, die vorgibt, daß der Mensch aus *okra, sunsum, ntoro* und *mogya* geschaffen wurde?

Mit allem Respekt, Sir, wieviel Vernunft wohnt da hinter Ihrem glänzenden *motoway*?

Ich sage das mit allem Respekt, denn immerhin befinden Sie sich im Augenblick auf meinem Territorium!

Uncle Sackey, wissen Sie, wie sehr ich unter den Bäumen gelitten habe?

Sind Sie darüber wütend, daß ich einem alten Geschlecht von Fetischpriestern entstamme? Sir, wie viele Heilkräuter haben Sie in ihrem langen soziologischen Leben bereits analysiert?

Sind Sie sich bewußt, daß wir ein frei strömendes Volk sind: Verströmen wir uns, gehen wir unter, sind wir frei, werden wir gefangen?

Ich meine, wir haben doch regelrecht süchtig die meisten unserer Wurzeln bewahrt – Trommeln, Beerdigungen, Grußformeln, Körpersprache und die Sprache selbst (wenigstens zur Hälfte, ha!) –, aber wir haben nicht genügend Selbstbewußtsein!

Und trotzdem wird es Sie überraschen, Sir, daß unsere Kultur zu schwer wiegt, zu langsam ist!

Und wir sind Experten darin, uns gegenseitig das Wasser abzugraben!

Haben Sie je ein Trankopfer vollzogen und dabei festgestellt, daß der Gin in der Mitte zwischen Himmel und Erde gefriert, sich weigert, zur Erde hinabzusteigen, bis sich das Omen umgekehrt hat?

Uncle, ich gerate außer Atem, und Sie haben mich noch nie außer Atem erlebt, aber ich kann einfach nicht aufhören!

Sind Sie wütend darüber, daß der Fluß nicht manchmal auch rückwärts fließt?

Wissen Sie, ich habe geträumt, daß Gott zwei Augen hat. Das eine Auge ist die Sonne, das andere der Mond: Und haben Sie schon gewußt, daß ER jeden Abend sein Mondscheinauge blankputzt?

Gott ist sein eigener Mondscheinblankputzer! Sind Sie wütend darüber, daß es Hauptsekretäre für Prinzipien gibt?

Wie prinzipientreu sind sie, und mögen sie den Sekretärsvogel, wie er über die Ministerien fliegt?

Können sie Schlangen töten, so wie dieser Vogel?

Helfen Sie mir, Professor! Ich verstehe dieses Land nicht!

Und deshalb stecke ich hier mitten in den Blättern! Ich mache mir aber wegen Ihrer Wut Sorgen, ihrer sechsfüßigen Wut! Lassen Sie nur nicht zu, daß sie Sie eben diese sechs Fuß unter sich begräbt, hahahahaha!

Uncle, würden Sie wütend werden, wenn ich Sie darum bäte, mir Wasser aus dem schwer trunkenen, nassen, steinigen Fluß zu holen?

Können Sie sich ausmalen, wie es aussieht, wenn ein Professor einem halbgebildeten Verrückten wie mir auf seinem Kopf das Wasser heranschleppt?

Sind Sie wütend wegen des Harmattan?

Haben Sie jemals einen Liebesbrief auf *kenkey*-Haut geschrieben?

Hassen Sie den Regen?

Welcher Teil der Sonne kommt Ihnen heißer vor als das Herz einer Frau?

Erinnern Sie sich daran, daß meine Frau und mein Kind auf mich warten?

Sind Sie wütend darüber, daß ich so mit Ihnen rede?

Hier oben, wissen Sie, gibt es niemanden, mit dem ich reden kann, und so brechen manchmal die Worte aus meinem feuchten Mund hervor wie ein richtiger afrikanischer Sturm!

Ich muß ein paar Neuigkeiten über die Seele herausfinden und mit nach Kuse nehmen.

Wissen Sie was, Professor?

Ich fürchte, daß alle meine Frauen Hexen sind! Sobald sie mich verlassen, fange ich an, die Erinnerung an ihre Anwesenheit zu lieben. Und tauchen sie wieder auf, fange ich sofort an, sie wieder zu hassen!

Wenn Sie einen Fotoapparat hätten, der ein Bild von ganz Ghana machen könnte, was glauben Sie, wie viele Leute sie auf dem Foto erkennen würden, die Liebe machen?

Wie lieben die Ghanaer?

Sie sind der Soziologe, Sie sollten die Antwort darauf wissen!

Der Professor hat seine Wut gewagt und leidet drum. Machen Sie sich keine Sorgen, Uncle Sackey, aus der Ferne leide ich mit Ihnen. Sehen Sie sich meine breiten Hände an, sie können alle Leiden dieses Landes umfassen. Und jeder Leidensüberschuß wird auf meinen Äckern eingepflanzt. Ich kenne die Pflanze, ich kenne die Blume der Sorgen. Ich kann mit ihr umgehen. Als meine Mutter starb, sie starb an gebrochenem Herzen..."

1/2-Allotey war völlig außer Atem. Wieder zog sich der

Horizont enger um sie zusammen. Seine riesige Brust hob und senkte sich schwer, während er seine Hacke unablässig von der linken auf die rechte Seite wechselte. Und von der rechten auf die linke. Man hätte denken können, die Erde erwachse aus seinem Rücken. Man hätte denken können, die Erde versuche, ihn zu begraben.

Professor Sackey saß auf dem nackten Erdboden mit dem größten Stirnrunzeln der Welt auf dem Gesicht. Die Welt war einfach der falsche Ort. Nicht nur für ihn. Sie zerstreute die besten Menschen in der Wildnis. Niemals war Professor Sackey in der Lage, die Demut in seinem Herzen zu besingen. Nicht einmal dann, wenn sie ein- oder zweimal im Jahr zum Ausbruch kam. Geringschätzig schaute er 1/2-Allotey an, breitete seine Blicke über das beständige Strahlen in dessen Augen.

„Ich gehe, hören Sie!" rief Sackey. „Ich gehe! Kommen Sie auf mein Territorium, und ich verpasse Ihnen ein paar Antworten! Und mit Sicherheit werde ich zum Abschied nicht Ihrem Haus zuwinken. Ich bin froh, daß ich mit Ihnen geredet habe. Ich habe gesagt, ich bin froh, verstehen Sie!"

Näher sollte Sackey Alloteys Seele niemals mehr kommen. Jäh stieg Sackey den Hügel hinunter. Er winkte nicht. Und er schaute sich nicht um. Er schlug nach den obligatorischen Morgenfliegen, als er in sein Auto stieg. Und die Abgase waren nicht in der Lage, den Hügel zu erklimmen. Nicht einmal hinauf bis zu 1/2-Alloteys fiebrigem Blick. Seinem großäugigen Blick auf das davongaloppierende Auto.

Auf Professor Sackey wartete noch eine unliebsame Überraschung. Als er davonfuhr, spürte er, wie ihm ein knochiger Finger auf die Schulter tippte.

„Eine Überraschung, Professor! Hier bin ich mit all meinen Gebeinen! Ich weiß, Sie ließen mich wissen, daß ich Sie nie wieder ansprechen möge. Doch Sie können mich doch nicht einfach aus Ihrem Leben stoßen. Es tut mir leid, daß ich Sofis Partei ergriff im Streit darüber, wer denn nun ein Narr ist und wer nicht. Ich habe mich schon in Legon heimlich in Ihr Auto gestohlen. Ich lauschte all dem, was Sie sich selbst zu sagen hatten. Ich habe mir all die Flüche notiert, die Sie auf die Welt herabgeschworen haben..."

Beni Baidoo lächelte. Und dehnte seine Lippen derart weit, daß sie beinahe rissen.

Der aschfahle Sackey schaute wortlos geradeaus. Schroff brachte er das Auto zum Stehen und brüllte: „In meinem Auto ist kein Platz für irgendwelche Rechenspielchen: Ein Mann plus ein weiterer gehören nicht in mein Auto! Raus! Das mit Sofi habe ich dir schon verziehen, aber ich dulde nicht, daß du ohne Erlaubnis in meinem Auto sitzt..."

„Professor, ich kenne Sie seit Ihren Studententagen, und Sie haben sich überhaupt nicht verändert. Wissen Sie, Dr. Boadis Schicksal hängt davon ab, wie er Sie behandelt. Und wie sehr ich mich auch bemühe, ich vermag ihn nicht zu ändern...

Eines Tages wird er Sie arretieren lassen...

Professor, ich möchte Sie höflichst bitten, meinem Dorf die Segnungen der Soziologie zu bringen, wenn es denn einmal fertig ist! Ich meine, ich wünsche mir ein gebildetes Dorf, in dem ich zwischen vierfacher Unzucht vor einem reichlichen Frühstück schwer lernend an harten Tatsachen darüber arbeiten kann, härter noch als, verzeihen Sie, wenn ich das sage, mein *popylonkwe*, wie die Welt eigentlich sein sollte! Professor, ich bin der Überzeugung, daß ihre Gedanken daran Schuld tragen, daß Ihnen die Haarkrone abgesengt wurde...

doch machen Sie sich nichts daraus, in Ihrer Haut und Ihren Augen schlummert Schönheit, vor allem dann, wenn Ihre Augen nicht so in Flammen stehen wie jetzt."

Verzweifelt schlug Sackey die Hände zusammen und schaute zurück, hoch zu 1/2-Alloteys Haus. Beni Baidoo versäumte es nie, Mitleid und Wut in ihm zu entfachen. Überraschend ruhig sprach er zu den alten Mann: „Warum besuchst du nicht Allotey da oben? Ihm ist mit einem kleinen Stückchen Weisheit schon geholfen..."

„Gewiß, Sir! Warten Sie nur fünf Minuten auf mich, und ich bin zurück...", hob Baidoo an.

„Ich warte auf niemanden, Alter. Entweder kommst du jetzt mit, oder du ziehst deines Weges...", sagte Sackey und öffnete die Tür.

„Sie haben aber doch gesagt, ich könnte Allotey besuchen...", beschwor ihn Beni und rannte dann mit schmerzendem Blick hügelan. Schleuderte seine Arthritis links und rechts in die wilden Blumen.

Als 1/2-Allotey ins Tal hinunterschielte, sah er am Ende des Schielens den Baidoo Beni. Während sich der alte Mann heraufkämpfte, lag ein schiefes Lächeln auf seinem Gesicht. Sackey war noch nicht losgefahren. Er schien nach etwas zu suchen.

„*Owura*-1/2, ich schenke dir meinen halb guten, halb schlechten Nachmittag. Ich habe mir verstohlen eine Fahrt hierher gestohlen, um dich zu besuchen. Und deinem Freund, dem Professor, habe ich einen Streich gespielt: Ich habe seinen Autoschlüssel in der Tasche. Ohne mich kommt der nie zurück! Haha...", sagte Baidoo mit glühendem Gesicht zu 1/2-Allotey.

„Aber...", wollte Allotey einwerfen.

„Oh, ich weiß, er wird mich verhauen oder so was. Doch es lag mir daran, dir zu berichten, wie mein Dorf sich entwickelt. Das einzige Land, das ich bekommen konnte, war etwas Ackerland für eine Regenzeit. Es wird also ein Ein-Regenzeit-Dorf! Ich muß das Dorf pflanzen, so wie ich Kassava pflanzen würde...

wenn nur die Mädchen, die ich noch nicht habe, rechtzeitig zur Blüte gelangen, bevor ich das Land zurückgeben muß...

Kannst du mir nicht dauerhafteres Land verschaffen, Sir?" schwatzte Baidoo, dem noch immer ein Glühen auf dem Gesicht lag. Er spielte mit Sackeys Autoschlüssel.

„Und während du und der Professor hier oben geredet haben, war ich bereits eingeschlafen...

bis mich mein eigenes Schnarchen aufweckte."

„Normalerweise vergeben die Ältesten Land nicht für Ein-Regenzeit-Dörfer...

Warum gibst du den Schlüssel nicht zurück. Siehst du nicht, daß Professor Sackey da unten schon sehr erregt ist? Gib ihn mir, und ich bringe ihn ihm zurück", sagte 1/2-Allotey. Nahm den Schlüssel und machte sich auf den Weg ins Tal.

Sackey brannte vor Wut. Doch die Täler fingen nicht Feuer. Und nachdem er mit einem Fluch auf den alten Mann Allotey den Schlüssel aus der Hand gerissen hatte, fuhr er wie wild nach Legon zurück.

Dort kroch Beni Baidoo wie durch ein Wunder wieder aus Sackeys Auto. Er war mit sich überschlagender Geschwindigkeit Alloteys Täler hinabgekrochen und in das Auto geschlüpft, bevor der erregte Sackey davondonnerte. Er war zufrieden, daß er wieder Zeuge der Flüche und Brüller des Professors sein konnte. Denn der, im Glauben, allein im Auto zu sitzen, führte wieder die ganze Strecke bis nach Legon hinein Selbstgespräche...

Kapitel fünfzehn

Als sich Kofi Loww endlich auf den Weg zu Adwoa Addes Haus machte, ohne zu wissen, daß er einen toten Schmetterling in der Tasche hatte, fand er dort eine feindselig gestimmte Amina vor, die er noch nie zuvor gesehen hatte. Sie versperrte ihm die Tür. Und forderte ihn auf, sich auszuweisen. Also hatte Amina zu guter Letzt doch noch Adwoa, ihre spirituelle Mutter, gefunden. Sie diente ihr mit grimmiger Loyalität. Weil sie in Adwoas Haus einen Frieden gefunden hatte, den die durch das Dach eines Fez gesprochenen Gebete ihres Onkels ihr nicht geben konnten. Deshalb hatte ihr Onkel sie enteignet, wie ihr Vater im Norden des Landes auch. Amina kam alles frisch und neu vor: Kofi Loww war ein frischer und neuer Eindringling. Er sah so leer aus, daß er sie an einen riesigen Haufen frischer, durchgekauter und ausgespuckter Kola erinnerte.

„Du also bist der schläfrige Mann, der nur selten hierherkommt, Papa, und der manchmal meine Sister Adwoa heiraten möchte!" rief Amina.

Sie lachte. Und rannte davon. Sie rannte träge. Mit verschränkten Armen. Und ließ zu Lowws Füßen eines ihrer achtzehn Jahre ungefordert und ungeordnet zurück: Als sei sie durch ihr Gerenne, das gleichzeitig schüchtern und keck aussah, ein Jahr jünger geworden. Kofi Loww lächelte auf seine entrückte Art, als hätte er überhaupt keine Zähne. Auf dem Weg hierher hatte er bei der Frau an der Ecke noch erntefrische Bananen gekauft. Sie freute sich über den späten Kunden bei einkehrender Dunkelheit, in der ihre drei kleinen Kinder weinten. Die Frau war aufgeregt und hatte mit ihrer hohen lauten Stimme gerufen: „Warum müßt ihr denn alle drei auf einmal den Schnupfen in der Nase haben? Habt ihr kein Mitleid mit eurer Mutter? Ich habe nur ein einziges Stück Tuch. Haltet euch die Nasen zu und stellt euch in einer Reihe auf, damit ich euch die Nasen putzen kann! Seht nur, was ich erdulden muß, und euer Vater kümmert sich kein bißchen um euch. Hmmmm."

Als er mit den drei Bananen in Adwoa Addes Zimmer trat, war ihm bewußt, daß sie sich über das verwirrte Blinken seiner Lider beklagen würde. Alle Kerne einer Guave wiesen in dieselbe Richtung. Und jeder einzelne Kern konnte vielleicht zerrüttend auf Liebe und Tat wirken. Und jede Liebe und jede Macht, die nicht über die endlose Anordnung der Samenkerne verfügte und nicht über deren wohlgemusterte Verschiedenheit, paßte weder zu seinem Herzen, noch zu seinem Hirn. Dennoch, was hatte er in seiner zurückgenommenen Offenheit, in seinen langsamen Erkundungen zu eben dieser Vielfalt, die er sich wünschte, beizutragen?

Er lächelte ein Lächeln aus kleiner Scham über seine Widersprüchlichkeiten. Mit zögerlichem Schritt trat er ins Zimmer. Er erwartete ein Wortfeuerwerk von Adwoa. Doch es kam zu keinem Feuerwerk: Er sah sie schlafen, den langen Körper zum Fragezeichen gekrümmt, am frühen Abend. Schützend berührte er ihr Bein und zog die Decke hoch, um ihre linke Brust zu verhüllen. Über die Mauer hinweg sah er den Hund, dessen Bellen nicht mit dem Rhythmus seiner Kiefer übereinstimmte. Ein Hund mit vier Beinen und vier Zweifeln. Und ihm sehr ähnlich: Woher kamen, in diesem Land der Sonne, des *jujus* und der Weisheit, seine Absencen? Daß sein Heimatland draußen so reichhaltig war, erschien ihm als schönes Muster, bezog sich jedoch nicht auf das Innere. Auch auf sein Inneres nicht. Die Schwierigkeit bestand darin, wie man im Innern seiner Schultern mannhaft seinen *kente* trug. Wie man mit seinem inneren Mund *akrantsi* aß. Dann jedoch schlug er sich Ghana aus dem Kopf. Und sah wieder auf Adwoa Adde herunter. Langsam und üppig dehnte sie sich im Schlaf. Öffnete und schloß ihre langen Finger. Sog die Welt ein. Trieb atmend die Welt aus. In der Ecke sah er ihre Lampe glimmen. Und er stellte sich die Frage, ob sein Herz noch für sie brannte. Ob es noch immer für sie entflammt war. Plötzlich dachte er: Jede Frau, die so unschuldig vor ihm schlafen konnte, mußte seine Liebe besitzen.

Arme Adwoa. Es verhielt sich nicht so, daß er keine Liebe fühlte. Doch der einzige Weg, sich ihrer zu versichern, bestand darin, sich seiner selbst zu versichern. Was war schließlich Schlimmes an einer Identitätskrise – gleich, ob seine oder die seines Landes – unter den Strahlen der Sonnenblume?

Es war gerade die gelbe Zugkraft der Sonnenblumen und Mangos, der Tänze und der Weisheit, die so viele Schwierigkeiten und Krisen verdeckte.

Deshalb wollte dieser stille Mann die so leicht verfügbare Schönheit und Energie abtöten. Oder sie zumindest soweit zur Seite schieben, bis der Weg klarer sichtbar war.

Ob es möglich war, auch die Liebe zur Seite zu schieben? Das wäre ein lächerliches Unterfangen. Old Erzuah hatte ihm gesagt, daß er, Kofi, immer nur den Rand, nicht aber die Mitte des Lebens bemerkte. Und daß er sogar am Rande des Lebens in immerwährenden Kreisen umhertrieb. Dann hatte Erzuah seinen Schnurrbart über den Mund gezogen, um sein aufgebrachtes Schweigen dort zu verstauen. Und hatte in die wirre Zukunft seines Sohnes gestiert.

„Deine Mutter hat dich zerbrochen!" hatte der Alte plötzlich gesagt. Und dann seinen Schnurrbart wieder verschlossen. Und den Rest seines Bartes befreit. All dies ließ ihn noch stiller und schweigsamer werden. Und trotzdem war er fest entschlossen, sich weiter durch die Welt treiben zu lassen, die letzten Endes vielleicht doch noch klare Konturen gewinnen und ihm wichtig werden würde.

Meilenweit waren seine Augen schon umhergewandert, als Adwoa aufschrak und spürte, daß sich jemand im Zimmer aufhielt.

„Ho, Kofi, wie lange bist du...
du hättest mich wecken sollen...
ich mag nicht, wenn man mir zusieht, wie ich schlafe..."

All das sagte Adwoa sehr hastig. Dann schaute sie ihn ernst an, als sei ihr etwas eingefallen. Sie sagte: „Setz dich, setz dich bitte, im Sitzen liegt mehr Liebe als im Stehen! Du weißt ja, daß du mich vernachlässigt hast...
ich will mich schnell ein bißchen frisch machen."

Als sie an ihm vorbeiging, bekam er schüchtern ihr Handgelenk zu fassen. Und drückte es sacht. Er sah ihr in die Augen, als verlangte er und nicht sie Antworten über sie beide. Sein Gesichtsausdruck veränderte sich ins seltsam Komische, als er hinter ihren Augen einen Vorrat an Sorgen entdeckte, der ihm noch nie zuvor aufgefallen war. Er fragte sich, was sie wohl in den wenigen Wochen, die vergangen waren, erlebt hatte. Was ihr diese neue Ausstrahlung verliehen hatte. Sie schien nur gleichgültig dazustehen. Er aber konnte nicht ahnen, daß sie versuchte, sich an seine Gegenwart zu gewöhnen. Zu erkunden, ob die Liebe, die im Augenblick gegenwärtig und wirklich war, stärker war als die Erinnerung daran. Sie verlangte jetzt sowohl mehr als auch weniger von ihm: mehr dahingehend, daß er, wenn er nun zu einer ernsten Beziehung bereit war, eine umfassendere Person zu lieben hatte, für die er seinen Seelenraum erweitern mußte. Und weniger, weil sie in der Lage war, wenn es ihm nicht um eine ernste Beziehung zwischen ihnen gehen sollte, ihre eigene emotionale Selbstgenügsamkeit auszuhalten, seine mangelnde Ernsthaftigkeit zur Seite zu schieben und weiter voranzuschreiten. So als hätte sie nur ein Stück Zuckerrohr abgebrochen und über eine Mauer geworfen, über die sie nie wieder hinwegsehen würde.

Obwohl er in diesem Augenblick das Bedürfnis verspürte, sie zu umarmen, ließ er sie gehen. Und während sie wegging, drehte er sich um, um ihren geschmeidigen Gang zu beobachten. Er grübelte darüber nach, ob es ihm bestimmt war, immer die Dinge zu lieben, die sich von ihm entfernten...

Dann, als wollte er sich selbst davor bewahren, auf tiefere Ebenen eines Wechselspiels mit Adwoa abzusinken, begann er das große Zimmer zu fegen und Staub zu wischen. Er rückte die kleinen Stühle und die Fotografien in die Positionen, die er vor ein paar Wochen gekannt hatte.

Vielleicht war es sein eigenes Herz, in dem er aufräumte. In dem er die Dinge neu ordnete. Das Zimmer hatte das nicht nötig.

Die Vorhänge verdunkelten nicht ihn, dachte er. Sie verdunkelten die Welt.

Als Adwoa zurückkehrte, hatte er das Zimmer fast vollständig verändert. Sein Herz war in eine andere Region seiner Brust gewandert und hatte seinen Schlag gewechselt. Ihr blieb vor Überraschung für ihn und sich die Luft weg. Sie legte einen Finger an die vom Kaustöckchen strahlenden Zähne. Mit beiden Händen berührte er ihre Hand. Und sein Zittern und Beben wäre nicht vorhanden gewesen, wenn er es nicht in dem plötzlich aufkommenden Lüftchen bemerkt hätte. Es war, als stünde eine begrabene Liebe wieder auf. Und als versuchte er verzweifelt und nicht weniger überrascht, dieser Liebe das Leichentuch vom Leibe zu reißen, bevor es noch jemand bemerkte. In *fufu* und *abenkwan* war er begraben, sollte dies der Ort sein, an den seine Seele in diesem Moment gehörte.

Dann, im Augenblick seiner innerlichen Hingabe, entzog sie ihm plötzlich ihre Hand. Er erschauderte. Ihr Blick sagte: Wenn er sie wollte, dann sollten sie auf anderem Grund einen Neuanfang wagen. Auf einer anderen Bettstatt. Er kam sich in den Feinheiten ihrer Gefühle verloren vor. Als sie aber ihre Hand wieder in die seine legte, kehrte seine Hingabe zurück. Kehrte zurück auf dem Pfad, auf dem er die lange Senke ihrer Schenkel mit seinen füllte. Kehrte zurück auf dem Pfad, auf dem er mit seinem Kinn ihre Brüste teilte und sie in seine Hände legte. Odorkor war wie Brüste aus der Lust zwischen Morgen und Abend. Sie war genau so stark wie er. Und als sie übereinander hin rollten, überstieg die Fülle ihrer Polster sein Begriffsvermögen. Sie hielten jeder den Hals des anderen umschlungen. Genau an dem Punkt, an dem er ihre außergewöhnliche Geduld spürte.

„Die Zeit ist ein Hals!" rief Kofi Loww aus. Und sein Gesicht stand unter den Flammen seiner Gefühle. Sie schob sich den Schrei unter. Legte sich darauf, damit er sie beide bewegte und durchschüttelte, jeden Augenblick verlängerte und die Verlängerung gleichzeitig in kleine Stückchen von Frieden und heilsamer Wirkung zerbrach. Als sie lächelte, formte sich das Lächeln zur umfassenden Landkarte ihres Herzens und des bewegenden Schweigens des Augenblicks. Plötzlich sah er sie an und dachte: Es ist die Magie der Perlen, die Magie des Regenbogens um ihre Hüften. Der tote Schmetterling in seiner Tasche flatterte, ohne zu wissen, wie er dahingekommen war. Und als sie zu zwei erschöpften Flächen wurden, übereinander da auf dem Bett, bauten sie um ihre Herzen der Zukunft ein Haus.

Kofi Lowws Zukunft aber war auf dreißig Minuten begrenzt: Nur keine Bindung an die Frau, die gleichzeitig unter ihm und ihm auf der Seele lag. Nur das nicht.

Er hatte oft Angst davor, daß seine *sunsum* sich immer nur für eine halbe Stunde öffnete. Und daß nach einem solchen Ausbruch wieder nichts sicher war. Er träumte von hundert Stangen Zuckerrohr, die auf ihn abgerichtet wurden. Und jede brachte ihm süße Behaglichkeit und Tod.

„Wie soll man nur dieses angenehm zufriedene Gefühl bewahren", sagte er laut und ohne zu denken. Sie sah ihn an. Sie war schon fast eingeschlafen, doch immer noch munter genug, um zu fühlen, wie sich die Vergangenheit als Schein in ihren länglichen Augen festsetzte: In Augenblicken größter Kraft versäumte es die Liebe nie, Adwoas Geschichte in die Weiher ihrer Augen zu spülen. So wusch sie ihre Geschichte. Es war der Geruch von *kelewele*, der ihr schließlich Tränen aus den Augen trieb. Und sie stellte sich die Frage, wieviel sie durch Tränen verlor. Das neue Jahr mischte sich mit *kelewele*. Loww studierte ihr Gesicht, das das Glimmen der Lampe auf sich genommen hatte. Mit einem Finger nahm er ihr die Tränen von den Augen. Und legte sie in seinen Augen nieder. Als er eine Grimasse schnitt, lachte sie endlich wieder. Sein Blick ging hinaus, hinüber zum Mangobaum, der jetzt im Januar Blüten trieb. Was draußen blühte, war vorher schon im Innern zur Blüte gelangt. Im Innern des Zimmers und in seinem Innern.

Dann fragte er sie mit einem Mal: „Adwoa, was hat dich so verändert? Du siehst aus, als könntest du mich jeden Augenblick verlassen..."

„Ich habe etwas Arbeit bekommen. Wenn du schläfst, dann fliege ich", unterbrach sie ihn, ohne auch nur ein wenig zu zögern. In ihren Augen spiegelte sich das Universum. Er lachte. Doch die Verwirrung in seinem Mund kam mit dem Lachen nicht heraus.

„Ich mag es schon geheimnisvoll, aber was du damit meinst, verstehe ich nicht", sagte er.

„Ich glaube, daß meine Großmutter eine Hexe aus mir gemacht hat, eine Hexe für Christus, eine Hexe für Ghana...

Wirst du mich deshalb nicht mehr lieben?" wollte sie, mutig und ängstlich zugleich, wissen.

Er verlor sich unter dem Gewicht dieser Nachricht und schwieg. Dann sah er sie mit neuem Staunen an. Als bewundere er ihre Erfindungsgabe. Oder als stünde er unmittelbar davor, ein neues, großes Geheimnis zu entdecken, das endlich sein Suchen beenden sollte: Endlich sollte sich der große Fragenraum um ihn mit etwas Konkretem füllen, etwas ganz Seltsamem in jemandem, den er so sehr liebte. Sie sah ihn besorgt an, beunruhigt über sein Schweigen.

„Meine Kräfte nehmen aber ab!" fügte sie hastig hinzu.

Er antwortete: „Ich liebe dich, und das reicht. Und ich liebe auch das Geheimnisvolle. Nur verlaß mich nicht...

nicht einmal, wenn du fliegst."

Damit schlief er ein.

Sie erwachten, als eine lange Ameisenkolonne durch das Zimmer zog.

„Oh, schnell, Kofi, ich hol den Besen, hol du das Kerosin!" rief Adwoa und erhob sich schnell über das Dämmerlicht. Einen Augenblick lang schaute er sie an und überlegte, in welchem Traum er wohl erwacht war. Dann rannte er nach dem Kerosin, das er beim Aufräumen des Zimmers entdeckt hatte.

„Kofi, laß das! Du kannst mich doch nicht umarmen, wenn wir die Ameisen aus dem Zimmer vertreiben müssen. Ooooooohhh!"

Adwoa lachte, während sie fegte.

Loww hatte das Kerosin über die abziehenden Ameisen gesprüht und sah jetzt zu, wie Adwoa den Boden fegte. Er fühlte eine stille Wut in sich. Der Geruch von Ameisen und Kerosin trug ihn zurück in die Zeit seiner Kindheit, als er aus alten Sardinenbüchsen, Eichelrädern und Besenstielen Autos gebastelt hatte: Manches Mal hatte er damit die Absichten seiner Mutter auf kleinen Sträßchen durch den Staub des Gehöftes gefahren. Die gewundenen Linien hatten seine Liebe zu ihr noch schwieriger gemacht. Mit der Geschwindigkeit des Meeresbenzins trieb er seine Erinnerung an sie in den Wahnsinn. Und jede Ecke war ihm Vater, in der er mit der Geschwindigkeit heruntergehen mußte für den Fall, das sein Vater, die Ecke, den Grund für seine Raserei nicht verstand. Selbst dafür war Erzuah, sein Vater, verantwortlich. So verantwortlich, daß der kleine Kofi sich manchmal dafür schuldig fühlte, daß er überhaupt noch ab und zu an seine Mutter dachte. Da befestigte er dann ein kleines *neem*-Stöckchen am Lenkrad des kleinen Autos und fuhr noch schneller. Schneller noch als die Widersprüche in seinem Kopf. In dreidimensionaler, barfüßiger Geschwindigkeit. Und häufig stießen er und die großen Sonnenblumen mit den Köpfen zusammen. Und er verjagte so unendlich viele Bienen. Manchmal wurden seine Freunde Zeugen der Kreise in seinem Kopf. Vor allem dann, wenn sie seine Geschwindigkeitsausbrüche miterlebten und sich fragten, wohin ihn das Sardinenbenzin noch tragen würde. Sie bemerkten die ungeheure Konzentration in den kleinen Löchern der Sardinenbüchse. Es war, als wollte oder sollte der Starrblick in seinen Augen die Löcher ausfüllen.

Dann baute er noch langgestreckte Friedhöfe am Straßenrand, tötete die Bienen – oft genug erst, nachdem sie ihn gestochen hatten – und beerdigte sie mit feierlichem Zeremoniell. Manchmal paßte die winzigste, unaufgeforderte Träne auf das winzigste Staubblatt.

„Kofi, spielst du nun mit uns oder mit dir selbst?" fragten ihn seine Freunde irritiert. „Und wie sollen wir den Autos neue Straßen bauen, wenn du den ganzen Platz mit toten Bienen in Beschlag nimmst...

deine Friedhöfe sind uns im Weg..."

„Das sind keine toten Bienen!" rief Kofi dann entrüstet. „Das sind tote Freunde."

„Gehört von uns jemand zu den Toten?" fragte einer. „Oh, ich weiß schon, er will die Flügel der Bienen als Engelsflügel verwenden! Los, graben wir die Toten aus und nehmen ihnen die Flügel...", fügte ein anderer hinzu.

„Vorfahren haben keine Flügel. Und niemand wird meine toten Freunde wieder ausgraben!" heulte Kofi auf. Und stellte sich schützend vor seine Friedhöfe.

Da fuhren sie alle wieder los. Und Kofi merkte, daß seine Freunde verstohlen ein paar Bienen ausgruben und deren Flügel auf ihre Weise verwendeten. Kofis Freunde benutzten verschlagene Flügel hinter seinem Haupt. Plötzlich fragte ihn jemand: „Hat dein Vater keine Mutter und keine Schwestern, die sich um dich kümmern können?"

Kofi beachtete diese Bemerkung nicht. Und versuchte, sein Herz zu unterdrücken, weil ihn die Frage zu seiner Mutter zurückführte. Und an dem Ort, an dem seine Mutter sich aufhielt, konnte das Herz sich blutig regnen. Letzten Endes antwortete er dann: „Geht dich nichts an, iß deine *alasa* in Frieden."

Die kleinen Flüßchen aus Zeit flossen verzweigend unter den Blechbrücken hindurch in Urinlachen und Bienenfriedhöfe. Paani spielte den Polizisten, wenn jemand in die Unfälle der anderen hineinkrachte. Und je mehr Zusammenstöße es gab, desto mehr Einheiten formte Kofi aus seinem kleinem Leben. Der Penny in seiner Tasche hatte ein Loch aus Mitleid, mit dem man ein anderes Loch kaufen konnte: einen runden *bofrot*, den er mit doppelt verwundetem Herzen mit ihnen allen teilte.

„Seht ihr meinen *bofrot* hier?" fragte er seine Freunde,

„den hat das gute Herz meines Vaters möglich gemacht. Drum fragt mich nie wieder nach Schwestern und Müttern, die sich um mich kümmern! Verstanden!" fügte Kofi in dem Gefühl, daß er die Frage geklärt hatte, triumphierend hinzu.

„Ich bin fertig mit den Ameisen, Kofi", sagte Adwoa und holte Loww in die Gegenwart zurück.

„Es sind keine Ameisen, es sind Bienen!" rief er gedankenverloren.

Sie sah ihn an und bemerkte an seinem Gesicht, daß ihn irgend etwas beschäftigte.

„Ist schon in Ordnung, versink ruhig wieder in der Vergangenheit!" meinte sie lächelnd. „Ich aber werde jetzt baden. Auf dem Tisch steht etwas *sawi* für dich..."

Mit dem allerlängsten Gähnen streckte sich Loww schließlich wieder in die Gegenwart hinein.

„Ich wußte gar nicht, daß man in deinem Zimmer, hier in Odorkor, solch einen Frieden finden kann...", sagte er.

Sie war bereits fort. Gegangen mit ihren ausgreifenden Schritten, die ihm durch den Kopf gingen. Da beschloß er, mit ihr zu reden, als ob sie noch im Zimmer wäre: „Adwoa, du machst, daß ich klarer denken kann. Zumindest aber vermagst du es, mich um eine beliebige Zeit in die Vergangenheit zurückzuversetzen. Ich bin aber daran gewöhnt, allein zu sein. Wo also soll ich dich in mein Leben einpassen?

Ich frage dich, wo soll ich dich in mein Leben einpassen? Wo in meinem Herzen soll ich dich einpassen?"

„Genau in der Mitte", flüsterte Adwoa Adde von der Türöffnung herüber. Aufgeschreckt drehte er sich um. Sein Bart verdrängte den Morgen.

„Bin ich so ein Problem für dich?" fragte sie traurig.

„Oh nein", erwiderte er ganz ernst, „du doch nicht. Das weißt du doch. Ich bin mein Problem."

Er sah sie mit ungeheurer Kraft an. Sie erwiderte seinen Blick. Als sie sich wieder niederlegten, sollte das Schweigen sich fortsetzen: Wenn sie der Meinung war, daß er sich aussprechen wollte, hielt sie ihre Worte zurück. Wenn er dann nicht sprach und sie nun reden wollte, regte er sich...

die Worte konnten sich ja in seinen Schultern verbergen. Und so hielt sie sich wieder zurück. Das Schweigen türmte sich zu mehreren Wällen auf. Ihre beiden Münder waren wortleer und doch voller Liebe...

nur das er noch immer den Schwanz des Zweifels hinter sich her schleppte.

„Verkaufst du gute Kekse", fragte er sie plötzlich, „und würdest du mir welche verkaufen?"

Sie lachte wie aus großer Entfernung.

„Heb ein paar Kekse auf, du wirst sie vielleicht brauchen, denn wenn ich dich heirate...", fuhr er fort.

Wieder lachte sie. Jetzt aber berührten sich im Lachen ihre Herzen. Die Entfernung war zerschmolzen.

„Zieh mich nicht auf", sagte sie.

„Ich meine es ernst", setzte er hinzu. „Eines Tages irgendwann, wirst du alleinstehend schlafengehen und verheiratet erwachen!"

Sie teilten ein langes, ironisches Lächeln miteinander.

Plötzlich klopfte es an der Tür. Kofi Loww schrak zusammen. Sein Schreck trieb ihn höher als Adwoa. Hinter dem Klopfen steckte Amina. Und hinter Amina stand Jato. Und hinter Jato bevölkerten Adwoas Gefährten aus der nächtigen Welt das Gehöft.

„Oh", rief Adwoa, „Kofi, sie kommen genau in dem Augenblick zu mir, in dem ich über keinerlei Kräfte mehr verfüge! Wie soll ich ihnen helfen?"

Verwirrt erhob sich Kofi Loww vom Bett und ging mit bedächtigen Schritten zu einem nachdenklichen Stuhl, auf den er sich setzte, um gleich darauf wie eine Feder wieder hochzuschnellen. Aus allen Augenwinkeln sah er Adwoa an.

„Hilf ihnen, hilf ihnen, wer immer sie auch sind! Und ich helfe dir. Vielleicht ist das die einzige Möglichkeit, die ich habe, um mit dir zusammensein zu können. Irgendwer oder irgend etwas, das du bist...

und sieh nur, wir leben in einem Land der Zusammengehörigkeit, ist das nicht traurig...

erkennst du die Zusammengehörigkeit?"

Adwoa Adde schaute Loww auf den Mund. Sie mußte herausfinden, ob das noch immer derselbe Mund war. Und ob noch mehr neue Worte aus ihm hervorströmen würden.

Draußen stand Jato. Steif. Mit seinem überbreiten Kinn. Niemals je hatte man ein unpassenderes Kinn an einem widerstrebenderen Kiefer gesehen. Und jetzt zeigten sich auf diesem Kinn ein paar überraschte Härchen. Während er sprach, bliesen sie ihm ins linke Nasenloch: „Sister, meine Augen sind brauner als das letzte Mal, als wir uns trafen. Ich habe zuviel *nkonkonte* gegessen. Und mein Bruder Kwao ist jetzt so reich, daß Geld rauskommt, wenn er aufs Klo geht. Ich weiß nicht, was ich machen soll: Ich hab's mit Stehlen versucht, aber was ich auch stehle, wird mir am nächsten Tag wieder gestohlen. Einmal habe ich ein Kind gestohlen, um es in die Elfenbeinküste zu schmuggeln, aber auf halbem Wege dahin verwandelte sich das Kind in eine Bestie und biß mich heftig – entschuldige, wenn ich das sage – in meinen *popylonkwe*. Und Sister, jedesmal, wenn ich jetzt einer Frau nachschaue, steigt mir der Schwanz in die falsche Richtung...

deshalb bin ich jetzt zu dir gekommen, damit du mir dabei hilfst, eine Frau zu finden, die gleichfalls falsch gebaut ist. Lieben müssen wir uns mit nach außen gekehrter Haut, müssen alles rückwärts pumpen. Sister, wie sieht's aus? Kann mir vielleicht deine Amina hier helfen? Ihr Gesicht ist hübsch wie eine frische *okro*...

und wenn sie geht, dann fällt es mir jedesmal schwer rauszubekommen, in welche Richtung ihr Hintern marschieren will."

Adwoa Adde sah ihn verwirrt und voller Mitleid an. Dann schaute sie auf Kofi Loww, dessen Augen nun mit einer Kraft strahlten, die sie noch nie zuvor in ihnen entdeckt hatte.

„Laß sie kommen, laß sie reden. Uns wird schon einfallen, wohin wir sie schicken müssen", rief Loww ihr zu.

In Jatos Ausbruch sah er so etwas wie eine Richtungsweisung für sich selbst. In einer Ecke des Gehöfts stand Kwaku Duah, der Mechaniker. Seine Augen sahen aus wie Scheinwerfer bei Tageslicht: Sie leuchteten. Aber sie verschwendeten ihr Licht. Seine Ohren ähnelten noch mehr einem Peugeot 404. Und als er ausspie, erschrak er. Denn sein Speichel erreichte nie den Erdboden. Kwaku Duah weinte. In den Tränen spiegelten sich seine geschmiedeten Hände. Seine breiten Schultern waren weich. Und er schauderte. Ganz Odorna in der Ferne war nicht mehr als eine Reifenpanne. Er sagte: „Sister, weißt du, daß Mansa tot ist? Sister, ich bin ein gebrochener Mann. Man sagt, El Hadji hat sie umgebracht. Gut, ich habe jetzt Geld. Aber sie war es, die mich hart gemacht hat. Sie war es, die mir mein Geld verdient hat. Und jetzt ist sie nicht da, um es mit mir zusammen auszugeben...

Ich wünsche mir den Mut, diesen Teufel von einem Hadji umzulegen! Meine Häuser habe ich mit Schweigen gefüllt. Ich höre nur Mansas Stimme in ihnen. Heute morgen, Sister, mußt du mir Kraft verleihen, die Kraft zu töten. Neulich habe ich mich in meiner Werkstatt umgesehen: Jeder Ölfleck war ein Stück Erinnerung. Ich glaube, Hunderte von Mansas Fußstapfen zu sehen, und jeder einzelne davon sprang auf und nieder, jeder einzelne sprang aus meinem Leben heraus, aus meinem Leben. Insgesamt habe ich in zwei Tagen zwanzig Autos auf dem Hof gehabt und sie alle repariert und danach den Hof gefegt. Überall habe ich Schnaps versprüht und in die Reifenabdrücke meine Gebete gesprochen. Ich habe durch die Dichtungsringe gebetet, durch das Flickzeug hindurch, ich weinte in das Benzin, rief Gott an durch einen generalüberholenden Dichtungsring, ich flehte die Vorfahren an durch verdreckte Vergaser. Dann sah ich Mansas Abbild in einer zebrochenen Windschutzscheibe. Als sie mir zulächelte, fügte sich das zerbrochene Glas wieder zusammen. Ja, Sister, es wurde wieder ganz! Ich versuchte, ihr Gesicht festzuhalten, aber sie lächelte nur noch einmal. Manchmal hat man keinerlei Stoßdämpfer für die Stöße des Lebens. Und weißt du was, Sister? Ich habe eines meiner Autos angezündet, ich war dabei, verrückt zu werden. Und während der Rauch mir den Mund füllte, stieß ich Zigarettenrauch aus, als ob ich wieder zu rauchen anfinge. Die Form des Rauchs gleicht Mansa, in jeder Stadt, überall. Ich habe es mit verschiedenen Mädchen versucht, doch immer kommt es aufs gleiche raus, ich liebe einen Sarg. Nun, Sister, versuche ich mich wieder zusammenzureißen. Als das Glas sich wieder zusammenfügte, da wollte Mansa mir sagen, daß ich mich zusammenreißen soll. Zusammen und zusammen! Mansa hat versprochen, mir ein neues Mädchen zu besorgen! Siehst du! Vorher aber muß ich das Herz von Hadji haben! Sissssssster!"

Kofi Loww hielt Kwaku Duah fest und überlegte, wann er das letzte Mal jemanden getröstet hatte. Adwoa Adde sah, wie die Dämmerung um drei Fuß stieg. So hoch wie die naheliegendste Sorge. So hoch wie die naheliegendsten Knie. Und alle Schatten schienen auf seltsame Weise eins zu werden. Teile Odorkors wurden zu Teilen Labadis wurden zu Teilen Kwabenyas wurden wieder zu Teilen Odorkors. Es war, als ob sie flog.

Dort am Tor stand Manager Agyemang. Und seine Augen waren voll Lachen. Das Lachen folgte ihm wie ein ausgelassener Hund. Sein Kopf sah aus wie eine verschrumpelte Mango im Licht einer 25-Watt-Glühbirne. Aber es lag Glückseligkeit darin. Der Stein im Innern der Mango war glücklich! Agyemang rief: „Sister, ich bin freeeiii! All die Jahre habe ich nicht gewußt, daß meine Frau einen Geliebten hat. All ihre Höflichkeit war nur eine Art, mir zu sagen, daß die Schenkel meiner Frau transferabel waren. Als ich rauskriegte, daß sie einen Geliebten hat – über das lästige Hausmädchen – stellte ich ein paar Nachforschungen an und fand heraus, daß er Beamter ist und sogar noch höflicher als meine Frau! Jedesmal, bevor sie ins Bett oder ins Geschäft gehen, sagen sie mehrmals bitte zueinander!

Und weißt du, Sister, was ich getan habe? Mit aller Macht habe ich meinen BP runtergedrückt. Und dann habe ich ihr einen Brief geschrieben und ihn ihr aufs Kopfkissen gelegt. An jenem Abend kam sie sehr spät vom Markt zurück: Stell dir nur vor, kommt sie doch um zehn Uhr abends mit den Worten vom Markt zurück: 'Bitte, ich mußte erst warten, bis sie den Fisch gefangen hatten, bevor sie ihn mir verkaufen konnten.'

Nun gut, Sister! Ich fragte mich, ob wohl die Markt-Mammies selbst in den Booten aufs Meer fahren...

und kannst du dir vorstellen, daß ein Boot eine *supertobolo* Markt-Mammy trägt? Es wäre doch schon gesunken, bevor die Fische überhaupt das Netz entdeckt hätten! *Ewurade*, meine höflichkeitsbesessene Frau hat auf hoher See eingekauft! Kannst du dir vorstellen, wie sie inmitten der tosenden Wellen Tomaten kauft? Wie auch immer, es dauerte eine ganze Weile, bis sie meinen Brief auf dem Kopfkissen entdeckt hatte. Sie starrte ihn an. Dann lächelte sie...

Ich habe sie zu Hause seit mehreren Jahren nicht mehr lächeln sehen...

Sister, mein Brief las sich so: 'Mein liebe Frau, mit Wirkung des heutigen Tages gehen deine Schenkel und was immer sie an Fracht enthalten, auf *Owura* Puplampu über. Ich habe begriffen, daß seine Standarte deine Feste standfester berennt als meine. Hocherfreut der deine, bitte, dein lieber Mann.'

Dann, ohne etwas zu dem Brief zu sagen, teilte sie mir mit, daß sie schwanger sei.

Schwanger!

'Schwanger von wem?' fragte ich. Und wußte genau, daß sie irgend etwas im Schilde führte.

'Von dir natürlich, bitte, mein lieber Mann.'

'Unsinn!' rief ich, 'Schließlich haben wir seit mehr als zwei Jahren kein *fikifiki* mehr gehabt. Es muß doch wohl Puplampu gewesen sein, der dich vollgepumpt hat! Geh bloß nicht auf Jagd, und lade deine Beute dann vor meiner Tür ab! Ich sag's dir noch einmal: Es kann nur Puplampu gewesen sein, der dich vollgepumpt hat!'

Das Weibstück war so was von schamlos. Sie stand stumm und mit gebeugtem Kopf da, und dann sagte sie ruhig: 'Mein Freund ist impotent!'

Ich schüttete mich aus vor Lachen. Ich umrundete sie mit dem Getöse meiner Zähne! Da fügte sie mit immer noch gesenktem Kopf hinzu: 'Eines Nachts, mein lieber Gatte, als du schon schliefst, habe ich ihn dir zum Stehen gebracht. Ich habe mit deinem Schwanz ein wenig *kalabule* getrieben! Und du bist nicht mal munter geworden!'

Sister, die Frau ist verrückt. Ich rollte vor Lachen auf dem Fußboden hin und her, bis die Hausmädchen hereinkamen. Da hatte ich einen Einfall: 'Nun, ihr jungen Dinger, ihr habt euch doch immer hinter der Tür versteckt, wenn Madam und ich es getrieben haben...

ihr bildet euch wohl ein, ich hätte das nicht gemerkt? Ich habe euch doch immer lachen gehört. Ihr seid durch und durch verdorben. Nun, mir geht's um folgendes: Ist es euch in den letzten zwei Jahren eingefallen, euch hinter der Schlafzimmertür zu verstecken? Sagt die Wahrheit!'

Zunächst bekamen sie es mit der Angst zu tun, aber plötzlich rief Kokor, die kessere von beiden: 'Uncle, Sie haben recht! Ein ums andere Mal haben wir versucht, bei Ihnen im Zimmer etwas Unterhaltung geboten zu bekommen...

aber wir haben nichts gehört! Madam hatte ihre Unterhaltung irgendwo anders!'

Meine Frau sah Kokor mit bösen Augen an. Also beschützte ich Kokor mit meinen Blicken. Und gut sah sie auch aus. Sister, hast du je etwas über Schlafzimmer-*kalabule* gehört? Sie ist eine Lügnerin vor dem Herrn! Also habe ich mich schließlich von ihr geschieden. Und alles, was sie mir und meiner Familie noch sagen konnte, war: 'Bitte, danke!'

Jetzt aber, Sister, besteht mein Problem darin, daß ich Kokor 'nen dicken Bauch gemacht habe. Dabei habe ich völlig vergessen, daß sie ja überhaupt nicht gebildet ist!

Dunkelheit plus Haut gleich Vergeßlichkeit.

Ich kann sie nicht zu den wichtigen Parties mitnehmen, zu denen ich jetzt mit meinen geölten Armen des öfteren gehe. Wie du siehst, bin ich zwar frei, aber doch unfrei. Bitte, hebe für mich Kokors Schwangerschaft auf. Sister, ich flehe dich an! Klinik kann ich nicht riskieren. Dann käme mein Lachen aus noch tieferer Kehle! Und überhaupt, ich habe sie schon dabei erwischt, wie sie nach meinem Chauffeur geschielt hat..."

Adwoa Adde kam in das Zimmer gerannt und rief: „Kofi, ich ertrage das nicht! Hilf mir, ich habe keine Kraft mehr."

Kofi Loww griff sich einen Stuhl, stieg drauf und rief: Bringt eure Leben, bringt eure Leben her! Wir leiden alle gemeinsam!"

Als Adwoa wieder herauskam, war eine neue Entschlossenheit in ihren Augen.

„Ich habe gebetet."

Das war alles, was sie sagte. Drüben auf der schrumpfenden Mauer saß Akosua Mainoo. Die Mauer war in Akosuas Knie verliebt. Sie wartete, bis ihr Lächeln das Ende der Mauer erreicht hatte. Dann sprach sie. Ihre Haut war noch samtiger geworden. Und in ihren Brüsten hing ein triumphierender Swing, den sie eigentlich hatte in die Hände nehmen wollen, um ihn zu untersuchen. Schließlich zogen die Worte ihr das Lächeln vom Gesicht: „Sister, ist das dein Mann? Sein Bart gefällt mir...

er erinnert mich an den Wald, in dem ich meine Mutter erwischt habe! Sister, meine Mutter ist also davongelaufen. Schande über sie! Sie hat mich nicht in Ruhe gelassen. Also habe ich eines Tages die Wahrheit gesagt. Ich habe erzählt, wie sie im Wald Liebe gemacht hat. Mein Vater hätte sie beinahe umgebracht, deshalb ist sie abgehauen. Jetzt kümmere ich mich um meinen Vater. Wenn du willst, dann verkaufe ich die ganze Welt! Ich bin viel zu sehr mit dem Verkauf beschäftigt, als daß ich den Jungen nachstellen könnte – und aus denen sind inzwischen Männer geworden. Was ich mache? Ich sammle alle Blicke, die mir zugeworfen werden, verschließe alle Anträge. Bis ich den treffe, der mein Herz pochen läßt. Dann werde ich all mein Wissen in seinen Schoß entleeren. Wenn er mich haben will, dann muß er auch das Wissen in meinem Kopf nehmen. Ist doch clever, Sister, oder? Und schließlich will ich ja der Schande ausweichen, die meine Mutter auf sich geladen hat. Sister, ich verkaufe Seife. Weil jetzt meine Seele rein ist. Bevor ich meinen Kunden Seife verkaufe, wasche ich sie alle in meinem Kopf, vor allem die Männer! Mich quält nur die Frage, ob mein Leben immer so erfolgreich sein wird. Ich möchte, daß du für mich um die Ecken meines Lebens schaust. Ich möchte nicht, daß mein Vater stirbt und mich allein läßt, wenn ich ihm weder ein Kind noch ein Haus geschenkt habe, geschweige denn beides. Sister, ich möchte um die Zukunft wissen. Ich möchte wissen, wie oft ich in meinem Leben *fufu* und *abenkwan* essen werde. Werde ich einen kupferfarbenen Mann heiraten? Und wird mir einer mit Haaren an den Beinen gefallen? Sister, wer ist der Mann, der da neben dir steht? Ich wünsche dir, daß du glücklich wirst. Sag's mir! Ist er nett?"

Akosua rannte lachend zum Tor. Sie kam mit verschiedenen Seifen – von Lux bis *alata samina* – zurück.

„Sister, wenn du heiratest, nimm die hier. Aber jetzt will ich meine Antworten!"

Sie drehte sich um und setzte sich lächelnd auf einen Stuhl.

Die Sitzfläche des Stuhls aber waren Beni Baidoos Knie, von denen sie wieder hochschnellte, als er verzweifelt versuchte, sie zu streicheln. Er lachte verbittert auf und rief ihr zu: „*Ewuraba*, du hast doch keine Angst vor meiner Haut, oder? Sie gleicht dem teuersten verrosteten Eisenblech!"

Dann wandte er sich an Adwoa Adde, sah sie lange an und meinte: „Sister, du erinnerst mich an das Leben, das ich verpaßt habe. Ich wünschte, ich hätte deine Würde gehabt, als ich so alt war wie du. Zu guter Letzt hat mich nun auch mein Hund verlassen. Nur seine Fliegen ließ er bei mir zurück. Das macht mir aber weiter nichts aus. Er hatte die Angewohnheit, sich in meinen kleinen Vorratsschrank zu schleichen, zu bellen, als wollte er einen Dieb vertreiben, und dann das ganze Essen zu stehlen. Und mein Hund ist Sergeant, mein Hund ist die Polizei Ghanas...

die besteht aus lauter tollen Männern mit verfaulten Bäuchen! Und Gesetzen, die so dehnbar sind, daß sie mit dem Schlechten auch alles Gute verschlingen. Ich habe aber nur unter Gottes Gesetzen gelitten. Das Schicksal war mein Gegengewicht. Ich bin ja nur ein alter *boogie*-Schwerenöter, mit zwei Augen, die nur eine Vision kennen: Mit meinem Herzen all das zu sehen und zu fühlen, was ich im Leben verpaßt habe. Und manchmal soll mir das Herz übergehen. Für die Würde bin ich jetzt zu alt! Eines aber wünsche ich mir doch, Sister: Ich möchte lernen, wie man ein Flugzeug steuert."

Die meisten ringsum lachten. Beni Baidoo aber dachte gerade an *portello*, beklagte das tiefe Purpur, freute sich jedoch bei dem Gedanken an den frischen Geschmack.

„Meinetwegen lacht ruhig. Und Kofi da mit seinem Bart soll sich von mir aus wünschen, lachen zu können. Solange aber Sister Adwoa nicht lacht, bin ich glücklich. Ich weiß, daß ich ver-ver-wie war das? ah – verrufen aussehe! Ich stinke nach schalem Brot. Meine ganze Kultur ist immer noch in den Einöden der *Mfantse*! Und dennoch möchte ich gern noch leben. Eigentlich möchte ich jetzt mehr als je zuvor leben. Hört zu, ihr jungen Hüpfer! Ich kann lebendiger leben als ihr! Ich kann den Boogie und tanz ihn, *pasaa*! mein Esel, mein Esel, mein Dorf, mein Dorf! Die Jahre zermürben mich, der ich sie abtrage."

Dann stürzte er lüstern auf die auseinanderrennenden Mädchen zu. Zuletzt fiel Akosua Mainoos Lächeln von der Wand.

Drüben im morgendlichen Gehöft rieb Adwoa Adde die Hände aneinander. Als wollte sie die Welt aufreiben.

„All das hast du also über die Monate hinweg über dich ergehen lassen", sagte Kofi Loww. Die Leidenschaft war aus seinem Gesicht gewichen. Mitleid und Bewunderung für Adwoa standen jetzt darin geschrieben. Sie erwiderte leise:

„Ich bin der Meinung, wir sollten als Volk zusammenhalten. Schließlich gehen wir auch zusammen zu den Beerdigungen, und wir lachen zusammen über eine Menge Dinge. Aber so richtig kümmern wir uns trotzdem nicht umeinander. Das hat mich traurig gemacht, als ich noch fliegen konnte. Und es macht mich jetzt noch traurig..."

Plötzlich war ein Flüstern zu hören: „Ich bin's, Sister, Abena Donkor, Kusis Frau. Sister, du schenktest mir Gnade allein dadurch, daß du mich angesehen hast, allein dadurch, daß du mir zugehört hast. Eins aber macht mir Sorgen: Ich bin beunruhigt darüber, daß ich so glücklich bin. Kusi liebt mich immer mehr, immer mehr...

Oh, manchmal wende ich den Blick von seinen Freundinnen ab. Sie kommen und gehen...

ich aber stehe morgens auf und sehe in mein glückliches Gesicht. Und dann grüble ich minutenlang darüber, warum ich so glücklich bin. Kusi hat für uns beide zugenommen. Ich bin immer noch genau so schwer. Wir sind ein Herz, ein Fett, ein Bett. Ich denke, wir geben für alle Ghanaer ein gutes Beispiel ab! Ich wollte eigentlich gar nicht herkommen. Ich wollte einen besseren Zeitpunkt abwarten, um mich bei dir zu bedanken. Aber irgend etwas hat mich hierhergezogen. Es ist, als hätten wir alle hier nur einen Körper, wenn wir zu dir kommen, egal in welchem Teil von Accra wir uns gerade befinden. Einen Augenblick, bevor ich los ging, spürte ich einen Luftzug durch das Haus gehen – niemand sonst hat ihn gespürt, nicht einmal die Kinder. Dann war es, als hätte jemand in der ganzen Stadt die Lichter gelöscht. Da spürte ich, daß Accras Seele ein verdorbener Räucherfisch ist. Voller Würmer und ohne Kopf. Als all das vorbei war, war ich aber wieder glücklich. Du aber, Sister, du siehst anders aus. Da ist irgend etwas besonders Menschliches um dich. Als ob du jetzt das Licht deiner Augen mit jemandem teilst. Laß uns mit unseren Sorgen und lebe dein Leben. Ich habe Kusi von dir erzählt, Sister, und soll dich von ihm grüßen. Er glaubt zwar nicht, daß es dich gibt, aber grüßen soll ich dich trotzdem. Es gefällt ihm, von unserem eigenen Hause aus unser Leben zu planen, und die Kinder hören jetzt wunderbar auf ihn...

manchmal folgen sie schon, bevor er irgend etwas angeordnet hat! Sister, lach mal 'n bißchen."

Dann stand da mit einem Mal Kofi Kobi im gelben Licht mit seiner neualten Frau, Akua Nyamekye, an seiner Seite. Ihre Liebe bestand jetzt aus mehr als nur aus Beinen. Hatte aber noch keine Kinder hervorgebracht. Sie blieb eine vierbeinige Liebe, das sechste Bein blieb verschwunden. Fast schon fiel ihm die Liebe zu Akua aus dem Herzen. Sie aber trieb sie ihm in sein überraschtes Herz zurück. Dabei verwendete sie ein Festmahl. Dann fing das Treiben an ihm zu gefallen.

„Sister", lamentierte Kofi Kobi, „sag Akua Nyamekye, daß sie mir Kinder schenken soll anstelle von soviel Liebe. Ich möchte sie nicht eines Tages wegwerfen müssen. Sie muß, Muß, MUß, mir Söhne schenken!"

In einiger Entfernung weinte Akua ein wenig...
sie hatte sich etwas zurückgezogen.

„Glaubst du, daß deine Tränen dir Kinder schaffen?" fragte Kofi Kobi sie ungeduldig. Akua stand auf dem einem Bein. Akua stand auf dem anderen Bein. Dann stürzte sie zu Adwoa und flüsterte ihr etwas ins Ohr. Adwoa lächelte erleichtert. Dann flüsterte sie ihrerseits Kofi Kobi mit den langen Beinen etwas ins Ohr. Voller Freude streckte er die Hände gen Himmel und rief aus: „Zwei Monate? Aber warum hat sie mir das nicht gesagt? Warum hat sie dann geweint?"

„Sie dachte, du hast kein Vertrauen zu ihr", erwiderte Adwoa einfach.

„Du, Kofi Kobi, bist doch nur zu gut bekannt!" klang es plötzlich von Akua Nyamekye herüber. „Gehen wir nach Hause. Ich habe versucht, dir zu sagen, daß ich schwanger bin, aber du hast mir ja nicht zugehört! Gehen wir nach Hause. Von jetzt an bis zur Geburt werden wir in getrennten Betten schlafen. Ich will nicht, daß deine langen Beine die Sache vor der Zeit verderben! Danke, Sister, Gott segne dich. Beweg dich, Kofi Kobi, gehen wir, beweg dich!"

Wahrlich, niemand sah Aboagye Hi-speed, wie er da zwischen dem Mond und Accra stand. Wahrlich, er war dem Tode nahe, weil er so soff. Er war so dünn, daß er verschwand, wenn er sich zur Seite drehte...

Deshalb mußte er jeden ansehen, mit dem er sprach. Oder er redete aus dem Nichts heraus. Seine Zunge war todesgeschwollen. War wie ein uraltes Stückchen *chalewate*. Und seine Zähne winkelten sich rückwärts ab, der Höhlung seiner Kehle entgegen. Adwoa Adde mußte ihn berühren, ihn bei den Schultern fassen, um ihre Entschlossenheit aufrechtzuerhalten. Um tief aus ihrem Innern ein Zeichen zu setzen, daß sie auch denen helfen konnte, denen nicht mehr zu helfen war. Sein Schatten quoll über vor *akpeteshie*. Und seine Stimme war rauher als Sandpapier:

„Mit mir geht's zu Ende, Sister. Ich habe mir zur Vorbereitung auf meine automatische Selbstbeerdigung einen Sarg gekauft. Das Leben war schwer...

faul, aber schwer...

ich will jedoch nicht, daß sie mich noch im Tode mit dem Zeug von einem Leben in Gemeinschaft veralbern. Als ich noch lebte – ich glaube, ich bin schon tot –, konnten sie mir nicht helfen. Warum also sollten sie jetzt kommen und Wehklagen anstimmen und Ritualen folgen, die mein ganzes Leben Lügen strafen? Ich sage dir, Sister, ich bin ein Narr, habe das Leben eines Narren hinter mir und will auch wie ein Narr beerdigt werden: Die Tabus der Akan und anderer machen mir nichts aus. Zum Beispiel, daß Fremde so beerdigt werden müssen...

daß ihre Füße in Richtung ihrer Heimatstadt zeigen.

Und wozu brauche ich die Vorfahren?

Wieso sollte ich eine Verbindung zwischen den Lebenden und den Toten schmieden?

Die haben immer geglaubt, daß ich von nichts Ahnung hätte, weil ich ein Trinker bin. Daß ich nichts im Kopf hätte, weil ich mit einer dämlichen Frau und Kindern, die sich über mich lustig machten, in einem schmutzigen Zimmer lebte.

Nun gut!

Ich habe mir selbst das Lesen beigebracht. Ich habe mir selbst ganze Predigten über mein Leben verfaßt und gehalten. Einmal pro Tag habe ich mich aus der Trunkenheit hervorgekämpft und studiert. Bevor sie noch einschlafen, werde ich mich auf mein Totenbett niederlegen. Wenn sie erwachen, habe ich mich schon begraben.

Sie werden mich Scheusal nennen!

Sie werden glauben, ich sei der Teufel! Sister, ich will dir ein Geheimnis verraten: Ich habe jemandem aus Dagarti ein kleines Trinkgeld gegeben, damit er nach meinem Tod Ausschau hält: Sobald ich auf den Stufen des mitternächtlichen Gehöfts strauchle, wird er mich zum Sarg tragen, den ich auf dem Friedhof versteckt habe, wird das Grab freilegen, das ich in den vergangenen Wochen heimlich gegraben und unter Zweigen und Blättern versteckt habe. Dann, nachdem er die 'letzte Kiste' ins Grab herabgelassen hat, wird er wegschauen, während ich wie eine Ratte in die Tiefe von fünf Fuß hinunterkrieche...

Ich war zu müde oder zu betrunken, um das Grab sechs Fuß tief auszuheben!

Hahaha!

Dann wird er, mein kolakauender Totengräber, der nie mein Grab aushob, mir zwanzig Seilenden herunterreichen, die mit Brettern verbunden sind, auf denen sich genügend Erde befindet, mich zu begraben. Wenn ich daran ziehe, kracht der Deckel, den ich an den Rändern mit Klebstoff bestrichen habe, herunter. Dann folgt die rote Erde. Er muß dann nur noch etwas glätten. Sister, du hast gar keine Ahnung, wie verkommen der Unterleib dieser Stadt ist!

Oder etwa doch?

Wenn ja, steht dir's nicht im Gesicht geschrieben. Ich habe auch einen Brief an den *Graphic* vorbereitet, in dem ich meine automatische Beerdigung beschreibe, damit sie mich wenigstens einmal bewundern, wenn ich tot bin, und über mich lachen...

Zumindest die Fremden werden's.

Die Familie muß mein Andenken reinigen, sie wird nicht wollen, daß mein böser Geist zurückkehrt, wenn er überhaupt dazu in der Lage ist..."

Kofi Loww stand wie in Trance. Er konnte die Dunkelheit nicht aus seinem Kopf vertreiben. Er trat vor, um Aboagye ebenfalls zu berühren. Doch der war weg, hatte sich sogar aus Adwoas Berührung gelöst. Seine Abwesenheit verschloß allen den Mund. In den anderen machte sich ein Gefühl von Abscheu breit. „Ich wünschte, ich könnte Aboagye schreiben", sagte jemand, der Aboagyes heisere Stimme nachmachte, „aber leider hat der Teufel ja keine Postfachnummer. Sister, wir müssen uns mit Osofo in Madina treffen, um etwas dagegen zu unternehmen. Aboagye ist für uns alle hier zu stark...

und du solltest ihn nicht mit deinem Mitleid verfolgen. Überlaß ihn Osofo, das heißt, wenn er überhaupt überlebt..."

Dann wurde es mit einem Schlag Morgen. Verlassen lag das Gehöft. Und Kofi Loww hatte Adwoa Adde bereits an der Zukunft ihrer Ellbogen zwischen die stillen, schweigenden Wände geleitet, in denen die Hochzeit damit beginnen konnte, die Zimmer auszufüllen.

Kapitel sechszehn

Manchmal, wenn er ein wenig durcheinander war, vergaß Okay Pol den Kojo in seinem Namen. Beni Baidoo aber brüllte ihm den Kojo zurück. Der prallte an den Familiennamen und wurde richtig durchgeschüttelt. Seit dem Zwischenfall mit den Pferden am Flughafen hatte Beni Pol ein ums andere Mal gewarnt,
 daß er,
 Pol,
 sich in einen ebensolchen alten Mann, wie er,
 Baidoo,
 einer sei,
 verwandeln würde,
 wenn er nicht vorsichtig sei...
 nur daß vielleicht seine Angewohnheiten ein kleines bißchen geschmackvoller wären als die des alten Mannes. Baidoo erreichte, daß Okay Pol sich sowohl etwas seltsamer als auch aggressiver benahm: Er beschimpfte Baidoo, weil der nur in großen Abständen badete, zog den alten Mann geistesabwesend zum nächsten Wasserhahn und weichte ihn ein...
 und dann tat es ihm leid, wenn er sah, wie Beni so schwer zitterte wie die Beleidigung, die seinen alten Mund verließ. Wenn er davon überzeugt war, daß die Beleidigungen ausreichen, Pol zu schwächen, war Baidoo es zufrieden. Und fing an, mit seinem Dorf zu prahlen: „Ich habe jetzt eine Frau gefunden, die mein Dorf bewohnt, noch bevor die Häuser gebaut sind! Hey Kojo, paß auf, hör zu und träum nicht andauernd von deiner Araba. Die wird dich niemals heiraten...
 du bist so ein Leichtgewicht, daß sie dich ohne Mühe auf dem Rücken ihres Geldes wegschleppt! Meine Frau ist damit einverstanden, unter einem großen Baum zu wohnen, bis ich mein erstes *atakpame*-Haus gebaut habe. Sie sagt, ihr gefiele es, wenn Mauern um sie herum errichtet würden..."
 Baidoo starrte Pol an. Er wollte sehen, wieviel Hohn in dessen Augen nistete. Pol sagte: „Aber Ama Payday ist doch verrückt! Spürst du denn kein Mitleid? Zwingst eine verrückte Bettlerin, jeden Tag stundenlang unter einem Baum zu stehen. Ihre Knochen werden ihren Kopf noch mehr schwächen."

„Oh nein!" bellte Baidoo heraus, „ich gebe ihr doch zu essen...

Nahrung und Ideen gleichermaßen. Ich lasse sie das Alphabet aufsagen. So habe ich Teile ihres Gehirns aus der Verrücktheit befreit. Ich bin geschwätzig, und sie wird heiß! Bald schon werde ich ihre Schönheit erlösen...

ich denke schon über eine Romanze nach..."

„Schönheit und Romanze!" rief Pol mit finsterem Blick. „Der Wahnsinn, von dem du sie erlöst haben willst, ist wohl in deinem Schädel hängengeblieben..."

Pol ließ Baidoo unvermittelt stehen. Es widerstrebte ihm, mit diesem etwas zu teilen, was ihm wie ihre wechselseitige Lächerlichkeit vorkam.

Wie ein Kind auf einem Holzblock, so thronte Okay Pols Fez auf seinem Kopf. Er hatte die Pflicht, ihm beim Essen vom Kopf zu fallen: Sein Oberkiefer kaute schneller als sein Unterkiefer. Und sein gegenläufiges Kauen erschütterte seinen Kopf. Erschütterte seinen Fez. Er hatte sich angewöhnt, zu versuchen, mit einem weisen Bettler auf der Straße die *mbira* zu spielen. Er gab aber angewidert auf, als Araba Fynn eines Abends vorbeikam und so tat, als hätte sie ihn nicht gesehen. Pol war verwirrt, weil er, obwohl er fühlte, daß ihm dadurch, daß die stolze Araba sein bescheidenes Bett heimsuchte, zusätzliches Selbstvertrauen zuwuchs, einen Teil des Selbstvertrauens nicht dazu verwenden konnte, seine seltsamen Angewohnheiten abzuschwächen, die soghafte Anziehungskraft zu zerstören, die kleine Absonderlichkeiten auf ihn ausübten. Araba Fynn sah seine Angewohnheiten weiterhin als Unterhaltung an. Und als Würze jener Kraft, die sie zu ihm hinzog. Immerhin war sein langer, verwöhnter Körper ganz hübsch. Und irgendwie war er zum Teil auch der Ursprung ihrer Rebellion gegen ihre Mütter...

zugegebenermaßen ein Ursprung, bis zu dessen Ursache vorzudringen sie nicht gewillt war. Doch seltsam, während sie ihn öfter sah und sich stärker zu ihm hingezogen fühlte, begann sie Unruhe zu spüren: Wohin konnte sie ihn mitnehmen? Die schrecklich bunten *joromies*, die er trug. Die übermäßig dünnen Hosen, die seinen Beinen das Aussehen von sich drehenden Nadeln verliehen. All das veränderte ihre kleine Leidenschaft für ihn. Veränderte sie, zerstörte sie aber nicht völlig...

Es war, als ob es regnete und der Regen nur die eine Hälfte ihres Gesicht netzte, so daß sie die trockene Hälfte immer noch dem Spiegel vorzeigen konnte. Und um das ganze auf die Spitze zu treiben, hatte Okay Pol es sich angewöhnt, an den unmöglichsten Orten laut zu pfeifen. Zunächst hatte sie seinen Mund mit Küssen verschlossen, wenn das möglich war. Späterhin wurde aber es erforderlich, ihn an der Hand zu ziehen und wegzusehen.

„Was ist los mit dir, Kojo?" fragte sie ihn in ihrer Wut, die aber noch nicht tief genug ging, um den Anflug von Ironie in ihren Mundwinkeln wegzuwischen. Sie war froh, daß das Gefühl der Dankbarkeit ihm gegenüber schwand, je stärker sie sich ihm zuwandte. Doch jetzt kam es wieder...

direkt durch die Hintertür ihrer Liebe: Sie fand keinerlei Gefallen an dem ungeahnten Hauch in ihrem Rücken. Gleichzeitig aber unterließ sie alles, um sich davon zu lösen. Also zwickte sie ihn jedesmal, wenn Zweifel sie anfielen, ihrerseits in den Rücken, an genau der gleichen Stelle. Anfangs mißverstand er das als Stärkung ihrer Liebe. Als sie Pol die Frage stellte, bedachte er sie mit seinem durchgeistigt possenreißerischen Blick, der ihre Augen mit der Konzentration des in ihm verwahrten Lachens sprengte. Während der Lachvorrat explodierte, fragte er sie: „Willst du, daß ich mit meinem Lachen über dem staatlichen Kontrollpreis liege, oder was? Das passiert halt, wenn du deine Zunge hortest..."

All das zog Araba ein wenig auf seine Seite. All dies ließ sie für eine Weile in seinen Taschen einschlafen.

Ein Teil des Problems bestand auch darin, daß Okay Pol die Pfade von Dr. Boadi gekreuzt hatte. Und der befand sich auf dem Kriegspfad: Mehrmals war Pol in Boadis Haus gebracht worden. Teils wollte man ihn verhören. Teils wollte man ihn überreden. Dr. Boadi war zu dem Schluß gekommen, daß Pol weit gefährlicher war als Kofi Loww. Er wußte zuviel. Und er, Pol, war – in seinen verrückten Momenten, wie Boadi es ausdrückte – viel eher dazu bereit, aus seinem Wissen politisches Kapital zu schlagen. Nicht gegen Boadi selbst oder gegen irgend jemand anderen, sondern als Mittel, seinen Weg in Richtung einer ziemlich verschwommenen Klarheit des eigenen Lebens zu ebnen.

„Kojo", sagte Boadi mit harmlos klingender Stimme, „ich habe dich aus deinem freien Willen heraus hierherbringen lassen. Da bin ich mir ganz sicher. Und ich möchte mit dir noch einmal über deine kleinen Probleme reden. Laß dich nicht vom fernen Einfluß solcher Leute wie Sackey oder Loww – nomen est omen – leiten. Weil aus dir nie ein Politiker werden wird: Du bist nicht verschlagen genug! Wenn du studieren willst, dann tu das. Aber hilf uns dann und wann..."

In den vergangenen Monaten hatte Dr. Boadi etwas Gewicht verloren. Und er fühlte sich, als sei er von Idioten umringt, die unfähig waren, seine Anweisungen auszuführen. Es war schließlich keine Kleinigkeit, einem Commissioner zu dienen. Schon gar nicht gegen den Willen der eigenen Frau. Die hatte nun auch noch damit angefangen, seine körperlichen Bedürfnisse zu vernachlässigen. Es ging nicht mehr nur um die Zähne und das, was man dazwischenschieben konnte. Es ging mittlerweile auch um Schuhe und Haare. Und das hieß gleichzeitig, daß Yaaba nun mehr und mehr die Hausmädchen antrieb: Boadi hatte noch immer sein *whaaaaat* Lächeln und sein *whaaaaat* Sakko. Er mochte Pol. Ganz gegen seinen Willen. Weil er in ihm einen Anflug von Ehrlichkeit ausmachte. Und sich irgendwie bewußt war, daß Pol, der einen Vater aus dem Norden und eine Mutter bei den Akan hatte – die beide nicht mehr lebten –, nicht besonders treu war. Keine scharfen Messer zu schleifen hatte. Er unterschätzte ihn, wie er ihn gleichzeitig überschätzte. Bei Boadi zu Hause sagte Pol, und sein Gesicht war vor Entrüstung verschlossen: „Sehen Sie, Dr. Boadi, es ist unrecht von Ihnen, wenn Sie mich hierherbringen lassen wie einen Häftling. Ich bin Ihnen Dank schuldig, weil Sie mir einen Job gegeben haben. Jetzt aber habe ich keinerlei Interesse mehr an diesem Job. Es ist ein verruchter Job, die Leute wegen irgendwelcher Informationen zu beschatten...

Und Sie wissen, daß Sie ihre Zeit an die falschen Leute verschwenden. Die Sackeys, Pinns und Lowws wollen nicht hin- und hergeschubst werden. Sie wollen nicht, daß man ihre Intelligenz unterschätzt. Das ist alles, Mr. Doktor! Sie sollten, halten zu Gnaden, Ihre Zeit lieber darauf verwenden, wirkliche Probleme zu lösen, als vor dem falschen Publikum ihre politischen Muskeln spielen zu lassen!"

„Ei", lachte Boadi heraus, „bist wohl endlich erwachsen geworden, oder was? Oder gibt dir etwa jemand anders mehr Geld als ich? Wen haben wir da vor uns: Kojo the Master!"

Sarkasmus ließ Dr. Boadis ohnehin schon hohe Stimme noch etwas höher werden. Seine Wangen wurden dann ungepflückten, überreifen Tomaten noch ähnlicher. Dr. Boadi hatte den Teil der Veränderung in Pol entdeckt, den Araba Fynn nicht bemerkt hatte. Das war ein weiterer Grund, warum er ihn nicht auf der Stelle verhaften lassen wollte: Pol trieb auf ein lächerliches Dasein zu. Und so würde ihn letztlich wahrscheinlich niemand sonderlich ernst nehmen, wenn er versuchen sollte, ihn, Boadi, oder seinen Commissioner zu betrügen.

Ein weiterer Grund dafür, daß Dr. Boadi sich so in der Gewalt hatte – zumindest, soweit es politische Abweichlinge betraf –, bestand darin, daß er glaubte, sein Commissioner fiele langsam aber sicher im Castle aus der Gunst. Seine hochempfindliche politische Haut hatte ihn vorgewarnt. Und daraufhin hatte er sich entschlossen, langsamer vorzugehen. Auf ein paar Zehenspitzen weniger zu schleichen. Das war ihm durch den Kopf gegangen, als er sich entschloß, Professor Sackey in Begleitung eines widerstrebenden Pol einen Besuch abzustatten. Pol hatte er gesagt, daß er jetzt versuchen wolle, dem Professor Genugtuung widerfahren zu lassen. Und daß nicht er, Boadi, für das rauhe Verhör Sackeys vor ein paar Wochen, im April des neuen Jahres, verantwortlich war. Als sie bei Sackeys Haus ankamen, trafen sie auf ein ziemlich überraschendes Schweigen im Mangobaum. Der weigerte sich trotz des heftigen Windes, mit den Blättern zu rauschen. Und die roten Ameisen fraßen sich in den Himmel.

„*Agooooo.*"

Keine Antwort.

„*Agoooo.*"

Ohne Vorwarnung kam dann ein Sackey in wütender Weste aus einer sich plötzlich öffnenden Tür geschossen. Grub sich in Boadis weiches Fleisch. Und verdrehte die Arme von Boadis üppigem Körper aus Bier und Hühnchen.

„Das hätte auch Ihr Hals sein können, Boadi", brüllte der Professor. „Sie Schurke! Wie können Sie es wagen, mich wie ein kleines Kind zu hetzen und zu schikanieren? Wozu ließen Sie mich kommen?"

Die beiden Männer teilten ihren Schweiß, während Pol versuchte, sie zu trennen.

„Habe ich dir nicht gesagt, Kojo, daß der Mann verrückt ist, völlig verrückt! Ich komme in freundlicher Absicht, und er fällt über mich her! Benimmt sich so ein Professor?"

Boadi keuchte schwer, nachdem Pols harter Schlag ihn von Sackey losgerissen hatte. Sackey stürmte ins Haus zurück.

„Ich will bloß hoffen, daß er vernünftig genug ist, da nicht reinzugehen, nur um mit einer Waffe oder so was wieder rauszukommen", japste Boadi. Und wischte sich mit einem Fluch den Schweiß von der Stirn. Er bemühte sich noch immer, Geduld an den Tag zu legen. Denn schließlich war er aus einem ganz bestimmten Grund hier.

Professor Sackey kam mit einem Glas Wasser wieder herausgeeilt. Seine feuersprühenden Augen warfen einen Lichtschein auf seine wütend gefletschten Zähne.

„Sie haben Glück, Boadi, daß Sie mit dem jungen Mann gekommen sind...

Wären Sie allein gewesen, es gäbe jetzt keine Zeugen Ihrer Vernichtung! Wie dem auch sei, ich sollte an zivile Umgangsformen denken...

meinetwegen melden Sie es der Polizei oder sonst wem. Heute habe ich mal zurückgeschlagen. Setzen Sie sich. Was wollen Sie?"

„Nun, Uncle", begann Dr. Boadi bedächtig, „ich würde Ihnen raten, so was nicht noch einmal zu machen. Manch ein Verrückter hat für solche Notfälle eine Pistole bei sich. Und ich möchte nicht, daß ein so mutiger Ghanaer wie Sie erschossen wird."

Während Boadi sprach, machte sich in seinen Augen der Schatten einer Verschüchterung breit. Doch unter der Sonne seines Lächelns verschwand er genauso plötzlich, wie er gekommen war: Boadi hatte seinen zerzausten Körper wieder in der Gewalt. Er fuhr fort: „Ich sollte Uncle Sackey dafür danken, daß er mir heute morgen zu ein paar kostenlosen Leibesübungen verholfen hat! Und ist heute nicht der erste April?"

Okay Pol hatte seinen Schock verdaut und war damit beschäftigt, seinen Fez in genau dem gleichen wahnwitzigen Winkel aufzusetzen, in dem Sackeys Augen zueinander standen. In seinen Händen lag ein Gefühl der Erleichterung. Mit einem flüchtigen Nicken war Mrs. Sofi Sackey durch das Zimmer geschritten – fest entschlossen, sich nicht mehr an den Exzessen ihres Mannes zu beteiligen. Aus ihr war eine Fachfrau für unmittelbare Neutralität geworden: Sofi, nur dein überheblicher Blick, kommentierten die Wände.

Professor Sackey schien niemals wieder seine Augen von Dr. Boadis glattem Gesicht lösen zu wollen. Es war, als hätte sich seine wilde Wut in eine stille Gehässigkeit verwandelt. Boadi zog diesen Blick vor. Weil der sich besser parieren ließ als die Wut der Arme und Waffen. Plötzlich pfiff Okay Pol in das Schweigen hinein.

„Aha", kam es von Boadi, „das ist das Signal, Ihnen meine Mission zu erklären: Uncle Professor, ich bin gekommen, Ihnen zu sagen, daß ich nicht hinter den Schwierigkeiten stecke, die Sie kürzlich hatten..."

„Sie hätten ihnen ein Ende machen können", unterbrach ihn Sackey brüsk und mit äußerster Endgültigkeit im Mund.

„Ja, Sie haben recht, Sie haben recht. Irgendwo haben Sie recht. Doch ich zog es vor zu warten, bis ich Sie aus größeren Schwierigkeiten retten könnte!" sagte Boadi mit seinem gewinnenden Lächeln, das sich inzwischen an der richtigen Stelle in seinem Gesicht festgesetzt hatte, ganz ähnlich einem Abzeichen wieder angehefteter Ehre. Ganz ähnlich einem Kaugummi.

„Und während ich rede, werden Sie die Weisheit meiner Zurückhaltung erkennen. Sie wissen ja, in der ghanaischen Politik versuchen wir normalerweise nicht, gemein zu sein. Selten wird jemand getötet oder zerbombt. Wir ziehen den Konsens vor. Vorausgesetzt, daß wir die Spielregeln bestimmen können. Sie können wählen, entweder „kon" oder „sensus", und wenn Sie wirklich auf uns zählen wollen, wählen Sie „zensus"! Hahahaha. Aber ernsthaft, ich bin gekommen, Ihnen den Vorsitz eines wichtigen Wirtschaftskomitees anzubieten..."

„Ich bin kein Wirtschaftswissenschaftler...", unterbrach ihn Sackey.

„Genau", fuhr Boadi unbeeindruckt fort. „Das Komitee ist so bedeutend, daß wir es nicht allein den Wirtschaftswissenschaftlern überlassen können! Wir möchten, daß Sie Ihre hervorragenden Energien dafür einsetzen, das Leben der Menschen zu verbessern. Und natürlich haben wir Verständnis für jede vernünftige Bedingung, die Sie stellen wollen..."

Boadis Lächeln dehnte sich auf erstaunliche Länge. Der symbolische Kaugummi wurde um ein paar Inches länger.

Es entstand ein Schweigen, in dem Sackey in die Vergangenheit hinein lächelte, während er ein plötzliches Ekelgefühl aus seinem Hinterkopf nach vorn auf die sündenlose Spitze seiner Unterlippe verlagerte.

„Ich war der Ansicht, Ihnen gesagt zu haben, daß ich an Politik nicht interessiert bin...", rief Sackey aus.

„Die Politik ist das wahre Leben!" brüllte Boadi zurück, „und dem können Sie nicht entfliehen!"

„Politik ist Leben. Aber das Leben ist nicht Politik", erwiderte Sackey mit erstaunlicher Ruhe. Dann rief er nach seinem Sohn: „Kwame, komm, komm her. Ich möchte, daß du dem Doktor hier etwas für mich sagst..."

Kwame kam ziemlich widerstrebend herbei, hatte er sich doch gerade die Klagen seiner Mutter über den Vater anhören müssen. Darum hatte er sich plötzlich dazu durchgerungen, seinen Groll zu teilen. Den größeren Teil trug er auf seinem Gesicht gleich direkt zu seinem Vater hinüber. Den kleineren Anteil ließ er zunächst bei seiner Mutter zurück. Bis es später vielleicht erforderlich werden würde, auch den zu seinem Vater zu schaffen.

„Ja, Vater?" fragten Kwames Augen.

Sackey bemerkte nicht einmal den Groll auf dem Gesicht seines Sohnes. Der Vater legte dem Sohn den Arm um die Schulter. Und die Hand wog unendlich schwer auf der Schulter des Sohnes.

„Kwame, sag dem reichhäutigen Herrn hier, daß ich nicht einmal mit Zivilisten Politik treibe. Und mit Soldaten schon gar nicht!"

Kwame wiederholte dies für Boadi. Der Groll stand ihm noch immer ins Gesicht geschrieben. Zu guter Letzt bemerkte Sackey doch noch die gerunzelte Stirn seines Sohnes. Er dachte aber, der Junge versuche, Boadi für seinen Vater einzuschüchtern. Sackeys stolzes Lächeln ließ die Wut im Innern des Jungen nur noch größer werden. Er fühlte sich, als würde er in der Mitte durchgerissen. Unter Tränen rief der Junge plötzlich: „*Dada*, darf ich jemanden holen, der an meiner Stelle für dich spricht? Meine Kehle ist wund. Ich will zu meiner armen Mutter. Ich gehe zu meiner armen Mutter!"

Schweigen ohne Ende. Langsam stand Sackey auf. Ging hinüber zu Sofi und den zwei Kindern in die Küche. Er drückte Kwames Hand so fest, daß der fast vor Schmerz aufschrie. Und sagte dann: „Wenn du deinem Vater das noch einmal antust, wird er dich zum ersten Mal in deinem Leben verprügeln!"

Sackey wollte Sofi noch ein paar Takte sagen, überlegte es sich aber schnell anders. Als er wieder ins Wohnzimmer zurückstürmte, um sich zu rechtfertigen, fand er es leer. Pol hatte darauf bestanden zu gehen. Und so schritten die beiden Männer die Auffahrt hinunter.

„Stecken Sie sich ihr Komitee sonstwohin", rief Sackey ihnen hinterher. „Merken Sie denn nicht, daß nicht mal das Komitee in meinem Haus sich auf ein Treffen verständigen kann!"

Traurig winkte Pol ihm zu, während Boadi mit großer Befriedigung lächelte.

„Ich habe meinen Job erledigt. Der hat ja nicht mal zu Hause die Hosen an."

Nachdem er Boadis triumphierendes Geschwätz links liegengelassen hatte, ging Pol schließlich seines Wegs. Es gelang ihm aber noch, Boadi eine Frage zu stellen: „Sie werden ihn doch nicht wieder einsperren..."

„Natürlich nicht!" erwiderte Dr. Boadi. Er schäumte angesichts seines Sieges geradezu über. „Wenn ich ihn einsperre, leiste ich doch seiner armen Familie noch einen Dienst! Hahahaha!"

Okay Pol ging seines Weges. Drüben am Tetteh Quarshie Circle rollte die Schnellstraße ihren Teppich hinüber nach Tema aus. Nicht ein einziges Taxi hielt für Pol an, wie er da mit seinem schwankenden Gang dahinging.

„Massa", rief ihm der Fahrer eines Taxis zu, „is dein Hut, ich nit fit für Platz für Hut in mein schick Auto..."

Pol traf eine Entscheidung: Er wollte Araba Fynn besuchen. Egal, ob ihr das paßte oder nicht. Es schien, als zöge sie es vor, sich nicht bei sich zu Hause mit ihm zu treffen...

oder zumindest nicht da, wo *Nana* Esi sich aufhielt. Als Okay Pol am Flughafen vorbeikam, vermied er es, einen Blick darauf zu werfen: Der Radar sah aus wie eine obszöne Geste. Dann fiel die Straße ab. Strich weiter in den Zuckungen schlecht geflickter Schlaglöcher. Und hielt die Autos mit einer Mischung aus Werbung und fehlenden Bürgersteigen in Atem. Die beiden Tankstellen am Continental Hotel glichen zwei verdrängten, beständig rausgestreckten Ellbogen, während der Körper des Hotels sich mit seinem Grau viereckig über seine eigene rechtwinklige Welt hinaus dehnte. Pol traf auf zwei weitere Ellbogen – die von Texaco und Mobil – und schlüpfte dann hinüber zum *adinkra*-Symbol des 37er Kreisverkehrs. Unter den riesigen *neem*-Bäumen preßte das untersetzte Militärkrankenhaus unter den Schreien der aufgestörten Fledermäuse seine Mauern noch weiter herab, weitete Pols Gedanken und Gefühle zu Arabesken und *adinkrahene*, zu *Nyame Dua* und *Sankofa*. Eine Krankenschwester ging an ihm vorbei. Ihre Uniform und der leere Blick in ihren hübschen Augen umschrieben das Leid hinter den Mauern. Und ihr Hals erinnerte Pol an Araba. Darüber aber konnte die Krankenschwester nicht lachen. Überhaupt niiiiicht. Redemption Circle zeigte mit seinen langen, geteerten Fingern zurück zum Flagstaff House. Dahinter erhob sich die Broadcasting Corporation mit ihrer verdrahteten und verkabelten Welt. Und dem Klang regierungsamtlichen Grunzens, das sich über eine teilnahmslose Nation ergoß. In der Nähe der Botschaftsresidenzen konnte Pol Speck riechen. Und er fragte sich, ob *Nana* Esi ihre Würstchen nach *Mfantse*-Art in *Joloff*-Reis mochte. Je näher er Asylum Down kam, vorbei an den viereckigen und wohlhabenden Häusern der Libanesen, den letzten Sprung der Straße mit weiteren Botschaftsgebäuden hinauf, zur Kreuzung mit der katholischen Kathedrale, desto mehr verschwand Pols Hals. Und wenn das Leben nicht richtig zupacken konnte, dann rutschte es die steilen Straßen wieder zurück. Die ganze Zeit, die er so dahinging, waren es die Menschen, die den Häusern Bewegung verschafften. Die ihnen eine Geschichte einlebten. Als er dem Hause von Araba Fynn näher kam, wünschte sich Pol plötzlich in die Welt des *mbira*-Spielers. Er fragte sich, was ihn aus seinen Niederungen heraus unter das Dach dieses *Mfantse*-Matriachats trieb. Dort war man ihm gegenüber noch immer mißtrauisch. Vor allen Dingen seinen Annäherungsversuchen der Tochter gegenüber.

Er kam ans Tor und blieb stehen. Er prüfte den Schlag seines Herzens. Seine Körpergröße schickte er über das Tor. Es herrschte völlige Stille. Das Herz des Hauses schien langsamer zu schlagen als noch vor ein paar Wochen. Dann sah er plötzlich oben am Schlafzimmerfenster Araba Fynns Umriß. Er winkte verzweifelt. Doch sie hatte sich schon abgewendet und war ins Zimmer zurückgetreten. Unendlich weit weg von mir, schoß es ihm durch den Kopf. Schließlich klopfte er an das Tor. Niemand hörte. Wieder erschien Araba am Fenster. Diesmal hielt sie sich ein Taschentuch vor die Augen. Sie sah erschöpft aus. Er fragte sich, was da vor sich ging. Als er sie sah, kehrte seine alte Zärtlichkeit zurück. Diesmal sah sie ihn und erschrak. Dann winkte sie ihm barsch zu, daß er gehen solle. Ihre Augen schienen um Hilfe zu bitten. Die Nachmittagssonne schwebte hinauf in ein Leichentuch aus Wolken, damit der Turm der Kathedrale sie nicht erreichte. Die Musik der Orgel konnte den Turm mit seinem dünnen Beton strecken. Pol weigerte sich zu gehen. Er wollte gerade über das Tor klettern, als Araba weinend herunterkam.

Sie sprach als erste und ziemlich schnell: „Solltest du um diese Zeit hier sein, Kojo Pol?"

Noch nie hatte sie ihn Kojo Pol genannt so wie jetzt. Er wollte zärtlich zu ihr sein, damit sie ihm sagte, was nicht in Ordnung war.

„Du bist doch sowieso kein Mensch für tragische Situationen, oder? Mit dir kann ich ja nicht einmal Mfantse sprechen, oder?"

„Sag mir, was los ist", sagte Pol einfach. Und in seine Augen trat der Blick tiefer Erfahrung. Einer Erfahrung, die er nie gemacht hatte.

„Unterschätz mich nicht", sagte Pol zu seiner eigenen Überraschung. Er stand da und sah ungeheuerlich aus in seinem sonderlichen Aufzug. In seiner ganzen Eigentümlichkeit.

„Meine Großmutter liegt im Sterben, und sie hat uns verboten, einen Arzt zu holen. Meine Autoschlüssel hat sie auch versteckt...", platzte es endlich aus ihr heraus.

„Wo ist Sister Ewurofua?" fragte Pol in seltsamer Aufregung, mit seltsamen Vorahnungen.

„Sie ist los und versucht, den *abusuapanyin* zu erwischen, damit er *Nana* Esi überredet..."

„... ist der denn in Accra?" unterbrach Pol sie. „Und was ist mit den Nachbarn... oder warum holen wir nicht einen Arzt her?" Ohne auf eine Antwort zu warten, fügte er hinzu: „Ich hole einen Arzt. Sie soll eine Chance haben..."

Damit rannte Pol davon und sprang über das Tor.

Verwirrt eilte Araba ins Haus zurück. Als sie an *Nana* Esis Bett kam, fragte die alte Frau, die grau und ausgemergelt aussah, deren Augen aber glasklar glänzten: „Was wollte die große Erdnuß denn hier? Rodet der immer noch das Dickicht...

um dein Herz herum? Was hofft er da zu ernten und zu mähen? Der kann sich doch die Ernte gar nicht leisten..."

Lachen stand in ihren Augen. „Nun wein doch nicht!" fügte *Nana* Esi mit erschreckend lauter Stimme hinzu. „Du bist diejenige, die den Geist, meinen Geist, weitertragen muß. Enttäusche mich nicht...

Ich will weder einen Arzt noch irgend jemanden aus der Familie. Ich will nur euch beide hier bei mir, vor allem dich, auch wenn du die jüngere bist."

In ihren Augen stand Ruhe. Eine steinerne Ruhe. Die Ruhe eines Steins auf dem Meeresboden. Auf dem Beistelltisch neben dem Bett lagen eine Packung Sahnecracker und etwas roher Ingwer.

„Ich mag den Geruch unreifer Mangos...

aber vielleicht will Gott nicht, daß ich das noch rieche...

War ich in meinem Leben ein bißchen zu unbeugsam? Nein, antworte nicht, in meinem Alter brauche ich nicht mehr so viele Antworten, es könnten leicht zu viele werden. Habe ich dir erzählt, daß ich für niemanden die Bandagen, die mein Herz zuschnürten, abgenommen habe?

...zumindest nicht lange! Zu einer gewissen Zeit bin ich sogar seltener in die Kirche gegangen, weil ich glaubte, die Kirche würde mein Herz zu sehr öffnen. Vielleicht bin ich nach all dem doch nur eine Fischfrau, die sich zum Vorzeigen ein paar Worte um den Kopf geschlungen hat. Das ist alles..."

„*Mamaa panyin*, willst du dich nicht ausruhen?" fragte Araba, die ihre Tränen nur mit äußerster Mühe zurückhalten konnte.

„Ausruhen? Das meinst du doch nicht im Ernst, Araba! Hilf mir, daß ich mich auf die Seite drehen kann. Ich möchte dich anschauen. Ausruhen! Das ist das letzte, was ich möchte. Wo ich nur noch ein paar so schnell vergängliche Augenblicke vor mir habe, will ich jetzt die Bandagen von meinem Herzen reißen...

wenigstens ein paar, denn ich möchte nicht an gebrochenem Herzen sterben."

„Aber Mamaa, wer soll dir denn hier das Herz brechen?" fragte Araba mit weit aufgerissenen Augen.

„Noch weißt du es nicht, Kind. Aber manchmal zerbricht es dich, wenn du dein ganzes Leben erzählst. In den letzten dreißig Jahren habe ich mein Leben nur durch dich und Ewurofua gelebt. Und vielleicht weißt du auch nicht, daß auch Ewurofua in ihrer weichen, fraulichen Art – ich bin nicht dieser Typ Frau, mit Sicherheit nicht! – anfängt, ihr Leben in deinem zu leben. Oh, das lädt dir keine Verantwortung auf. Vergiß einfach, was ich gerade gesagt habe. Ich will dir nicht etwas aufbürden, daß dich schneller altern lassen könnte, als du verdienst...

Zumindest kann ich behaupten, daß ich, Gott sei Dank, mein Brot nicht in Milch dippe! Und meine Haut trägt noch immer das Meer in sich oder zumindest die Schuppen der Fische."

Nana Esis rechte Hand zitterte leicht. Eine Last lag ihr auf der Brust.

„Weiß auch nicht, wer versucht, mir das Atmen schwerzumachen...

Weißt du, wenn noch jemand anderes hier wäre, dann wäre ich des Friedens meines Todes beraubt. Steif würde ich mich machen und die Steife mit ins Grab nehmen. Steifer Körper, unbeugsamer Geist!"

Die alte Dame lachte. Aus nächster Nähe sah sie aus wie ein Kind, das ein letztes und besonders wichtiges Geschenk erhalten soll. Nie hatten ihre weißen Laken weißer ausgesehen. Und sie hatte sie selbst gebügelt. Als sie zusammengebrochen war, war sie mit dem Bügeln beinahe fertig gewesen. Selbst in ihrer Schwäche war sie gebieterisch geblieben. Denn obwohl sich ihre Augen schlossen, hatte sie doch die Kontrolle behalten. Ein Schweigen entstand zwischen den beiden. *Nana* Esi schaute Araba unverwandt an. Araba senkte den Blick nicht. Nicht einmal, als eine Träne auf ihre purpurne Bluse tropfte.

„Das ist's! Du hast wirklich meine Seele geerbt! Und ich habe dir gerade noch mehr von ihr übertragen! Ich hoffe, Gott verzeihe mir, daß Ewurofua nicht zurückkommt, bevor ich hinübergegangen bin. Weißt du, ihre Sanftheit könnte ein paar Tränen aus mir herauszwingen. Und das will ich überhaupt nicht. Seit ein paar Wochen plane ich schon, daß die Dinge so geschehen sollen. Sie wird nie in der Lage sein, einen harten, würdevollen Tod anzunehmen. Sie würde denken, das sei alles zu kühl. Aber du kannst ihr alles erklären...

eine Geschichte aus zweiter Hand wird sie schon überleben! Araba, ich möchte dich etwas fragen: Sterbe ich als typische *Mfantse*-Frau? Manchmal schien es mir verlockender, in einem Schrein zu sterben als in einer Kirche. In einem Schrein liegt wirklicher Staub, von jener Art, die ohne Widerspruch meinen Staub empfangen und hingenommen hätte. Selbst jetzt noch glauben all meine Klassenkameradinnen – zumindest die, die überlebt haben und die ich so oft aufziehe –, daß ich mich immer in den besseren Kreisen bewegt hätte, daß ich mit einer ganz natürlichen Küstenelganz geboren wäre, die ich mit etwas europäischem Schliff weiterentwickelt und gehärtet hätte. Darüber kann ich nur lachen! Ich hasse kleine Kreise, diese geschlossenen Zirkel! Und vor allen Dingen die sogenannten besseren...

Für die war ich wohl zu ungehobelt. Die einzigen Freundinnen, die ich habe, sind eben jene Klassenkameradinnen, die so fest daran glauben, daß ich einen besseren Freundeskreis habe...

ist das nicht dumm? Araba, sieh zu, daß du mehr und immer mehr Geld machst – ich spiele jetzt den Anwalt des Teufels. Ich spreche mit der Härte der Wahrheit –, weil es für Frauen wie uns keine andere Möglichkeit gibt. Und das Geldverdienen erlaubt dir, so viele andere Sachen miteinander zu verbinden. Ich will nicht behaupten, daß dich das völlig glücklich machen wird..."

Nana Esi zögerte, keuchte plötzlich und lächelte dann. Araba sprang auf, setzte sich aber wieder hin.

„...aber in Ghana gibt es viel zu viele andere Enttäuschungen, die dich heimsuchen, wenn du mal nicht ans Geld denkst..."

Plötzlich wünschte sich Araba, daß *Nana* Esi nicht auf ihre Beziehung zu Kojo Pol zu sprechen käme, weil die Endgültigkeit jedweden Urteils sie vielleicht ganz und gar zerbräche...

„Eins darf ich nicht vergessen: dieser Kojo, dieser Kojo, dieses spaßige Kerlchen. Den darfst du nicht nehmen. Er wird sich zu einem ziemlichen Wirrkopf entwickeln, er wird voll widerstrebender Impulse sein, voll kleinlicher Ideen und, vor allem, viel zu offenherzig für dich. Er kennt keinerlei Tücke und Hinterlist, und mit seiner sonderlichen Art kann er keine Kinder unseres Schlages aufziehen. Oh, ich geb's zu, er ist ganz hübsch und frisch mit seinem Lachen. Araba, du darfst mir nicht in den Rücken fallen. Ich sag's dir noch mal: Mach nicht den gleichen Fehler, den wir gemacht haben."

Das Zimmer war atemberaubend still, als Araba die Worte in sich aufnahm. Und dann war sie zu sehr damit beschäftigt, das schöne, alte Gesicht da vor ihr zu betrachten, als daß sie noch weiter denken konnte.

„Ich wünschte, ich könnte deinen Tod mit dir teilen, *Mamaa Panyin*", sagte sie. Mehr zu sich selbst als zu *Nana* Esi.

„Unsinn! Das machst du doch schon! Und ich meine, der allerbeste Unsinn...

all das, was du teilen kannst, liegt noch vor dir. Du weißt ja, ich bin nie in die Stadt gegangen...

all die Jahre bin ich immer hiergeblieben. Ich habe nur ein ganz kleines bißchen *Ga* gelernt."

Nana Esis Stimme wurde leiser. Sie bewegte die Füße unter dem Laken. Und der Nachmittag wurde älter. Sie bat um Wasser und langte nach ihrem Ingwer. Die Sahnecracker rollten weiter den Tisch hinunter, als ihre linke Hand an der Seite hoch und runter strich.

„Willst du die Bibel, *Mamaa Panyin*?" fragte Araba schaudernd.

„Oh, nein, damit bin ich schon längst fertig. Ich suche meinen Ring, ich möchte meinen Finger umringt haben", flüsterte *Nana* Esi und schloß die Augen.

Draußen am Tor erklang der verzweifelte Ton einer Hupe. Aus unterschiedlichen Gründen machten sich beide Frauen steif. Pol setzte wieder über das Tor und ließ einen mitgenommen aussehenden Arzt herein, der noch am Tor klagte: „Sehen Sie, junger Mann, der Trick, mit dem sie mich hierhergelockt haben, gefällt mir überhaupt nicht. Sie sagten, es sei ein Unfall..."

Pol klopfte unaufhörlich an die Eingangstür.

„Tut mir leid, Doktor, ich dachte, Leben ist Leben... Araba, der Doktor ist da!" rief Pol. Und sein Fez fiel herunter. In *Nana* Esis Augen im ersten Stock breitete sich Triumph aus.

„Ich habe sie ausgetrickst!" flüsterte sie Araba lächelnd zu.

Araba stand still. Hin und her gerissen zwischen der Entscheidung, entweder die Tür zu öffnen oder am Bett der alten Frau zu bleiben. Schließlich eilte sie zur Tür und ließ Pol und den Arzt herein. Pol blieb unten.

„Junge Frau", knurrte er Arzt, „das nächste Mal nehmen Sie Ihr Auto und kommen zu mir...

da warten noch mehr Patienten auf mich. Wo ist die alte Dame? Ich kenne Sie, und nur deshalb bin ich überhaupt hergekommen..."

Als sie in das Zimmer traten, war der Ingwer aus *Nana* Esis Hand gerutscht. Ihr Ring hatte ihr ganzes Leben umringt. Kein Atem ging mehr. Kein Platz war mehr zwischen Haut und Gold. Auf einem Stück Papier auf dem Beistelltisch stand gekritzelt: „Gott sei Dank, daß sie zu spät gekommen sind..."

Nana Esi hatte noch begonnen, Arabas Namen zu schreiben, hatte ihn aber nicht mehr beenden können. Die Farne am Fenster winkten in der plötzlich abnehmenden Brise den Autos draußen auf der Straße. Der Arzt prüfte *Nana* Esis Puls, hörte ihre Brust ab.

„Sie ist tot. Reißen Sie sich zusammen, und seien Sie dankbar, daß sie so lange gelebt hat", sagte er tonlos.

Bereits am Tor begann Sister Ewurofua zu weinen, als sie mit ein paar Familienmitgliedern langsam aus dem Taxi stieg. Sie folgten ihr hinein. Instinktiv wußte sie, daß ihre Mutter gestorben war. Im Haus lastete das Schweigen einer Muschel, in der das Meer nicht mehr rauscht. Okay verabschiedete sich mit drei Klapsen auf die Schulter von Araba. Er wollte nicht im Weg sein. Sein Fez war schweißnaß. Alles, was er Araba in der Ferne mit rauher Stimme, in der nur ein Hauch Trauer lag, zu Sister Ewurofua sagen hörte, war dies: „Sister Ewurofua, Mutter, halt deine Weichheit, halt deine Tränen zurück...

du bist genau im richtigen Augenblick gekommen...

aber jetzt reiß dich zusammen..."

Kapitel siebzehn

Die beiden heißgelaufenen, in der Hitze von Celsius und Fahrenheit ausgeglühten Stimmen vermischten sich streitend von zwei Wänden der Bar her, die einen zwergenhaften Schatten warfen. Plötzlich senkte sich die eine Stimme, der gleich zweifach die Sicherungen durchbrannten: Die Stimme von Ebo The Food wurde nach vier hastig in sein ruhendes Hinkebein hineingeschütteten Flaschen Club Bier immer tiefer. Seine tonnenförmige Brust hallte von der Geschwindigkeit der Worte wider, die sich wie Kiesel zerstreuten.

Als der Strom ausfiel, übernahm die Kerosinlampe das Kommando. Die Schatten wurden länger. Krochen über die gebeugten Rücken und die stimmgesenkten Worte dahin. Einige Gesichter sahen glatter aus jetzt, da das glimmende Kerosin Pickel, Kratzer und Runzeln verbarg. Das Licht kehrte zurück. Und ging wieder aus. Finsternis fraß sich in die Bar. Sie kam so plötzlich...

über The Food, dem hier, in der Schäbigkeit Madinas, übernatürliche, elektrische Zähne zu lauern schienen.

Stromsperre, Stromsperre.

Zwei Dunkelheiten umspielten ihn: zunächst die äußere, die über seinem Hinken schwebte. Und die es ihm erlaubte, sein Bierglas aus der Flasche seines Nachbarn zu füllen. Und dann die Finsternis in seinem Herzen, die weit unter seinem Hinken dräute. Und mit der Kraft der Besorgnis über sein verschwendetes Leben aus ihm herauswuchs. Bier tat gut. Aber es konnte nicht alles Leid hinwegspülen, das sich in Madina aufstaute. Also stand Ebo hier und spülte so viel davon herunter, wie er nur konnte.

„Hey, Nachbar!" rief Ebo erbost aus. „war's falsche Bein, das du gekratzt hast! Hätte das von meiner Alten sein können, wenn sie hier wär..."

„Was du, du Kandamücke, du hast doch gar keine?" stichelte Kwame Ti, der aus zwei alten Gläsern trank, die er mitgebracht hatte.

„Hey, Kwame Ti, du weißt wohl nicht, daß ich Zimmermann bin? Ich werd dir gleich das Maul stopfen! In deiner großen Klappe stecken doch noch zwei weitere Mäuler. Drei verschiedene Wahrheiten verkündest du! Alles Lügen! Paß auf, wen du kratzt...

denn mir ist's nicht egal, was die Leute der Frau antun, die ich nicht habe. Du, Kwame Ti, du willst doch heute abend nur wieder 'ne Dummheit anstellen. Wenn ich nicht meinen Bauch zu der Muliarbeit verdonnert hätte, mein Bier zu schleppen, dann würd ich aber mein Hinkebein ablegen und gegen dich antreten, Kippe um Kippe, Auge um Auge!"

Kwame Ti blies seinen ganzen Zweifel an Ebos Wortsturm mit dem Rauch seiner Zigarette heraus. Doch niemand bemerkte die Beleidigung, die in der Zigarette nistete. Außer der mürrischen Kerosinlampe vielleicht. The Food sagte: „Sieh mal, wie Kwaku und Attah tanzen, Knochen schabt an Knochen. Madina ist verrückt, wahnsinnig! Kirchen, Mühlen, Latrinen, Bars und Schlaglöcher! K, M, L, B & S-L! Hier kann ich kein Kind aufziehen...

Hier kann man nur wilde Freundinnen aufziehen: Von den Bars springen wir direkt in die Kirchen! Und nach der Liebe in einem Schlagloch machen wir uns davon zu den Latrinen.

Hey Kwame!

Du kaputter Hund, du. Siehst du all die Ladies. Sind so schön-mann und tragen Schuhe mit Garantie, die ihnen der Schweiß ihrer alten Besamer bezahlt hat. Nur ist's mit dem Samen bei denen nicht so weit her...

siehst du sie? Die brauchen Hilfe! Schönheit braucht Hilfe. Hey, halt's Maul, sprich nicht über was, wovon du keine Ahnung hast! Kwame Ti...

wer hat dich bloß so genannt? Du bist *bush-balanga*! Laß dir eins sagen: Ich bin die Güte anderer wert: Wenn sie ihre Güte an mir erproben, dann bekommen sie den Segen. Und je mehr sie gesegnet sind, desto mehr Güte bekomme ich ab..."

„Ja, und ganz genau deswegen ist ein Miststück aus dir geworden", warf Kwame Ti ohne zu zögern ein. Als das Licht wiederkam, hellten sich auch seine Zweifel auf. Und setzten sich genau auf die Spitze seiner brennenden Zigarette.

„Ich arbeite. Ich tippe. Ich bin Papierexperte. Ich verstehe die Gedanken der Professoren. Und überhaupt, ich bin ich, *paaaaa*. Du, du frißt dich nur durch das Brot anderer durch. Du Krümelmonster! Mehlwurm! Mehlwurm! Und nicht mal richtig rennen kannst du..."

„Nur hinter Frauen her, nur hinter Frauen her", korrigierte ihn Ebo, der Kwame Ti nur halb zuhörte, „und, Kwame Ti, wenigstens einen Abend möchte ich meinen Mund hier in der Bar in Madina Gott 'nen guten Mann sein lassen...

immerhin trinken die Bischöfe zu weeeniiig!"

Die Lüftchen, die in einer Bar wehen, sind anders als andere Winde: Sie folgen dem Bier und kühlen es. Stirnen spielen keine Rolle, werden nicht gekühlt. Ebos Finger wölbten sich schalkhaft um eine Geschichte und krümmten sie: „Und kennst du die Geschichte von dem Mann mit den Elefanteneiern, mit denen er sich immer rumärgern mußte? Der wohnte in Korle Bu und litt unter Tennisbällen, die sich zu Fußbällen ausgewachsen hatten. Und wenn er seine Klöten am einen Ende vom Bett abgelegt hatte,

Gott vergebe mir, daß ich die Menschen so liebe,

dann schlich er sich heimlich ans andere Ende. Und wenn sie sich hinter ihm herschleppten, weil sie nicht anders konnten, dann brüllte er sie an: 'Haut ab, jeder hat seinen Schlafplatz! Haut ab und laßt mich in Frieden, im Namen der...'"

„... der Allmächtigen Eier!" fiel Kwame Ti ein, ohne mit der Wimper zu zucken.

„Und der arme Kerl", fuhr Food fort, ohne sich unterbrechen zu lassen, „der Arme ist von seinemr Alten sitzengelassen worden. Ihr ist 'n kleinerer Sack lieber! Kwameeeeeh, Kwame, ich muß tanzen. Das ist therapeutisch!"

„Ei, Ebo. Was ist nur mit dem Stoff in deinem Kopf los? Was hast du gesagt, das ist thera-was?" fragte Isa und kam an ihren Tisch.

Ebo erwiderte: „Ich sagte thera-traumhaft. Damit mein ich deine Frau. Ihre Schönheit liegt in ihren schönen Clanzeichen! Und Isa, ich hab dir doch schon über den letzten hundert Flaschen gesagt, daß du mir deine Tochter überlassen sollst. Sie ist so groß, daß ein starker Mann sie ein bißchen kürzer machen muß! Und ich hab beobachtet, wie sie nach den Hosen des Klempners geschielt hat. Setz dich,

Isa, wenn du nicht mit leeren Händen kommst. Und was deinen leeren Kopf angeht, da mach dir mal keine Gedanken, den haben wir ganz schnell abgefüllt!"

Isa war Wachmann in einem Krankenhaus. Gewöhnlich bewachte er nur den eigenen Schlaf. Dabei hamsterte er ganz unverhohlen seine eigenen Schnarcher. Die umhereilenden Barmädchen hatten schöne und demokratische Hintern: Man mußte nur die Vision der Schönheit von den größeren Ärschen auf die kleineren übertragen. Das war The Foods Ansicht. Das gehörte zum Erfolg seines Versagens.

„Ja, ich muß tanzen", fuhr The Food fort, „mein Kopf wünscht mehr vom Himmel zu sehen. Und das geht nur, wenn ich mich erhebe, hoch, hoch, HOCH zum Tanze!"

The Food war der Meinung, daß sein Tanz eine Möglichkeit darstellte, seinem Körper breitere Aus-Wege zu eröffnen. Sein Tanz war ihm Mittel, seine Erfahrungen umzuformen. Der leichten Verkürzung seines linken Beines gegenüber war er sehr nachsichtig. Und so sah es aus, als ob er sich beständig duckte. Wobei sich sein herabsakkender Bauch vor Unverschämtheit rundete und fast bis zu den Knien beutelte. Ohne Vorwarnung ließ er die Bar von einem Aufschrei widerhallen, wie er da seine kniffligen, *supertobolo* Tanzschritte ausführte. Und mit ein paar Handbewegungen jede Frau im Rund herausforderte, die Größe seines Schwanzes zu vermessen.

„Bringt mir was zu essen. Händeklatschen zählt nicht. Bringt mir was zu essen. Ich woll ess", rief Ebo aus. „Ich bin The Food! Und ich weiß, wie das Leben in Ghana seinen Gang geht!"

Ebo The Food war der Mann, dem der Um-Raum, der sich links von ihm eröffnete, größer war als der Um-Raum rechts von ihm. Denn das Leben konnte schlimmer lahmen, als man dachte. Wenn Mütter von Töchtern in der Bar gewesen wären, dann hätten sie ihm Süßigkeiten und Geld geschenkt. Und sie ihm später voller Abscheu wieder weggenommen, weil The Food immer wieder seine zotigen Bewegungen vollführte.

Plötzlich hörte er auf zu tanzen, sah Kwame Ti wehmütig an und sagte: „Kwame Ti, ich wünschte meine Mutter wär wo wär wo wär wo wär hier....

zu schauen den Tanz, den ich mit meinem Leben habe, zu schauen die Lächeln, die ich freilegen kann. Spendiert mir noch ein Bier, damit ich besser weinen kann. Hab meiner Mama *paaa* Schwierigkeiten gemacht!"

„Ja, du hast sie mit deinen Fisimatenten unter die Erde gebracht. Wie ich hörte, hast du bei ihrer Beerdigung gerufen: 'Das ist die falsche Leiche! Eigentlich bin ich der Tote!' Was sollte das denn heißen? Hast deine Mutter unter die Erde gebracht, und jetzt bringst du dich um. Warum soll sie jetzt hier sein, was soll sie hier schon erleben? Sie, sie müßte sich wieder nur deiner schämen!"

Autoritäre Endgültigkeit ließ Kwame Tis Mund hart werden. Sein Knurren umkreiste Ebos Kopf. Die Musik schlüpfte in eine Ecke der Bar und wartete darauf, daß The Food sie wieder hervorholte. Eboooh starrte seinen Freund verwirrt an. Dann meinte er: „Mein's niemals ernst, wenn das Land ausgetrocknet ist und der Bruder nie den Bruder retten würde, solange keiner zuschaut. Töten ist eine ernste Angelegenheit. Und mit den Müttern ist es noch viel ernster..."

Die kleine Spannung war gebrochen. Die Leute wandten sich wieder ihren Lärmereien zu. Kwame Ti stand auf und sprach plötzlich seinem Khebab zu. Er meinte es ernst mit dem Fleisch. Neben dem angeschlagenen Glas suchte eine Flut schwirrender Fliegen ihren Anteil am Bier.

Alle Fliegen in den Bars sind Kommas. Weil sie niemals bei einem Glas einen Punkt machen.

Kwame Ti hielt jetzt dem leeren Nachbartisch Vorträge. Eigentlich hätte der mit schönen Frauen und glasbeschlagend kühl perlendem Bier bevölkert sein sollen. Er war ein kleiner, dünner Mann von entrückter Leidenschaft. Ein Husten verlieh seinen Worten den Rhythmus. Seinen Freund Ebo kannte, liebte und verachtete er seit fünf Jahren. Seine Treue zu ihm glomm an der Spitze einer Zigarette. Und neben anderen Dingen bestand das Band, das sie einte, aus einer Flasche Bier oder einer Kippe, die sie miteinander teilten. Ebo saß da und stierte auf den Beton. Manchmal sah er dort den Tod. Er sah Zeichen an den Wänden. Beleidigungen aus der Sorglosigkeit anderer Leute...

Immer gab es da etwas, von dem er fühlte, daß er das auch im Tode noch zur Genüge tun konnte: essen, Essen,

ESSEN. Danach käme es zur Wiederauferstehung der Flaschen, des Trinkens.

Ebo stand auf. Kwame setzte sich hin und winkte ihn die paar Fuß zu sich heran. Kwame brauchte Ebos Ohr. Er flüsterte etwas hinein. Würdevoll erhob sich The Food und ging zu der fetten Frau hinüber, deren überschüssige Haut frisch vor ihr auf dem Bauchladen lag: „Mein Freund sagt, er will dich auf der Stelle heiraten. Jetzt. Gleich. Sofort. Kümmer dich nicht um irgendeinen riesenhaften Freund, den du vernaschen könntest. Doch bevor ich meinem Freund erlaube zu essen, muß ich dich erst kosten. Ich muß erst herausfinden, wie du schmeckst. Madam, keine Frau hat uns je abgewiesen. Ganz nebenbei, wir haben Bier und Geld. Das eine geht nie aus, das andere wird nie knapp. Wir sind die wahren Männer!"

The Food stand stramm. Eine Ehrenbezeigung übertünchte die Stirn. Mit äußerster Verachtung schaute die träge Herrscherin über das menschliche Fett auf The Food herab. Das gesamte freche Gestoße in Accra spiegelte sich in ihren Augen wider. Sie nahm einen langen Zug aus dem Bierglas und vollführte den langsamsten Schluck in ganz Madina. Sie schickte ihre Augen über Ebos Höhen und Tiefen hinweg und sagte: „Ich versteh nur *foko*. Sag deinem Freund, wenn er wirklich so'n strammer Kerl ist, dann soll er selbst kommen und sich mit mir anlegen. Oder hat er etwa so'n kleinen Schwanz, oder was? Hau ab und klau mir nicht die Zeit!"

Ebo drehte sich, noch immer würdevoll, um und marschierte langsam zu Kwame Ti zurück.

„Sie hat gesagt, daß du gut aussiehst. Du sollst sofort rüber kommen, denn immerhin ist so 'ne Hochzeit 'ne heiße Angelegenheit, die man jaaaa nicht kalt werden lassen sollte. Mein Bruder, mach dich auf und greif dir ihr Fett!"

All das sagte Ebo, ohne Luft zu holen. Kwame Ti erhob sich. Und äußerster Stolz glühte ihm auf der Nasenspitze. Während er zu dem anderen Tisch hinüberging, stützte ein lärmendes Lüftchen seine Hüften. Gerade so, wie ein Chief beim Tanz gestützt wird. Und mit Gott hatte er abgemacht, daß der ihm fünf Inches Instantgröße vermachte. Ungeachtet der Frage, ob er sich nun auf die Zehenspitzen stellte oder nicht. Wie ein Geschoß eilte er auf seine

Angebetete zu und setzte sich mit einer Vertraulichkeit neben sie, die man schon als endgültig bezeichnen konnte.

„*Awura*", hob Ti mit königlichem Hochmut an, „man trug mir zu, ich sei dir zu hochgestellt. Brauchst *koraaa* keine Angst zu haben. OK? Ich bin auch nur ein Mensch. Ich tippe. Ich würde dich sehr gern tippen...

und JA, Mama, ich tippe immer am besten, wenn ich liege. Da mach ich meine Arbeit am allerbesten."

Tis Lächeln, aus dem Gesicht gezogen und um der Wirkung willen hochgehalten, gefror in der Luft zwischen ihnen. Seine selbstsicheren Ellbogen stützten die ganze Bar, trotz der schwermetallenen Musik, die die Arme der fetten Mama zittern ließ, als sie das Glas hob. Sie blickte nicht einmal andeutungsweise in seine Richtung.

„Mama, dein Kopf stellt sich der falschen Richtung. Und willst du mir nicht erlauben, deinen Kelch zu füllen und dein Fett zu greifen?..."

Dann, ohne weiter nachzudenken, wandte sich Kwame Ti an Ebo, der sich etwas weiter weg an einen Tisch gesetzt hatte, und rief: „Ist die taub oder was? Sieht aus, als kann sie mein sssüßes Gesicht nicht ersehen. Sie versteht *foko*. Ah."

Oben, über dem offenen Dach der Bar, brach der Himmelshals unter dem Gewicht der Sternenketten zusammen. Auch die Hälse der Club-Bierflaschen konnte er nicht ertragen. Kwame Tis Hut verhüllte den Mond. Verdeckte das Herz der Frau...

Wenn sie denn überhaupt eins hatte. Plötzlich stand sie auf und rief zu einem kleinen, fetten Mann hinüber, der in einer Ecke, in der die Musik ihn nicht erreichen konnte, still vor sich hin trank: „Hey, Kemevor! Ich hab dir doch gesagt, daß du zu kurz geraten bist. Ich weiß auch nicht, warum ich dich geheiratet habe. Die ganzen Jahre über hab ich dir gesagt, daß du zu kurz geraten bist und viel zu fettmann. Und trotzdem schleichst du mir überallhin nach...

Sogar wenn ich bloß mal ein Bier trinken möchte. Versuch wenigstens, dein Zwergenwesen und deinen Schatten zu Hause zu lassen. Und sieh nur, jetzt treibst du mir sogar noch andere zu kurz geratene Männlein auf den Hals. Ach, ist das ein kurzes Leben! Schau dir den irren, lächerlichen Wicht hier an. Der verspricht mir Liebe!

Bist du eifersüchtig?

Hast ja nicht mal die Kraft, dich mit jemandem zu prügeln. Kannst ja nicht mal deine eigene Angst verbleuen. Stell dir vor, daß ich mich sechs Inches herunterbeugen muß, um dir deinen jährlichen Kuß zu geben oder was anderes. Und auch, wenn ich mal was von dir will...

Yieeeee. Ich hab's schwer-mann. Zu einem Mann will ich aufblicken, auf, Auf, AUF, und *koraa* nicht runter!"

Kwame Ti stand auf, drückte mit vernichtetem Blick und schiefem Lächeln die Brust raus. Seine Empörung landete auf dem Fußboden. Er rief zu Ebo hinüber: „Du, Ebo, du bist *libilibi*. Dein Hirn ist doch wie 'ne Guave, vollgestopft mit tausend Kernen, die nichts bedeuten! Du bist ein *nkonkonsa-ni*. Du hättest doch wissen müssen, daß ich nicht die gemeint habe. Ich will dir mal 'ne richtige Schönheit zeigen...

Und überhaupt, hast du schon mal gesehen, daß der Löwe hinter der fetten Frau vom Mauser her ist?"

Kwame Ti ging zu seinem Tisch zurück. Seine Würde hatte er verzweifelt zwischen die steifen Beine geklemmt. Die Zigarette, die in einem Mundwinkel hing, glich die fehlende Schubkraft auf der anderen Seite seines Lebens, auf der anderen Seite seines Rauchs, wieder aus. Über dem nächsten Bier vergaß er sich aber bereits wieder. Währenddessen neigte sich The Foods verkrümmte Zigarette wütend unter der fehlenden Geradlinigkeit auf der Gegenseite seines Lebens, der dunkleren Seite seines Bedauerns.

The Food schwatzte sich durch die Trinker hindurch, stellte in Erdnußpapier seine Weisheiten über die Politik, die Liebe und das Geld, die Dreifaltigkeit aller Bargespräche zur Verfügung. Die Uhr des Mondes ging schnell. Schneller als Kwame Ti trinken konnte. Er sprach jetzt ganz langsam: „Ebo, nachdem meine Frau mich verlassen hatte, kam sie noch mal zurück, um alle Beleidigungen aufzusammeln, die sie zurückgelassen hatte. Damals hatte ich gerade einen ziemlichen Schnitt gemacht. So blieb sie bei mir, um mir das Geld tragen zu helfen. Und seitdem es alle ist, zanken wir uns wieder ständig. Sie mag *waakyi* zu sehr. Sie würde sogar lieber mit *waakyi* ins Bett gehen als mit mir. Und sie beleidigt mich andauernd. Fragt mich, wie ich mit so 'nem kurzen, so 'nem kurzen...

Schwanz so große Kinder zustandegebracht habe!
Ebooooo!
Was sind wir doch für schlechte Menschen voller Fehler-ehhh!

Deine Fehler sind zur Hälfte meine, und meine sind zur Hälfte deine. Und jeder Fehler zählt moralisch einen Punkt. Und wenn du das mit zehn Millionen multiplizierst, dann wirst du einfach verrückt! Die Ghanaer warten doch alle nur darauf, das Geld aus dem Jahr 1977 herauszupressen! Sehr bald schon werden wir die Jahre auf Kredit nehmen...

werden auf Kredit essen, auf Kredit lieben, auf Kredit sterben. Das wird es mir ermöglichen, zu meiner eigenen Beerdigung zu gehen. Die Zeit wird so durcheinander sein, daß sie dann einem einzigen *abenkwan* gleicht. Nur ist dann der ganze *fufu* gestorben.

Eboooooo!

Das Meer versiegt nie, zumindest nicht im Wasserglas, nicht in der Tasche. Weißt du, mich haben die Professoren verdorben. Du solltest den Blödsinn sehen, den ich tippe. Die denken, ich bin doof. Aber ich achte auf alles, was ich tippe! Sogar der verrückte Professor, Professor Sackey, kann mich nicht zum Narren halten. Der hält seiner Frau Vorträge...

wie man hört, sogar im Bett! Der lebt von Bohnen und läßt die Luft immer hinten raus. Legon ist auch so 'ne Stadt-Eehh!"

The Food döste mit einer nicht angezündeten Zigarette im Mund vor sich hin. Kwame Ti erkannte die Gunst der Stunde, sich etwas Bier zu stiebitzen. Genau so, wie er es bei Ebo gesehen hatte. Doch zu allem Unglück wählte er dessen Bier.

„Gott vergebe dir!" rief Ebo, als er seinen Bierkrug an den Lippen seines Freundes sah. „Ich hör nämlich sogar im Schlaf, wenn mein Bier sich bewegt! Du Dämlack mit 'nem *bashi* voll *banku*. Selbst wenn du *kosrokobo* gebaut wärst wie ein Libanese, könnte ich dich vertrimmen. Glaubst wohl, weil du aus Kodie kommst, hast du das Recht, mein flüssig Brot verdunsten zu lassen! Ich mag mein Blaubier, blau, wie das Licht es macht...

und dich auch! Du bist nicht süß, *koraa*, du bist keine Zuckerstange! Du würdest mir sogar den goldenen Ring um meinen *popylonkwe* stehlen, wenn ich mal tot bin! Nutzloser Pimmel, Mann des Nichts."

„Ei, Ebo, was soll das alles?" fragte Ti. Und die reinste Unschuld strahlte ihm aus den Augen.

„Als du dir im Dunkeln Bier gemaust hast, habe ich auch nichts gesagt. Und nun hör dir das an! Nennst mich *ewi*. Bier-Kidnapper!"

Kwame Ti starrte Ebo an. Jedoch war die Unschuld in seinen Augen bereits verblichen, und er wechselte zu einem anderen Thema: „Heutzutage kriegst du keine Guaven zu kaufen, und auch Papayas werden nur selten verkauft. Entweder werden sie gegessen oder gestohlen. Und das schlimmste ist, daß du meilenweit hören kannst, wie sie kauen und kauen, wenn sie dir die Papayas aus dem Garten stehlen..."

„Wie? Du nennst mich Bier-Kidnapper? Und wann hast du das letzte Mal einen Garten von innen gesehen? Sieht aus, als wäre das Bier, das du dir geklaut hast, in deinem Kopf auf die falsche Seite gelaufen", erwiderte The Food grinsend.

„Oh nein", bestand Kwame Ti, „du weißt doch, daß ich das gleiche Problem habe wie du: Sobald mein Leben Früchte trägt, pflückt sie mir jemand vor der Nase weg. Neulich habe ich in einer der spiritistischen Kirchen meine Nase eingebüßt. Konnte mein eigenes *kwee* nicht mehr riechen! Ehrlich, wirklich, wink nicht ab, mein Treibstoff wird nicht alle...

Es war hier in Madina, in der Kirche zum Lächelnden Heiligen, wo der verrückte Osofo ist, der berühmte Madina-Osofo, der mit den Ziegen über Gott spricht...

Ehrlich! Ich sag dir die Wahrheit! Und meine Nase: Ich bin in die Kirche gegangen, um das ganze Obst zurückzufordern, das ich spirituell eingebüßt habe. Um rauszukriegen, wer mit meiner *sunsum* durchgebrannt ist. Und weißt du, ich bin da mit meinem ganzen Gefühl für Gerüche hingegangen. Als ich ankam, funktionierte meine Nase noch – die Gullys sind schließlich der beste Beweis dafür –, sobald aber Osofo meine Geschichte gehört und mir aufgetragen hatte, die Augen zu schließen und für meine Frau zu beten, konnte ich nichts mehr riechen...

nicht mal den Weihrauch. Ich konnte meine Nase nicht mehr ausmachen – und du weißt ja, wie groß die ist...

Dann beunruhigte mich etwas anderes: Warum sollte ich für meine Frau beten? Meine Frau braucht keine Gebete, sagte ich ihm. Sie braucht *waakyi*. Osofo fuhr wütend auf, und ich glaubte zu sehen, wie die Götter angesichts der Flüche in seinem Mund auseinanderrannten. Da lächelte ich und versuchte, ihn zu beruhigen. Man hat mir aber gesagt, daß donnerstags niemand lächeln darf. Um es wieder gutzumachen, runzelte ich die Stirn. Der Osofo behandelt jetzt meine Frau. Sie sagt, sein manchmal heiliger Zorn beginne sie langsam, ganz langsam zu kurieren..."

„Und was ist mit deiner Nase?" fragte Ebo spöttisch.

„Sobald meine Frau davon geheilt ist, mich spirituell zerstören zu wollen, wird sie zurückkommen. Das wird dann der weiseste Geruch sein und ein Hallelujah für die geistige Nase", erwiderte Kwame Ti mit einem Blick, der plötzlich zeigte, wie hungrig er war. Er fügte hinzu: „Und eins haben mich all die Jahre in Legon gelehrt: Eine Schreibmaschine ist doch nur ein Stachelschwein mit dem Alphabet auf dem Rücken, denn das, was all die Dozenten so schreiben, ist stachelig und schweinisch!"

Je mehr er trank, desto kleiner wurde gewöhnlich der Abstand zwischen Tis Augen. Und da ihm die Nase fehlte, mußten die Ohren all die Gerüche und Geräusche ringsum in sich aufnehmen. Sein Mund war zur Bar geworden. Die ganzen Worte dort schienen über seine Verstärker aus Bier und Zigaretten geleitet zu werden. Paarundzwanzig Beine in der Bar kreuzten, beugten und vermischten sich und bildeten seinen Namen. Weiter wollte das Alphabet nicht gehen. Nicht weiter als bis zu Stachelschweinen und Namen. So weit, wie sich die Welt immer weiter und weiter von ihm entfernte.

Und dann stand Dr. Pinn plötzlich in der Mitte des Schweigens zwischen The Food und Ti.

„Halloooo, Dr.! Haben Sie mich also wieder einmal aufgespürt", fuhr Ebo hoch. „Ich weiß schon, Madam EsiMay hat sich meinetwegen Sorgen gemacht. Bitte sagen Sie ihr, daß eine Lippe immer noch nüchtern ist, die Oberlippe nämlich, die Unterlippppeeee hängt schon durch und wird schon heimlich von Hexen, die nächtens um sie herum fliegen und auf ihr landen, geküßt...

der Unterlippenanflug! Abgesehen davon geht's mir

gut. Mein Ohr aber ist mittlerweile entzündet, weil ich all den Weisheiten gelauscht habe – von linker Hand hier – meines liiiieeeben Frrreundes Kwame Ti. Trinken Sie ein Bier mit uns, Uncle Pinn. Solange ich trinke, spüre ich mein Hinkebein nur halb. Normalerweise passen Madina und Kanda nicht zusammen, aber ich weiß ja, daß Ihre blauen Augen so groß wie Accra sind. Das heißt, wenn man das Meer nicht mitrechnet..."

„Ei, *Ewurade*! Je mehr ich von diesem Weißen zu sehen bekomme, desto mehr bewundere ich seine weißen Zähne. Hat Ihre Frau Ihnen die geputzt, Chief? Die sehen aus wie die Tasten auf 'ner Kirchenorgel. Darf ich sie mal anschlagen, vielleicht kommt ja Musik raus. Entschuldigung bitte..." sagte Kwame Ti und stolperte nach vorn. Um Pinns Mund zu öffnen.

In der Bar waren sogar die Zähne voller Musik. Mit erhobenen Augenbrauen drückte Pinn Tis Hand herunter und sagte: „Guten Abend, meine Herren. Sehr freundlich von Ihnen, dieser Abend in Madina. Muß 'n schnelles Bier sein. In meinem Auto wartet jemand auf mich. Kofi Lowws Vater Erzuah. Und er ist ziemlich beunruhigt..."

„Oh, Kofis alter Schelm von einem Vater! Der kann ruhig mitmachen. Der alte Bock hat früher immer weit mehr getrunken als ich. Und jetzt hat er soviel damit zu tun, sich um seinen Enkelsohn zu kümmern, daß man schon denken könnte, er sei zum Heiligen geworden..." rief Ebo lachend, während sein Bauch sein leeres Glas blockierte.

Dr. Pinn sagte einfach: „Ich glaube nicht, daß er heute abend auch nur einen Schluck trinken wird...

Maame, seine Ex-Frau, hat den kleinen Ahomka mitgenommen, ohne irgend jemandem etwas zu sagen. Erzuah sagt, sie will ihn stehlen...

und weil er Kofi nicht finden kann, ist er zu uns gekommen, damit wir ihm helfen...

So, das Bier ist alle."

„Habe ich Kofi nicht immer gesagt, daß die Alte eine Hexe ist?" rief Ebo und schlug die Hände zusammen wie beim Gebet.

„Ich schwöre, daß ich überall nach dem Weibsstück suchen werde! Wo ist Kofi bloß? Er ist also nicht einmal in Odorkor? Um diese Zeit kann er doch nicht mehr herumstreunen. Außerdem ist er neuerdings nicht mehr so viel unterwegs wie früher."

Als sie nach draußen kamen, sah der alte Erzuah so ernst und so groß aus im Auto, daß es fast schien, als säße das Auto in ihm und nicht umgekehrt. Sein Kummer verschlang den Fiat.

„Alter, quäl dich nicht, wir werden die Hexe schon finden. Wie hat sie's denn angestellt, Ahomka in die Hand zu kriegen?" fragte Ebo und legte Erzuah beruhigend die Hand auf die Schulter. Widerstrebend nahm der alte Mann die Pfeife aus dem Mund. Er sagte nur: „Sie hat ihn mit Kaugummi eingefangen. Warum läßt sie uns nicht in Ruhe? Da ist ihr der Liebhaber gestorben, und sie fängt an, das bißchen Leben, das wir uns aufgebaut haben, kaputtzumachen..."

Wieder verschloß er die Worte mit seiner Pfeife. Der Fiat füllte sich mit Schweigen. Aber er explodierte nicht. Sie fuhren davon und brachten Erzuah zu den Tröstungen EsiMays. Dann setzten sie sich und überlegten, was zu tun sei.

Kapitel achtzehn

Ihr Leinen voll mit Accras Wäsche vereinigt euch! Denn all eure Leinen zusammen überragen Maames hoch sich türmenden *duku*-Kopf.

An einem Aprilmorgen mit noch unentschlossenen Wolkenhimmel nahm sie ihre ganze Selbstsicherheit zusammen und erniedrigte sich vor allem und jedem: Sie neigte sich vor ihrer Vergangenheit aus Herz und Kopf. Beugte sich vor den stieren Blicken in Mamprobi. Und krümmte sich unter ihrer versinkenden Welt. Ihr Gesicht hatte sich etwas verändert. Ihr Unterkiefer hing herunter – kein Sonnenstrahl erhellte ihr Gesicht – und wölbte ihr die Lippen auf. Man konnte meinen, sie schmiegten sich im Gebet aneinander. Ein verzweifeltes Gebet mußte das sein, das ihr auf doppelte Weise die Verdammnis in die Augen stieß: Ächtung dafür, daß sie ihren Enkelsohn ungeachtet der möglichen Folgen mit sich genommen hatte. Und Verdammnis wegen der Angst vor Erzuah, die sich ihrer bemächtigt hatte. Die Furcht mischte sich aber mit dem Mitleid, das sie für ihren Sohn empfand, der plötzlich von der Special Branch verhaftet worden war. Die Gründe dafür kannte sie nicht. Ihre Sandalen wiesen in verschiedene Richtungen. Zerrten die Widersprüche hinter sich her. Strafften ihre Hüften, von denen im vergangenen Jahr das Fleisch mehrerer Falten gefallen war. Auf seltsame Weise hatte der Gewichtsverlust auch zu einem Verlust an Körpergröße geführt. Unter dem Surren vorbeifahrender Lastwagen trat sie plötzlich zur Seite: Das Profil ihrer Taille war genau so breit wie die Bananenstaude, die sich neben ihr über die verkehrte Mauer neigte. Zwei Tage lang hatte sie nicht richtig denken können. Und nur ein einziges Mal hatte sie etwas gegessen. Der Schatten eines Zuckerrohrstengels, den sie halbzerkaut weggeworfen hatte, zählte nicht. In ihrer Tasche trug sie vier Päckchen PK-Kaugummi. Mit denen wollte sie Ahomka weglocken. Die Hupe eines Peugeot ließ sie innehalten. Beim Klang einer Datsun-Hupe ging sie weiter. Als sie nach rechts schaute, hoffte sie auf himmlischen Beistand. Auf irgendeine Segnung der Entführung, die sie plante. Als sie nach links blickte, war sie sich sicher, daß sich aus den wütenden Augen einer Ampel ein Fluch auf sie herabsenkte.

Als kleines Mädchen war sie fett und furchtlos.

Als junge Frau verteidigte sie sich mit all ihrem Fett.

Jetzt aber rannte sie ohne jedes Schutzpolster vor ihrer Dürftigkeit davon und in die Magerkeit hinein. Ihr Plan bestand darin, sich des kleinen Ahomka zu bemächtigen, wenn sonst niemand zu Hause war. Wenn Erzuah ihn zu den Nachbarn geschickt hatte, während er selbst auf den Markt ging. Eine alte Frau hielt sie kurz vor der Kreuzung an, von der die Straße zu Erzuahs Haus abzweigte. Voll Anteilnahme fragte sie: „Nun, du meine liebe Schwester, du meine unbekannte Schwester, wohin gehst du in solcher Eile? Du weißt doch, in unserem Alter eilt man nicht mehr. Wir wissen doch nicht, welcher Knochen oder welche Erinnerung zerbrechen könnte. Geh langsam...

manch einer glaubt doch schon, daß wir Dünnen Hexen sind. Man wird dich bei lebendigem Leibe verbrennen. Langsam! Geh langsam!"

Maame riß sich mit einem spitzen Schrei los. Sie glaubte, der Fluch habe sie schon getroffen, bevor die Tat noch ausgeführt war.

Noch aber war sie frei und ging weiter. Je näher sie dem Haus kam, desto langsamer wurden ihre Schritte. Erzuahs Haus knurrte sie an. Starrte sie aus bösen Fensteraugen an. Sie hatte keinen Blick dafür. Als der Himmel einatmete, war sie dem Ersticken nahe. Als er ausatmete, dachte sie, sie müßte zerplatzen. Der Cashewnußbaum mit den Fliegen unter den Blättern trocknete ihr das Herz mit dem Wind, der ihm durch die Zweige fuhr. Maame kroch beinahe. Schlich sich durch die Gefahren ihres Lebens. Dann rief sie ein kleines Mädchen heran, das ihr irgendwie bekannt vorkam: „Hallo du, meine Tochter, geh und ruf mir Ahomka. Sag ihm, daß sein Vater zurück ist", trug sie ihm auf. Und konnte nur mit Mühe das Zittern ihrer Hände verbergen.

Lange sah das kleine Mädchen sie an. Dann drehte es sich um und rannte mit einem über die Schulter zurückgeworfenen „Yoooo" auf eine unfertige Mauer hin. Maame ging zum Nußbaum hinüber, als wollte sie sich unter ihm verstecken. Es kam ihr wie eine Ewigkeit vor, bis Ahomka erschien, ein Lächeln auf den Lippen, so unfertig wie die

Mauer. Dann sah er Maame und blieb stehen. Auf seinem Gesicht breitete sich angestrengte Konzentration aus. Und er sagte: „Zurück, Maame, zurück. Umarme mich nicht. Warum hast du mich belogen? Warum hast du mich damit ausgetrickst, daß mein Vater zurück ist? Wir suchen ihn und können ihn nicht finden. Das ist keine Ausrede, die eine alte Dame wie du ihrem Enkelsohn vorschwindeln sollte. Ich hab zweierlei zu erledigen: Erstens muß ich dich verhöhnen, weil du letztes Mal Papa Erzuah beleidigt hast, und zweitens muß ich dich verhöhnen, weil du nicht zu meinem Geburtstag gekommen bist."

Ahomka trat zurück und fing an, in die Hände zu klatschen und Maame anzuschreien. Maame stürzte auf ihn zu, hielt ihm zwei Kaugummis hin und bat ihn aufzuhören. Das kleine Mädchen, das Ahomka holen gegangen war, stand in der Nähe und lachte.

„Also, Maame, ich bin fertig. Bin ich nicht ein verständiger, einsichtiger Spottvogel? Was willst du von mir? Ich bin jetzt ein großer Mann und acht Jahre alt. Papa Erzuah hat mir beigebracht, vor nichts und niemandem Angst zu haben. Ich kann Hunde erschrecken. Und ich kann Leuten Angst einjagen," sagte Ahomka. Und schaute seiner Großmutter in die Augen.

„Mein kleiner Gatte, komm mit mir. Wir werden zusammen deinen Vater suchen. Nur ich weiß, wo er ist. Er steckt in Schwierigkeiten. Nimm den Kaugummi und komm mit. Und gib einen deiner Freundin", sagte Maame lächelnd.

In ihren Augen aber stand die nackte Verzweiflung. Ahomka sah sie mit einer Mischung aus Mitleid und Erschrecken an. Er fragte sie: „*Nana* Maame, warum siehst du so seltsam aus? Was ist nur mit deinen Augen? Da brennt ein Feuer drin. Wenn du möchtest, daß ich mit dir mitkomme, mußt du Auntie Lili Bescheid sagen. Sie soll auf mich aufpassen, bis Papa Erzuah zurückkommt. Oder wir warten einfach auf ihn...

Oh, Maame! Warum weinst du? Kannst du mich durch den Kaugummi hindurch hören?...

In Ordnung, wir können gehen...

aber wenn es zu lange dauert, wird Papa Erzuah dich wieder hassen..."

Ahomka zog seine Hand aus Maames und ging voran.

Er fragte sie: „Wohin gehen wir? Sag's mir, und ich führ dich hin. Kann ich nicht schon marschieren wie ein Soldat? Komm schon, *Nana*! Du bist zu langsam...

Nein, nicht rennen, alte Frauen rennen doch nicht..."

Maames Augen brannten. Doch hinter den verborgen flammenden Pupillen loderte der Triumph, der ihre Gedanken, ihre rechten wie die linken, zu neuem Leben erweckte. Dann bekam sie es mit der Angst zu tun: In der Ferne hatte sie Erzuah kommen sehen.

„Komm schnell um die Ecke, vielleicht finden wir hier etwas zu essen...", sagte sie und zog ihren Enkelsohn mit sich.

„Hier gibt's aber nichts zu essen", widersetzte sich Ahomka störrisch. Trotzdem zog sie ihn weiter. Und lächelte ihr verzweifeltes Lächeln, so daß er ihretwegen den Kopf schüttelte wie ein in Weisheit ergrauter Lehrer. Unschuldig und unsichtbar ging Erzuah vorüber. Hinter seinem Bart folgte sein selbstbewußter Schritt. Seine Augen schienen durch alles, was er sah, hindurchzusehen. Und darüber hinaus.

„Ich hab dir doch gesagt, daß wir hier nichts zu essen bekommen", sagte Ahomka stirnrunzelnd zu Maame. „Ich bin hier der Mann. Also höre auf das, was ich sage!"

Dann kamen sie an gerösteten Kochbananen und Erdnüssen vorbei, doch Maame kaufte nichts. Ahomka ließ ein weiteres Stirnrunzeln auf seiner Stirn wachsen. Wie eine Wunde ließ er es auf der Stirn stehen.

„Ich will nur hoffen, daß du mich nicht umbringst...", sagte Ahomka plötzlich zu Maame.

Sie blieb unvermittelt stehen. Fast hätte sie laut aufgeschrien. Ahomka fuhr fort: „Was ich sagen wollte: Ich hoffe nur, daß du mich nicht Hungers sterben lassen willst. Schließlich kann ich nicht von Kaugummi allein leben, oder? Und für die klaffende Wunde in meinem Bauch gibt es nur ein Pflaster...

Essen!"

„Ja, mein kleiner Gatte, ich werde dich glücklich machen...", erwiderte Maame. Ohne ihn auch nur anzusehen.

„Wann?" kam es von Ahomka wie aus der Pistole geschossen zurück. „Vergiß nicht, *Nana* Maame, daß ich dich jederzeit wieder verhöhnen kann!"

Ahomka lachte sich eins. Das Lachen löschte die Starre in Maames Blick. Als sie dann in das Taxi nach Labadi stiegen, fragte Ahomka Maame: „Warum willst du denn immer noch dein Leben mit unserem vermengen? Papa Erzuah fragt sich das tagaus, tagein. Verrat mir das Geheimnis. Ich sag's auch nicht weiter. Wenn du wüßtest, wie viele Geheimnisse ich im Kopf habe, würdest du mich sofort dreizehn Jahre älter machen! Dann wär ich jetzt einundzwanzig!"

Maame lächelte. Sie richtete ihre lächelnden Zähne auf all die Traurigkeit, die sich über die ganzen Jahre hinweg in ihrem Innern aufgestaut hatte.

„Ich mag nicht, wenn du so lächelst, *Nana* Maame", beklagte sich Ahomka. „Wenn du so lächelst, siehst du aus wie eine Hexe!"

„Was für Geheimnisse hast du denn, mein kleiner Gatte?" fragte Maame hastig. Und rückte ihr Tuch zurecht.

„Weißt du", begann Ahomka widerstrebend, „obwohl das gar kein Geheimnis ist...

zumindest hat mir keiner gesagt, daß ich's niemandem sagen soll..."

„Gut, und worum geht's", beharrte Maame auf ihrer Frage.

„Bitte gib mir einen Kaugummi", forderte Ahomka, „und wein nicht, wenn ich's dir sage."

Maame holte ihre Augen ins Taxi zurück. Zurück von einem langen Blick auf die Palmen am Strand. Einen Augenblick lang glaubte sie, Ahomka wäre Kofi Loww. Sie zerbrach fast unter ihrem Schuldgefühl. Dicht neben ihr fuhr die Vergangenheit mit. Und saß über sie Gericht. „*Nana* Maame, mach dich bereit. Hoffentlich hört der Fahrer nicht zu", sagte Ahomka und senkte die Stimme. „Weißt du, Papa Erzuah sagt, daß er irgendwann aufgehört hat, dich zu lieben! Er sagt, du hast ihm das Herz gebrochen. Und daß du auch meinem Vater das Herz gebrochen hast. Und er hat dich noch viele Jahre geliebt...

bis er eines Morgens aufgewacht ist und wußte, daß er dich nicht mehr liebt! Du mußt eine ziemlich böse Frau sein, Maame, oder?"

Trotzig hielten sich die Tränen in Maames Augen. Und wußten nichts davon, daß sich ihre Haut anfühlte wie im Fieber.

„Guck mal, Maame", rief Ahomka ihr aus einer anderen Welt zu, „du hast das Meer in den Augen!"

„Du hast Gefühle wie dein Vater und das Temperament deines Großvaters, Ahomka. Ich wollte keine böse oder schlechte Frau sein. Dein alter Erzuah hat mich mit seinen schlechten Angewohnheiten dazu getrieben...", setzte Maame an.

„Nein!" rief Ahomka. „Sag ja nichts Schlechtes über Papa Erzuah, er heißt Papa Erzuah. Reden wir nicht weiter darüber. Es steht doch für uns beide fest, daß du eine böse Frau gewesen bist. Dann kann ich dir nämlich vergeben!"

Er sah seine Großmutter lange mißtrauisch an, bevor er fragte: „Hast du Yaw Brago geliebt?"

„Ei, mein kleiner Gatte, wie viele zusätzliche Jahre hat man nur auf deinen alten Kopf gehäuft!" rief Maame aus, als wäre sie Ahomka zum ersten Mal begegnet. „Nun gut, ich will's dir erzählen. Du hast mir ein Geheimnis verraten, drum will ich dir auch ein Geheimnis verraten. Und du bist der einzige, dem ich es anvertrauen kann. Deswegen bin ich dich holen gekommen. Und für eine sehr lange Zeit..."

„Ich hab's geahnt, daß du das vorhast, ich hab's geahnt! Nur, *Nana* Maame, das wird nicht gutgehen. Ich bin viel zu stark für dich. Und überhaupt muß ich neuerdings öfters zu Hause Essen kochen. Wenn du mich einfach so mitnimmst, wer soll dann kochen und sich den Unsinn anhören, den Papa Erzuah von sich gibt? Und ich will mithelfen, meinen Vater zu finden."

„Wir werden ihn finden!" sagte Maame überzeugt. Ihr Gesicht schien durch die Haut hindurch, die sich unter dem Druck der Jahre in endlosen Falten übereinanderschichtete. Dann setzte sie, wie aus der finstersten Ecke ihrer Welt, hinzu: „Wär es nicht schön, wenn wir gemeinsam sterben würden, Ahomka...

irgendwann? Ich meine, wenn wir anfangen würden, uns alle wieder liebzuhaben, und dann beschließen wir, alle zu sterben, bevor wir diese Liebe wieder verlieren..."

„Oooh!" heulte Ahomka ungläubig auf. „Ich glaube, und eigentlich weiß ich es, daß ich älter bin als du! Bei aller Hochachtung, Maame, ich bin viel älter als du! Wenn wir so zu Tode kommen, kannst du sicher sein, daß irgend jemand von uns die anderen übers Ohr haut! Ich will mal ein bedeutender und reicher Mann werden, mit viel mehr Büchern als mein Vater! Aber ich glaube nicht, daß ich mir einen Bart wachsen lassen werde, weil Papa Erzuah immer sagt, daß er manchmal seine Traurigkeit im Bart versteckt. Er sagt, ganz Accra legt sich darin schlafen! Einmal habe ich in der Nacht, als er geschlafen hat, seinen Bart wieder und wieder untersucht, aber nicht mal Mamprobi habe ich darin gefunden! Ich bin unsterblich...

das äußerste, was ich für dich tun kann, ist, dir zwei Jahre aus meinem unerschöpflichen Vorrat abzugeben...

Ich will nur hoffen, daß du nicht wieder versuchst, mir irgendwas zuleide zu tun...

Denk dran, ich bin nämlich so sooo sooooo stark!"

Als sie aus dem Taxi stiegen, ergriff Maame einfach Ahomkas Hand. Ziemlich gereizt bemerkte der: „Diesmal sollst du meine Hand halten dürfen. Starke Männer wollen das aber nicht allzuoft! Ich bin hier, um dich zu beschützen, nicht um deine verschwitzte Hand zu spüren! Und glaubst du etwa, ich hätte vergessen, daß du mir meine Frage nach Yaw Brago immer noch nicht beantwortet hast? Hast du ihn geliebt oder nicht? Hab keine Angst, hab nur keine Angst, wem willst du's denn erzählen, wenn nicht mir? Und außerdem ist er tot!"

Überrascht sah Ahomka, daß Maame heftig zitterte, als sie den Hof eines frisch gestrichenen, quadratischen Hauses mit sieben Zimmern betraten.

„Was hast du? Brauchst du ein Nivaquine?" fragte er aufgeregt.

„Nein", brachte Maame schluchzend hervor, „ich antworte nur auf deine Frage..."

„Du hast ihn also geliebt!" rief Ahomka angewidert. „Dann hör lieber auf zu weinen. Ich kann dich nicht trösten. Ich kann nicht Tränen abwischen, die nicht um einen Angehörigen meiner Familie vergossen werden!"

„Ich habe ihn erst seit ein paar Monaten vor seinem Tod geliebt", sagte Maame und wischte sich die Tränen ab. „Und ich weiß noch nicht einmal, ob das so schlimm war...

das Haus hier hat er mir hinterlassen..."

„Und ich werde es nicht betreten!" rief Ahomka. „Es

stimmt, was Papa Erzuah gesagt hat! Du bist eine böse Frau, bringst mich in das Haus eines anderen...

Ich betrete es nicht."

Und wirklich blieb Ahomka am Tor stehen. Starrer als der Metallrahmen des Tores. Zwei Stunden lang, während Maame im Innern traurig kochte, nachdem sie es schließlich aufgegeben hatte, ihn dazu zu überreden hereinzukommen.

„Was das Essen angeht...

essen werde ich. Das hat ja nicht Yaw Brago angebaut!" sagte Ahomka schließlich, als er den Hof betrat.

„Komm nur, mein junger Mann", sagte Maame erleichtert, „und später machen wir uns auf den Weg und suchen deinen Vater..."

Während er seinen *ampesi* aß, sprach Ahomka kein Wort. Dem Haus wandte er den Rücken zu.

Und so geschah es, daß Erzuah, Ebo The Food und Dr. Pinn sowohl nach Kofi Loww als auch nach dem kleinen Ahomka suchten. Nachdem sie einen ganzen Tag lang gesucht hatten, war sogar der kleine Fiat größer als ihre Hoffnungen, die beiden bald zu finden. Erzuahs Augen zogen sich in die Winkel der Verzweiflung zurück. Fort, nur fort vom hoffnungsleeren Drängen seines Bartes! Pinn verlor mit zunehmender Erschöpfung seine kleinen ironischen Sprüche. Und Ebo aß sich in die Zukunft. Er begann mit Erdnüssen und endete bei ausgewachsenen Kokosnüssen. Sie durchkämmten und entkleideten Accra. Und fanden nichts im *waakyi* der entfächerten Blätter der Stadt. Zwei Stunden begleitete die Polizei sie auf ihrer Suche, bevor sie aufgab und einen neuen Termin mit ihnen vereinbarte, wann sie die Suche fortsetzen wollten. Solange der Sergeant mit ihnen unterwegs war, schien es Pinn, als könnte er hören, wie sich die ganze Polizeistreitmacht in sein Auto fraß...

so erstaunlich laut kauten The Food und der Sergeant. Erzuah hatte er noch nie so in sich gekehrt erlebt. Denn normalerweise reagierte der auf ein Unglück mit einem Energieausbruch. Mit einem Ausbruch höchster Aufregung. Zum ersten Mal blieb jedwede engagierte Bewegung aus, die er sonst immer auf die Welt loshetzte. Vielmehr begab es sich, daß Accra sich wie nie vorher in ihn hineindrängte:

Er sah etwas, von dem er sich vornahm, Kofi Loww davon zu erzählen, sobald er ihn wiedersähe: die Häuser, all die Gebilde, die Loww so oft verächtlich machte, hatten eine lange Geschichte und wiesen eine erstaunliche Vielfalt auf, die ihm nach all den Jahren zum ersten Mal bewußt wurde. Er erkannte das, weil seine Gefühle die zwanghaften Sichtweisen aus ihm herausgewrungen hatten. Seine außerordentlich große Lebenskraft hatte sich nach innen gekehrt. Und trieb ihn hinterrücks in neue Gebiete: Von seinem Hinterkopf aus steuerte er sich selbst. Seine Pfeife wies ihm den falschen Weg. Und dampfte ununterbrochen wie eine Lokomotive. Über den meisten Häusern lag ein Schatten von Einsamkeit – der so gar nicht seiner Stimmung entsprach und daher rührte, daß sie nützlich waren. So auf den menschlichen Gebrauch gerichtet. Erstens wurden sie in einer Weise gebraucht, daß die Menschen sich nicht sonderlich mit den Gebäuden identifizierten. Nur wenig von ihrer eigenen Geschichte erkannten sie im Lehm oder im Zement wieder. Dadurch wurde der Abstand zwischen Haus und menschlichem Körper immer größer, genau wie Kofi Loww gesagt hatte...

mit dem Ergebnis, daß der menschliche Körper alle inneren und äußeren Wesensmerkmale, derer er nur habhaft werden konnte, dem Haus entnahm, so daß der Körper immer stärker und lebenskräftiger wurde. Gleichzeitig aber geschah es, daß dadurch das Gebäude von seiner Bedeutung abgeschnitten wurde und in der Gebundenheit an seine Zweckbestimmung und Sinngebung gefangen war. Der zweite Zweck offenbarte sich durch den heißen Qualm, der aus Erzuahs Pfeife stieg und nicht daran gewöhnt war, daß sich gleichzeitig mit dem Tabak so unbändig viele Gedanken durch ihn hindurchfilterten und ihn fiebrigheiß an die Worte des Sohnes erinnerten...

doch wenn man vor Energie überwallt und die Söhne verloren hat, dann verursachen einem die eigenen Erinnerungen regelrechten Schüttelfrost. Während sich der zweite Zweck durch die Pfeife schlängelte, zeigte sich, daß die Ghanaer als ein Ganzes zu schwer waren, zu vollgestopft und zu bequem: Sie führten alle möglichen Symbole mit sich. Und trugen das gesamte Universum unbeschwert auf ihren Schwingen. Dadurch fühlten sie viel weniger Verantwortung gegenüber der äußeren Welt, die da über sie hinausging, empfanden sie alles viel weniger als Abenteuer. Das Symbol für die Gesamtheit der Ghanaer stellte in völlig unsinniger Weise das First House dar. Alle anderen Gebäude standen in einiger Entfernung. Waren zu vermieten. Teils sauber und ordentlich. Teils verkommen und verwahrlost. Kofi Loww hatte einmal zu ihm gesagt, daß sich für Ghana alles zum Guten wenden würde, wenn es gelänge, dem Körper im Interesse von Kopf und Herz mehr Leichtigkeit zu geben. Erzuah hatte das aber bloß als eine von Kofis Bücherweisheiten abgetan. Jetzt entdeckte er in den Gebäuden selbst etwas davon. Unvermittelt rief er aus: „Eboooo! Weißt du, was Kofi sagt, was unser Geheimnis bleiben müßte? Unser Geheimnis müßte sein, uns die Nabelschnur zum Leben, zum Sein, zu bewahren und gleichzeitig den Durchgang, der uns mit der Welt draußen verbindet, sauber und gepflegt zu halten. Andere haben uns diese Verbindung durchtrennt, und wir müssen ein bißchen härter arbeiten, um sie wiederherzustellen...

und es braucht etwas mitternächtliches Grübeln, braucht ein wenig von der Demut, die Kofi Loww zum Einsatz bringt! Ebo, Accra macht mir Kopfschmerzen..."

„Es kommt alles wieder in Ordnung, Uncle", antwortete The Food voller Anteilnahme, weil er dachte, daß die Sorgen den alten Mann überwältigten.

Erzuah aber sprach weiter, als sei er von den Worten seines Sohnes, von dessen Gegenwart besessen: „Glaubst du etwa, daß mir nach all den Jahren, in denen ich erst meinen Sohn und dann meinen Enkelsohn großgezogen habe, kein bißchen Zeit zum Denken oder Zuhören zusteht, nicht mal 'n bißchen-mann? Dr. Weißkerl, Sie sind nett. Als ob die Welt Sie noch nicht eingeholt hätte...

Sie verschwenden Ihr Benzin. Aber meinen Sie nicht, daß wir in Ghana das Leben selbst menschenlebenswert erhalten könnten! Führen wir ein klein wenig das Leben einer Maschine, das ist schon in Ordnung. Aber ich hasse die Art von Leben, die man uns im Ausland vorführt, wie ich das in Ihren Filmen gesehen habe! Vielleicht werde ich auch einfach nur alt...

immerhin weiß ich, daß ich heute noch keinen Schluck genommen habe...

aber vielleicht ist's ja auch, weil ich heute noch keinen gehoben habe! Ich weiß die Antwort, und die habe ich von all diesen Gebäuden erhalten. Zunächst werden wir darüber reden, wovon wir uns trennen können: Wie Kofi immer sagt, man erleichtert den Körper, indem man Ballast abwirft, ohne – er sagt immer ohne – den Blick auf die uralte Art und Weise zu verlieren, nach der wir die Welt dem Körper zuführen, anstatt den Körper der Welt darzubieten. Das bedeutet, sich – verzeihen Sie! – armseliger Latrinen, der Spuckerei, der verblüffenden Bequemlichkeit des Körpers oder der Teile zu entledigen, die der Faulheit und Trägheit am nächsten kommen..."

Ebo legte dem alten Mann die Hand auf die Schulter. Je mehr er von der leichtfertigen Anteilnahme verbreiten konnte, die er spürte, desto besser und großzügiger fühlte er sich.

„Nimm deine Hand weg", brüllte Erzuah ihn an und trieb seine alte Stimme bis an die Grenze. „Ich bin weder verrückt, noch quatsche ich dummes Zeug, weil ich mir Sorgen mache! Ich bin mir sicher, daß wir meine Jungen finden! Ich möchte nur einen Gewinn aus all der Sucherei auf diesen Straßen ziehen."

Dann fragte Pinn, und in seiner Stimme lag mehr Eifer und Wißbegierde, als er zugeben wollte: „Sie haben von dem gesprochen, von dem wir uns befreien müssen. Was aber wäre zu bewahren?"

„Oh", rief Erzuah aus und schaute Pinn voller Mitleid an, „es sieht mir ganz danach aus, als wären Sie nicht nur überhaupt noch nicht mit der Welt in Berührung gekommen, sondern sollten das auch nicht tun! Aber was ich von Ihrer starken Frau bislang erlebt habe, so kann sie jederzeit an Ihrer Stelle die Welt berühren, ohne daß Sie dafür einen Finger krumm machen müssen! Sie haben recht...

Kofi sagt, da ist etwas, was wir uns bewahren müssen: Der Körper ist noch nicht zur bloßen Hülle geworden – ist er in Ihrem Teil der Welt dazu verkommen, Dr.? –, und wir müssen ihn weiterhin mit Palmöl einreiben, müssen sein Gleichgewicht, seinen Rhythmus, seine natürliche Schönheit bewahren...

das ist etwas, das nichts mit Ihren körperbezogenen Obsessionen zu tun hat! Sehen Sie doch, sogar ein alter

Mann wie ich ist in der Lage, mit Euch Bücherwürmern ein Gespräch zu führen. Und überhaupt, was denken Sie eigentlich, wo Kofi seinen Verstand herhat? Wir müssen uns jene offene Erfahrungsbereitschaft bewahren, die nahezu nichts sonderbar oder abstoßend findet, wissen Sie...

wir leben mit den Krüppeln, stehen Seite an Seite mit den Verrückten. Auch ein paar Tabus müssen bleiben oder zumindest ihr Sinn, nicht unbedingt jedes echte Tabu. Dann müssen wir weiterhin viel schneller modernisieren...

sehen Sie nur, wie ein alter Mann wie ich von Modernisierung redet. In meinem Leben hat es bislang bereits so viele Veränderungen gegeben, daß ich davon nicht genug kriegen kann! Man muß alles verändern. Mit Ausnahme der Wurzeln, die die Veränderung vorantreiben! Und im Zuge der Veränderung müssen wir sowohl nach vorn als auch zurück schauen...

was sage ich da, wozu bringen Sie mich? Mein Sohn sollte mit Ihnen reden, nicht ich! Es sind seine Gedanken, die ich ausspreche! Und was Ahomka angeht, so werden wir schon noch erleben, wie es bei ihm um Körper und Geist bestellt ist, wenn er erstmal erwachsen wird! In Ghana haben wir noch immer die großen Chancen ungenützt verstreichen lassen. Unser Kriegsruf sollte lauten: Seid histo-, historisch und gerissen! Hahahaha!"

Der alte Mann sah regelrecht hysterisch aus und fügte dann hinzu: „Ich bin mir sicher, daß unser Dr. etwas von dem *Mfantse* verstanden hat, mit dem ich mich verständlich machen wollte..."

Ebo klopfte Pinn auf die Schulter und sagte lächelnd: „Madam und ich versuchen, es ihm beizubringen. Ich bin der stehende Lehrer, und Madam ist die liegende Lehrerin!"

Vergeblich hatte The Food die ganze Zeit versucht, das eine oder andere Wort einzuwerfen. Und nun, da sich ihm endlich die Möglichkeit bot, packte er die Gelegenheit beim Schopfe: „Alter, ich hab gar nicht gewußt, daß Kofi dir den Kopf mit soviel...

Unsi——...

äähh, ich meine, so vielen Worten gefüllt hat. Und das, obwohl er nicht gern redet. Das ist erstaunlich! Kofi ist nicht der erste kluge Kopf. Hmmm! Bei mir ist es immer so, daß ich in dem Augenblick, in dem ich zuviel denke, Hunger kriege. Soweit ich das einschätzen kann, hat Ghana kein anderes Problem als die Armut. Zumindest meiner augenblicklichen Gemütslage nach: Es sollte mehr zu essen geben, mehr Frauen, mehr Autos und mehr Mehr..."

Das Auto fuhr weiter.

„Seht nur, seht!" rief Dr. Pinn ganz aufgeregt. „Gerade habe ich Ihren kleinen Enkelsohn in dem roten Toyota-Taxi gesehen, das da aus Richtung Labone kam. Schnell, drehen wir um! Los, hinterher!"

Erzuah schoß hoch, um nachzusehen, und stieß sich den Kopf am Dach des Autos. Er schrie: „Ja, Sie fahren doch Ihr freundliches Auto. Schneller, bitte! Hinterher! Er muß mit dieser Hexe zusammen sein!"

Der Fiat schoß vorwärts wie ein betrunkener Tänzer. Wechselte auf dem Ringway unvermittelt die Spur. Vorbei am Danquah Circle, während er mit zunehmender Geschwindigkeit seine ganze Farbe verlor. Wirklich, vor ihnen fuhr ein Toyota-Taxi. Fünf Autos, und damit fünffache Wut, lagen zwischen ihm und dem Fiat. Erzuahs Aufregung machte den Fiat nicht schneller. The Food fing an, wie wild aus dem Auto heraus zu winken. Die Welt schien sich zu drehen. Dann hielt das Auto vor ihnen an, weil der Fahrer glaubte, daß er gemeint war.

„Sie doch nicht!" brüllte Ebo den Fahrer an, als sie ihn überholten.

„Hmmm", meinte Pinn philosophisch, „mein Auto wurde nicht gerade für ein Grand-Prix-Rennen gebaut!"

„Weiter, weiter!" kreischte der alte Erzuah. Er rutschte auf seinem Sitz hin und her wie auf dem Rücken eines Pferdes. Als sie an einem ahnungslosen Polizisten vorbeischossen, mußte der zurückspringen, um sich vor ihnen in Sicherheit zu bringen. Er fiel fast aus seiner Uniform und drohte ihnen mit dem Stinkefinger. Der Fiat bewegte sich vorwärts wie eine Löwenkeule. Die Muskeln zum Zerreißen angespannt. Mit Stoßdämpfern aus Himmel. Und einem Schweif aus Abgasen, der die weiße Mähne des Daches peitschte...

auf dem Erzuahs Hand trommelte, als ob seine *fontomfrom*-Finger das Auto anheben und fliegen lassen konnten. Accra zog sich zusammen. Wurde enger und enger. Die ganze Welt stand ihnen im Weg. Der Abstand wurde körperlich. Setzte sich zusammen aus anderen Autos und weiteren Hindernissen. Und Erzuahs Herz stand in Flammen. Die Pfeife hing ihm nutzlos im Mundwinkel.

„Alter, beherrsch deinen Herzschlag, eehh!" rief Ebo ihm zu.

Er hörte es nicht. Der Schlüssel zu seinen verschlossenen Ohren lag im starren Blick seiner Augen, die den Toyota mit einem Kreis aus Leidenschaft umgaben. Ihn ganz und gar aus seinem Gesichtsfeld herauslösten und alle anderen Dinge auslöschten. Der verkrüppelte Junge, der am Liberation Circle bettelte, war überhaupt nicht vorhanden. Noch war es der Himmel über seinem Kopf. Nur noch ein Auto befand sich jetzt zwischen dem Fiat und dem Taxi: eine ganze Welt. Dann hielt der Toyota unvermittelt an. Mit der gleichen Geschwindigkeit, in der Erzuahs Herz klopfte. Sein Herz aber hätte Benzin gepumpt, wenn es gekonnt hätte, denn aus dem Auto stiegen Kofi Loww, Ahomka und Maame. Bei seiner Geschwindigkeit und der plötzlich abnehmenden Entfernung hatte Pinn Mühe anzuhalten.

Der alte Erzuah war bereits draußen, bevor das Auto überhaupt richtig stand.

„Du elendes Weibsstück, du", zeterte Erzuah. Er war drauf und dran, eine wilde Szene zu machen. „Welcher Teufel hat dich hergeschickt? Warum stiehlst du mir meine Jungs? Ich werd dich hier auf der Straße dem Erdboden gleichmachen. Und dann soll man dich zur Polizei bringen, damit du deine Entführung rechtfertigen kannst!"

Er wollte sich auf sie stürzen. Sein Bart umflatterte seine fuchtelnden Arme.

„Papa, laß gut sein!" rief Ebo und hielt den alten Mann fest. Eine Menschenmenge begann sich zu versammeln wie Ameisen um ein Stück Fleisch, das auf die Erde gefallen ist.

„Ei", rief jemand, „wollt ihr Vögel uns etwa vor diesem weißen Ausländer bloßstellen? Verschwindet und klärt eure Angelegenheiten zu Hause, das ist doch kein Gehöft hier."

Ein Gemurmel war die Folge. Schnell brachte Pinn den alten Mann und Ahomka zum Fiat und fuhr mit ihnen hinüber auf die andere Seite des Circle. Er hielt genau vor dem *Lido*, dem Nachtklub.

„Papa, Papa", sagte Ahomka schließlich, „ich hab doch Maame schon verhöhnt. Sie hat 'n paar schlimme Sachen getan, aber auch 'n paar gute. Sie hat *Dada* Kofi aus der Arrestzelle geholt. Wir haben ihn dort gefunden, und sie hat ihn mit ihrem Geld freigekauft..."

„Sie ist eine Hexe!" brüllte Erzuah und klammerte sich an seinen Enkelsohn. Er sah hinüber auf die andere Seite, von der Kofi Loww, Maame und Ebo auf sie zukamen. Das Taxi war weggefahren, und die Menge hatte sich zerstreut. Die Hitze kehrte zurück, diesmal aber gepaart mit einem leicht kühlenden Lüftchen. Und mit einem Mal versiegte das Wasser des Springbrunnens im Circle. Erzuah entkam Dr. Pinns wachsamen Augen und stürmte hinüber zu seinem Sohn. Er umarmte Kofi Loww, der müde und abwesend aussah. Ebo ging hinter Maame und betrachtete mißtrauisch ihren Hintern. Und sie drehte sich um, als wüßte sie bereits, was er dachte. Dann ging sie aber doch nur mit noch aufrechterem Gang weiter. Ihr teures Lavendelparfum wehte hinter ihr her. The Food sagte sich: Stell dir bloß mal eine Frau vor, die versucht, alle Männer ihrer Vergangenheit mit Lavendelgeruch einzufangen. Die versucht, ihnen aus dem Parfum und einem eisernen Dach eine Falle zu stellen, noch dazu mit dem eisernen Dach eines Toten! Und wenn sie denn ein Lied zu singen hätte, dann müßte sie es aus einiger Entfernung singen...

sonst triebe sie den alten Mann damit ins Grab!

Dann meinte Kofi Loww zu Ebo und Pinn: „Ich danke euch sehr, meine Lieben...

sieht aus, als hättet ihr nach uns gesucht. Danke. Ich weiß, daß Ebo für den Sprit aufkommen wird...

Und ich hoffe, daß ihr die Dankbarkeit aus meinen Augen ablesen könnt. Wissen Sie, man hatte mich verhaftet – die haben geglaubt, ich sei Kojo Pol. Später bekamen sie heraus, daß es zwischen ihm und mir doch eine Verbindung gibt, und sperrten mich ein paar Tage ein...

Ich war fast am Verhungern, als Maame und Ahomka mich fanden und es irgendwie fertigbrachten, mich da herauszuholen. Stellt euch vor, die redeten immer noch von den Geheimnissen, die ich über die Pferde vom Flughafen wüßte. Ihr solltet jetzt gehen und euch etwas ausruhen...

wir finden schon unseren Weg. Danke noch mal."

„Jetzt haben wir also einen Knastabsolventen in unseren Reihen!" sagte Ebo lachend, als sie sich die Hände schüttelten und sich trennten. „Bis bald."

Kofi Lowws Augen klarten auf. Er wußte, daß der alte Erzuah in seiner Wut wieder über Maame herfallen würde, wenn er nicht aufpaßte. Ungeachtet dessen, wie sehr sie ihm geholfen hatte.

Vater und Sohn schienen sich gegenseitig die Bärte aufzustellen. Der eine war gepudert. Der andere nicht. Accra lag wieder unter Barthaaren begraben. Erzuah hatte Maames Anwesenheit völlig vergessen, auch wenn er noch immer Ahomkas Hand ganz fest hielt. Während sie ein Taxi suchen gingen, meinte er zu Loww: „Kofi, als wir nach dir gesucht haben, habe ich ihnen erzählt, was du mir über den Körper und den Bau von Ideen gesagt hast!"

Die Augen des alten Mannes glänzten. Kofi Loww lachte und fragte sich, welch sonderbare Abwandlungen Papa Erzuah seinen kleinen Gedanken wohl hinzugefügt hatte.

„Ich hab Hunger!" sagte Ahomka plötzlich und holte sie wieder in die Wirklichkeit zurück.

Maame ging über die Straße, um etwas zu essen zu kaufen, während Erzuah sie über die Schulter hinweg verächtlich beobachtete. Er sagte zu seinem Sohn: „Wir müssen über diese deine Mutter da reden. Sie kann doch nicht so weitermachen und unser Schicksal einfach mit ihrem vermischen. Wir müssen einen Weg finden, daß sie ihr eigenes Leben führt. Sie bringt dich sonst womöglich noch so weit, daß du dich zwischen mir und ihr entscheiden mußt!"

Während er das sagte, schaute Erzuah seinem Sohn in die Augen. Ausgelassen hob Kofi Loww seinen Sohn vom Boden hoch und sagte lachend zu ihm: „Unser alter Mann glaubt, daß wir all die Jahre vergessen werden, die er sich um uns gekümmert hat. Er weiß nicht, daß wir jetzt dran sind, uns um ihn zu kümmern!"

„Aber ab und zu kann *Nana* Maame uns doch besuchen. Papa Erzuah kann sich ja verdrücken, wenn sie kommt...", meinte Ahomka und erwiderte das Lachen seines Vaters. In seinem Gesicht stand aber eine Zurückhaltung, durch die das Lachen seine doppelte Bedeutung offenbarte. Maame hatte sie von weitem beobachtet, während sie nach Bananen und Erdnüssen anstand. Sie sahen so glücklich und in sich ruhend aus. Ihre ganze Vergangenheit wollte sie in die Erdnüsse einwickeln und wegwerfen. Und nach neuem Boden Ausschau halten, auf dem sie den neuen Sinn ihres Lebens anbauen, auf dem sie ihre Erwartungen hegen und pflegen wollte. In den letzten Monaten hatte sie erstaunlich viel Geduld gehabt. Jetzt ging sie, Trotz in den Augen, zu ihnen hinüber und schrie Erzuah an: „In Ordnung! Wenn du mich nicht sehen willst, dann verschwinde ich eben! Meine Söhne lieben mich noch, und das ist alles, was ich wissen wollte!"

Der alte Erzuah sagte kein einziges Wort. Er kehrte ihr den Rücken zu und ließ den Triumph mit seinen Augen über den kurzen Horizont hinter Kaneshie schweifen. Maame kam näher und umarmte ihren Sohn und ihren Enkelsohn. Sie sagte: „Ihr wißt, wo ich wohne. Ihr könnt zu mir kommen, wann immer ihr mich braucht."

Und sie ging, ohne sich noch ein einziges Mal umzuschauen. Ihr Rücken schien unendlich zu sein. Wie der Erzuahs.

Dann sah sie Beni Baidoo in einiger Entfernung. Doch sie konnte ihre Traurigkeit nicht durch neuerliche Wut ersetzen. Also ließ sie ihn neben sich hergehen. Und er schwatzte über sein Dorf und dankte ihr ironisch für das Brot, das sie nach ihm geworfen hatte, als sie sich das letzte Mal trafen...

Unvermittelt bog sie in eine andere Straße ein, gab ihm mit Abscheu zwei Cedis und ging allein weiter. Baidoo hatte sich bereits in das Jahr 1976 hineingelacht, mit genau dem gleichen Grad an Gelächter wie im vorangegangenen Jahr, war aber gespannt, ob das Jahr 1977 überhaupt kommen würde...

die Zahl der Hustenanfälle, die ihn an einem Tag überkam, überstieg das Fassungsvermögen von hundert Lungen...

Kojo Pol brauchte einen neuen Fez. Der alte war entweder eingelaufen, oder sein Kopf war gewachsen...

Vielleicht wollte nun zu guter Letzt das Gehirn zu normaler Größe auflaufen. Geschrumpfter Hut, geschrumpftes Leben. Eines wie das andere, alles war dasselbe. Doch noch immer wußte er ganz genau, wie er seinem Mund ausreichend *kelewele* zukommen lassen konnte und hatte seine Freude daran. Sein Zimmer war sogar noch sauberer geworden. Genau wie sein Herz, in dem sich nun weniger von Araba Fynns Extravaganz breitmachte. Ihr Puder war aus seinem Fenster hinausgewirbelt. Vor allem, seit *Nana*

Esi gestorben war. Wie ein Kind beharrte Araba Fynn darauf, daß *Nana* Esi nur verreist und nicht gestorben war. Sie wurde zur unnachgiebigen Hüterin am Tor der Erinnerung an die alte Frau. Zusätzlich zu ihrem Kummer mußte sie noch den Gram von Ewurofua übernehmen, denn Ewurofua war völlig zusammengebrochen. Die ganze Zeit weinte sie. Aß nur, wenn man sie dazu zwang. Und sprach über nichts anderes als *Nana* Esis Leben. Pol war in Arabas Haus aus- und eingegangen. Hatte kleine Gefälligkeiten geleistet und sich dabei weit mehr als Geist gefühlt als die unlängst verstorbene *Nana* Esi. Er wurde ausgenutzt und machte sich nützlich. Vor allem, weil Araba entschlossen war, die Familie sowenig wie möglich hineinzuziehen, *abusuapanyin* oder nicht *abusuapanyin*. *Nana* Esi hatte mehr als deutlich darauf hingewiesen, als sie gesagt hatte: „Ich habe für sie ein paar Vorkehrungen getroffen, auch wenn sie uns nicht besuchen. Aber ich möchte nicht, daß sie umgehen und meine Beerdigung vorbereiten, als würden sie uns mögen. Es ist keinem gestattet, mich neuerdings zu mögen, nur weil ich gestorben bin!"

Jetzt aber wurden seine Dienste etwas schwieriger: Private Mahamadu war eines Morgens, als er noch flach auf dem Bett seiner Zweifel lag, ins Haus gestürmt und hatte ihn gewarnt...

das war eine Freundlichkeit ohne Grund und Profit...

daß Sergeant Kwami zum Inspektor befördert worden war und ihn und Kofi Loww verhaften lassen wollte. Und daß es ihn, Pol, als ersten treffen würde. Okay Pol hatte sich mit einer flüchtigen Umarmung bei ihm bedankt, bevor er wieder nach draußen und zurück zu seinem Jeep stürmte. Doch jetzt, in der Zeit des Kummers und des Grams, war es unmöglich, Araba Fynn davon zu erzählen. Und zu Boadi wollte er auch nicht gehen. Weil vielleicht Boadi hinter all dem steckte. So führte er seine Dienste so gut wie möglich aus. Auch wenn er manchmal tagelang wegblieb...

und dann zurückkam. Und sich dem kalten, starren Blick von Araba Fynn ausgesetzt sah, die nicht verstehen konnte, warum er wegblieb. Wenn er doch wußte, daß sie ihn so dringend brauchte. Mein Herz aber scheint sie nicht zu brauchen, dachte er mit einem traurigen Lachen.

Für die Beerdigung erstand Pol einen schwarzen Fez.

Zu dem perversen Anlaß wollte er einen *batakari* tragen, um seine Verbindung mit dem Norden Ghanas deutlich herauszustellen. Und vielleicht auch, um Araba Fynn in Verwirrung zu stürzen. Damit sie ihn schließlich entweder ganz ablehnte oder sich die Teile von ihm heraussuchte, die er selbst annehmbar fand.

Die Leute kamen wie die Ameisen, Schaben und Moskitos zur Beerdigung. Hätte *Nana* Esi gesagt.

Manch einer fühlte, wie die Verachtung, die *Nana* Esi ihnen gegenüber gehegt hatte, im offenen Sarg anschwoll. Und so befiel sie zunächst eine ungewöhnliche Schweigsamkeit. Dann wagten es die Fischer und alle, mit denen sie bei ihrem Fischhandel zu tun hatte, zu flüstern. Und schließlich sprachen sie laut aus, was sie dachten: „Wie kann *Nana* Esi eigentlich jetzt sterben? Hat sie nicht immer damit geprahlt, daß das Meer in die Asylum Down kommen müßte, sie zu holen, wenn sie sich zu den Vorfahren gesellen soll?...

Nein, sie war keine verhärtete Frau, sie wollte nur so was wie Normen. Sie wollte nur, daß andere so hart mit sich ins Gericht gingen wie sie mit sich selbst...

Ist sie nicht schön, sogar noch im Tod?

Hast du ihre Haut gesehen?

Ich frage mich, wo sie das Geheimnis ihrer steinernen Haut herhatte?

Und sieh dir ihre Tochter und die Enkeltochter an, sie haben die gleiche Haut. Nur, daß die Enkeltochter auch ihre Härte hat. Siehst du, wie sie mit uns redet, wie die Königinmutter in einer entlegenen Stadt irgendwo?...

Man sagt, sie hat ihr kaum etwas Wasser zu trinken gegeben. Der Arzt hat erzählt, daß sie sich geweigert hat, ihn zu sich zu lassen. Und daß sie ihren eigenen Herzschlag abgeschaltet hat, kurz bevor er kam.

Ei! *Nana* Esi! Wohin nimmt sie all das Geheimnisvolle mit, das sie um sich herum aufgebaut hat?

Als wir noch Kinder waren, haben wir einfachen Fischhändler wirklich geglaubt, daß sie manchmal übers Wasser gehen konnte! Und du wirst nicht glauben, wie viele sie in den Schuldturm geschickt hat! Nicht nur ihre Haut ist aus Stein, auch ihr Herz!

Oh, das stimmt aber nicht. Sie hat einem immer ausreichend Zeit gegeben, bevor sie Maßnahmen ergriff. Sie wollte nur nicht, daß auch nur ein einziger auf die Idee käme, er könne sie übers Ohr hauen.

Und ihr verstorbener Mann sagte immer: 'Was ist das nur für eine Frau, mit dieser ganzen unvergänglichen und festsitzenden Würde! Ich muß sie ihr mit allen Sachen vom Leibe reißen!' Armer Tölpel. Man erzählt sich, daß er sie niemals nackt gesehen hat, verzeiht mir. Ah...

Unsere *Nana* Esi ist so reich, daß man von ihr sagt, sie hat mehr Geld als einhunderttausend Kunden zusammen! An dem Tag, an dem sie ihr Geld aus dem Geschäft nimmt, würde sie fünf Sattelschlepper und einen Traktor für ihr ganzes Gold brauchen!

Oh sag das nicht: Sie war eine sehr religiöse Frau. Sie ging zur Kirche. Wahrhaftig, die meisten Kirchen, in die sie hier in Adabraka ging, hat sie errichten lassen. War nur schade, daß sie sich nicht ihren eigenen Jesus basteln konnte!...

Ich glaube, der Bischof wird die Beerdigungszeremonie selbst leiten, sowohl den Gottesdienst in der Kathedrale als auch die Andacht am Grab. Ich weiß nicht, ob mir so eine Beerdigung gefallen würde. Mir wär's lieber zu ertrinken!

Ei. *Nana* Esi!

Dammirifa Due! Ruhe sanft, Amen!"

Die Wörter bildeten ein graues Licht um den Leichenwagen herum. Darüber. Darunter. Auf allen Seiten. Nur nicht im Innern. Jedes Grab in Accra hatte eine Lüge zu erzählen: die Lüge davon, in die Tiefe zu dringen, wenn es eigentlich nach oben in den Himmel gehen sollte. Die Lüge vom Himmel, wenn es eigentlich unter die Erde ging. Das Grab war das tiefste Loch. Gegraben von einem ganzen Leben und zusätzlich noch von der unverschämten Größe Pols mit seinem schädelgetürmten, verspäteten Einfall von einem Fez verdeutlicht. Niemandem war bewußt gewesen, daß der Kopf den Tod mit einer solchen Rundung aus Ironie, aus gefühltem Filz, umschreiben konnte. Pol sah merkwürdig aus mit seiner verdunkelten Brille. Als hätte sich ihm der tiefhängende graue Himmel auf die Lider gesenkt und weigerte sich nun, sich wieder zu entfernen.

Er sah kurz nach links. Dann schaute er noch einmal genauer hin: Dort, unbezweifelbar dort, stand Dr. Boadi. Ebenfalls mit einer dunklen Brille. Er trug seinen Schmerbauch vor sich her wie einen zweiten Sarg. In dem waren aber nur seine finsteren Geheimnisse begraben. Einen Augenblick lang empfand Pol Furcht und Verachtung, während Boadi, in Abwesenheit seines silbernen Sakkos sein *whaaat*-Lächeln aufblitzen ließ. Boadi trauerte, indem er regelmäßig wie ein Glühwürmchen aufleuchtete. Pol versuchte, sich tiefer, unverdächtiger mit der Menge zu vermischen. Wollte er aber Erfolg damit haben, dann mußte er seinen Hals unter dem Arm tragen. Damit sein Kopf die Gelegenheit bekäme, unbemerkt zu entkommen. Sein unregelmäßiger Gang, der einst Sister Ewurofua so sehr zum Lachen gebracht hatte, wurde von ganz allein noch ungleichmäßiger. Und nachdem er zwei Trauergästen auf die Füße getreten war, blieb er schließlich stehen, während die schwarzen und roten Wellen der Menschen an ihm vorbei und durch ihn hindurch strömten.

Drei schnell aufeinanderfolgende Klapse trafen Pols Schulter. Er drehte sich zu schnell um und rammte Dr. Boadi. Boadi gelang es, sein Lächeln aus dem Fleischberg zu ziehen und es, wenn auch widerstrebend, auf seine verwirrende Art Pol zu zeigen. Der schaute ihn mit ungewöhnlicher Schärfe an, blieb aber stumm.

„Mein Freund, veranstalte kein Theater", lachte Boadi. „Warum bist du mir in letzter Zeit so sehr aus dem Wege gegangen?...

Oh, ganz nebenbei, sie möge in Frieden ruhen, die alte Dame! Jagst du immer noch in gefährlichem Revier? Oder bildest du dir ein, daß jetzt, da die Löwin fern der Savanne ist, die Ebenen sicher sind! Sei vorsichtig, das Opfer selbst wird über dich herfallen und dich verschlingen! hahaha..."

„Lachen Sie nicht ein bißchen zu laut?" fragte Pol und schaute sich um. Schweigend gingen sie nebeneinander her. Und als sie bei der katholischen Kathedrale ankamen, konnten sie nicht mehr weiter, weil so viele Leute gekommen waren und alles verstopft war. Unvermittelt fragte Pol Boadi: „Warum wollen Sie mich verhaften lassen und auch Kofi Loww? Ich dachte, wir hätten das bereits geregelt. Und ich war auch der Meinung, daß ich in den vergangenen Tagen so etwas wie ein bißchen Anstand unter Ihrer glatten Haut entdeckt hätte..."

„Halt, halt? Was redest du da?" fragte Boadi. Ein dunkler Schatten glitt über seine Stirn und ließ seine Wangen noch stärker hervortreten. Vor allen Dingen die linke. „Ich hab damit nichts mehr zu tun..."

„Sie erledigen das durch Ihren Inspektor...

Inspektor Kwami!" rief Pol und neigte seinen Fez von Boadi weg. „Und ich wünschte, Ihre Hunde von der Sicherheit würden damit aufhören, ihre Zeit damit zu verschwenden, unschuldige Leute zu schikanieren, die nicht das mindeste Bißchen an Ihren Angelegenheiten interessiert sind...

Denken die etwa, daß sie sich ihren Lebensunterhalt damit verdienen müssen, im Leben anderer Leute herumzuschnüffeln!"

Pol war lauter geworden. Doch dann fiel ihm wieder ein, wo er sich befand. Und so ließ er sie wieder sacht in die Begräbniszeremonie zurückfallen. Seine Stimme verdunkelte und beruhigte sich.

„Hör mir mal zu, junger Mann...

Inspektor Kwami, ist das möglich! Läuft dieser Dummkopf noch immer frei rum? Dann verfolgt er euch rein aus persönlichem Haß...

Hör zu: Ist dir nicht aufgefallen, daß ich, nachdem ich ein paar Pfund verloren hatte, jetzt wieder ein wenig zulege? Zugegeben, mein Commissioner ist nicht mehr in Amt und Würden, und ich bin viel zu sehr damit beschäftigt, meinen Karren andere Wege zu steuern, als daß ich die Zeit hätte, junge und idealistische...

Moskitos zu verfolgen! Ganz im Vertrauen: So langsam komme ich an ein paar Mitglieder des *SMC* ran! Ihnen gefällt mein Vertrauen, vertraulich gesagt! Und du weißt alles über meinen Lebensstil! Ich bin davon überzeugt, daß du mich gut genug kennst, um mir ein Führungszeugnis ausstellen zu können. Ich hätte mit Sicherheit absolut etwas dagegen, wenn mir, unter welchen Umständen auch immer, meine Frau ein Führungszeugnis ausstellen würde! Hahaha...

Manchmal glaube ich, die arme Yaaba hat die Absicht, mich zu verlassen. Das wäre sicher bedauerlich, weil sie ein Drittel meiner Vergangenheit mit sich nähme, und schließlich habe sogar ich einiges Interesse an der Vergangenheit...

wenn sich in der Gegenwart Gewinn daraus schlagen läßt. Sollte sie aber die Stirn haben, diesen Schritt zu tun, dann müßte ich mit gleichem Mut darauf antworten...

und mich unverzüglich in die kleinen Betten anderer Mädchen stürzen! Und Pol, Kojo the Pol, wir leben in einer für das Herz wie für die Politik verwirrenden Zeit. Aber mach dir keine Sorgen, sobald ich meine Kräfte gesammelt habe, werde ich Kwami vernichten! Es dauert nicht mehr lange, und meine innere Asafo Company steht! In der Zwischenzeit: Geht gerissen mit ihm um, ihr beiden, du und dein Freund Loww. Weißt du, Loww sollte nicht zu hoch fliegen und Pol nicht so sehr unter Feuer stehen!"

Damit ging Dr. Boadi unvermittelt davon. Ohne noch ein einziges Wort zu sagen. Pol stand da wie betäubt und überlegte, ob er Boadi verfolgen und ihn mit einem aufrechten Knüppel verprügeln oder ihn sein Zeug weitermachen lassen sollte. Er entschied sich für die zweite Möglichkeit. Bahnte sich einen Weg zum Hintereingang der Kathedrale und hoffte, einen Blick auf Araba Fynn zu erhaschen. Oder noch einmal Ewurofuas Tränen zu sehen...

irgend etwas, das seine Gedanken von Dr. Boadi ablenken und ihn in die allgemeine Trauerstimmung der Augen oder der Herzen zurückversetzen würde. Alle Vereinigungen, deren Patronin *Nana* Esi gewesen war, waren zugegen. Eine Frau, die so zurückgezogen gelebt hatte und der jetzt solch ein öffentlicher Abschied zuteil wurde...

Als die Glocken erklangen und die Trommeln dröhnten, hatte Pol das Bedürfnis zu schlafen.

Dann kam ein alter Mann mit kleinen, scharfen Augen zu ihm herübergeschlurft und sagte: „Junger Mann, ich habe Sie beobachtet. Sie sehen bestürzt aus. Hat der fette Schurke Ihnen Schwierigkeiten gemacht? Ich bin der *akonta*, der Schwager der Verstorbenen. Ich will Ihnen was erzählen: Ich bin derjenige, den *Nana* Esi wirklich geliebt hat. Ich habe alles versucht, aber sie konnte oder wollte mir nicht einen einzigen Blick schenken. Sie nahm den hoffnungslosen Fall von meinem Bruder – auch er möge in Frieden ruhen –, und sie wurde nie glücklich! Das war mir eine Genugtuung! Das hat mich all die Jahre getröstet. Vergangenes Jahr habe ich sie besucht, mit meinem Mercedes. Ja, ich schäme mich nicht, einem jungen Mann gegenüber zuzugeben, daß ich ein gutes Auto besitze. Wie ein Teufel habe ich dafür geschuftet. Und ich muß gestehen, daß ich aus einem einzigen Grund so schwer gearbeitet habe: es dieser Frau, die da in der Kirche aufgebahrt liegt, zu beweisen. Ja, letztes Jahr habe ich sie besucht. Bin von Winneba, wo ich meine Geflügelfarm habe, herübergekommen. Ich habe ein paar Eier mitgebracht und unterwegs sogar ein Stück *akrantsi* gekauft. Ich hatte meinen makellosen politischen Anzug an. Als Esi mich erblickte, lachte sie kurz auf. So, als lachte sie sich in die Vergangenheit zurück. Ich sah sie spöttisch an und fragte mich ziemlich boshaft, ob sie vielleicht meine Universitätsbildung in solchen Schrecken versetzte...

Mit scheinheiliger Förmlichkeit bot sie mir Platz an. Ich drückte das Kreuz durch. Ich muß Ihnen gestehen, junger Mann, daß ich sie einzig aus Rache besucht habe. Ich wollte, daß sie sah, was ihr entgangen war...

natürlich spricht man mit einer Frau wie Esi nicht darüber, daß sie im Leben irgend etwas verpaßt hat. Sie hatte die formvollendete *Mfantse*-Schlauheit an sich! Sie bot mir ihre berühmten Sahnekekse und etwas Wein an. Sie setzte sich und blickte trotzig auf mich. Dann sagte sie plötzlich: „Acquah! Ich frag dich nicht, was du hier willst. Ich weiß, warum du gekommen bist. Du bist gemein! Glaubst du wirklich, du kannst hierherkommen und mich dazu bringen, daß ich einen Teil meines Lebens bedauere? Versuch's gar nicht erst! Ich mach mir weder was aus deinem Auto noch aus deinen Anzügen!"

Ich erwiderte ihren Blick Auge in Auge. Denn nach all den Jahren war ich kein Schwächling mehr! Wissen Sie, was dann kam?"...

Pol stand da wie hypnotisiert. Und schüttelte den Kopf.

„Nun", fuhr Mr. Acquah fort, „Esi kam und setzte sich neben mich und fing an zu weinen! Ich bin fast gestorben! Ich nahm sie in die Arme. Meine alte Haut berührte ihre alte Haut: Leder auf Samt. Ihre Haut war glatter als meine. Dann rieb sie sich schnell die Augen trocken, umarmte mich wieder und sagte: „Es stimmt, daß ich mir nicht viel aus deinen Versuchen mache, bei mir Eindruck zu schinden...

aber ich habe dich wirklich geliebt. Ich habe nur geglaubt, du wärst nicht stark genug. Und doch sind die Dinge genau anders herum gelaufen! Dieses Geheimnis verrate ich dir, nach all den Jahren..."

Sie redete wie aus dem jenseitigen Blauschimmer ihres Kleides heraus. Dann lehnte sie ihr Gesicht an meins, an mein armes, abgezehrtes, nacktes und braunes Mercedes-Benz-Gesicht, und sagte mit Endgültigkeit in der Stimme: „Komm nie wieder her. Weil ich mein Herz oder mein Leben jetzt nicht mehr ändern werde. Man kann kein frisches Palmöl in eine alte, angeschlagene, staubige Flasche schütten, stimmt's?"

Auf meine Proteste hörte sie nicht...

und nach all den brennenden Monaten finden wir uns jetzt hier wieder! Ich bin hier, sie ist hier...

ich in der Senkrechten, sie in der Waagerechten...

Junger Mann, ich muß Sie jetzt verlassen. Hier ist meine Karte. Sie sehen ehrlich und aufrichtig aus, und ihre Augen sind reif für Bildung. Sie haben etwas Großzügiges und Sonderbares an sich. Ich bin der typische, gebildete *Mfantse*-Mann, dem die Worte immer locker in der Tasche sitzen, um das Herz entweder zu zerstören oder zu stärken! Besuchen Sie mich, wenn Sie Lust haben, aber bitte nicht freitags. Freitags bete ich immer im Schrein. Denn ich gehöre mehreren Welten an. Machen Sie's gut...

sogar Ihr Winken ist großzügig..."

Langsam ging Kojo Pol von der Kathedrale weg. Er überlegte: Wahrscheinlich würde Araba Fynn ihm dasselbe antun. Sie würde sich erst nach ihm sehnen, wenn sie alt war. Sie würde sich an die Unschuld erinnern. Oder irgend so etwas. Er dachte an das Treffen mit Boadi, Loww und den anderen bei der anderen, der anglikanischen Kathedrale. Er erinnerte sich an den ersten Probst der Kathedrale und wie seine Stimme die Mauern der Bishop's Boys' School erfüllt hatte. Kirchen. Priester. Tod. Sanft geleitete sein Fez ihn zurück in sein Zimmer in Kaneshie, in dem seine Traurigkeit das Transistorradio erfüllte, das in einer Ecke seinen Platz hatte. Und Okay Pol, der Mann mit dem gedrungenen Hals und dem weitmetrigen Schritt, schlief traumlos ein.

Als sie vom Friedhof zurückkamen, fiel es Araba nicht auf, daß Kojo Pol fehlte. Sie war erschöpft und kümmerte sich trotzdem um das, was in ihren Augen die Abspeisung der vielen Gäste nach einer Beerdigung war. Sie konnte den Lärm ihrer malmenden Kiefer nicht ertragen und ging deshalb nach oben in *Nana* Esis Zimmer. Dort saß Ewurofua. Sie las und weinte gleichzeitig. Eine Zeitlang sprachen Mutter und Tochter kein einziges Wort...

Ewurofua teilte sich durch ihr Schluchzen mit, Araba über den erschöpften Schatten, der ihre Stirn runzelte. Trotz ihres Kummers fühlte sich Ewurofua schuldig wegen ihrer Unfähigkeit. Weil sie alle Verantwortung ihrer Tochter zugeschoben hatte. Doch sie konnte nichts dagegen tun. Sie glitt über Gefühlsebenen, über Savannen der Gefühle dahin, die sie nicht kontrollieren konnte. Und es war alles genauso, wie *Nana* Esi es vorhergesagt hatte...

und das machte sie nur noch hilfloser.

Sie stand auf. Ihre Perlen rundeten ihre Verletzlichkeit. Sie setzte sich neben Araba und umarmte sie.

„Verzeih mir", sagte Ewurofua unter Tränen, „ich sollte dir mehr helfen, als nur..."

Die Worte versagten ihr den Dienst. Araba wischte sich die Augen, weigerte sich aber zu schluchzen. Schluchzen war etwas für Mütter, die nahe am Wasser gebaut hatten. Oder für die wolkenlosen Horizonte bar aller Pflichten, die über dem letzten Atemzug auf dem Sterbebett schwebten. Aus Arabas ehemals gleichgültigem Aussehen war schöne Würde geworden. Ein Anblick, schwer erfüllt von der rasch nahenden Zukunft. Und seltsam genug: Sie versagte sich manchmal das Weinen, indem sie an Pols lustige Verrenkungen dachte.

In diesem Augenblick fiel ihr auf, daß er fehlte.

„Sister Ewurofua, wo ist Kojo Pol? Er war mir eine große Hilfe...

er besitzt eine Art Kraft, die ich zuerst gar nicht bemerkt habe. Aber mir ist klar geworden, daß ich mich manchmal an sie anlehnte..."

Ewurofua schüttelte nur den Kopf. Plötzlich erfüllten Araba tiefe Vorahnungen. Sie dachte daran, was *Nana* Esi über Pol gesagt hatte. Mit einer Beherztheit, gegen die sie nicht ankonnte, dachte sie: *Nana* Esi hat mit ihrer Heirat auch einen Fehler gemacht. Wie kann sie mir dann Ratschläge geben? Sobald ich meinen Kummer überwunden habe, werde ich im Geiste mit ihr reden und dann meine Entscheidung treffen. Sie wird mir deswegen nicht böse sein! Araba ging wieder hinunter. Sie konnte Pol nicht entdecken.

Sie sah nur die mahlenden Kiefer.

Kapitel neunzehn

Zu guter Letzt weigerten sich die Götter und die Bäume, 1/2-Allotey weiter zu beschützen...

Er wurde ihnen langsam zu erfolgreich. Und zu erfinderisch, was die uralten Dinge seines Lebens anging. Sie waren der Meinung, daß die uralten Dinge auch uralt bleiben sollten. Vor fünf Jahren hatte man Allotey, der Abfolge seiner Vorfahren gemäß – und nachdem er jahrelang am Schrein seines Vaters gedient hatte –, an einen anderen Schrein geschickt. Damit er dort dem Gott in Form seines neuen Herrn, dem Priester, diene. Doch wegen seiner Frechheit, seiner unaufhörlichen Fragen und seiner eigentümlichen Vorstellungen von Ritualen und Weissagungen hatte man ihn wieder fortgeschickt. Bevor noch das erste Jahr vorüber war. Der Priester besaß nicht die gleiche Geduld wie sein Vater: „Du, junger Mann, du kannst mir doch nicht vorschreiben, daß ich eine andere Kräutermischung versuchen soll...

bist wohl verrückt? Du wirst dir den Zorn der Vorfahren zuziehen! Ich vermute, daß schon jetzt der verärgerte Geist eines Vorfahren aus dir spricht. Erinnerst du dich noch an die Nacht, in der du auf dem Friedhof gewaschen wurdest? Oder hast du vergessen, welches Blatt man essen muß, damit man tagelang keinen Hunger verspürt? Paß ja auf!"

Der Ausbruch des Priesters im Schrein verdoppelte nur die Fragen, die ihm durch den Kopf gingen. Und vergrößerte die Rebellion in seinem Herzen. Gleichzeitig aber ließ er die Liebe wachsen, die er für seinen Vater empfand.

„Ich bin so auf die Welt gekommen!" sagte er empört. „Kannst du den Gott nicht anrufen und ihn bitten, mir zu helfen, meine eigenen Bedeutungen unter die Tausende zu mischen, die seit Tausenden von Jahren bestehen? Mein Vater hat genau das gleiche getan!"

Bereits damals zeigten 1/2-Alloteys gewaltige Schultern die ersten Anzeichen von Autorität.

Man schickte ihn mit einer Warnung weg: „Junger Mann, dein Vater hat auch schon auf diese Weise versucht, Antworten einzufordern...

wenn er nicht Jahre später an einem anderen Schrein um Behandlung gebeten hätte, dann wäre er verrückt geworden!"

1/2-Alloteys wies das zurück. Er lächelte weiterhin in die Vergangenheit hinein. Trotz seiner Erfahrungen in den Wäldern und in Kuse, wo die Sprache der Stille ihn drohend verfolgte und er spüren konnte, daß Trommeln und Krieg in der Luft lagen.

In der Abenddämmerung stand er und starrte lange auf die Linie der Hügel. Er streichelte sein Haus. Langsam kam die Dunkelheit aus irgend jemandes linker Ferse. Kroch hervor mit der Dichte von Rauch. Es war möglich, daß seine eigene Ferse die Finsternis verbreitete. Er konnte fühlen, wie das Böse, die Schatten seiner Leute aus Kuse, die Hügel heraufkroch. Er stemmte seine Schultern der Finsternis entgegen. Sie hielt stand. Und er glaubte, von tief unter dem Hügel, auf dem er sein Leben lebte, ein Lied zu hören. Möglich, daß die Hügel auf Liedern und Warnungen errichtet waren. Allotey preßte ein Heilkraut, das bei Furunkeln angewendet wurde, und sagte sich: „Als der Wald mich zum 1/2 machte, habe ich das überlebt. Wenn ich jetzt nicht in der Lage bin, diesen Krieg auszufechten, dann begehe ich Verrat an meinem Vater und an mir selbst."

Dicht gedrängt rollten seine Worte in die Ebene hinunter. Und vertrieben die ersten Glühwürmchen. Die Bäume riefen ihm geschwätzig zu, daß sie die verzwickte Bewegung ihrer langen Zweige in seine Lebensgeschichte treiben würden. Aus den verschieden gefärbten Blättern, den lichten und den dunklen, wuchsen unterschiedliche Stufen der Angst hervor. Und die stärksten Wurzeln schienen den Mond zu entwurzeln. Schienen das Licht unter die Erde zu treiben. Dort die verborgenen Taten aufzuhellen...

und 1/2-Alloteys Augen zu verdunkeln. Drüben, da, wo seine Fische sich allein durch ihre Schwimmbewegungen verständlich machten, hörte er zwei Steine in den Teich fallen. Das Wasser spritzte auf. Und brauchte unendlich lange, sich wieder mit den eigenen kleinen Wellenkreisen zu vereinen. Alle fünf Minuten verhielten die Grillen schweigend und verrieten damit, daß irgend etwas oder irgend jemand bei ihnen war. Weit, weit weg in Pokuase erlosch ziemlich früh an diesem Abend das letzte Licht...

das letzte Blinken war dahin. Der Guineagrashalm, der sich vor Allotey zu bewegen schien, war nur ein anderer Grashalm, und der war auch wieder nur ein anderer Halm und der wieder ein anderer. Alles schien zu verschwimmen. Sich miteinander zu vermischen. Und als das ganze Gras sich zusammenfügte und berührte, berührte es die faustgeballten Finger seines Mutes.

Plötzlich erklomm jemand Stufen hinan zu seinem Hirn und warnte ihn, er solle sofort die Hügel verlassen. Mit schwingender Faust zerbrach Allotey die Stufen. Doch als er sich umdrehte, sah er nichts. Er lächelte, weil er eine unheimliche Spannung auf den Augen verspürte. Sie waren viel klarer als der schwarze Himmel. Die Augen der Eule waren die einzigen Augen der Hügel. Sie umschrieben mit ihrer unbarmherzigen, kreisrunden Starre das Ausmaß seines Aufbegehrens. Dann hörte er, wie ohne Vorwarnung dreimal sein Name gerufen wurde. Er widerstand der Versuchung, in die Richtung zu schauen, aus der der Ruf gekommen war, und fragte sich: „Ist das ein Krieg des Kopfes oder ein Krieg der Ebenen?"

Sorglos stelzte er um sein Haus herum. Er sah, wie sein ganzes Maisfeld steif und voller Vorwürfe auf ihn zukam. Er blinzelte, bis das Trugbild verschwunden war. Aber er hörte auch davoneilende Schritte. Sie hasteten in die Zukunft...

in der jede Antwort zu neuer, dunkler Frage wurde. Dunkler noch als die vorherige. Die Zukunft verschwand in der Vergangenheit. Wurde tiefer und undurchsichtiger mit jeder Bewegung. Und schlug sich dann seitwärts in die Gegenwart. Stand tief verkrustet vor Alloteys erhobenen Händen.

Die Hügel drehten sich umeinander. Denn er sah, daß sein Rücken zur Brust geworden und daß seine Brust fast nicht mehr vorhanden war...

verschwunden war sie, mit beinahe aller Erinnerung an die Kunst des Überlebens, über die er verfügte. 1/2-Allotey schritt in die Bohnen hinein. Ohne Brust und völlig kopflos. Er trug seinen Kopf unter dem Arm, wie man das in jedem Krieg machen soll. Er lachte, als die Bohnen sich in den Schoten steif machten...

sie wuchsen von ihm weg. Rundeten sich weg von dem eckigen Gefängnis seines Kopfes.

„Allotey!" hörte er eine Stimme rufen, „Allotey, komm zurück zu uns nach Kuse. Kehre nach Art der Vorfahren zur heimatlichen Erde zurück. Begrab deine Fragen! Hinter dir wartet ein Loch auf ihre Beerdigung!"

Der Wind wehte in entgegengesetzter Richtung. Riß die Worte mit sich und brachte sie wieder zurück in einem Spiel sich überlagernder Echos. Wie Peitschen waren die Worte! Und sie verfehlten ihn nur um Zentimeter.

Schande!

Warum aber hatte der Himmel sich erhoben und entfernt?

Der Himmel schlich sich davon!

Er dachte: Könnte nicht sein Vater da oben sein und den Himmel wieder runterdrücken? Der Regen erfüllte die Finsternis mit der schlimmsten Art Mai...

unter diesen Umständen wurde jeder Schrei naß, alles Blut zu Wasser. Neben dem Hühnerstall aus Bambusstangen krähte sein Hahn, auf daß man ihm die Kehle durchschnitte. Schräg ging der Regen nieder. So als wollte er sagen: Wir haben's gewußt! Wir haben's gewußt!"

Er legte sich im Regen nieder. Und die Erde legte sich zu ihm. Doch mußte er schleunigst wieder diesen ewigen Zwilling verlassen, der da neben ihm lag. Deshalb stand er wieder auf. Zu guter Letzt fand sein Hals den Kopf wieder...

als er den Talisman seines Vaters berührte. Sein Körper aber machte sich steif. Denn als er lächeln wollte, mußte er die Lippen voneinander trennen. Und er lächelte fort und fort. Und das Lächeln erstarb und erstarb. Und das war der beste Weg, nicht wieder den Kopf zu verlieren. Plötzlich stampfte er mit den Füßen auf den Boden. Er wollte seinen Schatten daran hindern, daß der sich nach eigenem Gutdünken fortbewegte. Und das Licht, das aus dem Abend herüberschien und erstarb, traf auf die Dunkelheit aus dem Morgen seines Kopfes.

„Laß nicht Finsternis aus meinen Augen scheinen!" rief er aus. Als das Echo verhallte, wurden seine Worte zu einem Lachen, das nicht aus seinem Munde kam. Auf den Ebenen nutzten die seltsamen Mäuler sich ab: Geringschätziges Geschwätz entwich ihnen in Schichten unterschiedlicher Mensur. Und jeder Ton wurde Stengel um Stengel,

Blatt um Blatt den Hügel heraufgereicht. Allotey dachte daran, wie es seine Mutter unter all seinen Gotteslästerungen schaudern würde. Ihr schauderte nicht mehr, weil sie schon gestorben war. Und unendliche Erinnerungen an den feinsten *nkontommire* zurückgelassen hatte, der je im Dorf in Palmöl angerichtet worden war...

eine Kelle voll Grün auf dem Teller, neben der frischen Autorität von neuem Yam und vor Kiefern, die bereits zu kauen anfingen, bevor das Essen überhaupt den Weg in den Mund gefunden hatte. Er dachte daran, wie sein Vater einmal lächelnd bemerkt hatte: „Ihr jungen Kerle wißt doch noch nicht einmal, wie man das Essen richtig in euren Großmäulern einparkt! Und trotzdem seid ihr schon scharf drauf, fahren zu lernen! Paßt auf, daß ihr nicht bei der Erfahrung landet, euch Knochen in den Magen zu befördern!"

Das Haus seines Vaters war mit seltsamen, aber glücklichen Echos angefüllt...

und die anderen Jungen überlegten es sich zweimal, bevor sie ihn besuchten. Doch schon damals hatte er seine Freude daran, seine eigene Kraft herauszufordern...

1/2-Allotey besaß diese Kraft, lange bevor seine Männlichkeit ihr nachfolgte und sich zeigte.

Mit ihren Schleifen, Linien, Quadraten, Kreisen und Herzen bildete die Finsternis jetzt Hunderte Halbsymbole vor seinen Augen. Ihre Bedeutungen und Anspielungen würgten ihn.

„Allotey!" ertönte die Stimme erneut...

und diesmal klang sie wie die Stimme des alten Kwame Mensah...

„Allotey, wir lehren dich die Bedeutung der Kapitulation! Das ist die einfachste Lösung, sich seinen Vorvätern zu unterwerfen, wenn sie in der Dunkelheit gegen dich vorgehen!"

Auf dem höchsten Baum saß da ein dünner Mann – seine Beine waren in die Weltenmitte verpflanzt – mit schrecklichem Gesicht. Er trieb den gesamten Horizont vor sich her. Und die Ebenen und die Bäume folgten im Zickzack wie schlecht miteinander verbundene Sattelschlepper voll Edelholz.

Wenn man all das Holz im Kopf rodet, bekommt man den Kopf frei.

Bei diesem Gedanken runzelte 1/2-Allotey die Stirn. Das Stirnrunzeln kletterte die Furchen auf seiner Stirn hinauf und schaute hinunter auf seine zerbissene Unterlippe.

Langsam klomm die schwarze Ziege mit dem parfümierten Bart die Nordseite des Hügels herauf. Was sie fallen ließ, explodierte mit Donnerschlag und breitete sich in Worten der Verdammnis über die Ebenen: „Allotey-eehh! Zur Ziege geworden, kommen wir dich holen-eehh! Wehr dich nicht, du kannst weder der Vergangenheit noch der Zukunft widerstehen! Wir herrschen über die Mitternacht, und die Stunden der Mitternacht sind die schärfsten Waffen! Wir sind die Ziege, wir kommen dich holen!"

1/2-Allotey wandte sich zur Seite. Und sein Messer traf den Schatten der Ziege. Die Trommelklänge, die aus dem Schwanz der Ziege aufstiegen, schienen seine Kraft auszulaugen. Das Messer kehrte sich mit einem Mal gegen ihn und richtete sich auf sein Herz. Er konnte es nur unter Aufbietung aller Kräfte abwehren. Das Fell der Ziege verhüllte nichts. Nicht einmal die Knochen darunter. Sie schickte ihre Augen voraus, ihn zu untersuchen. Allotey verfehlte sie, als er nach ihnen schlug. Und die Hufe tanzten zur Musik des Schwanzes. Verzweifelt rannte er hinter sein Haus, sammelte nasse Reiser und Kerosin für ein Feuer, in dem Zeit und Angst ausbrennen sollten. Der Regen hatte aufgehört und einen Wind geschickt. Und das Feuer brüllte auf und röhrte. Neben dem Feuer meckerte die Ziege.

„Kwame Mensah!" rief 1/2-Allotey. „Komm ja nicht näher heran! Ich habe mein eigenes Messer bezwungen. Wenn du es wagst, näherzukommen, töte ich dich und brate dich im Feuer! Ich bin nicht allein hier! Mein Vater steht mir bei. Seine Kraft ist auf mich übergegangen!"

Wenn man stark genug schwitzte, konnte der Schweiß zu einem kleinen Brunnen werden. Wie in Trance sprang Allotey umher und zitterte. Die Ziege lachte und redete gleichzeitig: „Dein Vater ist noch immer verrückt. Vor uns, neben uns und hinter uns stehen die kräftigen Hände der Geschichte. Vermagst du sie zu bezwingen? Kannst du die Hände bezwingen, die nimmer zu wirken aufhören?"

Erneutes Gelächter band Mensch und Ziege aneinander. Allotey erwiderte das Lachen. Und es bildeten sich zwei konzentrische Haufen aus abgeworfenem Gelächter.

In 1/2-Alloteys Kopf stieg plötzlich Verstehen auf. Er dröhnte unter der Hitze der letzten Antwort: Mit einem Aufschrei stieß er das Messer leicht in seinen linken Arm. Eindringlich blickte er die Ziege an. Aus ihrer Kehle stieg ein riesiges Meckern: „Laß mich in Ruhe, laß mich in Ruhe. Wir sind Kuse. Du kannst nicht ein ganzes Dorf zerstören. Wer hat dir das Geheimnis verraten? Wer hat dir das große Geheimnis verraten?"

Allotey hob das Messer und barg es im Arm. Die Ziege fiel und rollte hügelabwärts. Er jagte ihr nach und stieß ihr wiederholt das Messer in den Bart...

in dem Blut und Duft sich mengten...

und in die linke Seite. Er schleifte sie wieder den Hügel herauf und warf sie mit einem Fluch ins Feuer. Die Worte verbrannten: „Allotey, du hast uns getötet, du hast deinen Frieden gewonnen. Kehre nach Kuse zurück!"

Dann starben die Worte.

Und die Plötzlichkeit, mit der die Dämmerung einsetzte, erschütterte 1/2-Allotey. Er lag neben der erkaltenden Asche. Sie hatte die Form seiner Wunde. Die Form seiner Worte. Die Form seiner Seele. Die Form seines starrköpfigen Lebenspfades. *Apatupre*, der erste Vogel des Morgens, trieb den Taktstock der Dämmerung vor sich her, über 1/2-Alloteys Wunde hinweg, auf die er überrascht niedersah. Sie war grau von der Asche. Seine Ziege lag halbgebraten in der Asche. In grausamem Grinsen leuchteten frisch ihre Zähne.

Der schwarze Kadaver war die Welt: Man ißt die gekochte Hälfte und versucht, die rohe einzulagern.

Allotey stand auf und entdeckte unermeßlich viele Mückenstiche auf seinem Körper...

als ob sich in seine Haut die winzigen Male verschwundener Zähne eingegraben hätten. Sein Haus und seine Hakke schliefen noch. Und wenn er etwas essen wollte, dann mußte er sich durch diesen Morgen durchbeißen, der ihm überallhin folgte...

ein afrikanischer Gummigaumenmorgen, an dem seine Gedanken klebten. Der Regen hatte all seine Wörter über ihn ausgeschüttet. Die Rückseite seines *batakari* war naß. Die Vorderseite trocken. Alles war 1/2. Das Kornfeld schien erschöpft.

Was hatte er gewonnen?

Und überhaupt, ging es ihm bei all diesen Ritualen nicht um ein bißchen Offenbarung? Ein bißchen Respektlosigkeit?

Er schnitt sich ein Stück gebratenen Fleischs, bevor der arme Morgen sich rühren konnte...

und nie soll man kauen, wenn man die Zähne einer toten Ziege vor Augen hat: Der Zweifel wird einen aus dem toten Maul anstarren. Der verkohlte Schwanz war einfingrige Segnung: Allotey hatte teilweise seinen Frieden gefunden, indem er gegen die verrückte Musik um den Schwanz herum anging. Das Haus öffnete seinen Mund und ließ ihn ein. Niemals zuvor hatte er so traurig auf seine wenigen Besitztümer geblickt, mit Ausnahme der Blätter und Heilkräuter, die eine andere Saite seiner Seele anrührten. Er sah, wie die Besitztümer aus alten Tage zu durchbrechen waren. Dann nähte er die Stückchen in neuen Mustern wieder zusammen...

dennoch blieb er im Schoße der Erde, *Asaase Yaa*. Die Erde war die Grundlage. Die Erde war noch immer die Gebieterin. Sogar wenn man flog, ließ man zunächst Fußspuren auf ihr zurück. Selbst wenn man in einem anderen Schoß landete. Während er neben seinen Heilkräutern stand, empfand er völligen Frieden und dachte: Du magst das Unmögliche erfinden, du magst dein Leben aufs Äußerste vorantreiben. Immer aber wirst du zur Erde zurückkehren.

Dann kam ihm plötzlich die Idee, das Professor Sakkey zu erzählen. Ohne Furcht vor dem Zornesausbruch, von dem sein Freund dabei ergriffen würde. Er ging wieder nach draußen und ließ seine Augen lange die Hügel hinabschweifen: Das Auge bedeutete Geschwindigkeit, es flitzte um die Bäume herum...

unterschiedlich lange Reise für unterschiedlich dicke Stämme...

sie teilten das Dickicht für den unvermittelt sich öffnenden Pfad eines *akrantsi*. Dann, nachdem sie über Wurzeln und Blätter geeilt waren, blieben sie überrascht auf den winzigen Tupfen zweier Köpfe haften, die den Hügel heraufkamen.

1/2-Allotey fuhr sich über die Augen und sah erneut

hin. Da waren zwei Gestalten, die das flache Land neben ihnen ganz langsam den Hang hinaufzerrten. Ein Mann in der Kleidung des Nordens und eine Frau, die ihm sogar aus dieser Entfernung bekannt vorkam. Er ging ihnen entgegen, weil er nicht wollte, daß Fremde ihre Füße in seine kleine Welt setzten. So unordentlich, wie sie im Augenblick war. Als sie sahen, daß er heruntersteig, wurden die Schritte der Besucher etwas schneller.

„Mein lieber Mann, bitte warte da oben auf uns...
ich bin's, Mayo. Nein, werd nicht wütend...
ich bin den ganzen Weg in Frieden gegangen...
empfange mich wohl, denn ich komme nicht allein."

Allotey blieb stehen und fühlte, wie plötzlich Wut in ihm aufwallte. Seine Schultern wurden vor Mißtrauen noch breiter. Er ging ihnen weiter entgegen, weil er wußte, daß Mayo sich nicht gut fühlen würde, wenn sie sich auf halber Strecke begegneten.

Und was will das blöde Weibsstück hier? fragte er sich.

Mayo winkte ihm zu, wieder hinaufzugehen. Er aber achtete nicht darauf, weil er sich an die Unverschämtheit erinnerte, mit der sie sein Suchen immer wieder gestört hatte. Als sie aufeinandertrafen, lächelte Mustapha für alle drei, weil die beiden anderen Münder fest verschlossen blieben. Mayo hatte gedacht: Ist er noch immer so dickköpfig, daß er nicht bleiben kann, wo er war, um sie zu begrüßen? Über die Monate hinweg hatte sie sich verändert. Sie war noch fetter geworden. Für Allotey war das aber nicht von geringster Bedeutung.

„Mein lieber Gatte, sollen wir hier auf dem Kopf stehen und reden, oder bist du so freundlich und erlaubst uns, dein Haus zu betreten, wie der Brauch es fordert?"

Er wollte ihr antworten: Wir sollten hier auf der Hälfte der Wegstrecke stehenbleiben, damit ich auch nur die Hälfte dessen hören muß, was du mir mitzuteilen hast. Weil ich an der anderen Hälfte überhaupt kein Interesse habe.

Er führte sie aber fast bis zur Hügelkuppe, setzte sich plötzlich nieder und sagte: „Ich habe hier keine Stühle, nur einen alten Hocker. Und Wasser bin ich auch noch nicht holen gewesen. Willkommen also. Welchen Auftrag habt ihr?"

Mustapha lächelte nur immer weiter. Denn schließlich

war dies der Mann, von dem Kofi Loww gesagt hatte, daß er ihn wegen seiner...

Unpäßlichkeit aufsuchen sollte. Und Kofi Loww hatte es ihm gesagt, weil er es von Kojo Pol hatte, der seinerseits eine beiläufige Bemerkung von Professor Sackey aufgeschnappt hatte. Seit vier Monaten hatte Mustapha vergeblich versucht, 1/2-Allotey aufzuspüren. Schließlich war er an Mayo, Alloteys Exfrau, geraten...

die Mustapha klarmachte, daß sie noch immer mit ihm verheiratet war.

Die Wahrheit war, daß Alloteys Ruf als Heiler während seiner Abwesenheit in Kuse aus unerfindlichen Gründen aufgeblüht war. Im Dorf langten Geschichten über ihn an...

Möglicherweise kamen sie aus den über die Hügel verstreuten Weilern. Denn dort fand man seine Eigenarten, seine Art, den Acker zu bestellen, sein Streben nach Alleinsein, ziemlich sonderbar.

Wer hatte je zuvor auf den Hügeln Bohnen angebaut? Wer hatte je hier einen Fischteich angelegt?

Und sie hatten ihn mit seinen Heilkräutern gesehen.

Und die eine oder andere vereinzelte Krankheit hatte er auch kuriert. Wenn auch mehr aus Wut heraus als aus irgendeinem anderen Grund. Mayo mochte Geschwätz und Ruhm und sehnte sich danach, den berühmten Mann zu treffen, dem sie im vergangenen Jahr so übel mitgespielt hatte. Deshalb hatte sie sich mit Mustapha auf den Weg hierher gewagt. Als Mustapha ihr seine Geschichte erzählte, blühte sie förmlich auf. Aus dem einfachen Grunde, weil sie nichts und niemandem gegenüber auch nur ein winziges bißchen Verantwortungsbewußtsein aufbringen konnte. Es sei denn, ihre Neugier war geweckt worden. Sollte sie je einem Vorfahren begegnen, würde sie augenblicklich von ihm unterhalten werden wollen. Und ihr Mund würde einen neugierigen Kreis nach dem anderen formen. Dieser Sinn für Energie und Lachen hatte Allotey ursprünglich zu ihr hingezogen. Dann aber stellte er fest, daß nichts dahintersteckte: Es war lediglich diese eine Eigenschaft, die die Grenzen ihres Seins ausfüllte. Sie war ein Kind geblieben und hatte ihre Späße darüber gemacht, was sich zwischen seinen Beinen befand. Hatte *okros* an die Stelle gelegt, an der sich in Wirklichkeit richtiges Fleisch befand. Nun hatte sie sich hier hochgekämpft, weil sein Ansehen sie beeindruckt hatte. Sie empfand keine Schuld wegen der Beziehung, die sie in der Vergangenheit zu ihm gehabt hatte, hatten doch so viele sie gelobt, weil sie so mutig die Eigenarten eines derart sonderbaren Mannes ertrug. Die Leichtigkeit ihres Seins verpestete die Ebenen vor ihm. Neben ihr die Blätter wurden dick.

Mustapha hatte die Angewohnheit, sein Gesicht seinem Zuhörer zu nähern, wenn er redete. Als er das aber bei 1/2-Allotey versuchte, wehrte der sein Gesicht entschieden, aber höflich ab. Ohne zu protestieren, suchte und fand Mustapha seinem Gesicht und seinen Worten einen anderen Platz auf der Landkarte des Lebens. Dann flossen sie wieder wie seine Kleider. Ein paar waren dunkel, andere hell: „*Okomfo* Allotey, ich dich nenn so, weil du groß über all de klein-klein *shokolokos*...

so ich nenn de andre Fetischjungs. Dein Schulter is stark *paa*, stark wie Hügel hier. Dein Madam hier, hat sich geb Müh für mir. Is komm ganz Weg mit mir hier. Ich seh, sie gut Frau, sie lieb dich tee...

Mein Sach aber, is Mann zu Mann Sach, is zwei Mann Redung. Jetz, wo ich hier, ich fühl besser bißchen, mein Bein ganz fit für mach stark was. Du seh, Massa..."

Mustapha richtete seinen Blick auf Mayo, die aufmerksam zuhörte. Die beiden Männer drängten sie mit Blicken zurück, die sie mit einem verwirrend unschuldigen Lächeln parierte. Und gestattete es nur den Hügeln, sie ein paar Fuß zurückzudrängen. Wo sie gesessen hatte, blieb der Duft ihres Parfums zurück. Allotey wandte seine neutralen Augen wieder auf Mustapha. Der fuhr fort: „Massa, mein Frau auch zu schön *paa*. Ich nehm sie, wenn sie war Schulkind. Sie woll mach eins und eins, und zwei plus zwei sie woll mach in Bett! Massa, ich lüg? Ich sag dein Frau hier, mich treff was *paa*. Ich nit fit bums mein Frau, ich nit könn *fikifiki*. Sie schwing ihr Hintern aaaa, aber Ding nit woll steh. Is ernst-mann. So, ich sein in dein Hand..."

Wenn Mustapha redete, dann schien Kola in verkörperlichter Form aus ihm zu sprechen. Die Welt wurde braun, in strahlendem Kontrast zu seinen cremefarbenen Kleidern. Sein Körper besaß eine außergewöhnliche Würde, ein Aufwärtsstreben mit einem weisen Ende an der Spitze. Die dünnen Flügel seines Schnurrbarts kreisten elegant um die Ecken seines Gesichts. Der Respekt, den er einflößte, schlug Wurzeln, welkte aber manchmal unter der Arroganz seiner Gesten. Mutig beherrschte er die Luft mit den schneidenden Bewegungen seiner Hand und mit seiner Körpergröße: Dann aber bettelte er die Welt urplötzlich wieder aus der demütigen Schale seines Mundes an.

Es entstand ein Schweigen, in dem er 1/2-Allotey völlig neu erschien: Er sah aus wie ein kauernder Felsen. Seine Haut bedeckte die gesamte Ebene. Und die Welt verströmte sich in ihm und aus ihm heraus...

ein inneres Feuer hielt jetzt seine Gebeine zusammen. Und Mayo starrte ihn an. Ihr schauderte vor Liebe oder Bewunderung...

als wüßte sie, daß sich Barrieren zwischen ihr und ihm auftürmen würden, wenn er es bemerkte. Das Haus betrachtete Mayo. Mayo betrachtete das Haus. Aus der Entfernung klang ihre Stimme herüber: „Dein Haus hier ist größer als alles in Kuse! Doch wenn du mich nicht bittest, es mir anzusehen, dann werde ich das auch nicht tun..."

Habichte trugen den Himmel über ihnen. Bewegten die Gedanken der drei Köpfe unter ihnen viel sanfter und glatter, als die Köpfe es je konnten. Als Allotey sich plötzlich erhob, hatten die Krallen der Habichte von oben ihm den letzten Gedanken aus dem Kopf gezogen: Er hatte nur noch den Wunsch, Mayos Augen aus der Umgebung seines Hauses zu kehren. Während er nach oben ging, um zu fegen, sahen sie ihn schweigend an. Jeder seiner Schritte hatte Bedeutung für sie. Signalisierte ein Schicksal. Als er fertig war, brannte bereits die Mittagshitze auf sie herab. Er kam wieder zu ihnen herunter. Mustapha stand auf und fragte ihn: „Mein Ding, soll ich zeig? Soll ich nehm raus und zeig dir? Boss, ich dich bitt, sprich mit mein Ding, mach ihn steh!"

Mayo wandte ihr Gesicht ab und lachte gemeinsam mit der Brise dieses Mittags.

Allotey legte Mustapha die Hand auf die Schulter und nahm ihn mit zum Haus hinauf. Die Fragen von Mayos Augen beachtete er nicht...

sie sollte ruhig noch etwas länger inmitten ihres Gelächters sitzen bleiben. Und sie gähnte hinter seinem Rücken. Ihr Interesse erstarb.

Da gab es so vieles aus den Zeiten seines Vaters als Heiler, an das sich Allotey erinnerte. Genau wie sein Vater aber, der ein bei weitem temperamentvollerer Mann war als sein Sohn, wehrte er sich zu Anfang gegen die Fähigkeit des Heilens: Für jeden einzelnen Fall wollte er erst ein entsprechendes Ritual entwickeln. Wollte seine Heilpflanzen und Tinkturen analysiert wissen. Wollte allem seine eigene Dimension hinzufügen...

doch meist mochte die Pein der Kranken, der Beladenen, nicht warten. Er schmollte manchmal, wenn er seine Medizin verabreichte. So begann es auch bei Mustapha. Eine Stunde verging über dem Mahlen von Heilkräutern und dem Zubinden von Arzneisäckchen. Über dem Anstarren und Handauflegen. Ging über in die nächste Stunde, dann in drei Stunden angespannter Konzentration. Dann eilte Allotey mit einem Mal nach draußen und schaute die nahestehenden Bäume an...

es fiel ihm nicht einmal auf, daß Mayo nicht mehr da war. Dann rief er Mustapha nach draußen: „Komme nächste Woche nach Kuse, klar? Ich bin noch nicht fertig. Ich muß wegen ein paar geschäftlicher Dinge nach Kuse, oder er bleibt klein..."

Mustapha nickte befriedigt. Er hatte volles Vertrauen in Allotey. Er sagte: „Ich geh nit mehr zu *Mallam*..."

Dann fiel ihnen Mayos Fehlen auf. Weit entfernt entdeckten sie ihr Gesicht. „Ei, ich nit Geduld für wart auf Frau *koraa*! Ich mir greif Madam!"

Gäbe es goldene Stufen aus den Tälern heraus, dann wären Mayo und Mustapha sie bereits herabgestiegen, heraus aus 1/2-Alloteys Vorstellungswelt. Was die Blätter da umgab, waren Fragen...

trugen Umraum um Umraum den ganzen Weg hinüber nach Kuse, wo man seine Abwesenheit jetzt stärker spürte als seine vormalige Gegenwart und wo, weit über Mayos Trick hinaus, sein *okro*-Feld Berühmtheit erlangt hatte. Doch dieselbe Mayo nahm jetzt seinen Namen mit dahin, polierte und glänzte ihn, um seine neuen Kräfte, seine neue Güte herauszustellen.

Namensputzerin.

Allotey kniete nieder, aß noch etwas von der Ziege, ganz unmittelbar mit den Zähnen, mehr indirekt mit den Fingern. Er ging ins Haus und räumte die verwendeten Heilkräuter weg. Die schalenlosen Eihäute des Rituals, die geschälten Bastfasern. Neben dem alten Mahlstein, wo die alten Federn lagen, fegte er Spuren seines Pulvers weg. Er hatte den Penis des alten Mannes, den *popylonkwe* der Stunde, gefesselt und befreit. Und er hatte die Zeichen in der alten Handfläche der rechten Hand gelesen, bis alle Sorgen aus ihr verschwunden waren. Bis die Auslegungen die Lenden für die eigentliche Heilung vorbereitet hatten. Mustaphas Seele, die normalerweise in seinem Mund, seiner Tasche oder seinem Herzen ihren Sitz hatte, saß nun in seinen Lenden: Das Vertrauen war dort sichtbar zu einem Hähnchen gewachsen...

und es bestand die Hoffnung, daß bald etwas durch diesen Hahn fließen würde. Mit verächtlichem Blick, der an anderen Tagen Entschlossenheit bedeutete, begann Allotey, ein paar Sachen in eine alte graue Tasche zu packen: Messer, Steine, Shorts, *batakari*, Unterwäsche und Oberbekleidung. Bevor er es selbst überhaupt bemerkte, hatte er sich entschlossen, Kuse lieber eher als später einen Besuch abzustatten. Es war, als ob ihn irgend etwas nordwärts drängte...

um ein paar Tage dort zu bleiben, wenn er jemanden fand, der bereit war, auf sein Haus aufzupassen, solange er weg war: der Fische wegen. Oder wegen der Geister. Er brauchte eine Stunde, um das Haus aufzuräumen und zu reinigen. Er sah, daß niemand in seiner Abwesenheit hier sein wollte. Bevor er ging, zog er mit den Augenwinkeln den Himmel auf das Haus herunter. Er zog das Strohdach weiter zu den Fenstern herab. Dreimal drückte er seine Zunge gegen drei der Wände, jedesmal länger. Dann, nachdem er Blätter des Abschieds vor und hinter das Haus gestreut hatte, stieg er die Hügel hinab. Nach ein paar Schritten begann Bruder Haus ihn am Hinterkopf zurückzuziehen: Er zwang seine Beine, weiter auszuschreiten. Sein Kopf aber wandte sich in kurzen Abständen immer wieder zurück. Schließlich drehte er sich ganz um, und von den Pfaden seines Abstiegs her erleichterte er das Haus um den Himmel. Das Palmdach stand stramm. Sein Frühgetreide beklagte sich raschelnd von der abendlichen Hausseite her. Dann löste sich die aufwärtsgerichtete Vision auf, denn er schaute nicht mehr zurück und schaute nicht mehr auf...

Der Mund des Busses auf der Nsawam Road war gefüllt mit den Zähnen anderer Leute. Er nahm ihn trotzdem, biß seine Gedanken durch zu seinem Sitz und kam schließlich in Kuse an, weit entfernt vom Dorf Achimota, wo er eingestiegen war...

Und genau dort, an der Einmündung des alten Pfades nach Kuse, stand sein Bruder Kwaku. Sein teelöffelkleiner Mund bot kleine Mengen Lächelns feil. Hieß ihn zum Teil willkommen. Wies ihn teilweise ab. Kwakus Lächeln hatte sich nicht verändert. Es war nur niedriger geworden. Dehnte sich in der Mitte unterhalb der Halbbrücke seiner Nase die Straße dieses Akan-Dorfes mit seinen Ga-Verwandten entlang. Doch als er Allotey umarmte, schlief die Frechheit in seinen Nasenlöchern.

„Ei, Bruder zu Bruder! Willkommen, *akwaaba*! Hast du jetzt all die Geister in der Tasche, die du dir gewünscht hast? Ich will dich nach Hause bringen. Frag mich nicht nach dem Wald, bevor du nicht gegessen hast und guter Laune bist. Aber achte auf all die stieren Blicke. Man sagt, du bist Magier geworden!"

Kwaku freute sich ehrlich, seinen Bruder wiederzusehen. Doch er spürte gleichzeitig, daß ihn ein neues Schweigen umgab: Als ob das Umherziehen in seinem Kopf einige Wörter ausgelöscht hatte. 1/2-Allotey sah, daß manche Leute ihm zuwinkten. Als ob sie gewußt hätten, daß er käme. Aus Nächstenliebe sperrte er die Ironie in einem Auge ein.

Das Land von Kuse war geschrumpft, weil es zwei neue Häuser aufgenommen hatte. Eins bestand aus Lateritziegeln und das andere aus Sandbetonblöcken. Als sie an ihnen vorbeikamen, wies Kwaku beiläufig auf das zweite Haus und meinte: „Man sagt, deine Mayo will Paa Ababio heiraten. Er ist von seinen Reisen heimgekehrt und hat ein bißchen Geld mitgebracht. Sie aber wollte dich vorher noch einmal in Augenschein nehmen, um zu sehen, ob sie nicht doch noch einen kleinen Gewinn aus dir herausschlagen kann!..."

„Sie war heute früh bei mir", erwiderte Allotey ohne großes Interesse.

„Oh, heute erst! Deshalb hat sie also versucht, eure ganze Geschichte mit den Geschichten auf ihrer Zunge neu zu schreiben! Sie hat gesagt, daß sie jetzt mit dir ein Kind hätte, wenn sie nicht so verrückt gewesen wäre...

Und dein alter Freund-Feind Kwame Mensah ist vorigen Monat gestorben. Er hat immer von dir gesprochen, den einen Tag nur Gutes, am nächsten nur Schlechtes..."

„Er hat mir vergangene Nacht seine Stimme gesandt", sagte Allotey ausdruckslos, als könnte ihn nichts mehr überraschen. „Er hat mir gedroht, ich solle entweder leben, wie es sich geziemt, oder untergehen."

Als sie das Haus der Familie betraten, schaute Kwaku seinen Bruder an.

Im Gehöft stand Fofo. Die Frau, die ihm vergangenes Jahr eine Tochter geboren hatte. Fast hatte auch sie schon seine Abwesenheit lieben gelernt. Jetzt aber stand sie wie erstarrt. Hatte ihre Tochter im Arm und einen vorwurfsvollen Blick in den Augen. Allotey umfaßte sie an den Schultern, als ob er ihr Leben festhalten wollte. Dann nahm er seine kleine Tochter. Sie aber streckte sich zurück zu ihrer Mutter.

„Da bin ich. Wann bist du von deiner Mutter zurückgekommen? Ich bin gekommen. Und ich werde immer kommen und gehen. Das Kommen ist das wichtige daran..."

Fofo fühlte sich bereits wohler während seiner Wanderungen als bei seinen Aufenthalten. Deshalb lächelte sie nur, hieß ihn willkommen und fragte sich, ob er sie letzten Endes noch heiraten würde oder nicht. Die Geschichten, nach denen er sie nur genommen und ihr ein Kind gemacht hatte, um Mayo zu ärgern, beachtete sie nicht...

aber sie war fest entschlossen, ihn zu fragen. Sie wollte warten, bis er sich häuslich niedergelassen hatte. Dann wollte sie ihn fragen, ob das wahr war.

Mit dem Morgen hatte Aufregung im Dorf Einzug gehalten. 1/2-Allotey beobachtete, wie sie ihre Ansichten und Überzeugungen auf ihn richteten. Sie standen jetzt auf der gegenüberliegenden Seite des Weges, auf dem sie gekommen waren. Hauspfeiler kamen anmarschiert, um ihn willkommen zu heißen: Lächeln aus gebranntem Lehm. Lächeln aus Betonputz. Strohzähne, die ihn von oben herab anlächelten. Andere wieder, die neugierig aus dem Innern der Häuser kamen...

sie hatten die Dächer angelächelt und brachten nun das Stroh mit. Weihrauchgeruch lag in der Luft. Die war nur so kühl wie die Füße, die da auf und ab marschierten und sie trugen. Als Allotey aufstand, erhob sich auch etwas Verärgerung mit ihm: Er wußte, daß die ganze Feierlichkeit in den übertriebenen Geschichten ihren Ursprung hatte, die Mayo aus verdächtigem Antrieb heraus herumerzählte. Entweder wollte sie ihn so sehr erhöhen, daß er sich alle Knochen brach, wenn er herunterfiel. Oder sie wollte ihn guten Willens dazu überreden, zu ihr zurückzukehren. Beide Gründe trieben ihm Verachtung auf die Stirn. Fofo fand es deshalb klüger, ihm noch keine Fragen zu stellen. Als er ging, die Ältesten zu begrüßen, war sein Zorn zusammen mit dem Essen in seinem Magen verschwunden. In seinen Augen standen eigentümliche Fünkchen. Seine Schultern waren so breit wie die roten Straßen, und dennoch rannte trotz der Menge, die sich am Haus des *odikro* versammelte, niemand in sie hinein.

Nachdem sie sich gegenseitig begrüßt hatten, bot man Allotey einen Platz gegenüber dem Halbkreis der Ältesten an. Er saß neben Kwaku und seinem Onkel Wofa Anim, der aus irgendeinem Grund ziemlich nervös aussah. Allotey hatte Wofa Anim immer als Schwächling angesehen. Als jemand, der seinen Mantel in den Wind hängte. Wofa Anim verschränkte die Arme. Und entschränkte sie wieder. Ein Auge blickte nach Osten, das andere schaute nach Westen. Allotey berichtete ihnen als Sohn Kuses von seiner Mission: „Nichts Sonderbares, nichts Schlechtes, *Nananom*. Ich ging fort und bin wiedergekommen. Als ich ging, habe ich euch allen gesagt, vor allem Kwame Mensah, daß ich zurückkommen würde. Einige von euch haben gedacht, dies sei eine Drohung. Gut, ihr könnt darüber denken, wie ihr wollt. Ich ging, um zu erforschen, was ich aus meinem Leben machen kann. Um mich ein wenig mit den Vorfahren und den Göttern zu unterhalten. Vielleicht auch, um etwas Geld zu machen. Jetzt bin ich für ein paar Tage zurückgekommen. Ich werde wieder gehen und erneut zurückkehren. Und das wenige unternehmen, das ich zur Heilung beitragen kann..."

In der Menge entstand ein Murmeln. Wofa Anim wandte sich kopfschüttelnd verächtlich von Allotey ab. Nach einer kaum wahrnehmbaren Pause fuhr Allotey fort: „... um all das zu heilen, was in meinen Kräften steht oder in den Kräften des Schreins meines Vaters. Ich sehe viele Menschen hier. Sind sie meinetwegen gekommen? Dann will ich die Gelegenheit nutzen, ihnen für den Empfang zu danken."

Dann setzte er sich unvermittelt, weil er spürte, daß in der Menge und unter den Ältesten eine Stimmung herrschte, die er nicht richtig einschätzen konnte. Nachdem der *okyeame* dem *odikro* Alloteys Antwort mitgeteilt hatte, gebot dieser Ruhe und wandte sich über den *okyeame* an Allotey: „Unser Sohn, wir grüßen dich. Es scheint, als hast du uns allen ein gutes Herz gegeben, denn sieh nur, wie wir alle gekommen sind, um dich zu umarmen. Du gingst im Zorn von uns, und du bist in Liebe zurückgekehrt. So wünschen wir es auch. Dennoch gibt es etwas, das uns beunruhigt. Soweit wir wissen, legte dein Vater den Schrein deinem Onkel Wofa Anim in die Hände. Ihn kennen wir, er hat uns geheilt und beraten...

okyeame, sag Allotey, daß er nicht zu sprechen hat, wenn ich rede...

Wie ich sagte, wissen wir, das Wofa Anim über den Schrein gebietet. Wenn du in Eintracht mit uns leben willst, dann laß ihn in Frieden seine Arbeit tun."

Es herrschte Schweigen, während der *okyeame* seine Arbeit am Wort verrichtete.

Mit einem Seitenblick auf Wofa Anim, der immer noch zur Seite schaute, erhob sich 1/2-Allotey. Jenseits der Mauer fingen wilde Blumen den Tumult auf, der entstand, als Allotey mit erhobener Stimme sagte: „Wofa hier neben mir ist alt genug, furchtlos die Wahrheit zu sagen! Wo war er, als mein Vater starb? Alle Kultgegenstände des Schreins befinden sich in meinem Besitz. Und mein Vater gab mir den Auftrag, seine Arbeit fortzuführen, wenn ich mit den Veränderungen, die ich einzuführen gedächte, zufrieden wäre. Wofa Anim kann sein Haus nicht auf dem Rücken eines anderen errichten...

Wenn er das tut, wird sein Haus einstürzen!"

Wofa Anim erhob sich mit dem Vertrauen darein, daß das, was er dachte, auf allgemeine Zustimmung stieße. Sein Tonfall brachte das zum Ausdruck: „Normalerweise streite ich mich nicht mit jungen Leuten in der Öffentlichkeit.

Mag sein, daß sein Vater ihm ein paar Kultgegenstände hinterlassen hat, aber der Alte hatte sie doch nicht mehr alle!..."

Ein Blick voll Feuer von Allotey bohrte sich in Wofa Anims Schläfe. Wofa fuhr nur noch mit einer Seite seines Gesichts fort: „Alle Ältesten verstehen meinen Standpunkt. Ein junger Mann wie du hat noch viel zu lernen..."

„Wofa Anim, was du tust, wird dich nur in Schwierigkeiten bringen!" unterbrach ihn Allotey. „Du bist niemals Schüler des Alten gewesen. Nach welchen Regeln willst du also sein Werk weiterführen? Ich war zwölf Jahre bei ihm! Jetzt weiß ich auch, warum ihr alle hier seid. Ihr wollt miterleben, wie man mich in Schande davonjagt! Ich will euch nur sagen: Bald eröffne ich hier eine Apotheke. Niemals wieder wird mich irgend jemand irgendwo davonjagen! Wenn ihr der Meinung seid, der Mann, der hier neben mir sitzt, wird meine Pläne schon durchkreuzen, dann haben wir ein riesiges Palaver vor uns! Schaut ihn euch an. Er kann mir ja nicht mal in die Augen blicken! Hat er euch wirklich geheilt? Das werden wir erst noch sehen!..."

Nananom, erlaubt mir zu gehen...

Ich lebe in verschiedener Zeitweil gleichzeitig und bin sehr beschäftigt. Und ich weiß Demut zu zeigen. Ich bringe euch meine Ehrerbietung dar. Wenn ihr euch zu etwas entschließt, dann tut es. Was ich zu tun gedenke, habe ich euch bereits gesagt!"

Es gab einen Aufschrei der Menge, als Allotey sich wütend einen Weg durch die Massen bahnte. Ein paar klopften ihm auf die Schulter. Andere starrten ihn an. Jemand rief: „Allotey, du willst erreichen, daß sie sich vorwärtsbewegen, und sie wollen nicht!"

Kwaku folgte ihm lächelnd und flüsterte ihm zu: „Eines Tages mußt du etwas Furcht zeigen. Das ist alles, was sie erwarten, ein bißchen Furcht. Dann kannst du alles bei ihnen erreichen."

Kwaku sah aus, als wollte er seinem Bruder noch etwas sagen. Aber die Worte drangen nicht hervor. Nicht, bevor Mayo sie am Hauseingang ansprach.

„Mayo!" rief Allotey aus, „was hast du im Haus zu suchen? Woher auf einmal dein Interesse an mir?..."

„Oh", erwiderte Mayo mit ruhigster Stimme, „hast du

also noch immer deine Launen. Ich dachte, daß du vielleicht vor mir von *odikro* Kyeis Gehöft hier angekommen wärst...

Ich habe Fofo nur guten Tag gesagt und dein Kind in den Arm genommen. Sie sieht dir so ähnlich! Du mußt mich heilen, damit ich heiraten kann..."

„Ja, damit du einen anderen heiraten kannst", fuhr Kwaku ungeduldig dazwischen. Und schleuderte seinen Blick über Mayos offenen Mund hinaus.

„Ich weiß, ich weiß", erwiderte Mayo etwas lauter, „doch wäre ich mir nicht so sicher, daß das junge Mädchen da im Haus deinen Bruder heiratet!"

Trotzig richtete sie ihr Kleid. Und ihr Gesicht. Und schaute Kwaku an. In ihren Augen stand Verachtung. Mit gleicher Stimme fuhr sie fort: „Und überhaupt, du hast dich um die Heirat seines Bruders nicht zu kümmern! Wie dem auch sei, ich bin nur hergekommen, um Allotey zu sagen, daß Mustapha sagt, er sei geheilt und daß er sehr bald mit seinem Dank vorbeikommen wird. Ich weiß auch nicht, was mit deinem Bruder Kwaku nicht stimmt. So viele Männer wollen mich heiraten. Ich aber laß mir Zeit...

an dem Tage, an dem Allotey heiratet, ja du, Allotey, an dem Tag heirate ich auch..."

Dann rannte sie lachend davon und schleppte ihre Beine hinter sich her wie zwei braune Stückchen Feuerholz, die noch nicht reif fürs Feuer sind.

Als sie das Haus betraten, sahen sie Fofo mit dem Kind auf dem Rücken weinend in einer Ecke sitzen.

„Von Frau zu Frau! Ihr Frauen macht euch nur gegenseitig Ärger und teilt ihn dann miteinander!"

Das war alles, was Allotey wütend sagte, als er an ihr vorbei ins Zimmer ging. Lächelnd ging Kwaku zu ihr hinüber, um mit ihr zu reden, doch Allotey rief sie herein.

„Willst du mir etwa sagen, daß dein Kopf zu jung für mich ist? Deine Tränen sprechen mir davon! Hör nicht das, was Mayo von sich gibt. Sie ist noch immer etwas verwirrt. Sie will gleichzeitig in der Vergangenheit und in der Gegenwart leben, aber in einer Art und Weise, die nicht funktioniert. Ihr Herz ist nicht danach. Bald wird sie heiraten und sich häuslich einrichten. Hör bloß nicht auf sie! Und was uns beide angeht, ich werde dich nicht betrügen. Wenn du an meiner Seite wachsen kannst, bereite ich dir ein Leben, das andere achten. Mayo hat sich selbst von mir entfernt. Du wirst mich verstehen lernen, auch wenn ich ein schwieriger Mann bin. Das weiß ich. Wisch dir die Tränen ab und bereite mir etwas zu essen. Hinterher fange ich an, dir das Lesen beizubringen..."

Lächelnd ging Fofo hinaus, und Kwaku brachte fast das gleiche Lächeln wieder ins Zimmer.

„An die Arbeit!" rief 1/2-Allotey, sobald Kwaku sich gesetzt hatte. Er fügte hinzu: „Wie steht's auf den Feldern?"

Kwaku zögerte. Sein altes Stirnrunzeln kehrte zurück.

„Die Waldschrate waren zuviel für mich. Ich habe nicht deine Geduld. Sie haben mich vertrieben! Erst nachdem ich der Flußgottheit geopfert hatte, konnte ich wenigstens eine Ernte einbringen. Mit dem Geld mußte ich eine ganze Menge erledigen...

das Haus instandsetzen, mich um Fofo und das Kind kümmern. Ich weiß, du hast ein bißchen Geld hiergelassen, aber das hat nicht gereicht...

Nein, ich sag dir die Wahrheit, sieh mich nicht so an. Im Augenblick kann ich dir nur zweihundert Cedis geben!"

Allotey sah seinen Bruder lange und eindringlich an und fügte, fast wie einen Nachgedanken seines Blicks, hinzu: „Du wirst dich nie ändern, Kwaku. Ich verändere mich, aber du wirst dich nie ändern!...

Laß Wofa Anim nie wieder ins Haus, bevor nicht alles geregelt ist...

Du wirst dich nie ändern..."

1/2-Allotey wiederholte dies geistesabwesend ein ums andere Mal. Fast so, als ob nun, da die Linie seines Lebens sich klarer abzeichnete, er sich den schändlichen Luxus des unordentlichen Lebens seines Bruders leisten konnte. Und auch, als ob diese Unordnung ihm als Warnung vor dem Versagen diente, an dem er seinen wachsenden Erfolg maß.

Kapitel zwanzig

Zu guter Letzt heiratete Bischof Budu doch noch Ama Serwaa. Letzten Endes war auch der Baum noch erblüht und schauderte im Luftzug eigener Überraschung. Für die Brüder und Schwestern der Kongregation war es, als ob endlich die gewöhnlichen Dinge, die alltäglichen Welten in die Welt ihrer Kirche eingedrungen waren: Banane war Banane, die jungen Pilze des vergehenden April waren so frisch wie die Hochzeit...

die ohne jede Feierlichkeit begangen wurde. Weil das Herz, wie der Bischof es ausdrückte, wenn es hervorbrach, mit der stillsten Würde wieder in die Brust zurückgelegt werden mußte. Die Brüder und Schwestern aber sangen, erfüllten jeden Strauch, jeden Winkel mit ihrem Lied. Sie wollten ihre Feier haben. Und sie bekamen sie. Old Man Mensah führte sie an. Er machte seine vielen, vielen Jahre der Überredung geltend.

„Gott hat das Herz hervorgeholt! Man kann das Herz nicht auf Ewigkeit verbergen!" sagte er zum Gruße derjenigen, die er traf. Das Zuhause war in der Kirche. Die Kirche war das Zuhause. Und die Freundlichkeit des Gehöfts bildete den Mittelpunkt des Tanzes. Heute hatte das Gehöft geheiratet. Natürlich hatte der Bischof zuerst Old Man Mensah von seiner Entscheidung informiert...

weil der Alte ihn mit seiner Ruhe und seinen Argumenten geschlagen hatte.

„Das machst du beinahe zu spät, Vater!" hatte Mensah gemeint. „Doch noch immer kann Ama dein Kind empfangen..."

Die Brüder und Schwestern freuten sich noch aus einem anderen Grunde: Es kam ihnen so vor, als hätten die traditionellen Mächte der Wärme, des Lichts und des Tanzes die harschen, spirituellen Mächte Osofos geschlagen. Einige trugen auch aus dem Grunde weiße Kleidung.

Als Bischof Budu Osofo die Neuigkeit mitteilte, antwortete der: „Ich weiß schon, ich weiß schon. Ich habe die Zeichen bemerkt, ich habe es gespürt! Genau das wollen sie ja alle...

Nur, wie ich es dir schon einmal sagte, verlaß uns nicht. Wenn du uns verläßt, wirst du eines Tages die ganze Kongregation vor deinem Hause wiederfinden, streikend! Sie werden um dich wehklagen. Ich muß dir das sagen, Bruder, damit du die richtige Entscheidung triffst. Und du wirst sehen, wie sehr sie deine Entscheidung feiern werden. Sie feiern für dich. Und gegen mich. Wart's nur ab..."

Der Bischof hatte Osofo lange angesehen. Ohne irgendeine Bewegung in den Augen. Dann hatte er Osofo auf die Schulter geklopft, hatte seinen bedächtigen Gang um sich herum versammelt und war davongegangen...

als ob da aus dem Motor seines Hinterns ein Tadel herauskrachte. Der Hintern sah diesmal besonders schwer aus. Und Osofo schoß durch den Kopf: In zwei verschiedenen Himmelsregionen befanden sich zwei *Pesewas*. Doch nur einer warf das Licht zurück, wenn die Sonne schien. Der andere hortete die Hitze und...

explodierte! Versprengte sich auf seine himmelwärts gerichteten Augen. Augen, die sich schlossen und davonrannten, um sich zu schützen. Sie würden ihr Gefühl der Überraschung horten. Und die Hitze gegen ihn ins Feld führen! Er sah auf und erblickte einen kleinen rotbrüstigen Vogel. Das afrikanische Rotkehlchen Gottes, das ein neues Liedchen sang. Etwas kürzer als das alte Lied...

in Gottes Land wurden sogar die Lieder kürzer. Die Lieder und die Geister. In Bischof Budus Augen schien keine Kraft mehr zu sein. Keinerlei Anzeichen von Trance. Der Bischof war beschäftigt, und Osofo fragte sich – unter einem augenblicklich zurückgenommenen finster reumütigen Blick – ob Gott jetzt an die Seite gedrängt worden war...

um Platz für Ama zu machen. Der Gedanke barg Unrecht in sich. Osofo kniete nieder, wo er stand. Und bat um Vergebung. Als er sich wieder erhob, trug sein Lächeln das Aussehen erleuchteter Heilkräuter. Er hatte sein neues Heilkräuterlächeln aufgesetzt, das sich ein wenig von seiner Seele gelöst zu haben schien und hervorstach wie eine zu lange Blume im Haar eines Mädchens. Seit endlosen Tagen hatte er sich nicht mehr gekämmt. Durch sein Haar war die Zeit mit ihrem heiligen Staub gegangen.

Das war, als er sich zwei Tage lang einschloß, um über die Entscheidung des Bischofs, zu heiraten, nachzudenken.

Die anderen verstanden das natürlich völlig falsch und bewahrten die Erinnerung daran für die Zukunft als weiteren Anklagepunkt gegen die Gezeiten seiner Stimmungen auf. Bischof Budu war wie immer der Meinung, daß Osofo seine inneren Spannungen ausleben müsse, und dazu bereit, wenn nötig, zu helfen...

doch manchmal fuhr ihm flüchtig der Gedanke durchs Hirn, daß Osofo nicht länger mehr zwischen spirituellem und emotionalem Schmerz unterscheiden sollte. Für Osofo war der Gefühlsschmerz ein immer verfügbarer Abfluß für den spirituellen Schmerz. Und wenn sein spiritueller Schmerz durch diesen Abfluß strömte, wurde der mit der Strömung eins. Wenn es überhaupt vorkam, daß der Bischof etwas Verrücktes tat, dann kleidete er sich in ganz billige Seide und seine Seele mit den scharfen Bissen eines Palmwedels geißelte, mit dem er für Osofo litt. Nicht zuletzt hatte er sich auch deshalb in Amas Arme geworfen, weil er schließlich den wahren Weg erkannt hatte, den die Kirche gehen würde. Seine geistige Klarheit war endlich in den Ebenen des Alltags gelandet, weil ihn die Menschlichkeit seiner Kongregation überwältigt hatte. Ihre Verwundbarkeit und ihre nur zu kurze spirituelle Pacht...

für sie war die Kirche eine Art zu leben, kein Abenteuer im Angesicht Gottes. Auch hatte er unter großen Vorahnungen bemerkt, daß die Brüder und Schwestern Osofos Veränderungen annahmen. Sie hatten sich durch das unermeßliche spirituelle Dickicht eines einzelnen geschlagen und waren nun bereit, ihr eigenes Dickicht, die Dornen ihres eigenen Lebens anzunehmen. Das Gras, das mit Leichtigkeit ein paar Tänze verkraftete und sich wieder aufrichtete. Den Weihrauch, der sich weit zurück in die Erinnerung ausdehnte und nicht in die Seele. Und schließlich hatten viele schon so viele Jahre auf dem Buckel wie die Säulen der Smiling Saint Church des Herrn. Und wenn nicht, dann wenigstens so wenige Jahre wie die sorgfältig gepflanzten Sträucher. Osofo hatte das auf die verschiedensten Weisen schon mehrfach angekündigt. Jetzt aber hatte Bischof Budu endlich widerstrebend die Erkenntnis angenommen und war voller Kummer über die unsichere Zukunft seines Priesterbruders. Mit seiner Heirat, so spürte er, war er eine riesige Last losgeworden...

doch die wurde ersetzt durch die Last, die Osofos schwankendes inneres Gleichgewicht ihm auferlegte. Hätte die Kirche einen schlank aufragenden Turm gehabt, hätte der Bischof Osofo zweifellos auf einem Bein auf seiner Spitze balancieren sehen können. Bedenklich schlingernd. Und die Gedanken all der minderen Wesen unter ihm vermischend und vorantreibend.

Und wie stand es um Osofos heilende Kräfte?

Und was war mit der ungezügelten Energie, mit der er die Jugend in die Kirche zog?

Und was mit dem Reiz, den die Heilkräuter auf ihn ausübten, die Osofo sich weigerte, als bloße Gaben anzusehen, die über ihn ausgeschüttet wurden?

Bischof Budu stand da. Seine feste Hand stützte seinen starken Schädel. Einen Schädel, der dieser kleinen Unterstützung dringend bedurfte, weil der Zweifel ihn schwer machte. Der aber trotzdem aus der Sicherheit heraus stark blieb, daß der Weg, den er eingeschlagen hatte, der richtige für ihn war.

Osofo war schockiert: Als er an jenem grauen Junimorgen über das Anwesen der Pfarre schaute, sah er die Erde in Hunderte und Tausende kleiner Felder unterteilt. Jedes Feld hatte ein Auge. Und bei dem Auge des Feldes handelte es sich um sein linkes Auge, von dem ein unvorstellbar grelles Leuchten ausging. Die Felder waren mit einem Streichholz angelegt worden, das noch immer einsam aus der Ferne leuchtete. Einige Felder hatten sich sogar über die Rinde der Bäume hin verteilt.

Die Holzstückchen Gottes oder der Zusammenbruch seines Verstandes?

Dann verschwand sein Auge. Und die Felder füllten sich mit den visionären Erscheinungen der Brüder und Schwestern der Kirche. In jedes Gesicht stand eine Warnung geschrieben. Eine Anschuldigung. Alle Gesichter schauten in die Vergangenheit, leuchteten aber in die Zukunft hinüber. Es sah aus, als hätten sie die Zukunft für ihn abgeschirmt. Für ihn aber war die Zukunft nicht dunkel. Nur anders. Dann verschwanden sie alle. Die Ziegen bewachten die Ecken, in denen er gewöhnlich betete. Ein Lufthauch umschlang seine Kehle und hielt sie fest.

„Bruder", rief er dem abwesenden Bischof zu, „was

wollen deine Kinder mir antun? Warum versuchen sie, mich davonzujagen, nachdem ich sie all die Jahre zusammen mit dir geheilt, ihnen gedient habe?..."

Dann griff er hart nach seiner Stimme und stopfte sie mit seinen riesigen Händen in den Mund zurück. Seine Hände konnten die ganze Welt verdunkeln, wenn er sie nur eng genug aneinanderhielt. Und wenn sie nicht zitterten wie jetzt gerade. Seltsam kroch sein Verstand jetzt durch seinen Körper dahin und langsam in sein Haus, gefolgt von seinen widerstrebenden Gebeinen.

„Mich selbst heilen, mich selbst heilen!" rief er den zurückkehrenden Wänden zu. Die Wände nahmen ihm die Kraft. Sie schenkten sie ihm wieder und nahmen sie ihm doch wieder weg. Der *nkontommire* in seinem Magen dehnte sich aus. Seine Eingeweide zogen sich zusammen. Hinüber sprang er, dahin, wo sein Bett auf seinen Federn schlief. Seine aufgeknöpfte Soutane flog hinter ihm her und verfing sich in einem streunenden Korbstuhl. Fegte ihn zu Boden wie seine Welten, die um ihn herumfegten. Auf der linken Seite seiner Stirn versammelten sich die Gebete. Gott schrumpfte. Zusammengepfercht in einer Hälfte eines Kopfes. Das Licht, das er so früh entzündet hatte, leuchtete nur die Ecken seines Zimmers aus. Und als seine Augen den Schein widergaben, drückten sich seine Lider wütend herab.

Licht und doch kein Licht.

„Du bist nichts, Osofo! Du bist kein Mann der Gebete und Heilkräuter! Du hast deine Leute enttäuscht! Sie wollen dich nicht!" hörte er sich sagen. Die Ziegen, die er immer mit Blättern fütterte, standen jetzt unter dem Fenster. Das ergab eine Mischung aus Meckern und Gebet. Und der junge Birnbaum draußen zitterte. Er verkleinerte die Aussicht aus dem Fenster, während die Ziegen, in dem Versuch zu klettern, ihre Vorderbeine hoben. Mit seinen betenden Händen, die unaufhörlich zusammenfanden und sich wieder trennten, teilte Osofo die Welt. Seine Bewegungen folgten denen in seinem Kopf. Das altbackene Brot war entweder Brot oder Manna. So öffnete er das Fenster und warf es den Ziegen hin. Und die Gebete in seinem Mund waren viel schneller, als seine Füße sich einer nach dem anderen ins Nichts bewegen konnten. Sein ganzes Haus und sein Körper schienen irgendwie unter Druck zu stehen, denn er konnte kaum noch atmen. Gottes Luft war dick und schwer. Die Luft seiner Vorfahren ebenso. Er nahm sein Kreuz und preßte es so fest an sich, daß es zerbrach. Als die Wände wie breithüftig tanzende Berge ihre Plätze tauschten, stürmte er in den Winkel seines machtvollsten Gebets. Eines Gebets, das noch nicht abgekühlt war. Und er schrie auf: „Vernichte mich, Herr! Dies ist Madina! Dies ist das verlorene Land!"

Danach trank er seinen alten Kräutersud und segnete sich mit einer weit ausholenden Handbewegung. Als er plötzlich aus dem Haus gestürmt kam, drängten sich die Ziegen an ihn und meckerten gegen sein Weinen an. Vom Kreuz fielen ein paar Stückchen herab.

„Auf zum Herrn! Ich gehe! Ich verlasse mein Gehöft! Und wenn ich tanzend gehen soll, wenn ich mein Herz herausreißen soll, ich gehe – hin zum Herrn!"

Osofo setzte sich auf den kleinen Stuhl vor der Haustür. Er spürte, wie ihm der Schweiß tropfte. Die leeren Knopflöcher seine Soutane erlaubten endlich der Welt, in ihr Inneres einzudringen. Endlich. Mit der prallsten Freude der Welt begann seine Haut sich zu weiten...

okros taten gut, er konnte aus Pfeffer ein Leben gewinnen. Rund und aberrund konnte die Orange ein ganzes Leben umrunden. Nicht nur eine Erntezeit. Und die seltsame Form des Ingwers: Er hatte alle Formen der Welt in sich! Laßt die Mango kreisen, denn in den Märkten waren noch ein paar übrig, mit denen er seinen Mund glücklich machen konnte.

Wer glaubt nicht, daß sich auch der Priester während des Gottesdienstes auf den *fufu* hinterher freut?

Und überhaupt, aß Jesus keine Bananen?

Und gesegnet seien die roten Bohnen.

Gesegnet seien die weißen Bohnen.

Gesegnet die Bananen, die sich im Schlaf an Hunderte Erdnüsse lehnen.

Gesegnet sei der *pito*.

Gesegnet sei der Palmwein. Weil er die Zusammenkunft der Kalebassen zur Feier adelt.

Sein Herz schlug jetzt so langsam, daß ein Herzschlag dem anderen hinterhergejagt werden mußte. Die Stille war eine verstummte Trommel.

Osofo aber sah durch die Bäume hindurch. Lärm kam näher, eine Menschenmenge auf ihn zu. Einige riefen seinen Namen. Ihnen voraus ging eine junge Frau, die ihren Kopf lauschend zur Seite geneigt hatte. Ihre strahlenden Augen führten Fragen mit sich, trugen die Fahne der Besorgnis. Dennoch umgab sie vollkommene Würde. Nur wenig hinter ihr ging ein wie abwesend aussehender junger Mann. Er sah aus, als könnte ihn nichts aus der Fassung bringen. Um die beiden herum liefen ein paar Männer und Frauen unterschiedlichen Alters. Osofo blieb sitzen, als Adwoa Adde langsam mit ihren langen, traurigen Schritten auf ihn zukam. Ein paar Schritte entfernt, an der Grenze zur vollkommenen Stille, hielten sie inne.

„Ja, das ist er. Das ist Osofo, noch immer in stummer Kommunion..."

Dann flüsterte dieselbe Person: „Er kann auch in heiligen Zorn geraten. Laßt euch also nicht täuschen!"

Es war Beni Baidoo, der so sprach. Sein Gesicht war zerrissen zwischen einem wissenden Lächeln und einem Stirnrunzeln. Da stand er, neben der Schulter von Kofi Loww. Kwaku Duah stand da in seiner Ingenieurshaltung. Stand inmitten der gebrochenen Bolzen seines Herzens. Weil ihm seine Mansa fehlte, leuchteten seine Wangen etwas weniger hell. Hinter ihm stand ein ironisches Lächeln. Und hinter dem Lächeln stand Manager Agyemang, der alle paar Sekunden seinen Mund zurechtrückte und immer noch versuchte, sich von Kokos Schwangerschaft zu erholen. Jato war auch da. Ihm fehlte sein unfertiges Kinn. Das war schließlich engelsflügelig aus seinem Gesicht herausgesegelt. Und er flüsterte: „Kwao ist verstopft. Sein Geld will immer noch nicht herauskommen!"

Kofi Kobi hatte es aus Liebe zu Akua endlich geschafft, seine Beine zu kürzen. Und deshalb hatte er beschlossen mitzukommen. Seine Eitelkeit ließ er sicher im Spiegel zurück. Akosua Mainoo und Abena Donkor waren zu glücklich, um zu kommen. Aboagye Hi-Speed war tot. Er hatte es aber nur fertiggebracht, sich halb zu bestatten, und man beerdigte die andere Hälfte unmittelbar danach. Wie er vorhergesagt hatte, richtete man ihm keine Leichenfeier...

seine Kinder wechselten alle den Namen. Und seine Frau bot all ihre Kümmernisse und ihre Schande jetzt in einer anderen Stadt feil. Sie alle standen vor Osofo. Eine Gruppe Menschen und Osofo beobachteten gegenseitig ihr Schweigen.

Ruhig begrüßte Adwoa Adde Osofo. Osofo erwiderte den Gruß mit einem durchdringenden Blick, der besagte: „Meine einzige Sitzgelegenheit ist das Gras. Manchmal dürfen die ganz Verzweifelten auch auf einer Ziege Platz nehmen...

Fremde, schickt das junge Mädchen hinter mein Haus, damit es euch etwas Wasser holt. Vielleicht findet sie sogar eine Bank."

Osofo nickte Amina zu, die einen Blick auf Adwoa warf, bevor sie ging. Still stand Bischof Budu hinter der Gruppe neben einem Baum. Er hatte Osofo besuchen wollen. Nun aber stand er dort mit ruhigem Gesicht und sah zu. Osofo legte seinen Kopf in den Schoß. Sein Schoß war wie das Rauschen des Meeres in einer Muschel. Aus dieser Haltung heraus sprach er: „Sister, was hast du für Schwierigkeiten? Wir alle ziehen verwirrt durch unser Leben. Gott ist der Sinn wie der Verstand. Ich habe meine eigenen Schwierigkeiten, doch ich finde weder Sinn noch Verstand. Je weniger ich Sinn und Verstand ausmachen kann, desto mehr Sinn und Verstand sind bei Gott. Und deshalb bin ich voller Demut..."

Adwoa Adde empfand Mitleid für den Mann und erwiderte: „Osofo Ocran..."

Sie machte eine Pause, um zu sehen, ob sich der Kopf von den Knien erheben würde. Nichts geschah.

„Osofo Ocran, wir haben dich gesucht und gefunden. Dies sind meine spirituellen Kinder, und der Mann da drüben ist mein Herz. Ja, wenn ich es so sagen kann. Wir haben uns gegenseitig erwählt, alle miteinander. Ich war aufgerufen, ihnen zuzuhören. Und sie hatten die Aufgabe, mir ihre Leiden zu erzählen. Einige sind jetzt hier, andere nicht. Ich glaube, ihre Abwesenheit ist deine Gegenwart, und deine Gegenwart bedeutet das Fehlen ihrer Sorgen..."

„Hey, Sister, hör auf!" unterbrach Osofo sie. „Bist du dir sicher, daß du auch mit dem richtigen sprichst? Ich vermag die Leute nicht zu beruhigen...

gerade jetzt nicht. Ich sprenge die Welten, in denen sie leben! Ich suche sie mit meiner Rastlosigkeit heim. Man sagt, ich sei gefährlich...

und zum Schluß fangen sie an, mich zu hassen..."
Es entstand ein plötzliches Schweigen. Adwoa Adde stand kerzengerade. Hochaufgereckt. Ihr Haar sorgfältig unter ihrem *duku* geglättet. So daß ihre großen, runden Augen fast wie auf einer Daguerrotypie hervortraten... verletzlich und fest zugleich. Das Schwarz und Grün ihrer Tücher – deren Stil und Druck sie selbst entworfen hatte – betonte ihre Körpergröße. Warf das Abbild tragender Pinien in ihre Richtung, wobei sie es durch ihr gerades Rückgrat noch verstärkte. Sie ging zu Osofo hinüber und berührte seine Hand. Ihre Augen waren in stillem Gebet geschlossen. Alle Köpfe neigten sich im Mitleid. Sogar Jatos. Alle, außer Kofi Lowws, der seine Augen nicht von Adwoa wenden konnte, weil er nicht wußte...
und es vielleicht in Jahren noch nicht wissen würde...
wie er die unermüdliche, seelische Tiefe, die sie ihm eröffnet hatte, nutzen sollte. Er verfügte über seine eigene, passive, seelische Tiefe, die er darauf verwendet hatte, das hinkende Leben zu überleben, das jetzt vielleicht, wenn die Jahre es hegten, vorwärtsdrängen würde. Er empfand jetzt, wie seltsam Verhalten und Temperament waren und nicht mehr Herz und Hirn. Ahomka hatte es so ausgedrückt: „*Dada*, mir geht's jetzt besser. Jetzt. Weil Auntie Adwoa dich verändert hat!"
Nach dem Gebet blickte Osofo Adwoa finster an. Sie aber lächelte unaufhörlich. Und kehrte an ihren Platz zurück.
Ohne Vorwarnung trat Beni Baidoo plötzlich mit sechs langen, schweren Schritten auf Osofo zu. Er machte eine so geschwinde Ehrenbezeigung, daß beinahe seine Runzeln herunterfielen, genau neben den Abdruck von Osofos Knie, an der Stelle, wo er niedergekniet war, um Vergebung zu erbitten.
„Osofo, Sir! Unsere junge Dame hier ist ein Engel. Sie hat ein paar von uns vom Sterben abgehalten oder davon, in Stücke auseinanderzubrechen. Sie hat die meisten von uns geheilt, nur indem sie uns zugehört hat. Sie hat uns Ausgaben im Schrein oder in der Nervenklinik erspart! Doch ein paar haben das Gefühl, daß noch ein Teufel übrig ist. Und wir wagen nicht, sie darum zu bitten, auch den zu bekämpfen. Wir bitten bitten bitten bitten! In Ghana

herrscht das Böse! Bestimmt aber in meinen alten Knochen...

Und schauen Sie sich den jungen Frechdachs da drüben an. Ich glaube, man nennt ihn Jato? Ist er nicht böse? Wir wollen nicht ihr ganzes Leben bestimmen. Wir Ghanaer sind freeeeiiii! Wir sind nicht be-herrschsüchtig veranlagt...

das ist ein Begriff, den ich in meinen Tagen als Briefschreiber nicht ein einziges Mal verwendet habe!

Und sehen Sie den schönen Mann hier? Eigentümlich, wie er aussieht – in seinen Augen schlummern mehr Träume, als sein Bart fassen kann! Wir wollen Sister Adwoa in Ruhe lassen, damit sie das Fundament ihres Herzens in seine einsame Mauer legen kann. Wir stehen ihr im Weg, drängen sie in Erfahrungsbereiche, die sie vielleicht wieder von ihm entfernen. Sehen Sie, daß Sie, wenn sie uns retten, auch die beiden retten? Wir haben von Ihnen gehört, haben Ihnen aus der Entfernung unsere Achtung entgegengebracht...

Und wissen Sie, ein paar von uns sind Manager! Und ich wollte früher mal Jura studieren...

wenn sie mir doch für meine guten Absichten den Abschluß verleihen würden! Hahahahaha! Osofo, wenn Sie lachen würden, hätten wir den Fall eines heiligen Gelächters. Mir ist zu Ohren gekommen, daß Sie die Vorfahren verehren. Gut also, helfen Sie mir, mich zu ändern und gut zu werden, damit ich, wenn ich sterbe, gut genug bin, um zum Vorfahr erhoben zu werden! Wissen Sie..."

„Ahh, aber auch Sie, alter Mann, sind etwas, *paa*. Sie reden zu vill-mann, zu vill, ehrlich."

Es war Jato, der Beni jetzt mit einer Verärgerung und Wut ins Wort fiel, die ihm das fehlende Kinn füllte. Er war ein rechteckig gebauter junger Mann, der sich in zwei Richtungen gleichzeitig hängen ließ: von den Schultern und von der Hüfte her. Seinem Haar hatte er gestattet, so dicht zu wuchern, daß man, wenn man nicht genau hinsah, glauben konnte, er habe einen zweistöckigen Kopf. Manager Agyemang warf sich in den Raum, in dem die beiden letzten Redner ihre Kräfte zu einem neuem Angriff sammelten.

„Hey, junger Mann, du sollst das Alter achten. Hey, Alter, achte auf deinen Mund und paß auf, daß du nicht erwähnst, wie deine Frau sich bloßlegt! Ich bin der Manager der Manager. Dieser Osofo sieht ganz offensichtlich so aus, als könnte er es mit dem Teufel aufnehmen. Erst habe ich geglaubt, ich sei nur aus Neugier mitgegangen. Aber jetzt ist mir klargeworden, daß es um Leben oder Teufel geht! Osofo ist die reinste Ein-Mann-Armee!"

Dann drehte sich Agyemang mit seinem dünnlichen Schielen um und donnerte mit eigentümlich trauriger Autorität: „Wer lacht da im Busch? Komm heraus! Komm heraus und lache hier in der offenen Ecke!"

Keiner hatte auch nur die Spur eines Lachens gehört.

Kofi Kobi war der Meinung, daß die Dinge außer Kontrolle gerieten. Und schließlich war es ihm nicht leichtgefallen, seine Beine für den langen Marsch zu zähmen. Er sagte: „*Nana* Osofo, die Termiten und der Termitenhügel danken einander nicht. Meine Welt aber ist mit Beinen übervölkert, als ob mein Schicksal in sie verschlungen ist. Wir wollen folgendes wissen: Werden Sie in einen Vertrag einwilligen, uns vom Unglück und vom Teufel zu befreien?"

Adwoa Adde hielt Kofi Loww zurück, als er vortreten wollte, um zu sprechen.

„Er soll sie so hören, wie sie sind", flüsterte sie, als flüsterte sie sich ein ganzes Leben aus dem Mund. Kofi Loww zügelte seine Augen, um ihre Wahrheit eindringen zu lassen.

„Danke, Kofi Kobo", grinste Beni Baidoo, „deine Beine marschieren immer direkt auf den Punkt zu. Stimmt's? Osofo, Sir, SIr, SIR! Ihr Schweigen ist nicht zu ertragen...

da gibt's noch andere Dinge, die ich jetzt gern bloßlegen würde...

hahaha!"

Und er sah Amina lüstern an. Die bemerkte es aber nicht im mindesten, weil sie nur für Adwoa lebte und selten etwas anderes wahrnahm. Von den anderen aber stieg ein Protestschrei auf, weil sie Benis Worte als Gottlosigkeit und Ausgelassenheit an einem Ort Gottes und vor einem Mann Gottes ansahen. Sie waren überzeugt, daß Beni Baidoo entweder betrunken war oder verrückt.

„Sister, es ist das Kreuz, das ihm all die Schlechtigkeit austreibt!" rief Amina auf einmal zur Überraschung aller. Dann fiel sie wieder in ihre Schüchternheit und Schreckhaftigkeit zurück. Schaute zur Seite mit einem Lächeln des Bedauerns darüber, daß sie überhaupt etwas gesagt hatte. Der alte Mann auf seinem schlafenden Esel lachte am lautesten und meinte plötzlich: „Darf ich Sie etwas fragen, Osofo: Wenn ich Heilkraut Heilkraut Heilkraut Heilkraut Heilkraut Heilkraut Heilkraut Heilkraut Heilkraut Heilkraut sage, und dann sage ich Herrgott Herrgott Herrgott Herrgott Herrgott Herrgott Herrgott Herrgott Herrgott Herrgott, dann teile ich die Zehnerpakete mit ganz jungem Palmwein in zwei gleiche Hälften, welche Chance hätte ich, daß man mich für einen heiligen Ghanaer hält?..."

Sofort versetzten Manager Agyemang und Kofi Kobi Beni Baidoo und dem Esel einen Schlag und schleiften ihn so geschwind über den Boden, daß niemand die Möglichkeit hatte, einzugreifen und sie aufzuhalten, bevor nicht das Hemd des alten Mannes schmutzig und halb zerrissen war. Und der Eselskörper lag ausgestreckt vermengt mit dem Baidookörper.

„AUFHÖREN, AUFhören, Aufhören!" schrie Osofo.

Seine Stimme schleppte sich dahin. Ihre Kraft verlagerte sich in den wilden Blick seiner Augen. Schnell knöpfte er seine Soutane zu. Streifte sich die Sandalen über. Erhob seine Hände gen Himmel und rief: „*Otumfo Nyankopon*! Gott aller Verrückten und Weisen! Endlich hast du mir den Weg gewiesen! Man soll uns in einer Prozession durch die Straßen von Accra erleben! Es soll eine Prozession der Wahrheit werden!

Lobet den Herrn!

Lobet den Herrn!"

„Hallelujah!" kam Beni Baidoos Antwort, während er sich aus dem Staub erhob. „Und noch ein Hallelujah! Hallelujahs gibt es überall soviel wie *kaklos*! Bald werde ich zu meinen Vorfahren eingehen. Jetzt aber habe ich Hunger. Also werde ich erst etwas essen. Dann lobe ich den Herrn. Dann – und erst dann – werde ich spirituell...

nachdem ich meine langen, schmutzigen Finger gewaschen habe..."

Langsam kam Bischof Budu unter den Bäumen hervor. Er ging geradewegs auf Osofo zu, faßte ihn an den Schultern und sagte: „Bruder, dein Platz ist hier! Heile diese Menschen hier!"

Die anderen sahen den Bischof überrascht an. Adwoa Adde faßte nach Kofi Lowws Hand und näherte sich dem Bischof. Budu sah sie im Augenwinkel näherkommen, drehte sich sofort zu ihr um und sagte: „Gott segne dich, du bist eine talentierte und gesegnete junge Frau. Geh nun, geh nun. Dein Platz ist nicht hier. Geh und lebe dein Leben. Wir werden uns um deine Kinder kümmern, deine spirituellen Kinder. Du aber geh und arbeite an deinen irdischen Kindern. Auch sie sind die wahren Kinder Gottes!"

Als er sie instinktiv wegführte, nahm Adwoa Addes Gesicht einen Ausdruck an, den Kofi Loww noch nie darauf gesehen hatte. Sie schaute unverwandt zurück. Er aber führte sie vorwärts. Vorwärts in ihr gemeinsames Leben. Mit seinen langen Schritten. Seinen endlich sehenden Augen. Und seiner neuen Bindung...

Amina war bereits vorausgegangen. Nach Hause.

„Viel Glück der jungen Frau!" rief Beni Baidoo. Aber Adwoa hörte ihn nicht. Sie war weg. Sie war weg. Hatte ihr Taschentuch dem armen, reichen Kwaku Duah in die Hand gedrückt, der die ganze Zeit gebetet hatte. Er winkte aufgeregt hinter ihr her. Denn er stand einsam und verlassen da. Schwankte am Rande seiner Welt. Und eine Autohupe blies ihm einen Segen.

„Bruder!" antwortete Osofo schließlich dem Bischof, „der Herr hat gesprochen! Heute durchbrechen wir die Schranken. Wir ziehen in den Krieg mit unserer *Asafo Company* hier! Heilen werden wir sie in den Straßen – marschierend und tanzend! Bischof! Deine Gemeinde kommt herüber, *deine* Gemeinde! Sie rufen nach dir! Sie wollen dich!"

Bischof Budu schaute nach links. Und wirklich, ein paar aus seiner Herde brauchten ihn bei irgend etwas, und das dringend: „*Yaa* Badu stirbt, Bischof, und sie hat nach dir gefragt. Sie will nur dich. Komm bitte, sie ist so verzweifelt!" rief ein alter Mann.

Zum ersten Mal sahen Bischof Budus Augen gehetzt aus, wie bei einem in die Falle gegangenen Tier. Äußerlich behielt er die Ruhe, bis auf die zitternden Hände, die noch immer Osofos Schultern umfaßten. Die Augen der beiden Priester trafen sich. In Osofos Augen las er eine sonderbare Mischung aus Ironie und Abschied, Abschied im spirituellen Sinne...

denn schließlich konnte er nicht sein bescheidenes Haus im Gehöft verlassen. Er würde es mit einer Mauer umgeben, sein Herz von seiner ersten Kirche losreißen und seine neue Kirche aufbauen, wenn Gott das so wünschte. Bischof Budus Augen sahen noch eine Sekunde lang gehetzt aus. Dann kehrte der gewohnt feste, väterliche Ausdruck in seine Augen zurück. Doch in den Augenwinkeln nistete glühend die Traurigkeit. Osofo schritt bereits mit seiner kleinen Gefolgschaft voran, als der Bischof, seinen starken Rücken streckend, einen anderen Pfad entlangeilte, um die arme Yaa Badu zu erlösen, die einen anderen Augenblick zum Sterben gewählt hätte, hätte sie um die Situation gewußt.

„*Tsoooooboi*!" erklang Jatos Schrei.

„*Yei*!" antworteten Beni Baidoo und Agyemang.

„Auf in den Kampf! Wir marschieren gegen Acheampong!"

Kwaku Dua war bereits in seinem Peugeot 504 davongefahren. Und Kofi Kobi ging mit einem Lächeln daher, in dem große Verwirrung lag: Er fühlte sich körperlich-beinig zu lang, um an Marsch und Tanz teilzuhaben, auch wenn er die Aufregung spürte. Eine Aufregung, die er nicht nachempfinden konnte. So stahl er sich lächelnd davon. Er vermißte Akuah schmerzlich, obwohl er wußte, daß sie sich über seine Verspätung ärgern würde. Eine Wolke und eine Hoffnung hatten die Sonne verhüllt und dann wieder freigegeben. Irgendwo hatten Beni Baidoo und Agyemang eine Trommel und eine Pfeife aufgetrieben. Ihre Seelen in Trommel und Pfeife, der Esel majestätisch über dem Mist unter seinem Hinterteil, zogen die vier Unentwegten die Straße von Madina hinunter, als wären sie zwanzig. Osofos Augen öffneten und schlossen sich unaufhörlich. Und als sie so dahinzogen, folgten ihnen einige. Andere wiederum lachten sie aus. Die Gossen von Madina hatten sich geschlossen, denn Osofo würde nicht fallen. Der Nachmittag war in dem Maße zu Staub geworden, in dem die Menge wuchs, so daß sie außerhalb des Tages Atem holen mußten...

Sie atmeten aus den Ablagerungen der Dunkelheit des vergangenen Tages. Ein Geschenk von Agyemangs Pfeife brachte Dutzende zusätzliche Tänzer und neue winkende Hände. Sie vermochten ganze Welten herein- und herauszuwinken.

Doch vergeßt nicht die Gesichter, die von den winkenden Hände verdeckt werden!

Diese Gesichter drängten sich durch das Fleisch in die afrikanische Leere...

auch sie wollten sehen, wie die Geschichte an ihnen vorbeizog. Und die Luft war geschwollen, weil nicht alle in ihr Platz hatten. Ein Bein der Menge war Osofo, das andere war Ocran: Vorname und Familienname stampften gemeinsam die Straße und wirbelten Erdnußpapierstückchen auf. Köpfe, Herzen und Hacken erhoben sich. Zuckerrohrstangen richteten sich auf. *Agidi* reckte sich hoch. Und auch *waakyi* wäre aufgestanden, wenn außerhalb all der Bäuche noch etwas übrig gewesen wäre. Beni Baidoo rief: „Es wäre gefährlich, Madina an seiner eigenen Post vorbeizulassen."

„Warum, warum, Alter?" fragte jemand.

„Weil es sich so schnell bewegt, daß man es mit Gewalt per Luftpost nach Accra aufgeben würde!"

„Wie willst du denn eine ganze Stadt mit der Post schikken?" fragte der Fremde verärgert.

„Wart nur, paß auf!" erwiderte Baidoo singend.

„Der ist verrückt, das ist alles!..." pflanzte ein Ruf sich fort.

Nachdem die Luft dann geplatzt war, gab es einigen Streit darüber, wer die Überreste atmen dürfe: „Ich hab das Stückchen gemietet! Also nimm deinen Kopf weg!..."

„Die Luft ist wie die Erde; sie ist in Parzellen aufgeteilt. Mir gehören sechs Parzellen. Du hast kein Recht, deine dicke Nase in meine Luft zu stecken!"

„Ich hab schon ein Schild aufgestellt mit der Aufschrift *Nicht Atmen!*

In Ghana muß immer was in der Luft liegen. Wir füllen jedwede Abwesenheit mit jedweder Gegenwart. Deshalb beabsichtige ich meine Luft mit Hunderten *kaklos* zu füllen, die ich zum Verkauf anbiete. Auch die Tänzer müssen kaufen!"

Jetzt senkte sich das All herab. Der Himmel schloß sich ihnen an. Die Wolken brachen mit dem breiten Versprechen von Regen über sie herein. Der Schlüssel zur Menge schlief in der Tasche von Osofos Soutane. Und keiner wollte geöffnet werden. Keiner wollte den Mund geschlossen bekommen. Als sie die Kreuzung am Flughafen erreichten, dachten die Polizisten, dies sei ein riesiges Picknick. Also winkten sie die Menge weiter – entweder, indem sie mittanzten, oder durch ihre Gleichgültigkeit. Osofo zog die Kreuzung ein paar Gebetsschritte hinter sich her. Und vor dem Flagstaff House riß er ein Stück Stoff aus seiner Soutane, spießte es auf einen Stock, den er irgendwo aufgelesen hatte, und rief: „Die Flagge! Wir haben unsere Flagge! Unser *asafo*-Banner mit Jesus dahinter!"

Der Menge entrang sich ein Aufschrei, als sie ihn so sah. Sie folgte ihm weiter, wogte wie ein brüllendes, ausgetrocknetes Meer in menschlicher Form. Weitere Trommeln hatten sich ihnen angeschlossen. Dadurch vertieften sich verschiedene Klangzentren um die sich ausbreitende Bewegung herum...

und um die elektrisierende Leidenschaft eines Mannes: Osofo Ocran, dessen riesige Hände die Menge zusammenhielten...

aus seinen Händen konnten die Leute nicht ausbrechen. Und der Esel walzte vier Tänzer breit. Lange schon hatte Manager Agyemang es aufgegeben, in diesen Feldern der Wildheit kleine Parzellen der Ordnung und Eleganz zu schaffen. Pfeifend hatten sich seine Lippen unter dem Schnattern seiner Kiefer erschöpft: „Ihr schneidet mir jeden Ton ab, sobald er aus dem Mund raus ist! Was ist das für eine Art Selbstvertrauen? Ich kann doch gar nichts hören", rief er ohne Hoffnung aus.

„Massa, dis is Mundvertrau'n, ehrlich!" rief kaum hörbar jemand hinter ihm. Agyemang freute sich, daß er doch noch auf Aufmerksamkeit gestoßen war. Also war nicht jede Seele taub gegenüber seiner Güte. Dann setzte sein neuer Freund hinzu: „Massa, ich nit schlaf mit Frau für lang. Du könn helf mir find süß *balanga*...?"

Agyemang ging weiter, als hätte er *koraa* nichts gehört. Dann überkam ihn die Vision, daß all die Tänzer und Mitlatscher mit einem dünnen, gespannten Seil gefesselt waren, daß dem einzelnen unendlichen Bewegungsspielraum einräumte und doch unsichtbar die Gesamtzahl zusammenhielt. Wie versteinert blieb Agyemang stehen...

bis er weitergestoßen wurde und man ihm zurief, er solle seine Pfeife blasen und seinen Tanz tanzen. Und seine

Knochen tanzten, nur seine Knochen, unter dem Gelächter des unermüdlichen Jato Dakota. Jato war überglücklich, weil er immer weiter gefegt wurde und Teil des fegenden Besens war. Und er hatte einen Freund gefunden: Jojo Toogood, den ängstlichen Tänzer, der immer erst dann lächelte, wenn man sich bereits abgewandt hatte. Erst dann, wenn alle anderen Lächeln sich erschöpft hatten. Beni Baidoo aß aus irgendeinem Grund – „Reue", sagte er, „Reue" – eine Limone. Seine Augen funkelten lüstern, als seine Hand einen unaufdringlichen Hintern fand, an dem sie sich listig reiben konnte. Ein „Hey!" ertönte, als man ihn grob vorwärtsstieß. Er nahm die Lächerlichkeit seines eigenen Schwungs mit sich und prallte auf eine Anzahl gleichermaßen stoßender Tänzer. Siehe da, der Esel versuchte, an einem parfümierten Schenkel zu schnüffeln...

Neben der Frau beschwerte sich jemand: „Und er hat stock und steif behauptet, er sei Priester!"

Wie von Musik wurde der Regen aus dem Himmel gezogen. Und während der sanfte Regen niederging, fielen die schweren Tränen der Stadt himmelwärts hoch, HOCH...

als ob allein die Trommeln die Gossen des Herzens reinigten. Wenn man schließlich Accra in zwei Hälften zerschnitt, mußte man erkennen, daß der eine Teil der sprichwörtliche *kenkey* war und die andere Hälfte aus Tausenden Fischen bestand, die unter dem Zynismus des Meerwassers starben...

Am Redemption Circle blieb Osofo mit einem Mal stehen und forderte Schweigen, mit Ausnahme der Eselsschreie im Hintergrund. Wie durch ein Wunder erlaubten sie ihm die Stille. Er schaute sich um, als wäre er durch alle Augen gereist. Dann fragte er sie, und ein angespanntes Tosen lief durch seinen ganzen Körper: „Was soll all das Getanze?

Was hat all die Schönheit und Wut in euren Körpern zu suchen?

Ich weiß, warum ich hier marschiere, schreie und tanze!

Wie steht's damit bei euch?

Ich tanze an gegen die geringe Geschwindigkeit des Geistes.

Ich tanze an gegen die Kirchen, gegen die Latrinen, die

Asyle, die Krankenhäuser, die Politik, die Wissenschaften, gegen die furchtbare Verschwendung der Schönheit!

Ich marschiere an den Kathedralen vorbei zum Castle!

Faßt Mut, Brüder und Schwestern!

Folgt mir, kommt mit!

Geht eurer Erlösung entgegen!

Lobet den Herrn!

Den Herrrrrrrrrn!"

Ein gewaltiges Hallelujah stieg auf, als Osofo ins Gebet versank. Dann brüllte ein alter Katechist, der so dünn war, daß seine Soutane mehr oder weniger gleichzeitig seine Haut war, mit fettester Stimme: „Ein ganzes Land paßt nicht unter den Helm eines Soldaten!

EIN GANZES LAND PASST NICHT UNTER DEN HELM EINES SOLDATEN!

Ich sage: Gott stehe uns bei, Gott helfe uns, sie alle zu verjagen!"

„*Ampara!*" kam der Refrain.

Der Aufschrei des alten Mannes wurde zum Lied. Später, als sie seine Bedeutung unsicher mit sich trugen, wurde er zur Last. Schließlich wurde er zur Waffe...

Sie wollten mit der Kraft der Gebete und der Lieder gegen das Herz Accras marschieren! Osofo wußte, wie man ein Lächeln über den höchsten Reichweiten der Spannung plaziert. Das Lächeln klomm die Starre seines Gesichts empor und entlud sich...

in das Tosen und die Hochrufe, in die Kraft, die ihn umgab. Der verdächtige Himmel erstrahlte in der perlenden Schönheit eines doppelten Regenbogens...

Tausende Frauenhüften ergossen sich am Himmel.

Dann erklang ein Sprechchor: „Bei den Pfeffern... liegt die Kraft!

Bei der Key-Soap... liegt die Kraft!

Bei der Machete... liegt die Kraft!

Bei den *chale-wate*... liegt die Kraft!

Bei der Sardine... liegt die Kraft!

Bei *Akurugu*... liegt die Kraft!

Bei Kojo... liegt die Kraft!

Bei den *tama*... liegt was?

Liegt was?... die Schoßkraft!

Voran! Voran!..."

Jemand rief, daß ganz Accra in einem Sack stecke. Und daß sie die Stadt zermalmen würden, wie man Katzen zermalmte, um sie zu essen. Das Land Ghana wäre nur ein Fotoabzug. Und sie wollten das wirkliche Original. Autos und Lastwagen, die die ganze Zeit über ziemlich ungeduldig gewesen waren, schlossen sich ihnen zum Teil an. Und ihre Hupen sangen eine Hymne der Solidarität. Man mochte die Hoffnung hoch in die Luft halten und bepudern. Das ganze Salz mochte das Meer verlassen und diesen Stew würzen, der da über den Feuern an den Straßenrändern schmorte. Das sie einigende Band zog ihre *sunsum* weiter. Ein Seil mit tausend Richtungen, die alle zum gleichen Ziel strebten.

„Vorwärts zu den Pflasterklebern, Dooo, mach für mich, ich für mach!" rief Beni Baidoo aus, der sein Selbstvertrauen wiedererlangt hatte.

„Alter, wovon redest du? Pflaster-was?" fragte Jato, den die Unterbrechung seines Trommelschlags leicht irritierte. Er hatte sich Baidoos Trommel gegriffen und sie dann auch Jojo einmal versuchen lassen.

„Oh, bist du es, dem ich mich zu erklären habe? Welches deiner beiden Ohren ist so gebildet, auf daß ich zu ihm spreche? Also, die Pflasterkleber sind die Politiker und die Soldaten: Sie können den Mund eines ganzen Landes mit Pflaster zukleben. Und das fetzen wir jetzt herunter...

dein Maul aber ist zu groß. Du kannst Madina in einem Stück verschlingen. Du mußt dir eine ganze Rolle Pflaster auf einmal abreißen! OK, das ist meine Erklärung. Jetzt magst du dein ungebildetes Ohr wieder den anderen öffnen."

Auf jeder Seite von Beni Baidoos Gesicht stand ein anderes Lächeln. Aus der Mitte stieg Zigarettenrauch auf. Er hielt das Tanzen nicht lange durch. Weil die anderen so sehr lachten, daß ihm das Gelächter die Beine versiegelte. Und dann wieder mußte er ohne Rücksicht darauf einfach tanzen. So auch jetzt: Sein winziger Hintern streckte sich heraus wie eine halbierte *kenkey*, der man die Hälfte der Blätter abgerissen hatte. Seine Beine wurden alphabetisch: Die Knie krümmten sich zu Vs und Ws und kreuzten sich dann zu einem X. Sein Mund formte die Vokale dazu. Er blieb in diesem Backofen der Wörter, diesem Gebläse des

Hinterns stecken. Zu dem Zeitpunkt, da seine Hände begannen, ihre zarten Muster zu formen, ihre spitzfindigen Bedeutungen, hatte der kleine Aufruhr schon seinen Lauf genommen: „Hahaha!

Alter *boogie*!

Wir sind die Männer hier!

Bokorr, Vorsicht!

Mach nicht noch mehr Runzeln, als schon da sind!

Alter, dein Kokosnußkopf wird noch runterfallen-eehh!

Hey, schau, schau, schau, schau dir den Hintern an, wie ungehobelt der tanzt!

Beni Baidooooooo, Yeahhhhhhh.

Yeah!

Und dein Esel ist sexyyyy!"

Plötzlich hielt er inne. Denn jetzt, da er ein Publikum hatte, wollte er schnell etwas sagen, bevor das Tanzen und Trommeln es wieder verschluckte: „Die Straße hat's gut gemacht, *paa*..."

Es entstand ein ironisches Schweigen. Das liebte er, denn die Macht seiner eigenen Erkenntnis überwältigte ihn: „OK OK, ich sag euch was: Die Straße hat's gut gemacht – besser als jede Frau..."

Dann genoß er erneut sein Schweigen.

„Hey, *contrey* Alter! Mach hin, sonst stirbst du noch, bevor du fertig bist!..."

„OKOK", wiederholte sich Beni Baidoo, „die Straße ist besser als jede Frau, weil sie soooooo langgestreckt daliegt! Das nenn ich Demut! Doch seid gewarnt! Sehr bald schon wird die Straße sich erheben und euch alle abwerfen!"

„Und deine Späße auch, Alter! Die werden zuerst in den Staub geworfen, stimmt's?" rief jemand von hinten.

„Yoooh, du denkst, ich mach Spaß? Wart's nur ab!... Ihr sagt alle, folgt dem Anführer, folgt dem Anführer. Ich sag, das geht nicht. Warum nicht? Weil der Anführer auf's Klo gegangen ist, deshalb!"

„Ei, schaut euch nur den *First Class Boogie Woogie* an. Wir sollten ihn Mr. Wart's-nur-ab nennen! Baidoo Hintern und Klo-Anführer!"

Danach verlief sich all das Gelächter. Doch den echten Osofo erreichte es nicht: Ocran befand sich an der

Spitze der Menge in seinem beherrschtesten Trancezustand. Verantwortlich für die Seele und alles andere, mit seiner gottkiefergebissenen Dreiviertelsoutane, dachten sie bei sich. Der Lächelnde Heilige war der Grimm in seinem Kopf.

Jetzt näherten sie sich Makola...

einige Köpfe spiegelten sich schon vergrößert in den Ölen süßer Stews. Denn Makola vermochte alles zu spiegeln.

Beni Baidoo sagte: „Osofo, verzeih mir, in all dem köchelnden Reis und dem glänzenden Stew habe ich den Kopf verloren...

Ich habe Hunger...

OH, ihr MAMMIES!" rief er den lachenden, tanzenden Frauen zu.

„Gebt uns zu essen, reicht uns Wasser, wir wollen euch befreien! Zeigt eure Liebe, zeigt eure Liiieeebe!"

Alle Frauen befolgten seine Aufforderung und gaben mit einer Großzügigkeit, die sie sonst in ihren Auslagen nicht zur Schau stellten. Es entstand ein Höllenlärm, als alle sich danach drängten, das zu verschlingen, was ihnen angeboten wurde...

Und auch das, was nicht angeboten wurde. Das Essen strömte. So schnell hatten die Münder noch nie gekaut. Beni Baidoo hatte sich einer fetten Mammy auf den Schoß gesetzt. Und aß und lachte. Er brüllte: „Mammy, wenn wir unseren heiligen Marsch beendet haben, heirate ich dich. Natürlich muß ich erst einmal fühlen, wie weich du bist. Und dann muß ich erst noch etwas essen. Dann, wenn du die Prüfung bestanden hast, werden wir gleich heiraten!"

Das Lachen der fetten Mammy verschlang Baidoos Gelächter völlig, obwohl es ganz zärtlich und entspannt aus ihr hervorbrach. Sie konnte keine Kinder bekommen. Und so imprägnierte sie sich mit einer massiven Würde, mit massivem Lächeln. Als sie weitergingen, erhob sich Baidoo und ließ sein Versprechen dort zurück, wo er gesessen hatte. Die Mammy schüttelte es mit einem Lachen von ihrem Rock.

„Ein ganzes Land paßt nicht unter den Helm eines Soldaten!" ertönte der alte Schlachtruf, als die Menge auf die anglikanische Kathedrale zubrandete.

Jemand rief: „Wir haben die katholische Kathedrale vergessen! Kehren wir noch mal um!"

Osofo erhob die Hand und sagte durch den Schleier seines Schweißes hindurch: „Wir werden mit unserem Schweigen an den Kirchen vorbeigehen...

das Schweigen ist beredter."

Schlurfende Füße mischten sich wie Karten. Das Schweigen saß im Leder der Schuhe oder in der Haut der nackten Fußsohlen. Enttäuschung machte sich breit, weil einige darauf gehofft hatten, in den Kirchen laut zu heulen, ihre Leiden dorthin zu tragen, ohne übertriebene Ehrfurcht protestieren zu können...

oder vielleicht endlich etwas für die Kirche oder den Schrein völlig unghanaisches zu tun.

„Wir können Gewehre niedermarschieren!" ging der Ruf, als sie ihren Weg gen Osu wanden. Zu ihrer Rechten befand sich das tosende Meer. Zu ihrer Linken lag tot das Parliament House, auf dessen Rasen ungeduldig der Esel graste. Die *neem*-Bäume reichten sie weiter wie durch eine Spießrutengasse.

Tsoooboi, Yei!

Als sie an der Ampel am Riviera Hotel unter dem stieren Blick des Gebäudes der Public Services Commission vorbeikamen, veränderte sich die Luft unter dem tödlichen Starren des Betons...

vorüber am Passport Office in der Ferne, das sich duckte wie ein scheckiger Elefant. Und vor ihnen lag der Freedom Arch, frei nur bis zum Black Star Square und zum Meer...

nicht bis ins Land, hatte Osofo bei sich gedacht.

„Wir sind da! Nun weiter zum Fort!" rief Beni Baidoo. Es wollte aber keine Begeisterung aufkommen. Manager Agyemang ging bereits, „um herauszufinden, ob Kokor ihre Schwangerschaft losgeworden war oder nicht, verzeih's Gott."

Die Wellen des Meeres lagen nun still hinter dem Platz...

das Meer konnte auf dem Platz sein, der Platz sich im Meer befinden...

doch die Muscheln unter den Wellen waren eifrig beschäftigt. Sie schlugen hart aneinander und machten einen unermeßlichen Lärm, den das Wasser unter-drückte, außer Hörweite. Wie die Menge, wie Accra, so befanden sich auch die Muscheln im Kriegszustand. Doch bekam man die Bewegung nur über tiefreichende Feindberührung mit...

sogar das arme Meer lebte nur von Feindberührung. Teilweise war die Stille der Meditation Osofos geschuldet, seinem Gefühl der Hoffnungslosigkeit, daß er nun hier mit seiner neuen Herde angekommen war und er einen eigenen Grund für sein Hiersein hatte und sie einen anderen...

wenn denn überhaupt einen...

dafür, daß sie sich dort befanden, wo sie waren. Es schien, als hätte der Freedom Arch seine Steine verstreut und versperrte ihnen damit den Weg. Es war, als bekäme die stärkste Liebe die Beine nicht auseinander. Osofo schritt vor zum Freedom Arch und betete Fliesen demütiger Bitten. Hinter ihm erklang zielloses Schwatzen.

Dann tauchte hinter dem Square eine Gruppe Polizisten auf. Einige waren in Uniform, andere in Zivil. Kaum einer nahm Notiz von ihnen, bevor sie mit ihren grauen Hemden unter dem grauen Himmel heran waren.

„Sie wollen uns verhaften!" sagte der alte Katechist. Und in seinen Augen funkelte es.

„Nicht im geringsten, Alter", fuhr einer der Polizisten in Zivil auf, „wir haben eine Botschaft vom Staatsoberhaupt für euch..."

„Wir wollen ihn aber persönlich sehen", ertönte ein Schrei. Selbst in ihrer Erschöpfung fühlten sie sich noch verjüngt.

„Wichtige Staatsangelegenheiten verhindern das. Ihm kam zu Ohren, daß..." fuhr der Beamte fort.

„Wollen Sie damit sagen, daß hier unter uns ein paar von der Sicherheit getanzt haben? Schande!" rief jemand wieder und wieder.

Der Zivilbeamte war mehr als geduldig, denn er sprach weiter: „Ihm kam zu Ohren, daß ihr auf der Suche nach der spirituellen Wahrheit in Ghana seid oder so was. Er wünscht, daß ihr hier auf dem Black Star Square verpflegt werdet. Ihr müßt müde sein! Wir haben Reiswasser, Brot, Corned Beed, Sardinen..."

Schweigen.

„Corned-Beef-Politik!" rief Osofo aus und erhob sich aus seinem Gebet. „Wir fordern Gesundheit für unser Leben..."

„Ja, spirituelle Gesundheit, stimmt's? Alle andere Gesundheit bedeutet, sich in die politischen Ränke einzumischen!" sagte der Beamte, als hätte er nichts dagegen, daß seine eigene geistige Gesundheit in einem unwillkommenen Zwiegespräch auf die Probe gestellt wurde. Er fügte hinzu: „Reverend, Ihre Anhänger haben Hunger. Lassen Sie sie essen, danach mögen Sie entscheiden, ob Sie in der Lage sind, alle Probleme Ghanas mit einem einzigen Marsch, mit einem einzigen Tanz...

oder mit einem einzigen Gebet...

auf einmal zu lösen!"

Ein anderer Beamter rief aus seiner Uniform heraus: „Brüder und Schwestern, hier entlang. Zum Essen hier entlang. Von Madina bis nach Osu zu tanzen ist schon eine große Sache! Eßt...

oder wollt ihr uns alles überlassen?"

Die Polizisten bogen sich vor Lachen. Jato winkte Beni Baidoo und rief dann Osofo zu: „Uncle Osofo, yeah, warum gehen wir nicht und schlagen uns den Bauch voll, damit wir alle freeeiii sind?"

„Warum eigentlich nicht?" lächelte Beni Baidoo. „Wir könnten ein schweres Gebet sprechen, bevor wir uns über das Essen hermachen...

Während der Tanzerei hierher habe ich fast die Hälfte meiner Haut eingebüßt. Gott ist immer bereit, auf die Hungrigen zu warten. Officer, wir haben das Transportproblem des Landes gelöst: Sagen Sie dem Staatsoberhaupt, er möge ein Dekret erlassen, daß jeden anweist, an seinen Zielort zu tanzen! Das ist billiger!"

Der Schrei „Essen!" lief durch die Menge. Beträchtlich ausgedünnt, machte sich die Menge unter den Augen des Gesetzes auf den Weg von Osofos Mund über den Black Star Square. Baidoo zog seinen Esel hinter sich her.

„Wo ist die Botschaft des Staatsoberhaupts?" fragte Osofo trotzig.

„Die Botschaft lautet: Speisung für die Hungrigen!" rief der Beamte in Zivil und wandte sich an die Menge. „Macht euch keine Sorgen. Ihr seht euren Reverend später wieder, wenn er jetzt nichts essen will."

Osofos Mund hätte der offene Mund Gottes sein können...

und das Meer konnte seine Wellen nicht schließen. Die Herde strömte zum Trog...

Das war alles. Plötzlich drehte Osofo sich um und ging wütend davon. Sofort folgten ihm zwei Beamte. Ihr Anführer in Zivil tippte ihm auf die Schulter und flüsterte:

„Reverend, der Bruder des Staatsoberhauptes ist ein guter Freund Ihres Bischofs. Deshalb haben wir Sie so zuvorkommend behandelt. Doch seien Sie vorsichtig, bleiben Sie bei Ihren Gebeten. Die Feinde der Revolution könnten Sie für ihre Zwecke mißbrauchen."

Osofo schlug die Hand des Polizisten weg. Holte sein schlechtsitzendes Gebiß aus der Tasche seiner Soutane, setzte es ein und machte sich wie die anderen über das Essen her.

„Ich bin ein Floh, ich bin ein Floh!" rief Jojo am Freedom Arch.

„Kratz nur nicht zu sehr an deinem Flohcharakter!" brüllte Baidoo zurück.

Dann kam eine grausame Bemerkung aus einem Mund, der mit Corned Beef überquoll. Eine Bemerkung, die Osofo nicht hören konnte: „So hat er wenigstens nicht unsere Zeit verschwendet. Und weißt du, ich glaube, er hat mich von meinen Teufeln befreit. Dennoch ist er einer von diesen *zazagogos*, mit denen man nicht über Gott reden kann, ohne daß sie gleich in die Luft gehen. Er kann in Ghana nicht überleben. Er ist ein Mann Gottes, aber er ist verrückt!"

Jetzt mischten sich Lachen und Essen befriedigend mit den Polizisten und dem Meer. Während sich Osofo bedächtig den gleichen Weg, den sie gekommen waren, zurückzog, ging ihm so manches durch den Kopf. Diesmal war es so still, daß die Straße sich erhob: „Los, so kannst du dir keinen Blick in den Himmel erschleichen! Du bist Ghanaer...

alles, was du tun mußt, ist ein Zeichen setzen, eine Trommel schlagen, Weihrauch verbrennen...

dann kannst du die Unendlichkeit berühren!"

Er schüttelte sich den Gedanken aus dem Kopf und ersetzte ihn durch einen anderen: „Beginne von vorn, beginne von vorn, beginne von vorn, denn sie werden dich immer im Stich lassen...!"

Hinter ihm am Black Star Square verschwand das Essen. Und er erlaubte es nicht, daß ihm Baidoos Esel folgte.

Kapitel einundzwanzig

An diesem Mittjunimorgen stand das Korn in voller Blüte. Und die Sonne hoch am Himmel. In Professor Sackeys Gras fletschten die Blüten die Zähne. Sie wuchsen unter der Wut eines Krieges. Normalerweise, wenn er über etwas brütete, schaute er auf Grün, so daß die gesamte Vegetation im nächsten Umkreis gleichermaßen vor Furcht wuchs wie aus natürlichem Grund. Aus Sackeys Höhe fielen Orangen in den August hinein. Sein Kopf und sein Herz attackierten ihn rückwirkend. Und sein Hemd zog das ganze Blau des Himmels auf ihn herab. Sein kräftiger Mund war ummauert. Verschlossen von den Zähnen des Schweigens...

und an seinen Zähnen befanden sich Spuren von *zomi*, Bohnen, und *gari*, die unter seinem Kaustab langsam verschwanden. Der Kaustab war genau so waagerecht, wie sich sein Rückgrat und seine Überzeugungen senkrecht aufreckten. Aufrecht stand der Streik dem Leben gegenüber. Und dieser Streik würde immer aufrecht stehen! Die Schatten seines Lebens waren schärfer geworden: Einige Bestandteile, die sonst den Hintergrund seines Lebens bildeten, waren plötzlich hervorgetreten: Sofi hatte ihn nun doch verlassen und weinte sich in Saltpond aus. Und die Politiker in Uniform hatten ihn erneut zu einem ihrer lächerlichen Verhöre abgeholt. Hinter seinem Namen reihten sich jetzt Hunderte von Qualifizierungen: all die akademischen Würden, die die Universität der Special Branch zu verleihen hatte. Unterhalb seiner Wut war er wirklich überrascht, daß sie ihn trotz seines grundsätzlichen Desinteresses an der Politik immer noch irgendwie für gefährlich hielten.

AH!

Vielleicht war es *wegen* seines mangelnden Interesses, vermutete er. Und trieb seinen Scharfsinn über die Betrachtungsweise des Geheimdienstes hinaus. Aus seiner Apathie erwuchs so etwas wie moralische Größe. Und in diesem Land mußte man sich vor Größe hüten, vor allem vor moralischer Größe. Die Politiker wollen die Luft mit niemandem teilen, überlegte Sackey. Und sein *motoway* erhob sich wie eine Faust über seinen Augen. Und wenn sie nur etwas effizienter wären, dann wären sie viel gefährlicher und lästiger.

All diese Dinge hatten eine einzige Wurzel: Sofi und die Special Branch hatten ihn überrascht. Er gab zu, daß er mit Sofi wenig Geduld gehabt hatte. Und doch kam ihm ihre harte Entscheidung ziemlich sinnlos vor. Er fragte sich, ob sie gefühlsmäßig ohne ihn überhaupt überleben würde...

denn immerhin war die Hand, die tyrannisierte, gleichzeitig auch die Hand, die schützte. Unaufhörlich hatte er gegen das Zentrum ihres Friedens gestichelt und gestänkert. Doch unter der Voraussetzung seiner eigenen Ungeduld empfand er dies in Wahrheit als Ergänzung ihres oberflächlichen, fast schon lethargischen Wesens. Sie würde ihn verlassen, sie würde ihn verlassen, sie würde ihn verlassen...

und nun war sie wirklich gegangen. Ein Teil seines Ufers war in die Strudel des Flusses gerissen worden. Damit blieb ihm weniger fester Boden, auf dem er stehen konnte. Und das ausgerechnet zu einem Zeitpunkt, an dem er soviel laufen mußte, soviel innere Bewegung vor sich hatte.

Ein kleines Kind wurde Teil seiner kleinen, verwirrenden Areale des Schweigens: Sein Sohn Kwame hatte sich geweigert, seiner Mutter zu folgen. Er hatte ihr gesagt: „Mutter, ich möchte schon mit dir gehen, aber es ist meine Pflicht, bei meinem Vater zu bleiben und mich darum zu kümmern, daß er gut versorgt ist."

Kwame hatte das mit eben jenem feierlichen Gesicht gesagt, das man so oft bei ihm sah. Seine Augen strahlten wie die seines Vaters. Als Sackey nicht zu Hause war, hatte Sofi nichts unversucht gelassen, Kwame zu überreden, mit ihr zu kommen. Sehr gegen seinen Willen aber blieb Kwame. Und er weinte nicht. Er wartete nur geduldig auf seinen Vater und überreichte ihm dann den Brief seiner Mutter. Ganze zwei Minuten war Sackey wie gelähmt. Dann ging er hinüber zu seinem Sohn, legte ihm die Hand auf die Schulter und fragte ihn: „Und du, Uncle Kwame, folgst ihnen wohl später. Du willst bestimmt deine zehn Cedis haben, bevor du auch gehst?..."

Kwame sah seinen Vater mit einer Mischung aus Mitleid und Schrecken streng an: Zärtlichkeit war er nur von seiner Mutter gewöhnt. Und deshalb wußte er nicht, was er von der Zärtlichkeit seines Vaters halten sollte. Schließlich faßte er sich wieder und teilte seinem Vater beherrscht mit: „Nein, Vater, es geht nicht um's Geld. Ich bleibe hier, um für dich zu sorgen. Entschuldige bitte, aber du streitest dich soviel, da muß ich darauf aufpassen, daß du nicht in ernste Schwierigkeiten kommst..."

Sackey hatte sich der Mund vor Staunen öffnen wollen, doch er drehte in dem neuen Yale-Schloß, das er sofort einbaute, den Schlüssel herum und verschloß die Tür...

es war, als entdecke er den Wert des Schweigens. Den Wert der Vorbedacht.

„Aber, Vater," fuhr Kwame fort, „wir treffen unsere Entscheidungen immer zusammen. Und ich bestehe darauf, daß ich koche."

„Du bestehst darauf?..." hob Sackey an, sprach aber nicht weiter. Drüben am Fenster unterbrach das Geräusch fern vorüberfahrender Autos seine Gedanken: Der kleine Junge, der hier vor ihm stand, mußte so sein wie er selbst. Nur ein bißchen schwermütiger vielleicht, etwas tiefsinniger! Draußen die schlanken Bäume bürsteten das Licht herein und die Dunkelheit hinaus.

„Demokratie, was Kwame? Warten wir's ab, wir werden sehen...", sagte Sackey, immer noch etwas außer Fassung.

„Glaubst du, daß deine Mutter zurückkommt?
Ich sollte dir nicht solche Fragen stellen!"

Professor Sackey lachte zusammenhanglos und faßte sich mit beiden Händen an den Kopf.

„Setz dich Vater. Ich glaube, du bist ein bißchen aus dem Gleichgewicht. Ich habe mich schon um deinen Palmwein gekümmert. Aber du weißt, daß ich nicht wie Mutter bin. Mich kannst du nicht herumkommandieren. Doch ich glaube, entschuldige bitte, wenn ich das so sage, daß ich noch was aus dir machen kann," sagte Kwame mit derselben distanzierten Feierlichkeit und mit dem vollständigen Vertrauen seines Vaters. „Schließlich bin ich schon elf!"

Sackey setzte sich. In der Zimmerecke türmten sich die abgeworfenen Flügel fliegender Ameisen zu einem silbrigen Haufen. Und wenn Sackey seufzte, verteilten sie sich über seine Beine und ließen sie ebenfalls silbrig aussehen.

„Wenn doch der Professor nur ein silbriges Herz hätte!" lachte Sackey auf und flüsterte mit sich selbst. Er ließ sein Herz die gewöhnlichen Straßen seiner fallenden Stimmung entlangtreiben.

„Kwame, mein lieber Sohn...

und es ist nicht so, daß ich dich jetzt erst liebe!..." sagte Sackey und hob seinen dünnen Körper aus dem Sessel. Es bog ihn hin zum Lachen: „Du hast einen Onkel, einen ziemlich komischen Kauz: Stell dir vor, wenn dem die Hosen auf die Hacken fielen – und das kam oft vor, wenn er betrunken war! –, dann fiel ihm auch der Hintern mit herunter! Hahaha!"

Kwame lachte gegen seinen Willen laut auf. Er setzte sich neben seinen Vater und fragte ihn: „Vater, was wird, wenn er uns besucht und das passiert? Wer fegt dann den Hintern weg?"

Sackeys Lachausbruch kam schneller als Kwames, doch beide erreichten gleichzeitig einen Punkt freundschaftlichen Verstehens. Die Wände flogen auf und fügten sich wieder zusammen. Das Haus berührte ihre Hände.

In Saltpond aber schlang Sofi das Tuch ihrer Vergangenheit um die gedeihenden Rundungen ihrer Hüften herum und herum und herum. Seit drei Stunden hatte sie sogar den Namen „Sackey" aus den Zipfeln ihres Tuches geschüttelt. Und aus ihrem Kopf. Dann aber begann sie, das Tuch wieder abzuwickeln. Erschreckt beobachtete ihre Mutter, wie sie ihre Vergangenheit entwirrte. Sie erkannte, daß Sofi dabei war, alles von der Haspel des Lebens abzuspulen. Auch sich selbst. Zu guter Letzt fing sich Sofi wieder, nachdem sie das Gesicht ihrer Mutter gesehen hatte: „In Ordnung, Ma. Ich weiß, ich habe Kinder. Und ich weiß, ich habe mir ein Leben aufgebaut. Unter Kwesis Dach aber finde ich meinen Mittelpunkt nicht mehr. Er hat mein Leben aus der Bahn geworfen. Und er konnte seinen Mund nicht halten. Die Polizei hat ihn ein paarmal geholt, und das war dann wirklich zu viel für mich: Genau in dem Augenblick, in dem ich mich ihm so entfremdet fühlte, in dem mir seine kleinen Grausamkeiten bewußt wurden, genau in dem Augenblick hätte er meine Zuneigung und mein Mitleid gebraucht. Das ist etwas, das die Leute nie verstehen werden: Wie kann ich einen Mann noch lieben, der mir soviel Kopfschmerzen bereitet hat und sich selbst die gleichen Schmerzen zufügt? Das war dann zuviel für mich. Außerdem wollte er meine Zuneigung überhaupt nicht! Ich verstehe den Mann nicht. In seinem Herzen ist nur Pfeffer...

er will nicht mal auf dem Campus mit seinen Kollegen ein ganz normales Leben führen. Ma, was soll ich bloß machen?..."

„Ertrag's! Was meinst du, wie ich es ohne Streitereien bei deinem Vater, diesem streitsüchtigen Unternehmer – möge er in Frieden ruhen – ausgehalten habe? Vergiß nicht, daß du dein Leben vollenden mußt, ihm Form und Muster zu verleihen hast...

Wenn du jetzt ausbrichst, wer soll die fehlenden Räume für dich ausformen? Wie dem auch sei...

Ruh dich erst mal aus. Mach dir nicht den Kopf und das Herz verrückt. Ich habe geglaubt, du hättest meine Geduld geerbt...

ich wußte gar nicht, daß du genau so explodieren kannst wie dein Vater!"

Sofis Mutter ging zu ihr hinüber und schloß sie lächelnd in die Arme. Dann fügte sie hinzu: „Geh und ruh dich aus. Ein paar Tage Ruhe, und dein Kopf ist wieder frei...

und vielleicht ist Kwesi bis dahin auch schon vorbeigekommen."

Sofi lachte. Und sah ungläubig auf die letzte Bemerkung herab. Doch sie ging und legte sich hin. Die Decke verhüllte jedoch nur ein Viertel ihres Kopfes.

Drüben in Legon verneigte sich das Haus vor der Sonne. Sackey zog sein Hemd aus und schaute zu, wie Kwame das Abendessen zubereitete.

„Weißt du, ich habe noch nie jemandem beim Kochen zugesehen...

existiert Essen überhaupt? Du siehst aus, als wolltest du für ganz Legon kochen!" sagte Sackey und sah geistesabwesend auf die Zwiebeln.

Ein wenig verwirrt warf Kwame seinem Vater einen schnellen Blick zu und erwiderte: „Ich glaube nicht, daß zuviel Gerede dem Essen gut tut..."

„Ja, ja. Ich glaube, die Worte lassen das Feuer langsamer brennen!" unterbrach Sackey ihn und ging ins Wohnzimmer.

Hatte es da an die Tür geklopft?
Vorsicht!
Wenn man an Sackeys Tür schlug, konnte man leicht zurückgeschlagen werden. Sackey sprang zur Tür und bereitete den kühlsten aller Empfänge vor. Im Innern stapelte er Eisblöcke übereinander: für den Fall, daß Sofi bereits zurückkam. Er würde ihr den Eisblock vorspielen...

Vor der Tür stand jedoch die blonde Sally Soon. In ihren blauen Augen war England vergangen...

nicht eine Spur des Kanals schien noch aus ihnen heraus...

weil sie genug *kenkey* gegessen hatte. Sie hatte ihre Zauberkräfte zur gleichen Zeit verloren wie Adwoa Adde. Ohne Adwoa fühlte sie sich sehr verwundbar. Dennoch mußte sie ihre Interviews fortführen. Jetzt, da sie wieder normal war. Professor Sackey sah sie an, als wartete er darauf, daß ihr Fleisch ihre Verlegenheit durchdränge. Vorher wollte er kein Wort sagen.

„Und, junge Frau, worum geht's? Sie sehen aus wie mein Freijahr vor ein paar Jahren...

Sind Sie sicher, daß Sie hier richtig sind? Vielleicht ist es gar nicht Sackey, der hier steht?"

„Oh. Entschuldigen Sie bitte", erwiderte Sally Soon mit verwirrtem Lächeln. Ihre Zähne zeigten sich einer nach dem anderen in ihrem Mund. „Wo kann ich dann Professor Sackey finden?"

„Sie haben ihn gefunden?" lachte Sackey, „Sie haben ihn gefunden! Kommen Sie herein, wenn Sie eine Möglichkeit sehen, Ihr Haar draußen zu lassen, denn ich glaube, das Zimmer ist dafür zu klein..."

Sally Sooner lachte. Sammelte ihr Lachen und trug es leichthändig ins Wohnzimmer. Ihre Beine waren nicht ganz so lang wie der Lichtstrahl vom Jamestown Leuchtturm. Aber sie bemühten sich darum, so lang zu erscheinen...

Widerstrebend holte Sackey ihr ein Glas Wasser und fragte sie, was sie von ihm wollte. Kwame schaute mit seinen Küchenaugen herein und heraus.

„Ein süßer Junge!" sagte Soonest. „Professor, ich bin gekommen, um mit Ihnen den Termin für ein Interview über die verschiedenen Seiten der ghanaischen Intellektuellen zu vereinbaren. Ich schreibe an einer Doktorarbeit mit dem Thema 'Entwicklung und die Psyche des Intellektuellen in Ghana'..."

Lieber stumm, als dem rastlosen Menschen zuviel sagen.

Sackey war aber in Gelächter ausgebrochen und fragte Sally: „Ich nehme an, daß Sie bereits entschieden haben, daß es eine ghanaische Psyche gibt? Was das Wort 'gelehrt' angeht, so würde ich nicht darauf wetten! 'Außer Form' wäre richtiger, noch besser 'aus der Form geraten'! Nun, junge Frau, ich muß Ihnen leider sagen, daß ich keine Interviews gebe! Auf keinen Fall frischen, jungen Londoner Pickaninchen...

naiven und unschuldigen Mädchen, die ausgesprochen versiert darin sind, ihre Intelligenz geringer erscheinen zu lassen, wenn sie dadurch nur bekommen, was sie sich wünschen! Wieviel sind Sie bereit, sich von London aus dem Kopf zu schlagen?"

„Aber, Professor, Sie sind nicht fair!" erwiderte Sally Soon und stahl sich über die Ausdehnung ihrer Zurückhaltung ein bißchen Gerechtigkeit. Sie hatte sich vorgenommen, sich so bald wie möglich – Soonest – nach der Verwendung von Superlativen zu strecken und vielleicht zu sagen 'unfair, wie es schlimmer nicht geht', doch plötzlich dachte sie, daß man bei diesem Mann seine Superlative besser für spätere Verwendung zurückhalten sollte.

„Ich bin zum dritten Mal in Ghana. Ich war früher mit meinen Eltern hier. Und ich hatte bei einer Mrs. Sackey Unterricht. Vielleicht ist sie mit ihnen verwandt. Tatsächlich..."

„Welche Schule?" unterbrach Sackey.

„Achimota Secondary School...", erwiderte Sally.

Sie spürte eine Veränderung in Sackeys Interesse. Seine Augen glichen zwei schimmernden Wassern in Schlaglöchern.

„Nun, ich will nicht damit prahlen, daß diese Dame das Pech hatte, mit mir verheiratet zu sein!"

„Mein Gott!" fuhr Sally dazwischen, die den scharfen Ton, in dem Sackey seine Frau beschrieb, nicht zu spüren schien, „das muß Vorherbestimmung sein! Sie war so eine geduldige und und systematische Lehrerin..."

„Manchmal läßt einer die Geduld nach der Stunde unter dem Lehrertisch zurück", meinte Sackey brüsk.

„Ich verstehe nicht ganz, was Sie meinen", sagte Sakkeys junge Besucherin. Sie fühlte, daß es an der Zeit war, etwas persönlicher zu werden.

„Junge Frau, Sie angeln schon nach Informationen!" Er donnerte. Die Mauern warfen den Donner zurück. „Sie versuchen, Ihre Fragen einzuschmuggeln... Sagen Sie mir mal, wieviel *nkontommire* Sie gegessen haben, seit Sie das erste Mal nach Ghana gekommen sind? Ganz ehrlich!"

„Ich esse alle ghanaischen Gerichte", antwortete sie zurückhaltend.

Worauf wollte er hinaus?

„Ich frage, weil ich glaube, daß Sie es verdienen, daß Ihr Teint erhalten bleibt! Essen Sie unsere köstlichen Speisen, solange Sie hier sind. Und lassen Sie es sich gesagt sein: *Fufu* ist eine leichte Nahrung...

Fallen Sie nicht auf den Unsinn herein, den man Ihnen erzählt. Daß er schwer im Magen liegt! Wir sind in einer eigenartigen Situation zusammengekommen..."

Plötzlich brachte Kwame seinem Vater den Palmwein herein, warf einen kurzen Blick auf Sally Soon, trat auf sie zu und strich ihr übers Haar. Er ließ ein „guten Abend" durch den Raum schweben und ging in die Küche zurück.

„Das selbstbewußte Auftreten Ihres Sohnes fasziniert mich! Was macht er in der Küche?" fragte Sally mit aufgerissenen Augen, die jede mögliche Ablehnung erwarteten.

„Er kocht!" erwiderte Sackey und verfiel wieder in Schweigen. Sally Sooner war verwirrt und wollte Sackey fragen, warum Kwame kochte, entschloß sich dann aber, kühn anzugreifen.

„Darf ich ihm helfen? Durch den Spalt in der Tür kann ich sehen, daß er liest. Ich kann doch weiter machen, dann kann er sein Buch zu Ende lesen..."

Kwame hatte gehört, was sie gesagt hatte, und kam herüber. Seine Lippen waren feierlicher als seine Augen: „Meine Dame, ich koche beim Lesen am besten. Es brennt nichts an...

und wenn Sie lange genug bleiben, dürfen Sie von meinem Meisterwerk kosten. Ich will keine Hilfe!"

„Welche Art, mich einzuladen!" sagte Sally lachend. „Doch ich fürchte, da hat dein Vater das letzte Wort..."

„In diesem Haus geht es demokratisch zu! Daher weiß ich, daß Vater nichts dagegen hat, wenn Sie bleiben", antwortete Kwame mit Bestimmtheit.

„Hören Sie nicht auf meinen Sohn", sagte Sackey leicht verärgert, „das hier ist eine demokratische Diktatur...

Er will den Chef herauskehren! Weil er die politische Geschichte Ghanas kennt! Ich sagte, daß wir uns in einer eigenartigen Situation treffen: Denken Sie nur an all das Gerede über das Nicht-Reden, das wir hinter uns haben! Wie heißen Sie, wenn denn ein Name überhaupt etwas bedeutet?"

„Sally Soon."

„Natürlich bin ich keineswegs überrascht! Eine Name, bei dem man keinen Augenblick zögern sollte...

Und wie haben Sie mich gefunden?" fragte Sackey.

„Es war Dr. Boadi von..."

„Boadi!" fuhr Professor Sackey angewidert auf. „Damit ist das Interview zu Ende!"

„Oh!" war alles, was Sally Soonest darauf sagte.

Doch dann brachte Kwame plötzlich den Stew mit Yam und Bohnen herein, dessen Köstlichkeit er ihnen wie eine Herausforderung hinwarf, und rief befriedigt: „Das Essen ist fertig! Die kleine Frau hier kriegt jetzt ihren Palmwein. Ich habe Ihnen nämlich welchen aufgehoben!"

Sackey wandte sich jetzt an seinen Sohn und fragte scharf: „Was machst du, Uncle Kwame? Wieso lädst du sie ein, ohne zu fragen? Willst du deinen Vater ausstechen? Du weißt doch, wenn ich etwas sage, dann meine ich das auch!"

„Aber Papa, du hast es versprochen!" entgegnete Kwame bestimmt.

Sackey war überrascht: „Was habe ich versprochen?"

Kwame sah ein paar Sekunden an die Decke, bevor er antwortete: „Ich weiß nicht mehr, was du versprochen hast, aber du hast es versprochen!"

Sie hatten keinen Platz, ihr Lachen abzulegen, als sie sich an Kwames kleinen Tisch setzten. Also schluckten sie es mit einem Teil des Essens hinunter...

und auf Sackeys Gesicht blieb etwas zurück, das ihn beschäftigte. Er dachte daran, daß das Essen sich in Ghana über die Sprache des Öls mitteilte. Ölt den *okyeame*!

„Das ist köstlich!" rief Sally und schaute Kwame mit ehrlicher Bewunderung an. Sie fragte ihn nicht, bei wem er kochen gelernt hätte, denn er erklärte hastig: „Und niemand hat mir das Kochen beigebracht! Ist das besser als die britische Küche?"

„Und wie!" antwortete sie spontan. Dann lag ein Schweigen im Kauen.

„Unmittelbar nach dem Mahl werde ich Ihnen ein halbes Interview gewähren...

Ja, ein halbes! Sie können Boadi um die andere Hälfte angehen. Schließlich sollte er seinen akademischen Pflichten etwas mehr Zeit widmen", sagte Sackey ziemlich säuerlich. Kwame schaute Sooner mit großem Interesse an. Er überlegte, wie sie mit der Halb-Welt, die man ihr da anbot, umgehen würde. Er freute sich, als sie erwiderte: „Dennoch Professor, ein halber Beitrag von Ihnen ist soviel wertvoller als alles andere!"

Wieder schien ihr Lächeln auf. Es startete irgendwo im zweiten Gang und trat dann das Pedal durch bis zum vierten...

Es war von jener Handhabung der Haut, die sie manchmal so gut beherrschte. Sackey erhob sich vom Tisch, schüttelte seinem Sohn die Hand, lachte und meinte: „Es wird uns absolut gut gehen ohne So–"

Er hielt inne, als er das Stirnrunzeln auf Kwames Gesicht sah. Kwame kaute seine Verärgerung hinunter und war schon wieder vollauf damit beschäftigt zu beobachten, wie Soonest mit außergewöhnlicher Behutsamkeit ihren Palmwein trank.

„Armer Palmwein", sagte er lächelnd, „nie vorher ist er mit solcher Sorgfalt getrunken worden!"

Sally lächelte und stand vom Tisch auf, als Kwame sich zu seinem Buch zurückzog. Sie seufzte und fühlte sich seltsam heimisch. Trotz des Gefühls, ein Eindringling zu sein und nur auf der Stuhlkante zu sitzen. Sie versuchte, die Behaglichkeit des Stuhls am Eßtisch mit hinüber zum Sessel in der Sitzecke zu nehmen, doch reiste sie nur in ihrem Haar mit ihr. Sie sah Sackey von der Seite her an – aus ihrer verwinkelten Welt –, und mit einem Mal fiel ihr auf, daß sein Kopf aussah wie ein riesiger Kuchen, dessen Zukkerguß sich als Eisschicht in seinen kalten Augen zeigte.

Sie fragte sich, wo Mrs. Sackey abends um sieben sein mochte, verlor den Gedanken jedoch wieder aus den Augen, als sie bemerkte, daß Sackey sie ziemlich ungeduldig ansah. Da die Welt sich in einer verrückten Zeit drehte, mußte man sie sorgsam im Auge behalten.

„Professor, wenn Sie einen anderen Termin vorziehen..." fing sie an.

Seine stolze, strahlende, schweigsame Stirn drängte sie vorwärts. Als ob sich ihre Fragen an dem seltenen Schweigen messen müßten. Sackey dachte an die ganze Forschungsarbeit, die er im vergangenen Jahr nicht geschafft hatte, zu Ende zu bringen. An all seine neuen Ideen, die Ideen geblieben waren. Schikane, *paa*, dachte er in dem Bemühen, sein Versagen zu erklären.

„Ich hoffe, Sie denken nicht, daß ich mich in ein paar Bände sprechende Grundsätzlichkeiten verloren hätte...

Was mir zu schaffen macht, ist vielmehr, daß sie fehlen...

als ob ich noch nicht den Boden meiner Wasserflasche erreicht hätte, als ob mein Kühler noch immer oberflächlich und ziemlich ohne aktuelle Forschungen bliebe. Nun zu Ihrem Thema: Ich hoffe, man hat Ihnen zu einem unbedingt erforderlichen Schwerpunkt geraten...

hat Sie in den britannischen Ebenen niemand davor gewarnt, daß es ziemlich verschwommen ist?

Oder ist das der neueste Stil in der üblichen Abfolge lächerlicher akademischer Marotten?

Mal ganz im Ernst, es hängt davon ab, wie Sie es modifizieren wollen. Das aber werde ich Ihnen überlassen...

ich bin nicht Ihr Doktorvater. Kwame hat sich in der Stunde der Not und der Abwesenheit seiner Mutter Ihnen zugewandt. Also beeilen wir uns, es geht auf sieben zu."

„Professor, darf ich Ihnen eine ziemlich unangenehme Frage stellen? Da gibt es ganze Bereiche des sozialen und psychologischen Umfelds, deren ich mir nicht ganz sicher bin. Ich stecke schließlich nicht 'in' der Gesellschaft Legons drin...

Warum nennt man Sie Professor Carry Yourself?"

Soon würde in Ohnmacht fallen, wenn das erforderlich wäre, um den grellen Widerschein der Wut auf Sakkeys Gesicht zu bezwingen...

der sich plötzlich zu einem lauten Gelächter wandelte. Sackey fuhr auf: Was ist denn das für eine Frage? Da sehen Sie die ganze Perversion der akademischen Kreise Ghanas. Und obendrein Ihre Naivität! Allgemein halte ich an meinen Freundschaften fest, das ist alles – irgendwann einmal habe ich diesen Spitznamen sogar herausgefordert –, und die professoralen Clubs fanden das einerseits stolz und andererseits seltsam. Ich habe Freunde, aber da gibt es eine Grenze. Aber zurück zum Thema: Wie wollen Sie die ghanaische Psyche – was immer das auch sein mag – einfangen, wenn sogar die Ghanaer sich mit ihrer Genese schwertun! Und wenn es Ihnen wirklich eines Tages gelingen sollte, nehmen Sie Ihre Informationen mit nach Hause und werden umgehend zur Expertin für Ghana geschlagen: Stimmt's?"

Eilig warf Sally ein: „Ich möchte ein paar Jahre hierbleiben, wenn Adwoa nichts dagegen hat. Wissen Sie, wir sind zusammen geflogen... Oh!"

„Sie sind was?" fragte Sackey interessiert.

„Wir haben zusammen studiert", berichtigte sich Soon und wurde rot dabei. „Adwoa ist die beste Freundin, die ich hier oder sonstwo auf der Welt habe. Ich habe derartiges Vertrauen zu ihr, daß ich es ihr ohne vorherige Absprache überlassen würde, mein ganzes Leben für mich vorherzubestimmen!"

Sooners Augen hatten zu leuchten begonnen und verblaßten dann wieder in Sackeys Orbit.

„Wunderbar! Mich interessiert jeder, der gefühlsmäßig mit Ghana verbunden ist, egal ob fliegend oder anders! Um aber von der Psyche zu reden, der 'gelehrten' Psyche: Erstens: In ihren Abgründen nehmen Zwiebeln einen interessanten Platz ein. Nein, ich mache mich nicht über Sie lustig!

Und ich will Sie auch nicht hereinlegen!

Was ich Ihnen zu sagen versuche, ist, daß in der Psyche so etwas wie Küchenmaterialismus eine Rolle spielt. Wissen Sie, der Geist, der sich unter Konzeptionen und dergleichen bewegt – und sich in polemischer, prüfender Weise dabei auch noch ganz wohlfühlt –, will dennoch nicht ganz die Bindung an die Wirklichkeit des gesunden Menschenverstands verlieren. Das Zusammengehörigkeitsgefühl, die sogenannte Gemeinschaft, die in vieler Hinsicht – wenn man bedenkt, wie wenig sich die Ghanaer als Gemeinschaft fühlen und benehmen – auch nur ein Konzept ist, stellt in Wirklichkeit einen umgekehrten intellektuellen Demokratismus und gleichzeitig eine eigensinnige Art von Vorliebe für die Erde, die ländliche Erde...

Machen Sie sich noch keine Notizen, junge Frau, noch nicht! Ich meine folgendes: In der Psyche mag das Konzept des – sagen wir – Marxismus verankert sein. Dieses Konzept füllt im Geist einen bestimmten Raum aus, dreht sich dann um, wandelt sich in sein Gegenteil und streckt sich nach der Zwiebel, weil die Zwiebel seinen Dünkel wegbeizt, es an die unermeßlichen ländlichen Gebiete erinnert, die nichts mit solch ausländisch-fremden Konzepten zu tun haben. Unglücklicherweise nimmt der Marxismus nur selten transformierte oder originale Züge in sich auf. Damit kommt das Problem des Schuldbewußtseins ins Spiel: Entfernt sich der Intellektuelle zu weit von den Wurzeln? Sitzt er letzten Endes gar in einer Art Elfenbeinturm (Elfenbein ist ein treffender Ausdruck: Schließlich befinden wir uns hier in einem elefantischen Land!). Dann befreit sich die Psyche relativ leicht von jeglichem Schuldgefühl. Denn erstens kann sie immer noch ohne größere Schwierigkeiten mit dem einfachen Ghanaer kommunizieren kann – man kann jederzeit rübergehen nach Madina, um im Feld unserer symbolischen Wurzeln ein Bier zu trinken. Und zweitens sieht der ghanaische Intelltektuelle die Struktur seines Lebens als breites Kontinuum, das sich vom Dorf, dem Ungebildeten oder der Zwiebel, zu den hoch auffliegenden Überschallflugzeugen des Geistes erstreckt! Verstehen Sie? Das müssen Sie verstehen! Unterschätzen Sie niemals die Komplexität, die der psychische Acker eines Intellektuellen in Ghana aufweist!"

Sally Soonest war wie gebannt, fürchtete aber, daß Sackeys Augen aus den Höhlen springen könnten. Sie wollte schnell ein Glas holen, um sie, wenn es so weit wäre, aufzufangen...

„Natürlich haben Sie da noch die unterschiedlichen Elemente und Handlungsträger, die mit ihren jeweiligen Spielräumen und Bedeutungsspannen und ihren eigenen Geschichten – in Verbindung mit dem Kopf, in dem sie entstehen und bestehen – die innere Struktur bilden: Frauen, Kinder, Verwandte, Kollegen, Freunde, Chiefs, Klientele wie zum Beispiel Studenten. Manches davon ist ein bißchen an den Haaren herbeigezogen, doch ich möchte, daß Ihnen das gesamte Spektrum klar wird. Dann haben Sie das soziale Verhalten, das mit den Elementen, die ich nannte, und der allgemeinen Weltsicht in Verbindung steht, wenn überhaupt (es gibt Professoren, die an nichts anderes als ans Geld denken!): Beerdigungen, Vorfahren, Geisterglauben, Clans, Politik, Lavendel, Business, Ziegen, Religion – mit einem entsprechenden Spektrum vergeistigter und althergebrachter Rituale und Partizipationsmöglichkeiten – öffentliche Räume, Fußball, Neid, Symbol, Status und Intrige. Zu gegebener Zeit mögen sich durch Katalysatoren wie Schock, Sex, Bedürfnis oder im Kontext sozialer Handlungen irgendwelche Kombinationen ergeben...

Können Sie mir folgen?

Gut!

Was viele dieser Bestandteile miteinander verbindet, ist der Glaube an das, was schicklich ist, was ghanaisch ist und was die geistige Fähigkeit des einzelnen aus seiner Erfahrung macht. Dreht sich mein Kopf für Sie in der richtigen Geschwindigkeit?

Hahaha.

Also haben Sie einen relativ ungehinderten Austausch zwischen Abstraktum, Symbol, Handlung und dem Ding an sich...

und hier zumeist zu ungehindert! Wenn Sie eine gut geölte ghanaische Psyche in voller Fahrt nehmen, dann ist das ein Anblick von großer Schönheit: Sie verfügt über Weite, über eine Ausdehnung der Erfahrung über den engen Eurozentrismus hinaus, auf den ich so häufig in jenen kalten Ländern, in denen Ihr Haar wuchs, gestoßen bin! Andererseits ist eben der *kenkey*-Geist, von dem ich spreche, oftmals von Schnecken bevölkert (da ist zwar jede Menge Kalzium drin, doch wieviel kann ein solcher Geist davon gebrauchen!), mit Kleinlichkeit überfüllt, Auswendiglernerei, einer unendlichen positivistischen Sammelei von Daten, Daten, Daten, die niemals in irgendeine Form gebracht, geschweige denn unter einer systematischen Fragestellung ausgewertet werden!

Das Fußvolk der geistigen Arbeit!
Wann werden wir je über alle 'Daten' Ghanas verfügen?
Verwenden und beurteilen wir das, was wir haben...
Nun, ich bin froh, daß das Interview noch nicht angefangen hat, denn ich habe mich noch nicht einmal warm geredet! Aber, junge Frau, es ist spät. Kommen Sie morgen nachmittag wieder..."
„Ich interessiere mich vor allem für die ethosbildende Struktur der...", begann Sally Soon, als ob sie sich selbst aus jähen Träumen risse.
„Hahaha!" entgegnete Sackey. „Bringen Sie die Handvoll Fragen morgen wieder mit! Wir sind zu müde, um heute abend noch so lebendige Leichen zu fleddern. Ganz nebenbei, heute ist kein Abend für Leichenfledderei!"
Sackey stand abrupt auf.
„Danke, Professor Sackey...
Gute Nacht, Kwame!" rief sie mit größerer Anteilnahme und sah plötzlich in die Küche hinüber. Dort war Kwame über seinem Buch eingeschlafen.
„Oh, das arme Kind!" sagte sie und ging hinaus in die Nacht. Ein Mädchen in einem Taxi, in einer Stadt namens Legon, in einer Stadt namens Accra. Als Sackey, vor Erschöpfung leicht schwankend, von der Tür ins Haus zurücktrat, traf er Kwame im Flur. Die Zunge des Professors war bläulich verfärbt. Als ob die Worte sie versengt hatten.
„Papa, du hättest mich wecken sollen, damit ich die Dame hinausbegleite. Vergiß nicht, ein Bad zu nehmen. Und deine sauberen Socken hängen am Fußende deines Bettes. Paß auf, was du träumst!"
Als der Morgen kam, mußte er den Professor aus dem Bett reißen, weil der ziemlich müde war.
„Sofi!" rief er in die Diele hinunter. „Ist das Frühstück fertig?"
Ihm wurde bewußt, was er getan hatte, und er quittierte das mit einem lauten, ironischen Schnaufen. Kwame kam, sich auch noch halb verschlafen die Augen reibend, ins Schlafzimmer. Das Frühstück war von so fundamentaler Bedeutung, daß es einer Strategie bedurfte...
also ging Sackey und bereitete es vor. Und die arme,

vorbildliche Milch, die ärgerlich gekochten Eier sowie das Brot überlebten kaum den heftigen Angriff...

Mit *kenkey* und *kyenam* oder *shitoh* wäre er vielleicht sanfter umgegangen, weil sie nicht gekocht werden müssen. Als Vater und Sohn sich zum Essen hinsetzten, klopfte es an die Tür.

„Achte nicht drauf", sagte Sackey instinktiv, als Kwame aufstand, um zu öffnen. Der Sohn setzte sich widerstrebend wieder hin. Der Vater schaute mit Verachtung in Richtung Tür.

„Fallen einem die Leute schon zum Frühstück ins Haus! Wer mag das sein?"

„Das kriegen wir nur raus, wenn wir öffnen!" gab Kwame mit feierlichem, feierlich düsterem Gesicht zur Antwort.

„In Ordnung, na mach schon, mach auf! Und sag, wer immer es auch ist, ich bin nicht da oder im Bad."

„Dann bin ich mir aber sicher, daß sie deine Stimme unter Wasser hören werden", lachte Kwame, während er zur Tür ging.

„Oh!" sagte Kwame noch vor Sally, „Sie schon wieder..."

„Ja, tut mir leid. Als ich heute morgen aufstand, schien alles einen völlig anderen Morgen zu erleben als ich..." entschuldigte sich Sally. „Ich habe aber Frühstück für euch mitgebracht. Ich habe gestern gesehen, wie du geschlafen hast, und mir gedacht, ich sollte dir eine Pause gönnen."

Kwame starrte sie nur an. Ganz gegen seinen Willen fühlte er sich glücklich.

„Wir haben aber schon gefrühstückt!" rief Sackey von drinnen.

„Also, ich...", begann Sally. Kwame aber faßte sie einfach bei der Hand und führte sie ins Wohnzimmer. Als er seinen Vater fragte, verlieh er seiner Stimme einen listigen, bittenden Tonfall: „Papa, ich habe immer noch ein bißchen Hunger...

Ich vertrag schon noch was. Und ihr könnt reden."

Sackey beruhigte sich. Er erhob sich mit einem Widerwillen, der ihm zu Kopf stieg, als er aufstand. Er hatte erst eine Gesichtshälfte gepudert – die professorale Hälfte –, so daß Sally Soon nicht anders konnte, als aus respektvoller

Entfernung zu lachen. Und ihr Lachen ähnelte sorgsam vorbereiteten Seifenblasen.

„Hat man jemals schon von Interviews gehört, die derart zeitig beim Interviewten zu Hause gemacht wurden?" fragte Sackey.

„Professor, ich bin nur gekommen, um Kwame ein kleines Frühstück zu bringen. Ich bin nicht gekommen, um mit Ihnen zu diskutieren..."

„Sehr zuvorkommend. Und gleichzeitig gerissen? Ich will's nicht hoffen, ich will's nicht hoffen. Zumindest ist Ihre Vorgehensweise ziemlich unorthodox...

etwas Seltsames auf Ihrer Netzhaut. Nun, in Ordnung, heute morgen habe ich bis um elf nichts vor...

dank Kwame! Danach wird gearbeitet. Nehmen Sie sich einen Stuhl, Miss Soon, und lassen Sie Ihre Sally stehen!

Hahaha!...

Gestern abend haben Sie von irgendeinem ethosbildenden Etwas gefaselt...

handelt es sich dabei um einen ethosbildenden Rasenmäher oder was?"

In der Ecke machte sich Kwame geräuschvoll und mit Appetit über seinen Kuchen her und beobachtete, wie die Blätter sich raschelnd an den Worten seines Vaters rieben. Seine kleinen Kiefer brachen Legon mit ihren mahlenden Bewegungen auf, aßen sich in Departements, Hallen und Büros...

Und er dachte überhaupt nicht an die Schule...

„Was auch immer ihr Wert, Ihre Frage hat etwas an sich: Ohne jedwede moralische Handlung mit einem Vorurteil zu belegen, möchte ich sagen, daß die moralische Psyche unseres Ghanaers, über den wir hier reden – vielleicht sogar überhaupt? – eingefroren ist! Sie ist Fisch in der Tiefkühlbox.

Wieso?

Die Psyche wird pervertiert, weil sie einen Widerspruch zwischen dem Traditionellen und dem Zeitgenössischen – ich will nicht sagen: dem 'Modernen' – verinnerlicht hat. Und dieser Widerspruch ist Ausdruck, sowohl in bezug auf die Entwicklung als auch auf seine Prozeßhaftigkeit, der tiefer werdenden Dichotomie zwischen Handeln und Denken. Das ist doppelt schmerzlich, weil traditionellerweise nur wenig den Kanal zwischen dem Inneren und dem Äußeren blockiert...

tatsächlich besteht diese Unterscheidung in vielen Fällen überhaupt nicht. Die Psyche betrachtet sie als unnatürlich und empfindet daher kaum große Verantwortung. Weder ihrer eigenen Prozeßhaftigkeit noch der äußeren Welt gegenüber. Damit wird das Problem mit der Entwicklung deutlich! Und deshalb wird jedes Handeln, das – wie vorübergehend auch immer – diese psychologische Klemme hinter sich läßt, entweder aus ihrem wirklichen Zusammenhang gelöst (es mag jemand eine Idee oder etwas anderes 'erfinden', das in einem anderen Land als bekannte Vorgehensweise gilt) oder als großes Opfer angesehen...

und natürlich wird Opfer sowohl in religiösen und sozialen – traditionell gesprochen – Begriffen verstanden und interpretiert. Damit ist die arme Psyche in eine Falle gegangen, groß genug, die Seele einer Buschratte zu fangen! Sie kann keinerlei grundlegende Bewegung mehr vollführen. Und manchmal ist sie auch völlig bewegungsunfähig. Also versucht die Bewegungsunfähigkeit, Sinn für sich selbst herzustellen, indem sie eine Dreifaltigkeit im Rollenverhalten erfindet: die Rolle des Paradoxons, die Rolle des Opfers und die Rolle des Restes...

jenes ewigen Rests Verstand, der neue *Tatsachen* als Ausdruck von Originalität behandelt, ihre Interpretation aber nicht für nötig hält. Wenn wir jetzt zum Handeln kommen, junge Frau, wenn wir zum moralischen Handeln kommen, dann ist alles zu spät!..."

Auf Sackeys Haut lag eine Hitze und Angespanntheit, die Sallys Gesicht gefangenhielt...

Sie wußte nicht, wo seine Anspannung enden würde.

"... dann ist alles zu spät", fuhr Sackey fort, "denn die Grundlage von Rechtschaffenheit oder Güte jeder spezifisch moralischen Handlung wird derart von ihren psychischen Wurzeln weggedreht, daß die Auswirkung nicht auf die Ethik bezogen wird, selbst wenn das ursprüngliche Motiv moralischer Natur war!...

Haben Sie jemals einen verwirrten *koobi* gesehen?

Sie erhalten Rechtfertigungen, Verleugnungen, Hilflosigkeit, Achselzucken, die Intonation eines aah-haa, die

Verantwortung wird anderen zugewiesen. Und schließlich noch unweigerlich dies: ein listiges Inanspruchnehmen des Vorteils der Verfügbarkeit anderer Kulturen, unterschiedlicher Wege, eine Handlung zu beurteilen, die auf einer Kultur beruht, während sie besser in einer anderen ihre Grundlage hätte. In dem Augenblick, in dem eigentlich der Geist der Arbeitsethik vorherrschen sollte, herrscht ein Geist der Entspannung und des Feierns. Und die Oberflächlichkeit und der Stumpfsinn werden fälschlicherweise als der eigenen Kultur angehörig gerechtfertigt, und mit dieser lächerlichen Kreuzung mit Authentizität hat sich's dann!

Ich sage: Schande über sie!

Sie haben alles verraten!

Wir sollten über *atua* im Quadrat mit Guavenwürfeln nachdenken!

Ich will Ihnen sagen, wenn Sie denn irgendwelche rechtswissenschaftlichen Neigungen haben, daß Ihre europäische Intelligentsia dem gleichen Typus moralischen Horrors anhängt, nur mit einer anderen Ätiologie versehen...

Ich brauche nur an die ganze Rassen-Geschichte zu denken!

Narren!

Idioten!..."

Kwame kam voller Anteilnahme zu seinem Vater herüber und sagte: „Papa, beruhige dich. Denk dran, Mama hat dir immer den gleichen Rat gegeben..."

Sally Soonest ließ ihren Stift mit äußerster Hast über das Papier eilen, hörte aber sofort auf zu schreiben, als Sakkey voller Ironie sagte: „Vergessen Sie nicht, alle Ausrufungszeichen, Beleidigungen, Pausen und sogar das Schweigen zu notieren!"

„Nein Professor, nein! Ich versuche, die Punkte niederzuschreiben, in denen ich...

bei einigen Einzelheiten nicht mit Ihnen übereinstimme, aber Sie reden so schnell! Habe ich nicht recht, Kwame?" entgegnete sie erregt. Und sah den Jungen forschend an.

„Ja. Papa", sagte Kwame schnell, „heute gehe ich nicht in die Schule. Ich will versuchen, mich von dem Schock zu erholen, den mir Mamas...

Umzug versetzt hat!"

Sackey hörte kaum hin, nickte nur nachdrücklich in Richtung seines Sohnes. Kwame hatte Sally um Erlaubnis gebeten und untersuchte nun ihr Haar, während sie weiterschrieb.

„Hey!" rief Kwame aus. Die beiden drehten sich zu ihm um. „Es ist fast drei Fuß lang! Dein Haar ist fast so lang wie dreißig meiner Zehen, wenn man sie hintereinander stellt!"

Sackey schaute hinüber nach Okponglo, wo die neuen Häuser über den Schlamm krochen. Sich in ihrem neuen Zement wanden und vervielfältigten. Und jedes Auto, das vorüberfuhr, löschte dieses Kriechen aus, nur damit es hinterher von neuem beginnen konnte. Und als so fern und so braun und so spät für die Jahreszeit ein Blatt vom Baum herunterfiel, da löschte es den Wind fast aus, führte Sackey die Stufen so vieler Jahre hinab...

alle Jahre waren verrostet. Mit Erinnerungen, die sich nicht ausbügeln lassen wollten...

hin zu dem Tag, an dem er bei einem Picknick der anglikanischen Kirche tanzte und neben einem schlanken, kleinen Mädchen schwitzte, deren Asante-Lippen schlanker waren als ihr Kopf. Sie waren überrascht, ihn tanzen zu sehen, denn er war ein schwieriges Kind. Und eine alte Dame, die mit ihrem Parfum geizte, ließ nur einen einzigen Tropfen davon auf ihn fallen...

und der Tropfen Parfum hätte ein ganzes Acre voller Regen sein können, der nur über ihm allein ausgeschüttet wurde. Denn auch die alte Dame war nichts weiter als ein schwieriges Kind...

Dann hörte sein Kopf auf, sich rückwärts in die Zeit zu drehen, und eilte wieder vorwärts:

„... und zur gleichen Zeit, wie ich schon gesagt habe, bevor eure Haarmesserei anfing! Hey Kwame, du erster meiner Söhne...

die Arbeitsethik hat auf der Ebene der Gemeinschaft keinen guten Stand – ist es nicht eigenartig, daß eine Gemeinschaft solche Schwierigkeiten hat, sich selbst zu organisieren, das heißt sich zusammenzutun und füreinander zu arbeiten all die Jahre hindurch! –, denn sie spielt nur auf individuellem Niveau eine Rolle. Wie fügt sich nun die Psyche des Individuums in eine Gesellschaft der Psychen ein...

können wir uns auf das Wort 'Verstand' einigen? Psyche geht mir nämlich langsam auf die Nerven!

Das ist ein weiteres verheerendes Problem: Erstens gibt es ein gewisses Verantwortungsgefühl den sogenannten Massen gegenüber. Zweitens herrscht die Erkenntnis, daß die Massen von den Intellektuellen einen bestimmten moralischen oder unmoralischen Standpunkt erwarten, der von der jeweiligen gesellschaftlichen Position abhängt. Drittens herrscht ein wilder Wettlauf, den eigenen Status und die eigene gesellschaftliche Position aufrechtzuerhalten. Viertens darf man nie vergessen, auch einen Blick nach links und rechts zu werfen, auf die moralischen Seitensprünge der Kollegen, wenn sie mitbekommen und beifällig oder neidisch quittieren, wie man vielleicht materielle Güter, sagen wir ein neues Auto oder einen neuen Kühlschrank, anhäuft. Fünftens muß man die relativ neuen Forschungen über Reichtum und Besitz und die glatten interpersonellen Beziehungen unserer geradezu idyllisch lebenden Vorfahren in Betracht ziehen...

Nie werde ich vergessen, welche Kakophonie die kreischenden, schreienden, windigen Anthropologen mit ihrer lärmenden Musik über eine so stille Vergangenheit anstimmten! Können wir nicht endlich all unsere Geister, Totems, Vorfahren, Dämonen, *okro, sunsum, ntoro, mogya*, unseren *Nyame*, unseren Gott, unsere *Werte* verinnerlichen! Wir machen das klammheimlich, wir greifen aus Langeweile und Genußsucht auf sie zurück. Aber mal im Ernst, wie viele würden sich für die Seele statt für den Benz entscheiden, wenn sie die Wahl hätten?

Der Gott unserer Schreine stellt dir die Frage: Hätten Sie, *Owura* Soundso, lieber eine vollkommene Seele oder einen nagelneuen Mercedes Benz 450 Automatic? Kein Zweifel, alle Ghanaer...

fast alle...

würden ihr Seelenheil auf später verschieben und den Benz vorziehen! Sechstens denken wir manchmal, daß wir die einzige Nation auf der Welt sind, die mit Paradoxa lebt, moralischen und anderen, und das führt zu fast völliger Handlungsunfähigkeit...

zu gegebener Zeit springen wir bereitwillig in Hunderte kleiner Schubladen, die im Laden des transkulturellen Zimmermanns aufgestellt sind! Damit stirbt unsere Übereinstimmung mit der Welt. Wir sind nicht mehr in der Lage, etwas anderes aufrechtzuerhalten als unsere Karrieren oder kleine Segmente in kleinen Systemchen.

Oh, natürlich tun wir das mit *Stil*! Aber wir haben nicht einmal ausreichend Atem, eine Trompete sauber zu blasen! Wir können nicht zurück, wir können nicht vorwärts. Der Inhalt stirbt, und die schönen Formen werden runzelig. Ich denke, Ihre ghanaische Intelligenz, mich selbst eingeschlossen, sollte moralisch verdammt werden. Politiker, Arbeiter, Angestellte, Soldaten, Lehrer, Geschäftsleute, Bauern, jeder sollte auch dafür vor Gericht gestellt werden, wie das Land einmal gewesen ist und noch immer ist: Wir sollten uns nicht selbst täuschen, indem wir glauben, daß die Multikultur die Grundlage unserer Probleme darstellt. Einige nutzen ihre kulturelle Vielfalt als großen Vorteil in den Korridoren und auf den Pfaden der Geschichte...

Wir sollten das auch tun."

„Jedoch können wir, Professor", protestierte Sally Sooner schneller als gedacht, „Ghanas Probleme nicht isoliert betrachten: Noch in den dreißiger Jahren – und das ist nur wenig mehr als vierzig Jahre her – kam es in Großbritannien wegen der Nahrungsmittelknappheit zu Märschen, 'Hungermärschen', gegen die Armut. Und 1936 war die halbe Bevölkerung Großbritanniens zu arm, um sich eine ausgewogene Ernährung leisten zu können. Fast ein Drittel litt unter ernsten Mangelkrankheiten. Und das ist nicht einmal ein moralisches Problem. Denken Sie an die Art und Weise, in der Fabrik- und Bergwerksbesitzer ihre Arbeiter behandelten! Denken Sie an die Kinderarbeit! Denken Sie an die wirtschaftliche und politische Behandlung der Frauen! Mitten im zwanzigsten Jahrhundert gab es in Großbritannien *de facto* noch Sklaven: lange Arbeitstage, die Siebentagewoche, schreckliche Arbeitsbedingungen, die Widrigkeiten bestimmter Wohngebiete und so weiter und so fort. Und es ist noch gar nicht solange her, daß Lepra und Pest und andere gefürchtete Seuchen die britischen Küsten verlassen haben. Und Sie werden überrascht sein, daß es im Königreich mehr als eine Million Analphabeten gibt!..."

Auf Sallys Gesicht stand ein Lächeln der Entschlossenheit. In ihre Augen war die Geschichte eingeschrieben.

„Wieder befinden wir uns in einer seltsamen Situation...
Da sitzen Sie hier und halten mir einen Vortrag über die Unvollkommenheiten der britischen Gesellschaft. Und hier sitze ich und leiste Ghana den gleichen Dienst...
und ich wünschte, ich könnte Ihre Worte mit Bougainvillea umschlingen...
Aber ich denke, Sie stimmen mir zu, daß es im Jahre 1929 Armut im eigentlichen Sinne der Unterernährung nicht mehr gab...
Und der eigentliche Punkt, auf den ich hinauswill, ist der, daß Sie Ihre Vorteile ernsthafter genutzt haben, als wir es heute tun. Natürlich ist daran – und das wissen Sie – etwas Genetisches. Und das ist es, was mich so wütend macht. Und ich werde diese Wut nicht los, weil ich andauernd an die ganze kriminelle Verschwendung denken muß...", sagte Sackey und schaute wieder in die Ferne.
„Und Sie müssen schon etwas tiefer eindringen und die Paradoxa sehen: Wissen Sie – und verzeihen Sie mir die unerträgliche Ausdrucksweise, das hat einen toten grauen *kente* umgeschlungen –, es ist eben das moralische Positivum, das dazu führt, daß der ghanaische Intellektuelle sich mit dem einfachen Menschen identifiziert, und das führt ihn weiter in die Irre...
ein Paradoxon auch auf der anderen Seite der Medaille: Er kann mit seinen Ideen nicht allzu hoch hinausfliegen, weil sonst diejenigen, die mit beiden Füßen fest auf der Erde stehen, sich vielleicht nicht hoch genug recken können, um zu sehen, wie er mit seinen Ideen die steile Böschung von Kwahu übersteigt und sich unter die Wolken mischt.
Das Alltägliche ist das Traditionelle ist das Alltägliche...
Und hüten Sie sich vor Originalität, denn möglicherweise wenden Sie sich gegen ihre eigene Kultur! Und so geht genau in dem Augenblick, wenn das *banku* zu kochen anfängt, das armselige Feuer aus! Und je mehr Feuer man als ausgegangen annimmt – widerstrebend, ich geb's zu –, desto mehr kaltes, ungekochtes *banku* wird zubereitet. Dann noch folgendes: Die Überlebensfähigkeit des Ghanaers – die Vorfahren würden mich für diese abstrakte Windung der Sprache! diese pontifikalen Paraphernalien des Geistes! verdammen – kann man ganz einfach erklären: Seine Körperseele ist durch das Leiden und das, symbolisch gesehen,

erfolgreiche Sublimieren des Leidens gedehnt worden. Wie auch durch die Verworfenheit der Politiker, die zum Teil durch die Schlüpfrigkeit verschiedener Kulturen, verschiedener Volksgruppen ermöglicht wurde...

Der Ghanaer ist unzerstörbar, weil er in seinem Kopf tiefe Schluchten aus Gegensätzen ausgebildet hat. Wenn ihm ein Sein oder eine Gegenwart zu heiß wird, springt er einfach auf eine andere über. Wenn nötig, Tausende Meilen entfernt.

Und da ist noch etwas, das ich sehr seltsam finde: Zwischen dem Übernatürlichen und dem rein Faktischen gibt es keinen Raum...

Sie erhalten faktische Erklärungen, die auf die superfaktischen Situationen nicht zutreffen, und Sie erhalten übernatürliche Antworten, die sich an der Tangente des rein Faktischen bewegen und nicht zu fassen sind. Und alles im normalen polemischen Stew, ohne Verständnis für das Salz jedweder Werte! Der Ghanaer liebt die Diskussion! Und natürlich ist Ihr ghanaischer Intellektueller, der von all dem eine dunkle Ahnung hat, ein rechter Schlangenmensch!

Verzeihen Sie mir mein Bißchen lokaler Philosophie über die schwarze Pose: All die kleinen Zögerlichkeiten hinsichtlich der Moral – normalerweise nur bei denen, die sensibel genug für solche Dinge sind, der Rest ist sich seines täglichen, einförmigen Lebens so sicher! – sind überhaupt keine moralischen Zögerlichkeiten...

Sie sind unmittelbar oder, um ein klein wenig nachsichtiger zu sein, letzten Endes nur die Statushaltungen sozial selbstsüchtiger Menschen und nicht moralischer Menschen. Und wissen Sie, dann gibt es noch eine ganze Menge miteinander verbundener Gegensätze. Das Gefühl historischer, politischer und einer ganzen Reihe anderer Hilflosigkeiten wird vom Intellektuellen ironischerweise positiv eingeschätzt...

Werden Sie nicht müde, Miss Soon, ich bin gleich mit meiner ghanaischen Lobotomie fertig...

weil er über einen reichlichen psychologischen Fundus an *Macht* verfügt: die Macht über sich selbst, Prüfungen zu überstehen und ein paar der Widrigkeiten des Lebens stilvoll zu überleben. Stilvoll. Die Macht über die Menschen, über die er sich erhoben hat, ohne alle Verbindungen zu durchtrennen. In den entscheidenden Augenblicken nun, wenn es – zum Beispiel in politischer Hinsicht – einer moralischen Versicherung bedarf, dann erwischen Sie Ihre Kopfgeburt eher dabei, daß er sich dafür entscheidet, sich positiv zu fühlen, indem er den moralischen Wert von seinem Machtfundus *subtrahiert, indem er überhaupt nicht handelt.* Das heißt, Handlungsunfähigkeit bedeutet moralische Abstinenz und ist ein Gut für sich selbst. Zum Glück, denn die psychologische Demut, zu der sie führen kann, reduziert den Fundus an persönlichem Stolz und persönlicher Macht. Haben wir nicht unsere ringelförmigen *mea culpas*! Dieser Akt des Ausweichens verwüstet ein ganzes Land.

Hier gibt es geistige Ausweichlinge!

Erkennen Sie unsere Probleme!

Und natürlich müssen wir genügend Selbstvertrauen aufbringen, unsere Fehler zu benennen, selbst im Angesicht solch hübscher Ausländerinnen wie Sie...

Und wie habe ich damals gelacht, als Acheampong einen Kreisverkehr *Redemption Circle* benannte. Dieser arme Kreisverkehr dreht sich noch immer im Kreise und versucht herauszufinden, wie und was er erlösen soll! Wir müssen wirklich lernen, daß Ideen nicht nur in bezug auf die Vergangenheit oder auf Examen, Bücher, Artikel oder andere Länder bestehen. Auch unser Boden kann völlig neue Dinge hervorbringen. Die Umrisse der Geographie des Geistes sind hier ziemlich ermüdet...

das Gewicht unserer Vergangenheit scheint die Gegenwart zu zerbrechen...

und die Zukunft wird gar nicht erst geboren! Hören Sie auf das, was ich sage! Ich bin nur ganz geringfügig anders: Wie Ghana verfüttere ich meine Sünden an andere.

Ich bin gerissen genug, diese Sünden auch noch auszuwählen!

Und ich muß ihnen ihr Recht auf Existenz gestatten! Und ich liebe das befreiende Gefühl, mich nicht mit einer ursprünglichen Schuld herumschlagen zu müssen. Ihr angenommener Intellektueller weiß nur wenig über die Freiheit, die ihm zusteht, neue Welten, neue Ganzheiten zu schaffen!

Arme *tatale-Intellektuellen*!

Sie legen ihren Glauben in ein paar wenige einsträngige Überlegungen. Sie glauben, daß uns Obsessionen fremd sind – außer in der Form von Verteidigung oder Angriff –, sie wollen ihre entspannten Hirne nicht einem ein klein wenig verrückten Denken aussetzen, schon gar nicht um ihrer selbst willen!...

und vergessen, daß die kleinen Obsessionen der Natur das ganze Universum geschaffen haben! Ihre Wahlmöglichkeiten: Entweder finden sie ihren eigenen Weg, entwickeln ihn – und dem können sie nicht entgehen – und verbinden ihn mit anderen Wegen, oder sie sind zu einer Abfolge wohleinstudierter Achselzuckereien verdammt...

und das sind Achselzucken von Schultern so groß wie ein ganzes Land! Das entschuldigt natürlich nicht die stählernen Heimstätten von Ländern, aus denen die Kosmonauten und Astronauten kommen: All ihr Ruhm ist vergänglich, ein engstirniger Ruhm. Sollen sie doch zu anderen Planeten segeln: Sie werden ihre Zigaretten dorthin mitnehmen, sie werden dort versagen, genauso, wie sie auch in dieser Welt versagt haben!

Junge Dame, sagen Sie nichts, schweigen Sie, noch hat mein Mund keine Parklücke gefunden!

Drüben am Ghana House ist manchmal der Gipfel des weiten, weiten Meers der einzige Platz, an dem man seine Seele parken kann...

Verstehen Sie?...

Und ich fühle, daß es die symbolischen Bedeutungen selbst sind, die sich verändern müssen, die dynamisch werden müssen. Man behält die Form eines Symbols und verändert das Symbol, tätig. Man behält die Trommel, man behält die Paraphernalien, doch alle Beziehungen zu ihnen müssen sich ändern, müssen sich bewegen...

so, so, so..."

Sackey: der größte *kayakaya* für dieses Land. Auf seinem Rücken war Ghana ein unleidliches Baby. Und gegen das Gebrüll des Babys schrie er selbst an.

„Aber Sie wissen bestimmt, daß ich ein Buch über all diese Fragen geschrieben habe", fragte Sackey Sally beiläufig. Eine kurze Pause entstand, in der Sallys Augen sich erhoben und flogen und die winzigen Muskeln dahinter sich um sich selbst drehten.

„Gar nichts habe ich davon gewußt!" erwiderte Sally Soon ganz aufgeregt. „Und wie wird das mein Projekt beeinflussen? Ich, ich bin ein bißchen durcheinander..."

„Weswegen denn? Sie brauchen doch nur das Buch zu lesen, die üblichen Verweise zu machen und mit ihrer eigenen Arbeit fortzufahren..." unterbrach Sackey sie ziemlich irritiert. „Nebenbei ist es erst vor kurzem erschienen. Und es könnte für eine neue Doktorarbeit von Vorteil sein, neue Bücher zu verwenden!"

Wieder entstand eine Pause.

Dann sagte Soon: „Was, wenn Sie bereits alle Punkte abgehandelt haben, die ich behandeln will? Dann muß ich von vorn anfangen und denen zu Hause sagen..."

„Warten Sie, warten Sie, warten Sie! Werden Sie in rein akademischen Dingen nicht gefühlsduselig! Sie haben mein Buch ja noch gar nicht gelesen. Es hat eine soziologische Tendenz, auch wenn ich einige Fragen der Moral aufgreife. Sie haben doch einen vollkommen neuen Ansatz!" versicherte Sackey.

Sally Soon hatte immer das Gefühl, daß ihr Name zu glatt über die Zunge ging, um von selbst stillzustehen. Und daher hätte sie sich gern ein Dr. davor gehabt, das ihn bewachte. Sie war wagemutig, wußte aber auch um die Hindernisse, die ihrem Ziel im Wege standen.

„Kein weiteres Interview, bevor Sie nicht mein Buch gelesen haben", erklärte Sackey, als Kwame hereinkam und sich fragte, was wohl nicht stimmte. Weil seine Freundin Sally so einen besorgten Ausdruck im Gesicht hatte.

„Gleich ist Zeit für's Mittagessen", erklärte er und ging wieder hinaus.

Sally fragte Sackey: „Professor, darf ich Kwame bitte zum Essen mit zur Hall nehmen? Ich weiß, ich bin ein bißchen aufdringlich..."

„Warum nicht! Er ist Ihnen so zugeneigt, daß ich nichts dagegen einwenden kann. Aber wenn Sie meine Studentin wären, müßte ich natürlich etwas vorsichtig sein. Und wie geht's Ihrer Adwoa?" fügte Sackey als Nachsatz hinzu.

„Oh, ich sehe sie morgen. Und sie wird auch studieren. Ist das nicht toll?..."

Als sie gingen, entschied Sackey aus einer Eingebung heraus, daß er nun Sofi schreiben wollte. Daß er sich dazu entschlossen habe, sein lange überfälliges Sabbatical zu nehmen. Und daß sie die kleine Katie in den nächsten Wochen zu ihm schicken sollte. Als er aus der Tür trat, kam Sofi die Einfahrt herauf. Eine Sekunde lang erstarrte er.

„Kwesi, hallo", sagte sie ruhig.

Sackey sah sie von der Seite her an, gab ihr dann den Brief und den Befehl: „Lies ihn! Und wo ist Katie?"

Sofi antwortete nicht, sondern las erst einmal den Brief. Sie fühlte sich seltsam erregt bei dem Gedanken, ein Jahr lang ihr Leben allein leben zu können.

„Gehen wir gar nicht ins Haus, Kwesi?" fragte Sofi Sackey. Sackeys Augen sahen mißtrauisch auf ihre plötzliche Glückseligkeit herab.

„Ich habe eine Verabredung. Du kannst ja reingehen. Hast du den Brief gelesen? Gut, dann wissen wir jetzt um unsere Pläne. Kwame ist mit einer ehemaligen Schülerin von dir unterwegs. Ein Jahr sollte dir deine Gedanken klären helfen. Du kannst Katie holen gehen, und dann planen wir alles. Ein ganzes Jahr sollte dir gut tun..."

Kapitel zweiundzwanzig

Kojo Okay Pol war vor kurzem von Araba Fynn losgekommen. Ihr Gelächter steckte noch gut verwahrt in seiner Tasche...

Er fühlte Bitternis in der Leistengegend. Sie hatte ihn zu sich gerufen, doch als er ihr vorschlug zu heiraten, lachte sie nur ihr neues, gleichgültiges, gereiftes Lachen.

Also fehlte Araba jetzt in seinem Leben. Aus ihr war die große, reiche Geschäftsmanagerin geworden, die sich ihre Großmutter immer gewünscht hatte. Geradezu die Mutter ihrer eigenen Mutter, Sister Ewurofua. Und Okay Pols Augen hielten Ausschau nach den Grausamkeiten und unerreichten Zielen, von denen er glaubte, daß sie ihn verfolgten. Doch blieb ihm die Kraft, die er aus seiner Verbindung mit Araba Fynn gewonnen hatte. Holzkohlenasche, wie man sie zum Rösten von Bananen verwandte, übte eine seltsame Anziehung auf seinen Kopf aus...

irgendwo aus ihrem Innersten stieg ein Glühen...

und sein Kopf und seine Hände befaßten sich jetzt mit Fotografie.

Er machte die wunderlichsten Fotos von Menschen, von Ziegen (wenn das verlangt wurde) und von Gebäuden. Die Leute gingen völlig aus sich heraus, wenn die Aufnahmen gemacht wurden, weil Pol noch immer so aussah, als wäre er nicht von dieser Welt. Und das hatte Dr. Boadi vielleicht in ihm gesucht. Etwas, das den Zynismus des g-u-t-e-n Doktors ausgleichen konnte...

denn sonst hätte er wohl tüchtigere Leute für seine Intrigen ausgewählt. Pol hatte sich von den traurigen Schulden, die Boadi endlich bei ihm beglichen hatte, ein Motorrad zugelegt. Und man erzählte sich, daß er, wie er so durch Accra fuhr, aussah wie eine Kreuzung aus Polizist und herumtollendem Eichhörnchen. Befezt. BEFEZT. Und während er jetzt durch Accra flog, kam ihm sein Traum von der magischen Flasche Star Bier, deren Hals hoch und scharf in die Wolken ragt, wieder in den Sinn. Und neben der verloren ein durstiger Mann mit leerem Glas steht...

es wurde immer schwieriger, sich selbst, den Göttern oder den Vorfahren einen Trank anzubieten.

Drüben auf dem kleinen Grasstreifen war die Ziege mit ihrem Mist im Rückstand. Sie mochte nicht ihr eigenes Gras düngen. Es war, als hätte die Verstopfung auf die kleinen Häuser in der Nachbarschaft übergegriffen. Jahre aus Überanstrengung und Schweiß hatten sie errichtet. Und oft waren die Hoffnungen in ihnen wie Zement zusammengebakken. Und aus den Augen, die sie erbaut hatten, war das Braun gewichen. Ganz grau waren sie geworden vor erschöpften Gefühlen.

Denn sie hatten die ganze Welt geschaut.

Es gab keine Unschuld mehr.

Wie Pol sich erinnerte, war er einmal an einem Haus vorbeigekommen, von dem er wußte, daß die Kinder darin so verzogen wurden, daß, als es sie in alle Winde verwehte, das Haus sofort gerahmt...

und gegen ihre Zukunft aufgehängt wurde. Und aus einem anderen Haus in Accra New Town erklang abwechselnd Lachen und Husten: einhundert Huster, neunundneunzig Lachen...

Und sie langweilten sich gegenseitig bis zum Überdruß, so daß man, wenn man nicht genau aufpaßte, den falschen kurierte. Ging man von der Art und Weise aus, in der manch einer über alles lachte, vom Krieg bis zu Verkehrsunfällen, dann konnte man zu dem Schluß gelangen, daß Lachen möglicherweise doch einer Behandlung bedurfte. Und schließlich wurden Güte und Unschuld – die sich in Apathie und Zynismus verwandelten – weit höher eingestuft als die staatlich kontrollierten Erzeugerpreise. Am billigsten waren die Hühner, die besten Koordinatoren im Lande...

Sie trippelten überall herum und pickten alles an. Gakkerten ihre Meinung heraus. Überbrachten Neuigkeiten von Lottogewinnen, Sterbefällen, Promotionen, Hochzeiten und Anweisungen von oben. Und der einzig wirkliche Zusammenhang, den Pol zutreffend fand, war: Wenn einer Wasser ließ, dann tat er das für die ganze Stadt. Durch Accra hindurch und hinüber nach Dankoman, wo einige seiner Kunden lebten, erblickte Okay Pol die Moral des Unterleibs: Was immer nicht grundsätzlich schlecht war, war nur zuuuu guuuut...

Alles, was diese Moral spiegelte, vom Wasser über die Elektrizität zu den offenen Gossen: niemals entblößte man seinen Unterleib an einem so rauhen Ort wie Dankoman, wo der Pioniergeist herrschte. Weil irgend jemand irgendwo einen Dolch hineinrammen oder ihn stehlen könnte. Deinen Unterleib stehlen, einfach so...

Er fuhr Richtung Westen, in Richtung Odorkor, wo er öfter den glücklichen Hausstand von Kofi Loww, Adwoa Adde, Erzuah und Ahomka sowie der immer gegenwärtigen Amina besuchte. Kofi und Adwoa hatten beschlossen, ihren Studien nachzugehen, oder vielmehr, ihnen hinterherzujagen. Loww umgab ein ganz neues Strahlen. Weil Adwoa die Hälfte seiner Last übernommen hatte, sah er unter der tropischen Sonne nicht mehr so grau aus. Erzuah war glücklich über die Heirat. Aus Dankbarkeit hatte er sich sogar den Bart abgenommen – sehr zu Ahomkas Verärgerung. Und als er im August wieder zu wachsen anfing, nannten er und sein Sohn sich gegenseitig 'Bart, Bart'. Und der alte Mann neckte Loww damit, daß er mit *bofrots* und *nkontommire* großgeworden sei und es deshalb bis zur Universität geschafft hätte. Maame kam niemals wieder. In Bragos Mauern wurde sie alt. Sie schlüpfte nur aus ihnen heraus, wenn ihr Enkelsohn sie besuchte.

Hier im höflichen und konservativen Ghana wurden Diebe umgelegt. Daß die Straßenhändler ihren eigenen Schweiß verkaufen würden, war vorhersehbar. Und die Palmnüsse in den Seitenstraßen konnte man erkennen und sehen, wann sie rot wurden...

ihre Stacheln nützten ihnen nichts gegen eine Zivilisation, die vor Tausenden von Jahren ihren Anfang genommen hatte. *Mallams* hielten nach den Häuten der Eidechsen von Accra Ausschau, suchten nach den Schnäbeln großer Vögel und nach *Olla Balm*. Die einfachen Menschen waren wirkliche Menschen aus Fleisch und Blut: Sie lebten jenseits der Slogans. Sie überlebten die Politiker. Sogar jene, die ihr Blut messen und einordnen wollten...

Es gab regiertes Blut und unregiertes Blut, das regierte. Am Strand von Chorkor lag Acheampongs Revolution erschöpft und ausgelaugt im Sand. Und wurde von der Verdammnis der Gezeiten hochgehoben und fallengelassen.

Dann fegte sie auf der Küstenstraße über das Pflaster

verwundeter Wege, durch Bukom hindurch und um eine Ecke, die in Geruch und Farbe vom *kelewele* des September erfüllt war. Und an der eine Laufkundin verzweifelt ihren Hintern fallenlassen wollte, weil ihr alle hinterhersahen, wenn sie ging. Die meisten Leute waren mit Gerüchten beschäftigt: Ein Mund konnte in ein und demselben Gesicht zehn anderen Heimstatt sein. Pol bemühte sich um einen Vertrag mit einem Hund, der die Diebe und Hexen aus seiner Seele bellen sollte. Oder sollte er vielleicht sein Motorrad in den Himmel fahren, denn dort hatte er sich etwas Zuwendung verdient, da er aus Prinzip zwei Jahre lang nicht auf Gottes ghanaische Erde gespuckt hatte. Während er die Richtung wechselte und zurück nach Abodwe fuhr, kletterte Pols Seele an der Schwammpflanze empor, die mit ihren gelben Blüten am Zaun von jemandes Leben hochkletterte. Er fotografierte eine alte Frau, die so verhutzelt und zerklüftet aussah, daß sein Fotoapparat unfreiwillig zitterte. Es war, als würde ein Accra, das schon vor langer Zeit gestorben war, in diesem menschlichen Wesen wiederauferstehen, das da saß und seine Obszönitäten ausspuckte, die von den aufnahmebereiten Gossen aufgesogen wurden. Sie wollen doch nicht diese Stadt, die, was die Moral betrifft, *sakola* ist, nach Volksgruppen aufteilen, SIR, denn immerhin hat sie schon vor langem die verschiedenartigsten Völker verschlungen...

und die *Ga* wieder ausgespuckt, denen das Land gehört, nur um sie wieder zu verschlingen. Die Moscheen sind auf verschlungenen Mündern errichtet worden. Denn wenn Allah angerufen wurde, dann folgte dem Ruf ein doppeltes Echo. Man kannte verschiedene Lippengeschosse. Die Roben breiteten sich unter den Gebeten aus.

Dann weiter zum Ridge Park, wo die Spieler neben den *chacha*-Blumen schliefen. Auf den Schaukeln und Karussells vergnügten sich möglicherweise Geister. Kinder waren dort nur wenige zu sehen, weil der Mund des Wächters die meiste Zeit geschlossen war. Der Park gehörte den westlichen Krähen mit ihren Hundehalsbändern. Und wenn sie sich mit ihrem rauhen Gekreische unterhielten, dann über die Sprache der Rückseite, die man federlos zum Mund verlagert hatte, um aus ihm hervorzubrechen.

HERVORBRECHEN!

Sagten die Krähen, so daß die Klänge wie luftige Diebe in die Bungalows am Ridge Park krochen. Und die Spieler schliefen mit den frühen Moskitos, die über ihren Rücken schwebten.

Wieder hinüber nach Adabraka, vorbei an den wenigen libanesischen und indischen Häusern, die genauso dickbäuchig waren wie einige ihrer Besitzer. Bevor er zwanzig Fotos schoß, aß Pol ein Stück libanesisches Brot. Einige der Fotos rochen nach dem Curry, dessen Duft aus dem Nachbarhaus strömte. Am meisten aber mochte er den Geruch von dickem *abenkwan*, der die alten engen Alleen von Adabraka hinunterzog wie durch Rohrleitungen für hitzige Seelen, die nachts wegrannten, um ihr Geld zu zählen... oder wenigstens davon zu träumen.

Er hatte sich selbst völlig vergessen und zog den Kreisverkehr an der Kathedrale von Adabraka hinter sich her, weil der Araba Fynns Hüfte gefährlich ähnelte. Um Asylum Down machte er einen Bogen. Denn dort konnte das Kerosin den kleinen Docht seines Herzens erneut entflammen. Und auf einem fahrenden Motorrad, *any ana*, war Feuer verboten.

Siehe da!

Er seufzte, als er daran dachte, wie Adwoa Adde über den Tod Beni Baidoos geweint hatte. Als Pol sie letztes Mal besucht hatte, erzählte sie es allen: Er war mit einem letzten verzerrten Lächeln auf dem Gesicht gestorben. Mit einer brennenden Zigarette, die noch in Rauch aufging und beinahe sein winziges Zimmer in Brand gesetzt hätte, weil es vollgestopft war mit all dem Elefantengras seiner Witze und Eskapaden. Seltsam, sagte sie, daß er sich nie vom Betrug an Osofo am Freedom Arch erholte. Er verging vor Gram und verbreitete dennoch Witzfunken, die die Feuerwehr nicht zu löschen vermochte...

weil man Herzen nicht löschen kann. Und gebrochene Herzen schon gar nicht. Sein uralter Hund tauchte wieder auf und leckte sein Gesicht. Bevor er krank wurde, hatte Beni Baidoo einen Brief von Professor Sackey erhalten, der ihn beschwor, am Leben zu bleiben. Und daß man über eine kleine Forschungsarbeit über seine Versuche, ein Dorf zu gründen, nachdenken könne. Der alte Mann hatte geglaubt, daß Sackey verzweifelt nach einem Forschungsgegenstand suchte. Er erkannte nicht, daß Sackey aus der Ferne seines Freijahres entdeckt hatte, wie Benis lächerliche Standards ein paar Leuten dabei halfen, ihre eigenen Grundlagen zu finden. Sofi Sackey ging es in ihrem Freijahr ebenfalls gut...

Dr. Boadi hatte zu guter Letzt aus den Erlösen eines besonderen Schweigevertrags mit dem Obersten Militärrat seinen Benz erhalten. Hatte aber kurz darauf dessen Kräfte mit einer Kuh gemessen und ihn zerschmettert. Seine neueste Freundin war dabei aus dem Wagen geschleudert worden. Und da lag sie nun über dem toten Tier und heulte wegen der Schnittwunden, die ihr die Scherben der zersplitterten Windschutzscheibe beigebracht hatten. Und Beni Baidoo war zu Dr. Boadi geeilt und hatte ihn angefleht, ihm einen neuen Esel zu kaufen, weil sein alter gestorben war...

gestorben am Gewicht zweier Hinterbacken, mit denen Baidoo ihn belastete, als er einmal vergaß, daß das nur ein Ein-Backen-Esel war. Boadi kaufte den Esel. Als das störrische Tier in das traurige alte Zimmer geführt wurde, das der kümmerliche Hund bewachte, war Beni Baidoo aber bereits tot...

Der alte Beni Baidoo hatte einen Riesenskandal ausgelöst, als er versuchte, die geistig verwirrte Ama Payday zu vögeln, damit sie ihm sein Dorf mit ihrer alphabetischen Gegenwart bevölkere. Er hatte dies immer heftig bestritten. Heimlich aber damit geprahlt, daß sie eine glatte Haut habe. Und daß sie darüber hinaus sein ganzes Geld gestohlen hätte, als er versuchte, sie zu umarmen...

Kofi Loww hatte beschlossen, Beni Baidoo jeden Monat eine kleine Summe zukommen zu lassen. Erzuah hatte widerstrebend zugestimmt, als er sah, wie Baidoo mit dem Scheitern seines unorthodoxen Dorfes schrumpelte. Es schien, als habe es Baidoo zumindest derart am Herzen gelegen, daß er darüber starb...

Okay Pol hatte immer Baidoos Medikamente geholt und schließlich die Leiche des Alten gefunden...

1/2-Allotey hatte sich bereit erklärt, Baidoo zu beerdigen, weil dessen Verwandten auf wundersame Weise verschwunden waren...

Und Adwoa Adde hatte stundenlang zu dem Körper des Toten gesprochen. Sie wußte nicht warum, doch sie wünschte Baidoo eine sichere Überfahrt, die ihn für sein gefahrvolles Leben entschädigte...

Pol war hochgewachsen und offen und sah all dies. Sein Herz war aber noch immer wie zugeschnürt und brauchte Platz für sein eigenes Leid. Wenn er also seine Anteilnahme am Schicksal einer Stadt, die sich gar nicht um ihn kümmerte, zeigen wollte, dann setzte er einfach seinen Fez auf die höchsten Türme und beobachtete, den Fez auf einem Turm Legons im Blick, das Ausströmen wechselseitigen Marathonleidens. Eine Stadt, ein Fez, ein Auge weinten dann zusammen. Im fezlosen Labone, wo die beiden kreisrunden Häuser mit ihren Wohnzimmern rund wie Türme standen, hielt er an, um Erdnüsse zu kaufen. Hier herrschte die normal-außergewöhnliche Ordnung, die man nicht unbedingt als Schönheit bezeichnen konnte, weil sie einfach zu adrett, zu regelmäßig war. Und von zu vielen Wachmännern beobachtet wurde. Er stellte sich vor, daß feiner Orangensaft von Haus zu Haus gereicht und dann genau gleichzeitig aus genau den gleichen Gläsern getrunken würde...

Manchmal aber ertönte aus den Quartieren der Dienstboten ein Aufschrei, der den unterdrückten Neid wie Staub im Harmattan in alle Winde wehte.

In Labone schoß er nur zwei Fotos: eine mit Wein übergossene Brust und ein alter Wachmann mit schönen Kolazähnen. Der Abend kam mit einem Blitz. Und das war etwas, das er für weitere Bilder mit seinem Fotoapparat nutzen mußte. Osu mischte seine alten und neuen Teile miteinander wie Schwestern, die nur einmal im Jahr miteinander reden...

Und das Castle war nun Herrscher über ganz andere Sklaven, war Kontrolleur zensierten Blutes. Dann wurde Pol derart müde, daß sein Motorrad bereits in seinen Schlaf hineinfuhr, während er noch zu seinem Zimmer in Kaneshie donnerte. Während er dahinfuhr, führte er auf seinem Rücken einen ungewöhnlichen Regen mit sich, der direkt vom Horizont herunterfiel. Und alle Lichter enthüllten die Winkel, in denen der Regen die Stadt in kleine Stückchen zerschnitt. In Puzzlestückchen. In ein verhaltenes afrikanisches Durcheinander. Und durch die Strahlenbündel der Lichter leuchtete der Regen weiß und gelb. Die meisten

Mauerfelder aber, in die das konzentrierte Licht nicht eindringen konnte, waren schattenerfüllt, blieben schwarzer Regen. Alles rannte danach, sich irgendwo unterzustellen, sich vor den Göttern der plötzlich entstehenden Pfützen zu retten. Jene aber, die sich entschieden hatten, gemächlich weiterzugehen und naß zu werden, sprachen mit flutenden Worten...

Sie redeten über das nasse Land, das noch immer solchen Durst hatte. Schließlich erreichte Pol sein langgestrecktes, ordentliches Zimmer, das immer mit ironischem Unterton strammstand, um ihn zu begrüßen...

und er versäumte es niemals, mit seinem Kopf auf die Schwelle zu schlagen. Das war nur eine andere Art der Begrüßung.

Wie er gehört hatte, waren die Pferde nach dem ganzen Galopp auf dem hinterwäldlerischen Flughafen gestorben

Abgezweigte Pferde oder nicht abgezweigte Pferde, sie waren tot-mann!

Boadi wartete auf eine neue Gelegenheit, seinen *shoogmadoodle* anzustellen, sich seine Zwiebeln zu braten. Und vielleicht ließ er Kofi Loww, Professor Sackey und ihn in Ruhe. Wenn nur der Professor sein mundiges Maschinengewehr beherrschen lernte! Doch, wie Sackey sagte, da war zuviel Politik in allem. Und vor allem von der falschen Sorte.

Fotografen konnten eine Menge Geld verdienen. Doch mußte er sich zunächst eine Frau aus dem Kopf schlagen. Damit er ihr nicht Jahrzehnte später wieder über den Weg lief, wie es dem armen Mr. Acquah mit *Nana* Esi ergangen war...

geradeso wie Fleisch, das sich in etwas Geisterhaftes verwandelt und dann in etwas Halbfleischiges, und das wieder und wieder.

So lag Pol, vor der Kälte des Regens oder aufgrund einer Malaria fröstelnd, in seinem altghanaischen Zimmer. Hölzerne Querbalken, alte Kalender, alte Gefühle für eine Stadt, die langsam in ihre eigenen Vororte kroch. Alte Postkarten, verwelkte Palmwedel von einem Gottesdienst am Palmsonntag, zu dem ihn eine Freundin gezwungen hatte. Die frisch entstaubte, leere Penizillinschachtel lag erschöpft da, ausgelaugt vom Heilen der Kinder anderer Leute in der

Nachbarschaft. Er bemühte sich, so sehr er konnte, doch er schaffte es nicht, ganz Kaneshie zu kurieren. Winzige Alleen und baumbestandene Gassen durchzogen Kaneshie. Wie in Sekondi führten sie hinauf zu höherliegenden inneren und äußeren Kammern...

und manchmal fehlten die Stufen, waren der aufstrebenden Seele verloren...

wo das Wohnzimmer so niedrig war, daß sich die guten Menschen lieber setzten. Zwei bleiche Stöcke hielten ein Fenster offen, dirigierten das Treiben der Moskitos hin zum Licht. Hin zum Fleisch. Pol trank Bier dank der Gnade der Moskitostiche: Die Einnahme von Bier, die Entnahme von Blut, *der Rhythmus einer Stadt*. Und die Fußabtreter an der Tür streikten, weil sie den zusätzlichen Druck der Schuhe nicht ausstehen konnten. In granitener Umarmung hielt eine rosa Wand die andere. Pols heimatliche Klippen, Pols alten Aufschrei, daß Ghana hinter seiner Geschichte hinterherhinkte. Seht nur: Taschen, Drähte, Kübel und ein Sieb, in einer Reihe an der Wand aufsteigend. Der zweite Türvorhang bewegte sich in einer Brise. War machtlos gegen die Hitze, die er eigentlich abhalten sollte. In der Ferne ein *Homowo*. Oh, in den nächsten Jahren muß ich etwas mehr einer aus dem Norden werden, dachte er bei sich...

Dieses Geheimnis durfte das weise Bett, das soviel wußte, nicht erfahren. Erinnerungen an Hunderte Generationen Fischer in einem einzigen, einfachen Kalender. Der Großvater der Standuhren suchte in Accra einen Enkel, einen wahren Enkelsohn des Klanges. Seht nur: Pol war fast eingeschlafen.

Als er vergangene Woche Professor Sackey traf, hatte ihm der von seinem Freund 1/2-Allotey erzählt, der langsam reich wurde und noch mehr Fleisch auf seine ohnehin schon riesigen Schultern häufte. Unter den Stufen von Kaneshie war etwas Moos gewachsen, vor dessen Hintergrund das Trommeln der Grillen mit überhöhter Geschwindigkeit ins Ohr drang...

man hatte den Menschen versichert, daß der Regen per Dekret verbannt werden würde, wenn es zu sintflutartigen Regenfällen käme. Und sollte es zu einer Trockenheit kommen, dann wollte man die Sonne der Autorität des Obersten Militärrates unterstellen. Pol mochte *kelewele*. Im Traum sprang er auf, kaufte welche für fünf Cedis und aß im Schlaf. Das Gelächter der Frauen, die sich über sein Schlafgewand lustig machten, klang ihm noch im Ohr...

wenn nur die Grillen nicht wären. Es ging das Gerücht, daß Kwaku Tia seine Arbeit auf dem Flughafen hingeschmissen hätte. Und seine Beine wären jetzt derart kurz, daß sie um ein paar zusätzliche Zentimeter betteln müßten, bevor sie auf den Erdboden reichten. Wenn es nach Tia ginge, würde man alle Flugzeuge ins Asyl stecken: Denn sie stiegen auf, während das Land unterging.

Und das war doch einfach verrückt!

Einige Kinder glaubten fest daran, daß Pol das Vorrecht hatte, ein paar der Antworten Gottes auf Accras Fragen zu kennen, weil er so groß war.

Wie zum Beispiel auf die: Wenn auf dem Makola Market alle Sicherheitsnadeln ausverkauft waren, was geschah dann mit all den Sternen, die so unsicher über den Dörfern schaukelten?

In dem Maße, wie Osofo milder und nachsichtiger wurde, wuchs und wuchs seine neue Kirche.

Ein ganzer Papayabaum wuchs quer über sein ganzes Leben, verdickichte Pols Horizonte, und – etwas erwachsener – faßte er sich in Geduld, immer erpicht darauf, die Frucht zu pflücken, sobald sie endlich reif war.

Er erinnerte sich: Er und Araba hatten hier im Raum eng umschlungen miteinander geflüstert, die verschiedenen Zähne eines gemeinsamen Lächelns miteinander geteilt, und als er ihr einmal aus Versehen den Kopf kratzte, hatte sie mit strahlendem Blick über die Überraschung hinausgeschaut...

Er hatte gespürt, daß sie einander so nahe waren...

so nahe, daß er vielleicht sogar das Essen aus Versehen in ihren Mund schieben konnte...

nun aber schob er die versteckte Sorge in die vernachlässigten Ecken der Beziehung, die keiner der sprichwörtlich unfertigen jungen Männer offenlegen wollte, nicht einmal in dieser Stadt der Sorglosigkeit. Pol würde Arabas Lächeln niemals vergessen. Das war aus ihrer jüngsten Gram hervorgebrochen wie ein Bedford, der mit blankgeputzten Kotflügeln, die jemand anderen blendeten, zur falschen Zeit in eine sonnendurchflutete Ecke fuhr. Ihr Lächeln war jetzt eingesperrt, verschlossen. Ihr Geheimnis bestand nun darin, explodierend in ein anderes Leben einzubrechen, doch sanft genug, die alten Erinnerungen aufzufangen, wenn sie herunterfielen.

Wenn Pol eine noch unfertige *sunsum* hatte, eine noch unfertige Seele, dann deshalb, weil es um Accra genauso stand. Das war zum Teil seine selbsterfundene Entschuldigung, denn schließlich: Wenn ein 'i' seinen Punkt suchte und ihn noch nicht gefunden hatte...

Als die große Eule schrie, kam außer ihrem lautlosen Flügelschlag keine Antwort. Pols Vermieterin würde früh wegen der Miete kommen. Welch eine Frau, mit waldigem Körper: Auch wenn sie bereits um eine Ecke gegangen war, hing ihr Gesäß noch hinterher, fast im rechten Winkel zum Feld der Visionen, gegen das Durchschütteln des eigenen Fleisches aufbegehrend, bevor es schließlich ihren Rundungen aus dem Gesichtskreis heraus folgte. Und niemals wollte sie dem unschuldigen Ausdruck in Pols Augen so ganz trauen. Vor ein paar Monaten hatte ihn der Harmattan – mit seinem seltsamen und zurückhaltenden Staub und Licht – schaudern lassen. Durch den hindurch versuchte er Bedeutungen auszumachen, mit Vorfahren, die ihre Abstammung über die Grasinseln der Stadt hinwegbliesen. Das war damals, als die schwarze Haut eine erstaunliche Farbenvielfalt annahm. Schließlich gab es doch noch etwas Hoffnung unter diesem haha-Himmel...

unter dem die Leute gewöhnlich ihre Sorgen davonlachten, auch wenn ihnen der Vorrat an Lachen langsam ausging. Pol aber wußte, sie konnten ihm die Zukunft nicht nehmen. Weil die neben ihm im Bett liegende Unschuld entweder wie gewöhnlich aufgehoben und durch den Morgen getragen oder zur Reifung an einem sicheren Ort gelagert werden konnte. Und von dort holte man sie dann im richtigen Moment hervor, um sie zu benutzen, Benutzen, BENUTZEN...

denn wenn er nicht aufpaßte, dann würde ihn der Regenbogen wieder und wieder umkleiden, um seiner Haut Schönheit zu verleihen, doch nur solange, wie die Farben hielten, nur solange, wie die Farben so traurig blieben...

Denn wenn man eintausend Hosen leer und aufrecht

in aufsteigenden Winkeln so blau wie der Himmel aufstellte, über die ganze Stadt verteilt bis zum Freedom Arch, dann würden schließlich die Beine des Zufalls, umgeben von ihrem *kenkey*-Parfum, ihr Fleisch in die eintausend Paar Hosen zwängen – die da wie Engel oder Hexen hingen – und in ihren oberflächlichen Symbolen schwanken, als wäre schließlich doch etwas erreicht worden.

Aber worin bestand dieses Etwas?

Immerhin, die Lieferanten am Arch waren typisch und voll von *waakyi*, hatten immer betrogen und würden immer betrügen, waren gerade mal soviel wert wie eine *tutu-ni*...

Morgen, schnarchte sich Okay Pol durch seine Vorstellungen hindurch. Morgen, *chacha* um nationales *chacha*...

Glossar

abenkwan	Palmnußsuppe
abrantsi	junger Mann, Jüngling
abua	Narr, Idiot
abusuapanyin	Familienoberhaupt, das älteste Mitglied eines Familienverbandes
Adabraka	Stadtteil Accras
adaka	Kiste, Schachtel
adinkra/ adinkrahene	symbolische Muster auf Tüchern, die bei Beerdigungen Verwendung finden
agidi	weicher, weißer
agoo	Macht Platz! Macht auf!
akimbo	Hände in die Hüften gestemmt, mit auswärts weisenden Ellbogen (hier im übertragenen Sinn angewendet)
akonta	Schwager
akpeteshi	in Ghana destillierter Gin
akrantsi	eßbares Wild (Antilope, Nager etc.)
Akurugu	ein Name
akwaaba	Willkommen
akyinkyina	Nashornvogel (bucerotidae)
alasa	bittersüße Frucht
alata samina	weiche, schwarze Seife
alokoto	kleine Schneckenhäuser, häufig Kinderspielzeug
alombo	Freundin oder Geliebte
ampa, ampara	wahr, wirklich, wahrlich, echt
ampe	Mädchenspiel
ampesi	Püree mit Stew
Ananse	die mythologische Spinne der mündlichen Überlieferung
apatupre	ein Vogel
aplankey	Gehilfe des Fahrers, vor allem in Bussen
Asaase Yaa	Mutter Erde (in der mythologischen Überlieferung
Asafo Company	Jugendorganisation
atakpame	aus Lehm gemacht
atua	Frucht
awoof	verdächtig einfach
awu	es ist tot
awura	junge Frau
ayekoo	ergänzende Grußformel

bambala	groß
bankoshie	Teil eines Liedchens, hier aber in der Bedeutung Unsinn
banku	Maispürree
basaa	verwirrt
basabasa	Verwirrung
bashi	dichtes Haar über dem Halsansatz
batakari	Kittel
bebree	viel, eine Menge
bofrot	Krapfen, Pfannkuchen
bokoboko	feiner Spinat
bokor (bokorr)	weich, sanft
bola	Abfallhaufen
boogie	etwas verderben, auch abfällig: Neger
brik	clever, gewitzt
brodo	Brot
brofo nut	indische Mandel
brokeman	jemand ohne Geld
bush balanga	Kraftausdruck, Fluch
C. K. Mann Highlife	Tanzmusik des populären C. K. Mann
calabash	Kalebasse, zum Trinken von Palmwein
cassava	Kassavawurzel
cedi	ghanaische Währungseinheit
chacha	spielen
chale-wate	Slipper
cheche-kule	Teil eines Liedes, hier aber in der Bedeutung Dummheit
cocoyam	Kokosyamwurzel
colo	veraltet, altmodisch
contrey	Comrade
Dada	respektvolle Anrede für einen älteren Mann
Dammirifa Due	Beileidsäußerungen
duku	Kopftuch
durbar	Versammlung von Chiefs und Bürgern
El Hadji	Muslim, der die Pilgerreise nach Mekka schon unternommen hat
ewi	Dieb
ewiase	der Gang der Dinge, der Lauf der Welt
Ewurade!	Gütiger Gott!
fatim	Schicksal

fikifiki	Neologismus des Autors: Beischlaf
flamboyant	großer Baum mit strahlenden Blüten
foko	Kraftausdruck, Fluch
fontonfrom	„sprechende Trommel"
fufu	Püree aus Mais, Kassava oder Yam
Ga	Ethnie der Ga von Accra; Ga-Sprache
gari	Püree aus gestampfter Kassava
GBC	Ghana Broadcasting Corporation
gidigidi	stürmisch, ungestüm, ausgelassen
GNTC	Ghana National Trading Company
goway you!	Hau ab du!
green-green	Stew
harmattan	staubiger Wind der Trockenzeit, weht südwärts aus der Sahara
Homowo	Festival der Ga
jolof	in Westafrika verbreitetes Reisgericht
joromi	Kittel in leuchtenden Farben
jot	Zigarette
juju	Magie, Hexerei
kaklo, jolly kaklo	Gebratenes aus Bananen und Mehl
kalabule	harte Geschäftspraktiken
kayakaya	Träger
kelewele	kleingeschnittene, gebratene Banane
kenkey	Maispüree
kente	farbenfrohes traditionelles Gewand
Keta-school boys	gern gegessene, kleine Fische
key-soap	Waschseife
kofi-salanga	Teil eines Liedes, hier aber in der Bedeutung von Unsinn
koko	Haferbrei
koobi	Trockenfisch
koraa	überhaupt, gar nicht(s)
kosrokobo	mit breiter Brust und dünnen Beinen
kotoko	Stachelschwein (Emblem der Ashanti, hier Bezeichnung für einen Haarschnitt)
kpa	Lautmalerei für Zusammenstoß
kpakpo shitoh	Pfeffersorte
krontihene	traditionelles Oberhaupt
kube	Kokosnuß
kyenam	gebratener Fisch
kyinkyinga	Khebab

libilibi	strittig, streitsüchtig
logologo	Genital, auch: Geschlechtsverkehr
lotto	Zahlenlotto
Makola	größter Markt in Accra
Mallam	Heilkundiger
mammy	Marktfrau
masa	Herr
mbira	traditionelles Musikinstrument
Mfantse	Ethnie der Fante
mogya	Blut
motoway	fliehende Stirn
Nana	respektvolle Anrede für ältere Personen
nananom	die Ältesten
neem	Paternosterbaum
nkonkonsa-ni	Streithammel, Unruhestifter
nkonkonte	Kassavakrapfen
nkontommire	Stew aus Spinat und Fleisch
ntoro	vom Vater ererbter Charakterzug
nyamanyama	närrisch, gedankenlos, sinnlos
Nyame	Gott
Nyamebekere	Gott wird den Weg weisen
Nyame Dua	Muster auf Kleidung, die bei Beerdigungen getragen wird
odikro	Dorfoberhaupt, Jumbe
odum	großer Baum des Regenwaldes
ohemaa	Königinmutter
okra	Seele
okro	klebrige, schleimige Schoten der okro-Pflanze
oman	der Staat
Operation Feed Yourself	1972 im Rahmen der vom National Redemption Council proklamierten Politik der Selfreliance eingeleitete Kampagne, die zum verstärkten Anbau von Reis, Mais und Gemüse führen sollte, um die Abhängigkeit von Lebensmittelimporten zu verringern
oware	ein Spiel
Owula, Owura	Herr (Anrede)
paa	sehr viel, ungeheuer, toll, eine Menge
panyin	Ältester

pasaa	völlig ganz
pesewa	ghanaische Münze, im Wert dem Penny entsprechend
pioto	Unterhose
pito	traditionell im Norden Ghanas gebrautes Bier
popylonkwe	Penis
portello	Mineraltrank
PWD	Marihuanasorte (sowie Abkürzung für Public Works Department)
sabe	kennen, wissen
sakola	kahl, nüchtern, armselig
Sankofa	Vogel, der symbolisiert, wie die Zukunft die Vergangenheit nutzt
sapo	Schwamm, auch: Schmarotzer
sawi	Kauschwamm zum Zähneputzen
self-reliance	unter General Acheampong eingeführtes staatliches Aufbauprogramm
shea-butter	Feuchtigkeitscreme
shilpit	krätzig, räudig
shitoh	gemahlen und gebraten
sika na ya	das Geld ist knapp
shokolokos	meint hier: Heilkundige
shoogmadoodle	Unsinn
showboy	Showman
SMC	Supreme Military Council (Oberster Militärrat), oberstes Regierungsorgan Ghanas zwischen 1975 und 1979
stool	traditioneller Thron des Ashantehene, des Königs der Ashanti
sunsum	Seele, Geist
supertobolo	groß und fett
tama	Perlen, die die Frauen um die Hüften tragen
tatale	gebratene Ingwerbananen
tee	zuviel
tongg	so weit
trotro	privates Transportunternehmen, LKW oder Taxi
Tsooboi; Yei	Kriegsschrei
tutu-ni	Prostituierte

UAC	United African Company, eine Handelskette
UNDP	United Nations Development Program
waakyi	beliebtes Gericht aus Reis und Bohnen
whaaaat	stilvoll, modebewußt, schick
Wofa	Onkel
wawa	Baum des Regenwaldes
Yaa Asantewaas	die Königinmutter bei den Ashanti
Yewura	Anrede für eine Respektsperson
yoyi	kleine Frucht mit schwarzer Schale
yoo ke gari	gratinierte Kassava mit Bohnen und Palmöl
zagzogo	wilder, unbeherrschter Mensch
zomi	Palmölsorte

Nachwort
von Thomas Brückner

Auf der Suche nach dem ungewöhnlichen Wortbild

Ein Charakteristikum von Kojo Laings groß angelegtem Roman offenbart sich in der ausgiebigen Verwendung der westafrikanischen *lingua franca*, des Pidgin-Englischs. Diese Varietät des Englischen ist, wie ihre Schwestersprachen in anderen Teilen der Welt, Ergebnis der kolonialen Eroberung. Die Flächenkolonialisierung, die in Westafrika in der zweiten Hälfte des neunzehnten Jahrhunderts einsetzte, hatte in sprachlicher Hinsicht zwei wesentliche Folgen. Erstens führte sie afrikanische Völker verschiedener Sprachen und Sprachgruppen unter britischer Herrschaft zusammen und begründete die Notwendigkeit der Kommunikation untereinander. Zweitens machte der Zwang zur Kommunikation mit den neuen 'Herren' ein Mindestmaß an Sprachbeherrschung erforderlich. So entstand 'unterhalb' des Niveaus des *Queen's English* eine Varietät des Englischen, die sich an den Bedürfnissen ihrer Sprecher ausrichtete und sehr schnell Eigenleben gewann. Heute wird Pidgin-Englisch, bei allen 'nationalen' Eigenarten, die sich in den jeweiligen Ländern herausgebildet haben, an der gesamten westafrikanischen Küste von Gambia bis nach Kamerun verstanden und gesprochen. Weitere Varianten haben sich im südlichen und im östlichen Afrika herausgebildet. Das Pidgin-Englisch verbindet englische und afrikanische Elemente (vor allem den Rhythmus afrikanischer Sprachen) miteinander und beruht in wesentlichem Maße auf der infinitiven Verwendung der Verben. Das führt zu einer maßgeblichen Vereinfachung in der Grammatik, die in einzelnen Fällen sogar die Herausbildung von 'Sammelverben' mit sich gebracht hat, deren jeweilige Bedeutung sich aus dem Kontext erschließt. Ein Beispiel dafür ist das Verb *commot*, ein allgemeines Tätigkeitswort, das essen, nehmen, lokkern oder lösen, haben oder machen und noch vieles mehr bedeuten kann. Darüber hinaus entstand eine völlig eigenständige Syntax, die mit der der englischen 'Muttersprache' nur noch wenig gemein hat. Resultat dieser afrikanischen Sprachentwicklung ist heute eine deftige, auf den ersten Blick manchmal etwas naiv anmutende Sprache, deren besonderer Reiz in der Doppelbödigkeit ihres Witzes, ihres Humors liegt. Ganz bewußt nämlich arbeitet sie auch mit der Verballhornung des *Standard English*.

Doch wie sind idiomatische Wendungen des Pidgin-Englischen wie etwa 'I go put belli for brees now' oder 'you fit fool me propa' in die deutsche Sprache zu übertragen? Ganz zu schweigen von einer weiteren Eigenart: der ausgiebigen Verwendung lautmalerischer Verdopplungen zur Betonung und Hervorhebung eines bestimmten Sachverhalts wie in Formulierungen der folgenden Art: 'you go suffa plenti-plenti'.

Diese Eigenarten des Pidgin-Englisch haben dazu geführt, daß dieser Roman über lange Zeit hinweg für nicht übersetzbar gehalten wurde. Dabei mag auch eine Rolle gespielt haben, daß das Pidgin-Englisch noch weitverbreitet als mindere Sprache angesehen wird, die der Übersetzung nicht wert ist. Dem steht allerdings entgegen, daß, vor allem in Nigeria, das Idiom des Pidgin-Englisch bereits seit langem die 'höheren Weihen der Literatur' empfangen hat. Bereits der große nigerianische Erzähler Chinua Achebe verwendete Pidgin zur sozialen Charakterisierung einzelner literarischer Figuren. Vor allem in der Lyrik nimmt das Pidgin mittlerweile einen recht breiten Raum ein. Und 1985 erschien mit *Sozaboy* von Ken Saro-Wiwa der erste Roman, der sich nahezu vollständig dieses Idioms bedient.

Die Übersetzung dieser Sprache, die Saro-Wiwa im Untertitel seines Romans mit durchaus ironischem Augenzwinkern als 'rotten English' bezeichnet, stellt für das Deutsche ein Problem dar. Die Verwendung eines deutschen Dialekts verbietet sich von vornherein, wenn man nicht die unfreiwillige Komik in Kauf nehmen will, die entstünde, wenn Afrikaner plötzlich Köllsch sprechen, sächseln oder hessisch babbeln würden. In jedem Falle blieben entweder Häusle-Romantik, Enzian-Seligkeit oder Waterkant-Beschaulichkeit deutlich spürbar ...

Ein 'deutsches Pidgin', das sich aus deutschen und afrikanischen Elementen speist, konnte sich glücklicherweise nicht herausbilden, weil Deutschland mit dem Ende des Ersten Weltkrieges seine Kolonien auf dem afrikanischen Kontinent aufgeben mußte. Groß war deshalb die Überraschung, als ich in einer alten Zeitschrift auf einen Hinweis stieß, der sich auf ein Buch mit dem für die Übersetzung von 'Die Sonnensucher' vielversprechenden Titel *Kolonial-Deutsch* bezog. Unabhängig davon und nahezu zu gleicher Zeit stieß der Münchener Verleger Ilija Trojanow in den Regalen der Bayerischen Staatsbibliothek auf eben dieses Buch. Es trägt im Untertitel die Zeile *Vorschläge einer künftigen deutschen Kolonialsprache*. Verfasser war der Münchener Jurist Dr. E. Schwörer, seines Zeichens königlich-bayerischer Hofrat und Hauptmann a. D. Das Impressum dieses reichlich sechzig Seiten starken Büchleins gibt 1916 als Erscheinungsjahr an. Ausgangspunkt seiner Überlegungen waren Erfahrungen, die er als Kolonialbeamter in der damaligen Kolonie Deutsch-Ostafrika gemacht hatte, namentlich die auf ihnen fußende Einsicht, daß zur wirtschaftlichen, politischen und militärischen Verwaltung der deutschen Kolonien ein Mindestmaß an Kommunikation mit den Afrikanern ermöglicht werden müsse. Mit seiner Schrift verfolgte Schwörer das Ziel, ähnlich wie kurz vor ihm A. Baumann, der Verfasser einer Schrift mit dem Titel *Welt-Deutsch*, das Deutsche „zu einer modernen sprachlichen Waffe im künftigen wirtschaftlichen Völkerkrieg" zu machen. Schwörer schlägt dazu eine systematische Vereinfachung und grammatikalische sowie lautliche Erleichterung vor. Mit deutscher Gründlichkeit versuchte der Verfasser, eine „einheitliche deutsche Hilfs- und Verkehrssprache" zu begründen, die mit einem Wortschatz zwischen dreihundert und fünfhundert Wörtern auskommt und ein Mindestmaß an Austausch zwischen Kolonialherren und Kolonisierten absichern soll, denn „es ist eine unabweisbare Forderung der Selbstachtung, wenn wir verlangen, daß sich deutsche Behörden, deutsche Offiziere, Kaufleute, Plantagenbesitzer nicht irgend einer Negersprache bedienen sollen..."

Ungeachtet solcher und anderer rassistischer Sentenzen erwies sich aber Schwörers Büchlein als durchaus hilfreicher 'Steinbruch' für den Versuch einer Übertragung der Pidgin-Dialoge in die deutsche Sprache. Auf seinen Grundregeln ließ sich aufbauen, auch aus dem Grunde, weil er sich offenbar selbst Anregungen bei der englischen Sprache und ihrer pidginisierten westafrikanischen Varietät geholt hatte. Dies betrifft zum Beispiel die Verwendung eines einheitlichen Artikels für alle Substantive, die einheitliche Endung des Plurals oder den Wegfall aller Umlaute, die möglichst infinitive Verwendung der Verben und Vereinfachungen im Satzbau.

Damit war aber immer noch nicht dem Rhythmus der Sprache Rechnung getragen. Ein wesentlicher Unterschied zwischen der deutschen und der englischen Sprache – und mithin auch dem Pidgin-Englisch – besteht darin, daß das Englische vornehmlich ein- und zweisilbige Wörter kennt, das Deutsche hingegen auf der Drei- und Viersilbigkeit beruht. Als Ausweg bot sich an, die Infinitivendungen wenigstens der Verben zu kappen und sich so dem Sprachrhythmus des Originals anzunähern. Als überraschende Nebenwirkung stellte sich dabei heraus, daß dadurch in einigen Fällen auch die Doppelbödigkeit, der hintergründige Witz übertragen werden konnten. Ob der Versuch jedoch in jedem Falle gelang, mag der Leser beurteilen und entscheiden.

Bei eindringlicher Auseinandersetzung mit Kojo Laings Roman stellte sich heraus, daß dem Autor der kreative Umgang mit der englischen Sprache wesentlich wichtiger war als die Übernahme des im Grunde mündlichen Pidgin-Idioms in die Schriftlichkeit der Literatur. Laing befindet sich nicht nur in dem vorliegenden Roman, sondern auch in den beiden nachfolgenden *Woman of the Aeroplanes* (1988) und *Major Gentl and the Achimota Wars* (1992) sowie in dem 1989 erschienenen Gedichtband *Godhorse* auf der Suche nach dem ungewöhnlichen, dem außergewöhnlichen Wortspielbild. Er reizt die Möglichkeiten der englischen Sprache bis an die Grenzen aus und übersteigt sie bei seiner Suche nach bildhaften Wortverbindungen, die einer zutiefst afrikanischen Sicht auf die Welt der wirklichen Dinge ästhetisch sinnfällig gerecht werden. So liegt in der Tatsache, daß sich „zwei Bärte in einer Ecke Accras zusammendrängen", nur dann Verwunderliches, wenn man außer acht läßt, daß in der Vorstellungswelt vieler afrikanischer Völker und Nationen jeder Gegenstand der wirklichen Welt, jeder Teil eines Ganzen, mit eigenem, unabhängigem Leben, zum Teil mit eigenem Bewußtsein und eigener Ganzheit ausgestattet ist. In dieser Ganzheit des einzelnen widerspiegeln sich Totalität und Komplexität des Seins.

Sie erscheint in Laings Figuren gebrochen. Seine Helden von Beni Baidoo bis zu Kofi Loww, von Adwoa Adde bis Kojo Okay Pol, von Professor Sackey bis zu Dr. Pinn, von Manager Agyemang bis zu Kofi Kobo oder dem Priester Osofo Ocran sind vor allem dadurch miteinander verbunden, daß der Bruch, der die modernen afrikanischen Gesellschaften durchzieht, der Bruch zwischen versteinerter Tradition und oktroyierter, unfruchtbarer, euramerikanischer Moderne, mitten durch ihr Leben, ihre Persönlichkeit geht. Auch wenn Kojo Laing sich einem 'Zentralthema' für seinen Roman verweigert – zu diversifiziert sind die einzelnen Themen, die mit den Figuren verknüpft sind, und deren Seitenstränge – und auf die Episodenhaftigkeit der Tradition mündlicher Dichtung setzt, so läßt sich doch aus der Unterschiedlichkeit der Figuren und den unterschiedlichen Perspektiven ein mosaikhaftes Panorama der städtischen Gesellschaft Ghanas in der Mitte der siebziger Jahre ableiten. Beni Baidoo führt durch ein Land, das vom National Redemption Council unter General Acheampong regiert wird. Was nach dem Putsch der Militärs so vielversprechend begann, trägt unheilvolle Früchte: Das Land versinkt in zunehmendem Maße in Korruption, Vetternwirtschaft und Chaos, Programme zur wirtschaftlichen Gesundung des Landes greifen nicht mehr, die nationalen Valutareserven sind trotz gesteigerter Goldförderung erschöpft, unter der Bevölkerung herrscht eine äußerst gereizte Stimmung.

Vor diesen Hintergrund stellt der im Juli 1946 geborene Kojo Laing die handelnden Figuren seines Romans, deren Leben und Erlebnisse er über die Figur des Beni Baidoo miteinander verknüpft. Er fügt seine Figuren mit an der Tradition mündlicher Dichtung geschulter, unbändiger Fabulierlust ein in ein Panorama aus mythischer Überhöhung, sozialkritischer Satire, pathetischem Ernst, liebevoll-beißender Ironie und realistischer Abbildung. Laing führt seine literarischen Figuren im Zustand der persönlichen 'Krise' vor, zeigt, wie Familien auseinanderbrechen, Freundschaften vergehen, Lieben unerfüllt bleiben, Isolation, Verzweiflung, Hilflosigkeit um sich greifen, zeichnet ein Bild von gesellschaftlicher Stagnation, individuellem Machtmißbrauch und persönlicher Bereicherungssucht. Immer bricht sich im Privaten auch der gesellschaftliche Mißstand. Aus diesem mosaikhaften Panorama wird deutlich: Kojo Laing geht es um die Ziellosigkeit, die Hilflosigkeit ghanaischer, oder allgemeiner: afrikanischer, Intellektueller im Angesicht gegensätzlicher gesellschaftlicher Entwicklungstendenzen, Forderungen, Normen und Wertsysteme, im Angesicht weitgehend versteinerter Tradition und einer unfruchtbaren Moderne euramerikanischer Prägung. Laing konstatiert einen Identitäts-, Authentizitäts- und Utopieverlust bei den intellektuellen Eliten des subsaharischen Afrika und setzt zaghaft tastende Ansätze eines interkulturellen Synkretismus dagegen. Am deutlichsten tritt dies (für den europäischen Leser) wohl in der Figur des Priesters Osofo Ocran hervor, der sich verzweifelt bemüht, christliche Glaubensvorstellungen mit Elementen afrikanischer Religiosität zu verbinden, der nach einem sozial engagierten, tätigen Glauben sucht, der den Menschen im Diesseits hilft.

Überhaupt ist es das uralte Motiv der Suche, das die Helden des Romans eint. Diese Suche nach Erfüllung gestaltet Laing aus den unterschiedlichsten Perspektiven – sie reichen von der 'Eselsperspektive' des Beni Baidoo bis zur 'Draufsicht' der fliegenden 'Hexe' Adwoa Adde –, die einander brechen und ergänzen und zum bereits erwähnten Mosaik des literarischen Wirklichkeitsabbildes führen. Dies und die Tatsache, daß Kojo Laing auf die 1965 mit dem Roman *The Interpreters* (dt. *Die Ausleger*) des nigerianischen Literaturnobelpreisträgers Wole Soyinka in die afrikanischen Literaturen eingeführte 'Institution des Gruppenhelden' zurückgreift, lenken den Blick auf die vielfachen intertextuellen Bezüge, mit denen der Roman *Die Sonnensucher* arbeitet. Sie reichen von Camara Layes großem Roman *Le Regard du roi* (dt. *Der Blick des Königs*) über Wole Soyinkas bereits erwähntem *The Interpreters* oder die Romane *The Beautyful Ones Are Not Yet Born* (dt. *Die Schönen sind noch nicht geboren*) und *Fragments* von Kojo Laings Landsmann Ayi Kwei Armah bis hin zu Gertrude Stein oder Joseph Conrad. Er greift auf existialistische Modelle ebenso zurück wie auf die Interpretationsmuster der unabhängigen afrikanischen Christuskirchen. Surreale Vorstellungswelten paaren sich mit der Vorstellungswelt afrikanischer Tradition zu einer Synthese, die versucht, neben der Bestandsaufnahme postkolonialer Wirklichkeit die uralte Frage nach einem möglichen, authentisch afrikanischen Synkretismus aus afrikanischer Tradition und euramerikanischer Moderne zu stellen, die Frage nach dem 'Wohin?' zeitgenössischer afrikanischer Gesellschaften.

Dabei verweigert Bernard Kojo Laing sich und seine literarischen Figuren den einfachen Antworten ebenso wie er sich den eindimensionalen Themen widersetzt. „Wir können die unendliche Vielschichtigkeit dieses Landes nicht auf ein oder zwei Sichtweisen reduzieren", sagt er bereits 1985 in einem Interview für das in London erscheinende Periodikal *Wasafiri* und er findet Wirklichkeitsbilder, in denen sich diese unterschiedlichen Sichtweisen brechen, sich widersprechen, bedrohen, ein eigenständiges 'intelligentes' Leben führen, sich zusammenfügen und wieder auseinanderdriften, Philosophisches sich mit purem Nonsens zu tieferer Bedeutung paart, und nicht zuletzt in Sprachbildern von hinreißender Kraft und Schönheit kristallisiert.

Alle Menschen sind schwarz
Literatur aus Afrika

Chinua Achebe
Der Pfeil Gottes
Roman aus Nigeria
Aus dem nigerianischen Englisch von M. von Schweinitz, überarbeitet von Gudrun Honke mit einem Nachwort von Thomas Brückner
296 Seiten, gebunden
DM 36,–; ÖS 281,–; SFR 37,–
ISBN 3-87294-626-9
Die traditionelle Igbo-Gesellschaft wird von Achebe realistisch und mit großer innerer Beteiligung beschrieben.

Amadou Hampâté Bâ
Jäger des Wortes
Roman aus Mali
Aus dem Französischen von Heidrun Hemje-Oltmanns
468 Seiten, gebunden,
2. Aufl. 1995
DM 46,–; ÖS 359,–; SFR 47,–
ISBN 3-87294-538-6
Roman einer Kindheit in Westafrika
um die Jahrhundertwende.

Francis Bebey
Alle Menschen sind schwarz
Geschichten und Gedichte
Neuausgabe
160 Seiten, broschiert
DM 22,80; ÖS 178,–; SFR 23,80
ISBN 3-87294-623-4
Geschichten, Gedichte und Liedertexte des Sängers und Dichters aus Kamerun

Mongo Beti
Der arme Christ von Bomba
Roman
376 Seiten, broschiert, Neuausgabe
DM 36,–; ÖS 281,–; SFR 36,–
ISBN 3-87294-156-9
Ein skurriler Missionsroman.
Ein Klassiker unter den Werken der afrikanischen Gegenwartsliteratur.

Wolfram Frommlet (Hg.)
Die Sonnenfrau
Neue Erzählungen aus Schwarzafrika
Aus dem Englischen von Thomas Brückner und Susanne Koehler
336 Seiten, broschiert
DM 16,80; ÖS 131,–; SFR 17,80
Gemeinsam herausgegeben mit der Deutschen Welthungerhilfe
ISBN 3-87294-629-3
26 Geschichten von 20 Autorinnen – ein Querschnitt durch die junge Literatur Schwarzafrikas.

Meja Mwangi
Mr. Rivers letztes Solo
Roman aus Kenia
Aus dem Englischen von Susanne Koehler
267 Seiten, gebunden
DM 32,–; ÖS 250,–; SFR 32,–
ISBN 3-87294-640-4
Der weltbekannte Popsänger Jack Rivers macht sich auf den Weg, um den Hunger in Afrika zu beseitigen, entnervt von der Hilflosigkeit der internationalen Gesellschaft. Sein Plan in diesem Thriller scheitert, denn Afrika ist anders und guter Wille zu helfen allein reicht nicht.
Ein bitterböses, sarkastisches Buch, das mit einigen Illusionen Schluß macht.

PETER HAMMER VERLAG WUPPERTAL